Staread
星文文化

U0520270

樱桃琥珀

OCEANS of TIME

上

云住

著

长江出版社
CHANGJIANGPRESS

图书在版编目（CIP）数据

樱桃琥珀 / 云住著 . — 武汉：长江出版社 ,2020.9
ISBN 978-7-5492-7191-7

Ⅰ.①樱… Ⅱ.①云… Ⅲ.①长篇小说—中国—当代 Ⅳ.① I247.5

中国版本图书馆 CIP 数据核字 (2020) 第 176507 号

樱桃琥珀 / 云住 著

出　　版	长江出版社	
	（武汉市解放大道 1863 号）	
市场发行	长江出版社发行部	
网　　址	http://www.cjpress.com.cn	
责任编辑	江　南　罗紫晨	
装帧设计	尚燕平	
印　　刷	北京盛通印刷股份有限公司	
版　　次	2020 年 9 月第 1 版	
印　　次	2020 年 9 月第 1 次印刷	
开　　本	700mm×1000mm　1/16	
印　　张	37	
字　　数	782 千字	
书　　号	ISBN 978-7-5492-7191-7	
定　　价	79.00 元（全两册）	

版权所有　盗版必究（举报电话：027-82926804）
（如发现印装质量问题，请寄本社调换，电话 027-82926804）

目录
CONTENTS

1999- 第一章　群山有三座晾水塔的地方，就是我们的家 001

1999- 第二章　我喜欢红色 037

2000- 第三章　谨以此歌起誓，一切过失都将被补偿 071

2002- 第四章　像蚕，像蛇，像螃蟹 115

2005- 第五章　樱桃，你还生我的气吗 139

2006- 第六章　樱桃熟了，虽然还未熟透 185

2007- 第七章　你才十八岁，不要说永远 243

2008- 第八章　有人跌落深渊，有人飞入云端 293

2010- 第九章　我想永远永远和他在一起 349

2011- 第十章　亲吻生命中真正的魔法 399

2015- 第十一章　谨以此歌起誓，一切过失都将被补偿 433

2015- 第十二章　挽着你父亲的手，走向你的如意郎君 497

2020- 结　局　篇　孩子奔向了孩子 537

1997- 番外·一　"樱桃"，这是最亲的人，是家人才会叫的名字 543

2005- 番外·二　越狱者 549

2010- 番外·三　什么都不能做，他却仍觉得快乐极了 557

2016- 番外·四　第一站 563

2016- 番外·五　林樱桃，蒋莼鲈 575

番外·六　小小莼鲈之思 581

后记 585

1999

第一章

群山有三座晾水塔的地方，就是我们的家

林其乐一生中曾遇到过无数看似跨不过去的坎。

每一次她都跨过去了。

九岁那年，发生了一次意外。

"没路了。"余樵个子高高的，鞋底踩在那道悬崖边上，细沙碎石从他脚下滑落，远远地跌入山崖。

回音好久都没停，下面不知有多深。

杜尚瘦瘦的，在旁边背着书包，两条腿直打哆嗦。他伸长了脖子，探头往悬崖下面瞧了一眼。"不行不行不行——"杜尚脸色惨白，后退几步，"这太吓人了，回去回去。"

蔡方元，一个胖墩儿，落在后面老远老远。明明他也和其他人一般年纪，九岁而已，身体却太过沉重，像一个用两只细脚勉力支撑的球体。距离山崖还有几十米的时候，蔡方元走不动了，他扶着膝盖气喘吁吁，骂道："林其乐，你带的什么破路啊！"

林其乐——四人中唯一的女生，穿着小裙子。她站到了悬崖边，居高临下，定睛瞧这片幽深的山谷。

她又抬起头，睁着一对樱桃似的大眼，瞪向了几十米开外，悬崖对面那条林中小径。

"我可以跳过去！"她突然大声说。

"你不能。"余樵从旁斜睨了她一眼，立刻说。

"你有病吧！"蔡方元在后面骂道。

林其乐不肯放弃，她今天一定要去对面的养殖场，去看对面村民伯伯养的大白鹅。"我可以飞过去！"她喊。

杜尚在旁边直接翻了个大白眼，伸手过来拉林其乐两截粉胳膊："回了回了回了！"

林其乐心有不甘，把嘴噘着。太阳还未落山，他们四个小学生走在从山崖回学校的路上。林其乐踩着地上厚厚的松针，听那咯吱咯吱的声响，她对杜尚、余樵一本正经道："书上写了，如果我们刚才下定了决心，鼓起勇气，跳下去了，就会有翅膀从我们背后长出来，就可以飞了！"

四人中余樵个头儿最高，少年老成，他听了林其乐这番鬼话，双手揣在裤兜里，想是已经见怪不怪。

杜尚则在旁边皱起了眉头，一皱就牵动他额头上的创可贴。他认真地对林其乐说："肉饼你见过吗，樱桃，就工地食堂赵大妈窗口卖的那种。"

他伸出双手，在自己跟前比画了一个圆。

"到时候真飞出去了，你的脸就摔成这么大！就这么扁！胳膊腿也得摔扁了，就像那个大大卷似的——"

蔡方元走在最前头，正从兜里摸出大大卷来吃。杜尚给林其乐一指："你看到了吗？就蔡方元那个，你看让他嚼巴的，到时候你摔下去就是那么恶心——"

蔡方元嘴边还垂着一截没吃进去的大大卷，他回头没好气道："还让不让人吃啊！"

林子里本没有路，锲而不舍的孩童多了，自然就走出路来。临近山下，有一面长约五米、高一米多的矮墙堵在路头。这是群山市政府专门在此修建的，好拦截那些不知情的过路人：此路不通，您甭走了，上山危险。

也想挡一挡林其乐、余樵这种胡作非为，喜爱"冒险"的小屁孩儿，虽然多半是徒劳。

林其乐爬上土丘，她手扶着砖头块，从矮墙上爬了过去。

杜尚跟在她后面，嘟囔："今天走了这么半天也没见着大白鹅，樱桃，我放学想去你家看张奶奶送你的小白兔——"

"不行！"林其乐一口回绝。

"为什么啊？"杜尚不满意道。

"你就会恶心人，"林其乐跳下了墙，她站直腰，拍拍手心的土，不高兴地说，"你还想恶心我的小白兔……"

余樵蹲在墙头，抬眼一瞧，林其乐已经一个人朝学校的方向风风火火跑去了。四个人里数她蹿得最快，风驰电掣、腾云驾雾一般。

"不是，我……"杜尚站在原地，欲言又止，他望着林其乐的背影，回头对另两人愤愤不平道，"没事恶心兔子干吗啊我？"

群山市里的纳税大户，群山中能电厂，下午五点半才下班。下设的电厂子弟小学为配合职工家长们的下班时间，往往也把孩子们留到五点半才走。

一九九九年九月六日，星期一。

下午五点。

中能电厂小学教导主任站在门卫室里，他翻着手里的学生名册，嘴里骂骂咧咧："四年级（1）班，林其乐、余樵、杜尚、蔡方元——"他端起桌上的保温杯，豪饮一口，吐掉嘴里的茶叶沫子，"这群小家伙，等我今天抓着了他们——"

林其乐等四个小学生，双手双脚趴在水泥地上，从门卫室前偷偷溜过，手脚麻利地爬进了校门。

要搁往常，他们四个进来了，第一时间准坐回班里。假如被教导主任点了名，或放学时在校门口被逮住了，也至多回答一句："我刚才上厕所去了！"教导主任再怎么生气，也抓不着把柄。

今天却不同。

"那什么，你们几个先回去吧。"走在半路上，蔡方元吞吞吐吐地说。

余樵回过头，连同林其乐、杜尚，全都看着他。

"我……我有点儿事，"蔡方元尴尬道，他眼神闪烁，小手指戳了戳空气，"我先——"

林其乐见他转身就要走，问："你干什么去？"

几个人将蔡方元团团围住。

"校长室？"杜尚纳闷道，"你又去校长室干吗？"

蔡方元偷偷瞧林其乐，又瞥向自己另外俩哥们儿。"我……"他索性说了，一拍膝盖，"他这不是又把我的书拿走了吗！"

林其乐眨了眨眼，不解道："他怎么老没收你的书，什么书啊？"

杜尚在旁边，不知是悟到了什么，表情略尴尬。

余樵无奈地问蔡方元："你自己去校长室？"

四个小学生抬起了头，仰望头顶上方的教学楼二层窗台。

余樵和林其乐对视了一眼。林其乐心领神会，把身子一转，扭头继续带路。

作为学校广播站的前任播音员，林其乐过去没少进出校长室。对那个地方，她是再熟悉不过了。

几个小孩绕过了教学楼的墙根，走上台阶，悄悄聚在校长室的窗户底下——校长室就在二楼，虽说后墙这条小路垫得挺高，但仍然不好往上爬。蔡方元苦着张脸，在其他三人坚决的注目下，抱着头先行蹲到了墙根处。

林其乐接着走过去，她穿的小红鞋踩在了蔡方元肩上。

四个人里，属林其乐最轻。可蔡经理家这位公子娇贵的身躯仍是不堪如此的"重负"。

"你就不能轻点儿！"蔡方元惨叫道。林其乐踩在他身上，人站得高了些，脚底自然不平稳。"你……你别乱动啊！"林其乐把手扶在粗糙的墙面上，低头慌张道。

余樵和杜尚这时伸手过来帮忙了。他们俩一人一边儿，熟门熟路地，抬起林其乐的鞋底，把她往上面推，好让林其乐踩到他们两人的肩膀上去。

林其乐使劲儿用手在上面够，手指尖生疼，好不容易才把校长室那扇窗户扒得更开了些。

　　蔡方元算是圆满完成了阶段性任务。他拍拍肩膀上的灰，站起来退到后面，伸手指挥道："使劲儿扒啊林其乐！"

　　杜尚从下面撑住了林其乐一只脚，特吃力："樱桃，你是不是又沉了……"

　　林其乐也顾不上搭理他们。她双手使劲儿扒住窗户两边，左脚踩在杜尚手上，右腿膝盖屈起来，攀在了校长室那道铁窗框牙子上。

　　膝盖贴着窗框压了下去，再起来就是三道血印，林其乐却毫不在意。她左脚一蹬，身体向前从校长室的窗户里一个跟斗翻了进去，英姿飒爽，完美落地。

　　虽然并没有观众为她鼓掌。

　　距离放学还有半小时。往常这时候，老校长总在国旗杆下摇头晃脑地听单田芳评书，校长室里一向是没有人的。

　　今天却与以往不同。

　　"蒋峤西在省城实验附小，可是鼎鼎有名的奥数尖子！拿年级第一的！老校长，他绝不可能来咱们这儿入学考试只考十分啊，肯定是判卷判错了！"

　　"什么判错啊！"只听校长本人在办公室外间无奈道，"他一张卷子就只写了一道题，别的连答都没答！不管他是不会做还是不想做，这在我们这儿只能重新读三年级！"

　　"不，校长……我的老校长哎！"那个人崩溃道，"孩子今天第一天从省城过来，坐车颠了那么久，是吃也不习惯，睡也不习惯，他、他纯属发挥失常啊！"

　　"你这就是难为我。"老校长嘟囔。

　　"是您难为我们！"那人都快哭了，"人家蒋经理的孩子能从省城转学到咱们这儿来，是对咱们子弟学校水平的信任。孩子九岁了，您让他重读三年级，不可能的！您也要看看人家电建集团的面子，蒋经理现在提的啊，我告诉您，过几年回了总部直接就是二把手了——"

　　相比外间的争执吵闹，校长室里间就安静多了。林其乐也是这时候才发现，并不是没有观众的。

　　就在离她不远的地方，沙发旁边，站着一个挺高的男孩。

　　虽然素未谋面。

　　林其乐如同忘了眨眼，出了神地盯着他看。

　　不，不是一次，是两次。

林其乐一生中曾遇到过无数看似跨不过去的坎。

九岁那年，她遇到了两道坎。

至少在林其乐长大成人之前，她都没能跨过去。

这个男孩安安静静地站在那儿，也不说话。他穿着林其乐从没见过的衣服，背着林其乐从未见过的书包，站在一只行李箱旁边。他不像群山市的人，不像林其乐生活中寻常见的人。那种雪白的肤色，是林其乐爱看的卡通动画里才会出现的。他抬起眼睛，在这种令人不安的寂静气氛里，把林其乐刚刚的整个"犯罪过程"尽收眼底。

"林其乐！"身后的窗外下，是蔡方元压低了声音在催促她，"你找着书了吗！"

紧接着是杜尚的声音："你先告诉她到底什么书啊。"

"我用挂历包了书皮儿，"蔡方元朝楼上喊，"正面写了我名字，还有，'小学生必背古诗词一百首'——"

"蔡方元！"外间窗户"哗"的一声拉开了，接着是老校长的大声呵斥，"你们几个人！干什么呢！给我站那儿别动！"

"都不许跑！"

林其乐吓得一把揪住了自己的裙子，她看着眼前的门从外头被猛地推开了。

三四个大人闯进来，他们围在那个过于安静的男孩身旁，诧异地望着眼前这个不知打哪儿冒出来的小女孩。

老校长也进来了，他一见林其乐傻站在窗边，痛心疾首道："林樱桃！你……打电话把你爸叫来！"

§

电建集团机械化公司的电工林海风正在车间埋头工作。他接到同事传来的口信，一是说，总部大领导蒋政蒋经理调到群山工地来了，今晚在工人俱乐部要办一个小型的欢迎会。

二是说，林樱桃又闯祸啦，电厂小学孙校长打来电话，叫林爸爸去学校听训话。

林电工从梯子上慢吞吞地下来，苦笑着脱手套，摘掉安全帽，掸了掸身上的粉尘。他穿着一身朴素的深蓝色工作服。他家有个调皮捣蛋的女儿，在群山工地没人不知道。

在值班表上签了名字，翻过了下班牌，林电工这就算下班了。他走到人事部门口。"小唐，"他朝门里说，"新婚快乐啊！"

"林工，赶紧去吧！"小唐把一包喜糖塞给他，和周围几个女同事一同笑着，"蔡经理和余班长已经在外面等你了！好好听训话啊！"

群山项目工地总经理蔡岳，是小学生蔡方元的爸爸。

群山项目工地检修班班长、劳动模范余振峰，是小学生余樵的爸爸。

群山项目工地普通电工林海风，是小学生林其乐的爸爸。

三个大老爷们儿，人到中年，挤在蔡经理那辆小轿车里，从工地往中能电厂小学赶去。

出工地大门的时候，几位门卫小哥也笑着打招呼："蔡经理！余班长！林工！又去听指示啊？"

蔡经理这个人，举止颇斯文，戴副金边眼镜，儿子成天闯祸，作天作地的，他也蛮不好意思。他朝门卫招了招手，大门开了，他对身后两位老弟兄说："总部调来的那个蒋经理，昨晚住在招待所了。我今天请生产部的刘经理拉了一帮伙计去帮他搬家，今晚叫刘经理代表他们敬个酒——"

"搬到哪儿了？"余班长人高马大的，坐在后排，他一个人就能占两个座位，皱个眉头都虎虎生威的，"家属宿舍不早就住满了？"

蔡经理伸手一指余班长身边的林电工。

"林工家隔壁那个锅炉队于队长，上星期不是调莱水工地去了吗，房子正好空出来了。"

余班长听了，点点头，没再问。林电工倒是很意外："我们那排房子小了点儿吧。他从总部来的，能适应吗？"

"总部来的也没办法啊，"蔡经理瞅着窗外，电厂小学眨眼就快到了，他无奈道，"蒋经理身边就带了那么一个儿子，领导房都住满了，只能先弄套双职工房给他当单身宿舍住着了。我问他了，他说行，要是专门找谁家搬走给他腾地方，也不好听啊。"

以林其乐为首的电厂小学四个叛逆分子站成一排，站在老校长的办公桌前，一个个低着头挨批评。林其乐睁着大眼，偷瞄校长桌上那方砚台。

杜尚和余樵、蔡方元仨人在旁边，扭头瞅那个被一群大人围住的转学生，窃窃私语："哎，你看他穿的那鞋！"

蔡方元用手掩着嘴，压低声音："美国乔丹！好几千块！"

外面传来规规矩矩的敲门声。

门一开，就是蔡方元他爸，蔡经理的声音，字正腔圆的："蔡方元！又惹什么麻烦让孙校长生气啦——"

他的声调起初是颇具威严的，忽然急转了个方向，像初秋的柳叶子，打着旋儿就乘风上去了。

"哎呀，蒋经理！"蔡爸爸声音里全是惊喜，在外间寒暄起来，"太巧了太巧了啊，你来给孩子办转学啊？"

林其乐悄悄转过头去，她看到了爸爸出现在门外。

不同于在人群中热情攀谈的蔡经理，林电工脸上带着笑，却一直停留在人群外缘。

"爸爸，"林其乐小声叫他，"爸爸！"

三位家长跟在老校长身后进来了，还有那群陌生的大人。

老校长边走边解释："这三位，常来！来我这儿就跟串门一样！"

林其乐躲到了爸爸身后，手指抓住爸爸工作服的一角。林电工首先检查了她受伤的膝盖，又问其他几个孩子怎么了，有没有受伤，特别是杜尚。

"膝盖疼不疼？"爸爸匆匆地小声问她。

林其乐立刻摇头，两根马尾在她肩头扫过。

老校长坐下来，端起茶缸子喝了口茶，然后开始今天的训话，主要针对这四个冥顽不灵屡教不改的问题小学生。林爸爸一边跟老同事一起听着，一边从裤袋里摸出一小块红色喜糖，递到了林其乐面前。

林其乐原本低着头，有点儿怯，这会儿用手心包住那块糖，飞快地藏到了身后去。

为免被其他人发现，林其乐朝周围看了看，又向后瞥了一眼。

那个叫蒋峤西的省城来的男孩子，被一群大人围在中间，就站在她的身后。

蒋峤西垂着眼，面色苍白，神情冷漠。仿佛在这里多待一分一秒对他而言都是折磨，他已经快无法忍受了，只是身边人太多，父亲也在，他只能这么坚持着。

林其乐一愣，立即转过身去。她咬了咬自己的嘴唇，也学着板起脸来。

§

林其乐蹲在后院，借着房檐下微弱的光，她捡起碗里晒干了的草叶，喂笼子里两只软绵绵的小白兔。

"娟子！"林电工风尘仆仆地走进来，"弄点儿吃的，蒋经理和余班长来了，蒋经理还没吃饭！"

客厅电视机里正放一部电视剧的片尾曲，放了好几天，林其乐都会唱了。

难得一身好本领，情关始终闯不过[1]。

"樱桃，"林其乐的妈妈李艾娟匆匆进了厨房，推开通往后院的那扇纱窗门，看向女儿，"家里来人了，快进来帮我洗个花生。"

林其乐放下草碗。她走进厨房，正巧听到爸爸在客厅里说："来，峤西也快坐下。看这小脸白的，饿坏了吧！"

一个男人的声音，非常低沉，不像余叔叔的声音，也不是爸爸的，林其乐想，大概就是那个"蒋经理"了。

"昨天下了高速，"只听蒋经理说，"正好到饭点，也没什么能吃的，我和司机看路边有家面馆，就带这小子进去吃了碗牛肉面。"

"没有吃饱吗？"林爸爸问。

"他就吃了半碗，"蒋经理说，"一上车都吐了。"

"吐了？"林爸爸惊道。

余叔叔在旁边按动打火机，点完烟，放下了："下高速那边的面铺子，指不定用的什么肉。小孩胃不舒服吧？"

林爸爸惋惜道："怪不得啊，入学考试也没考好。"

余叔叔问："吐车座位上了？"

"没有，弄座位上那不麻烦了，"蒋经理无奈道，"吐到他堂哥从美国给他买的那件小外套上了。我只好先给他脱下来，用一个塑料袋包上。本想着扔了算了，这小子还不愿意。"

林其乐洗好了碗里的花生，把水倒出来。她擦了擦手，从厨房门边探出头，朝客厅悄悄张望。

爸爸和余叔叔坐着小马扎，围在茶几边，唯一的大沙发让给一位陌生叔叔坐了，那就是蒋经理。蒋峤西则背着一只方形书包，穿着一身让林其乐不敢讲话的黑色行头，坐在大人们中间。

林其乐再见到他，他的脸色似乎比下午在校长室时更差，也更苍白了。

林电工伸手摸了摸蒋峤西的头，大概是猜出孩子特别喜欢那件外套，但大人不当回事。"脏衣服放哪儿了？"林电工问蒋经理，"拿过来让娟子帮忙洗洗吧，正好我们也要洗衣服——"

---

1 引自 1999 年播出电视剧焦恩俊版《小李飞刀》主题曲，由卢国沾作词、顾嘉辉作曲、罗文演唱。

蒋经理忙推辞："不不，那太麻烦了！"

林电工笑着说："别客气，是邻居了。你们到工地上来，条件就是艰苦一点儿。"

蒋峤西坐了半天，书包还背在他肩上。他似乎时刻准备要走，可他父亲并没有走的意思。林其乐把一碟炒花生米和一筐事先蒸好的枣面馒头拿出去，还拿了八双筷子。

蒋经理坐在沙发上，仰起头看她。他虽然年纪比林电工大不少，相貌却英俊，像是老派的电影明星。蒋经理眯了眯眼，对林其乐友善道："这位是林工家的千金，下午见过，叫林英？"

余叔叔从林其乐手里接过筷子，在茶几上摆。他提起林其乐，像在讲他自己的闺女："叫林樱桃！"

林电工在旁边笑："以前叫林樱桃，读二年级的时候改名字了，现在叫林其乐。"

林其乐在大人面前总是乖乖巧巧，笑得甜甜的，讨人家的喜欢。

可蒋峤西对她的名字并没有兴趣，他半垂着眼，坐在沙发上岿然不动。

蒋经理意外地笑了："樱桃？怎么取了这么个名字啊？"

临吃饭，又有人登门了，是蔡方元的爸爸蔡经理，专程来赴老弟兄们的夜宵局，还给蒋经理拿来半瓶茅台助兴。

小小的双职工宿舍，总共不到十平方米的客厅，一下变得拥挤不堪。林其乐早早吃过了晚饭，便让出地方。她回到后院，在兔笼前头的台阶上怔怔地坐着。

林妈妈从厨房忙完了出来，听林电工贴耳说了几句话，便在蒋经理的连声道谢中接过了钥匙，去拿那件据说用黑塑料袋包裹好了的小脏外套。林妈妈说："嗨，客气什么啊！"

蔡经理在外面叫道："樱桃啊！"

林其乐站起来，回到客厅。

蔡叔叔喝了点酒，脸已经红了。

"你带着峤西，去屋里看看书，学学习，写写作业，"蔡叔叔指挥道，"新同学，去，认识认识。"

林其乐一愣，大眼睛溜圆。

四个大人坐在一块儿，喝着酒，抽着烟，谈论工地上的工作，又或是周遭的大小人事，蒋峤西一个小男孩背着书包坐在当中，确实突兀。

"峤西吃饱了吗？"林爸爸从旁小声关切道。

蒋峤西不说话，但他站了起来。

"跟着樱桃去吧，"蒋经理说，"你不就想学习吗？先在你林叔叔家学会儿吧。"

工地宿舍，条件简陋，地方很有限。哪怕是夫妻俩带着个孩子，也只能住一厅一卧。

林其乐推开了卧室的门，眼前是一张双人大床，是爸爸妈妈睡的。床头有张桌子，爸爸拿来放旧书，妈妈拿来摆毛线和化妆品。

三组大衣柜立在床边，把长方形的卧室隔成了两半。隔出的那个小里间，放着林其乐自己的小床、书桌，那是小女孩的地方。

林其乐把爸爸妈妈桌上的书报和毛线推到一边，拧开了桌上的台灯。

"你坐在这里吧！"林其乐回过头，两只手背到身后，有些紧张道。

蒋峤西走到她身边，他比她高，仍不作声。他把背上的书包解下来，放在桌上。

卧室门关紧了，不会再听到外面大人的吵吵闹闹。里面非常静，静得人连大气也不敢出一声。林其乐走回自己的书桌前，背对蒋峤西悄悄坐下了。

抬起头，墙上贴的是H.O.T和小燕子紫薇的画报，低下头，书桌玻璃下压的是夜礼服假面和毛利兰的画片。

林其乐早把今天的作业写完了，她从漫画书堆里抽出上星期的《中国少年报》，展开了，竖起来，做出一个认真读报的样子。

她悄悄转过肩膀，回头去看。

蒋峤西坐在林电工的书桌前，坐得笔直，他把书包放在桌面上打开了。林其乐本来就觉得奇怪——新同学的头发是黑色，衣服、裤子是黑色，球鞋是黑色，背的书包是黑色。

就连这会儿从书包里拿出来的铅笔盒，林其乐定睛去看，竟然也是黑色的。

蒋峤西从书包里拿出书本，不像是林其乐他们用的统一课本，是从省城带来的奥数教材。

"你……"林其乐突然出声了，连她自己都没意识到，她的声音有点儿发颤，"你吃糖吗？"

林爸爸带回来的一小袋喜糖，就在林其乐的桌头放着，林其乐还没吃几块。

蒋峤西后脑勺冲着林其乐，一声不吭地把书翻开了。

"你听磁带吗？"

林其乐又问。

一排几十盘流行歌曲磁带就在林爸爸床头整齐地排列着。林爸爸酷爱唱歌，林其乐也喜爱。她最喜欢跟着爸爸唱的歌曲是"啊哈，给我一杯忘情水"。

其次便是"冬布瑞麦哈"。

见蒋峤西仍无动于衷，林其乐干脆放下了没看几个字的少年报，她站起来："你看《米老鼠》吗？"

一摞近半米高的《米老鼠》杂志就在林其乐书桌边放着，这也许是林其乐所有宝贝里最贵重的了。

每个同学来到林其乐家，就没有不想看《米老鼠》的。

可蒋峤西仍头也不回，他打开铅笔盒，拿了支笔，开始算他的奥数题目。

林其乐在没人注意的角落里噘了噘嘴。

她不知道蒋峤西喜欢什么，也从没见过有哪个同龄人是这么不好沟通的。蒋峤西看上去谢绝这个小城镇里的一切。

是啊，林其乐以前听陈明昊哥哥说过：群山工地又破旧，又落后，只要是去过省城总部的人，就不会喜欢这里。

可林其乐没有去过省城，她不知道省城来的小孩喜欢什么。

"你想看小白兔吗？"林其乐问。

蒋峤西手里握着一支自动笔，他写着写着题目，笔尖突然停住了。

他看着实在不像一个真实的人，从脖颈到脸颊的颜色就像雪，像春天时候，山上盛开的一簇簇梨花。他那双眼睛被映衬得极黑。蒋峤西回头，他看向了林其乐，林其乐登时抿住了嘴。

"你们俩跑这儿来干什么？"林妈妈正洗着衣服，眼见林其乐兴奋地跑过来，给蒋经理那个儿子带路，她推开纱窗门，跑进了后院里。

蒋峤西似乎没料到这小小平房后面还有个院子。他的目光缓慢游移，从院子里废旧的轮胎、漏气的足球、小小的菜畦上一一扫过，最后停在林其乐抱到他跟前的小兔子上。

"给你！"林其乐把她心爱的小白兔放到了蒋峤西怀里，然后一脸期待地看着。

小白兔嘴里叼的草叶就蹭在蒋峤西穿的黑色外套上。

兔子是热乎乎、软绵绵的，是毛茸茸的，好似一团棉絮，又像神仙从天上扯下来的一块云朵。蒋峤西僵硬的手抱着它，看着它三瓣嘴一动一动的，两条长耳朵温顺地耷下来，就搭在蒋峤西的手背上，温暖地蹭着他。

蒋政蒋经理接到妻子从省城打来的电话，因为他刚搬家，这电话是辗转打到林电工家座机上的。蒋经理手里抱着电话机，电话线在后头拖着，他走到厨房门口，看见后院里，蒋峤西就坐在台阶上，正和林工家的闺女玩一只家兔。

蒋经理眉头皱了皱。

"我不是说了没事儿了。"他手握听筒，对电话里的人说，语气颇不耐烦。

也许是在人家家里，他也不好发作，可妻子梁虹飞却不放过他。

"明知道你儿子肠胃不好，刚到群山那破地方，你就带他去吃路边的苍蝇馆子？"

"你行了，"蒋经理小声道，听筒贴在耳边，"啰唆什么。"

说着，他直接把听筒扣回去了。

夜里九点多，蒋经理要告辞了，把他的儿子蒋峤西也带走了。

林妈妈把洗好的小外套挂到衣架上，滴答着水，交到蒋峤西手里拿着："回去晾上，明天就干了。"

蒋经理带着酒气："快谢谢阿姨。"

蒋峤西背着他的黑色方形书包，抬起眼望着林妈妈，小声说："谢谢阿姨。"

"真乖，"林妈妈高兴道，"这孩子长得真好。"

林其乐站在爸爸身后，也去看蒋峤西。不知是不是林其乐的错觉，她总觉得蒋峤西临走时那眼神从她脸上扫了过去。

只是没有停留。所以林其乐也不知道，蒋峤西有没有和她说再见的意思。

他们算是朋友了吗？

洗漱完毕，林其乐该去睡觉了。余叔叔、蔡叔叔还和爸爸在客厅就着花生米说话。

卧室关了灯，林其乐趴在小床上。四面漆黑，在画报人物的注视下，她睁着的眼睛格外雪亮。

蒋峤西坐在后院台阶上，手捏了一撮草叶，小兔子凑在他手边，一点点把草叶咬进嘴里。林其乐聚精会神，盯着小兔子吃草。林其乐想，省城来的小孩子也是喜欢小兔子的。

"你叫林其乐。"蒋峤西突然说。

林其乐一愣，抬起头。

蒋峤西也正看她。

房檐下的灯光，隐隐约约照亮了蒋峤西的半边面孔，叫人看不清他的神情。林其乐听见他问："你是你们家唯一的孩子吗？"

林其乐这会儿趴在小床上，手捏住自己脖子上挂的琥珀，眼睛望向了窗外。

他问这句话是什么意思？

深夜十二点，林其乐披着头发，揉着眼睛从卧室出来了。她想找水喝，却意外发现大人们的聚会还没散，还在客厅里谈话呢。

"蒋经理原先那个儿子，我还见过，"蔡叔叔醉意未退，手指点着茶几桌面，声音放得很轻很轻，"叫蒋梦初，十三岁进的中科大少年班，在省城总部人见人夸，神童啊！"

"那个时候都说蒋政要跳槽去安徽国电了，去陪读。两口子用了那么多的心血培养这个孩子，谁承想去个夏令营，孩子就没了，死在山沟里了。"

"你说这谁能受得了，一个家，天就塌了啊。"蔡叔叔说。

林爸爸扼腕："确实太可惜了。"

余叔叔拿过茶杯喝了一口，在烟灰缸里敲散了烟灰，沉思片刻："怪不得我前些年听老队长说，蒋政在总部成天阴沉个脸，见了谁也不说话，工作也不汇报，胡子都不刮。"

"现在还是那样，"蔡叔叔说，"不然也不会调到群山项目部来。"

"既然又有一个孩子了，也应该想开一点儿了。"林爸爸说，"刚才他小孩过来，看着多好啊，长得也好，据说在省城学习成绩也很优秀。"

"甭提了，"蔡叔叔说，"当初头个孩子没有了，他们夫妻俩闹离婚，一把手说，再生一个吧，计划生育允许。"

"当时想着，兴许有个孩子了，这个家庭有点儿希望了，能缓和缓和夫妻之间的感情。"

"现在你看，这孩子都九岁了，这么争气，结果夫妻俩谁都不管……"蔡叔叔摇了摇头，"早知如此……"

§

林其乐一大清早坐在镜子前，塞着随身听的耳机听歌，耳边却不断回响昨夜大人们说的话。

"现在你看，这孩子都九岁了，这么争气，结果夫妻俩谁都不管……"

妈妈找皮筋儿来给林其乐扎头发，她问丈夫："一大早的外头什么动静？"

林电工把工牌套到脖子上，说："蒋经理的司机，来接他孩子上学。"

"还用开车啊？这么近，让孩子自己走就是了。"

"不是刚转学过来吗，"林爸爸说，他抬起头，看向镜子里，"樱桃。"

"啊？"林其乐摘掉了耳机。

"今天你蒋叔叔的孩子第一天去学校上课，他要是有什么不适应的，你在学校要照顾照顾人家，知道吗？"

"知道——"林其乐拖着长音讲。

她关掉随身听，把里面《公转自转》的磁带拿出来塞进书包里。

妈妈透过镜子，拿揶揄的眼神瞅林其乐，笑林爸爸多此一举："还用得着你提醒？"

余樵一大清早和他的三个小伙伴一起，送他的远房表弟余锦上幼儿园。

不同于人高马大的余振峰、余樵父子俩，余锦个子小小的，身子骨软绵绵的，头发又稀又黄，说话也像含着一块年糕，糯糯地吐字不清。林其乐站在幼儿园门口，好几次心里纳闷，这小孩儿怎么会姓余的。

"我爸让我叫蒋峤西一块儿上学，"余樵叼着嘴里的牛奶，边走边说，"结果我去他家一看，他居然坐车上学。"

杜尚问林其乐："你真给他看你的兔子了？"

"对啊。"林其乐咬着吸管喝盒装牛奶。

杜尚受伤地皱起一张脸来，连额头的创可贴都要翘起来了："我和余樵、蔡方元我们几个都还没看过呢！"

余樵把喝空的牛奶袋子一扔，双手揣进裤兜里："别拉着我啊。"

蔡方元喝着保温杯里的高乐高，说："也别带着我，兔子有什么好看的。"

杜尚自个儿生闷气。

早读时间，班主任领着一个转校生走进了四年（1）班的教室。

林其乐原本正和后排叫秦野云的女生疯狂掐架。林其乐的双马尾被秦野云一手揪住一条往后使劲儿拽。见到那个转学生进来，她们俩全僵住了。

那转校生长得帅气，个头儿也高，站姿挺拔，穿得也和群山市这里的普通孩子不太一样。

班里出奇的安静。班主任笑容满面："新来的同学是从省城实验附小转过来的，非常优秀啊。来，你先自我介绍一下。"

新同学站在讲台上，拿粉笔一声不吭地在黑板上写下自己的姓名，笔画儿特多，不大好写。在众人的注视下，他放下粉笔："我叫蒋峤西。"

林其乐匆匆捋好自己的两根辫子，她双手摆在身前的课桌上，端坐得像个好学生。秦野云坐她后排，眉飞色舞地和周围电厂的孩子们炫耀："这是我们群山项目部的子弟！"

"秦野云，你认识啊？"

"当然了，"秦野云低头瞧自己偷偷涂了指甲油的手指，说，"昨天他爸的司机还来我家小卖部买烟呢。"

林其乐坐在前面，听了这话，忍不住翻了个白眼。杜尚坐她身边，是她同桌，也翻了个白眼。

"蒋峤西……"杜尚愤愤不平,单手撑着脸,"凭什么他的名字就这么特别?"

§

这天上午,中能电厂子弟小学楼上楼下的人都在议论蒋峤西。每个人都听说了,四年(1)班来了一个转学生,据说是省里的奥数尖子,可他入学测验只考了十分。

全校的女生们三番两次地从四年级(1)班门前踮着脚经过。上着数学课,林其乐时不时地也忍不住回头。

蒋峤西被老师安排坐在了窗边,和体育委员余樵坐同桌。

"林其乐,"数学老师在讲台上说,"老回头看什么看!看黑板看黑板!"

林其乐在一阵笑声中缩起了脖子。

蒋峤西坐在后面翻着奥数书,他也抬头看了一眼黑板,似乎没注意到附近的笑声和望过来的目光。

数学课结束,林其乐几乎是一瞬间就蹿到了余樵身边,及时占据了有利地形。

杜尚很没好气,但也跟着过来了。

蔡方元就坐在蒋峤西前面一排,他回过头,一下课就摸出大大卷来吃,还问蒋峤西吃不吃。

"我叫余樵。"余樵倚在了椅背上,翻开自己的数学书封面给蒋峤西看,"我爸喜欢看金庸小说,'渔樵耕读'那个'渔樵'。"

蔡方元说,他叫蔡方元。他用手指比了个铜钱的形状,对蒋峤西说:"方圆,就是钱。"

杜尚抢先在林其乐开口前说:"我、我叫杜尚!"

他顿了顿:"我妈有个喜欢的画家叫这名儿,就、就给我取了……"杜尚嘟囔着,"不怎么好,和捡来的一样。"

林其乐一字一顿告诉蒋峤西:"我叫林其乐,'其乐融融'的其乐,你昨天应该已经——"

余樵在旁边打断了她,对蒋峤西说:"她原先叫林樱桃,你知道为什么吗?"

蒋峤西一下课就听了这么多自我介绍,他还没说过一句话。"为什么?"他说。

也不知他是真的关心林其乐的名字,还是只是顺着话随便说。

"因为娟子阿姨怀她的时候贫血,找林叔叔弄了一大碗樱桃吃,"余樵轻声说,"娟子阿姨觉得特好吃,樱桃又贵,就给她取名叫林樱桃。"

蔡方元在前头补充道:"得亏阿姨那时候怀孕没爱吃点儿别的,不然给她取名叫林苦瓜、林芹菜、林大蒜——"

他话还没说完，林其乐扑将上去，蔡方元赶忙拿起桌上的数学书挡驾："哎！疯了疯了！"

杜尚趁机告诉蒋崤西："林其乐就是个'泼妇'，你平时最好离她远点儿！"

余樵这时问蒋崤西："你这个名字是什么意思？"

林其乐还在前面和蔡方元扯着彼此脖子上的红领巾，两个人互不相让。蒋崤西看了他们俩一眼，他发现林其乐脸都憋红了，圆圆的脸，真像樱桃。蒋崤西告诉余樵和杜尚："没有什么意思。"

余樵一愣。

旁边杜尚好奇地坐下了："哇，你名字这么酷！居然没什么意思啊？"

§

蒋经理傍晚下班，回绝了项目部各式各样的饭局邀请。他家里的情况如今全国工地上下就没有不知道的，不去应酬，别人也不会说他什么。

只是他还吃不惯群山工地食堂的菜，一个大老爷们儿，又不怎么会做饭，只好带着儿子去隔壁林电工家凑合凑合，对付对付。

林其乐在饭桌旁仰起头问："蒋叔叔，'崤西'是什么意思啊？"

蒋经理从林电工手中接过了一碗咸粥，颇慈祥地望向林其乐。

"'崤西'是什么意思，我还真不知道，"蒋经理摇了摇头，看了林电工一眼，"什么意思啊？"

林电工给老婆也盛了一碗粥，他笑道："自己取的名字自己都忘了？"

蒋经理解释道："那个时候他突然出生，我和梁虹飞都没怎么准备。"

林其乐眼角余光留意到蒋崤西吃着饭，长长的睫毛一直是落下去的。

"出生证要登记名字的时候，我也实在想不出来了，"蒋经理笑了笑，"就正好看见那天报纸上登了一句诗，叫什么，'万户千门蒋崤西'。"

饭吃完，蒋崤西背起书包，拿了钥匙就要回家。林其乐匆匆忙忙跑去厨房，问正在洗碗的妈妈预支了十块钱零花。然后，她飞快跑出门。

"蒋崤西！"她叫道。

工地宿舍是长长的，一排一排砖砌的平房。一排能住十户人家，户门与户门之间只隔四五米的距离。

蒋崤西已经走上了自家门前的台阶，正拿钥匙开门。

林其乐穿着小红鞋走过去,她搓了搓自己的手,仰头问:"你想喝可口可乐吗?"

"健力宝呢?"见蒋峤西不说话,林其乐瞎问一气,"旭日升冰茶?"

林其乐说:"你有什么想喝的,我去买,我们一起去玩。"

蒋峤西回过头,他居高临下,看着林其乐:"你不用学习吗?"

林其乐那双圆眼睛睁大了。

"光学习,不累吗?"林其乐轻声说。

"我看你都做了一天的奥数题了,"林其乐倒一点也不掩饰她对于蒋峤西的关注,"你都不会头疼吗?"

蒋峤西站在原地,似乎林其乐的话让他不能理解。

无论是"看他做了一天题",还是"学习累,会头疼"。

"我不会头疼。"蒋峤西说。

"可是又没有考试,老师又不检查,也不会批改错题,"林其乐好奇地歪头看他,"你做给谁看呀?"

§

夜里八点钟,余班长拿了一饭盒的拍黄瓜拌猪头肉,抽着烟来到了林电工家。一同来的还有小车班年轻干事邵司机等人,来找林电工一起打牌。

林妈妈则摘了围裙,端着一筐毛线,和杜尚妈妈一起,去余班长家找余樵的妈妈和余奶奶一块儿看电视剧,互相学习织毛衣。

林其乐走在前面。"你怎么走这么慢啊。"林其乐拽住蒋峤西的手,拉着他不断往前走。蒋峤西的反应总比她慢上几拍。

"又没有考试,老师又不检查……"她的声音仿佛还在耳边问,"你做给谁看呀?"

新家里黑洞洞的,没有人。没有人关心蒋峤西是不是在学习。没有堂哥一家,没有爷爷奶奶,没有家庭教师。蒋峤西走在群山工地的水泥路面上,只有林其乐围着他叽叽喳喳说个不停。

"这就是第一排!"林其乐牵着蒋峤西的手,站在单身宿舍前头,指给他看,"从这第一排,到后面的第十五排,全都是单职工宿舍!"

就是在省城,蒋峤西也没见过这么主动的女孩。他来群山工地不过两天,从小住楼房,没住过平房,更没住过这种砖砌成的,一联排十户七户的低矮房子。

单身宿舍住的几乎全是男人,是只身来到群山工地打零工的工人。九月初,天还热,不少年轻人光着膀子围坐在路口打扑克。

在省城，就算蒋峤西是个男孩，也被老师教育少来这种贫民聚集的地方。

林其乐却穿着小裙子，在里面溜达来溜达去，她好像根本感觉不到害怕。路过那些年轻男人的牌局时，林其乐还会站在旁边探头看上好一会儿。

蒋峤西想到，在他们原先老师的标准里，林其乐住的也是贫民窟，林其乐八成也是贫民。

"樱桃，"牌局里一个年轻人抬头问，"看懂了吗？"

林其乐摇头："看不懂！"

"看不懂让林工好好教教！"另一个年轻男人挠着小腿上蚊子叮的包，扔下三张牌，"人家余班长那儿子都会猜牌了。"

"余樵那小子，"另外一个人说，"会打台球了！我看他以后野着呢！"

——原来他们都是认识的。

蒋峤西想。

这一整个工地上的人，全部都是认识的。

林其乐却不知道蒋峤西在想什么，她边走，边对蒋峤西介绍群山工地上的人和事。在林其乐尚幼的脑袋里，这些生活中的大小事怕是比九九乘法表还清晰。

"杜尚家住在十一排，是单身宿舍，他和他妈妈住在一起。杜尚的爸爸调走了，调到蒲城工地去了。"

"杜尚家隔壁那排头上就是秦野云家。秦野云也是我们班的。她和她爸爸住在一起。你见过她爸爸吗？开小卖部的秦叔叔。"

他们俩穿过了十几排单身宿舍，穿过工人们闲暇时在宿舍前栽种的向日葵和草莓田，走过灯火通明的工人俱乐部、工人图书馆。

"秦野云的爸爸以前受了工伤，有一条腿不能走路了，"林其乐轻声告诉蒋峤西，"蔡方元的爸爸就让他留在工地承包了小卖部。秦叔叔可厉害了，他每天都会练气功治腿！"

两个小孩停在了群山工地领导干部房前。

说是领导干部房，也还是砖砌的平房，只比普通双职工宿舍多了一间卧室。这样简陋的居住条件，和国企工人们拿到手里的丰厚薪酬实在不成正比。

林其乐介绍道："这是三十二排，第一户住的是余樵，就是你同桌。他和他爸爸、妈妈、余奶奶，还有他小表弟余锦住在一起。余锦的妈妈生病了，就把余锦送来他们家。余樵家特别挤，住不开人，但余叔叔是劳动模范，是工地上的老大哥，什么都会答应。

"第二户住的是张奶奶，是我们工地幼儿园的园长。她对我特别好，还送我小兔子，但她丈夫好几年前去世了，她现在自己一个人住。

"后面那排，第一户住的是蔡方元，他和他爸爸妈妈住在一起，蔡叔叔你见过的吧——"

蒋峤西听着林其乐在他身边小声说话，细细地介绍。仿佛这群山工地的一砖一瓦、一草一木，任何一个人、一只动物，哪怕房檐下一窝积灰的蜂巢、树梢上废弃的鸟窝，都深深刻印在林其乐幼小的脑海中。

工地上一排排路灯亮了，把群山市郊这一块隐没在厂区之中的家属大院照亮。不少小孩子聚在路的尽头，坐在用黑色保温材料包裹的暖气管道上，正玩着扮演茅山道士的游戏。

"不过工地上也有坏人，"林其乐转过身，认真地告诉蒋峤西，"住在十四排的卫庸，他是个小混混，喜欢到处吐痰。你看到他不要和他说话。"

蒋峤西这一晚上已经接收了足够多的信息，虽然他也不知道这究竟有什么用。

"他长得就像丑了好几倍的刘德华，"林其乐又补充了一句，"你看到他，肯定能第一时间认出他来！"

蒋峤西只好点了点头。

林其乐还牵着他的手。从两人出了家门，走到现在，蒋峤西明显感觉到手心里有汗了，不知道是林其乐的汗，还是他出的汗。

黑夜里，林其乐的手是唯一的触感。不像爸爸的手那么粗硬，不像妈妈的手那样干瘪，不像奶奶的手布满了皱纹。

林其乐的手好像小兔子的耳朵，软软地蹭在蒋峤西的手背上。

"明天上学，我们几个人一起走吧！"林其乐在路灯下，突然对蒋峤西说。

蒋峤西还背着他的方形书包。

"你们都认识路？"他问。

"当然。"林其乐的眼睛睁得大大的。她突然抬起一只手，指向西边黑暗的天空。

那空中一闪一闪的，发出星星似的光，是有夜间工程还在进行着。

"群山有三座晾水塔的地方，"林其乐说，"就是我们的家！"

§

蒋峤西一大清早，从父亲手中接过电话听筒，听了两个电话。

第一个是远在香港的堂哥打来的。蒋峤西刚穿上衬衣，听堂哥说道："听说你和你爸爸闹脾气，转学考试交白卷啊？"

蒋峤西也不讲话，低头扣扣子。

"今天既然能重新考试，就好好对待一下，"堂哥认真道，"拿出真实的水平来，你怎么知道群山没有好老师呢？"

有小狗汪汪直叫，透过了听筒，从堂哥身边传进蒋峤西的耳朵里。

蒋峤西忽然觉得非常难过。

"Lassie 想你了。"堂哥说。

"我也想它。"蒋峤西说。

"在群山那边抓紧学习，"堂哥说，"只有这样，你将来才能做你想做的。"

也许是蒋峤西一直沉默，堂哥试探着问："群山那个地方怎么样？"

"不怎么样。"蒋峤西直言不讳。

堂哥一愣："有认识什么新朋友吗？"

蒋峤西说："没有。"

第二通电话来自省城实验附小教师办公室。蒋峤西背上书包，已经打算出门去上学了，他父亲又叫住他，问用不用司机送他。

座机就是在这个时候响起来的。

"蒋峤西！"说话的是蒋峤西以前在实验附小的同学，一个男生，叫费林格，"终于能给你打电话了！你在群山的新家才连上电话线吗？"

蒋峤西也不吭声，他听见电话里头乱哄哄的，像是有很多人围在那边。

费林格说："哎，你们别挤啊，岑小蔓，岑小蔓！你不和蒋峤西说话啊？"

蒋峤西握着听筒，时间过去了，一分一秒。一个熟悉的女孩子声音凑到电话跟前。

"蒋峤西，"她的声音柔柔弱弱，很文气，"你什么时候转学回来？"

父亲这时说："你的小朋友们来找你了。"

蒋峤西转头，透过客厅外那一扇纱窗门，他看到余樵、蔡方元几个人不知何时站在他家门口，一人捧着一盒牛奶喝着。

"我也不知道，"蒋峤西对电话里以前的同学说，"我先上学去了。"

余樵站在外头，见蒋峤西出来，他嘴里叼着牛奶吸管，冲他抬抬下巴，示意蒋峤西看隔壁。

林其乐家门敞着，从里头传出哭声。

"我不要，"是林其乐在嗷嗷地哭，哭得撕心裂肺，"不要拆工地……"

林爸爸哭笑不得，在屋里劝她。

"樱桃，工地啊，本来就是为了在群山建设电厂才盖起来的。等电厂建完了，叔叔阿姨们就要到下个工地去建电厂了，爸爸妈妈也要去。大家都搬走了，这里不就没有人住了吗，肯定要拆掉的。"

林妈妈说："好端端的，你和她说这个干什么呀！"

林爸爸说："闺女问我，我总不能说假话。"

蒋峤西走到了林其乐家门前，他看到林爸爸穿着那身蓝工作服，蹲在了林其乐的面前，他双手扶住林其乐的手臂，让林其乐站得更稳些，他笑着，看着林其乐哭红了的脸和一双湿乎乎的眼睛。

"到时候咱们和叔叔阿姨，一块儿搬到新工地去！"林爸爸轻声对她说，"还有新的工地住啊。"

林其乐听着，哽咽道："新的工地也有余叔叔吗？"

蒋峤西听见余樵在他身边嗤笑一声。

林爸爸说："当然有了！到时候他要是不来，咱们就给他打电话，问他，你怎么不来啊！我们都搬来了！你赶紧！"

林其乐咬着嘴里的牛奶吸管，背着书包，凑合着系上红领巾，和以前一样走在小分队的最前方。

如今蒋峤西也加入了，队伍壮大了。

蔡方元问蒋峤西，昨天林其乐是不是领着他满大院转悠去了。

蒋峤西点头。

也许昨夜在路灯下面，蔡方元看到他们两个的身影了。

谁知蔡方元说："我就知道！咱院儿每新来一个小孩儿，她就上赶着去给人家当导游，也不问问人愿不愿意——"

蒋峤西和蔡方元他们一道往前走。他抬头，瞧着前面林其乐的背影。

林其乐今天穿了条鹅黄色的小裙子，和昨天不一样。她的红领巾下面有条红绳，挂在脖子里，红衬着白，十分显眼，是系着琥珀的细线。

她两根马尾垂下来，在肩膀上来来回回晃，和她这个人一样，是很不安分的。

蔡方元说："我刚转来那天，大中午的，晒死了！她还走那么快！"他嘟囔着，"走了一中午，把我累的……"

到了学校，蒋峤西在第一节课前被叫去了校长室。老校长让他今天找时间过来重新考试,好让老师们对他的学习进度心中有数。

别的学科不知道,四年级(1)班的数学老师对蒋峤西的数学水平已经相当有数了。蒋峤西被叫到黑板上做题,老师本想下去溜达一圈,一只脚刚走下讲台,蒋峤西就已经把正确答案写上了。

相比之下,班上的音乐课代表林其乐就十分够呛。她握着粉笔头,在讲台上姿态非常认真,耳朵却竖起来,听身后的动静。

"五!"蔡方元坐在下面用气声说,"林其乐,五!"

林其乐终于听见了,也不管题目是什么,她连忙在括号里写"5"。

余樵说:"六!"

杜尚用数学书掩住嘴:"别听他们的!七!"

"八!"蔡方元紧跟上。

在数学老师一声咳嗽下,底下同学全捂着嘴不敢笑了。

最终答案还真是"八",但一下数学课,林其乐仍和蔡方元厮打了起来。

蒋峤西坐在蔡方元后排,他的桌子时不时受到这场"战争"的波及,但他还在坚持看书。同桌余樵正翻一张体育报纸。

就在前几天,九月五号,第二十届国际篮联亚洲锦标赛上,中国男篮以六十三比四十五的比分赢了韩国。

"啧啧,"旁边围了一群男生,都在余樵身边看报纸,余樵叹道,"胡卫东,神了啊!"

男生们嘴里反反复复讨论着那么几个名字:胡卫东、王治郅、巴特尔——

林其乐这时也把头伸过来,她两根马尾都要垂到蒋峤西的铅笔盒上了。

"哇,这个人是谁啊?"林其乐惊讶道。

"哪个?"蔡方元在她身边问。

"这个。"林其乐认真道。她指着报纸,那上面有一张中国男篮全队的合影。林其乐抬头看余樵。

余樵往那照片上瞧了一眼,林其乐说的是个大个头,瞧着面生。

再看新闻,这人才十八岁,第一次出征国家队,在比赛里也没什么突出表现啊。

"他怎么了?"余樵不知林其乐为何突然这么好奇。

林其乐惊叹道:"他好高啊!"

蔡方元回头对蒋峤西说:"我跟你说过吧,她就是傻。"

余樵把报纸拿了回去,似乎不愿意被林其乐这等一惊一乍的外行打扰宝贵的看报时间。

正巧林其乐在广播站的同学到班门口来找她。林其乐一走，杜尚才过来问："她刚刚问的谁啊？"

余樵正看报纸呢，头也不抬："不认识，叫什么姚明？"

§

学校广播站给小成员们发润喉糖，林其乐虽然已经不参加广播站的工作了，带队老师却总记得她，还想要她回去播报关于今年年底澳门回归的历史文化小常识节目。

林其乐嘴里含着糖，含了好几块，脸颊鼓鼓的："这个以前不是播过了吗？"

"那是香港回归，现在是澳门。"老师无奈道。

林其乐手里拿着一小包润喉糖，回到班里美滋滋地吃。蔡方元在前面擦完黑板，看见她，把板擦一丢："林其乐！也不分一分啊！"

蒋峤西写着题，突然问余樵："你们为什么和女生一起玩？"

余樵把报纸看完了，他也瞧见林其乐正在吃糖。他站起来，似乎打算用报纸去换颗糖吃。

听见蒋峤西的问题，余樵回过头来，一愣。

"你说谁啊？"他问。

"林其乐。"蒋峤西说。

余樵眼瞅着蒋峤西，仿佛头一回听说。

"她是女生？"

蒋峤西发现，只有在一种情况下，余樵他们几个才会承认林其乐是女生。

女同学秦野云和林其乐扭打在一起，战况极其惨烈，都扭打到课桌底下去了。

蔡方元坐在座位上观战，感慨道："这一山不容两只母老虎啊！"

突然林其乐大叫了一声。蒋峤西写着题，抬起头。

秦野云头发散乱，脸上被挠了好几道，却在众人的注视下得意扬扬地大笑。秦野云像骑一匹小马一样骑在林其乐身上，手里攥住了什么东西，两条细红绳从她手心里垂下去。

"还给我！"林其乐被她压在地上，动弹不得，着急地冲她喊，"快点儿还给我！"

秦野云瞪着一双眼睛，对林其乐说："你不就会找余樵帮你打架吗！你让他来帮你啊！"

她这话一出，班里班外看热闹的、不看热闹的都安静了。

最安静的还属余樵。蔡方元回头看他，只见余樵一脸茫然："她叫谁？谁叫我？我是谁？管我什么事？"

杜尚此时在旁边勇敢开口了："秦野云你……你别太过分啊！"

"有你什么事儿啊闭嘴！"秦野云抬起头，一脸嫌弃。

林其乐在原地使劲了好几次，都没能从地上爬起来。她气愤得眼圈都红了："你、你把我的琥珀还给我——"

秦野云得意地左右摇头，骑在林其乐身上摇着那颗琥珀炫耀，对林其乐伸舌头做鬼脸。

几分钟后，林其乐就站到了教室外面的走廊边，和秦野云一起被班主任拉过去罚站。

林其乐手里握着她的琥珀，眼眶通红，噘着嘴，很不开心。

班主任先是当众训斥了林其乐和秦野云几句，让她们俩在走廊站好。

接着，他和颜悦色地走进教室，用温柔的声音让蒋峤西下节体育课不用上了，跟他去办公室参加一下小考。

林其乐不自觉地抬起头来。

越过教室门，她偷偷看向教室里，蒋峤西刚才一直在安静地学习，这会儿才在余樵身边站了起来。

§

体育课有一大半时间都是自由活动。

林其乐坐在双杠上发脾气："你们都不帮我，还想让我帮你们，哼，我才不帮呢……"

蔡方元站在双杠下面跟她解释："不是，你们两个女生打架，我们帮谁不都是欺负女生吗？"

林其乐郁闷道："那你就看着她那么欺负我！"

杜尚在一旁舔了舔嘴唇，为难道："樱桃，不是不帮你，秦野云那个人忒不讲道理。"

余樵这时开口了，一点儿不客气："你和秦野云打架，秦野云也没找别人帮忙啊。"

林其乐听他这么说，才不高兴地呼出一口气。

"而且你看她那脸，"余樵说，"都让你抓成什么样了。"

林其乐跳下了双杠，把断线的小琥珀揣进她的小裙子兜里。余樵说得似乎也有道理，林其乐想，她和秦野云单打独斗，要是别人帮忙了，反而不公平。

"走吧！"林其乐说。

蔡方元见林其乐终于肯走了，激动地追上来。

"我跟你说，我那本书，就在校长室靠墙那排第二个文件柜里——"

蒋峤西正在校长室里心不在焉地写考试卷子。校长给了他一节课的时间，蒋峤西十分钟不到就写完了。

在省城奥数辅导班，这些东西蒋峤西入学时就会了。他写完，总还觉得脑子里很不平静。

"在群山那边也要抓紧学习。"

堂哥这么对他说。

"只有这样，你将来才能做你想做的。"

蒋峤西又专心地把卷子来回看了几眼，算是检查完毕。幸好校长只让他考数学，最省时间。他放下笔，正要走，忽然从窗外传来声音。

是个女孩子。

"你站稳点儿啊，蔡方元！"

§

余樵等几个小孩正在楼下，趁自由活动时间，对校长室发起新的一轮"偷袭"。林其乐站在了余樵和杜尚手上，颤巍巍地对他们说，她昨天知道了蒋峤西的名字是什么意思，是来自一句诗。可她忘了那诗是什么了："是一句特别好听的诗！"

林其乐的手小，努力伸上去，勉强够着去扒校长室的窗户缝。

突然，那扇窗从里面推开了一小半，除林其乐外，谁都没发现异样。

杜尚在下头不屑一顾："还'特别好听的诗'，能有多好听。还是什么大诗人写的诗吗？有杜尚有名吗？"

蒋峤西推开了窗子，居高临下，他先是对上了林其乐那双刚刚哭红的大眼，再往下看，看见了蔡方元、余樵、杜尚三人。

蔡方元在下面直眨巴眼，愣了。杜尚手托着林其乐的鞋底，一见蒋峤西本人忽然从头顶出现，他一吓，登时后退。

林其乐的身形在半空中一晃。

她要摔倒了，她想。从二楼摔到一楼，把腿摔断，把头摔破，摔成粉红色的大大卷。可刚往下一跌，就有一股力量从上面一把抓住了林其乐够到窗户缝的那只手。

她感觉胳膊被拽得一痛，费力地抬起头，瞧见蒋峤西左手撑住了窗台，探出上半身来伸出右手拽住她。蒋峤西拧起眉头，盯住了她的脸——

林其乐刚和秦野云打过架，她把秦野云的脸挠了，秦野云也把她的脖子抓出了血。

她两根马尾都是歪的。用蔡方元的话说，林其乐就是傻。

"她甚至都不会自己扎头发！"

蔡方元这么对蒋峤西说。

"你看她每回在学校和人打完了架，头上两根辫子就是歪的，根本不对称。余樵给她梳都比她自己梳的对称！你觉得她是小女孩？"

老校长本想中途回来看看蒋峤西的数学卷子做得怎么样了。都说什么，省里一等一的奥数天才，校长在小小的中能电厂小学干了一辈子，确实没见过这样的学生。他推开校长室的门，还没进里间呢，就听见窗外有动静。

窗子猛地被拉开，校长都没朝旁边看，他一眼盯住了楼下那几个。

蔡方元和杜尚还傻傻地站在墙根下面，余樵原本把手举起来不知在干什么，这会儿突然放下了，后退了好几步。

"你们几个！"老校长想怒喝，又顾及蒋峤西还在里头考试呢，他咬牙切齿，压低声音，"给我站住！"

余樵嘴里暗骂了一声，转头沿着小道飞身就溜了，不见踪影。蔡方元瞧着校长消失在窗户里，大约已经下楼了，他也赶紧往外跑。

只剩杜尚手足无措，停在原地，既怕老校长下来抓他，又觉得林其乐这样瑟瑟发抖地在二楼吊着不行。

"樱桃！"他颤声道，"你跳下来啊！"

林其乐吊在半空中，眉毛蹙着，踢着她的布鞋："你们……你们先别跑啊！等等我！"

她个头不高，脚距离一楼地面还有段不小的距离，掉下去起码要摔个屁股墩儿。

蒋峤西能把林其乐这么抓住已经很吃力了，也不太可能把她拖进窗户里。

更何况校长并没有走，他正在外间打电话，大概是打给教导主任的，他随时有可能进来。

林其乐在窗下抬起头，可怜巴巴地望着蒋峤西。蒋峤西先看看她，又看看外面那条小道，看校长室有多高。

蒋峤西另一只手用力抓住了窗框，他突然踩着暖气片就上了窗台。

像当初林其乐这么飞进来。

林其乐什么都没看清，只感觉眼前一黑，她向下坠，坠了不到一秒，有一只手按在她后脑勺上，紧接着她就软软地落地了。

从二楼到一楼实在太快，一出来就着地了，根本没时间让林其乐的后背在下坠中生长出翅膀来。

林其乐闭上眼是一片黑，睁开了眼，眼前还是一片黑。她再仔细看，那黑不是普通的黑，是蒋峤西外套上的黑。

杜尚站在三五步之外，瞪大眼瞧着蒋峤西这个转学生，已经是看傻的状态了。

林其乐还想着赶紧爬起来，然后把蒋峤西扶起来。结果蒋峤西手撑住地面起来就跑，手还把林其乐紧紧拽着。

§

蒋峤西知道，对于任何人来讲，他都不是独一无二的。无论是对父母，对老师、朋友，或是对群山市里区区一个没什么见识的小姑娘。

原来余樵根本不是趁机逃跑，他和蔡方元两个人大喊大叫着跑出去，沿操场跑了一大圈，引得教导主任和老校长远远地到操场上去抓他们。

林其乐什么事儿都没有，撞见教导主任，还得了一句"林樱桃今天表现不错！没和余樵、蔡方元同流合污"的表扬。她从学校医务室弄了一盒酒精棉球，也不知道具体要怎么用。面对蒋峤西后脑勺上小小的一块擦伤，她实在胆怯又慌张。

蒋峤西本来没觉得有多大事，也不太疼，让她一搽，反而疼了十倍。

"你别……别搽了。"蒋峤西和她商量。

杜尚瞧着他们，惊魂未定。他打开书包，从里头拿创可贴出来——他书包里就数创可贴最多。杜尚走到蒋峤西身边，说："上次我从、从三层楼高的树上掉下来！一点儿事也没有！"说着他赶紧把创可贴撕开，递给蒋峤西，慷慨道，"给，赶紧贴上！"

林其乐一张脸闷闷不乐的，两根马尾也歪着，体育课都下了，她坐在自己的座位上，还是很自责的样子。

余樵和蔡方元俩人挨完骂从操场回来，看她那样，问她怎么了。林其乐抬起眼看他俩，摇摇头，也不讲。

余樵觉得这事新鲜了，林其乐还能有藏着什么事不说的时候。

老校长走到四年级（1）班的教室门口，往里看了一圈："蒋峤西，你考着试怎么出来了？"

"写完了，校长。"蒋峤西说，他放下手里的书，站了起来。

蔡方元眼瞅着蒋峤西跟在校长身后出了门，两人一路往校长室走。蔡方元偷偷溜出去，他在楼梯口的拐角处蹲下了。

生怕被人看见，又忍不住频频探头。校长室就在走廊尽头，对蔡方元来说，那扇大门实在太难进去了。

林其乐也慢吞吞地从教室里出来了，她蹲在蔡方元身边，双手抱住了自己的膝盖，把脑袋使劲儿埋进膝盖里。

她这个反应让出来打球的余樵更加困惑了。余樵问杜尚："她又犯什么毛病？"

校长室的门开了。

蔡方元眼看着蒋峤西从里面出来。

他手里拿着一张对折的数学卷子，标了鲜红的100分。等蔡方元和班里的男生聚到他身边，卷子掀起来，露出里面夹着的《小学生必背古诗词一百首》。

看蒋峤西的神情，他并不太清楚这是什么，偷拿出来也没什么大不了的。

蔡方元和其他男生激动得面红耳赤，把蒋峤西团团围住。林其乐也站起来了。她都不知道蔡方元什么时候和蒋峤西说了这事，不知道蒋峤西是怎么答应的，又是怎么轻而易举找到了这本书，还躲过了老校长。

§

为表报答，蔡方元要把他心爱的《小学生必背古诗词一百首》借给蒋峤西看。他说，就是省城的小孩儿也没几个人有："我这可是从香港买来的写真集，原装正版！"

蒋峤西听了，想了想，接过来，他把这本书装进了他那个方形的皮书包里，把余樵送给他的最新一期体育报纸也塞进去了。

这只书包从来到了蒋峤西身边，还是头一回装课外书报，连蒋峤西自己都不大适应。

中午放学，蒋峤西和余樵他们四个一道步行回家。林其乐踮着脚，在学校门口的小卖部买雪糕。她回头问："蒋峤西，你要不要吃雪糕啊？"

蒋峤西一开始不知道她是在问他，蔡方元在旁边答："吃啊！"

林其乐回过头去，两根歪了的马尾甩在肩膀上。

"哎，我说我吃你怎么听不见啊？"蔡方元纳闷地问。

林其乐走在他们身边，高高兴兴地吃手里的小奶糕。林其乐樱桃似的嘴唇上也沾了奶，她舔了舔，特甜。她对蔡方元说："你想吃不会自己买啊！"

蔡方元走在蒋峤西身边，和她大眼瞪小眼。

走到群山工地宿舍大门口的时候，前方有个人骑自行车迎面过来，从蒋峤西身边骑过去了，速度飞快，险些撞到了后面的林其乐。

林其乐自己倒是躲开了，吃了一半的雪糕却失手掉在地上。林其乐一时没忍住，大喊："你不看路啊！"

蒋峤西听见这动静，回过头，恰巧那个骑自行车的人转了一圈，居然从大门外面骑回来了。这是个脸型瘦长的人，颧骨突出，鼻头颇大，特别是一笑起来，感觉一张脸上横七竖八，全是棱角。

蒋峤西脑子里猛地跳出一句形容："丑了好几倍的刘德华。"

蔡方元原本走得目不斜视，见这人居然骑回来了，不自觉地就往蒋峤西另一边的余樵身后躲了躲。

余樵抬起眼，看自行车上的卫庸。

卫庸绕来绕去的，瞧那胆小的小胖子，又看扭着头不理他的林其乐。卫庸还看了一眼蒋峤西，大概是发现这个人很陌生。他把车骑走了。

林其乐背着书包跑回家，第一件事就是坐到镜子前，让妈妈重新给她梳辫子。林妈妈刚下班，一看闺女这头发："又和谁打架了？"

林其乐从小裙子口袋里掏出断了线的琥珀，在自己腿上把断的地方对了起来。她用撒娇来回应妈妈的质问："我琥珀的线都断了……"

吃中饭的时候，林其乐顶着两根新扎好的马尾，却不见人来。她问爸爸："蒋峤西不来吃饭了吗？"

林爸爸咬着嘴里的枣面馒头："人家也不能顿顿都来。他跟他爸爸去市里吃了。"

午睡的时候，林其乐躺在自己的小床上。

她两只手放在枕头边，闭上眼，努力想要睡觉。

可辗转反侧，就是睡不着。

蒋峤西第一次出现的时候，似乎是一句话也不愿和林其乐说的。他的肤色那么白，白得过于纯净了，像漫画书里的人物，是画出来的白，不是真实的。无论林其乐怎么想，也想不到那样的皮肤会在地上擦破了，流出血。

漫画书撕碎了，里面的人物会流血吗？

林其乐主动去握蒋峤西的手的时候，蒋峤西的手是拳头，很长时间里都不肯打开。可当蒋峤西伸手来抓林其乐，他的手又打开了，紧紧拽住她，拽得她手很痛。

林其乐从她的小床上坐了起来。

卧室关了灯。爸爸妈妈正在大衣柜另一侧的双人床上午睡。

没有人知道林其乐在想什么。

林其乐掀开床边的窗帘，她眯了眯眼，看向窗外，阳光猛烈。

林其乐脖子上系了条红领巾，让起床的妈妈帮她重新扎好头发，她背着自己的小书包，沿着群山工地一排排宿舍的墙根，没有目的地向前走。

下午两点才开始上课，现在一点钟，大中午的，所有人都躲在家里。除了林其乐，没人愿意面对正午烈日的暴晒。一条条马路空荡荡的，站在十字路口朝南北西东各处望去，路上都只有林其乐自己。

这是属于她的"王国"。

林其乐贴着墙根，独自一人在群山工地四处闲逛，像国王巡视自己的领地。她穿过成排的晒了汗衫、工作服的晾衣竿，走过贴了"新进《鲁迅全集》三套，欢迎工友前来借阅"的工地图书馆，走到长满了水草的、早已荒废的工地喷泉前。

林其乐在喷泉边蹲下，仔细观察水面上一划一划的水黾。

林其乐绕到别人家院子后面，踮起脚，看这里种的向日葵今年结了多少瓜子。

一颗、两颗、三颗……

是比去年多了，还是少了？

林其乐走过蒋峤西家门前，看来看去，蒋峤西还在市里吃饭，还没回来。

林其乐想不明白，为什么她无论走去哪里，最后总忍不住拐到蒋峤西家门口来，忍不住抬头看上一眼。

为什么她觉得不太开心，因为吃中午饭时没见到蒋峤西。

这些问题太过深奥，林其乐很难想明白。

杜尚睡过了午觉，该准备上学了。他趿拉着拖鞋从家里出来倒垃圾。

一抬头，看见林其乐自己一个人坐在工人俱乐部前头的台阶上，正在发呆。

林其乐是一个奇怪的小女孩。之所以杜尚觉得她"奇怪"，因为他从来都猜不透她在想什么。

§

为什么林其乐总想见到蒋峤西？

对于这个问题，林其乐百思不得其解。

周五傍晚，放学回家，林其乐拿了妈妈给的钱，去工地小卖部秦叔叔那里买醋。秦叔叔正坐在柜台后面练气功，他双眼闭着，仿佛世外高人。林其乐屏住呼吸，踮起脚，隔着柜台观察了他一会儿。

"秦叔叔，你练的是什么功啊？"她问。

秦叔叔听见她的声音，抬起眼皮看她，笑说："你怎么今天不跟在人家蒋峤西屁股后头打转啦？"

林其乐一愣：被他发现了！

秦叔叔不是平时都不出门吗？林其乐心想。难道他真有神功，能知道外头发生的事？

秦叔叔吐出一口气，从垫子上摇摇晃晃支着拐杖站起来。

林其乐往左往右看了一圈，发现秦野云那个讨厌鬼不在。她放心大胆地问："秦叔叔，你练的是不是龟派气功啊？"

秦叔叔接过了林其乐的钱，他在货架上拿醋，不解地问："龟派气功是什么功啊？"

龟派气功是一种很厉害的功夫。林其乐提着手里的醋走进了余樵家，杜尚正和余樵两个人坐在沙发上吃炸虾片，看点播台放的《七龙珠》。

杜尚边看还边舞着虾片比画："我的动作也没错啊，怎么就是发不出光波啊？"

杜尚说他今年过年之前誓要练成龟派气功。林其乐觉得够呛，杜尚的武学"造指"实在太低，欠缺悟性，只有挨揍的份儿。林其乐走进厨房，那里头烟雾弥漫，排风扇狂转也没什么作用。

林其乐两眼一抹黑，只管喊："阿姨！我来拿虾片！"

话音未落，一只装满了黄澄澄、油亮亮大虾片的小竹筐被人从烟雾中递过来，就横在林其乐面前。

余樵的妈妈邹敏正在厨房烟雾里咳嗽，她挥舞着锅铲："樱桃啊，阿姨明天炸酥肉，你再过来拿！"

林其乐美滋滋地应道："好！"

她一手拎着沉沉的醋瓶子，一手抱着满满的虾片筐，正要回家，一位老太太这时从门外进来了，不是别人，正是余樵的奶奶。

"哎呀，樱桃，我正要找你呢！"余奶奶眼前一亮道。

她一头银发，颤巍巍过来了，拉住林其乐站到卧室门口，省得被电视里的动画片吵到。她小声问："樱桃啊，蒋经理在你家，是不是给蒋峤西的妈妈打过电话啊？"

林其乐听了，愣了愣，点点头。

老太太一看她点头，一双老眼也不混浊了，嘴瘪着笑："那你听见他们吵架吵什么了吗？"

林其乐嘴巴张开了一点，想了想，摇摇头。她早忘了。这时余樵扔掉手里的虾片，从沙发上站起来，双手扶着余奶奶肩膀把她往屋里头推。"我亲奶奶，"余樵不客气道，"您不是耳背吗，成天还打听什么闲话啊。"

余奶奶在卧室里生气道："哎呀，我和樱桃说几句话怎么啦，我确实耳背啊，我都听不清的。"

余樵说："她和您说一句，不出半小时全工地几百口子人都知道了。"

余奶奶说："那我有什么办法，工地上没人和蒋经理熟，那我只能问她嘛。"

余樵说："她和人蒋叔叔也不熟啊。"

"她不是成天围着蒋经理那个儿子打转嘛！"余奶奶说，"现在全工地都知道的呀！"

林其乐抱着醋瓶子，拿着炸虾片。她出了余樵家的门，站在台阶上愣了一小会儿。她家门前有条小路，一辆深灰色的轿车正停在路口。

林其乐认得这辆车，这是蒋峤西爸爸的车。她绕过车头，沿小路往自己家走。还没进门，她就听见里头有人讲话。

"好啊，"是爸爸的声音，"这样，你要是有事，再给我们打电话。"

蒋经理说："那我就先把蒋峤西放这儿了，我可能下周才从莱水工地回来。"

妈妈说："怎么这么突然就要出差？"

林其乐拉开了纱窗门，看到大人们在客厅里高高站着，围在一起聊着林其乐听不懂的话题。林其乐也不关心他们，径自走到了暖气片前。

蒋峤西就在暖气片旁边一把椅子上坐着。他背着他那个方形书包，一个人坐在这里，面无表情。乍看之下，他和刚转学过来的时候似乎没什么区别。

他转过脸看见林其乐了。

林其乐搁下醋，手拿那只翠绿色的小竹筐，里头是黄澄澄、油亮亮的炸虾片。

蒋峤西也不问，伸手从林其乐的筐子里拿了块虾片，放在自己嘴边咬上一口。

这虾片酥脆得很，咬一口是"咔嚓咔嚓"的脆响。林其乐在蒋峤西身边坐下，她也拿了一块，放在自己嘴里嘎吱嘎吱地吃。

大人们说的话听也听不懂，吵都吵死了。林其乐吃着虾片，突然偏头看蒋峤西，她一笑，蒋峤西就看她笑。

蒋经理和林电工夫妻俩还说着话呢，听见身后突然有动静，回头一瞧。

蒋峤西正吃林其乐挑给他的第二块"超级大虾片"。他刚咬了一口，抬起眼，正好和他父亲对视上了。

他过去总是很安静的，无论人前人后，从不"聒噪"。蒋经理听着这虾片声，突然觉得不适应。

林电工这时候笑了："就让峤西周末跟着樱桃他们去玩吧，工地上孩子多，不会有事儿。"

外面那辆车还等着，蒋政交代完几句话，就拿起他的文件袋走了，原来他连晚饭也不留下来吃。走之前，和蒋峤西也没说什么话。

林妈妈进厨房去忙活做饭了，林其乐放下了小竹筐，赶忙跑去把醋给她。林电工在客厅收拾饭桌，顺道打开了电视。快到六点了，林樱桃每天都要看《大风车》里播的《欢乐伙伴》。

客厅空间有限，拉开了饭桌，就只能再搁几张小板凳了。蒋峤西把他的书包解下来，他给林叔叔搭了把手，帮他把饭桌上的报纸、烟灰缸收拾到一边。林电工笑道："峤西，洗个手吃饭。"

蒋峤西进了厨房，却没直接洗手。他推开后院的纱窗门，果然看见林其乐正蹲在兔笼前头，忙活着喂兔子。

蒋峤西走过去，在旁边的台阶上坐下。

林妈妈也推开那扇门，看见自家闺女又把兔子搁到人家怀里。"快，别玩了，"她催促道，"进来洗手吃饭了！"

天快黑了，林其乐放回了兔子，还有白天晒的青草要收拾。小兔子不能吃鲜嫩的草，会拉肚子，必须吃晒干晒好的。蒋峤西站起来了，却不自己进去。

他看着林其乐把旧轮胎上晒的青草叶收进碗里，一根一根地收，码放在碗底，仔仔细细。两根马尾垂下了她的肩头，这么坠下来，弯曲着。有那么一会儿蒋峤西免不了想：女孩的长发都是这样的吗？

"走，"林其乐回头看他，"去吃饭吧！"

房檐下的灯暗了。林其乐把草碗搁在窗台，她拉过蒋峤西的手就跑进了厨房。

其实蒋峤西不需要任何人招呼，他现在在林其乐家就和在堂哥家一样。

就连吃饭的时候，也不用林电工一家人像以前一样来来回回地让菜了。蒋峤西想吃就吃，胃口也好，饭量比林其乐还大。也可能是因为他父亲不在，也就不会有母亲打电话来，也就不会有那些无穷无尽的，看似与他有关，实则从来不属于他的家庭纷争发生。

§

周五夜里，工人俱乐部要放映香港电影《赌神》。林其乐想去看，可蒋峤西要在家学习。

"你不和杜尚他们去看电影啦？"妈妈问。

林其乐帮妈妈擦着盘子，摇头。

电建公司给工人们发放了新的劳保，其中有两箱可口可乐。林其乐拿起爸爸杀鱼用的胶皮大剪刀，费劲地剪开箱子，拿了两罐可乐抱在怀里，她又拿了余樵妈妈给的那筐炸虾片，就这么进了卧室。

蒋峤西正在林电工的书桌旁做题。他自己一个人时，从来都安静得出奇，连带周围的空气都压抑。

笔尖摩擦在纸面上，发出沙沙的轻响。书页时不时翻动过去，翻书的是个爱惜书的人。

林其乐蹑手蹑脚地进门，从他背后走过去，绕过了大衣柜，到自己的小床边坐下。

她先是打开衣柜门，搬出里头成卷的凉席，然后把凉席打开，铺到自己小床边的地板革上。林其乐站在凉席上想了一会儿，把可乐和虾片拿过来，依照野餐的样子摆放好。她又爬上小床，拉开窗帘，把窗台上那盆长势正好的万年青搬下来。

蒋峤西正在看书，忽然感觉自己身后站了个人。他手握着笔，一回头，看见林其乐正在背后一声不吭地盯着他看。

林其乐的眼睛贼大，这么猛地盯着人看，还怪吓人的。

"你干什么？"蒋峤西说。

林其乐也不说话，上来就要拽蒋峤西的手腕。

蒋峤西说："你干什么，我要学习。"

林其乐说："你过来学好不好，在哪儿学习都一样呀。你看，我有可乐，还有零食，还有绿色的植物。吃了炸虾片，做题也不会头疼了。你做一道题，抬起眼看看绿色的叶片，老师说对眼睛好，不会得近视眼——"

蒋峤西无奈道："我真的要学习。"

林其乐说："一个人学习有什么意思啊——"

"你能不能别耍赖？"蒋峤西低头看她，"林其乐，你能不能站起来说话？"

余樵和杜尚几个人看《赌神》看了一半，实在无聊。工地上来来回回就是这么几部电影轮着放，《赌神》他们已经看得快能背了。

"林叔叔，"余樵站在林其乐家门外，透过纱窗门往里问，"林樱桃在不在家？"

"在家，在家，"林电工正在看电视上重播的《雍正王朝》，听见动静，他转头看见三个大小伙子在自家门口，"你们进屋里去找她吧。"

余樵推开了卧室门，直接往里面林其乐那小屋走。

杜尚从后面说："放什么《赌神》啊，还不如放《泰坦尼克号》呢。"

蔡方元是最后一个进去的，他们三个男生挤在大衣柜旁边的过道里，目瞪口呆地朝里面看。

林其乐就坐在地面铺的竹席子上，她两条腿贴着地，印着草莓印花的裙子搭下去。林其乐手捧一只蓝色的波比小精灵，正和它对话。

小精灵问："你是谁呀？"

"妈妈。"林其乐一字一顿地教它。

"妈妈！"那小精灵马上用僵硬的尖细机械音回应道，"妈妈！妈妈！"

旁边放着喝空了的可乐罐，还有吃了一半的虾片筐。虾片筐下面垫了几张写满公式的演算纸，沾着油渍。

在更靠里面的竹席子上，还坐了个哥们儿。

蒋峤西正盘腿坐着，低头算题。他身边堆满了书，还有打开了的文具盒，仿佛是把一整张书桌的东西都搬到林其乐这边来了。林其乐在一旁玩闹，蒋峤西学得专心，也不嫌她吵。

这会儿余樵几个进来，林其乐只顾和手里的玩具说话，一声招呼都不打。反倒是蒋峤西抬起眼来看他们："你们来了？"

1999
第二章

我喜欢红色

蒋峤西是一九九九年九月六日转学到群山市的。九月末的一天,林其乐走在路上,看手里的漫画书。

漫画里,面对女主角琴子递过来的情书,男主角直树摆着一张臭脸,当众拒绝:"我不要!"

林其乐翻过一页往后看,下一页,果然所有的同学都在嘲笑琴子:为什么要做这种事?太自不量力了,你明知道他不会理你的。

蔡方元走在林其乐身边,正和余樵、杜尚、蒋峤西绘声绘色地描述关于千禧年世界末日的传言。他看了林其乐几眼,发现她看漫画看得正入迷。

"淘气小亲亲?"蔡方元凑上去,怪腔怪调地念书名,"你这看的什么黄书啊?"

林其乐合上漫画书,上去就要打蔡方元的脑袋。

其实林其乐也觉得这个叫相原琴子的女主角傻傻的。对方明显不喜欢她,为什么还要和他表白?

林其乐转头看了看四周:

余樵正叼着牛奶袋子,边走边看体育报纸,他一贯对林其乐和蔡方元之间的"战争"不感兴趣,对她也不大关心。

蔡方元,更别提了,动不动就说林其乐有毛病,动不动就和她打架。

现在连杜尚也被蔡方元传染了。好几次,林其乐听见杜尚说"林其乐就是个泼妇"之类的话,真讨厌。

只有蒋峤西不会附和他们,也不被他们传染。上学路上,林其乐每次和蔡方元打完了架,回头的时候,都发现蒋峤西抬头在瞧她,瞧她歪了的辫子,又或是被扯开的书包,瞧她气喘吁吁的脸。

这是在关心她吗?林其乐也不确定。

数学课上,林其乐也不再害怕上黑板做题了。她每次都悄悄回头,专往蒋峤西坐的方向看。

余樵他们几个在后面瞎说答案，一个个坏笑着，要看林其乐的笑话。只有蒋峤西偶尔抬起头，发现林其乐摇着马尾辫可怜兮兮地看着他。

数学老师从旁边走过去了。蒋峤西装作在看窗外的桂花树，他用手指在窗户上写出了透明的答案。

如果长大以后林其乐要写情书给什么人，她只有唯一的人选。

临近十月，街头巷尾，人人脸上洋溢着一种期待与兴奋。新闻上说，国务院刚刚制定了一个什么"国庆节假期"，全国人民都要放长假，一放就放七天，而且从今年开始，以后年年如此。

电建职工平日里工作忙，周末都没得过，一年到头除了过年，哪有闲时候。如今终于有了新假期，谁都高兴。

可林电工夫妻俩却没能得空休息。国庆七天，大家伙儿都想歇，工程却是一天都不能停。假期第一天，工地就安排了林电工值班。林电工倒是想得开：辛苦日子过惯了，一要放假，还真不知道在家干什么，不如去值班呢。

再说了，他闺女樱桃在家，也不会孤单。

一九九九年十月一日，上午十点钟，林其乐、余樵、杜尚、蔡方元、蒋峤西五个小学生坐在林家的长沙发上，激动地看电视里直播的建国五十周年"世纪大阅兵"。

被称为"世纪大阅兵"，那自然不是寻常阅兵。播音员说，阅兵式现场有一万多名军人，数百台战车，阵容、规模堪称开国五十年来之最。

数余樵看得最投入了。他盯着屏幕里刚刚起飞的空军战斗机，咬紧嘴唇，眼睛都不眨一下。就算是蒋峤西、蔡方元这样见识多一点儿的，也对那些坦克车、洲际导弹惊叹连连。林其乐坐在一边，又看不懂，又怕落伍，只能撑着眼皮努力看。

杜尚在旁边一顿比画："樱桃你看！那导弹这么大个儿！！"

林其乐实在理解不了这种兴奋。哇！好大一个铁皮导弹！看起来好可怕啊！她从沙发垫子缝里摸出她的《淘气小亲亲》，倚在沙发里，就着阅兵式昂扬的音乐，翻开了继续看。

到中午，飞行表演结束，阅兵式直播也就结束了，余樵还瞧着电视机屏幕，一副神情恍惚的样子。杜尚和蔡方元站起来都要走了，林其乐叫他："哎，回家吃饭啦！"

余樵恍然回神，他看了林其乐一眼，大约是嫌她扫兴。他站起来，推门而去。

等到下午，他们又来了。余樵拿了一筐他妈妈炸好的虾片，被他在路上吃了不少，蔡方元提了一袋旺旺大礼包，还拿了好几盒大大卷。

杜尚两手空空，什么都没拿，他吃虾片，嚼大大卷，喝林樱桃家的可乐。一群九岁的小学生挤在大衣柜后面，每个人手上都拿着本什么，或坐着或躺在地上看。

林其乐看《淘气小亲亲》，杜尚看《白马啸西风》，余樵看《体坛周报》，蔡方元看《大众软件》，蒋峤西看《奥数精讲》。

杜尚把手里的金庸小说一放，突然提议大家去市里玩跳舞机。蔡方元和林其乐第一个把他否定了。

蔡方元嫌累。林其乐则说，每次杜尚都一个人霸占着跳舞机，把H.O.T的歌从第一首跳到最后一首，根本不让别的人玩。

蒋峤西在演算纸上得出一个答案，正往书上填，他听见林其乐说："要不咱们上山去吧！去看农民伯伯的大白鹅！"

"看什么大白鹅，"蔡方元躺在地上，嘴里塞满了炸虾片，含混不清道，"有路吗？又没有！浪费时间！"

杜尚皱眉，也说："没有桥，怎么去啊？"

蒋峤西看到林其乐扁了扁嘴。

"哎，樱桃，"杜尚突然说，"让我们看看张奶奶送你的小白兔吧！"

"不要。"林其乐说，头埋在漫画书里。

杜尚两条眉毛耷拉下来了："为什么啊？"

"我的小兔子太内向了！怕见生人！"林其乐气呼呼的，她感觉根本没有人支持她的大白鹅之旅。

余樵在旁边冷笑一声，低头看体育报："给我看我都不看。"

等天黑了，吃过了晚饭，这一群人又来了。余樵奉命把他妈妈新做的一筐炸酥肉端到林其乐家来。蔡方元本来要在家打游戏，闻着酥肉的味儿也跟过来了。

林其乐爸妈晚上还去加班。杜尚从林爸爸的床头翻磁带，一盒一盒地看，想放点音乐来听。

余樵坐在客厅沙发上，拿着遥控器不停地换台，想找阅兵式重播。他对杜尚说："林叔叔那儿有盘黑豹，放那个！"

杜尚才不爱听黑豹呢。他翻了一圈，走进林其乐的小屋："樱桃，你H.O.T的磁带放哪儿了？"

林其乐还坐在地上专心研读《淘气小亲亲》。

她抬头看了一眼杜尚，想了想，又转过头。

蒋峤西还在她身边低头做题，他皱着眉头，嘴里喃喃低语的，不断算一些新的数字。

"你想听什么歌啊？"她问他。

蒋峤西正投入着，外面太吵，也就林其乐这里边还安静点儿。林其乐问第二遍的时候，蒋峤西才后知后觉抬起眼看她。

"什么？"

"你想听什么歌？"

"都行。"他说。

说完了低头继续演算。

林其乐眨了眨眼，又问："你都没有什么喜欢的歌星吗？"

杜尚在大衣柜旁边站着，这会儿也挺好奇地伸头往里边儿看。

从省城转学来到群山工地以后，蒋峤西每天的生活除了奥数就是奥数，除了做题就是做题，从没见他在人前表现出过任何嗜好。

"有。"蒋峤西轻轻捏着自动笔，抬起头说。

"谁啊？"就听林其乐和杜尚异口同声地问他。

"Leonard Cohen."

余樵在外头看阅兵，看得正入迷，就听小屋里林其乐和杜尚超大声地问："谁？"

四个人全坐到蒋峤西面前，听蒋峤西复述了一遍那个名字："莱昂纳德·科恩。"

林其乐和余樵面面相觑，又看蔡方元。他们几个人里数蔡方元去过的城市最多，见多识广，可蔡方元也是一脸茫然。

"不认识。"

"我也不认识。"

他们四个人纷纷摇头。

蒋峤西手头这道题是暂时算不完了，蒋峤西也看他们四个。

"其实我也不大认识。"他说。

林其乐问："那你为什么喜欢他？"

蒋峤西说："以前在堂哥家里听过他的歌。"

林其乐问蒋峤西，这个姓莱的人唱过什么歌。蒋峤西说了一句英文，林其乐眼睛睁大了，抿着嘴。

"省城的小学都要学英语吗？"林其乐问。

蒋峤西"嗯"了一声。

杜尚大刺刺躺在林其乐父母的大床上，闭着眼睛，听录音机外放的张惠妹的歌。

一想到你，就让我快乐。张惠妹唱着。

像妈妈轻柔的歌唱。像爸爸终年的奔忙[1]。

林电工加了一天班,到夜里九点多才风尘仆仆地回来了。工地上的人都放假,他一个人值班,自然忙起来没完。

卧室小门虚掩着,估计孩子们还在里面。林电工靠近了门边,还没推开门,就听见余樵在里面说话。

"我今天琢磨着,"余樵两个手肘撑在膝盖上,他盘着腿坐,沉思片刻,一字一顿地说,"以后去当空军飞行员。"

林其乐一愣:"你上次还说去打篮球,现在又要当飞行员——"

"好好看阅兵了吗,"余樵嫌弃林其乐道,"就知道看你那漫画!"

蔡方元倚靠在一边,微微出神。半晌他说:"我长大想去香港,等我赚了好多好多钱就去。"

余樵瞥他:"你想去找邱淑——"

蔡方元那胖脸忽然红了。"啧"一声,余樵笑了,不再讲。

林其乐在旁边傻看他们。

"我想,我想当医生,"杜尚等其他人安静下来才说,他掰开最后一块仙贝,自己吃了半块,"我早就想好了!"

余樵在背后一拍他,把他手里那半块仙贝拿过来塞到嘴里:"空军正好有医院。"

杜尚嫌弃道:"去空军干吗啊,走道儿都得一样的,我可走不成那样——"

林妈妈从余樵家打完了毛线,端着毛衣筐子回来,她推开卧室门:"余樵啊,你妈叫你回家帮奶奶重新支一下蚊帐。"

余樵听见了,站起来就走,体育报纸也搁林其乐家不拿了。

杜尚和蔡方元也各自回家去,临走和林叔叔李阿姨道再见。林其乐站在自家门外,把他们送走,又看蒋峤西拿着他那本奥数书和几张没写完的演算纸,走到隔壁家门口。

"蒋峤西,"林其乐突然问他,"你长大以后想做什么呀?"

§

"蒋峤西,你长大以后想做什么?"

林其乐问他。

---

[1] 引自由张雨生作词作曲、张惠妹演唱的歌曲《一想到你呀》。

不仅夜里问,到了白天还要继续追问,蒋峤西不肯说。

"是什么啊,就不能告诉我……"林其乐嘟囔。

蒋峤西被她追问得烦了,只好回了一句:"说了你也不懂。"

明明都一样上四年级,都是少先队员,什么叫"说了你也不懂"。

林其乐心里这样想,越发地郁闷了。她郁闷地吃虾片,吃得咔嚓咔嚓、咯吱咯吱地响;她郁闷地揪波比小精灵淡蓝色的头发;她郁闷地仰躺在竹席上,睁大眼睛瞪天花板,又瞪坐在一边若无其事学习的蒋峤西。

吃过了晚饭,蒋峤西又来林其乐身边低头写题。

林其乐保持这样仰躺的姿势,从下往上不自觉瞥他的脸。

蒋峤西的眼睫毛长又卷翘,低头的时候,把眼眸遮住一半。蒋峤西的嘴唇有点儿薄,可能是因为天生肤色太苍白,他的嘴唇呈现一种极浅嫩的、花瓣一样的红。

蒋峤西写题的时候不仅笔在动,嘴唇也时不时地开合,在无声地计算什么。蒋峤西在演算纸和书页中间来回检查,他的睫毛一会儿抬一抬,一会儿又落下去。

蒋峤西忽然抬起眼,他那双黑眼睛里映的全是林其乐惊呆了的脸。

林其乐就保持这种惊呆了的神情,在竹席子上僵硬地翻了个身,把圆脸挤到下面去了。

国庆假期很快结束。一回到学校,木芙蓉全开花了。杜尚打着哈欠和同学一起朗读课文《火烧云》,他歪过头,发现林其乐眼睛直勾勾地瞧着语文课本,也不跟着念,就不停咽口水。

杜尚凑过去看了一眼,原来林其乐手中翻开的课文根本不是《火烧云》,是《我爱故乡的杨梅》。

语文老师非常生气:"林其乐同学!不仅假期作业没做完,开学了连语文课本都能带错!"

林其乐站起来挨批评。秦野云坐在她背后嗤笑,结果也被语文老师叫起来了。

"秦野云,还笑!你的作业呢?你说你们俩这对难姐难妹!"

杜尚问:"你今天晚上还和蒋峤西回去玩过家家啊?"

林其乐背着书包放学,走在几个小伙伴中间。她低头捏从蔡方元手里抢来的电子鸡,那几个按键快被她捏坏了,可电子鸡也没有太大变化。

杜尚苦口婆心地劝:"樱桃,你就别成天耽误人家蒋峤西学习了——"

林其乐说:"我没耽误他的学习。"

杜尚说："怎么可能不耽误，你整天在他旁边玩，他怎么可能专心做题？"

林其乐回头看了蒋峤西一眼，发现蒋峤西走在后面，也正看她。

林其乐转过身去，继续低头捏电子鸡。

等到了工人俱乐部门口，林其乐把电子鸡还给蔡方元，就和他们分开了。

只有蒋峤西跟在林其乐身后，沿着同一条路，往他们两个的家走。

林电工早早骑自行车下班回来，说："峤西啊，你爸爸去市里邮政局了！"

林其乐感觉蒋峤西的步子忽然停下了。

"我没看清楚包裹单上写的是什么，"林电工笑道，"好像是从香港转寄来的邮包，寄给你的。"

蒋政蒋经理夜间七点才回来，他去了一趟市里，不仅叫司机搬了邮政局的包裹，还买了些新鲜水果，让蒋峤西给群山工地的学生家长们送去。他这个孩子他平时不太关心，都是托工地上的工友帮忙照顾。

林其乐站在家门口，怀抱着好大一挂广西大香蕉。林其乐先抬头，甜甜道："谢谢蒋叔叔！"

又偷偷问蒋峤西："谁给你寄的呀？"

蒋峤西平日里再怎么矜持冷静，再怎么装作大人样的不说话，这会儿也按捺不住欣喜。他眼睛都在发光："我堂哥。"

林其乐从没见过他这么高兴："他给你寄的什么？"

蒋峤西回答："书，教材。"

林其乐本以为会是什么零食、玩具。毕竟是从香港寄来的，多新鲜啊。

她的眉毛失望地耷拉下来。

蒋峤西的堂兄给他捎带了一封信，说第一次寄书去群山市，不知会不会顺利，如果顺利，以后每个月他都会从香港给峤西寄新的书和资料："希望你在那边好好学习，把握好自己的未来！"

林其乐坐在竹席子上，挨在蒋峤西身边。那些从香港寄来的英文教材林其乐也看不懂，这封简短的繁体字写的信她还能看明白。

"你堂哥大你几岁？"林其乐问。

蒋峤西说："十六岁。"

林其乐愣了。大十六岁？那不应该叫"叔叔"吗？

"他二十五岁了？"林其乐算道。

蒋峤西说："我哥大我十四岁。堂哥原本是他的堂哥，后来才是我的堂哥。"

林其乐眨眨眼睛，不再问了。

妈妈端了一盘橘子和切好的苹果进来："寄了这么多东西来啊？"

蒋峤西从地上站起来，忙说："不好意思，阿姨，我收拾一下。"

妈妈说："樱桃，快把你的漫画书收起来，好让峤西的书有个地方放，不然你们怎么学习啊？"

学习，学习。在大人眼里，仿佛小孩子每天要做的事就只有学习。

十月末，林其乐走在上学路上，看到身边许多大人都在对着报纸唉声叹气。

中国股市还在暴跌，从七月份到现在，三个月了，不见任何起色。

林其乐不明白"股市"这个词代表什么，她只在电视上看过那一条条红的绿的线，画在黑色的布上，大人们会因为股市的阴晴莫测，不断变换着脸色。

"樱桃！"有一回蔡叔叔来林其乐家吃饭，指着电视上的财经节目，"你给叔叔推荐一只股票买买！"

林樱桃坐在大人腿上吃煮毛豆，她既看不懂电视节目，也听不懂大人说的话。林樱桃看了一会儿电视上滚屏走过的密密麻麻的股票名称。

"'泰山旅游'！"她忽然说，伸手指道。

"什么？"蔡叔叔又确认了一遍，"'泰山旅游'？"

余叔叔在旁边剥花生，说："你不能光叫人买，对吧，你得说出是为什么买！"

林樱桃说不出来，大人逗小孩，无非就是那么回事，就要听小孩说傻头傻脑的昏话。

林樱桃剥毛豆："我去过泰山，泰山可好看了！人又多！"

林其乐如今凑到了报刊亭前，踮起脚伸着头往财经版面上看。群山工地附近就这么一家报刊亭，来来往往都是工人，是爸爸的同事。那老板瞧见了她，笑道："樱桃，怎么着，你还炒股啊？"

林其乐抬头说："叔叔，'泰山旅游'涨了吗？"

她这么问，煞有介事，逗得周围大人都笑。还真有人翻开报纸特地帮她瞧了一眼："跌啦！这些个破股，就没有不跌的！"

林其乐离开报刊亭，难掩沮丧地背着小书包回到她的朋友们中间。

课间的时候，蒋峤西还听到她在身边嘟囔："蔡叔叔这么喜欢钱，我不会真的害他赔钱了吧……"

并不是每个人都能听到林其乐小声的嘟囔。杜尚在教室里继续看《白马啸西风》，他似乎已经放弃了对龟派气功的学习，转而开始加紧研究金庸武学中的内功心法。余樵则和班里的男生们打起了赌：甲A联赛即将进入下一轮，余樵的国足偶像——辽宁前锋曲圣卿，已经在前23轮打入16粒进球。

问鼎这一年的最佳射手几乎没有悬念。

余樵因为身高优势，总被女班长拉扯到讲台上去擦黑板。余樵一边擦，一边和门外爱踢球儿的隔壁班男生们讲，辽宁抚顺今年一定是足球联赛冠军，如果不是，他余樵明年再买一年《体坛周报》免费给他们看！

蔡方元从前面座位回过头来，玩着电子鸡，和蒋峤西、林其乐压低声音讲："余樵这回再赌输，他就该买到毕业了。"

"为什么？"林其乐问。

蔡方元说："欧冠他就输了一回了，我跟你说，余樵今年特倒霉，不知道为什么。"

余樵这一年的运气确实不好。一九九九年十二月五日，中国甲A联赛进入最后一轮，山东鲁能泰山队主场5:0战胜了武汉，辽宁抚顺与北京国安打成平局。

最终，鲁能泰山以1分的优势夺得了联赛冠军。

余樵不太服气，说鲁能能赢，全凭运气。可一周之后，足协杯决赛第二回合，鲁能泰山又以4:3力克大连万达实德，一举拿下了足协杯冠军。

余樵的心情可坏透了。但除了他以外，几乎所有的人，所有体育频道的解说员，所有群山工地的老中青球迷，都在欢呼中国足球史上的第一个"双冠王"——山东鲁能泰山队，就这么诞生了。

"人说，这叫'国足神话'！"余班长还在饭桌上对鲁能泰山的表现大加赞赏，面对自己儿子不咸不淡闷头吃饭的消极态度，转而对还不怎么识字的小外甥余锦一顿感慨，"还是人家桑特拉奇教得好！会用人。找的那个外援，小老外，踢得很好啊！是不是！三个球啊！"

余锦捧着饭碗，一脸茫然，又有点儿害怕，只得对大舅点头。

到了周末，蔡方元的爸爸甚至还搞到一只鲁能队射手宿茂臻以及教练桑特拉奇签名的足球，美滋滋地珍藏在柜子里，把林电工、余班长等一干老工友全请来品鉴观赏。

一九九九年年底，中能电厂小学开始了本学年第一次的期末考试。蔡方元痛心疾首，抓耳挠腮："马上就世界末日了，居然还期末考试！"

学校不允许学生提前逃难，无论是谁，都必须坐在教室里老老实实把卷子写完。

蒋峤西，这位入学成绩只有十分，据说是靠"走关系"才破格转入电厂小学四年级的插班生，本次期末考试，他居然拿到了建校以来第一个"四冠王"。一共四门考试，他拿了四个满分。"哎呀，比鲁能还牛啊！"班主任这样赞叹道。

那天放学，林其乐风风火火地跑回了家，她隔着老远就激动地大喊："爸爸，我们出成绩啦！"

林电工一听她这么大动静，也满怀期待了，问："考得怎么样啊？"

林其乐跑到他面前："蒋峤西考了四个一百，老师说他是'四冠王'！"

林电工愣了愣，哑然失笑："好好……"他又问，"那你考了多少啊？"

余樵四个人正巧背着书包，从林家门口经过。余樵自己不高兴，也成心不让林其乐高兴，他扯大了嗓门喊："林叔叔，林其乐也考了一百！"

林电工问："真的啊？"

余樵说："四门加起来一百多点儿！"

在蔡方元的捧腹大笑声中，林其乐背着书包，冲出家门就杀将过来。余樵跑得可比她快多了，在偌大一个群山工地家属院，又是下班时间，路上处处是叔叔阿姨，是骑着自行车赶去食堂吃饭的职工。余樵在其间风一样地穿梭，林其乐在后面拼命死追。

她气喘吁吁，就是追不到他，打不着他。林其乐好胜心又强，不肯服输。

许多大人停下自行车来，逗林其乐："樱桃，赶紧的，拿砖头块儿砸他！"

也有大人说："余樵！你小子好意思跑那么快！"

蒋峤西走过了林其乐家门前，到了路口。他看到就在一条街对面，余樵停下来了，好像故意放水。

林其乐走过去，在余樵肚子上重重捣了一拳。

蔡方元在蒋峤西耳边问："你什么时候回省城？"

蒋峤西说："我不知道。"

蔡方元无聊道："我今年寒假也到省城去，我妈让我跟你上同一个补习班。"

蒋峤西听了，点点头。

"到时候你可得教教我，"蔡方元愁眉苦脸的，哀求道，"我哪知道省城那边学什么啊。"

"只有你去？"蒋峤西问，"他们不去吗？"

林其乐打完了余樵，还要听余樵假模假式地说一句"真疼"，才算结束。她背好书包和余樵往回走,远远看到蒋峤西和蔡方元就站在路口等他们。

林其乐忽然就笑了:"蒋峤西!"

§

林其乐很喜欢念"蒋峤西"这三个字。从早念到晚,从上学念到放学,从日出念到月落,从初秋念到深冬。一转眼,一九九九年要结束了,蒋峤西往家的方向走,他听到和余樵打完架的林其乐追在他身后,还喊着"蒋峤西"这三个字。

最初他并不明白:这三个字到底有什么好喊的?

林其乐却好像很喜欢。

玩过家家的时候,她嘴里嘀嘀咕咕,对着波比小精灵念这个名字。没有小精灵的时候,林其乐就在蒋峤西身边对空气念这个名字。

林爸爸和周围的叔叔阿姨都笑话她,林其乐也不觉得羞。下次见了蒋峤西,她还要这样念。

蒋峤西有一次偶然发现,"西"这个字从林其乐口中念出来,是一个很清脆的笑音,连林其乐说话的口型也是一个笑的表情。

林其乐每次念这个名字,总让人感觉她是在笑的。念得越多,她笑得越开心。

蒋峤西走进林电工家里,他好像已经是这家人的儿子了。林电工先是夸了几句蒋峤西考了"四冠王"的事,然后问他:"你爸爸说放假几号回省城了吗?"

蒋峤西说:"还没有。"林其乐紧跟着进了门,听了这话,愣愣地看他们。

蒋峤西进后院喂兔子去了。隔着一扇纱窗门,他听见屋里传来林其乐隐隐约约的抽泣声。

"峤西放寒假,回省城过年,等到开学,他还会再回来的。"林叔叔说。

"上次你们也是这样说的,"林其乐哭得断断续续,声音很委屈,"陈明昊、明昊哥哥去了省城,就不回来了……"

"樱桃,"林妈妈在旁边小声安慰她,"别哭了,人家峤西要听见了。不是还有别的小朋友在工地上吗,余樵他们不是还没转走吗?"

林其乐哭得更厉害了:"余樵、余樵也会转走的……"

林电工说:"有小朋友转走,也会有新的小朋友转过来,好不好,不哭了。"

不知林其乐是被这简简单单一句话就安慰住了,还是别的什么原因,她很快就抹干净脸不哭了。蒋峤西帮她喂完了兔子，洗干净手，和她坐在一块儿吃饭。

吃完饭，林其乐去小床上睡午觉。蒋峤西走进她的小卧室里，在床旁边的过道铺的竹席子上坐下，低头继续写他的奥数题目。

大衣柜外面，林电工夫妻也睡了。

这天中午，家里静得出奇。

只有蒋峤西的笔尖，在演算纸上发出轻而持久的摩擦音。只有林其乐哭过以后，睡觉时轻轻的呼吸声。

如果这时候林其乐起床了，看到蒋峤西在旁边干什么，她八成会以为蒋峤西又在计算什么复杂难解的题目。可只有蒋峤西知道，他只是在写一些毫无意义的数字。

暖气热得很。林其乐睡醒了，穿着小兔子样的棉拖鞋走出去喝水，她端着一盘水果，回到蒋峤西身边坐下了。

"你写了一中午题？"林其乐睡眼惺忪地问他，看他的演算纸。

"你期末考了多少分？"蒋峤西说。

林其乐一双眼睛本来就大，哭过以后眼眶发红，更让人不由自主地只能看她的眼睛。

林其乐摇了摇头，马尾辫在肩膀上蹭了蹭。一看就考得不好。

"那你放学怎么还那么高兴。"蒋峤西说。

林其乐低下头，把水果盘子里一小串香蕉翻过来放，从"坐着"的香蕉，变成"趴着"的香蕉。

"你看，这样它们就不会屁股痛了。"林其乐对蒋峤西说。

可蒋峤西还盯着林其乐的脸。

第一次岔开话题的尝试失败。

"杜尚说我耽误你的学习。"林其乐只好老实说，"咱们下午去蔡方元家玩《仙剑》吧？"

"那你吃饭之前哭什么？"蒋峤西说。

林其乐第二次岔开话题的尝试还没开始，就面临了危机。

林其乐从她的小床底下用力拉出了一只很大很大的铁盒子。

"蒋峤西，如果你也要搬走了，"林其乐掀开盒盖，把里面的东西给他看，她并没有哭，"你也送给我一样东西吧。"

盒子里没有别的什么，就是些乱七八糟的小杂物、画片，看着像没人要的破烂儿。

"这一张米老鼠的书签，是陈明昊哥哥给我的。"林其乐坐在床边，把大盒子抱在怀里，她捻起一片薄薄发黄的透明塑料书签，给蒋峤西看，似乎是什么奇珍。

她又在铁盒子里翻翻找找："这个花仙子的头花，是郑晓晨姐姐送给我的。你可能会认识她，她也搬到省城去上学了……"

林其乐从小跟在父母身边，在不同城市的工地之间颠沛流离。一座火电厂在全中国的版图上拔地而起，每当完成了新电厂的建设，所有电建职工就会举家迁离，奔往下一个亟待开荒的地域。

林其乐习惯了搬家，每次搬家总会弄丢很多东西，不仅仅是随身的玩具、书本，还有一起念书的朋友、住得很近的邻居叔叔阿姨……

她和蒋峤西只认识了半年，但对林其乐来说，这其实已经足够长了。林其乐习惯用最大的热情去结识每一个新朋友、新邻居。

"蒋峤西，你会搬走吗？"她问。

蒋峤西说："会。"

林其乐眼睛睁大了，可能她还不是很能面对："你什么时候搬走？"

蒋峤西说："长大以后。"

林其乐一下子愣了："什么意思？"

她的卧室很小，六平方米不到。两人并肩坐在一起，蒋峤西说句话，林其乐都仿佛能感觉到一股很轻的气流，在自己脸颊边擦过。

蒋峤西说："你上次不是问我，将来打算做什么吗？"

林其乐点头。

"我将来打算去美国，"蒋峤西坐在这个极其闭塞的地方，用一种与他的年龄并不相符的语气告诉林其乐，"然后再也不会回来。"

美国。林其乐被这个词吓了一大跳。

她原本以为，蒋峤西说的是从群山这个小地方搬回省城去。

"美国……"她一时陷入了茫然。

"是。"蒋峤西点头了。

林其乐用她那双樱桃似的大眼盯着蒋峤西看。

"我听说美国人都很坏。"林其乐说。

蒋峤西笑了。

"你笑什么？"林其乐说。

"你说谁不坏？"蒋峤西说。

林其乐被他这句话又吓了一大跳。

蒋峤西低头看了一眼林其乐怀里抱的那只寒酸的大铁盒子，有那么一瞬间，他感觉林其乐确实只是一个长在小地方的、没什么见识的小女孩。

当然她很可爱，她有一对乖顺的小白兔，她说话的声音也很好听，两根马尾辫总是晃来晃去的，让人想要看她生气。她身边围了一群男生，但她似乎并不清楚，为什么他们喜欢和她在一起玩。

"你想要什么，"蒋峤西许下了他的诺言，对林其乐说，"将来我走之前，一定送给你。"

吃过了晚饭，群山工地宿舍的大人小孩都出门娱乐。蒋峤西坐在工人俱乐部前的台阶上，和余樵、蔡方元在一块儿说话。

林其乐则被杜尚拉到草坪里，去陪杜尚"切磋武艺"。

林其乐总有心事，她一边心不在焉地应付着杜尚的"六脉神剑"，一边借着工地上的路灯，朝远处台阶上坐着的蒋峤西看。

"杜尚，"林其乐开口问，"你知道美国在哪里吗？"

杜尚正稳扎马步，在体内积攒内力，打算一举攻破林其乐的"左右互搏之术"。林其乐问他问题，他一走神，内力便散了。

"美国？"杜尚说，"你问这个干什么啊？"

"你知不知道呀？"林其乐说。

杜尚走到她身边，绞尽脑汁回忆在学校看过的世界地图："好像在地球对面？"

"反正离咱们特别特别远！"

§

蒋峤西刚转学过来的时候，看上去就不像一个普通孩子。林其乐是早就意识到这一点的，可她还是没想到，蒋峤西每天想的事情和他们是这么的不一样。

"去美国需要奥数很好吗？"林其乐问。

蒋峤西摇头。

林其乐问："那你为什么还这么努力学？"

蒋峤西有些无奈，只是说："我不能不学。"

林其乐在旁边坐了一会儿，又问："去美国需要很多钱吗？"

蒋峤西说："我堂哥一家会出钱。"

林其乐问："蒋叔叔没有这么多钱？"

蒋峤西抬起眼看她："他还不知道，你别让他知道。"

林其乐的脑袋瓜子转得没那么快。她只是不明白，为什么会有家长无心照顾自己的孩子，又不愿意放孩子离开自己的身边。

蒋峤西继续做他的奥数题。林其乐从外面拿来了香蕉、可乐，又抱着她的波比小精灵坐回到蒋峤西身边。

小精灵的开关一开，就尖叫着喊林其乐："妈妈！妈妈！"

蒋峤西抬头看了一眼。只见林其乐按动了另一个开关，波比小精灵便对蒋峤西问："你叫什么啊？"

林其乐等着听，却不见蒋峤西说话。

林其乐代替他回答："蒋峤西！"

波比小精灵便尖叫起来，录下了林其乐的声音："蒋峤西！蒋峤西！"

林其乐咯咯直笑，蒋峤西却笑着嫌弃："真难听。"

林爸爸这时推门进来，看见两个小朋友正玩得开心，他说："峤西，你爸爸来了，你先出来一下。"

蒋峤西脸上刚刚有了一点儿笑容，这会儿又消失了。林其乐坐在原地，抬起头看蒋峤西放下手里的书，从她身边走出了卧室。

蒋峤西的妈妈梁虹飞在电话里说，她已经在省城给峤西报好了竞赛班，今天晚上从群山市出发，明天一早刚好能赶上第一节课："爸爸妈妈都不在省城，你自己上补习班没关系吧？你以前的同学费林格邀请你住在他家，你就去吧。"

林其乐抱着波比小精灵，眼看着爸爸妈妈突然走进卧室，在她身边拾起蒋峤西写到一半的奥数题，还有那些从香港寄来的奥数课本。

"要干什么？"她问。

林电工说："樱桃，峤西一会儿就走，你帮他收拾收拾书，你看看，哪些是他的啊？"

蒋峤西先回家去了。他拿出自己的衣服，在司机的帮助下打包了行李。等出来的时候，天已经黑透了，只有屋檐下透出些光来。蒋峤西背上自己的那个方形书包，他看到林其乐还抱着那个波比小精灵，就站在他面前。

蒋峤西对她说："我先走了。"他越过林其乐，跟在那个司机身后，往这排砖瓦房子的尽头，路口停着的那辆车走。

蒋政还要留在群山工地继续工作，他望着自己小儿子离开的背影，舔了舔嘴唇，也没去送。

反倒是林其乐追上去了："蒋峤西！"

蒋峤西走到了车边，把书包卸下来放进车里。他站在车门外，往前往后，能看到群山工地的大马路上，老人们、孩子们，聊天的、嬉戏的，都在其乐融融地度过这个夜晚。

蒋峤西从林其乐怀中拿过了那个波比小精灵，他伸手按了一下开关。

"蒋峤西！蒋峤西！"

这个波比小精灵名字虽叫"小精灵"，却只有简单的录音和播放功能。简而言之，它发出的"蒋峤西"三个字音，并不是它在说，只是录下了林其乐当时的声音，做了简单的数字化处理。

"我拿走了。"蒋峤西手握那个小精灵，说。

林其乐愣了："啊？"

等林其乐回过神来，蒋峤西已经坐进车里，拿着那个称呼林其乐"妈妈"的小精灵，就这么离开了群山工地。

二〇〇〇年到来了。林其乐起床以后先是看了一会儿自己的房间，又看床头空荡荡的小垫子。

"哪儿有什么世界末日，蔡方元这个骗子。"林其乐刷着牙，愤恨道。

§

二〇〇〇年的春节，林其乐是在北京度过的。

她大姑一家人住在北三环一条狭窄巷弄里，门头窄小。隔壁是一家理发店，兼给人修面刮脸。

林其乐闲得没事的时候，就搬一个小板凳，坐到隔壁门口看人理发，十次有七八次，会有客人塞糖果、花生给她。

家里正在择韭菜，准备包年夜饭饺子。林其乐跑回家去，绕过了妈妈和大姑身边，坐在高高的床垫上，吃她刚刚买的小糖马。

电视上正播一部电视剧，叫《贫嘴张大民的幸福生活》。

大姑和林其乐的妈妈感慨："得亏当年没让你姐夫去那边厂里，你看看，好干吗？"

"现在什么都不好干，"妈妈说，"我们那省城总部的房子，去年说分，到现在还没下来。"

"还没分？"大姑一把把手里的韭菜放下了。

林其乐吃糖吃得专心。妈妈回头看了她一眼，正巧林电工也不在，她眉头蹙了，对林其乐的大姑讲："群山工地干不了几年了，我原本想等分了总部的房子，让樱桃去省城的学校念初中——"

大姑说："该去！你们不能让她再在工地念书了。孩子到了中学得抓紧了！"

林妈妈一脸苦色，又无可奈何。

"姐，也不看看你弟是什么性格，"妈妈从苦中露出一抹笑来，"分房子分房子让着人家，加班加点倒是他抢先。这工地最后要是留下人，我估计多半还是他留下！"

大姑脸色变了："这不行，他自己打小儿乐意吃亏，让他自个儿吃去。你们娘俩可不能跟着老受罪，等他回来我去说说他！"

"您要是真能说动他了，"林妈妈端起择好的一小盆韭菜去厨房洗，"我就服您了！"

林电工带着林其乐的表哥上街买鱼去了。林其乐坐在床垫上又看了一会儿张大民，把手里的小糖马吃了一大半。

"樱桃！"大姑忽然叫她，声儿悄悄地，"樱桃？"

林其乐那大眼睛一瞟，发现大姑在表哥那小屋里，掩着门缝，冲她招手，悄悄叫她进去。

妈妈还在厨房剁韭菜馅儿。林其乐走进了表哥的小屋，被大姑拉到了床前。

表哥这屋还不如林其乐在群山的小卧室大呢。起码林其乐自己还有张书桌，表哥连看书写字儿都得在床上。

"樱桃，今年期末考试考得怎么样啊？"大姑笑着问。

林其乐咬了咬嘴："不好。"

大姑用她那双肥胖的、布满皱纹的手捏了捏林其乐的小脸蛋，又沿着林其乐脖子上挂的红线，把那一小颗红色的琥珀从林其乐棉袄领子里揪出来。

"真好看，像樱桃，是不是啊？"大姑笑道，她两只手小心翼翼地捧着林其乐的琥珀，"大姑还记得你出生那天，那会儿刚刚四月份！"

"我在北京上着班，接到你爸爸打来的电话！说，樱桃出生啦！中午一下班，我就叫上了你姑父，我们俩一块儿去了趟潘家园！到那儿看呀看呀，我就相中这个了！"

林其乐听着关于她自己的出生故事，脸上不禁笑着。

"别的孩子出生，人家都送金件儿，"大姑抬起眼来，用一种慈爱的、怜惜的目光看林其乐，"大姑买不起多好的金件，送给樱桃一颗琥珀，我听说，琥珀是好东西，趋吉避凶，几千几万年都不会变的！"

林其乐认认真真点头。

大姑往门外瞥了一眼，像是提防着弟妹突然出现。她从自己口袋摸出一个红纸包成的小包包，塞进了林其乐的棉袄兜里。

"这是大姑给你的，"她说，"别让你爸妈瞧见，不然他们就拿走了！"

林其乐眨了眨眼："是压岁钱吗？"

大姑笑道："是！"

林其乐掩饰不住她脸上的激动，她最喜欢过年了！

大姑说："别乱花，把钱存起来，有想买的东西再买！"

爸爸和表哥提着新鲜的鲤鱼从外面回来了。林其乐去看爸爸杀鱼，又去外面街上看人家杀鸡。

北京的天黑得早，妈妈从屋子里出来，拉林其乐回去。

这里到底不比群山工地。北京这条小巷子里，什么住户都有，鱼龙混杂的。林其乐一个外地来的小女孩，万一走丢了，被人抱走了，根本找都找不着。

还没进家门的时候，妈妈忽然蹲下来，对林其乐认真道："樱桃，大姑和姑父今年如果要给你压岁钱，千万不能要，知不知道？"

林其乐一愣。

妈妈说："你有什么想要的，爸妈给你买。你表哥今年上高中，你姑父又生病了，不能要大姑的钱。"

林其乐蹲在厨房门口剥蒜，把白生生的蒜瓣搁进碗里。她听到妈妈和爸爸在厨房里小声商量。

"一千吧，就一千吧，"爸爸笑着说，"好不容易来一回。"

妈妈说："那你偷偷给孩子，别让大姐看见！"

播春节联欢晚会的时候，林其乐还在想妈妈说的压岁钱的事情，怎么办呢，大姑的钱要怎么办？

大姑家里电话不停地响，把晚会节目打断，都是亲戚、同事打来的拜年电话。

还有表哥的同学，打电话约他年后出去玩。

林其乐忽然想，蒋峤西现在在省城做什么呢，也在吃饭，在看晚会吗？

§

群山工地入了夜，只有一小半房子还亮着灯。留守在工地上过年的人家并不多，杜尚和他妈妈朱晓霜端着自家做的饭菜，跑到余樵家来拼桌，一道吃年夜饭。

余樵正看春节晚会上章子怡出来唱歌。他爸爸叫他："余樵！过来接电话！"

"谁啊？"

"蒋峤西。"

余樵眉头一挑，他越过杜尚，站起来去接电话。

蒋峤西从省城打电话来，余樵实在没想到。虽然在一块儿上了半年学，还是同桌，但其实课下他们的关系并不像别的男生之间那么亲近。

蒋峤西不爱说话，成天学习，不玩游戏，也不喜欢开玩笑。余樵和他其实没什么共同语言。

"喂？"余樵说。

蒋峤西在电话里说："新年好。"

余樵听着蒋峤西那边安安静静的，好像蒋峤西正待在一个空荡荡的房子里，不像过年。他说："新年好。"

这通拜年电话的气氛开始尴尬了。余樵这边正热闹，杜尚在饭桌旁问："余叔叔，章子怡是谁啊？"

蒋峤西问："你们正在一起吃年夜饭吗？"

余樵回头看了杜尚一眼，说："杜尚他爸没回来，我爸就把他和他妈叫来一块儿吃饭了。"

蒋峤西问："只有你们两家？"

余樵手握着座机听筒，稍微动用了一下他的脑袋瓜子。

"林樱桃上北京了，"余樵说，"上她大姑家过年去了。"

蒋峤西那边安静了一会儿。

余樵善心大发道："大年初五回来。"

他又问："你在省城怎么样，蔡方元在那边补习班跟得上吗？"

蒋峤西笑道："他的书在这边也被校长没收了。"

余樵也笑起来："你开学还回不回来上学？"

"回去。"蒋峤西笃定道。

余樵说："那你把作业借我抄抄。"

大年初五这天，林其乐坐在离京回家的火车上，塞着耳机听歌。

爸爸坐在旁边，拿过林其乐的耳机听了一下，跟着哼唱："深深太平洋底……[1]"

"爸爸。"林其乐突然叫他。

"怎么啦？"林爸爸说。

林其乐郑重道："我拿走了大姑给我的两百块钱。"

林电工一听这个，把耳机摘下来了，低头看她。

---

[1] 引自由中岛美雪谱曲、陈没填词、任贤齐演唱的歌曲《伤心太平洋》。

林其乐坦白交代："大姑给了我四百。"

林电工问："你把那两百块放哪儿了？"

林其乐揉搓着她的手指，道："我走之前，悄悄塞到我表哥的铅笔盒里了。"

火车几乎走了一天，摇摇摆摆，终于在群山市火车总站停下了。林其乐被爸爸从车上背下来，到了站台上，她站着还想睡，被妈妈摇醒。

"樱桃，到家啦！"妈妈笑道，"你看看谁来接你了？"

半夜三更，市里的公交车都停了。余班长开着一辆小面包车，过来接林电工一家人回工地。林其乐坐在车里，睡眼惺忪地揉眼睛。

余班长一边和林电工夫妻俩说话，一边笑着问："樱桃！北京好不好啊？"

"好！"林其乐回答。

"那是北京好还是群山好啊？"

林其乐答："群山好！"

一进家门，林其乐就背着她的小书包跑进了久违的小房间。余班长说："樱桃，明天上张奶奶家把你的兔子接回来。"

"好！"林其乐检查完窗台上她的那盆万年青，回头想探望一下独自在家过年的波比小精灵。

啊。林其乐这时才想起来。

小精灵今年是在省城过的年。

是陪蒋峤西一起过的年。

不知道蒋峤西现在在省城做什么，这么晚了，应该在睡觉吧。林其乐把她的书包放在床上打开，把里面大姑装的糖果和庙会上买的五颜六色的发卡还有画片拿出来。

画片中间夹着一本薄薄的《圣斗士星矢》漫画。

林其乐想起来，她走前看到了这一本，还没看完，雅典娜站在水边，等着她的英雄们前去救她。表哥家只有这么一套漫画，林其乐没别的可选。

她不小心把这一本带回来了，还要打电话和表哥说一声。

漫画书翻开，一张字条从里面掉出来。

"妹妹，"是表哥的字，规规矩矩，方方正正，"这五百元钱，你买点儿零食吃。也别光吃零食，好好学习，让你爸爸妈妈和我们也骄傲骄傲！"

不得了了！

大年初六的中午，林其乐发现自己身价高涨，一下子成了"千元富翁"！

表哥给了她五百，大姑给了她两百，余叔叔给了一百，这加起来已经是八百元压岁钱了！

林其乐去张奶奶家抱回她心爱的小白兔时，张奶奶又神秘兮兮地给了她一个小红包，里面拆开又是两百块钱。

林其乐感觉钱多得烫手了！

大年初八的深夜，林其乐正在酣睡，隐约听见门外传来急促的敲门声。

是余叔叔的声音："老林！老林！起床了！"

林电工夫妻俩匆忙起床，披上外套，跑出去，打开门。

天冷着，余班长一开口都是白雾："杜永春回来了，半夜又把老婆孩子给打了！"

林电工愣了一愣，他走出门，问："杜尚呢？"

林其乐的睡衣外面套上了厚厚的棉裤棉袄，她跟在大人身边出了家门，趁着黑夜，往前走。群山工地职工医院的大门敞开着，几个年轻护士看起来也是半夜接到电话，套上大衣匆忙赶过来的。

林其乐走进大人们围着的那间病房。

杜尚坐在病床上，背对着门，他头上缠了几圈绷带，正垂着头耸着肩委屈地哭。护士们围着他，哄这个哭得毫无尊严的小男孩。

余樵的妈妈手上拿着结完的药费单子，坐在旁边把杜尚搂过来，心疼得一阵"哎哟"。

只见杜尚倚在她的怀抱里，闷声哭道："什么武功，一点儿用也没有，我还是打不过他……"

§

杜尚上次提起，说他长大了以后想当医生。

林其乐想走进去看他，被余樵拽住了，原来是有医生叔叔过来了，要给杜尚的妈妈做检查。杜尚刚刚还在哭，这会儿用力一擦眼睛，一吸鼻子，也跟去了妈妈病床边。

医生叔叔在做什么，杜尚在旁边睁着泪眼看，肩膀还一抽一抽的。他哽咽道："妈，你别怕疼啊！"

职工医院门口闹哄哄的。林其乐忽然被妈妈抱住了，她扭回头，瞧见一个被许多叔叔伸手拦着，又都没能拦住的成年男人闯进了医院。那人身上有股浓郁刺鼻的酒气，穿着一身和爸爸、叔叔一样的深蓝色工作服，领口敞开了，头发很长，胡子也长，没修理，看起来不像有家庭的人。

余班长上楼去院长室找公章了，这会儿他站在楼道处喊道："把杜永春拦住！"

林其乐看着自己的爸爸从病房里出来，伸手往杜叔叔胸前去拦，那杜叔叔却两眼直勾勾的，拳头在下面紧紧攥着，说："老林，你让开，老林，我不和你动手，你让开——"

林爸爸不肯让，屋里是杜尚他们娘俩，还有一帮年纪轻轻的小护士。"杜哥，"他恳切道，"你冷静点儿！你别闹了！"

杜永春倒吸了一口气，忽然在林电工面前硬生生跪下了。

一片寂静。当着在场所有人的面，杜永春一下一下地，膝行进了病房里，跪着去了病床边。他伸手要去握儿子杜尚的手，却被杜尚下意识地躲开了。杜尚向后倚，像躲一个瘟神一样地避开他，还把自己妈妈的病床护在背后。

病房里没人说话，这时林电工走过去，一把扶住了杜永春的肩膀，把他和杜尚隔开了。

林其乐的手紧揪住妈妈的外套。她悄悄抬头看了妈妈一眼，又看向病房里，这一幕着实令她疑惑不解。

到第二日早晨，群山工地又是一派热闹气象。林其乐走在街上，看到秦叔叔在小卖部门口练气功，看到不少叔叔阿姨说说笑笑，去工地食堂吃早点。新年刚过，每个工人都享受过了家庭的团圆。并没有多少人知道昨天半夜在十一排单身宿舍发生过什么。

林电工说，今天他请假，正好带孩子们去市里玩。林其乐翻开她桌头那本薄薄的《圣斗士星矢》，从里面拿出一张一百元钱。是大红色的新一百，特好看。

"杜尚，"林其乐走在人堆里，主动握住杜尚的手，"我们去群山百货大楼吃那家新开的肯德基！"

杜尚两只眼睛还是红肿的，他今天原本想跟着妈妈去市人民医院，可余叔叔不让他去，林叔叔硬拉着他出门去玩儿。

"肯德基？"杜尚声音里还有哭腔，他实在是很爱哭，"就那个肯德基？特贵的那个肯德基？"

余樵穿着羽绒服，在旁边望着来来往往的车辆。余樵不爱做些腻腻歪歪的举动，但这会儿他也从旁边搂住了杜尚的脖子，像个"好哥们儿""好兄弟"。他说："你还不知道林樱桃发了？"

群山市这家肯德基是元旦时候开的。刚开那一阵儿，感觉全城的人都在议论它。哎哟，这是西餐厅，高级，时髦，多稀罕啊。还有人跑去肯德基举行婚礼。

林其乐等三个小孩，加林电工一个大人，坐在群百大楼肯德基店一个角落里吃午餐。三个孩子一人抱着一个汉堡狂啃，林电工在旁边看着他们仨这吃相，他光笑，也不吃，连连感慨:"这就是美国人吃的西餐啊!"

"爸爸,"林其乐嘴上都是酱汁,她举起自己手上的汉堡,"你尝尝!"

林电工连忙摆手:"我吃不惯,吃不惯,你吃吧!"还拿纸巾给林其乐把嘴擦了擦。

等回了工地,林妈妈一听说他们几个吃了顿什么饭,哭笑不得:"在食堂五块钱吃得好着呢,你们真阔气,吃了多少钱啊?"

放寒假没别的事,杜尚一连几天都住在余樵家,白天就合伙儿来林其乐这里玩。他坐在林其乐的小床边,说:"我那天想点他的穴,怎么点不到啊?"

林其乐在旁边吃一块烤红薯,她烫得直吐舌头,掰开一小半给杜尚吃。

杜尚捧着那块红薯,可能还在思考为什么点穴不顶用的问题。

林其乐偏头看了他一眼,发现杜尚脸上的眼泪簌簌往下淌,都掉到冒着热气的烤红薯上了。

林其乐突然觉得,杜尚每天在想的,可能也是和她,和他们这些同龄人,完全不一样的事情。

"杜尚,"林其乐轻声道,"我们去看小白兔吧!"

杜尚一下子从悲伤中回过神来了。

大冬天的,兔笼被林其乐放在了厨房一角,比院子里头暖和许多。

杜尚蹲在了兔笼前,他用还包着纱布的手颤巍巍地接住了林其乐抱给他的、柔软温热的小兔子。

"樱桃。"

"嗯?"

"是不是只要我哭了,你就让我看小兔子啊⋯⋯"杜尚又哭得抽抽起来。

林樱桃点头。

杜尚不甘心道:"那为什么⋯⋯为什么蒋峤西转学过来的第一天,你就让他看了?"

林樱桃愣了。

她仔细回忆了一会儿,回忆几个月前,和蒋峤西的第一次见面。

"他那天,"林樱桃也不知道如何描述,"那天也不太高兴⋯⋯有点像是⋯⋯像也要哭了。"

§

新学期开学之前,林电工去市里少年宫给林其乐报了舞蹈特长班。

林妈妈边给林其乐收拾小书包边数落她:"一年级学画画,二年级学书法,三年级又学电子琴,四年级了开始学舞蹈。你看看你,是不是很没常性啊?"

　　林其乐感觉自己马上要成为小舞蹈家。她在床上蹦,然后问:"爸爸!蒋峤西什么时候回来啊?"

　　林电工收拾着饭桌,说:"应该今天下午到吧。"

　　林其乐跑下了床,到自己书桌前。她从一板花花绿绿的发卡中抽出一只黑色的来,别到了自己头发上。

　　妈妈说:"你下午乖乖去上舞蹈课!上完了再去找他玩。怎么不戴别的颜色?黑色这么老气。"

　　林其乐看着镜子里的自己,噘着嘴:"我就要黑色。"

　　自从蒋峤西转学到群山来,林其乐每天与他待在一起,从没有分开这么久过。

　　舞蹈课又累又疼,林其乐上着课,还把腿给扭了,下了课她还一直哭。

　　余樵和杜尚在隔壁上国画课。余樵看她这样,只好扶着她一瘸一拐地走。杜尚说:"樱桃,你今天戴了个新发卡?"

　　林其乐吸着鼻子,止住哭声,问他:"好看吗?"

　　"好看啊。"杜尚立刻说。

　　蒋经理的车就停在林其乐家门前的路口。蒋峤西穿着黑色的靴子,黑色的羽绒服。他坐在自家门前的台阶上,手里抓着一个蓝色的毛发被揉得一团乱的波比小精灵。

　　一见余樵几人出现,蒋峤西站起来。

　　林其乐哭得两眼通红,她走到跟前,看他。

　　"蒋峤西——"她叫道。

　　"西"这个字让她来念,原本该是个清脆的笑音。可她刚刚哭过,脸上又是哭又是笑,最后攒起来,又变成委屈的纯粹的哭相了。拖着长音念"西"这个字,像哭着撒娇。

　　林电工把孩子们让进家里来,他揉女儿的脑袋,任林其乐放声大哭。是问过了余樵才知道,林其乐在舞蹈课上压腿,摔倒了,在单杠下摔了个屁股墩儿,丢人得很,人家都笑话她。

　　"一见你,你就哭。"蒋峤西进了卧室,把手里的小精灵放到林其乐床头,才算物归原主。他坐到林其乐床边,抬头看她。

　　林其乐站在他面前,像罚站一样站着,两根马尾垂到了肩头。

蒋峤西注意到她头发上别着一只黑色发卡，林其乐的眼哭红了，显得更大。

林其乐穿一件桃红色的棉衣，衣领后面的帽子上有一圈绒毛。

蒋峤西问："你寒假作业写完了吗？"

林其乐说："你寒假作业写完了吧。"

"写完了。"蒋峤西说。

"没写完。"林其乐回答。

"余樵要跟我借作业。"蒋峤西说。

"那我抄什么啊？"林其乐沮丧道，又要哭了。

"你不会自己写吗？"蒋峤西说。

林其乐摇头，十分理直气壮。

元宵节当天，中能电厂小学还没开学。蒋峤西一大清早起了床，刷完牙洗完脸，接到堂哥打来的电话。他有点儿着急，讲完电话，穿好外套，出了门跑去隔壁林其乐家吃汤圆去了。

林其乐吃得太着急，黑芝麻馅儿淌出来，烫了她的舌头。她只好把汤圆碗先搁到一边，然后在蒋峤西的监督下不情不愿地埋头补数学作业。

三月将近，蒋峤西晚上在林其乐家学到了九点多，回隔壁自己家的时候，正巧遇上他爸在客厅打电话。

"你儿子自己想来，别再跟我发疯了。"蒋政坐在沙发上，抽着烟看报纸。

回头一瞅蒋峤西进家门了，蒋政用夹烟的手拿过茶几上一个黑色的很精致的盒子，在原地拿起来，又原地一放。

"生日礼物，"蒋政把座机听筒放回去，对儿子道，"给你的。"

蒋峤西瞧着那个黑色的盒子，站在原地不动。

蒋政继续看报纸，半天过去发现蒋峤西没反应，他回过头，弹了弹烟灰："去拆开看看吧。"

蒋峤西在烟雾弥漫中走上前，他拿起了那个盒子，像拿起他不得不接受的命运。他走回卧室去，关上了门，在自己床边坐下，三两下把那个盒子拆开了。

一只纯黑色的手表躺在里面。

蒋峤西垂着脖子，他的眼睛盯住这所谓的"礼物"。

他鼻子一酸，忍不住把自己的嘴唇恨恨地咬紧了。

§

　　林其乐明显感觉蒋峤西情绪不对。连着几天，蒋峤西见谁都不笑，在学校里从早到晚阴着一张脸，夜里来林其乐的小屋写作业，也不和她说话，只沉浸在自己的奥数题目里。

　　他连写字做题都变得没有耐心了，写错了也不擦，会一反常态地把演算纸粗暴地揉起来，丢到一边。

　　林其乐坐在旁边，只能悄悄看他，悄悄地抱起小精灵，免得被他的纸团砸到。

　　蔡方元说，他以前还没觉得蒋峤西这个人有什么古怪之处。

　　"这次寒假，我在省城补习班碰见他，"周六补课的时候，蔡方元坐在学校的暖气管道上，对林其乐几人讲，"感觉他在省城，像变了一个人。"

　　林其乐不明白，问："变了一个人？"

　　"反正就……"蔡方元一脸苦色，"一开始我见了他，我都不敢打招呼！你知道吗，他好像不认识我了！"

　　林其乐不知道蔡方元为什么会有这样的想法：都做了半年同学，怎么会不认识。

　　"今天是三月四日！"林其乐把手里的《圣斗士星矢》翻开，这一翻，周围几个男孩子当即"哇"出了声。只见那漫画书里冒出好几张大红大红的钱尖儿来。"明天就是蒋峤西的生日了！"林其乐看着他们，高兴道，"我们给他买什么好啊？"

　　杜尚平时兜里能有个十块钱就很得意了。"这是你今年的压岁钱？"杜尚问，"樱桃，你要全花了？"

　　"不不不，"林其乐摇头，她从书里拿出一张一百块，放进自己的口袋里，她数了数剩下的，是八百块，"我要花这些！"

　　蔡方元那双小眯缝眼抬起来，他用一种很耐人寻味的眼神去看林其乐，又看杜尚和余樵。八百，就是对蔡方元来说，这也太多了。

　　多得不寻常。哪怕蔡方元知道林其乐一向是个一头热、自来熟的笨蛋。

　　林其乐说："你们每个人再随便给我点儿钱，就当我们凑钱一起给他买的，好不好啊？"

　　"行啊，"余樵听了，从自己兜里随便一摸，摸出两个钢镚儿，直接扔给林其乐，"你打算买什么？"

　　蒋峤西从教室里出来，他有本习题册怎么找也找不着了，怀疑昨天是不是忘在林其乐家了。教室里都是同学，蒋峤西也不能贸然去翻林其乐的课桌和书包。

他站在走廊上，听到周围有人嬉笑："你看，你看，（1）班那个林樱桃又犯病了——"

"余樵老招她，怎么不去惹秦野云啊？"

蒋峤西回想起，昨天晚上，林其乐好几次让他陪她玩过家家。蒋峤西忙着做题，心情也不好，实在受不了才说了句"你能不能先安静一会儿"。

从听了那句话，林其乐就闭上嘴巴不讲话了，就连今天上学路上，她都没再烦他。

蒋峤西站在走廊边，他看到外面操场上，林其乐和余樵追打得正凶。余樵个子那么高，手里捏着林其乐这几天一直特别宝贝的那本《圣斗士星矢》，林其乐怎么追，怎么够，都够不着。

蒋峤西转身回班里去，继续学习了。

下午放学，只有蔡方元和蒋峤西一起走。蒋峤西背着书包，站在校门口愣了愣，往前往后看，才意识到林其乐几个人是真的早就跑没影儿了。

蔡方元在身边讲："她和余樵他们上群百大楼了，去买那个——"说到这儿，蔡方元一顿，估计是想起了谁的嘱托，"他们上群百大楼玩儿去了！"

§

蒋经理下班以后没回工地。蒋峤西只得独自在林叔叔家吃饭。

连林电工夫妻俩也明显感觉，蒋峤西这孩子最近情绪很不好。

林其乐和余樵他们一放学就搭公共汽车去群百大楼了。几个孩子才十岁，一个比一个胆大、有主意，山上山下城里城外就没有他们不敢闯、不敢去的地方，净让大人操心。

蒋峤西吃完了饭，背起书包打算走了："叔叔阿姨，我回家了。"

林电工说："峤西啊，你不留下写作业了？"

蒋峤西摇头，推开了纱窗门。

林其乐回群山工地时已是夜里八点多了，是余班长开车去群百大楼接他们回家的。一路上，余樵被爸爸教训得狗血淋头，杜尚在旁边，听得也是战战兢兢。

林其乐拿着手里的小纸袋，望向窗外夜幕下的城市，微微出神。

谁也不知道她在想什么。

蒋峤西在台灯下做着题，听到门外传来敲门声。

一开始是规规矩矩的"咚咚咚"。

然后才是林其乐略微忐忑的声音："蒋峤西，你在不在家？"

蒋峤西手里还在算一道题。他想，我算完这道题再说。这么想着的时候，他已经不由自主地把笔放下，站起来了。

门打开，林其乐就站在门外。

夜晚的群山工地，每一点亮光都是一个团聚的家庭。

"蒋峤西，生日快乐。"林其乐抬头看着蒋峤西的脸，她笑得甜甜的，"我们几个一起给你买了生日礼物！"

蒋峤西也许原本还有什么坏情绪，他低头瞧着林其乐的脸，不自觉地后退了一步，让林其乐进到他家里来。

不比林其乐家那么拥挤温馨，蒋峤西的家更像是一个男人简陋的单身公寓，只是多安置了一张小床给他这个孩子。

林其乐把手里的纸袋拿了出来。

那是一只纯黑的纸袋，看上去非常高级，袋子上印了一个熟悉的标志。如果蒋峤西没看错的话，前几天他才刚刚见过。

林其乐眼睛睁大了，看起来既幸福又激动。大概在林其乐看来，她在做一件非比寻常的事。

"给，"林其乐走过来，把小纸袋交到蒋峤西的手里，"你拆开看！"

蒋峤西听着林其乐的话，低头瞥了一眼手中这纸袋里装的东西。

他的脸一时间非常僵硬。蒋峤西推开卧室的门，走了进去，他在林其乐面前坐下，打开了纸袋，把里面的盒子拆开。

一只纯黑色的手表躺在里面。

蒋峤西垂着脖子，平静地看着这黑色的表带、黑色的表盘。

蒋峤西抬起头："这是谁买的？"

林其乐脸上原本有的紧张与期待，在看到蒋峤西神情的一刹那，顿住了。

"我……"林其乐说，"我们几个一起买的。"

蒋峤西就这么看着林其乐，他仿佛对手中这个盒子完全不感兴趣。哪怕这是群山百货大楼钟表专柜里很贵很贵的手表，是唯一的美国货，还正好是林其乐要找的纯黑色。手表柜台老板还告诉她，全群山市只有他们柜台进了两只，是最高级的了，拿来送给省城的孩子，绝不显得跌份儿："前几天刚卖掉一只，就剩这一只了！"

林其乐从没被蒋峤西这么看过，一时很不知所措。

"你不喜欢吗？"林其乐问，"我……我以为你会喜欢……"

"我为什么会喜欢？"蒋峤西问。

林其乐说："你不是喜欢黑色吗？"

蒋峤西一下子嗤笑出声了。

林其乐说："而且你想去美国——"

"谁告诉你我喜欢黑色。"蒋峤西说。

林其乐渐渐咬住了自己的嘴唇。

她并不知道蒋峤西现在是怎么了。

她只知道她不喜欢蒋峤西这样和她说话。

蒋峤西把手里的腕表盒子连同那个纸袋随手一丢，独自进他的小房间里去了。

蔡方元今天在学校说："感觉他在省城，像变了一个人。"

"见了他，我都不大敢打招呼！"

林其乐突然想起这些，她走进蒋峤西的屋子里。

蒋峤西看上去根本不在乎林其乐的礼物，哪怕这花了林其乐几乎一年的压岁钱，对她这个年纪的孩子来说，这有时就是未来一年的积蓄。林其乐和余樵、杜尚跑了那么多专柜，挑挑拣拣，一起凑钱，才买到了这只最合心意的手表。

林其乐不太甘心，她走到了蒋峤西身边。

蒋峤西坐在台灯下继续写奥数题目，他突然说："我在省城见到陈明昊了。"

林其乐一愣，她心里还在想着怎么告诉蒋峤西这只手表有多么好。

蒋峤西抬起头来，他望着林其乐那懵懂的，因为过于幸福，总是无忧无虑、天真烂漫笑着的脸："他不记得你是谁。"

林其乐站在原地，看着蒋峤西，安安静静地。

蒋峤西低头看自己的奥数书，说："我提醒他了。他说，是不是那个戴着个红色塑料珠子，还以为是琥珀的小女孩。"

屋子里安静极了。

林其乐走了。蒋峤西抬起头来，他没有听到林其乐哭，甚至没有见到林其乐生气、哀怨，甚至憎恨谁的模样。

蒋峤西想低头继续写他的题目，却一时半会儿无法写下去。

他刚刚对她说了什么？

§

林电工推开纱窗门，见是蒋峤西在门外，一愣："樱桃不是给你送生日礼物去了吗？"

蒋峤西说："她刚才走了。"

林电工笑着说："她没回家，那估计是去谁家玩儿了吧。"

蒋峤西向叔叔道了再见。有那么一会儿蒋峤西想，如果林叔叔知道他刚刚怎么和林其乐说话，可能就再也不会像这样对他好了。

还没走到余樵家门口，蒋峤西就听到杜尚的声音了。

"樱桃，看我，看我啊！"杜尚说着，突然就响起了清脆的竹板声。

"竹板这么一打呀，是别的咱不夸！"

杜尚模仿得惟妙惟肖。哪怕蒋峤西根本没看过今年的春节晚会，也在大街小巷的收音机里听过这一段小品。

他没走进余樵家，就隔着那扇纱窗门，夜色中，他看见林其乐坐在沙发上一边笑，一边揉眼睛。

林其乐连哭的时候都能开心地笑。她头上戴着一只黑色的发卡，这会儿还没摘下来。余樵妈妈也在旁边被杜尚逗得乐不可支，她剥着手里的炒板栗，把剥好的塞到林其乐手心里，像对自己的亲闺女。

夜里十点多，蒋峤西在他的书桌前埋头学习，听见外面客厅里突然又响起敲门声。

蒋政在外面打开门，意外道："樱桃来了！"

蒋峤西下意识地就站起来，他离开了书桌。

林其乐却不是来找蒋峤西的。她手里端着一筐热腾腾的枣面馒头，抬头对蒋政道："蒋叔叔，妈妈让我过来给你送这个。"

蒋峤西隔着卧室的门缝，看到林其乐头发上那只黑色发卡不知什么时候不见了。

蒋政在客厅里笑道："我就跟你爸爸提了一句，想要一个明天路上和司机当早点吃的，怎么拿这么多啊？"

林其乐对他甜甜笑道："我妈妈蒸太多了！多给你一点儿。"

蒋峤西觉得奇怪：为什么林其乐这么快就恢复如初了，好像从没有听过什么难听的、让人失望的话一样。

"蒋峤西，"蒋经理在客厅喊，"你同学来了，你也不送送人家。"

两家就住隔壁，有什么需要人送的。可蒋峤西还是把卧室的门打开了。林其乐看到他，除了眼眶有点儿红以外，林其乐什么异样都没有。蒋峤西走过去，推开家门送林其乐回家。

今天明明是周六，可对于群山工地的职工们来说，周末往往形同虚设。

十点多了，家家都早早熄了灯，毕竟第二天一早还要上班。

蒋峤西出了家门，等到林其乐也出来，把门关上。

"樱桃。"蒋峤西说。

林其乐穿着一件印有米老鼠图案的珊瑚绒外套，从台阶上走下来。

"蒋峤西，"林其乐小声说，她走到他面前，不卑不亢地，低头从自己衣领里找到那颗琥珀，拿出来，"你觉得这个真的是塑料做的吗？"

她还不如开口骂他。这样问，让蒋峤西更加无颜以对。

见蒋峤西不说话，林其乐低头又看了看她的"樱桃琥珀"，轻声说："其实我觉得还挺好看的呢。"

"樱桃，"蒋峤西硬着头皮说，他此前从没叫过她"樱桃"两个字，这太亲昵了，"谢谢你的礼物。"

林其乐看他。

"我刚才都是胡乱讲的。"蒋峤西说。

大年初一那天，省城总部蒋经理家来来去去，都是省内电力系统的大小人物。这些人中间，有一位带了自己的儿子过来，那个孩子叫陈明昊。

陈明昊听到蒋峤西提起"林其乐"这个名字，一时半会儿没想起来。还是蒋政说了一句："群山工地林海风的闺女，林樱桃！"

陈明昊想起来了，提醒他父亲："就是那个戴一个红色塑料珠子，还当成是琥珀的小女孩。"

这会儿蒋峤西说："我也不知道你的琥珀是真是假。"

林其乐低下头，看她的樱桃琥珀。

"是我大姑送给我的，"林其乐抬起头，对蒋峤西说，圆圆的脸颊一笑，"你觉得好看吗？"

蒋峤西点了点头。

"你真的见到陈明昊哥哥了？"林其乐问。

蒋峤西一愣。

"你们都住在总部基地大院，对不对？"林其乐说。

蒋峤西说："我见到他了。"

"他还记得我吗？"

"他挺想你的。"蒋峤西说。

林其乐问："那他为什么不给我打电话？"

蒋峤西说："学习太忙吧。"

夜深了。林其乐坐在她家门前的台阶上，蒋峤西在她身边坐下了。

两个小孩子，说悄悄话，声音更小。

"蒋峤西，你不喜欢黑色吗？"

"……"

"那为什么你所有的东西都是黑色的？"

"因为我哥喜欢黑色。"

也许林其乐会问，你哥是谁？

毕竟所有的人，几乎所有蒋峤西身边的人都会一次又一次地提起那个他素未谋面的哥哥。

林其乐却问："那你喜欢什么颜色？"

蒋峤西说："我没有喜欢的颜色。"

"那你现在想一个。"林其乐说。

"红色吧，"他想也没想，说，"我喜欢红色。"

2000

第三章

谨以此歌起誓，一切过失都将被补偿

三月下旬，群山工地迎来了一场盛事。

小车班的邵司机，年纪轻轻，一表人才，与公司会计小谢姑娘喜结连理。

群山项目部经理蔡岳，给两位新人包了大红包。人人都听说蔡经理最近发了大财，人瞧着倍儿精神，上班下班都满面红光的。

余樵一家人坐在酒店大堂，帮着新人迎客。林其乐的妈妈则在后台帮林其乐梳头发，穿花童的小裙子。

"谢阿姨，"林其乐抬头，憧憬道，"你今天真好看！"

在林其乐眼中，小谢阿姨一直是工地上最漂亮的阿姨，就像小邵叔叔是最英俊潇洒的那个叔叔。

他们两个人结婚，就像电视剧里演的一样。

"樱桃今天也特别漂亮！"小谢阿姨难掩羞涩，"来，给你颗糖吃。"

林其乐作为花童，随一对新人走上了婚礼红毯。

她扎着两根马尾，穿一身白色的纱裙，头发上别一只红色的发卡，发卡的颜色像极了新娘子的口红。

蒋峤西坐在孩子们那桌，他在余樵和蔡方元两人中间喝可乐，目光远远落在林其乐身上。

担任婚礼主持人的是公司保卫科的小李。在群山工地，但凡有工人结婚，司仪总是他。

"今天，咱们群山工地的小股神，林工家的千金林樱桃啊！也来到了现场！"小李说完了祝福新人新婚的贺词，忽然话锋一转，把话题挪到了花童林其乐的身上，"今天到场的诸位朋友，让我们鼓鼓掌啊，都沾沾蔡经理和林樱桃的光，祝大家财源广进！财运亨通！"

余班长在喜宴上喝多了酒。群山工地的年轻人结婚，他难免总是最动情的那个。邵司机和谢会计端着酒杯到他那一桌，也没忍住激动，齐声对余班长敬酒："余哥！"

蔡经理也喝多了，他把林其乐抱起来。一向正正经经的他，极其热情地在林其乐的小圆脸上亲了一口。

"好闺女！"他喊道。

总经理激动了，旁观者都笑着鼓掌。"蔡经理，'泰山旅游'这月几个涨停了？"旁边有同僚兴奋问道。

"快九个了！"

林其乐被蔡叔叔抱得太高了，所有人都笑，她也高兴。等被放下来的时候，蔡叔叔煞有介事道："樱桃！想要什么啊，说！蔡叔叔给你买！"

"蔡经理，蔡经理！现在光说可没用啊！"周遭的大人们纷纷围过来，你一句我一句地起哄，给林其乐出主意，"樱桃，去找支笔让他写下来！让他按个手印！省得你蔡叔叔酒醒了赖账！"

婚礼酒宴进行了近两个钟头才结束。工人们嘻嘻哈哈回家，余叔叔走路摇摇晃晃的，被人扶着回去。

林其乐走在后面，说："余叔叔是不是又喝多了。"

"没有！"余叔叔突然睁开了那双大眼，回头对林其乐说，"绝，对，没喝多！"

林其乐没想到被他听到了，笑着往爸爸身后躲。

余班长见状笑了，他弯下腰来，伸手点林其乐的鼻子："樱桃啊，等到你长大结婚那天，你叔叔肯定喝得比今天还多！"

"多，多！"新郎官邵司机在旁边扶着余哥，笑道，"等樱桃结婚的时候，咱们大伙儿一块儿喝！"

林其乐拉着爸爸的手，慢慢走在回家的路上。

"爸爸，"林其乐抬起头，"我以后也会这么结婚吗？"

"怎么结婚啊？"林电工说。

"像邵叔叔和谢阿姨这样结婚。"

林电工笑了，把女儿的手攥了攥："爸爸不希望你在工地上结婚。"

"为什么？"林其乐问。

"因为工人很辛苦啊。"林电工低头对她说。

电建工人的孩子，在工地出生、长大、上学，等毕业了又再度回到工地上来，和工地上的人结婚生子，早出晚归，这么日复一日，年复一年，在一座座城市间辗转，直到干不动了，才终于退休了。

林电工这一代电建人，几乎为国家建设奉献了一生。

林其乐说："可是我喜欢工地。"

林电工听了这话，揉了揉她的脑袋瓜。

整个三月份，这只叫作"泰山旅游"的股票像一头谁也拉不住的公牛，在Ａ股市场上一路狂奔。林其乐坐在她的小竹席上看蔡叔叔送给她的《大百科全书》，她抬头对蒋峤西说："你知不知道'莼鲈'是什么？"

蒋峤西还在算他的奥数题，正算到要紧关头，听了林其乐的话，他也不抬头："不知道。"

林其乐便开始对照着书艰难地念："芦叶蓬舟千重，菰菜……菰菜莼羹一梦……天地一孤啸，匹马又西风。"她想了想，对蒋峤西说，"就是《白马啸西风》吧！"

蒋峤西听得不怎么专心，稀里糊涂点头"嗯"了一声。

林其乐说："那你想知道'莼鲈'是什么意思吗？"

蒋峤西说："我不想知道。"

林其乐大眼睛眨了眨："那我也要告诉你。"

林其乐一个字一个字磕磕巴巴地念道："莼鲈就是莼菜羹和鲈鱼脍的意思，是诗人十分思念的家乡美食——"

蒋峤西无可奈何抬起头的时候，正好看到林其乐吞了一口口水，满脸的向往。

"你吃过吗？"林其乐可怜兮兮地问他。

蒋峤西摇头。

林其乐把手里的书放下了，她把下巴搭到膝盖上，又玩脚边的波比小精灵。

蒋峤西继续做题，就听林其乐在旁边突然来了一句："那你以后就叫蒋莼鲈吧！"

蒋峤西在疑惑中抬起头来。

他看到林其乐还在用手指捏那个小精灵的脸，嘴里还喃喃念着它的新名字。蒋莼鲈。蒋莼鲈。林樱桃，蒋莼鲈。

§

周末的下午，余樵来林其乐家找蒋峤西踢球，正巧林其乐要去他家拿新的炸虾片，一群小孩儿一道出门。

张奶奶和余奶奶正坐在电视机前打毛衣，见林其乐进来了，两人都招呼她。林其乐问："奶奶，炸虾片放哪儿了？"

刚问完，林其乐一低头，发现余樵那个上幼儿园的奶声奶气的小表弟余锦，正坐在两个老奶奶中间，也拿着几根毛线针在毛线里头认真地戳来戳去。

"余樵！"林其乐牵着余锦的手出了门，朝大马路上踢球的几个人影喊道，"你怎么不带余锦踢球啊，你看他居然在打毛衣！"

余樵远远听了她的话，看见余锦那个小奶球也出来了，他笑得肩膀直抖。

林其乐吃晚饭前告诉蒋峤西，她觉得余锦一定过得很不幸福："我从来没见过余樵带余锦出来玩。做哥哥的，怎么能不带弟弟出来玩呢？玩一点儿男孩子经常玩的游戏也行啊。"

她把余奶奶给她的一根毛线系成一个线圈，套在自己手指头上。

没过一会儿那线就打结成乱七八糟的一团。

余樵和杜尚夜里又过来，一进林其乐的小屋，就看见蒋峤西放着奥数题不做，耐着性子陪林其乐翻一根毛线绳。

余樵当即在林其乐背上踢了一脚："还说我让余锦织毛衣，你让蒋峤西陪你翻花绳。"

大人们也许并不明白林其乐们每天在玩些什么，不明白孩子脑袋里稀奇古怪的所思所想。四月初，群山工地发生了两件小事。

第一件是，蔡经理家的公子蔡方元，半夜哭闹着居然要离家出走，因为他珍藏的写真集全被他爸爸发现了，包括那本《小学生必背古诗词一百首》，全被残忍地撕成碎片，冲进下水道里去了。

第二件是，林其乐过十岁生日，她想要《狮子王》的漫画，可林电工请假去了群山市里所有的书店，都没找着。

最后买了一套《西游记》的漫画回来。林其乐有点儿失望，在爸爸脚下打滚撒娇。

蔡方元离家出走未遂，坐在林其乐家沙发上掩面大哭，伤心至极。蔡经理也是真生气了，不来哄，不来劝，骂蔡方元小小年纪，净看这种没出息的东西。

可蔡方元又不笨，又不傻，他十岁了，他有自己喜欢的女孩。

林电工在旁边一头雾水的，听到蔡方元不住号哭"豆豆"这个名字，他问："豆豆是谁？"

杜尚在旁边犹豫道："是、是个女明星。"

林其乐抱着她的《西游记》漫画，说："是特别好看的女明星！"

"方元啊，她长什么样子啊？"林电工问蔡方元。

蔡经理工作忙碌，日理万机，自然不比林电工有这种"闲人闲工夫"，听蔡方元哭诉都能听一个多钟头。到后来蔡方元都不好意思哭了，他哽咽道："林叔叔，你老笑什么啊！"

林其乐几人陪蔡方元回家。蔡方元在路上嘟嘟囔囔："等我以后长大了……"

余樵道："你到底怎么被你爸发现的？"

蔡方元纳闷道："我哪儿知道啊？我都藏床垫子底下了！"

他二人交流起了藏匿办法。大概自人类繁衍始，小孩怎么躲避大人，学生怎么躲避老师，丈夫怎么躲避妻子，或是妻子怎么躲避丈夫——这都是亘古不变的话题。

林其乐抱着怀里的《西游记》漫画，蔡方元没事了，她打算回家去找蒋峤西。

"樱桃，"杜尚说，"你前几天不是别黑色的发卡吗？"

林其乐转头看他，点头了。

"可蒋峤西不喜欢黑色。"林其乐说。

杜尚皱眉道："我喜欢啊！"

林其乐睁大了眼睛看他。

林其乐翻开手中的漫画书，把那只当作书签的黑色发卡拿出来，走过去别到了杜尚头发上，慷慨道："那给你戴吧！"

§

六月份，电视上在播国际大新闻，朝韩首脑会晤。

"朝鲜半岛 55 年来的坚冰在两国元首的相逢一笑间融化，这一天注定永载史册！"

林其乐和蒋峤西在后院喂兔子，林其乐偷偷伸头往客厅里看。一位西装革履的叔叔正端坐在她家的沙发上，头深深低着。

爸爸在客厅问："你现在做这个，赚不赚钱？"

那叔叔说："我走一步算一步吧。反正也下岗了，总要想办法养家糊口。"

妈妈问："外面生意好不好做？"

那叔叔说："我也想过去做点儿小买卖，但手头太紧，只能先攒点钱。"

等这位叔叔走了，林其乐才走去客厅，她看到好几纸袋的东西搁在沙发边。

每个纸袋上都印着"安利"两个字，不知是装着什么。

"你都买了他拿来的东西了，"妈妈在卧室里小声劝道，"还要借给他钱啊？"

林电工安慰道："我跟他熟，以前很熟啊，他不会不还的。"

妈妈说："他就是不还，你又能怎么样。到时候他欠钱的人可多了。"

林其乐吃完晚饭，端着空碗进厨房，她看到妈妈用那个安利的蓝瓶子倒洗洁精，尝试着刷碗。

"爸爸，"林其乐转身问，"今天那个叔叔是谁啊？"

林电工笑道："不认识啦？"

林樱桃摇头。

林电工说："是你汪叔叔啊。"

"当年和爸爸一同进厂的，"林电工说，心有戚戚似的笑了笑，"汪叔叔下岗啦，没有工作了，你要是碰见他，要好好叫叔叔。"

林樱桃问："为什么会下岗？"

她每次问"为什么"，爸爸总能给她几句答案，从不敷衍。可这时候爸爸却沉默了。他说："樱桃，你和峤西写作业去吧。"

§

林其乐问余樵，"下岗"是什么意思。

余樵说，"下岗"就是没有国家给的工作了："秦野云他爸不就下岗了吗。"

林其乐想了一会儿："那让汪叔叔也来工地开一个小卖部不行吗？"

"我爸说，秦叔叔情况特殊，当时是工地特别照顾，才留下的，"余樵说，"而且工地已经有一个小卖部了，不可能再开一个，只能说汪叔叔运气不好吧。"

运气不好。林其乐想，"运气"真是个残酷的词。

"我爸也借给他钱了，"余樵说，"不知他什么时候再来借第二次。"

汪叔叔第一次来群山工地，是六月份的事。到七月份，他给林电工打电话，说他人已经到广西了，还做成了第一笔小买卖。

"林哥！"汪叔叔在电话里喜不自胜，一改那一日来林家时的颓丧，"多谢你和嫂子那天借我那笔钱，连本带利息，连那套我那个洗洁精的钱，下星期回群山我一并都还给你！"

他太高兴了。林电工听了电话，还有点儿蒙。

林电工问："你真挣着钱了？"又说，"不用，不用利息，咱们哥俩算什么利息啊。洗洁精的钱也不用给。你嫂子说，你那个洗洁精还挺好用的。"

汪叔叔在电话里道："林哥，你就别推了。你和嫂子在工地上成天累死累活挣那点儿钱，我还不知道？干电建的，日子过得是又累又难。我从广西给嫂子买了套进口化妆品，就当为上回突然找你们借钱，赔个不是！"

汪叔叔在广西挣到钱了，从一个谁看他都倒霉的下岗职工，摇身一变成了拿大哥大、开小汽车的正经商人。林其乐坐在路边的暖气管道上，喝着葡萄汁，看蒋峤西和余樵他们踢足球。身后来来往往的电建工人们，每个人都在谈论汪叔叔的事。

蒋峤西踢了一会儿球，出了汗。他索性到林其乐身旁坐下。

"你没带水？"他问。

林其乐摇了摇头，看蒋峤西连睫毛上都有汗，她把手里的葡萄汁递给他。

蒋峤西接过去咕嘟咕嘟就喝，把林其乐剩下的半瓶都喝光了。

他们一行小朋友去工地小卖部买水，还没进门呢，就听见小卖部里有人说话。

秦叔叔问："他赚了多少钱？"

"不知道，"那个来买烟的客人说，"听说啊，他做了这一趟买卖，回来就要去省城买楼了！"

林其乐走进这间阴暗闭塞的小卖部里。之前余樵说，秦叔叔当年情况特殊，是"运气好"，才能在工地上承包这么一间小卖部。

可林其乐看秦叔叔的情形，怎么也不像运气很好。

建筑工程是一门危险的行当，每年总要死伤成百上千的人。

秦叔叔就是其中一位，他受过工伤，左腿落下了残疾，不仅下了岗，家庭也破碎了。

如果不是余樵的爸爸从中说了许多好话，蔡叔叔帮忙开了方便之门，秦叔叔恐怕连留在工地上开小卖部的机会都没有。

秦叔叔一直想治好他的腿，想回到岗位上工作。他每两个星期去医院做一次诊疗，花去了许多积蓄，可就是治不好。

到林其乐认识他的时候，他已经不去医院了。他每天学着群山地方上的老百姓，自己练气功治病。

快放暑假的一天，汪叔叔"衣锦归乡"了。他开的车就停在林家附近的路口，汪叔叔穿一身棕色西装，手里也不再提什么安利产品了，改提茶叶和进口化妆品。他在林其乐家吃了顿午饭。

林其乐手捧着一大块荔浦芋头坐在家门口啃，这也是汪叔叔从广西带来的。妈妈在屋里叫她，说芋头又蒸好一些，让她端去给各叔叔阿姨家都分一点儿。

汪叔叔说："林哥，我之前跑了几个工地借钱，说实话，当年那么多伙计，肯借给我钱的就只有你们几位老哥。我已经在广西摸透一点儿门道儿了，你看工地上这条件，砖瓦平房，你和嫂子带着樱桃，干一辈子也就这样了，樱桃还这么小，你舍得让她以后——"

林电工犹豫道:"你是想……"

汪叔叔说:"我是想,我之后在广西做买卖,也需要人手!别的人我还不信任,不如咱们自家人!你和余哥,人品我是绝对信得过!你们是想在工地上苦干一辈子,还是咱们哥几个一块儿出去闯闯?"

林其乐端着荔浦芋头往蔡方元家走,听到蔡方元的妈妈在门里说:"樱桃说买'泰山旅游',结果就你买了,林海风他自己没买?"

蔡叔叔叹息道:"没有。所以我才觉得有点儿不好意思。"

蔡方元妈妈直笑:"这个林海风,亏都让他吃了,好不容易生个闺女挺机灵的,他还沾不着光!"

汪叔叔吃完了饭,要走了。林妈妈说:"樱桃,过来送送汪叔叔。"

林其乐走过去,谢谢汪叔叔送给她的玩具和进口书包。

汪叔叔摸她的头发,抬头道:"林哥,嫂子,你们什么时候想通了,就给我打电话!"

那天夜里,林其乐在小屋睡觉。隔着大衣柜,她听到爸爸和妈妈一直在小声讨论些什么。

妈妈轻声叹气,而爸爸时不时地笑,在宽慰她。

半夜林其乐醒了,发现爸爸还没有睡着。

林电工坐在床边,借着一盏小灯,正看一本旧书。见女儿起床了,他问:"有蚊子?"

林樱桃摇摇头,走到了爸爸身边。

爸爸看的书叫《荒原狼》,书脊贴了工人图书馆的标签。林樱桃坐到他怀里,跟着看,看了半句话就开始犯困了。

第二天一早,林电工夫妻俩又起很早去上班,林其乐即将面临期末考试,爸爸让她考试前多看看课本,不要光顾着玩。

"爸爸,"林其乐问,"你也要去广西吗?"

林电工在脖子上挂好工牌,听了这话,他蹲下身来。

"爸爸不去,"林电工对她说,眼尾垂了垂,有点歉疚似的笑,"樱桃,最近零花钱够不够花?"

"够花。"林樱桃回答。

林电工笑着点头。

林樱桃说:"爸爸,我们晚上吃南京板鸭好不好呀?"

"好啊，"林电工一口答应下来，"今天下了班去买，就是不知道那个板鸭师傅他来不来。"

林其乐牵着爸爸的手，一直走到了路口，才和她的小伙伴一起去上学了。

§

二〇〇〇年的暑假，蒋峤西不打算回省城去。他计划到香港的堂哥家住一阵子，之后就回群山市。

他走了以后，林其乐就变得无所事事，和余樵他们在一块儿玩，也总提不起精神。

她在家看《西游记》的漫画，从吃午饭看到吃晚饭，到了夜里，哭得上气不接下气。林电工举着听筒叫她，说峤西从香港打电话来。

林其乐抹去脸上的眼泪，说话时仍掩盖不了哭腔。

"孙悟空他师父不要他了……"林其乐对着电话哽咽道。

蒋峤西在香港那边沉默了，说："你才刚开始看啊。"

"你都看完了？"林其乐问。

蒋峤西"嗯"了一声。

"他以后会变得很厉害。"他说。

"真的吗？"林其乐问。

"他是齐天大圣，"蒋峤西说，"上天入地，谁也不再是他的对手了。"

蒋峤西说，他会在香港给林其乐带礼物回去，让林其乐别再哭了。林其乐听了这话，终于破涕为笑。

这是蒋峤西第一次打电话来。隔天，林其乐一早起床又看《西游记》，她没看两句，突然想起了蒋峤西。

林其乐坐在凳子上抱着电话机，往香港拨蒋峤西留给她的堂哥家的电话号码。

对面一接起来，就是蒋峤西又困又疲惫的声音："喂？"

林其乐愣了愣，她不知道蒋峤西为什么一起床就是这种声音。"蒋峤西！"她叫他。

蒋峤西则如同见了鬼，瞬间就把电话给挂了。

林其乐不明所以，又往香港打了一次，没有人接，她只好不打了。

蒋峤西说他八月初就回群山。林其乐每天在家盼着八月，做什么事都心不在焉。

七月末的一天，林电工很高兴，因为蔡经理说，省城总部分给林电工夫妻俩的房子终于落实下来了。

那是七月二十九日。林樱桃坐在爸爸腿上，看茶几上铺开的省城总部小区地图。蔡叔叔在旁边拿笔圈来圈去，告诉林樱桃一家人，剩下的还有哪些房子位置最好。

"余哥挑过了吗？"

"早就挑了，"蔡叔叔说，"就差你们家了。赶紧的，不然下个工地又来抢了。"

林电工问："樱桃，你想住几号楼？"

林樱桃也不知道，她问："蒋峤西住几号楼？"

蔡叔叔在旁边笑了："他家住干部楼，和你家隔一条马路。"

林樱桃听了，点了点头，说："那我住哪儿都行。"

她去后院喂小兔子，听到蔡叔叔在客厅里小声道："樱桃长大了，是小姑娘了。"

"长大什么啊，"林妈妈直笑，"小孩子家家，胡说八道的。"

蔡叔叔说："娟子，你们看情况，稍微管管她……"

林其乐晚上睡前，在日记本上又画去了一天。马上就是七月三十日了，蒋峤西是不是快要回来了？

也许是日思夜想，总想起他。林其乐半夜睡着觉，被耳边咚咚的声音吵醒。

那声音很轻，却很有规律，一下一下，敲在林其乐床边那扇被万年青叶片遮掩住的小窗户上。

林其乐掀开窗帘，揉着眼往外望。她穿着睡裙转身下床，踩着拖鞋，绕过了爸爸妈妈睡的大床边，走进客厅。

她打开外面的门锁。

群山工地已经进入了后半夜，蒋峤西穿着他夏天惯穿的黑色短裤、黑色短袖衬衣，他手里抱了个盒子，就站在林其乐家门外。

林其乐听到了树上的蝉鸣，还有附近某家叔叔打鼾的声音。

"你回来了？"林其乐问。

蒋峤西看了看林其乐的脸，又看林其乐背后，他问："叔叔阿姨都睡了？"

林其乐轻轻关了家门，蹑手蹑脚走过了爸爸妈妈床边，进到自己的小卧室里。

她把床头的台灯拧开，借着微弱的光，她接过蒋峤西手中的玩具盒子。

"这是送给我的吗？"她看着盒子里的芭比娃娃。

"这是我堂哥给你的。"蒋峤西也在床边坐下了。

林其乐刚好奇地瞧那娃娃，又见蒋峤西从他裤兜里拿出一个更小的盒子来。

是一盒音乐磁带。

"这是我给你的。"他说。

林其乐放下娃娃，拿磁带过来看。

她从没见过封面上这位女歌手。

"为什么送给我这个？"她问。

蒋峤西的声音很轻，也因为夜晚很静，便显得清晰，清晰得林其乐甚至能听到他的呼吸声。

"我在香港听到她的一首歌，"他说，"突然想起你了。"

"为什么想起我？"林其乐问。

"我也不知道。"

卧室里有蚊子在叮人。林其乐坐到了床上，把蚊帐帘子放下来，蒋峤西也跟着她坐进了蚊帐。

林其乐的头发没有扎成马尾，弯弯地披在肩上。她从床头拿过随身听，把里面听到一半的磁带拿出来，然后拆开蒋峤西送给她的这盘，放进去。

蒋峤西靠了过来，林其乐从他身上闻到一股很淡的香味，似乎是男士沐浴露的青草味。

蒋峤西拿过林其乐的一只耳机，塞到他自己耳朵里。

"好像是第三首。"他拿过随身听，直接按下快进。

林其乐关掉床头灯，在枕头上躺下了。她往里面让了让，蒋峤西便在她身边也躺下。

前奏是钢琴声。林其乐展开歌词本贴在眼前看，没有光，她隐隐约约能看清这个叫作孙燕姿的新人女歌手的照片。林其乐问："蒋峤西，香港好吗？"

"好。"蒋峤西在黑暗中小声说。

"很好玩吗？"林其乐问。

"不是好不好玩的事。"

"那是哪里好呢？"林其乐问。

蒋峤西不说话了，也许是被林其乐的问题问烦了，也许他也不知该怎样回答。他挤在林其乐身边，挤在这小小的群山市，小小的床上。那女歌手一直在唱歌，蒋峤西听着听着，慢慢把眼睛闭上了。

§

九月份，群山市中能电厂小学开学了。

五年级小学生林其乐在前头带路，和四个男生浩浩荡荡，又往那座大山里进发。

可山路的尽头仍然没有桥，没有路。林其乐噘了噘嘴，她红色的皮鞋踩到了悬崖边上。

时隔一年，为什么还是过不去呢？

"为什么没有人在这里修一座桥？"林其乐问。

余樵说："你来修吧。"

林其乐抬起头，望向悬崖对面，那充满诱惑力的未知旅途。

"你们说，要是我们将来在这儿修一座桥，要叫什么桥好呢？"林其乐问。

蒋峤西是第一次徒步来到大山深处。从小到大，他从未参加过什么夏令营，也没经历过春游、秋游，很少去到野外，接触自然。

他有些出神了，抬头望那些高至天顶的树冠。

"蒋峤西，你说叫什么桥好？"

"都行。"蒋峤西轻声道。

林其乐不解："难道叫'都行桥'？"

杜尚蹲下身，在一棵树下拨弄松针和落叶，他说："你们看！这儿有蘑菇！"

蔡方元一屁股坐在了树下，他还在翻看手里崭新崭新的豆豆写真书——这是蒋峤西从香港给他带来的，这回他一定要藏好了，让谁也找不着。

蒋峤西不仅给林、蔡二人带了礼物，还给杜尚买了一盘 I Yah，给余樵买了奥尼尔的可动人偶。

教导主任站在门卫室里，翻看学生名册。他嘴里骂骂咧咧："新来的'四冠王'也跟着林樱桃跑了？"

林其乐等五个小学生，双手双脚趴在水泥地上，从门卫室前偷偷溜过，手脚麻利地爬进校门。蒋峤西很不习惯这么做，被林其乐抓住了手，硬拽着溜回学校。

林其乐上五年级了，她个头又蹿高了些，对着镜子看，有一双小长腿了。林电工给她买了一辆自行车，又买了台复读机，让她上学之余也好好学学英语。

林其乐不爱学英语，只想学骑自行车。余樵老早就会骑了，杜尚那个笨蛋摇摇晃晃也骑得差不多了。

第一次试骑，林其乐蹬了没两下就连人带车翻倒在马路边。她的膝盖擦破了，伤口沾了土，还有血。林其乐的脸皱成一团，她在蔡方元的笑声中坚持着站起来，扶起自己的车，第二次坐上去。

蒋峤西坐在路边看蔡方元收集的小浣熊水浒卡，他抬起头，瞧见林其乐裙子下面的腿微微打着哆嗦，一看就很疼。林其乐把脚踩在车蹬上，认真扶住了车把，一鼓作气，又要开始骑车了。

蔡方元扬起手中的卡牌："我有三张吴用，全是金卡！想要吧，你挑一张！"

他看着蒋峤西在身边"噌"的一下子站起来了。

林其乐又没骑稳，蒋峤西还是慢了一步，差一点儿就能扶住她的车把了。

这一下就不是林其乐自己摔倒了，蒋峤西被她一下子扑坐在地，还有自行车前面翘起的那盏粉红色车灯，直冲蒋峤西的额头就过来了，幸好他把头一扭，不然划破鼻梁都有可能。

整个群山工地，一时就听不见别人的声音了，每条街都回荡着林其乐的号啕大哭。

林电工下班回家，瞧着自家闺女还坐在门口台阶上一抽一抽的。蒋峤西的额头已经被职工医院的护士阿姨搽过了碘酒，贴了创可贴，什么事也没有了。

"会不会，"林其乐抽噎着，哭得直咳嗽，"会不会毁容……"

蒋峤西说："是我毁容，又不是你毁容。"

那辆罪魁祸首就在门口停着，连摔了两次，车链子都掉下来了。林电工安慰了樱桃一会儿，然后从家里翻出工具箱，蹲到了车前去修车。

林其乐中午吃完饭，又要去学车。林电工给她调低了座位，林其乐扶着坐上去，两脚踩住了地。

一开始林电工扶着车把，几乎是抱着女儿往前走的，慢慢地，他放开了护在樱桃身后的手。

等他把车把也松开的时候，林其乐真的会骑了。她飞一般绕过了工人俱乐部前的广场，她的屁股离开了座位，两条腿逐渐伸直了，如有神助，踩着自行车飞快地往前骑。

蒋峤西走到路边的时候，看到的就是这一幕。

林其乐骑得越来越快，她天生爱闯荡，天不怕地不怕。一辆自行车从她身后追上来，林其乐偏头一看，不是别人，居然是卫庸那个小混混。

卫庸说："林樱桃，你快撞墙上了！"

"要撞也是你先撞到墙上！"林其乐喊道。

她两根马尾辫在风中横飘，连裙摆也扬起来了。林其乐一瞬间骑过了爸爸和蒋峤西面前，反倒是卫庸按住了刹车，在林电工面前一下子停住。

"林叔叔。"他眼皮浑不懔地一抬，还挺有礼貌地叫了一声。

又瞥了旁边的蒋峤西一眼，卫庸骑上车子就走了。

蒋峤西从没见过哪个父亲，是像林电工对林其乐这样放任自由。林其乐一学会了骑车，就疯了一样地骑，林电工既不斥责，也不干涉，他在放纵她的天性。这种放纵有时会让人受伤，但林其乐——她似乎是不畏惧这些的。

直到林其乐骑累了。她从车上下来，兴奋地喊："爸爸！我会骑车了！"

林电工便走过去，带她一起回家。

蒋峤西课间问余樵，那个卫庸是谁。

余樵说："他惹你了？"

"没有。"蒋峤西说。

他只是回忆起一年前刚来到这里时，林其乐对他有过的忠告。

而那天他看到，卫庸停下车来，专程和林叔叔问好。

余樵说："蔡方元和杜尚刚转学过来那会儿，都被卫庸欺负过。林樱桃因为这，成天和他打架。"

蒋峤西很意外。

前排的蔡方元课间又在看写真书了。

蒋峤西不觉得仅凭林其乐那个身板，能打得过卫庸。

余樵说这些事的时候，像在说别人的事，是纯粹与他自己无关的事。余樵抬起眼，瞥见林樱桃又在课桌底下和秦野云打架。余樵突然叫道："秦野云。"

秦野云正捏着林其乐的脸，猛一听见余樵叫她，她回过头。

余樵说："我爸让我问问你，秦叔叔最近怎么样了？"

秦野云放开了林其乐，坐到余樵身边来。她虽然也只有十岁，但一看就比林其乐更像个女孩。她的指甲上有斑驳的指甲油，她还会用大人的卷发棒，给自己烫卷发。

"我爸没怎么样，"秦野云看着余樵，说，"挺好的啊。"

余樵说："他现在在家站得起来吗？"

秦野云想了想，好像她根本没留意过这些。"你到底是想和我说话，还是想帮林樱桃啊？"她凶神恶煞地拍着桌子质问余樵。

这是九月份的事。在蒋峤西的印象里，余樵是第一个注意到秦野云的爸爸"站不起来"的。毕竟连成天去小卖部买零食的林其乐也只是说："秦叔叔每天都在柜台后面坐着，我没见他站起来过。"

上了五年级，林其乐和秦野云之间的斗争似乎也从简单的打架上升到了更高的层面。

蒋峤西坐在竹席子上做着题，就听林其乐在旁边吧唧嘴："蒋峤西，看我，你快看我！"

蒋峤西一抬头，登时被吓了一大跳。

林其乐嘴上涂了厚厚一层口红。那红太明、太艳，林其乐又不会涂，真叫涂得"满嘴都是"。

"好看吗？"林其乐星星眼看他。

蒋峤西摇了摇头。

林其乐不高兴地噘起嘴来。不噘还好，这一噘嘴，红的面积更多了。

她偷偷拿了妈妈的口红，好好的一管，让她涂掉了小半管去。"秦野云总骂我土。"林樱桃说。

蒋峤西说："你不土，你擦了吧。"

林樱桃说："真的吗？"于是拿过纸擦自己的嘴。

她涂得乱七八糟，这么一擦，更乱七八糟，本来就红的嘴唇，擦得更红。林其乐用手背在自己嘴上抹来抹去。

蒋峤西在旁边看，看她抓瞎的动作，看她脸蛋上沾到的口红色。蒋峤西放下手里的笔，他手腕上戴着那块黑色的腕表，手指上还沾着钢笔墨水，就这么伸过去了。

他的拇指沿着林其乐的下嘴唇，从左侧抹到了右侧。他的手一碰到林其乐，林其乐便睁着大眼看他，不乱动了。

"干净了吗？"林其乐问。

蒋峤西额头上早就没有创可贴了，可还有一道细细的疤。只有离得很近，林其乐才能看清楚。

蒋峤西的手心在这时捂了过来，捂在她的嘴上，她便安静了。蒋峤西的手心在她嘴唇上按着蹭了过去。

"干净了。"蒋峤西说。

大人们还没回家。林其乐爬进蚊帐，和蒋峤西一块儿听磁带。

不是别人的磁带，还是蒋峤西上次送给她的那盘新人女歌手的专辑。自从爸爸给她买了新复读机，林其乐就不用随身听了。

她趴在床上，小腿在后面翘，戴着一只耳机问："你为什么不买那个……那个莱叔叔的磁带送给我？"

蒋峤西头倚在林其乐枕头上，闭着眼睛，像在休息，他说："你要那个干什么？"

林其乐说："我没听过啊。"

蒋峤西睁开了眼。

林其乐从没听过蒋峤西唱歌,那是第一次,她听到蒋峤西随口给她哼唱了几句。

Like a bird on the wire,

Like a drunk in a midnight choir,

I have tried in my way to be free.

如果我曾不友善,但愿你能试着释怀;

如果我曾经欺瞒,那是我以为爱中也必有谎言。

像未能降生的婴孩,像长着犄角的野兽,

我刺伤了每个对我敞开怀抱的人。

谨以此歌起誓,一切过失都将被补偿[1]。

林其乐认为这首歌听起来"死气沉沉"的,她问蒋峤西,歌词是什么意思?

蒋峤西看了她一眼,摇头。

林其乐在他面前撒娇似的:"那你再唱一次。"

"你再唱一次嘛!"

蒋峤西低头看了一眼腕表上的时间,拗不过林其乐,他又唱了一遍。

林家没有大人,只有他们两个小孩。

蚊帐里静得很,只有蒋峤西低声在唱一支英文歌。

林其乐专注地望着他,屏住呼吸,静静去听。她手捧着那台复读机,新人女歌手的磁带在复读机里悄悄地、无声地转动着。

十一月底,蒋峤西的堂哥从香港寄来一小箱书,其中还夹着一盘莱昂纳德·科恩的磁带。蒋峤西带林其乐去他家,他拆开箱子,把那盘磁带送给林其乐。

林其乐说:"你英语这么好,是因为你将来想去美国?"

蒋峤西翻着箱子里剩下的书。

林其乐问:"美国要怎么去?坐火车,坐船?"

蒋峤西抬起眼看她。

他拉过那个方形书包,打开装书的一层,内侧有一个十厘米见方的内袋,十分隐蔽。

那里面藏着蒋峤西的"秘密",他从省城来到群山市,这个书包很少离开他。

"秘密"拿出来,是一张机票,一张一九九八年从香港去往美国波士顿的机票。

---

[1] 引自由 Leonard Cohen 作词作曲并演唱的歌曲 *Bird on the Wire*。

"这是你的飞机票？"

"是我堂哥的。"

林其乐把那张稀罕的机票拿到眼前看，也看不懂。

蒋峤西身上，有很多东西、很多事情，一直是林其乐看不懂的。

蒋峤西把机票拿回去了，放回那个隐秘的小空间里。

初冬的早晨，秦野云的爸爸在自家店铺门前摔倒。许多工人早起上班，都看见他膝盖鼓起一个大包，都不知已经鼓了几个月了，把裤腿撑得满满的。

"老秦，"他们骑着自行车，停下来，"你还是上医院看看去吧！"

林其乐他们几个小孩子去上学，也撞见了这一幕。

秦叔叔被很多人扶了起来，他额头上都是汗，却坚持道："没事，没事。"

放学时，林其乐看到秦叔叔小卖部门口围的全是人。

她背着书包过去，从屋里传来了余樵爸爸的声音。

"咱们做工人的，踏踏实实就是工人！老秦，我实话说，你是不是受汪道临的刺激了？"

"余哥，余哥，"秦叔叔反而是安抚余叔叔的那个，"我没事，我好着呢！我感觉我很快就能好了——"

"胡扯，看你这腿，"余叔叔骂道，"你现在跟我去医院！"

"我不去！"秦叔叔声音急促，"余哥！余哥！你就别害我了，我不去，我不去，我真的——我不能去！我要是去了，我就前功尽弃，功亏一篑了——"

秦叔叔情绪很激动，余叔叔一样激动。秦叔叔说："我还有闺女——野云看着呢，野云在屋里看着呢。余哥，你别害我，余哥，我求求你，我求求你了！"

林电工下了班，听说小卖部出了事，也赶忙过来。秦叔叔死活也不肯去医院，他说他马上就能好了，他已经感觉自己的腿能动，脚下有劲儿了，他明年就能回到岗位复工。他说他一辈子都在走霉运，他有预感，预感到他的未来要改变了。

寒假到了，蒋峤西不肯回省城。他暑假不回也就算了，连过年也不想回去，这就有点奇怪了。他的母亲梁虹飞觉得不对劲，几次打电话来，蒋峤西都说他想留在群山学习。梁虹飞强硬，蒋峤西的态度更强硬。

梁虹飞说："我听群山调回总部的阿姨讲，你在群山找了个'小女朋友'？"

蒋峤西握着听筒，心往下沉。

连蒋峤西自己都没听说过这种话。

梁虹飞说："不回来就不回来吧,我正好去群山看看你们父子俩。"

梁虹飞定在大年初一来群山。

群山下了场大雪,工人俱乐部前的喷泉结了冰。林其乐穿着新棉鞋,小心翼翼踩到了冰面上。

杜尚说："樱桃,你小心点儿!"

林其乐发现冰面很结实,就在上面随意踩来踩去。

工人俱乐部离秦野云家的小卖部很近。就在杜尚对林其乐说,他正对着香港电影学习咏春拳的时候,小卖部里突然爆发出一阵哭声。

是秦野云的声音:"爸!爸爸!!"

余班长从工地赶回来,他闯进秦家的小卖部,二话不说扛起人来就走。"野云!"他喊道,"你去找余樵,让他带你去医院!"

那天夜里,在群山市人民医院,许多不得不在医院过年的病人都在看电视新闻。

秦叔叔做完了手术,还处于昏迷状态,被大夫从手术室里推着出来。

秦野云吓坏了,她在病房外面抱着余樵大哭,泪水打湿了余樵身上的羽绒服。

余樵多半也不知道怎么办,只能让她抱着。他听到大夫说,幸好送来得及时,再拖下去,整条腿都要救不了了。

林其乐用医院的公话给蒋峤西家打过去,没人接。杜尚也跟来了医院,他问:"樱桃,蒋峤西这几天干什么去了?"

"他妈妈要来。"林其乐轻声说,盯着手里的听筒。

杜尚不明白:"所以呢?"

§

过年那几天,秦野云一直寸步不离跟在余樵身边。余樵去哪里,她就去哪里。

余樵来林其乐屋里看报纸,秦野云就坐在他身边涂指甲油。

林其乐和她坐这么近,她们也不打架了。

秦叔叔似乎已经醒了,可一直也没出院,以前的老同事轮流去探望他。工地上有人传闲话,说腿病易治,心病难医,市里大夫治得了病,治不了命:"以前怎么劝都不听,魔怔了!现在你看,出院这人怕是也完了,老秦这几年除了练气功还干过点儿啥?"

连妈妈也在家中与爸爸小声议论："老秦现在怎么样？"

爸爸说："手术挺成功啊。"

妈妈问："那能回来上班了？"

爸爸摇头。

余叔叔时不时过来找爸爸，要么是去人民医院，要么是去秦家小卖部："我找了几个小年轻搬家具。老林，你去翻翻他那些书啊碟的，该扔的都扔了！"

秦野云涂着指甲油，和杜尚炫耀："我家现在可新了！余叔叔给我家换了全套新家具！"

杜尚皱起眉，嘟囔："这么好啊……"

蔡方元说："你也没请过我们去你家啊。"

旁边林其乐一直一声不吭，揪怀里波比小精灵的绒毛，闷闷不乐。

秦野云瞅了她一眼，问："蒋峤西怎么没跟你们玩，他回省城啦？"

蔡方元百无聊赖道："没，他妈来了！"

蒋峤西的妈妈是二〇〇一农历新年那天来到工地的。她与这片工地宿舍的一切是那么格格不入，不喜欢串门，也不与别的工人交际。

自然也没多少人遇见过她。

林其乐并不清楚为什么，但一遇到她，林其乐就提心吊胆的，非常害怕。

"这是……蔡经理家的千金？"

第一次见面，蒋峤西的妈妈站在蒋家父子身边，停在工地宿舍门口，而林其乐随蔡方元坐在蔡叔叔的小汽车里。

她对林其乐笑了，一笑起来，像极了电视上的武则天。她像个女皇。

蔡经理说："不是，是林工林海风家的闺女，我们群山工地的林樱桃！"

蒋峤西的妈妈平平淡淡"哦"了一声。

蔡经理的司机把车开出了工地，带后面两个小朋友进城去买爆竹。林其乐隔着车窗，看到蒋峤西面无表情地站在他父母身边，他的眼神也掠过来了，望向了林其乐。蒋峤西脸色苍白——不知是天气太冷，还是别的什么原因。

林其乐想起她在群山第一次遇到蒋峤西时，蒋峤西也是这样的脸色，白得不真实，病态，像深冬的雪。

这个新年，林其乐很孤单。

明明每时每刻都和余樵、杜尚他们在一起，林其乐却总想些别的事情。她戴着大红色棉帽，穿着大红色棉鞋，手上套着大红色毛线手套，工地上的叔叔阿姨一见她就笑，说她像个中国娃娃。林其乐手里提着杜尚妈妈给她做的莲花灯，沿群山工地无数条大路小路溜达。

她走过许多人家的门前，就这么走着，也没心情数人家房檐上倒挂的冰凌。小孩子们在堆雪人、打雪仗，林其乐感觉自己长大了，对那些也不再感兴趣。

她走到蒋峤西家门外，抬起头，看到蒋家亮着灯的窗户，还有紧闭的房门。

她已经好几天没见过蒋峤西了。

吃晚饭时，妈妈问："樱桃，怎么了？"

林樱桃抬起头，碗里有吃了一半没再吃的排骨，她看妈妈，又看爸爸。

林电工好像有点无奈，说："樱桃，你是不是听说什么了？"

听说什么？林其乐看他们，不知道。

妈妈伸手一推爸爸，说："几个老太太胡说八道，你和樱桃说这个干什么。"

林电工却看着樱桃懵懂的脸，笑了，说："我们樱桃还小，是不是啊？"

饭吃完了，林电工握着林其乐的手，要带她去余叔叔家串门。

巧的是，门一出，正好碰见隔壁蒋经理一家人也要出门。

蒋经理开口叫道："林工！"

林其乐感觉爸爸把她的手松开了。

林电工与蒋经理寒暄起来。蒋经理对他太太梁虹飞介绍，说刚调来群山那半年，他和蒋峤西基本都在林工家吃饭。

蒋峤西背着他的小书包，站在父母身边。林其乐穿着大红色的外套，一开始还不敢走过去，是听见蒋峤西的妈妈和自己爸爸说话了，她才犹豫着过去了。

"蒋峤西……"她小声说。

不再是那种无所顾忌地、肆无忌惮地笑着叫他了。

而是小心翼翼地。

蒋峤西也看林其乐。

有那么一会儿，两个小孩儿谁都不知道应该说什么。

林其乐说："你知道工地门口新开了个海鲜包子铺吗？"

蒋峤西摇头。

"可好吃了，要早起排很长时间队才能买到，"林其乐对他讲着，好像自己都馋了，她笑道,"你要吃吗,我明天和余樵他们去排队。"

"好。"蒋峤西轻声道。

奇怪,好像只有走得这么近,面对面地听他开口说话,看着蒋峤西的眼睛,林其乐才会觉得,这确实是她认识的那个人。

蒋峤西很快走了。他背对林其乐,被他父母带进了夜色。林其乐听到那汽车引擎声,扬长而去。

第二天一早,林其乐早早从床上跳起来,穿上棉衣,和余樵、杜尚、秦野云一起去工地门口早点摊前排队。秦野云与她从幼儿园起就是同学,从未像这个寒假这样亲近。

毕竟余樵站在旁边,她们俩谁先动手都要被弹脑瓜崩儿。

大冬天,着实冷,长队里人人缩着脖子。余樵给他全家人买了包子、油条,还有他小表弟余锦哭着要喝的甜豆浆。

周围排队的工人谁见了余樵都夸他,劳动模范余班长的儿子,长这么高个儿,将来定有出息!

林其乐相比之下就比较没出息了。她给爸爸买两个包子,给妈妈买两个包子,给自己买了一个,然后又买了四个鲜虾包给蒋峤西。

也许他爸妈会想要一起吃?林其乐这样猜。

腊月里,寒风凛冽。林其乐穿着棉衣,她看了看自己的口袋,装不下,便拉开棉衣的拉链,把那四个鲜虾包放进怀里。

蒋峤西是第一次吃,林其乐感觉,热的是最好吃的。

余樵看她:"你干什么呢?"

"我先走了!"林其乐说完就跑。

她来到蒋峤西家门前,把包子拿出来提在手里,她鼓起勇气,去敲蒋峤西的家门。

敲了好一会儿,门才打开了。

蒋峤西穿着格纹睡衣睡裤,披了件外套,站在门里。

林其乐一下子笑了,说:"蒋峤西,我买到鲜虾包了!"

蒋峤西眉头微皱,还没说话,在他身后有个女人开腔了。

"谁啊?"

然后是蒋经理的声音:"蒋峤西,谁来了?"

林其乐愣了愣,她见蒋峤西也不说话——蒋峤西总处在一种长时间忍受他父母的状态中,林其乐大声道:"蒋叔叔,我买了鲜虾包,你要吃吗?"

"不用了,"没想到蒋妈妈在屋里直接说,"谢谢你,你拿回去自己吃吧。"

林其乐在门外愣住了。

蒋经理在屋里说："樱桃，你拿进来吧。"

蒋妈妈说："拿进来干什么，外面的包子你知道是什么肉做的？脏得要命。"又喊，"峤西，进来吧，把门关上。"

蒋峤西在他母亲的声音中抬起头，看了林其乐一眼。不知为什么，林其乐感觉蒋峤西好像笑了，好像惭愧的自嘲。

蒋峤西把门关上，回房间去了。

这天早晨，余班长吃完了早饭，要骑车带余锦去牙科诊所看牙。路过林樱桃家那排平房门口的时候，余班长想起秦野云今儿早上告诉他，林樱桃买了九个包子，还偷偷藏了四个在衣服里："她肯定要干坏事！"

他推开林电工的家门，没想到一进去就听见闺女的哭声。

林电工正坐在暖气片旁的小板凳上，一边哄坐在他腿上哭得满脸是泪的林樱桃，一边和闺女一块儿吃鲜虾包子。

"好好吃啊！"林电工把白嫩嫩的包子皮儿掰开，"原来鲜虾包这么好吃！"

林樱桃头倚在爸爸肩膀上，小声啜泣："是不是很好吃……"

林樱桃从早上七点哭到八点，余樵来她家的时候她还哭呢。余樵走出去，瞧了眼隔壁蒋峤西家紧闭的房门。

蔡方元寒假在家睡懒觉，被余樵和杜尚从被窝里硬生生给拽出来。蔡经理一听说余樵要拉蔡方元去写数学作业，非常高兴，塞了一大碗草莓给几个男孩子，又倒了一大碗，让余樵给林樱桃送去。

蔡方元没办法，余樵叫他来，只能他亲自出马了。他揉着睡眼惺忪的胖脸，抱着怀里的数学课本，敲开了蒋家的大门。

林其乐穿嫩黄色的毛衣，坐在她的小房间里吃妈妈洗好的草莓。余樵还在旁边看体育报纸，秦野云在玩林其乐床头从香港买来的芭比娃娃。

杜尚惴惴不安，一个人对着空气挥拳。

蔡方元进了林其乐家。他还一脸困意，把手里的数学课本朝林其乐一扔，他就躺在林叔叔的大床上开始了第二次睡眠。

林其乐把数学课本翻开，看到蒋峤西写的一行字。

"我妈走之前，你就当不认识我，"蒋峤西写道，"开学以后再陪你玩。包子你想吃我去给你买。"

蔡方元刚迷糊了一会儿,就被林其乐给拼命摇醒了。

蔡方元挥着手,让她消停会儿:"行了行了,我听见他妈让他转学回省城,他不愿意……"

当晚,蒋家的家门又被人敲开了。

林其乐还穿着白天时那件红袄,手里端着一盘热乎乎的枣面馒头。

"蒋叔叔!"她说,"我妈妈蒸了一筐枣面馒头,让我给你送一点儿来。"

蒋经理在卧室里道:"谢谢樱桃,放在桌子上吧。"

梁虹飞说:"小姑娘,你拿走吧,我们不爱吃馒头。"

蒋经理说:"梁虹飞!你有完没——"

"叔叔阿姨,我把馒头放在桌子上了。"隔着一扇卧室门,林其乐大声说道。

她的声音又甜又脆,天真无邪,反倒让大人不知道怎么接话了。

林其乐走过了来开门的蒋峤西身边。"叔叔阿姨,我回家了!"她说。

她抬起眼,看了看蒋峤西,像地下党接头。蒋峤西身披着外套看她,没忍住也悄悄笑了。

§

一盘枣面馒头被孤零零丢在了厨房里,没人碰它。

直到半夜,有个睡不着觉的男孩子穿着睡衣起来了。他一手攥着奥数书,一手拿着笔,走进冷清寥落的厨房。灯打开了,他在角落里找了张木凳子坐,一面把书摊开了继续算题,一面掰开枣面馒头,吃在嘴里应付肚子饿。

与之相比,仅住一墙之隔的林樱桃看上去就幸福多了。

她白天在家看看漫画书,玩玩芭比娃娃,偶尔和小伙伴一起写会儿作业——与其说是一起写,不如说是找着机会打闹。余樵最讨厌语文课了,连语文作文他也要抄林其乐的。

"我的家,在有三座晾水塔的地方。"余樵拿起林其乐写的作文,皱着眉头字正腔圆地念出第一句。

"林樱桃,你会数数吗?"余樵问。

"怎么了?"林其乐玩着她的波比小精灵。

蔡方元在旁边说:"傻了吧!有几座晾水塔都不知道!"

于是他们便放下寒假作业跑出去了,跑出了家属大院,去往工地的方向,去数到底有几座晾水塔。林其乐跑到一半,抬头忽然望见天上有一朵一朵的厚云,朵朵都圆滚滚的。

好像肉包子。她想。

四个人这么跑出来，谁兜里都没带钱，想吃什么都没得买。回家的路上，杜尚问："樱桃，蒋峤西他妈什么时候走啊？"

"我不知道。"林其乐说。

"可能要等开学才走。"蔡方元说。

"杜尚，"余樵问，"你爸什么时候回来？"

大年初八那天，群山市科技广场开业了。林电工揣着一笔积蓄，和余班长、邵司机一同去了市里。

他当晚搬回一台电脑来，有机箱，有显示器，一大套复杂得很。蔡经理俨然一位电脑专家，来帮林电工连家里的电话线，拨号上网，不亦乐乎。

"上网干什么啊？"林其乐看着大人们瞎忙。

蔡经理撸起袖子来插"猫"，说："现在全世界都上网，你不上网，你以后就落伍了！"

蔡方元从他家抱了一盒子的光盘过来。他难得勤快，挨个给林家的电脑安装软件。对这些东西，他如数家珍，眼睛盯着电脑屏幕，手握着鼠标点点点，啪啪啪打字，溜得很。

林电工在旁边由衷感慨："方元这么会用电脑啊？"

蔡经理满脸笑意，看样子对儿子颇为骄傲。"别看蔡方元年纪小，学起电脑是真快，可能还真在这方面有一点儿天赋！"蔡经理对林电工喜滋滋道，"要是学别的也这么快就好了！"

林其乐坐在了蔡方元身边，也看自己家的电脑屏幕。

"我想要《仙剑》。"林其乐对他说。

蔡方元"嗯"了一声，开始找安装盘。

林其乐发现蔡方元平时做什么事都慢吞吞，不着调，但一坐到电脑跟前，就会无意识地开始扮酷，林其乐忍不住想笑。

"你还有什么游戏啊？"她问。

蔡方元难得慷慨，可能是听到了自己父亲的夸奖，更想一显身手。他对林其乐摆了摆他那只胖胖的小手："想玩什么，随便说！"

杜尚的父亲年后回来。余樵叫杜尚去他家睡觉，杜尚不去。

"我妈不走，我也不走。"杜尚这么说，很是固执。

"那你劝劝你妈，一块儿来住啊。"余樵说。

"我妈她不愿意，"杜尚也很为难，说，"我爸一年就回一次家。我妈说，如果我们娘俩儿都搬出去了，那我爸可能更……"

"那他再打你怎么办？"林其乐问。

"没事儿！放心吧樱桃！"杜尚听到林其乐的关心，立刻咧嘴一笑，他伸手当空比画了一下，"我练了一年咏春拳，已经很厉害了！"

当晚，林其乐又在医院见到了杜尚，他是被他毫发无损的妈妈背进医院的。

杜尚头上包了块纱布，眼窝青紫。他声音有点虚弱，又格外平静。他喘着气，对坐在床边剥橘子的林其乐说："樱桃，我觉得我确实没什么武学天赋……"

旁边大夫过来，让林樱桃帮忙扶住杜尚，给他的眼睛做检查。

等检查完，天都亮了，大夫也走了。林其乐听见杜尚喃喃道："都说老子英雄儿好汉，老子狗熊儿浑蛋，可我就是打不过他，这说明，我是和他不一样的。"

元宵节那天，林其乐坐在沙发上看元宵晚会，跷着脚吃汤圆。

蒋峤西则披着外套，坐在书桌前学习。

他用笔在演算纸上胡乱写一些没什么意义的数字，画一些断断续续的圈圈线线。梁虹飞和蒋政就在客厅收拾行李。仅隔一扇门，蒋峤西不用多费心，就能听见他们争吵的声音。

"省城外国语小学的张校长看了蒋峤西的成绩，挺满意的，说六年级回去也能跟上。"

"那你现在打算怎么办？"蒋政说。

"我打算怎么办？蒋政，你明知我这半年调不回去带不了他，你就不能找领导把你弄回省城总部？"

"领导有领导的安排。"蒋政说。

"那你就对自己儿子的教育一点儿都不上心？"

蒋政说："我这不带着他了吗！你还想让我怎么上心？"

"你让他到群山这个小地方来上学，"梁虹飞哽咽道，"这学校连英语课都没有，你就是这么上心的！"

蒋政说："行了吧，梁虹飞，你自己也不带他。你知道我挺不好受的。"

蒋峤西听到了女人紧紧压抑，却压抑不住了的哭声。

他习惯了这种事，习惯听到父母大肆地争吵，然后又因为某个瞬间，也许是触动了某种情感，就沉默下来。母亲会哭泣，父亲则抽着烟看电视，或在沉默中偶尔叹息。

也就只有这种时候，他们看起来更像一对夫妻——或许也不是夫妻，是战友。

他们曾一起"参过军"，一起经历一场漫长而残酷的"战役"。

他们会聊起一些过往的生活细节：蒋梦初的出生，蒋梦初的长大，蒋梦初在还未上学时就显露出超然的天赋，让省城大大小小的老师、教授都为之惊叹。

从蒋梦初四岁那年起，蒋政和梁虹飞这对夫妇就打算为培养这个超人一般的儿子奉献出自己的一生，他们将其视为一种"使命"，是上天赐予的光辉，让他们的整个家庭都不再平庸。

"天才"蒋梦初，四岁开始学习奥数，十三岁遭遇意外，早早夭亡。整整十年，他的父母将所有的个人时间，将整个家庭的全部资源都倾注在这个孩子身上。孩子走了，便把这所有也一并带走了。

蒋峤西坐在书桌边，继续写作业。台灯后面是一摞从香港寄来的英文奥数教材。书与书中间夹着几张金色红色相间的纸，那是中能电厂小学年前发给蒋峤西的奖状，三好学生、四冠王、群山市状元……

门外母亲的哭声，让这一切都毫无价值。

正月十六一早，梁虹飞提着行李，打算乘车回省城去。走之前她告诉蒋峤西，要好好学习，再过半年母亲的工作就调整好了，就可以把蒋峤西接回省城去上学了。

群山工地的几个小孩子背着书包，远远站在路口。他们也许是想来找蒋峤西，但又碍于梁虹飞在，不敢靠近。

"你这个寒假表现不错，"梁虹飞对蒋峤西说，"想要什么，给我打电话，省城不是买不着，别总麻烦你堂哥。"

蒋峤西听着，也不言语。他目送母亲乘车离开这条马路，直到再也看不见了，他才转过身，往路口那群同龄孩子的方向走去。

林其乐还梳着两根马尾，穿着红外套，脸上带着笑地看他。

蒋峤西没走到她身边，而是和余樵并排，一起在后面。林其乐在前头带路，时不时回头。大约是发现蒋峤西也在看她，林其乐高兴得走路都像兔子在跳。

蒋峤西十一岁生日那个周末，他出钱，请四个朋友，连同老跟在余樵身边的秦野云一起，去市里的游戏厅玩。秦野云和林其乐在跳舞机上疯狂斗舞的时候，蒋峤西把买的果汁端过来，他听到蔡方元靠在墙边，和余樵说："哎，你发没发现……"

蒋峤西把果汁给他们。

蔡方元喝了一口，才压低声音说："你们发没发现，林樱桃好像有……"

他两只手捂在自己胸口，就这么稍微比画了一下。

蒋峤西愣住了。

他转过头，看正在跳舞机上毫不在意地蹦来蹦去的林其乐。

余樵没接话茬，低头喝果汁。杜尚推了蔡方元一把。

过完这个生日，蒋峤西就十一岁了。当他察觉到自己的裤脚开始变短，他正在飞快长个子的时候，林其乐也变得有点奇怪了——她走路会不自觉地含着胸，好像穿了什么奇怪的衣服，整个人都有点儿扭捏。

"你怎么了？"蒋峤西在课间时问。

林其乐噘了噘嘴，也不说话，就叼着吸管坐在蒋峤西身边喝果汁。

蒋峤西偏头看她，发现林其乐穿的嫩黄色衬衫的肩膀处，有一条淡淡的旁人很难注意到的痕迹。

蒋峤西有种感觉：过去只有他知道林樱桃是个女孩，而现在，所有人都能看到她的花苞了。

四月一日发生了一件大事，美国有架侦察机在南海撞毁了中国的一架战斗机，飞行员牺牲了。

大人们夜里都在议论这件事，听他们的意思，似乎中美之间随时会爆发第三次世界大战。

"炸我们大使馆，又来撞我们飞机，这不明摆着找碴儿吗？"

林其乐也看了这条新闻，她问余樵："你以后还要当飞行员吗？"

余樵的裤子也露了一截脚踝，他本来就高，个头还在继续往上蹿。他低头看林其乐："我不当你当？"

"打仗了怎么办啊？"林其乐问。

"我去打啊。"余樵说，听上去理所当然。

林其乐夜里和蒋峤西商量："你不要去美国了，美国人怎么这么坏啊。"

蒋峤西看她。

林其乐在他面前眨那双又黑又大的眼睛，好像在等蒋峤西的回答。

蔡方元说得对，蒋峤西这时候突然想。

她真的不一样了。

"你再说一遍，我没听清。"他说。

"你不要去美国。"林其乐又讲了一遍，红嘟嘟的嘴唇一张一合。

她穿的衬衫前面微微鼓起来了，确实和男孩子非常地不同。

蒋峤西立刻低下头，他按动了几下圆珠笔的开关。

"好不好啊……"林其乐说。

"你先别吵我。"蒋峤西说。

林其乐一皱眉："刚才不是你说要和我聊天的吗？"

蒋峤西从手边的演算纸中抽出一张，在上面随手写了道题目，递给林其乐："你把这道题做出来，我就陪你聊天。"

于是那晚剩余的一大半时间，林其乐都趴在小床上不高兴地做那道数学题，要不是最后她使劲摇晃蒋峤西的肩膀，蒋峤西也不会提前告诉她答案。

林其乐自己好像没有察觉，男生，女生，这是截然不同的两个物种。小学上到了五年级，小朋友们就不能再像以前那么混混沌沌地一起打闹了，女孩子们凑在一块儿说话，男生们则大汗淋漓地打球、吹牛，彼此泾渭分明。

一旦有谁逾越了那条界限，哪怕只是男女生之间递个水、借个橡皮，都有同学没完没了地起哄。

唯独林其乐，她还和余樵、杜尚、蔡方元、蒋峤西在一起玩儿，又因为她爱打架，没人敢起她的哄。

四月初，林其乐终于也迎来了属于她的十一岁生日。林电工去群山市新华书店，买了三本《哈利·波特》的小说送给她。林其乐早在《中国少年报》上看过这个小说的连载，早就想要了。

蒋经理听说林樱桃过生日，拿钱包让蒋峤西从里面拿点儿钱，请小同学一起吃个饭："你再过三个月就走了，和你同学都说过了吗？"

蒋峤西有他自己的零花钱，但他还是接过了父亲的钱包，一打开，一张照片映入眼帘。

一家三口人，幸福地笑着，在泰山顶上迎接日出。

里面并没有蒋峤西，他把钱包合上了。

林其乐津津有味地坐在竹席子上读《哈利·波特》，读得废寝忘食。她告诉蒋峤西，她不怎么喜欢看《西游记》，她不喜欢师徒四人在险恶的世间一次次地遇险、赎罪、历经考验，她喜欢看哈利和朋友们一起，在邓布利多教授的指引下飞速成长，认识这个广袤的充满爱的魔法世界。

"你相信这个世界上有魔法吗？"林其乐问。

蒋峤西摇头。

林其乐的眉毛果真就耷拉下来。"我知道，"她说，"你喜欢《西游记》，你最喜欢孙悟空。"

她拆开蒋峤西送给她的生日礼物，居然是一支口红。

"为什么送给我这个……"林其乐把这支黑管口红拿在手里，来来回回地看，觉得新鲜极了，有两个相反的"C"印在口红的一端，她不知道那是什么。她还只是个小女孩，从没有像成熟的女士那样，拥有过自己的口红。

蒋峤西瞧林其乐的脸。

他们拿了面镜子来，林其乐坐到跟前，把口红小心翼翼地旋开。当着蒋峤西的面，她很认真地，把那像极了樱桃浆果的红色膏体涂抹到自己嘴上。

"好看吗？"她抿一抿自己的嘴唇，凑到跟前兴高采烈地问他。

那是林其乐十一岁的第一抹红。

第二抹出现在那年五月份，林其乐和余樵他们在外面玩，一开始只觉得有点儿难受，不舒服，她跑着跑着停下了，才觉得是自己肚子疼。

回到家里，一拉下裤子，居然见到血了。林其乐的眼泪当即滚下来，她捂着脸哭。

中午妈妈下班回来，哄她哄了好久。林其乐自己忍着肚子疼，蹲在小盆子边洗内裤。

午睡时妈妈搂着她，在小床上睡。妈妈说，女人都会流血，因为女人将来要生小宝宝。

杜尚发觉林其乐上课时一直神游天外。下了课，林其乐也不出去玩了，她在作业本背面画了一个小女孩，那小女孩长着七彩的长发，额头上有一道闪电似的疤，她有一对小翅膀，手里挥舞着魔杖，脚下还有筋斗云，能腾云驾雾。

"樱桃，你画的是什么啊？"杜尚问。

林其乐从她课桌洞里摸出水彩笔，在小女孩的头发上尽情涂色。她说："我在画我将来的小宝宝。"

"小宝宝？"杜尚问，"给我看看。"

"不要，"林其乐说，"我的小宝宝，不给你看。"

她画了半天，才把颜色涂完了。她用红色的笔在小女孩胸前点了一个小点，当作是她未来要送给她的樱桃琥珀。

她在旁边一笔一画写下了小女孩的姓名：蒋莼鲈。

刚一写完，杜尚就把画拿起来了："不对啊樱桃！你的宝宝为什么姓蒋啊？"

§

那天放学回家路上，蒋峤西看到了因为杜尚和林其乐的争夺，而变得皱皱巴巴的"蒋莼鲈"的画像。

林其乐背着小书包，走在他身边吃小奶糕。

蒋峤西说："樱桃。"

"嗯？"

蒋峤西看了她一眼，犹豫道："之前有群山工地的阿姨，告诉我妈……"

"什么？"林其乐也看他。

蒋峤西看林其乐那个模样，吃个牛奶雪糕，也能蹭得脸蛋上都是。雪糕化了，沿着雪糕棍滴到手指头上，林其乐也不介意。

蒋峤西摇头，不往下说了。

"告诉你妈妈什么？"林其乐问。

"说了你也听不懂。"蒋峤西道，高深莫测。

群山工地的叔叔阿姨、大爷大妈、爷爷奶奶们，确实爱说闲话。但也不只有群山这样。蒋峤西在省城总部，也没少听街坊四邻们一遍遍地议论、渲染关于他和蒋梦初的悲情故事。

临近六月，天热起来，林樱桃开始穿花裙子了。她穿着花裙子骑自行车，穿着花裙子和余樵在工地上追追打打，穿着花裙子在家玩电脑游戏，教杜尚怎么通关黑水镇和将军冢。

她穿着花裙子坐在蒋峤西身边，那连衣裙有个方形的衣领，露出一截肩膀来。

林其乐低头玩波比小精灵，她握着水彩笔，企图给小精灵染七彩的头发。

蒋峤西偏头看她，一个很特别的角度，他发现林其乐右肩后面有一颗很小很小的褐痣。

"我很好看吗，"林其乐突然抬头，发现了蒋峤西的视线，"你怎么一直看我？"

蒋峤西愣了。

"樱桃，"他说，"你琥珀的绳子快断了。"

"啊？"林其乐连忙摸了一下自己脖子上的线，"没有啊。"

期末考试将近，蔡经理为了防止蔡方元玩游戏耽误学习，给家里的电脑机箱上了锁。余樵家里有老有小，也施展不开。所以，一群男孩子一放学便跑到林其乐家来玩电脑。

他们一群人围在那么一块电脑屏幕前，一个人玩几分钟，轮流跑地图。

只有蒋峤西看起来兴致缺缺，他坐在林其乐的房间里，继续学他的奥数。

林其乐问："你为什么不玩游戏？"

蒋峤西说："人太多了。"

他喜爱在人少的时候玩游戏，譬如深更半夜。蒋政已经睡沉了，蒋峤西偷偷从家里溜出来。他趁着夜色，绕到这一排砖瓦房后，去敲一扇小小的、被万年青掩住的窗户。

那不是别的窗，是林其乐卧室靠床的小窗。蒋峤西敲了三次，听到窗里有人醒了，是林其乐模模糊糊地"嗯"了一声。

他便沿着小路，借着头顶遍洒厂区的朦胧月光，走回这一排砖瓦房前。

他站在林其乐家门外，等着林其乐来给他开门。

距离期末考试还有一个月，梁虹飞从省城打电话来，提醒蒋峤西要提前收拾行李，期末考试一结束，蒋峤西就要回省城去读外国语小学的暑期课程。

这回一走，蒋峤西觉得他应该这辈子都不会回群山来了。

他坐在林其乐家的电脑前头玩游戏，其实没什么好玩的，因为就没什么地图是他不会走的，没什么关卡是他过不去的。林其乐在旁边惊叹连连，一会儿和他讨论招式，一会儿和他讨论剧情，他们一起喝果汁，吃林其乐掰开的甜甜的枣面馒头。

蒋峤西几乎把林其乐家电脑上的游戏通关了个遍：《红色警戒》《自由与荣耀》《大航海时代》《仙剑奇侠传》《剑侠情缘》《风色幻想》……

"这些游戏都是盗版的。"有一次蒋峤西对林其乐说。

"什么叫盗版的？"林其乐瞅着屏幕上的蓝色水晶。

蒋峤西炸下一个来犯的飞行器，他没说话。但林其乐想，蒋峤西大约是想说，说了你也不明白。

蒋峤西知道许多林其乐不知道的事，有时林其乐甚至觉得，他根本不是一个十一岁的男孩。包括在学校上课的时候，杜尚在作业本上偷画林月如的画像，蔡方元则在课本里夹着《风色幻想》的秘籍书反复研读，就连余樵也在琢磨《红警》里的飞机、坦克甚至尤里。

唯独蒋峤西，他认认真真听课，就算有不听课的时候，他也在看自己的书，一点儿也不为电子游戏所诱惑。

六月二十四号，那是一个周日。林电工夫妻俩都在工地加班，林其乐便去了余樵家吃饭。

秦野云也在。

男孩子们跑去外面踢球。余樵的妈妈一边吃饭，一边听林樱桃在席上发表她的演讲，题为：为什么她认为蒋峤西是最可靠的男孩？

余樵的妈妈边听边笑，旁边的秦野云烫了一头的波浪卷，像看傻瓜一样看林樱桃。

只听林樱桃说："所有的电脑游戏，他只玩一遍就不玩了，白天还认真学习，没有沉迷游戏。这说明他以后也不会成为一个烟鬼或是醉汉。"

余樵妈妈听到这儿，笑得更厉害了。秦野云这时插话道："我倒是觉得，他会对女生始乱终弃。"

林其乐一愣："为什么？"

"因为他玩过一次的游戏就不会再玩了啊！"秦野云理所当然道。

夜里爸爸妈妈下班，林其乐才回家来。她走到门外，听见爸爸在里头问："峤西回省城读六年级？"

蒋经理"嗯"了一声："他妈工作安排好了，就叫他回去吧。在这里，你看看，成天来打扰你们。"

大人们站在狭小的屋子里聊天，电视机里正在放《正大综艺》，而卧室的门敞开着，林其乐走进去，她一眼看到蒋峤西穿着件黑色的短袖衬衫，正把堆放在林其乐的书桌上那些从香港寄来的奥数书往箱子里装。

林其乐傻站在原地，眼泪一下子涌进她的眼眶。

蒋峤西没准备这么早就告诉林其乐，也许他也知道林其乐会不高兴。从六月末到七月初，林其乐每天都无精打采，眼眶红红的，好像天塌陷了。

她到底为什么这么难过。她只有十一岁，她能懂什么。

蔡方元对蒋峤西说："林樱桃就这样儿！工地上谁搬走她都哭！以前陈明昊搬走的时候，她也鬼哭狼嚎的，甭理她！"

余樵也说："不用哄，你让她哭完就完了。"

上学路上，林樱桃撅着嘴，走路像跺脚，也不讲话。下午放学回家，她蹲在后院的兔笼跟前抽泣，她的眼睛哭得怕是比小兔子的眼睛还红。

蒋峤西想了想，走了过去，蹲到她身边。

林樱桃见他来了也不理他。

蒋峤西直接伸手过去，把林樱桃怀里紧抱着的小兔子抢了过来。

"你干吗抢我的兔子……"林樱桃哽咽道。

仿佛蒋峤西是个坏人。

蒋峤西也不看她，他把这只柔软的、令人爱不释手的小白兔搁到了地上，翻过来，让兔子肚皮朝上，他伸手摸了摸兔子白茸茸的腹部。

林其乐眼睁睁瞧着刚才还活蹦乱跳的小白兔四脚朝天，突然安安静静地不动弹了。

"它死了？"她崩溃道。

"它睡着了。"蒋峤西说。

"它好好的怎么会突然睡着？"

蒋峤西说："你猜。"

林樱桃的妈妈推开后院的门，她听见林樱桃不哭了，也不闹情绪了，樱桃对蒋经理的儿子问道:"这怎么猜?"

  电厂小学的期末考试定在周三、周四,连考两天。周四考完试当晚,蒋峤西又来到林电工家。

  林电工夫妻和他在客厅说了会儿话,问他行李都收拾好了没,明早几点出发,多久能到省城之类的。

  蒋峤西在群山工地待了两年的时间,受了林叔叔一家人百般照顾,他对叔叔阿姨自然心怀感激。

  林妈妈笑着说,樱桃在卧室呢,可能在看漫画书:"估计期末考试又没考好,一回家就躲起来了。"

  蒋峤西推开卧室门,一进去就听到小女孩吸鼻子的声音。

  大衣柜后面是林其乐的小房间,摆着一张小书桌和一张小床。隔着那层白蒙蒙的蚊帐,蒋峤西看不出林其乐在里面干什么。

  他伸手把蚊帐拉开了。

  一低头,就看到林其乐哭红了的脸。林其乐穿着睡裙,抱着怀里被染成七彩颜色的波比小精灵,正塞着耳机听音乐。

  复读机里播放着那盘新人女歌手的磁带。

  蒋峤西钻进了蚊帐里,像这一年来他每天在林家一样。他坐到林其乐面前:"你怎么又哭。"

  床本就是小床,罩了蚊帐,更显得是顶小帐篷,有针掉的动静两人都能听见。

  林樱桃把她耳朵里的耳机摘下来,她吸着鼻子,抬起那双湿漉漉的大眼,她用哭腔说:"蒋峤西……"

  每次她念"西"这个字,拖着长音,似乎饱含着无限感情。

  "为什么你一点儿也不难过呢?"林樱桃问。

  蒋峤西抬起眼来看林樱桃的脸。

  林樱桃的眼睛哭肿了,鼻尖也哭红了。林樱桃哭得出了汗,哭得长头发都湿了,贴着额头和圆脸蛋。

  林樱桃是一个自小生活在爱里的小女孩,她坦坦荡荡,不畏惧所有的情绪表达。

  "我明天早上九点就走。"蒋峤西说。

  林樱桃嘴巴紧抿住。

  蒋峤西说:"你想要什么,我现在去给你买。"

  林樱桃摇头。

蒋峤西说："那你想干什么呢？"

他的意思是，我都陪你。

林樱桃抱着膝盖坐在他面前，小小的蚊帐里，两个小孩离得近极了。

林樱桃问："你想听磁带吗？"

蒋峤西没说话。

林樱桃把手里的复读机打开，拿出蒋峤西送给她的孙燕姿的磁带，换上了科恩的那一盘。

蒋峤西刚拿过一只耳机来戴上，就听林樱桃又问："你想看《米老鼠》吗？"

他言听计从，接过了林樱桃拿给他的最新一期《米老鼠》。

林樱桃拉他："你躺下看好不好？"

他没明白为什么要躺，但还是这么做了。他枕在林樱桃有香味的枕头上，翻开手中的《米老鼠》，试着看进去。

林樱桃跪坐在床里。漫画杂志挡住了蒋峤西的视线，让蒋峤西看不见她打算干什么。

蒋峤西刚看了两行，就感觉有一双软软的小手隔着一层衣服揉在他的肚子上。

他放下眼前的《米老鼠》，猛地从床上坐起来，一把攥住林樱桃要缩回去的手。

林樱桃吓得屏住呼吸。

"樱桃，"蒋峤西说，哭笑不得，"痒。"

§

就算林其乐像"催眠"小兔子一样靠揉肚皮"催眠"了蒋峤西，第二天蒋峤西还是要走。

就好比蒋峤西在群山待得再怎样轻松、快乐，他也知道自己迟早要回到省城去。他必须经历层层严苛的升学选拔，蒋峤西要想走，要想离开这与他无关的"一家三口"，他非这么做不可。

蒋峤西这一夜都没睡好，第二天一早七点多，他坐在书桌边看书。他在琢磨，走之前要和林其乐说些什么才好。

他还需要和很多人道别：余樵，两年的同桌；蔡方元，群山工地最能理解他处境的那个小胖子；杜尚——蒋峤西一直知道杜尚其实很不喜欢他。

蒋政进卧室来问："你东西都收拾好了吗？"

蒋峤西一愣，点头。

蒋政瞥了一眼蒋峤西腕上戴的那只黑色手表。

他的语气柔软了："你叔叔今天临时有事，所以早点儿过来了。你现在去和你那些同学道个别，然后就走吧。"

"现在？

林其乐家里黑着灯，怎么敲都没人开门。林电工夫妇明显是上班去了。蒋峤西转过一个路口，往余樵家走。

连余樵也不在家。余奶奶一看见蒋峤西，意外道："哎呀！樱桃今儿个一大早，天还没亮就叫着余樵去市里了，说想给你买个什么纪念品！"

蒋峤西更意外了，问："他们什么时候去的？"

余奶奶也记不清了，站起来要拿炸虾片给蒋峤西吃："要不，你在这儿等等？他们说九点以前一准儿回来！"

二〇〇一年七月十三日，林其乐记得清清楚楚，那是一个周五。她一大清早起床，揣着自己所有的零花钱，和余樵他们一同去了市里。林其乐希望，蒋峤西回了省城，也不要忘记他们，不要忘记群山工地。

她和余樵几个人在庙会里来来回回地逛。一大早人多，人挤人的，怕她走丢了，余樵一直握着她的手。林其乐踮起脚，这家店转转，那家店瞧瞧。

蔡方元吃着手里的四个圈雪糕，说："蒋峤西在省城什么没有啊，跑这儿能给他买什么？"

杜尚在旁边说："买点儿群山特产呗！"

余樵皱着眉头跟在林其乐后面，林其乐这里也要看，那里也要逛，就这么在人群中挤来挤去。余樵突然说："林樱桃。"

"啊？"林其乐听到他的声音，回头。

余樵盯着林其乐的胸口。

"你的琥珀呢？"他问。

林电工中午下班，风风火火赶回家来。他早知道隔壁蒋家的公子要转学回省城，自己女儿会难过，但已经难过了这么多天了，怎么还这么难受呢？

林其乐坐在自家的小凳子上哭，爸爸一回来，林其乐就大张着嘴，哭着走过去，扑在爸爸身上。

"琥珀丢了？"林电工听余樵几个小男孩在身边说，他伸手扶住自己女儿的头。

余樵冷静道："估计在庙会里被谁捡走了。"

蔡方元很无奈，一头汗："林叔叔，我们在那儿找了半天，人太多！地方又大，找不着！"

林电工为难道:"那琥珀那么小,确实不好找。"

杜尚看着林其乐都快哭抽抽过去了。他说:"樱桃,你别哭了,就、就是个琥珀,虽然是你大姑给你买的。咱们以后再买!"

午后,林其乐坐在自家门前的台阶上,看杜尚在小路上走来走去,表演《卖拐》:"你看,樱桃,你看,瘸了!"

其实林其乐并不想笑,但她看杜尚这么努力表演滑稽的样子,还是忍不住抹着泪笑了出来。

她哭着哭着想笑,笑着笑着又忍不住哭。她扭过头,去看隔壁家那扇门。

余奶奶说,蒋峤西七点多就离开工地了:"我想留他,结果蒋经理挺急的,就把他带走了。"

晚饭时间,人们围在电视机跟前,看电视直播。

林其乐站在叔叔阿姨身边,听见电视机里一个白发老头宣布:"……2008 are awarded to the city of Beijing!(2008年的主办城市是北京!)"

余叔叔大喜过望,回头抹掉了林其乐脸蛋上还沾着的眼泪:"闺女,还哭?高兴起来!"

他找出珍藏的白酒,让余樵出门买两斤酱牛肉。妈妈们从家里端了现成的菜来,也有没时间做饭的,去食堂买熏鱼去了。

林其乐坐在小凳子上,揉着眼睛,闷头吃熏鱼。余叔叔掰了块馒头给她,说:"工地上这几个闺女、小子,到二〇〇八年,正好考大学是吧?"

蔡经理拿筷子夹酱牛肉,几个孩子碗里一人夹上一片:"都去北京,考北大清华!"

二〇〇一年发生了许多大事,有开心的事,也有悲伤的事。林其乐在群山工地等了一整个暑假,也没等到蒋峤西打来的一个电话。

他似乎像所有搬走的哥哥姐姐一样,从此消失在林其乐的生活中。

九月份开学,林其乐就该上六年级了。杜尚在上学路上问:"樱桃,你不高兴吗,二〇〇八年要在北京开奥运会了!"

林其乐说:"现在才二〇〇一年,二〇〇八年是不是也太远了……"

她现在只有十一岁。

对她来说,七年以后,那仿佛是下辈子才会发生的事。

"好像是远了一点儿。"杜尚嘟囔,"樱桃,你还因为蒋峤西的事难过啊?"

林其乐摇摇头。

"他都不给你打电话！"杜尚义愤填膺，"亏你还成天记得他！"

蔡方元告诉林其乐，他爸爸把所有的"齐鲁软件"都卖了，只留了一百股，说是留个纪念："为你留的。"

"'齐鲁软件'是什么？"林其乐不解地问。

"'齐鲁软件'，就是'泰山旅游'啊，"蔡方元说，"变名字了！"

林其乐过了好一会儿才问："股票的名字也可以变吗？"

蔡方元不以为意："这有什么不能变的，想变就变了呗！"

§

没有什么是不能变的。林樱桃从小戴到大的琥珀丢了，她伤心了很长时间，但慢慢地，她也开始变得习惯了。

大人们说，二〇〇一年太不平凡，尤其是下半年。开学仅仅十天，就发生了一场林樱桃如何都理解不了的灾难。有大人感慨："炸我们大使馆，撞我们飞机，原来这个美国人自己也会被撞，也会被炸的啊？"

若论国际形势，林樱桃听不懂，她看到电视机屏幕里浓烟滚滚，大人们似乎在说，这个世界，弱肉强食，今天美国不被炸，明天受欺负的还是我们。

很危险，事实上，这世界上每个人都不安全。

"爸爸，双子塔是什么？"

林电工说："就是美国的东方明珠。"

"就像群百大楼吗？"林樱桃问，她没见过东方明珠。

林电工苦笑道："算是吧。"

美国是一个大而遥远的概念，在很长一段时间里，它给林其乐的印象就像是《哈利·波特》里的"伏地魔"。"美国"所代表的一切都是强大的、优越的，却也是邪恶的、不可战胜的。

杜尚看着电视新闻直哭，死了好几千人，一个又一个人影从浓烟滚滚的大楼上跳下去，这件事令杜尚怕得发抖。

蔡方元则目瞪口呆，他瞧着世贸大厦熊熊燃烧，然后轰然倒塌。他张着嘴："哇，和拍电影似的。"

余樵站在他们四个人中间，眉头微蹙。"美国空军不是世界第一吗？"他小声道。

林其乐给蒋峤西省城的家打电话,她想告诉他,不要去美国,美国现在有恐怖分子,死了好多好多人。

可电话嘟嘟嘟了一阵,仍是没人接听。

林其乐放下电话听筒,被妈妈叫去吃饭了。

九月中旬,余班长和林电工开车带厂区里的孩子去市里玩。

"樱桃,"余班长的大手摸在林其乐的脑袋上,他们爷俩一大一小两个脑袋,贴在珠宝专柜的玻璃前,看那一个个琥珀吊坠的价格标签,余班长说,"你看看,想要哪一个啊,叔叔给你买!"

林樱桃看了一圈,小声说:"我哪个都不喜欢……"

余班长眉头一皱,笑了,回头看站在他们身后的林电工。

林电工把闺女搂过来,低头道:"曾经沧海难为水!是不是啊樱桃?"

一群小朋友一起去吃肯德基,又到游戏厅消磨时光。秦野云想去化妆品专柜看大人用的口红,林其乐却想去音像店看新出的专辑。两个小女孩,谁也不相让。

最后余叔叔带着余樵,陪秦野云去看化妆品,林电工带着杜尚和蔡方元,陪林樱桃来到音像店门口。

店门口贴了一张新人男歌手的海报,他最近出了专辑,戴着帽子,一副十分阴郁的模样。

林其乐站在那海报前,仰着头呆呆望着。

杜尚瞧林其乐那眼神,说:"这人长得真不……他有我好看吗?"

林其乐转头和爸爸说:"爸爸,我想买……"

当天夜里,林其乐趴在自己挂了蚊帐的小床上。没有别的人,只有她自己。她没有听科恩,也没有听孙燕姿,她在听这个看起来很不开心,似乎和她一样有着许多忧愁心事的男歌手的歌。

杜尚第一次看到周杰伦的海报就觉得超级不顺眼。

林其乐上着课,偷偷听周杰伦的歌还不算,居然还在竖起来的课本后面,紧抿着嘴,默默无语地流下两行清泪。

"有这么好听啊?"杜尚问道。

林其乐一脸悲壮,像电视剧里的女主角,郑重其事地在数学演草本上抄写周杰伦创作的歌词:只剩下钢琴陪我谈了一天……

杜尚故作轻松道:"要不你别老听了,你借我听听?"

林其乐把这盘叫作《范特西》的最心爱的磁带借给杜尚的直接后果是，几天后，杜尚突然放弃了一年半来对咏春拳的学习，自己找了根跳绳组装了一下，开始研习双节棍的打法。

国庆黄金周，蔡方元和他妈妈去省城了。回来以后，他专门跑到林其乐家，给叔叔阿姨提了一些省城特产，然后他偷偷告诉林其乐："我去找蒋峤西了。"

林其乐迟钝道："啊？"

"他家没人，"蔡方元压低声音，"我听说，他现在每天都上奥数班，他爸妈给他报了好几个，从早学到晚，你说吓不吓人啊！"

国庆黄金周的最后一晚，林其乐想，蒋峤西还在学习吗？

他还在写奥数题？他坐在哪里写呢？报了好几个奥数班，从早学到晚，真有人这么学习，却从不会头疼吗？

林其乐想，他从来没有想我吗？

林其乐拿起听筒，下意识地就拨蒋峤西省城家里的电话号码。刚拨出去，窗外忽然传来一阵鞭炮声，噼里啪啦的，特别吵。

林电工从屋外兴冲冲地跑进来，他被溅了一身大红色的炮仗纸："樱桃！娟子！走走走！"

屋外鞭炮声不仅没停止，反而愈演愈烈，此起彼伏，炸得脚下地板都在震颤。

妈妈在后院洗着衣服，跑出来问："怎么啦？"

林电工喜不自胜，一脸是笑："国足出线啦！"

妈妈原本还有点儿惊慌，听了这话，翻了个白眼，回去继续洗衣服了。

林电工说："樱桃，走，走！看你蔡叔叔放烟花去！"

林其乐放下没人接的电话。她走出去了，沿着屋前的小路，握紧爸爸的手。工地宿舍的大街上到处是走出了家门拿着啤酒瓶子庆贺的男人们，到处是口哨、尖叫和大笑。国足出线了，杜尚和蔡方元捂紧了耳朵，余樵从蔡叔叔手里接过一根烟头，懒懒地走过去，弯腰点着了引线就跑。

之后那几天，整个群山工地都像是过年。所有人都开心。

十月，APEC会议在上海举行。十二月，中国加入了世界贸易组织。大人们在反复提起一些词汇，像是"国运"，像是"腾飞"。

蔡叔叔在酒席上的声音听起来既欣慰，又羡慕。他喝得微醺了，感慨道："你们这一代小孩子啊，真是赶上好时候了！"

蔡方元把手伸在饭桌底下玩游戏机，林其乐坐在他旁边。听到蔡经理这话，两个小孩面面相觑。

谁都听不懂大人在说什么。林其乐小声催促他："你接着玩啊。"

这是他们唯一关心的。

二〇〇二年年初，林其乐在群山工地过年。她也开始每一天都开心了。

工地小卖部的秦叔叔现在恢复得十分好，不靠拐杖，也能慢吞吞地走路了。

"樱桃，买什么啊？"他问。

"秦叔叔，你现在腿一点儿都不疼了吗？"林其乐问。她把钱拿出来，是妈妈给她买醋的钱。

"不疼啦，"秦叔叔笑着从货架上拿醋瓶子给林其乐，这时他突然问，"樱桃啊，叔叔问你个事情好不好？"

"什么？"林其乐听着。

秦叔叔犹豫道："你爸妈给你定下什么时候转学了吗？"

林其乐不明白，她问："转学？"

秦叔叔说："我听说蔡经理和余班长家的孩子都已经定下来了。我现在也不是公司的职工了，怕转学晚了，跟不上大部队，把野云的学习耽误了……"

林其乐拿着醋瓶子回家，还没进家门的时候，她听到爸爸妈妈在里面争吵。

"要是工地最后还是单独把你留在这里，樱桃怎么办？你再去和领导说说啊！"

大年初四那天，群山市下雪了。

林其乐和余樵几个男孩在一起堆雪人，她用戴着手套的手团起雪球来，回击余樵砸在她身上的雪块。

余樵用沾满冰雪的手指使劲儿捏了捏林其乐的脸颊，又冷又疼，林其乐被他捏得龇牙咧嘴。

"我爸让你初中时来我家住，"余樵居高临下地看她，"你来不来啊？"

林其乐也要去抓他的脸，余樵往后一闪就躲开了。

大人们无论做出什么样的决定，孩子似乎都只有接受结果的份儿。

不过总有例外。

大年初五，杜尚用他自制的双节棍，把他爸杜永春揍进了医院。

这件事轰动了整个群山项目部。

杜尚妈妈过去一直犹豫，既拿不定主意离婚，又对丈夫的脾性毫无办法。蔡经理和余班长赶到职工医院的时候,听见眼窝青紫的小杜尚和他妈妈正小声商量:"你想离就离,不想离就不离,反正以后他再打你,我就打他!我不怕他。"

二〇〇二年三月份,中能电厂小学刚开学没多久,蔡方元就把他课桌抽屉里的书都装进了书包,他要转学去省城了。

放学的时候,电厂小学四人小分队走在路上,慢慢回家。

杜尚和蔡方元有一句没一句地说话,林其乐低头看自己的鞋,一路上也不吭声。

"林其乐,"几个人在工人俱乐部前分开的时候,蔡方元忽然说,"你怎么也不和我说话。"

林其乐这时才抬起眼来。她今天分外安静,摇头。

"你看你那眼,"蔡方元一脸怪笑,又是要嘲笑林其乐的样子了,"红得跟兔子似的。"

杜尚在旁边劝:"樱桃,又不是以后都见不到了——"

"你才是兔子呢……"林其乐没忍住,一下子就哭了。她双手拽着书包肩带,走过去抬腿就踹了蔡方元一脚。

蔡方元刚才在笑,这会儿挨了林其乐一脚,还笑。

"你哭什么啊!"蔡方元喊,有点儿手足无措了。

四月,林其乐在家里吹生日蜡烛。她满十二岁了。

余班长咬了一口林其乐分给他的蛋糕,说:"闺女,初中到省城来,上叔叔家住吧?"

余樵的妈妈也说:"家里两个男孩,快烦死了,樱桃来陪阿姨解解闷!啊?"

大人们都在起哄,林电工笑着问:"樱桃,想不想去啊?"

"我不……"林其乐黏在爸爸身边,笑着撒娇。

余家人多,搬家都要分成两拨。余奶奶四月十六号就走了,同去的还有余樵的妈妈,以及小表弟余锦。家里就剩下了余樵父子俩,他们便干脆到林电工家来蹭饭。

入夜,余樵坐在林其乐的小床边,翻林其乐床头那本《怪盗圣少女》漫画。

"这到底有什么好看的?"他不明白林其乐怎么这么爱看漫画书。

林其乐嘴里塞满了虾条,说:"你懂什么啊,比你那体育报纸好看多了!"

余樵扭过头来瞧她,见林其乐嘴巴里鼓鼓的。

在他跟前,她一直都很不像个女孩儿。

"你多大了,还想要黏着你爸多久?"余樵问。

林其乐一愣,咽下虾条:"怎么了?"

"你爸妈其实想让你去省城,你知道吗?"余樵说。

林其乐沉默了会儿。

"可我……"她说，"我想和爸爸妈妈在一起。"

余樵在夜色中出了林其乐的家门。林其乐追出来，想说再见。"余樵！"她喊。余樵头也没回，手举起来摆了摆，权当道别。

六月份，中能电厂小学六年级的学生正为毕业考试紧张地准备着。

杜尚告诉林其乐，他爸和他妈去省城办离婚了。

林其乐坐在包裹着黑色保温材料的暖气管道上，问："为什么一定要去省城办？"

杜尚坐在她身边，想了想："因为我妈的户口在贵州，我爸的户口在省城。"

林其乐不说话了。

自从新年一过，林其乐感觉杜尚仿佛一夜长大。就像孱弱的少年一朝屠龙，终于驱散了头顶终年不散的阴云，他将要成为英雄了。

杜尚捏着手里那盘《范特西》的磁带："我爸在省城的房子也给我和我妈了。"

林其乐"嗯"了一声。

别的朋友都不在了，只剩他们两个。连群山工地家属大院这几个月来也搬走了不少人。大人们说，这里的项目即将结束，只剩收尾工作了。

杜尚坐在林其乐身边，突然哼起了一段旋律。

林其乐听出来，那是那盘周杰伦磁带里一首歌的前奏。

杜尚嘴里絮絮叨叨唱起来了。

如果他有一双翅膀，随时出发，他就会带他的妈妈走了。

"我发现还是中国话唱起 Rap 来有意思，"杜尚摇头晃脑，对着林其乐笑，"以前 H.O.T 的歌词，我都不知道是什么意思！"

林其乐又"嗯"了一声。

"杜尚，"林其乐轻声道，"这盘磁带就送给你了。"

杜尚一愣："不，我本来想还给你——"

"我又买了一盘。"林其乐说。

杜尚看她。

"蒋峤西转走的时候你哭，蔡方元转走的时候你也哭，余樵转走了你还哭，"杜尚顿了顿，笑了，"我转走你就别哭了吧。"

"嗯。"林其乐点头答应他。

"那等我去了省城，我就去蒋峤西家门口替你堵他去！"杜尚说，边说边撸袖子，"我就、我就问他，你凭什么不给我们樱桃打电话？"

六月末，中能电厂小学的毕业考试结束了。

放学路上，林其乐独自一人背着小书包，往家的方向跑。

她一进门就喊："爸爸！妈妈！我的分数够上群山一中了！"

林电工夫妇作为留守工地的最后一批人，如今的生活有太多不便。因为工人们都分调到其他工地去了，宿舍区提前开始了拆迁。

食堂关门，医院歇业。人一少，连大院外面那条街上的烟酒食肆早点摊也跟着搬的搬，拆的拆。

现在买个东西，还要专程去趟市里的商场。林电工听到这个喜讯，高兴得一把把樱桃抱起来，他看着成绩单，回头说："娟子！今晚去市里吃顿火锅吧，这得庆祝庆祝啊！"

妈妈赶忙打电话给省城的余班长家。她对老同事兴奋道："对！能上一中了！"

林樱桃坐在镜子前，摘下皮筋，重新给自己梳头发。她把辫子扎好，虽然还有点儿歪歪斜斜的。她穿上夏天新买的连衣裙，蹬上红色小皮鞋就准备出门。

妈妈在后头锁门，林电工说："樱桃，慢点儿走！"

林樱桃在前面走得超快，给爸爸妈妈当引路先锋。

2002

第四章

像蚕，像蛇，像螃蟹

秦野云是初中开学前搬家去省城的，她说："林樱桃，你是我见过最幸福的小女孩。"

是这样吗？林其乐背着书包，穿着群山一中的校服，坐公交车去上学。昨夜下了场冷雨，爸爸妈妈又加班不在家，林其乐走到后院，看到自己的小白兔倒在兔笼里，兔脚轻微抽搐，很快便一动不动了。

死因是什么，林其乐并不明白，就仿佛她已经不能理解现在的生活。

她本想给班主任打个电话，请一上午假，给小兔子到山上找一块墓地埋葬。但班主任说，她从没听过如此匪夷所思的请假理由："如果你总这样想着逃课，你就到慢班去上课吧！"

十二岁，林其乐对世界的认知还是很肤浅的，以为 *Hey Jude* 是孙燕姿唱的歌，而保罗·麦卡特尼的名字她一次也没有听过。她所做过最可怕的噩梦，也无非是自己一个人走在工地的道路上，发现每间屋子都是空的，原来所有人都搬走了。

过去在中能电厂小学，有小分队为林其乐打掩护，大家一起犯错，不会有什么问题。可到了群山一中，没有人再对"犯错"感兴趣。林其乐一开学就连续惹老师不高兴，她有点儿不受欢迎。

只有同桌耿晓青时常会同情她。这个女孩总是一边假装做题，一边对林其乐小声说："快低下头，老师刚才看你了！"

下了课，林其乐也不再到处闲逛，不去操场上和谁打闹了。她和耿晓青，还有另一个女生戴丽欣，一起玩女生杂志上的填字游戏。

戴丽欣是耿晓青的"闺密"，两人自小一同长大，住同一个小区，一起升入中学。"林其乐，你都没有'闺密'吗？"戴丽欣性格活泼，大大咧咧，这么问她。

闺密？林其乐老实回答："没有。"

耿晓青扭头告诉戴丽欣："樱桃以前的好朋友全是男生，他们都转学去省城了！"

戴丽欣听了这个，惊讶道："全是男生？"

对她们来说，这显然是件非常奇怪的事。

林其乐不知怎么解释，就听戴丽欣说："那以后我们俩就是你的'闺密'了！咱们仨就是'闺密'！"

耿晓青喜欢在课间十分钟，向林其乐倾诉早上出门前与爸妈闹出的不愉快。她也拉着林其乐，要林其乐讲更多男生之间的趣事给她听。

看得出，耿晓青从小到大，很少接触"男生"这一类生物。

无论是蔡方元、余樵，或是杜尚——明明只是一群平凡无奇的男孩，但让林其乐天花乱坠胡乱回忆下来，似乎每个人都天赋异禀，特别好笑，像是电视剧、漫画书里的人物。

特别是余樵，那个取名自"渔樵耕读"的余樵。林其乐有一次对耿晓青说："他说他未来的太太要姓耿，或者姓杜，这样他叫余樵，就最配了——"

林其乐说到这里，后知后觉扭过了头，她盯着耿晓青秀气的眼睛和细软的短发："你就姓耿哦！"

耿晓青笑着，用力点了点头。

"哇！我第一次认识姓耿的女生！"林其乐惊讶道。

那天放学，耿晓青背着书包坐上公交车，和林其乐一同前往群山工地宿舍大院参观。这片大院现在除了几排平房还住着人外，其余空荡荡的，像一片废墟，连路灯也不亮了。

林其乐跑进了没有门卫的大门，站在正冲大门那条最宽的道路中央，她转身对耿晓青欢迎道："这一条就是'余樵街'！"

余樵街、杜尚街、蔡方元街……林其乐沿着熟悉的街名一路走回家，走到自己家那排房子前面。她踩地上的砖块，小声道："这是蒋峤西街……"

"什么？"耿晓青扭头，这是个陌生名字，没听过。

林电工夫妇一见到耿晓青，就异常热情地欢迎她。林电工说，已经好长时间没有樱桃的小朋友来家里玩了："喜欢吃什么？叔叔阿姨给你做啊。"

两个小女生一起吃完了晚餐，坐在床边玩芭比娃娃。耿晓青的家长打电话来林家，让耿晓青早点儿回去。

林其乐的妈妈给耿晓青装了一袋枣面馒头，塞进书包，因为耿晓青吃第一口就夸它甜甜的很好吃。

林妈妈笑着，她也许久没给人做过枣面馒头了。

林其乐去送同学回家。两个小女生走在傍晚的群山工地，走在林其乐的王国，那一条条被命名为"杜尚街"或是"蔡方元街"的街道上……工人俱乐部荒废已久，大门紧闭，林其乐穿着校服走上了杂草丛生的楼梯，她的眼睛贴近了门缝，往黑漆漆的俱乐部里面看了一会儿。

"有一回办新年茶话会，余樵在这俱乐部里面唱歌，"林其乐回头，对台阶下面的耿晓青说，"他唱得可难听了！就乱唱！我和杜尚把他的话筒线给拔了——"

耿晓青听着就笑，细窄的肩膀轻微耸动。

林其乐见她这么开心，也跟着笑。哪怕工地上好荒凉，连个人影都没有。

"他唱的是什么歌？"耿晓青问。

"《直到世界终结》。"林其乐说。

耿晓青说，她从小暗恋的人就是"三井寿"，正好是《直到世界终结》所唱的那个人。

"为什么？"林其乐问。

"因为我曾经做梦梦到他了，"耿晓青手扶着书包带，她看上去羞涩内向，眼神怯弱，说出的话却异常大胆坚定，"我觉得这是一种缘分。"

林其乐把她人生中第一个"闺密"送到了公交车站。真奇妙，林其乐想，以前和秦野云遇到一起，总忍不住要打架，但和耿晓青就不会。车还没到站的时候，耿晓青问："蒋峤西也是一个人的名字吗？"

林其乐看到车来了，生怕司机没注意到她们，她连忙招手。黑暗中，车灯晃过来，路边只剩下林其乐自己一个人的影子了。

戴丽欣在体育课上说，她的梦中情人是"道明寺"。

学生正组成大部队，围着操场跑圈。耿晓青在队伍里对戴丽欣气喘吁吁道："道明寺是个流氓！唯一的优点就是有钱！"

"道明寺怎么就流氓了？"戴丽欣跑着步，不服气道，"他保护了杉菜好几次呢！一心一意喜欢她，这样的男人最有安全感了！"

跑完步下来，耿晓青低头系着鞋带，擦掉脖子里的细汗，走过来对林其乐说："女生就是容易喜欢道明寺、流川枫这样的男生——长得帅，又有钱，"她嘴里嘟囔，很是瞧不起这些人的肤浅似的，"可世界上怎么会有这种男生啊，你看流川枫，他皮肤也太白了吧，每天打篮球的人，怎么会那么白呢，像三井那样才是正常的！才有可能真实存在！"

林其乐站在体育场小卖部门口，用一瓶冰镇矿泉水冰额头，她觉得她热得有点儿头昏。

杜尚从省城打电话来，对林其乐说，他经过了几次小考，终于跟上了省城那边的学习进度。他转进重点班了，还和蒋峤西一个班："我怀疑我们年级是不是有一半儿女生都暗恋他啊？"

林其乐手里握着听筒，坐在暖气片旁边，翻手里的《漫画Party》杂志。杜尚在电话里絮絮叨叨，说他和蒋峤西现在在（1）班，蔡方元在（3）班，余樵在（7）班，都是重点班。杜尚突然拿开电话，朝远处喊道："余樵！你要不要和樱桃说话？"

杜尚是在校园公用电话亭里打的电话。安静了片刻，有脚步声过来了，是跑步过来的，接着是男生喘气的声音，大概放了学在打篮球。

"喂？"余樵拿起电话来说。

林其乐在这边一愣。

"林樱桃？"余樵问道。

"你是谁啊？"林其乐忍不住问。

这下换余樵愣了。

他的声音如今是变了，变得低沉很多，变声期来得早，一段时间不见，听起来就陌生。

杜尚在旁边问："怎么了？"

余樵难以置信道："她问我是谁。"

从旁边爆发出一阵笑声，林其乐一听就知道是蔡方元那个死胖子在笑。

余樵把听筒拿回来，贴到耳边，他想说，你连我声音都听不出来了。

还没说呢，就听到很细微的深呼吸的声音，有点儿颤抖的，从听筒里传出来。

以前在群山工地成天听林其乐哭，余樵早已习以为常。

他不习惯的是，他听出林其乐在忍。

"余樵儿！打球儿啊！"有同学在操场大声叫他。

余樵对电话里说："后悔了吧，让你来你不来。"

林其乐忍着哭腔："那我爸爸妈妈自己在……"

余樵恨铁不成钢道："你爸妈又不是小孩。"

林其乐抿了抿嘴。

她还是舍不得离开家，舍不得离开爸爸妈妈。哪怕群山工地已经没有什么人住了。放学的时候，林其乐还是会走过一排排空荡荡的宿舍，给这片向日葵地、那片草莓田浇水。

她独自上学，独自放学，在学校的时候与耿晓青、戴丽欣说话，放学以后就待在家里，再也没有朋友会来家找她玩儿了。

杜尚他们也并不能每天都打电话来。爸爸妈妈也不再订阅《米老鼠》了，家里堆积的儿童杂志开始变成《漫画Party》。林其乐吃饭时看，帮妈妈盯洗衣机时看，睡了觉熄了灯，她趴在被窝里还要重温更多遍。看漫画时她总是很开心，心无旁骛。

《漫画Party》边角栏上，好几页印着小读者的自我介绍与通信地址，林其乐仔细看，发现那是交友栏目。

她飞快地从床上爬起来，拧开台灯，打开铅笔盒，摊开杂志。她把读者回执单小心翼翼地撕下来。

"我是宇宙超级无敌小飞侠林其乐，生活在风景美丽的群山市，"林其乐在灯下一个字一个字写道，"我想结交全国各地的小朋友，做好朋友——"

一个月飞快过去。林电工一天下班，把邮递员送到单位的漫画杂志带回了家，搁到女儿书桌上。

戴丽欣在课间时分吃惊地翻开漫画杂志："林其乐！真的是你哎！真是你啊！"

林其乐目瞪口呆地翻着手里一封封的信，她填写的收信地址是学校的班级邮箱，她根本没想到会真有这么多的人写信给她。

负责管理班级邮箱的是生活委员。到了隔天早晨，她又拿了满满四十多封信进来，当着全班同学的面："林其乐，怎么这么多全是你的信啊？"

耿晓青问："樱桃，这么多信，你全都要回啊？"

戴丽欣也嘟囔："这要回到什么时候？"

林其乐趁着课间拆信，一不小心一张照片从里面掉出来了。林其乐捡起来一看，旁边戴丽欣的脸一下子红了，笑道："还有男生寄照片啊！"

那天回家，林其乐书包里装了一大摞信件，每一封都沉甸甸的，热情洋溢。吃饭时候，林其乐忽然问："爸爸，你知道省城总部的邮政地址吗？"

林电工说："知道啊，怎么了？"

林其乐犹豫了一下，说："我想给杜尚写信！"

妈妈在旁边夹排骨给她："打电话不就得了，写信不慢吗？"

林其乐翻开自己的日记本，有一页密密麻麻抄了许多电话号码，头一个便是蒋峤西家的。

上初中以后，林其乐断断续续又打了那个号码几次，只有一次打通了，是蒋峤西的妈妈接的。

她语气硬邦邦、冷冰冰："峤西不在家，他学习忙，麻烦你别给他打电话了。"

接着便把电话挂断了。

这会儿，林其乐打给杜尚，问："你有没有蒋峤西家的邮政地址？"

杜尚说："干吗，樱桃，你想给他写信啊？"

林其乐说:"我先问一问……"
杜尚说:"你要是寄到他家,不又被他妈看见了。"
林其乐一愣:"也是哦……"
杜尚绞尽脑汁,想了想:"要不你寄到我们班来吧!我现在就告诉你地址——"

林其乐还经常能回想起几年前,回想起她吃着雪糕,和自己最好的伙伴一起上下学。那时候,蒋峤西总走在她身边,安静地听她说话。

她在灯光下写:

蒋峤西,
我是林其乐。
小兔子死了,你还记得它吗?它满四岁了……

林其乐写着写着,眼前一片模糊,也不太清楚自己具体都在写什么了。她想到什么便写,写以前的回忆,写现在的生活,写她给他打了两年的电话:"你不想我吗?为什么你从不打电话给我呢?蔡方元说你在省城变得不一样了,你变成什么样子了?"

林其乐还写,她前几天在家翻旧课本,看到了那张小学时画的皱皱巴巴的"蒋莼鲈"画像。

"你还记得蒋莼鲈吗?"林其乐放下铅笔,打开了水彩笔盒,开始在信纸上涂画"蒋莼鲈"。

等画完了,她继续用铅笔往下写:"如果你忘了,就看一看她想起来。"

她作业写得一贯潦草,这封信却一笔一画,认真极了。林其乐写完了信,兴许还觉得不够,又用水彩笔在信纸周边画了一些星星、月亮,画小小的花瓣、可乐罐子、黑色手表,还有小兔子的头像,来点缀所有的空白。

不知蒋峤西什么时候能收到信,什么时候会给她回信。归根结底,林其乐根本不相信蔡方元他们说的:"蒋峤西现在和我们不太熟,真的说不上话!"

一个星期后,放学时间,林其乐正在家里百无聊赖地看《我为歌狂》,突然她家的电话铃响了。

林其乐拿起听筒,还以为是杜尚。

"林樱桃!"是个女孩的声音,让林其乐一愣,竟然是秦野云,"你疯了!你给蒋峤西写的什么信啊?"

§

九岁那年,林其乐在上学路上看《淘气小亲亲》,她想,如果长大以后她要写情书给什么人,就只有唯一的人选。

她要写给那个对她好的人,关心和爱护她的人,而不是像入江直树那样,会令相原琴子成为笑柄的人。

"你为什么要给他写情书?你脑子里在想什么东西啊?"秦野云在电话里激动地追问,分明不是她自己的事,她却气急败坏羞愤难当,"现在他们班全都在传阅你的信,你一共写了几张信纸啊?杜尚就抢了一张回来——"

林其乐说:"我没有写情书……"

"还没有写情书?"秦野云吼道,"我在(4)班我都听说了,蒋峤西在工地和你有个女儿叫'蒋纯卢'?是不是你写的,蒋纯卢?你怎么好意思——"

林其乐蒙了。

刚刚进入青春期的孩子,每个毛孔都在抒发着对成人世界的无限渴望,还有刚刚萌芽出来的、幼嫩脆弱的自尊与羞耻心。就在秦野云对林其乐继续骂骂咧咧的时候,林其乐突然问:"蒋峤西呢?"

"什么蒋峤西?"

"我、我是给他写的信啊。"林其乐说。

秦野云气愤道:"我怎么知道!我去他们班里找人,结果他们班的人只会起哄,不告诉我蒋峤西在哪里!"

爸爸妈妈下班回来了。吃过晚饭,林其乐坐在自己的小床上,抱住了波比小精灵发呆。她反复回忆秦野云说的话,还是不太明白,她在想要不要给杜尚打个电话,问问在他们学校究竟发生了什么事。

远在省城的一切,似乎正与林其乐的心事息息相关,却又完全不是她能想象的。

客厅电话忽然响了。

妈妈在门外接起电话,意外道:"是蔡经理啊!"

林其乐心中出现的一点点幻想,像肥皂泡一样破得不留痕迹。

"樱桃?樱桃在家啊。怎么了?"

妈妈问了几句,把听筒递给了林爸爸。这通电话讲了有二十多分钟。林其乐坐在她的蚊帐里,抱着膝盖不动,突然爸爸从外面推门进来。

"樱桃啊,"爸爸轻声问,"作业写了吗?"

爸爸以前从不问这种问题。林其乐回答:"还没有……"

爸爸点了点头,笑道:"写完了出来吃水果,你妈妈切了一大盘。"

门关上了,没有其余任何异样。

晚上,林其乐躺在床上,翻来覆去睡不着。她有一些悄悄话,是只想对蒋峤西一个人讲的,对余樵他们讲不出来,余樵惯会笑话她的各种想法,只有蒋峤西对她好。

秦野云在电话中说:"蒋峤西现在在学校见了我们就和不认识一样,你以为他还记得你?"

群山天色黯淡,林其乐从被窝里坐起来,看窗台上那株万年青。芭比娃娃穿着华美的晚礼服,精心打扮,坐在林其乐的床头。

爸爸妈妈还没起床,林其乐穿着睡裙来到后院,她走到空荡荡、冷冰冰的兔笼旁,在台阶上坐下了。

林其乐仰头望向了灰暗的天空。

时间过去,天开始变亮了。林其乐梳好了两根马尾辫,吃了妈妈做的早饭,她穿好校服,背着书包,坐上了前往群山中学,也是前往群山市长途汽车站的巴士。林其乐攥住手里的压岁钱,她打定主意了。

§

长途汽车一路颠簸,从群山市前往省城,坐车要近七个钟头。林其乐买了一张靠窗位置的车票,她抱着书包,一个人坐在窗边。她望向外面深秋的田野,脑海中除了昨天秦野云的那通电话,就是和所有人分别一年多来,每天发生在她身边的事情。

她很孤独,除了学校,不知该去哪里。

"省城"这个陌生的名词,总在不知不觉间吸走林其乐身边美好的一切。从陈明昊哥哥、郑晓晨姐姐到蒋峤西,到余樵、杜尚、蔡方元……她喜欢什么,"省城"就会带走什么。

这班长途车上午十点从群山发车,林其乐买票的时候对售票员阿姨撒了个小谎,她说她爸爸在后面,还没到,她先来了,她想自己买票上车。

下午五点,车到达省城总站。林其乐跟在同车一位叔叔后面,假装女儿似的下了车。她对售票员阿姨挥手说再见。

过去,再怎么一次次在群山"历险",和小伙伴深入大山丛林,林其乐也从未自己一个人跑来过省城这么遥远的地方。

她背着书包，在人群中边走边看，看周围拥挤的人流，看四面高至天际的摩天大厦。林其乐走到巴士站点旁仰起头看地图。

　　她手握零钱，挤上了一辆开往省城实验附中的公交巴士。

　　也许很快就会见到蒋峤西了，还有余樵、杜尚、蔡方元他们，还有秦野云……林其乐靠近窗边，瞧省城陌生的街头。这就是蒋峤西从小长大的地方，是哥哥姐姐们，是余樵他们正在生活的城市。

　　林其乐也不知道省城的中学几点钟放学。巴士到站，她下车来。经过路边的服装店时，林其乐对着橱窗玻璃看了一会儿，看自己身上群山一中的红白色校服，校服洗得很干净，她摘下草莓头花，用手重新理了理长发，然后把两根马尾扎好。

　　林其乐比小学的时候高了，也瘦了，圆圆脸瘦出一个小下巴来，两只眼睛看起来更大了。

　　几个身穿蓝白色校服的学生从林其乐背后走过，正说笑。

　　"蒋峤西以前还真去过乡下？我听说他小学是在香港上的啊，怎么又成乡下了——"

　　"不是乡下，是个小城市，叫群山。"

　　"蒋峤西小学一年级从香港转学过来的啦，（1）班的费林格原先和他就是同学，你们问问他不就知道了！"

　　"费林格知不知道那个叫林什么的女的的事？"

　　"当然不知道了！"

　　"蒋峤西也太倒霉了吧，跟着家长去乡下念书，还要被那边的女的纠缠——"

　　林其乐在橱窗前望自己的脸，她红白色的校服胸前，印着"群山市第一中学"的字样。

　　身后走来的学生越来越多。

　　附近的中学看来已经放学。

　　"蒋峤西到底和岑小蔓有没有在一起？"

　　"我听说岑小蔓喜欢蒋峤西很久了，但蒋峤西不喜欢她。"

　　"不会吧，他们俩天天一块儿放学，看着可好了。"

　　"反正我看蒋峤西对谁都不搭理，对岑小蔓也没有笑脸啊。"

　　"他有笑脸也不会让你看见啊——"

　　林其乐逆过了放学的人潮，往这些同龄人来的方向走去。时不时就有笑声从她耳边擦过。

　　乡下、群山、蒋峤西、岑小蔓……

林其乐到这时才稍微明白了一些，为什么秦野云昨天要那么激动地给她打电话。她似乎做了一件很不好的事情。

"（1）班班主任知道这事都急死了，今天上午专门把蒋峤西叫到办公室去——"

"我听说岑小蔓课间还在女厕所里哭，好多女生围着安慰她，不会蒋峤西真在乡下有什么女儿吧？"

"你也想太多了，我刚刚放学路过（1）班门口，看见岑小蔓还在等蒋峤西收拾书包回家呢——"

……

省城实验附中门口。

林其乐走到这所学校门外，眼前尽是正在放学的学生。他们有的嬉笑打闹，有的瞥一眼林其乐，瞧了瞧她身上的校服，接着视若无睹地走过。林其乐往校园里望，她看到比群山一中大一倍的塑胶跑道，还有跑道边的公用电话亭——

"余樵！等等我！"

一个男孩焦急地跑过了林其乐身边，与她擦肩而过。

林其乐听见那个声音，先是一愣，她转过身，看那个疯跑着的男孩，那个背影，虽然穿着陌生的校服，但林其乐一眼就认出他了。

杜尚却没有认出林其乐。他谁也不看，气喘吁吁，跑到了学校外面那条路上，往报刊亭的方向奔去。

十几个高个儿男生正围在那家报刊亭旁边，买水的买水，吃冰棍的吃冰棍，只有其中一个男生在打公用电话。

见杜尚过去了，他朝杜尚远远地伸出手，接过去一把零钱。

林其乐看他。

是余樵。

也许是周围陌生人实在太多，而余樵和杜尚，他们也穿着和陌生人一模一样的校服。林其乐想走过去，双脚却扎在原地。

"蒋峤西，班主任没说你什么吧？"

一个男生的声音从天而降，就近近地贴在林其乐背后。

"后天就竞赛了，他总不能这时候再找你麻烦。"

"刘老师没有找蒋峤西的麻烦，"接着是女孩的声音，轻轻的，听着很悦耳，"只是问了问那封信的事。"

"有什么好问的，"头一个男生说，"那女的写信胡说八道，关蒋峤西什么事！"

一群人从林其乐身边走过去了，林其乐悄悄抬头看了一眼。

许多人围在那个男生身边，每个人都在说话，只有那个男生异常安静。他穿着和旁人一样的蓝白色校服，个头也长高了，比林其乐印象里高了很多，她都有点儿不认识了。

"蒋峤西……"林其乐不自觉地叫出了他的名字。

§

林其乐根本没有想过，她冲动之下独自坐车来到省城，来见蒋峤西，这件事在旁人眼里意味着什么。

"蒋峤西……"林其乐叫出了他的名字。

也许是周围太吵，蒋峤西一时没听清她的声音，反而是他身边那几个男孩回过了头。

有个从刚才起就一直在讲话的，目光往林其乐身上一瞥。他大约又以为是什么要找蒋峤西说知心话的女同学，可瞭了一眼林其乐的打扮，再瞭林其乐的脸蛋。

这男生突然瞪大眼睛，他盯着林其乐校服胸前的字，伸手一把拉住身边人，怪叫道："群、群山市第一中学？"

林其乐站在原地，忽然间数道目光从周围投射过来。

"群山"这个词眼下在省城实验附中正有名气。

那男生大喊大叫着，指着林其乐，转过身钻到了蒋峤西身边："她、她她找上门来了——"

"谁啊？"有路过的学生问。

"费林格，你说谁找上门啊？"有人问他。

也有人绕到林其乐对面，看了她一眼，回头窃窃私语道："是那个给蒋峤西写信的女的！"

"真的？"

"她居然千里迢迢追到学校来了——"

"天啊，"是女孩子压低的笑声，"疯了吧？"

林其乐双手握在自己背的书包带子上，她好像被丢入斗兽场里的羔羊。

是她自己硬要来的。

蒋峤西就站在那些人中，站在林其乐面前。虽然相隔了三五米的距离，林其乐也能看清楚他的眉眼，他的神情。蒋峤西长高了，高了很多，让林其乐只能仰望他。

明明周围那么吵，吵得林其乐心里发慌，蒋峤西身边很安静，甚至有些死气沉沉的。

死气沉沉。林其乐不知为什么,总会在蒋峤西身上想起这个词。

蒋峤西穿了双黑色的球鞋。他明明告诉她,他不喜欢黑色。

这一刻,蒋峤西盯住了林其乐的脸,他那双画儿似的眼睛睁大了。两年不见,他有喉结了,明显地在吞咽。

费林格鼓起勇气走到林其乐面前,声色俱厉道:"你、你就是林其乐?"

他声音太大,林其乐不自觉地后退了一步。

"不管你想来干什么!"费林格趾高气扬的,"能不能别再给蒋峤西添乱了——"

"岑小蔓!"有女生在街对面喊,"蒋峤西妈妈的车来了,你们还不走啊?"

那个和蒋峤西一起放学的女孩,叫岑小蔓。她抬起眼看林其乐,好像也被这场面弄得不知所措。她伸手拉了一下蒋峤西的校服袖子:"我们走吧,要是被梁阿姨看到了……一会儿竞赛老师就等急了……"

林其乐缩起肩膀,向后退。

围聚在她身边的省城实验附中的学生见状连忙让开了,林其乐从这些看热闹的人中间走了出去,她背着书包,不知是想躲还是想逃。

"樱桃?"先是杜尚的声音。

"林樱桃!"余樵从远处忽然大喝了一声。

林其乐原本还走着,一听见身后有人喊她的名字,她抬起胳膊来一抹眼睛,更慌不择路了。

§

省城的天逐渐黑下来。

林其乐跑得气喘吁吁,书包带都滑下了肩膀。街边的冰激凌店正在播放动画电影《海底总动员》,小丑鱼玛林和蓝唐王鱼多莉,正在汪洋大海中寻找儿子尼莫。

林其乐站在店门口,张着嘴巴,愣愣地仰头看了一会儿。

她很累,她在店门前的台阶上坐下了。

面前是来来往往的行人,男人女人,老人孩子,无论穿着打扮、腔调做派,都与群山市的人大不相同。林其乐睁着眼睛,她眼圈红红的,是早就哭过,她不肯再哭了。

蒋峤西好像不认识她了。林其乐低下头,在路灯下看自己脚上的小红鞋。从四年级到六年级,蒋峤西在林其乐身边待了两年,蒋峤西转回省城来,差不多又是两年过去。

两年好长,林其乐想。

本来就是什么都会改变的。

"樱桃！"一个熟悉的声音突然从背后喊道。

林其乐愣了愣，一时间不敢转头。对方焦急地又喊："樱桃！"

林樱桃站了起来，她惨兮兮地背着书包，一双大眼睛看清了来人的脸，她眼里顿时就模糊起来。

"爸爸……"林樱桃张大嘴巴，大哭出声。

穿着深蓝色工作服的林电工飞快地到了女儿跟前，蹲下身一把把女儿抱起来。

§

余樵妈妈打开家门，热情招呼林樱桃和林电工进去。余班长走在林樱桃身后，两只大手捂在闺女哭红了的脸蛋上。

一进门，余班长便喊："余樵，过来给你林叔叔找双拖鞋穿！"

林电工明显是上班中途急急忙忙从群山赶到省城来的。他穿着身工作服，脖子上还挂着工牌，裤袋里塞着劳保手套。见余樵过来，林电工感慨道："余樵啊，才一年不见，长这么高了啊！"

"林叔叔好！"另一个小男孩也过来了，奶声奶气的。

林电工低头换上了拖鞋，伸手摸余锦的一头软毛，笑道："我们余锦也长高了！"

余妈妈在厨房炒着菜，说："樱桃！放下书包先去吃饭！"

林其乐还呆呆地站在门边，小声说："哦……"

林电工走进了客厅，想借用余家的电话给远在群山的媳妇儿报个平安。林其乐脱掉她的小红鞋，没有拖鞋穿，只好穿着袜子跟余樵走进了他的卧室。

"你随便放吧。"余樵还穿着省城实验附中那条蓝白色的校服裤子，上半身是件篮球背心。他看着林其乐把脏兮兮蹭了灰的书包搁到地板上。

余樵低头瞅她，林其乐这会儿也红着眼抬头看他了。

外面客厅里，大人们吵吵闹闹，小孩子关上门也就听不见了。

余樵眉头微皱，轻声问："你来干什么啊？"

林其乐说话还带哭腔，她看着余樵，嘴硬道："你是谁啊？"

余樵忽然就抬脚踢她。

林其乐下意识躲开，她笑起来。

余妈妈在外面喊："余樵！樱桃！杜尚来了！来来来，杜尚进来！樱桃在呢，你一块儿在这儿吃饭吧？"

林其乐站到余樵卧室门口，看见杜尚从门外进来了。杜尚也穿着实验附中的校服，他一张脸满是汗，头发乱糟糟的，看样子是拼命跑过来的。一看见林其乐，杜尚喘着粗气，咧嘴就笑了。

余樵家搬来了省城，虽说比在群山工地时宽敞了许多，可一家人围在一张桌子边吃饭，到底还是拥挤。余班长不停地问林樱桃，到底是怎么自己一个人买票跑到省城来的："好家伙！人不大，胆子不小！你想吓死你叔叔！"

旁边余妈妈说，樱桃以前胆子就很大呀，和余樵、杜尚，还有蔡方元他们几个，天上地下到处乱跑。

所有人都嘻嘻哈哈的，林其乐低头含着米饭，眼睛被米饭的热气熏得难受。

没有一个人追问林其乐这趟跑来省城究竟是为了什么。吃完饭收拾桌子时，余叔叔从背后走过，两只大手忽然又捂她的脸蛋。"樱桃，"他嘿嘿笑着，像小时候逗弄她，"想叔叔吧？"

林樱桃抬起头看他，叔叔的手布满老茧，她小声说："可想了……"

余樵的妈妈在厨房刷碗，叫林樱桃过去。"樱桃，你今天跟着我，一块儿睡余樵那屋，"她笑着安排，"让余锦和你叔叔一块儿睡，让你爸睡余锦那个小床，让余樵去客厅睡沙发！"

林樱桃撸起袖子，要帮阿姨洗碗，阿姨递给她一块干净抹布。

"哎呀，还得回去上学，真舍不得樱桃走，"阿姨端详她的脸，笑着，"瘦了，看着小脸瘦了。"

"下次啊，找个放寒暑假的时候来！和你爸爸妈妈一起，都来！阿姨带你出去玩玩，在家也多住几天！"

林其乐是翘课过来的，没上学，自然也没什么作业可写。余樵和杜尚两个人吃完了饭，在卧室里你抄我的，我抄你的，凑凑合合写作业。

林其乐百无聊赖，趴在余樵床上翻看他的体育杂志，也看不懂，没翻两页就被余樵拉过去帮他写语文作业了。

晚上九点钟，蔡方元也来了。

他上了一整晚的竞赛补习班，上得头昏眼花，和余叔叔林叔叔邹阿姨他们打过了招呼，蔡方元也进余樵卧室里来。

129

一见林其乐他就笑了："林樱桃，我算是服了你了，你这回可算是在咱们全省的竞赛班里出名了——"

杜尚忽然咳嗽起来，因为咳得很不自然，像是哮喘。

林樱桃不听蔡方元说话，低头继续在余樵的语文作业本上胡编乱造。

等到作业都写完了，余樵妈妈从外面端了新炸的虾片和酥肉进来，给几个孩子当夜宵吃。

林其乐坐在床边，翻看余樵的成绩单。

"樱桃，"杜尚如今也长高了不少，眉眼都长开了，他坐在林其乐身边，"咱们可一年没见了。"

蔡方元坐在对面，往嘴里塞炸酥肉："我怎么看着你也没变样啊。"

余樵从林其乐手里抢回了他的成绩单，不耐烦道："有什么好看的。"

林其乐看到余樵考了全年级第七十二名，她问："你们年级一共有多少人啊？"

蔡方元说："五百多个人。"

林其乐不由得"哇"出了声。

她发现余樵脸上不咸不淡的，考这个名次，也没什么骄傲样子。

蔡方元瞅林其乐那神情，突然说："蒋峤西这回又考了年级第一。"

杜尚那哮喘又快犯了，喝着可乐，差点儿呛着。

蔡方元直接告诉林其乐："我今天跟他一块儿回来的。"

见林其乐坐在床边，也不说话，蔡方元说："我也不知道为什么。平时他都跟费林格、岑小蔓他们一块儿回家，今天不知怎么了，一下课他把我叫上了。"

炸酥肉就剩最后一块了，林其乐眼睛红红的，瞪着余樵把那块酥肉塞进了嘴里。

杜尚在旁边不开心道："那他也不过来看看啊，樱桃好不容易来了。"

蔡方元说："看什么啊，坐的他爸司机的车，他妈就在车上，和瘟神一样，一路上愣是一句话没敢说。"

林其乐和余樵争夺剩下的炸虾片。蔡方元则和杜尚有一搭没一搭地说着话。蔡方元说，蒋峤西他妈是真的忒恐怖了。蔡方元和他家住得近，都在干部楼，刚转学过来那时候，有天半夜，蒋峤西妈妈突然把蒋峤西的奥数书都给撕了，打开了窗户往外扔，闹得前楼后楼都能听见。

"撕书？"杜尚是第一次听蔡方元提起这个，"为什么啊？"

蔡方元欲言又止，他抬起眼，看了林其乐一眼。

余樵刚把最后一块炸虾片让给林其乐。林其乐鼓着腮帮子吃得咯吱咯吱直响，好像什么都没听见。

蔡方元坐了半个钟头就走了，他如今长大了，不像从前总爱和林樱桃打架。杜尚也得回家去，他对林樱桃说，他好几次梦见了群山，梦见工地："我听余叔叔说，咱工地都拆了？真都拆了吗樱桃？"

"都拆了她家住哪儿。"余樵从后面推他肩膀，像是这话题进行下去，又会没完没了。

伙伴们走了以后，林樱桃独自去卫生间刷牙。余樵过了一会儿进来了，也拿着牙刷，把林樱桃挤到一边。

余樵咬着牙刷说："你那兔子什么时候死的？"

林樱桃一怔，从镜子里看他。

她没有把这件事告诉过蒋峤西以外的人。但很明显，那封信里写了什么，是包括余樵在内，几乎所有人都知道的。

大家都笑话她。

林樱桃刷完牙，漱口。她闷头洗脸，脸上还有水，她睁开眼睛对余樵说："刚上初一的时候。"

余樵看到林樱桃说着话，嘴角又要下垂，又想上扬。

"你笑什么？"余樵皱眉道。

"那我也不能哭吧。"林樱桃对他做了个鬼脸，带着点儿鼻音说。

余樵抱了个枕头，今晚不得不去沙发上对付一宿。林其乐抹干净脸，也准备去睡觉了。路过厨房门口的时候，她透着门缝，听到了叔叔爸爸们在里头说话喝酒的声音。

"从来都是老实人吃亏，"余叔叔掸着烟灰，和许久未见的老伙计道，"当初都不叫你留，也不该你留，调令都要下去了，你说你，耳根子怎么那么软啊？"

林电工光笑。

"别人媳妇儿怀孕，别人家老人生病，你闺女呢，你家人呢？"余班长念叨着，嘬了口烟，他沉默片刻，"把自己该做的做好，你就够了，拿一份普通职工工资，你不欠谁的。"

余樵妈妈这时在旁边应和道："反正你们房子也办下来了！等工地一结束，你们一家三口就赶紧过来——"

还没等林电工开口，余班长马上接道："到时候，你们两口子我告诉你，爱来不来，樱桃必须过来，大不了住校呢！高中你不能再让她在群山那么糊弄了！"

§

小学毕业的时候，林其乐经常在日记里记录自己做过的噩梦。

她的小兔子死了，朋友们都走了，她自己上学，自己放学，群山工地要被拆掉了……二〇〇四年的新年夜，林其乐从噩梦中忽然惊醒。

她坐起来，眼睛睁大了，她又梦到了省城实验附中，梦到那么多人的面孔。

林其乐感到疑惑：为什么呢？

从小，她生活在工地上，生活在电厂小学和爸爸妈妈的庇护之下。

也许人长大了，走出家门，夜里的噩梦也就随之变大了，随之走出了群山，到了更广阔的、林其乐从未感受过的天地里。

从省城回群山以后，林其乐的日子很是不平静了一阵。因为连续两天旷课，哪怕有林爸爸百般求情，群山一中的老师还是给了她警告处分，通报全校。林其乐站在办公室里低头挨批评，她两天不在学校，两天班级信箱中塞满了信件，十封有九封是全国各地《漫画Party》的小读者寄给"宇宙超级无敌小飞侠林其乐"的交友信。

现在这些信全都堆在班主任的办公桌上，像一堆毫无意义的纸垃圾。

"你现在的目标是好好学习！都已经初二了，林其乐，你看看你的成绩，比入校时落后了多少？你已经垫底了啊！你再看看别的学生，谁不是在用功学习？你还去省城实验附中，人家实验附中的学生哪个不是在好好学习？谁有那个闲工夫理你！还交朋友，还写交友信！"

班主任将手里一沓信摔在办公桌上，她瞪住了林其乐。

林其乐一直低着脑袋，也不讲话，突然一吸鼻子——她哭了。

班主任有些无奈。这个一贯不好好学习的小女孩，谁都不知道她每天脑子里在想什么。

"你年纪还小，"班主任看着林其乐，语重心长道，"老师告诉你，人生路很长，在这么小的年纪里，你交到的朋友以后基本都会分开的。只有好好学习才是你的正途，才会给你真正有意义、有价值的未来，你自己好好想想吧！"

林其乐坐回到自己的书桌前，拧开了台灯，她拆下最新一期《漫画Party》的读者回执单，手握自动铅笔在上面写道："对不起，我是群山市第一中学的林其乐，我收到了很多小朋友寄给我的信，但老师说等初中毕业才会把信还给我，谢谢小朋友们给我写信，对不起，我无法和你们做笔友了……"

她不知道，会不会有人像她当初期待蒋峤西的回信一样期待她的回音。

林其乐又打开抽屉，从里面找出一张信纸来，铺在桌面上。
她在上面写：

> 蒋峤西，我没有给你写情书。上一封不是情书，这一封也不是。只是我很久没见到你了，杜尚他们会给我打电话，你不打，所以我才写信给你。我不是他们说的那样的人，我不喜欢你，我也没缠着你，蒋莼鲈和你也没有什么关系，我只是画给你看一看而已。

林其乐又忍不住哭了，她一个字一个字写得极慢，又写道：

> 我去省城不是找你，是找余樵和杜尚他们，正好碰到你了。我以后也不给你写信不给你打电话了，不会影响你的学习。

林其乐本以为，她会很快就接到杜尚或是秦野云的一通电话。他们会在电话中说，林樱桃，我们都看了你给蒋峤西写的信啦，你没有给他写情书，你也没有缠着他，你也没有耽误他的学习。

可一个月过去，两个月过去，没有任何事情发生。林其乐在杜尚打来电话时随口问了一句，杜尚愣了愣：“蒋峤西？我不知道。费林格他们最近都不拆蒋峤西课桌里的信了，”杜尚这时后知后觉反应过来，“樱桃，你不会又给他写信了吧？”

林樱桃说：“没有，我没有写。”

§

爸爸妈妈并没有就林樱桃的"省城之旅"特别批评她什么。爸爸只是攥着她的手说，以后不要再自己跑去那么远的地方。

"你还小，爸爸妈妈什么都不知道，省城那么大，找到你以前，急得饭都吃不下，以后你想去什么地方，或是你遇到了什么困难，樱桃，你要给爸爸妈妈说。不然爸爸妈妈怎么帮助你，怎么给你想主意呢？你还这么小，谁是你的依靠呢？"

妈妈则在一天洗衣服的时候，趁着洗衣机嗡嗡震动的间隙，坐在后院的台阶上。她突然和林樱桃讲起了自己和林电工在工地上相识、相爱的故事。

"那时候就是同事,"林妈妈抱着女儿,樱桃已经长大了,长高了,不像小的时候那么容易抱了,"我就没想过要嫁给他!"

林樱桃把额头贴在妈妈胸口,妈妈的身体温暖极了。

"有的时候,朋友之间在一起待久了,就容易混淆这到底是友情,还是'爱情'。"妈妈突然提到的这个词,让林樱桃身体一僵。

"有时候,看到一个人,那么地特别,与众不同,就像在一群雪白的小兔子里突然看到一只黑的,"妈妈说,"这种新鲜的感觉,也常常被人当成是'爱情'。"

"妈妈,"林樱桃睁大了眼睛,问,"我和蒋峤西之间,不是'爱情'吗?"

妈妈看着她。

林樱桃说:"我和他在一块儿就很开心,不在一块儿我就总想他,这不是'爱情'吗?"

"樱桃,"妈妈笑了,"你还太小了。"

"你以前还说过,你要和余橪,和陈明昊,和你表哥,还有你爸爸结婚。"妈妈笑道。

"啊?"林樱桃彻底蒙了。

"你都忘了吗?"妈妈笑着问她。

人喜欢一个人,有一万种喜欢的方法。有的出自亲情,有的出自友情,有的源自共同经历的冒险,惊险刺激,快乐得叫人难忘,也有的出自感激,出自共同的爱好,出自一段时间的陪伴……所以人和人才会相聚在一起。而只有幼儿园的小朋友,才会动不动用"结婚"来诠释一切。

"所以,我其实不一定'喜欢'蒋峤西?"林樱桃问。

林妈妈瞧着女儿的脸。从蒋经理的儿子转学回省城以后,从余橪、杜尚他们全都搬走以后,从群山工地逐渐开始拆迁,樱桃所有低落的情绪她都看在眼里。

樱桃正在长大,正遇到一些成长道路上的挫折,而这是难免的。

"我们人的感情,就像是水,"妈妈握着樱桃的手,把她的小手心展开了,后院上空的天色正逐渐转暗,"一滴水落到你的手心里,你分不清它是露水,还是雨水。只有等你长大了,变成见多识广的大人了,你才会慢慢看出来。"

"妈妈,我现在还没有长大吗?"

"你还小呢。你承认自己还小吗?"

二〇〇四年四月份,从北京又传出非典的消息来了。林樱桃在爸爸妈妈的陪伴下过生日,她年满十四周岁了。

她在群山给北京的大姑家打电话,她说想去北京看望大姑,看姑父和表哥。

大姑乐不可支:"你这个小姑娘不得了了,以前自己一个人往省城跑,现在还要跑到北京来!"

林樱桃说:"我不会自己去的,我会和他们说。"

大姑说:"小丫头片子,不知道外头多危险。北京现在闹病呢,别来别来!"

那一年的暑假,爸爸妈妈在工地上班,林樱桃独自一个人在家。没有小朋友来找她玩,她便和波比小精灵说话。她给芭比娃娃和万年青布置了一场婚礼,婚礼很豪华,从早办到晚才停。林樱桃坐在竹席上吹竖笛给这对新人庆贺,她只会吹《两只老虎》,倒也很喜庆。

暑假作业很快就写完了。林樱桃打开电脑,想消磨时间,可几乎每个游戏里都存着蒋峤西留下的存档,榜单上都有蒋峤西打下的分数。她尝试玩了几次,一直刷不掉他的名字,她干脆把电脑关上了。

假期才刚过一个礼拜,林樱桃便主动报了一个补习班。她对爸爸妈妈说,她要好好学习了。

§

同桌耿晓青还时常缠着林樱桃问那些男孩子的事:余樵、杜尚、蔡方元……特别是余樵的故事,她总是很想听。

林樱桃却在专心做题,课间也不被她干扰。

只有体育课的时候,她才有时间给耿晓青讲上几句。其实已经没有多少关于余樵的事情可讲了,讲了三年,有多少故事都要讲完了。

耿晓青抱着排球说:"樱桃,你是不是要去省城上高中?"

林樱桃说:"我不知道。"

"那你知道,余樵他会上哪所高中吗?"耿晓青问。

林樱桃摇头。

耿晓青说:"我爸爸妈妈同意我搬家去省城了!"

林樱桃迟钝道:"啊?"

耿晓青兴奋地点头:"不过我不会现在就去,我读高中才去!"

林樱桃低下头。

对于"省城"这个词,她现在已经不那么畏惧了。

"到时候我给余樵打电话,要是你们在一所学校就好了!"林樱桃说。

耿晓青问:"樱桃,你有喜欢的男生吗?"

林樱桃上完了体育课,在水管下面低头洗脸。她摇头,要回教室去继续做题。

耿晓青纳闷道:"你怎么变得只知道学习了?"

二〇〇四年年底,林樱桃向学校请了三天假。她跟随爸爸妈妈回了一趟老家。

大姑一家也从北京匆匆赶过来。

十四岁,林樱桃第一次参加葬礼。

她的爷爷去世了。

老家的人说,林老爷子一生平安顺遂,子女都很孝顺,也没什么大病大痛的,这是喜丧。可林樱桃不明白,人去世了,再也见不到面了,哪来的喜呢?

林电工并没有表现出特别大的悲痛。在林樱桃的记忆里,爸爸似乎总是那个稳重的、温和的人,任何对林樱桃来说如同天塌下来的灾难,对爸爸来说都不算什么。

反倒是大姑,情绪一直激动,在灵堂里一直哭,说儿女在外工作,委屈着爸爸了。家人陪伴她,林电工这个做弟弟的安慰着她。在灵前跪着的时候,姐弟俩也一直在一块儿。

从老家回群山的火车上,林电工突然对林樱桃说。

"爸爸是没有爸爸妈妈的人了,"林电工握住了樱桃的手,说,"樱桃还小,还有很多幸福,爸爸能一直照顾你……"

窗外的风景被疾驰的火车飞速甩到了身后,不给人们任何停留和喘息的机会,林樱桃甚至没有完全听清爸爸这句话。

爸爸说,人活着,就像蚕,像蛇,像螃蟹,到了时候,就必须开始蜕壳了。只有把一些东西放下、忘却,才能轻装上阵,继续更好地生活。

林其乐想,就没有人是不用蜕壳的吗?她坐在课堂上,看生物课本里琥珀标本的照片。

那只千万年前的昆虫,被淡黄色的树脂紧紧包裹在中央。

如果人不蜕壳,就不会飞起来。如果死守在原地,人就会像这只虫子,慢慢窒息而死。

人应该是流动的,人的情感也应该是流动的,像生生不息的活水,一点一滴滋养人的灵魂。

林其乐站在那道悬崖边,有细碎的小石子从她鞋底蹭下去了,远远地跌落下山崖。

向下看，是幽深黑暗的山谷。向前望去，是林其乐这么多年从未到达过的、山崖的彼端。

林其乐十五岁了，她仰起头，向上望。

她踩着脚下厚厚的松针，感觉阳光透过了密林，照耀在她的脸上。

九岁那年，林其乐在这里郑重告诉她的小伙伴们："如果我们下定了决心，鼓起勇气跳下去了，就会有翅膀从我们背后长出来，我们就可以飞了！"

林其乐瞧着悬崖对面那条小路，她独自一人转过了身，沿着这条山路朝山下走去。群山工地马上就要开始最后的拆迁，林其乐想折一枝向日葵，跟她一起去省城。

2005
第五章

樱桃，你还生我的气吗

二〇〇五年八月，林其乐坐在省城出租车的后座上，听的哥与爸爸妈妈寒暄。

"你们是电力企业的啊？"司机感叹道，"我听说电力企业的都特别有钱！"

林电工面色尴尬，笑了笑："我们只是工人。"

在林其乐的印象里，小时候大家都住平房，还没有那么强烈地感受到人分三六九等。

的哥在总部小区门口停了车，林其乐下车来，听到爸爸说："余樵和蔡方元家都住在西区，杜尚跟咱们家住东区。"

林其乐背上了书包，抱起手里的万年青和向日葵，她抬起头，看四面的高楼，看小的时候，哥哥姐姐们口中曾无数次提起过的"省城总部小区"。

搬家公司早已把家具安顿好了。林其乐走进自己家里，十五岁这一年，她终于也拥有了一间只属于自己的，而不是用大衣柜和爸爸妈妈隔开的小卧室了。

中午，杜尚和余樵两人过来了，他们在家吃过了饭，正好帮林叔叔搬几只箱子。到下午，秦野云提着她爸送的一盒干货过来了。

阔别三年，林其乐再见到秦野云，两个丫头都长大了，断不会再一见面就打起来。某种程度上，她们两个的关系甚至比和余樵他们还亲近，这是性别在他们之间竖起的天然藩篱。

秦野云还烫了头发，穿着小背心、短裤和沙滩拖鞋进来。她手里把玩着林其乐从群山带过来的旧芭比娃娃，纳闷道："林樱桃，你这个脑子是怎么考上实验高中省招生的？"

林其乐把自己的行李收拾得差不多了，她理直气壮道："这说明我其实很聪明！"

"得了吧，"秦野云阴阳怪气地笑起来，揶揄她，"你可别告诉我是为了蒋峤西——"

杜尚从外面忙完，端了一筐娟子阿姨刚蒸好的枣面馒头进来。一听秦野云这句话，他差点儿没背过气去，不住咳嗽。

"咳什么啊，"秦野云回头瞪住他，"吓我一跳！"

蔡经理给林电工打电话："林海风，你怎么还没把闺女弄过来？"

林电工拿着手里的摩托罗拉手机，笑道："来了来了。樱桃！你蔡叔叔和你说话！"

蔡经理眼下人不在省城，他又去了新的工地，去新的项目部担任经理。他在电话中说："樱桃，让蔡方元明天带你去海洋馆玩玩。都快开学了才来，对高中的课程了解过没有啊？之前你余叔叔还找我商量，说给你弄个借读生名额，结果你倒好，考上省招了！不错，在你小的时候叔叔就看出你这个脑袋瓜子聪明，不然怎么挑上'泰山旅游'了——"

林其乐小时候和余樵他们在群山玩，总要牵着谁的手，可现在他们长大了。
每个人强烈的性别特征让林其乐意识到，她不可能再随便牵着哪个男孩子的手出门了。

蔡经理的司机开私家车，到林其乐家楼下接她去海洋馆。余樵他们都在车里坐着了，蔡方元也在。他坐在副驾驶，人还是胖胖的，但不像小时候像个柔软的球体，他长高了，胳膊上的肉也结实了不少。

蔡方元兜里揣着手机，还有个林其乐从没见过的东西。杜尚坐后座，问蔡方元借过来听，他告诉林其乐，这叫"iPod mini"。
一只耳机被塞到林其乐耳朵里，女歌手正在里面唱歌。
"就是 MP3？"林其乐问。
蔡方元这时回头说："林樱桃，蒋峤西今天来不了啊！"
杜尚抬头说："你老提他干吗？也没指望他来啊！"
蔡方元说："他一暑假都被他爸妈安排着学数学竞赛，哪儿都去不了。"又说，"我这不是跟林樱桃说一声嘛！"
林樱桃坐在后座，专心听歌，也不讲话。其实她也想说，不要总和她说这些事了。
林樱桃十五岁，乍一来到大城市，进入全省数一数二的高中读书，她应该很快就可以把蒋峤西忘记了。毕竟她的年纪还小，总会不断遇到新的喜欢的人。

在海洋馆看企鹅的时候，观众太多，林樱桃又看得专注，等回过神来，已经找不到身边的人了。
好在余樵个子高，在哪里看着都明显。
林樱桃在人群中跳着叫他，余樵听见了，转过身来抓住林樱桃的手，叫她别乱跑。
"逛个海洋馆都能迷路，就这还去南校住校。"余樵说。
林樱桃噘了噘嘴，这完全是不自觉的反应。她说："我自己在群山的时候也没迷路。"
余樵说："那看来你只在身边有人的时候才会迷路。"
林樱桃说："不是这样的。"
"身边没有人的话，我就可以自己沿着路牌走出去了，"林樱桃望见了海洋馆出口处等待着的蔡方元他们,她对余樵说,"不过我不喜欢自己走。"

她话说到这里,感觉余樵忽而放开了她的手,余樵伸手揉了一把她的头发。

临开学前,余班长来到了林家,为林其乐介绍一位新同学。

她是个女孩,叫辛婷婷,也是电建公司的子弟,之前一直生活在莱水工地,是今年才搬家来到省城总部的。

几天以后,她也将和林其乐一样,去实验高中南校区报到。

"余樵他们几个男孩子都在本校走读,不然有事还能让他帮帮你们,"余班长对两个小姑娘说,"院里去南校住校的就你们两个,要做好朋友,互相帮助。"

辛婷婷一看就是乖乖女,学习好,也听父母的话,她的家教比林其乐想象的还要严格些。给她可乐也不喝,虾条也不吃。给她漫画她也不看,她说:"妈妈不让我看这些。"

林其乐找不着话题了,便问:"你有喜欢的明星吗?"

辛婷婷努了努嘴,也有点儿怕似的摇头了。

林其乐没有对旁的人提起,她觉得辛婷婷接受的家教让她想起了蒋峤西。

她难免有些同情她。

八月中旬,省城实验高中05级高一新生正式入学了,他们要接受一系列的入学考试、分班,然后便是最难熬的军训。

林其乐被分到了南校区(29)班,巧的是辛婷婷也分到(29)班,只可惜她们不在同一间宿舍,不然林电工可能还会更放心一些。

从军训开始,林其乐就在心里不断刷新着对于辛婷婷其人的印象。

"报告教官,我、我有点儿头晕……"

"教官,我可以去一趟卫生间吗,我那个、那个……"

"报告教官,我的鞋带开了……"

一得到允许,辛婷婷便蹲下身系鞋带,才系了一半,她忽然身体一歪,软软地就栽倒在地。接下来的整个下午,她都获准回寝室休息。

林其乐每天迎着烈日的暴晒,看到班上装病跑路的女孩子越来越多。辛婷婷如此擅长的事情,林其乐却不得要领,她只在小学时代擅长逃课,说谎还常会被人识破。

辛婷婷长得乖巧听话,头发高高扎成一个马尾,束在脑后,说话也柔声细气的。

"其乐,"她在学生食堂吃中饭的时候,对林其乐说,"你要先蹲下,把重心放低一些,再摔倒,这样就不会太疼了。"

她到底是怎么成了这方面的专家?说谎时脸不红心不跳,一个优等生,叫人看不出任何破绽。

第二天，就在辛婷婷再一次跑路成功，回过头，站在教官背后对林其乐使眼色的时候，林其乐终于也鼓起勇气，把手举起来了。

她还没把"报告教官"四个字说出口，就听到教官在队伍另一侧骂同班的男生。

"看看你们站的！一个个的，站没站相！还想学人家女生找借口偷懒。你们也不看看你们同班的女生，看看人家林其乐同学，啊？人家这么漂亮的小姑娘从第一天起一直站到现在——"

林其乐只好把手讪讪地放下了。

军训的日子时不时穿插着班级活动。林其乐每天穿着军绿色的短衫长裤来来去去，不像本地同学，有一分钟能换衣服，也要换上自己带来的衣裙。同寝室的女生也是装备齐全，卷发棒、化妆品、锅碗瓢盆的，恨不得连冰箱、洗衣机都让父母从家里扛过来。

林其乐的桌上除了书本，就是一些音乐磁带什么的，最多还有一个很旧很古老的芭比娃娃。

"其乐，"同寝室的女孩儿也学辛婷婷一样叫她，"你也没带什么化妆品来啊？"

她们正彼此打扮，一会儿去参加班会时做自我介绍能更漂亮一点儿。十五岁的女孩，难免会把注意力多放在男生身上。刚刚入学，相信老师们也不会特别凶的。

"高中能化妆吗？"林其乐问。

"又没开学，不会管那么严啦！"这些省城本地的女孩儿笑道，"迎新晚会不也都要化妆吗？"

林其乐转过身，拉开了她手边的抽屉。

身后的室友忽然盯住了林其乐的抽屉里："那是……"

"香奈儿？"

舍长快步过来了，一把将林其乐刚拿到手里的黑管口红抢过来看，她还打开闻了闻："真是香奈儿啊？"

二〇〇五年，香奈儿还未在省城开设过专柜。对于绝大多数中学生来讲，这仍是个只能在日系时尚杂志中见到的海外奢侈品牌。

林其乐眼见她的口红被新室友们争相拿在手里看，她们说，这标志，这就是香奈儿啊。

"其乐！"一位室友问，"你不是乡……你不是省招生吗？你怎么会有这个？"

"你在哪里买的啊？"

林其乐被她们围起来问，只好回答说："不是我买的，是别人送的——"

"我想涂！其乐，借我涂一下！"室友说着，就回头去找自己的镜子了。

"我也要涂！"

这支根本没有涂过几次的口红，在林其乐手里纯属摆设，她觉得自己应当合群一点儿，才把它拿出来，可她没想到室友们真的要涂。林其乐这时后知后觉，站起来："可、可能已经过期了——"

毕竟已经是四年前收到的生日礼物了。

"过期了也是香奈儿啊！"女生们哀号道。

在十五岁的年纪，"某某女生有一支香奈儿口红"这么一件事，也很快会在寝室之间火速传遍。辛婷婷去教室的路上也好奇地问林其乐："怎么会有人送你香奈儿口红？"

林其乐摇了摇头，大约她也不知道为什么。

"是男生送的？"辛婷婷八卦道。

一到了住校的地方，离开了父母，辛婷婷似乎就变得活泼多了。

林其乐"嗯"了一声。

"真奇怪，"辛婷婷笑了，"我以前上初中的时候，只见过有男生送女生小挂坠，或是发卡、手表什么的，还是第一次听说有送口红的，这不是大人的礼物吗……"

班里已经坐满了同学。幸好有辛婷婷在，才让林其乐不至于像当初在群山一中时那样孤单。她看着周围的同学们一个个上台做自我介绍，好几次，她听到台上人说，他们是来自"省城实验附中"的学生，很高兴能升上直属高中。

林其乐不自觉地把头埋得越来越低了，直到班主任在台上叫她的名字。

林其乐只好硬着头皮走上去。

她手在身后攥着，又放开了。她抬起头，对全班同学说："我来自风景美丽的群山市，我叫林其乐。"

§

班主任讲："群山那个地方风景是挺好，就是地震多一点。不过这几年好像没听说了。"

办公室里，来来去去是实验南校负责带新一届高一的老师们。

林其乐站在班主任面前，两只手背到身后，像个好学生。

不对，不是像。

她如今是实验高中的省招生，她就是好学生。

"群山？"隔壁班的班主任从桌前抬起头来，又看了林其乐一眼，"那个地方是成天地震啊！"

老师们攀谈着，说，群山之所以叫"群山"，是因为板块挤压，群山隆起，自然就地震多发了。又说，群山之所以这么多年发展不起来，就是因为当年老是震，把好多山都震塌陷了，把人都震跑了，当地连电厂都建不起来。

林其乐忽然想起了那道横亘在她童年中的山崖。

"真有十几年没震过啦？"班主任问另一位老师，他放下茶缸子，对林其乐说，"那你们这一代孩子很幸福嘛！"

班主任问："你来了省城这边，有什么不适应的吗？"

林其乐说："没有。"

"爸爸妈妈都在群山，也放心你自己过来？"

"他们都搬到省城来了。"林其乐老实说。

班主任一愣："搬过来了？"

"群山的电厂建完了，他们就调过来了。"林其乐讲。

周围几位班主任不约而同又抬起头，朝林其乐的方向看了一眼。

"干电力的啊？"班主任笑道，"那你高二想选文科，还是理科啊？"

"理科。"林其乐说。

"文科成绩这么好，选理科啊？"班主任想了想，说，"你是，高二想回本校走读？"

林其乐点点头。

班主任这下沉默了。

"南校嘛，有南校的好。校园封闭，更适合学生专心学习，"班主任拿过茶杯，又抿了一口，"而且呢，离爸妈远一点儿，在你们这青春期的时候，烦心事也就少一点儿。"

林其乐笑了："我喜欢和爸爸妈妈住一块儿。"

从办公室出来，林其乐发现有个男生在走廊里等她。

他戴眼镜，手拿一摞表格，身穿军训迷彩服，皮肤晒得极黑，有些轻微驼背。

"林其乐同学你好。"他过来自我介绍，笑着露出一排白牙，"我是咱们（29）班的班长，我叫冯乐天。"

林其乐说："班长你好！"

两个新生沿着走廊，往外面走。冯乐天说："其实我、我这几天看见你，总觉得你有点眼熟……林其乐，连这个名字也像在哪儿听过似的……"

林其乐问："你是从省城实验附中毕业的吗？"

"对啊，你怎么知道？"冯乐天道，反应过来，"哦对，我班会的时候自我介绍来着。"

"林同学，你是省招生，老师让我多帮助你，"临分别时，冯乐天笑道，"有什么事情你可以给我发短信！"

辛婷婷隔两天军训的时候过来问："其乐，你和咱们那个冯班长熟吗？"

林其乐鼓着脸颊，正喝水，她摇头。

"我听说啊，"辛婷婷凑过来，把手贴到林其乐耳边，捂着八卦道，"他在男生寝室夜谈会上说他喜欢你！"

林其乐弯下腰，差点儿把嘴里的水吐出来。

军训结束，高一的生活就这么平平淡淡地开始了。林其乐每天早晨六点起床，胡乱叠了被子，拿着牙杯睡眼惺忪去洗漱间刷牙，她对着镜子抓一把头发，梳起一根马尾，穿上蓝白色条的校服，很快，她就混入了实验所有学子之中，难以被辨认出来了。

林其乐发现一件事：并没有人会清晰地记得你，说到底，那只是你一个人的噩梦。

这噩梦在别人耳边就像风。

两年过去，没有人还会记得"林其乐"这个曾经出过大糗的名字，没有人记得"群山一中"。

上早读，上课，上晚自习……做作业，做试卷，看堆成山的辅导书……这就是林其乐所经历的最最普通的高中生活，和所有小说、漫画、电视剧里演的浪漫情节都不一样。生物实验课后，林其乐和辛婷婷站在池子边洗手，冯乐天班长兴冲冲地过来了，和她们一块儿洗。有男生在旁边起哄，辛婷婷也用水泼他："你离我们远点儿行不行！"

林其乐在旁边看着他们一群人瞎闹，也跟着乐。

辛婷婷不高兴道："他长得那么难看，他凭什么喜欢你……"

从实验室出来，他们要回教学楼去上下一节英语课。林其乐英语一向不好，她低头着急地在路上走，堵在前面的同学把她挡住了。

"哎！是蒋峤西！"冯乐天突然在她们身边说，他指着远方的学校表彰栏，像指一只天上的风筝，一片海市蜃楼，他转头对林其乐兴奋道，"林同学，你看咱们年级第一，那是我初中同班同学蒋峤西！"

"人家拿第一，有冯班长什么事儿啊。"旁人笑道。

冯乐天嘟囔："我替我同学骄傲不行啊！"

学校表彰栏一个季度一换，现在，挂在最上面的是中考状元蒋峤西。

有女同学凑到前面，拿手机对着蒋峤西的照片直拍。快拍快拍，旁人催促她，老师一会儿就来了。

"辛婷婷，"有女生问，"你真和蒋峤西住同一个小区？"

"对啊！"连辛婷婷也骄傲起来，"他是我们电建集团的子弟！"

另外的女生说："其乐，那上面也有你的名字！"

"我？"林其乐后知后觉。

同学们把她拉过去，到了表彰栏跟前。上面几名学生有照片，下面表彰的学生只有一行姓名小字。同学拿手一指，只见距离蒋峤西半米不到的地方，写着：高一（29）班，林其乐（省招，群山）。

"不是都说蒋峤西额头上有道疤吗，照片里怎么没有啊？"

"额头有疤？他是哈利·波特啊？"

"不是，是她们从岑小蔓嘴里问出来的，蒋峤西额头上有道小疤，很小很小，哦，好像被头发挡住了——"

有同学走过来："其乐，我帮你拍张照片吧！"她拿手机对准提到林其乐的那行字拍了一张。"你有手机吗，回头我发彩信给你！"

"我怎么问得到蒋峤西的手机号啊，根本不可能！"

"你问问嘛！你再和本校的打听打听！"

"他很少用手机，每天就是学习！"

林其乐要走了，她要赶紧去看一眼下节课要学的英语课文，省得被老师叫起来又不会读。

"他要是用手机，不成天被烦死。以前喜欢他的人就很多，我们上初中的时候，他经常收情书的，他去学竞赛的时候不在学校，费林格就经常拆来看！"

"蒋峤西以前在乡下一个叫什么山的地方，读过几年书，你们记得吗，当时还有个女的从乡下追过来了，追到我们学校门口，专门来找他的！"

"哦，对！有的！叫什么群、群山？"

"对，群山！"

"其乐！"身后突然有人叫道，"你是哪里人啊？"

"其乐就是群山人吧！其乐你听说过吗，你们那儿有个女的，跑到省城来找我们学校的人。"

林其乐转过身，她在辛婷婷略显尴尬的眼神中摇头。

"哦，"几个女同学失落道，"也对，其乐你学习这么好，肯定没听说过。"

林其乐学习更加用功了，这好像是不自觉的，也许她想证明什么，也许她想遗忘什么。南校的生活五彩斑斓，各种社团活动层出不穷，林其乐有时会站在门边看上一会儿，她也向往，也羡慕，但最终还是没去参加。她每天早晨六点起床，夜里十点睡觉，平时除了吃饭就是刷题做卷子，她精力旺盛，连从小到大的午休习惯都逐渐改掉了。到最后，愣是连各科老师都没有更多的题目能给她做了：哪有高一学生一上来就这么拼命的？

第一学期的期中考试，林其乐在被老师叫到名字的时候站起来了，她考了全年级三十六名，南校区第十名，是谁都不曾想过的好成绩。

班主任说，学校每年都在招收省招生，但来到新的环境，很多外地学生适应不了，无论是相比之下不再那么优越的名次，还是实验高中的"太多诱惑"。"能从高一第一学期就这样用功，得到这个成绩是应该的！"

下了晚自习，林其乐抱着作业回寝室。路上，冯乐天班长跑过来了，他说："林其乐同学，你高二要去本校吗？"

林其乐一愣："你怎么知道？"

冯乐天挠了挠头，苦笑道："我、我也是听说的，我先回去了，再见！"

林其乐回到女生寝室楼，一推开寝室门，看到屋里围坐了好多人。

除去她的室友，还有不少其他寝室的女生，她们正聚在一起聊得热火朝天，林其乐桌上那只很旧的芭比娃娃被其中一个人拿在手里把玩。原本很热闹的，林其乐一进来，全安静了。

场面有些诡异。

"其乐，"舍长第一个开口问，"你高二要回本校吗？"

林其乐点头，她走回到自己桌前，放下书，拉开抽屉，拿出手机，她不知道为什么大家忽然之间都问她这个问题。

林电工白天时给林其乐发了一条彩信。原来家里买汽车了，是辆桑塔纳，是林电工和余班长一起去提的车。林电工刚拿到驾照不久，他坐在新车里手握方向盘，这么笑着拍了张照片。

"樱桃，下次爸爸和余叔叔一起去南校接你。"

林其乐靠在寝室外面的走廊窗边，低头仔仔细细看这张照片。

她回道："新车好好看啊！我要坐！"

又发了一条："爸爸，我期中考试考得可好了，考了全年级三十六名！"

她怕她会哭，还是不给爸爸打电话了。

林其乐想回寝室，去拿牙杯洗漱。

"你们知道是怎么回事吗？"就听门里说，"是费林格先发现的！费林格考了全年级三十七,正好在林其乐下面!他一眼就认出来了!"

"不可能吧,真是她?妈呀,我一直只听说有这么个人,我没想到是她啊……"

"我们上次问她来着,是不是有个人追蒋峤西追到这儿来,她说她不知道!"

"我的天,她也太执迷不悟了吧!她高二要去本校找蒋峤西吗?哎你不是有岑小蔓的手机号吗,你发个短信问问啊!问蒋峤西知不知道!"

§

杜尚睡着觉,听到手机响,还以为又是班长催他要给周笔畅还是谁投票了。不对啊,他又想,不都比完了吗?

杜尚拿起手机一看,赶忙把床头灯拧开了。

"樱桃?"他吃惊道,掀起被子,看墙上的表,"你怎么这时候给我打电话?"

林樱桃在电话里一声不吭的,好像不太高兴。深更半夜,林樱桃远在南校区住校,这让杜尚很无措。

"樱桃?"杜尚试探着问,也只能听到很轻很轻的呼吸声。

"杜尚。"林樱桃小声道。

"你在哪儿呢?"杜尚问。

"在宿舍里。"林樱桃说。

杜尚觉得奇怪,这么晚在宿舍打电话,其他人睡觉不会被影响吗?

不过听着也不像有其他人在的样子。

杜尚说:"樱桃,找我有事吗?"

林樱桃没吭声。

"我今天看成绩单了,你这次期中考试怎么考这么好啊!"杜尚忽然抬高音调道。

林樱桃说:"是不是考得很好啊,我每天都学好久!"

杜尚听她这么说,稍微松了口气。

"不是我说,你考得也太好了吧!"杜尚夸张道,"余樵才考了年级两百来名呢!虽然他高一光打球了,但学习也很认真啊。实验高中的牛人真是太多了!全年级一千多个人,你到底是怎么考到三十多名的?"

林樱桃说:"高一题简单呗,你要是每天刷题,你也能考好。"

杜尚笑道:"蔡方元今天还说让你高二来帮我们写作业!"

林樱桃说:"我才不给他写呢!"

"就是!"杜尚说,"不给他写!借我抄抄就成了。"

杜尚在电话里越说越高兴了。余樵揉着眼，从外头推开门，他半夜睡醒，听见杜尚在余锦屋里不好好睡觉，在那傻嗨。

杜尚冲他指了指手机，比了个口型：樱桃给我打电话！

"樱桃，南校区怎么样啊，"杜尚问，生怕话断了，"食堂的饭好吃吗？比咱们群山工地的食堂——"

"杜尚。"樱桃突然叫他。

"怎么了？"杜尚的心一揪。

"我想爸爸妈妈了……"樱桃的声调变了。

杜尚在夜里，手握着他的诺基亚手机，他听到樱桃努力想压抑，又压抑不住地吸鼻子的动静。

杜尚轻声道："樱桃啊，那个……"

余樵走过来，夺过杜尚的手机拿到耳边。

"喂？"他着急问，一急语气就容易显得凶巴巴的，"这么晚打什么电话？"

旁边杜尚赶紧说："樱桃哭了，你别呛她了！"

林樱桃在电话里飞快地吸鼻子，听到余樵的声音，她哽咽道："你凶什么啊，我又不是给你打的。"

天还未亮，凌晨五点多钟，林其乐就睡醒了。她从床上坐起来，叠好被子，匆匆洗漱过了。她绑好头发，穿上校服，在舍友们的酣睡声中拿起水杯，抱着书离开了寝室。

寝室楼下有一小片花丛。林其乐披星戴月，走到附近，从口袋里摸吃的，她听到了稚嫩、娇弱的猫叫声，好像在等她。

二〇〇五年的寒假，林其乐再一次跟随爸爸妈妈去了北京。她给大姑一家人看她的期末成绩单，还有学校发下来的奖状。

大姑喜不自胜，把林其乐穿着蓝白色实验高中校服、手拿奖状的表彰照片，小心仔细地塞到全家福的相框缝里。她这么看着，手忍不住把侄女樱桃搂过来。"樱桃哦，"她感叹道，"怎么这么有出息，这么厉害啊……"

林樱桃跟着表哥一家人，带爸爸妈妈一起，坐大巴车跑去爬长城。数林樱桃跑得最快，她在前面，给全家人当引路先锋。林樱桃坐在照相机前，穿着小时候最爱看的《还珠格格》里的格格服，戴沉得要命的大旗头，她睁着俩大眼睛，拍傻里傻气的游客照片。

大姑的工作单位中秋节时发了游泳体验票，是什么五星级大酒店的，一共就两张。大姑自己不舍得用，隔了小半年才拿出来。林其乐大冬天的，和表哥一起穿着羽绒服，抱着泳衣，坐上公交车，横跨北京城奔去那家叫兰庄的高级酒店游泳。

"樱桃！"表哥激动道，北京的二月，冻得人鼻头通红，一直淌鼻水，"咱们也是去过五星级大饭店的人了！"

巷子里，有小商贩抄着手，在路边卖光盘。林其乐游完泳回来，在人家摊子跟前看了好一会儿，什么碟都有。

"小姑娘，想买点儿什么啊？"那小贩看她，"台湾偶像剧，最适合你们这样的小孩看！"

"有什么啊？"林其乐模仿起他那口京片子。

那小贩嘴里叼着烟，笑道："《流星花园》《王子变青蛙》，还有——"

林其乐从裤兜里摸钱，她没带多少钱，凑合数了数："这个，你把这卖给我吧！"

小贩瞅了一眼林其乐手里那几张钱："你要哪个？《恶作剧之吻》？不行，这要三十！三十！不成！我跟你说，要不是看这天儿太冷。"

从北京回来，距离开学已不到十天了。辛婷婷每天都来林其乐家学习——像林其乐这样的优等生，辛妈妈如今巴不得自己女儿和她多接触，多靠拢，一鼓作气也考进全年级前一百才好。

卧室门关上了，两个小女生丢了书包，坐在电脑屏幕前，一边吃刚蒸好的枣面甜馒头，一边津津有味地看入江直树——哦不，是台湾学生江直树和袁湘琴。

"其乐。"

"嗯？"林其乐应道。

"你早恋过吗？"

林其乐一愣，她摇头。

辛婷婷转过脸看她。

"真没有？"辛婷婷问。

林其乐说："我骗你干什么。"

十六岁，一个属于"开窍"的年纪。花苞伸展，花蕊初绽，圆润的茧破开了，蝴蝶翅膀分外绚丽，颤抖着探了出来。林其乐把妈妈桌上的化妆品抱到辛婷婷面前，她每盒都打开，让辛婷婷每个都尝试。两个小女孩格外兴奋。辛婷婷告诉林其乐，她很久以前在莱水工地听说过：总部蒋经理的儿子在群山工地和林海风林工的女儿早恋，被家长提前带回省城去了。"我还以为是真的呢！"辛婷婷不好意思地笑道。

林其乐看着她，也不说话。辛婷婷小心翼翼地对镜涂口红，忐忑地问："口红是这么涂吗？"

林其乐忍不住也笑了：辛婷婷连大人的名字都能记得，看着也像个小大人，可她在家连妈妈的口红都没有涂过。"我来给你涂。"林其乐把手伸过去了。

开学后，林其乐因为上学期成绩优异，被班主任指名担任班里的学习委员。

当别的同学嘻嘻哈哈在楼下打闹的时候，林其乐在楼上埋头做数学题；当别的同学聚在一起热聊电视综艺的时候，她在戴着耳机默背英语。这份投入换来了许多平静。

周杰伦的专辑出到第六张了，林其乐爱听的还只是《范特西》里那么几首歌。四月初的周末，林电工开着那辆桑塔纳，来接樱桃和辛婷婷回家。

车里正放一首欢快的流行歌，男歌手唱着：萨瓦迪卡！

"爸爸，你买了周杰伦的新磁带啊？"林其乐好奇地问。

"对啊，"林电工在前头笑道，"樱桃今天十六岁啦！"

辛婷婷惊讶道："其乐，你过生日啊？"

林其乐后知后觉，才意识到，今天四月九号了。

林电工边开车边说："余樵和杜尚他们给你订了个大蛋糕，不过好像是蔡方元出的钱。樱桃一会儿要好好谢谢小朋友们……"

辛婷婷偷偷对林其乐说："你爸好像总把你当小孩似的，还'小朋友们'！"

也许是发现林其乐这个厚脸皮对于所谓的"群山""乡下""情书""来省城追蒋峤西"等传言没什么反应，周围同学们起哄了一阵子，慢慢地也就没人提起了。

当然，也可能只是碍于她学习委员的身份，不再当面提而已。

六月初，冯乐天班长也许是鼓起了勇气，终于又开始找林其乐搭话了。

"林同学！"中午一放学，楼上楼下学生都往食堂疯狂冲刺，冯乐天却追到林其乐身边来。

这学期，冯乐天报名参加了学校的奥数竞赛班。每月两次轮考，连续不及格的学生会被直接筛下去。考核制度之严酷，与实验高中宽松自由的校园氛围格格不入。

"我这次又考了倒数……"冯班长拿着他的饭盒，在食堂队伍里挨着林其乐站，"如果我下次考试没被筛下去，高二我可能也会去本校，到时候就去找你一块儿学习！"

林其乐抬头问："奥数真有这么难吗？"

冯乐天苦笑起来，挠了挠头："对天才而言不难啊，对我们这种普通人……"

队伍往前进，冯乐天时不时帮林其乐挡一下，因为有些学生端餐盘不小心，总撞到人身上，溅一身菜汁。

"你……你应该认识蒋峤西吧。"冯乐天小声说。

林其乐觉得冯班长是个好人,在南校,对她这样友好热情的人已经很少了。她点头。

"我跟他是一个初中的,一起上过竞赛班,"冯乐天说,"上初中的时候我们老师就常说,蒋峤西的水平可以直接去参加高中联赛了。"

"他应该高一就会参加预赛,然后高二参加联赛,直接拿国际金牌,就保送清华北大了。"

冯乐天把打好的饭放在餐桌上,他听父母的话,一直规规矩矩用自带的碗筷吃饭。

林其乐端着餐盘在他对面坐下,也不理会周遭那些起哄的杂音。林其乐生硬地说:"哇,他好厉害。"

冯乐天试探道:"林同学,你和蒋峤西……"

林其乐说:"我和他做过两年小学同学,后来就不认识了。"

冯乐天一愣:"哦……"

六月末,林其乐正专心准备期末考试,学校表彰栏里果然传出消息。

二〇〇六年全国高中数学联赛省内初赛成绩揭晓,省城实验高中百余名同学通过选拔,正式进入复赛。其中,高一(21)班学生蒋峤西、高二(5)班学生王澍然等十一人获得省一等奖。

七月中旬,电建公司"老群山基地"的几个家庭聚到一起,在总部小区附近一家酒楼订了个包间。正巧蔡岳蔡经理结束了手头的工地项目,短暂调回了省城,而蒋政蒋经理也正式升任集团二把手,多的是事情可以庆祝。

蔡经理站起来,第一个举杯:"今天呢,咱们几个老朋友家庭都聚在一块儿,给当年的群山小财神,啊?林樱桃!开一个欢迎会!樱桃下学期回家住了,你们几个小朋友,对不对,又一块儿做伴了。还有就是这个余樵,啊,在学校当选了这个VIP!"

"MVP!"蔡方元在旁边纠正道,嫌弃他爹,"还MP3呢……"

"还有杜尚,是吧,今天也一块儿表扬,"蔡经理大事做惯了,不拘小节,接着讲,"在咱们总部建行门口,捡了个两万块钱的钱包啊!拾金不昧!这是咱们群山工地第一个登上报纸的孩子,都知道是咱们电建出来的!"

林其乐坐在杜尚旁边,嘿嘿直乐,和余樵一起起哄鼓掌。

杜尚怪不好意思的,他问:"樱桃,你那小猫呢?"

林其乐这才发现光顾着鼓掌,怀里的猫跑了,她赶忙掀起桌布到下面去找。

"最后是这个,犬子蔡方元,"蔡叔叔脚上穿着双锃亮的皮鞋,从桌布底下能看到,"在省里的,这个中学生计算机大赛里,获得了一点儿微不足道的成绩。有点儿天赋!但是不能骄傲！"

林其乐趴在桌下，小声说："咪咪，咪咪！"她试着学猫叫，"喵喵！"

蔡经理的发言接近尾声了，这时他突然想起来。"哦对，差点儿忘了啊，还有个大奖啊！咱们这个，蒋经理家的公子，蒋峤西，总部有名的大才子！全省奥林匹克数学竞赛一等奖！蒋经理，你这到底是什么福气，生了这么一个天降文曲星啊！"

蒋经理笑着摆手，但看得出来，他心情还是不错的。

林电工问："峤西呢，怎么没过来？"

蒋经理对老邻居说："上他那个奥数班去了。"

"还上？"余班长在对面问。

四年了，蒋经理家的孩子这个奥数班上得是风雨兼程。

"不是都考完了吗？"余班长说。

"余叔叔，那是初赛，"蔡方元在旁边解释道，"九月他还得接着考复赛。"

"还有复赛？"余班长剥了颗花生，"方元你怎么没考啊，你不是也一块儿学吗？"

蔡方元连忙摆手，赶紧撇清："拉倒吧，谁高一去考啊！我们都高二才考，高二都不一定能考上！"

"那时间还挺紧张，"林电工坐在蒋经理身边，说，"整个暑假又得去学了？"

"让他学去吧，"蒋经理嘴上还笑着，眉头却皱起来了，酒杯和蔡岳一碰，他已经喝上了，"来几位老弟，咱们喝一个！"

大人们在桌上喝酒，小孩们放了暑假，也终于可以放开玩儿了。林其乐将要回本校念书，高一升高二，昔日的小分队全选了理科，说不定还真能分到同一班去。

蔡方元在桌子底下玩PSP，林其乐搂着猫坐在旁边看。蔡方元说："没玩儿过吧。"

"没有。"林其乐摇头。

蔡方元按着游戏机，转头瞥了林其乐一眼。

他记得在群山上小学的时候，林其乐爱穿花裙子，爱穿红色小皮鞋，她爱打扮，小小年纪每天换头花，特臭美，爱显摆。

怎么长大来了省城，反倒开始穿宽大的运动服，头发清汤挂面似的，随便一扎，出门连个发卡都不戴了。

"林樱桃，我看你在南校快变成土老帽儿了。"蔡方元说。

林其乐皱眉瞪他，那大眼睛一瞪人颇有威严。

蔡方元笑了，低头玩着游戏，突然来了一句。

"蒋峤西说他下了课就来啊。"

蒋经理在桌上喝多了，在座的几位同僚，属他年纪最大。如果不是蒋梦初曾出过意外，他也不可能因为孩子，和这些比他小十岁有余的伙计们在同一张桌上叙旧。"不省心，没有省心的，"蒋经理听蔡岳奉承了一整晚，才说，"我那个孩子，你看着他听话，上初中的时候，"他喝得脸颊通红，眼睛半眯着，都是醉意，压低了声音，"早恋。"

"写信写到一半，让他妈发现了，在家里闹，撕书，前后左右的邻居都听见了。"蒋政眨了眨眼，苦笑起来，手扶着酒杯，"我也不知道写了什么，反正就听梁虹飞在那生气。孩子，没有叫人省心的。"

"所以我今天才不想让他过来。"蒋经理道，接着举起酒杯来。

酒过三巡，已经是夜里八点钟了。

余班长一身酒气道："余樵，你和樱桃几个，你们去外面要点儿面食！"

林樱桃抱着怀里的猫和余樵一块儿往外走。杜尚在旁边问："这真是南校的流浪猫？这猫够胖的啊——"

是蔡方元先说："哟，来啦！"

余樵抬起头。

在酒店门口，不知何时站了个说不上陌生，但也确实不太熟悉了的人。

蒋峤西看上去刚下课不久，他背着书包，穿着件灰黑色的T恤，孤零零一个人站在那里。

林其乐看见他，怀里的猫忽然"喵"地轻唤了声。

"你，"杜尚结巴道，十分意外，"你怎么来了？"

余樵问："你吃晚饭了吗？"

蒋峤西看向自己的小学同桌，他摇了摇头。

余樵拍林其乐的背："走吧，点菜去。"

一行五个高中生，站在摆满了鱼缸的一面墙前头，墙上印着花花绿绿的菜谱。

林其乐原本在蔡方元身边，她专心看样菜的照片，专心听鱼缸里氧气泵工作的动静，专心抱着自己的小猫。蔡方元突然去余樵那边点菜了。

蒋峤西就站到了她身边。

林其乐的呼吸都停了。

"你高二要回本校？"

蒋峤西忽然问。

他的声音变了，变得陌生，变得比起小时候，更像是"大人"。

林其乐嗓子里发不出声音。她点头。

"分到几班？"蒋峤西追问。

林其乐摇头，她不知道。

余樵把菜连面食都点完了，他要走了，林其乐想赶快跟上去，忽然蒋峤西在背后叫她："林其乐！"

林其乐停在原地。

刚刚还沉默地等在门口的一个大小伙子，忽然大声喊话。周围许多人都安静了，都看他。

蒋峤西慢慢走回到林其乐面前。他肤色雪白，更衬得眼眸深黑，似乎这个人永远是黑白色调的。林其乐抬起头，看蒋峤西的脸。

蒋峤西也低头看她，他的眉头微微蹙起来了，额发垂下来，半掩住眼睛，他的嘴唇抿着。

仿佛他还有话想问，他还没问完呢。

林其乐却不想再回答了，她想往前走，蒋峤西背着书包，站在原地不动。

林其乐仰起头。

"我想，想和你说一件事。"林其乐忽然说。

"你说。"蒋峤西说。

"我不是为了你才来省城的。"林其乐看着他。

远处传来余叔叔他们干杯的笑声。

"我也不是因为你才转去本校的。"林其乐说。

幼小的猫咪在她怀里，冲蒋峤西"喵喵"地叫。他却无法伸手去抱它。

蒋峤西低头看着她："我知道。"

§

蒋峤西推开酒店的门，一个人消失在夜里。林其乐坐在老群山人的欢笑声中，面前觥筹交错，她的心却不在这里了。

"我知道。"蒋峤西说。

林其乐再一次梦到了这一幕。万年青叶片波碧，贴在窗边，遮掩住夜空里的星星。林其乐坐在被窝里，夜半，她抬起眼，看到了自己桌头的芭比娃娃——娃娃坐在高高摞起来的习题册上，穿着四五年前流行的礼服裙，长头发被林其乐南校的室友剪坏了。

就算你不快乐，和我又有什么关系。林其乐想。

七月份，林其乐穿一条睡裙，吃着冰棍在家学习。天热得很，她把头发扎了两个小发髻顶在头上。蔡方元到她家来给林叔叔送电脑数据线，一瞧林其乐："嚯！春丽！"

　　林妈妈从厨房端切好的西瓜出来。在群山的最后几年，这些小朋友都离开了，别说樱桃，连她做家长的有时都觉得寂寞。

　　"开学以后，方元要多帮帮樱桃啊，"林妈妈说，"她现在还没去过本校呢，也不知道上学放学方不方便。"

　　蔡方元走进林樱桃屋里，发现她一直听着周杰伦的磁带写作业，怪不得没听见他来。

　　大人正在外屋，用数据线鼓捣电脑。蔡方元伸手拉下林樱桃耳朵里的耳机，说："别怪我没提醒你啊。"

　　林樱桃被他一拽耳机，吓了一跳，转头看他。

　　只听蔡方元说："你别太刺激蒋峤西了，不然这段时间梁阿姨找上你，肯定特麻烦。"

　　林樱桃莫名其妙的："什么啊？"

　　蔡方元不知道怎么说，他抿了抿嘴。

　　"你要是烦他，你就当不认识他，"蔡方元说，他和林樱桃一向是不好沟通，话到嘴边，不知道怎么说，他顿了顿，"哎，你这个头发挺好看的。"

　　林樱桃笑了，她伸脚踹蔡方元。

　　蔡方元一躲，作为胖子生活这么多年，他已经是个很灵活的胖子了："都省招生了，怎么还动不动就打人呢。"

　　电视上在播新闻，运动员刘翔在瑞士洛桑跑出了12秒88的成绩，打破了世界纪录。林电工兴奋地叫林樱桃去客厅，却不是让她看电视。

　　只见他把蔡方元带来的那根数据线插在了家里的老电脑上，另一端连上了林樱桃小学时买的那台复读机。

　　学校发下来的英语磁带在旁边成摞堆放。林电工打开了其中一盘，小心放进复读机里，扣上盖子，按下播放键。

　　他同时握住鼠标，打开电脑里的录音软件。

　　林樱桃走过去，不多会儿，她就听到电脑音响里传出英语课文的动静了。

　　"这样啊，就可以把这些磁带，都转录成mp3格式，随身带着听。就不用特意问老师要了吧！"林电工说，他身旁的沙发上，放着几本折着书签的《网友世界》杂志。

　　他握住了樱桃从背后抱他的一双手。

　　林樱桃十六岁了，几乎是眨眼间，她已经从那个只会抱着爸爸的腿大哭的小女孩，长成快和爸爸一般高的模样。她是女孩子，正一点点地，慢慢滑向名为"女人"的边缘。

可她还是依恋着父母，依恋关于"家"的一切。

夏夜，林樱桃穿一条裙子，踩着沙滩拖鞋出门，她手里拿了一筐枣面馒头，穿过小区外的街道，往西区干部楼的方向走。

余樵家住18号楼，林樱桃走在路边，时不时就会遇到以前在群山工地认识的叔叔阿姨。这些叔叔阿姨都还记得她，直夸樱桃长大了，变漂亮了，连学习也知道用功了。

好像被风吹散的沙，慢慢又聚拢回来。林樱桃并不讨厌总部的生活，这里的人和事会让她想起群山。

18号楼隔壁，是23号楼。林樱桃走到余樵家楼下，按单元门上的门铃。等待的那几分钟，她忽然注意到23号楼车库门口，有个人影站在那里，正在看她。

那是个女人，很端庄的样子。她提着只皮包，手里握着车钥匙。她警惕地注视着林樱桃，像注视一种病毒，直到余樵家的单元门打开，林樱桃上楼去了。

开门的人是小表弟余锦，他湿着头发热情叫道："樱桃姐姐！"

屋里面一团乱，林其乐走进去，只见一个人影裹着浴巾瞬间从她面前冲过去，狼狈地逃进余樵卧室里，把门从里面紧紧锁死了。

"谁啊？"只听余樵在卧室里问。

"哎哎哎，先别开门！樱桃来了，你等我把裤子穿上！"是杜尚惨叫道。

余樵打开门，他光着上身从里面出来，就穿了条睡裤，他看了林其乐一眼。

余樵冷笑一声，回头说："她又不是没见过你光屁股。"

杜尚在里面一顿忙，终于把裤子穿好了，惊慌道："那、那能一样吗？都多大了。"

自从杜尚的姥姥生病，妈妈回娘家去照顾，杜尚已经在余家借住一年多了。

"樱桃，"杜尚抓了抓自己的湿头发，说，"今天有个人加我QQ，说是你初中同学，叫什么耿晓青？"

林樱桃吃着炸虾片，摆弄余樵的飞机模型，她抬头说："她这么快就加上你们啦！"

"她是谁啊？"杜尚问。

林樱桃说："我在群山一中的同桌，也到省城来读书了。她特想认识你们，我就把你们的QQ给她了。"

余樵靠在床头，正翻看体育报纸，林樱桃回头问："你加上她了吗？"

余樵挪过眼来看她，瞧林其乐吃着虾片，嘴唇上、手上都是油："什么啊？"

林樱桃提醒他："她是个女生，她姓耿！"

余樵兴致缺缺，继续看报纸。

八月初，林樱桃和辛婷婷、耿晓青三人一起出门。林樱桃从中介绍，耿晓青是她的初中同学，辛婷婷是高中同学，大家以后就做"好闺密"吧！

三个小女生，坐在一家高档咖啡厅里喝果汁。辛婷婷瞧着酒水单上的价格，和同为工薪阶层子女的林樱桃面面相觑。

耿晓青随意道，这是她爸爸前年开的咖啡厅，当时她正好想转学去省城。"平时没什么人来，"她抬起头朝四周看了看，"不过装修挺好看的吧。我爸可土了，这是找外国人做的。"

林樱桃过去只隐约感觉耿晓青家教比较严，但不知道她家其实这样有钱。也可能是她太迟钝了，没看出来。

离开小城群山，来省城读书一年，耿晓青的脾气、性格也发生了些变化。

"樱桃，"耿晓青看着她，认真道，"来了这边我才知道'蒋峤西街'是什么意思。"

林樱桃差点儿把嘴里的果汁吐出来。

耿晓青说："我在二中，也听说过你和他初中时候的事儿了。"

辛婷婷在旁边问："你听说什么了啊？"

耿晓青愤愤不平道："你当年在一中还因为他挨了处分！他初中同学居然说你是乡下人！我都不明白了，这地方的人到底哪儿来这么大架子，还以为一个个有北京户口呢，不就是个省会吗！"

林樱桃从小不会隐藏自己的喜怒哀乐，以至于长大了，当她想要隐藏的时候，关于过去的一切总会时时刻刻提醒她：林其乐，我们都认识你。

我们记得的，也许比你遗忘的还要多。

八月末，秦野云拉扯着林樱桃去舞蹈学院附近买衣服。秦野云纳闷道："你以前挺臭美的啊，怎么在群山读了三年初中就变这个土样儿了？"

秦野云还回过头，恶狠狠道："我可告诉你，本校有的是人要看你笑话，你要是比岑小蔓丑太多了，你就是给我们电建子弟丢人！"

林其乐扎好头发，穿好校服，背上了书包。她走出家门，在余樵他们身边朝爸爸妈妈摆手，然后坐上了前往学校的巴士。

车窗外一幕幕，是省城仍显得陌生的街道。林其乐朝外望去，她忽然想起自己第一次来到这座城市的时候。

余樵坐在她身边，一边喝牛奶，一边摊开新买的《体坛周报》一页页地翻。

蔡方元和杜尚坐前排,正激情讨论暑假刚看的一部电影。杜尚回头问:"樱桃,你看《疯狂的石头》了吗?"

"没有,"林樱桃坦诚道,"我害怕。"

"怕什么啊,"杜尚说,"喜剧片,不吓人!"

林其乐愣了愣,巴士到站了。她站起来说:"那我改天看看。"

"你以为是什么?"杜尚说。

"我以为是那个《疯狂的兔子》续集,"林其乐认真道,"那个特吓人。"

她站在省城实验高中本校校门前。

仰起头,能看到高耸的实验学校校门,还有广场前方屹立的那座孔老夫子像。

余樵在她身边收起报纸:"记住路了吗?"

林其乐闭上眼睛,双手合十,嘴里喃喃地,好像在念什么咒语一般。

"你干吗呢?"蔡方元在旁边问。

林其乐一下子睁开双眼,说:"走,去看分班表!"

高一升高二,全年级按照文理分科,重新排班。

杜尚分到(15)班,余樵分到了(18)班,林其乐分到(18)班,蔡方元分到(18)班。秦野云分到了文科(3)班。她看完(18)班的全员名单,紧张地跑过走廊,急匆匆上楼去。

一进理科(18)班的教室,秦野云没找着林樱桃,先看到费林格几个人背着书包从外面进来了。

费林格直接走去最后一排,拉开一个座位就坐下了,把书包塞进抽屉洞里。

有前排的学生回头问:"费林格,蒋峤西怎么没来?"

费林格到处扫了一圈,没看到那个传说中叫"林其乐"的人影。他没好气道:"蒋峤西都进复赛了,马上考试了,当然是备考重要。"

§

高二刚开学那几天,蒋峤西一直待在竞赛班里,参加针对联赛的封闭训练。

他站在走廊上,接了一通电话,是一个他早就没印象了的初中同学打来的。

"蒋峤西,你还记得我吗,我是冯乐天!"那个人激动得一直破音,"我高二来本校了，分到（18）班，正好咱们又在一个班了！"

蒋峤西不记得自己有这么一个同学，也不知道对方怎么有他的手机号。

"我又当选班长了！"只听冯乐天开心道，"以后有什么事情，你可以打这个电话联系我！"

"好。"蒋峤西说。

"蒋峤西，虽然你没到班里来上课，但同学们都很想你，都为你的复赛加油！"

"谢谢。"蒋峤西说。

"那个，还有一件事……"冯乐天说。

"蒋峤西，不知你还记不记得，初中的时候，有一位据说曾经到咱们学校门口来找过你的，林其乐，林同学？"

蒋峤西手揣在裤兜里，没作声。

"是这样，"冯乐天不知怎的，换上了一副替人求情的口吻，"林同学她恰好是我在南校的同班同学。她是个好学生，学习刻苦，又用功，人很聪明，又很和善，她真的是个很好很好的女生。"

蒋峤西默默听着。

"我想，你们之间一定有什么误会！蒋峤西，你平时忙竞赛，可能不清楚学校里有什么样的风言风语，林同学告诉我，总之你们就只做过两年小学同学，是不是，早就不认识了？"冯乐天说到这里，自己都笑了，仿佛这从头至尾是个很荒谬的误会，"以后大家还要做同班同学，有些没发生过的事情，还是解释一下，说开了比较好！"

蒋峤西愣了一会儿。

"什么没发生过的事情？"他问。

§

周五大课间，林其乐站在广场上的队伍中，等待做课间操。

音乐响起前，总有几分钟的空闲。

开学已经第八天了，每当林其乐待在人多的地方，周围总议论不停。

"就她，她，看见了吗？"

"哪个啊？"

"站在费林格前排那个！"

"那个短头发的？"

"不是不是，哎呀！（18）班穿白球鞋的那个！扎了一个马尾辫，你看见了吗！"

……

每当这时候，林其乐从头到脚，每个细节，总能成为她身上一条一条的标签。
这些标签标示出一个形象：一个曾经自不量力的，追逐在蒋峤西身后的小城镇女生。

余樵是体育委员，惯例要在最前面带队。蔡方元个子矮，也站在男生队前头。
林其乐自己落在后排。
她左边是班长冯乐天，斜后方则是班上的物理课代表费林格。
到这会儿，费林格还在和站在林其乐后排的岑小蔓聊天。
"蒋峤西这周末就考试，"费林格突然说，"我给他打电话了，他中午就考完，到时候我们可以去KTV给他庆祝庆祝。"
岑小蔓柔声道："你别闹了，蒋峤西肯定要回竞赛班学习，他也不喜欢庆祝。"
费林格说："也是啊，他家里管那么严，梁阿姨肯定不同意。"
见林其乐站在前头，一动不动，不被他们的对话吸引。
费林格盯着她的后脑勺，说："可家教这么严，怎么还有一些女的黏过来呢。"
冯乐天这时回头说："费林格，做操时别说话了！"

林其乐在周遭的笑声中站着，她听到了一些荒诞的转述。
"信里写的什么啊？"
"我记得！她说蒋峤西在乡下和她有个女儿！"
空气中尽是窃窃私语，林其乐听见别人笑，她自己也觉得这些内容特可笑。
终于，"时代"开始"召唤"了，打破了一切。
林其乐响应召唤，认认真真开始做操了。

乍一来到本部的林其乐，就像那滴落入滚油的水，刺耳的呲呲炙烤声，足以将任何一个同龄少女的自尊心蒸发成气体。可林其乐身在其中，她上课、下课、放学……她和朋友们在一起，笑笑闹闹，并没有表现出特别明显的难过和低落。
有人说，这是因为她脸皮厚，一个女孩，读初中时就敢明目张胆地跑到别的城市追男生，她还有什么不敢的。
也有人说，林其乐是目标太明确：她都为了蒋峤西从乡下过来了，不仅考上了实验，转到了本校，如今，还和蒋峤西分到同一个班里。"蒋峤西这几天没来上课，等他来了你看，这女的不知道要干什么呢！"

冯乐天放学时专门背着书包追上来了，他对林其乐说："林同学，你不要受他们的影响！"

林其乐走在余樵他们身边,她吃着手里的雪糕,转头看向冯乐天。

冯乐天有点儿想回避这几个男生。他吞吞吐吐的:"林同学,你没有做过的事情,你可以告诉费林格他们,那都是别人瞎传的!让他们不要再胡说了!"

蔡方元从旁边转过头,和杜尚、余樵面面相觑,他嗤笑。

林其乐嘴巴抿住了小奶糕,趁着公交车还没来,她还有时间和他说话。

"冯乐天,"她轻声说,"我……"

冯乐天说:"你和蒋峤西,明明只做过两年小学同学,后来都不认识了,他们为什么要编造那么多?"

林其乐冲冯乐天讪讪一笑。

"我确实和他只是两年小学同学,"林其乐讲,又想了想,"但我,也确实给蒋峤西写过信……"

杜尚站在旁边,脸色很臭。

"啊?"冯乐天没反应过来。

林其乐对他说:"不过那都是很久以前的事了。我真不是因为蒋峤西才来省城的,我爸爸妈妈工作调过来了,我也不是……反正说了也没人信。"

"不,"冯乐天摇头,他同情道,"我相信。"

林其乐一双大眼睛看着他,笑了:"谢谢。"

"行了行了,"余樵不耐烦道,"车来了,走了。"

九月十一日,那天是个周一。上午,结束了晨读,第一节是英语课。蒋峤西去校长室拿了一张学校发的奖状,校长叫住他,热情地关怀他,问他复赛发挥得怎么样,学校对他能进入省队名单寄予厚望,多少年难遇的天才,一定没问题。

蒋峤西背着书包,拿着那张薄薄的表彰奖状,走上教学楼的楼梯。身边不少人同他打招呼,要么是以前的同学,要么是竞赛班一起上过课的人。实验高中近半学生都是从初中部直升上来的,说白了,同年级里不认识蒋峤西的人可能压根就不存在。

蒋峤西走上了三楼,经过(15)班门口,然后是(16)班,(17)班。

这条走廊尽头,有台饮水机,旁边挤着不少学生。

一个女生,穿着实验高中蓝白色条的宽大校服,头上梳了两个发髻,用头绳系住了。她右手握着一只印有樱桃图案的水杯,左手抱一只纯蓝色的 NBA 纪念运动水壶。她接完了热水,又兑凉白开,她也没看到蒋峤西,抱着两个水壶就进到(18)班教室里去了。

蒋峤西走进教室后门,他的座位一贯在最后一排。许多同学见到他,朝他围过来。

他看到林樱桃绕过很多人的课桌,把运动水壶搁在余樵桌上。余樵照例在那儿看体育报纸,余樵伸手到抽屉里,拿了两个茶包,他都不用看,随手把其中一个丢进林樱桃的杯子里。

费林格激动道:"蒋峤西,你昨天考得怎么样,能得满分吗?"

蒋峤西坐下了,他打开书包,把书从里面拿出来。他又抬起眼。林樱桃在靠窗的位置坐下了,她不再梳两根孩子气的马尾了,她梳了两个发髻,耳后顺下几缕头发,露出一截脖子,连同她的侧脸,让窗外阳光一照,细嫩洁白。

蒋峤西低下头,他甚至还不知道课表是什么,是周围同学提醒,他才把英语书翻出来了。

第三次抬起头的时候,蔡方元从前面回过头,和蒋峤西的目光撞上了。

英语老师走进来,蔡方元转回了身去。

蒋峤西第一节课就被英语老师点名叫起来了。

他十几天没来学校,所有老师都知道他干什么去了。

蒋峤西念了一段课文,他不用预习,不用提前看单词,就会读所有没学过的段落。

老师满意极了,感慨道:"蒋峤西这个口语水平,以后保送清华都浪费了啊!应该去哈佛、斯坦福,去麻省理工嘛!"

林其乐在前面低头看课文,她在文曲星上认真按单词,然后把查到的结果专心地写到书上,心无旁骛。

§

林其乐被数学老师叫上黑板做题。

她走上台,捏起粉笔读题。她在旁边轻轻演算,笔头一下下敲在黑板上,写得认真极了。

数学老师走下台,看下面的学生,这时她意外发现坐在最后一排那位,一向不怎么听她讲课的蒋峤西同学突然抬起头朝黑板看了眼。

"蒋峤西,"她笑道,"来来,我们的奥数天才,你上去写一个你的算法!就写在林其乐旁边!"

学生在下面交头接耳,窸窸窣窣的。费林格从旁边抬起头,见蒋峤西放下手里的奥数书,站起来了。

他走上讲台,站在林其乐身边,比林其乐高了十多厘米。他从黑板下的凹槽里拿了支黄色粉笔,开始在黑板上信手写数字。

林其乐在旁边写解答写得好好的,突然粉笔在黑板上一滑,粉笔头就断了。林其乐连忙找黑板擦,发现黑板擦距离她有点儿远,还隔着一个人。林其乐看也不看旁边的男生,她用手指去抹写坏的数字。

蒋峤西这时把答案写完了，他低头从旁边拿过黑板擦，顺手搁在他和林其乐中间。他把粉笔一放，走下去了。

岑小蔓在下面抬起头，她顺了一下耳边的长发，看林其乐的背影，又看走回座位的蒋峤西。

数学老师走上来，看了一遍蒋峤西的解答。她笑吟吟的，在旁边等林其乐。林其乐匆忙写完最后几步，算出答案便放下粉笔，抹了抹手，也下去了。

林其乐还是有步骤算错了。下课时，她跑到讲台边问老师问题，回到座位上，她又回头和余樵讨论。余樵坐在她后排，看着不像个用功学习的人，成绩却一直稳居班里前十，除了语文差点儿，理科都还可以。

他拿过林其乐的笔，懒得接过她那本子了，直接在正看的体育报纸边缘写起了过程。"懂了吗？"他抬头问。林其乐想把那一角撕下来仔细看，却不小心把整张报纸"哗啦"一下撕掉半截。余樵报纸还没看完呢，引得他身边一块儿看报纸的男生们都笑。

蒋峤西坐在最后一排，一句话也不说。

费林格悄悄凑过来："刚才上黑板那女的就是初中时候来学校找你那个，你认出来了吗？"

蒋峤西把手里的奥数书翻了一页，看起来心情并不好，也不理会他。

费林格这时候有点儿纳闷了。

蒋峤西来上学了。费林格常年待在他身边，早就习惯了那种女生时不时投来的视线，习惯了一次两次三次的靠近和"偶遇"。

林其乐，那个群山女生，她一直在自己的座位上坐着。费林格盯着她的后背，期待她露出马脚。可很快他发现，她除了和余樵那几个男生说话以外，就是戴着耳机学习。连下课出门接水，林其乐也开始不走后门了，她走第一排讲台前面，好像在特意绕过什么一样。

"费林格，你看谁呢？"旁边有人笑问，"那眼神直勾勾的。"

费林格拿起桌上一本红皮《九州缥缈录》扔过去。

林其乐并不是个讨人厌的女生。最早开始发现这一点的，是余樵身边那群特爱打篮球的五大三粗的哥们儿。

早前只听说，有个姑娘从乡下追学霸蒋峤西追到这儿来了。后来余樵告诉他们，那不是什么乡下，那只是电建集团在外地的一个项目部，小姑娘和余樵、蔡方元、杜尚从小一块儿长大的,人家就是个普通小女孩,爱闹了一点儿而已。

中午放学,林其乐跟着余樵他们去小食堂吃饭。里头坐了校队不少人,他们一见她,问余樵:"叫林什么?"

蔡方元低头看菜单,说:"林芹菜!"

下一秒林其乐的手心就拍在他脸上了。

林其乐第一次发现,她可以和这里的学生打招呼了,虽然大都是没什么共同语言的男生。

仍旧很少有女生理会她。

杜尚吃饭时翻着手里破破烂烂的《诛仙》,和余樵抱怨:"秦野云把我第二本借走俩月了,她什么时候还啊?"

余樵说:"你找她要啊,问我干吗?"

秦野云很快也下课了,跑过来和他们一起吃饭。她坐在林其乐和余樵中间。

这里的人都知道,秦野云是余樵的"妹妹",是需要大家一起照顾的。

杜尚一见秦野云就哑炮了,不敢催问。

午休时候,余樵又跑去打球。杜尚陪着林其乐在本校校园里走,到处参观。

"樱桃,"杜尚说,"(18)班那群人还有没有再欺负你?"

林其乐摇头。

中午太阳晒,他们沿着树底下走。广场前头有尊孔老夫子像,杜尚说,校长超爱这座像,成天拿布亲手给它擦灰:"咱们还是离它远点儿吧。"

校园里来来往往,好多吃完饭散步的学生。杜尚挨个地方给林其乐介绍:图书馆、网球场、钢琴教室……走到广场正对着的那栋白楼门口,杜尚说,这是学校的小白楼。

"他们那些尖子生啊,学竞赛的,经常来这儿自习,"杜尚说完了,转过头,他眯了眯眼,看林其乐,"还想去哪儿,我带你去看。"

"杜尚,"林樱桃指着他的脸,"你有胡子了!"

杜尚一愣,他摸了摸自己的嘴唇。

"那、那当然!我都多大了!"杜尚忙说,"我早就有了,就是今天忘了刮了……"

林樱桃观察他,笑道:"你现在不贴创可贴,脸上也不再有疤了!"

杜尚高兴道:"是不是变帅了啊!"

林樱桃"嗯"了一声。

"还行吧。"她说。

他们去学校小超市买零食。刚来本校上学，妈妈给林其乐塞了好多零花钱。她请杜尚一块儿吃花心筒。

走过篮球场的时候，林其乐站在场边，看了一会儿她也看不懂的篮球拼抢。余樵在场上看见她，扔下球走过来了。

"光自己吃？"余樵朝她抬下巴，"去，再买一支。"

林其乐大声说："可贵了！四块钱！"

余樵嫌弃道："你抠不抠门儿！"

杜尚举起自己那半支，嘴唇上还有巧克力："来余樵儿，我分你一口！"

余樵接过队友传过来的篮球，直接把那球砸到杜尚林其乐眼前的球网上了。球弹回去，球网大力震了三震，杜尚和林其乐站在外面连连"呸"了好几声，他们俩脸上、冰激凌上、衣服上，全是土。

这球立刻就没法儿打了。余樵在球场里笑得站都站不直了，让林其乐一顿捶。

林其乐站在教学楼一楼的水龙头下面洗头发，她苦着脸，头发上全是土。余樵穿着条校服裤子，上半身一件篮球背心，站在她旁边。他笑得好累。

班主任陈老师路过，抬高声音说："余樵儿，你校服呢！穿上！"

余樵无辜一指林其乐，林其乐身上穿着件老大的校服。

"这是干吗啊，"陈老师一下子紧张了，"林其乐，你的校服呢？"

林其乐还在努力拧头发上的水，来不及和陈老师说话。余樵在旁边把手一抬，他手里拿着件灰不溜秋的校服。

"我可警告你们啊，不许早恋啊！"陈老师马上厉声道，"学习重要！要遵守校规校纪！早恋可不行啊！"

余樵一听这个，伸脚一蹽林其乐："听见了吗？"

林其乐伸手握住头发，回头气愤地骂道："你干什么啊！"

林其乐头发湿漉漉的，往楼上走。她和许多人擦肩而过。忽然，一阵极淡的烟草味从她身边晃过去了。

林其乐不自觉地抬起头。

蒋峤西经过她眼前，走进教室里去了。

§

林其乐放学时在巴士站台上吃雪糕，她转过头，瞧见几个和自己穿一样校服的男生在树底下凑一块儿抽烟。

"咱们学校男生可以抽烟吗？"她貌似不经意地问。

"别让老师、家长看见就行呗。"蔡方元玩着游戏机，说。

林其乐问："你也抽吗？"

蔡方元看起来很无所谓："我抽不惯，不过我初中就抽过。烟，嗨，谁还没抽过。"

"初中？"林其乐惊讶道。

蔡方元结束了一局，抬起头看她一眼，正好车来了。

"初中那会儿我们一块儿上竞赛班，"蔡方元上了巴士，找了个座位坐下，"蒋峤西一带头，竞赛班男生全都会啊。"

林其乐坐在他前面的空座上，好一阵子，她不相信自己听到的。

等巴士到了家门口，林其乐下车，她问："你们爸爸妈妈都不管吗？"

蔡方元说："管啊。"

他又补充道："蒋峤西他爸妈倒是不管，反正也不耽误他学习啊。"

九月底，省数学会公布了二〇〇六年全国高中数学联赛本省省队名单。实验高中八名学生入选省队，其中，高二（18）班蒋峤西以209分的总分，位居全省第一。

十一月，蒋峤西等八名学生将奔赴数学竞赛冬令营，参加全国总决赛。

表彰栏贴出省队名单的时候，正是下午课间，许多学生都下楼去看。林其乐在排队接水，饮水机就在教室后门旁边。

林其乐低头站着，等待热水把杯子注满。她抬起头，透过后门的门缝，不经意看到最后那一排。

蒋峤西正在他座位上睡觉。

林其乐又低下了头。

她接完一杯，拧上盖子，又打开蔡方元的放上去。

越来越多学生在她后面排队。

有个人影从门里出来了，停在她身旁，好像要插队。

林其乐抬头一看，发现蒋峤西不知什么时候居然睡醒了。他正站在她面前，居高临下地看她。

走廊里吵吵闹闹，后面的队伍也时不时传出笑声。蒋峤西进省队了，下节班会估计又要被特别表扬，估计校长又要到他们班来，激情吹捧上半个钟头。

蒋峤西睡得前面头发都翘起来了，他额头上有一道极浅极浅的疤，确实只有站得很近了才能看清。

"能不能给我也接杯水？"他问林其乐。

林其乐看他。

蒋峤西垂下眼帘，瞧林其乐的脸，又看了一眼林其乐那张贴着小兔子贴画的水卡。

"我没带。"他补充道。

蔡方元杯子里的水已经溢出来了，林其乐赶紧把水关掉。蒋峤西把他手里黑色的印了艾森豪威尔语录的杯子搁在了饮水机上。

"蒋峤西，你不能自己排队啊？"后面有个人笑着问，"你凭什么插林其乐的队？"

"你怎么也蹭人家女生水卡？"

"蒋峤西，你认识林其乐吗？你们俩熟吗？"

费林格在下面看完了表彰榜，拿手机拍了张照片，便疯狂跑上楼。

蒋峤西也不回答，他站在林其乐身边，手揣在裤袋里，静静地看着林其乐水卡的数字一格格往下跳。

林其乐抿着嘴，在周围的议论声中站着，一动不动。

蒋峤西突然说："我考进省队了。"

林其乐看他。

"恭喜你。"她小声说。

蒋峤西点点头，仿佛这就是他想听的了。

§

班会四十分钟，校长亲自过来，光站在讲台上表扬蒋峤西就用去了半小时，最后十分钟用来鼓励（18）班全体同学，多向蒋峤西同学学习。

林其乐一边听，一边低头写英语作业。她同桌是一个戴眼镜的男生，叫黄占杰。黄占杰边在作业本上涂画绫波丽的神秘微笑，边小声地告诉林其乐，他们校长有两个心肝宝贝儿，一是校门口那尊孔老夫子像，二就是蒋峤西。"咱们校长从蒋峤西上小学的时候就盼着他来实验念高中了！你问我怎么知道的，我大舅是他同学。"

蒋峤西被夸了半个钟头，也没什么反应。他一直在最后一排做题，偶尔打开水杯喝口水。他抬头的时候，一下子捕捉到了林其乐在前面回过头去的小幅动作。

蒋峤西盯着她的背影，盯着林其乐梳起来的头发，校服领子里是白色有草莓纹样的衬衫领口。

他放下水杯，继续做题。

放学回家的巴士上，林其乐坐在靠窗的座位。她时而望着窗外发呆，时而低下头，瞧自己手里贴了小白兔贴画的水卡。

杜尚坐在旁边问："樱桃，你老看水卡干什么啊？"

蔡方元在前排说："林樱桃，你那本何什么，什么以的书，还没给我钱哪。"

林樱桃抬起头说："我的水卡也快要没钱了。"

她突然拉住前排蔡方元和余樵俩人的校服领子："你们明天去给我充水卡！"

林电工这天下班早，去附近菜市场溜达了一圈，买了条大鲤鱼。他回家下厨，做了道热气腾腾的大菜：糖醋鲤鱼。

林樱桃一进门，"哇"了一大声。

"爸爸！"她走到桌前，"你怎么做糖醋鲤鱼啊！"

林电工自己倒了点小酒，身后妈妈还在厨房里蒸枣面馒头。林电工美滋滋地看着脚下，小猫咪正绕着桌角走来走去。他对宝贝闺女说："想吃就做啦！"

蒋政蒋经理站在厨房吸了半支烟，抽油烟机开着，烟味还是经久不散。

他本来今天心情挺好，接到实验学校校长的电话，说蒋崭西复赛考了全省第一。蒋政当时在办公室，一个电话打给附近的酒店，订了一桌子菜，送到家里来。

他本想等蒋崭西回家，他们父子两个坐下，面对面，吃个饭，也说几句话。

可他左等右等，七点半了，人还是没回来。

还是给梁虹飞打了电话才知道，今天这样的日子，蒋崭西居然还要去竞赛班上课，去集训。

"十一月就冬令营了，就全国决赛了，还有时间庆祝啊？"梁虹飞反过来讥讽他。

夜里九点多钟，蒋崭西从竞赛班放学回来了。他背着他那个方形书包，一声不吭地回家，低头换了鞋，就往他自己的卧室里走。蒋政坐在客厅沙发上夹着烟，看他。

很快，梁虹飞也进了家门。她拿着车钥匙，一来就看到桌上满是冷掉了的菜肴。

夫妻两个彼此都黑着张脸。

蒋政豁达道："今天好日子，我不跟你吵。"

梁虹飞说："要不是为了崭西，你以为我愿意跟你过？"

小时候的蒋崭西，还会站在一旁木木然地看他们吵架，但现在蒋崭西长大了。他似乎一点儿都不在意这些争端，不在意这个"家"中的一切，就连进了省队，蒋崭西也没什么多的话可对他们讲。

梁虹飞从外面敲门："峤西？"

蒋峤西坐在卧室里，书包摊开在桌面上，他就这么坐着。

门还是打开了。

梁虹飞在身后问："峤西啊，肚子饿吗，妈妈给你做点夜宵吃？"

蒋峤西听着她异常温柔的腔调，摇头。

他拉开抽屉，从里面摸打火机出来。

蒋峤西并不确定，这些偶尔流露出的属于母亲和父亲的温柔，是不是给他的。

他那位素未谋面的哥哥，蒋梦初，再如何天资聪颖，到底十三岁就死了。蒋梦初没机会参加全国联赛，没机会考进省队。眼下，蒋峤西一步步走的，正是蒋梦初从没走过的路。

209分。就算蒋梦初活着，也未必会比蒋峤西做得更好了。

梁虹飞把门关上了。蒋峤西把书包拿下去，放在地板上，他拧开台灯，在眼前这片光里又坐了一会儿。

他注视着光照在他手背上。

一小片白，像小兔子毛茸茸的耳朵。

"恭喜你。"林樱桃站在他身边，也不看他，小声说了这么一句。林樱桃背起书包放学回家，她走路的时候，梳起来的头发一动一动，看起来还是很不安分的，却不再是在他身边了。

蒋峤西从书包里拿出把钥匙，打开他书桌中间那个上了锁的抽屉。

> 蒋峤西，
> 我是林其乐。
> 小兔子死了，你还记得它吗？它满四岁了。

台灯的光把旧信纸照得发黄，那些水彩笔勾勒出的星星、月亮、可乐罐子、黑色手表也跟着褪色了。

蒋峤西眯了眯眼，其实他不喜欢吸烟，每次烟雾冒出来，总让他的眼睛很痛。

> 你不想我吗？为什么你从不打电话给我呢？蔡方元说你在省城变得不一样了，你变成什么样子了？

蒋峤西瞧着小纸片上歪歪扭扭的字，童稚的丑兮兮的画。

你还记得蒋蓣鲈吗？

如果你忘了，就看一看她想起来。
你什么时候会给我回信？

林其乐
群山工地宿舍二十四排七户
2003 年 10 月 14 日

§

　　林其乐第二天一早来到班里，晨读马上就要开始了。她逼着蔡方元去陪她充水卡，两个人一路狂奔，险些都迟到。
　　同桌黄占杰已经打开书了，一见她来，他站起来："哎，林其乐——"
　　林其乐本来要进自己座位，这会儿忽然发现自己桌上不知何时多出一个水杯。
　　通体黑色，杯身上印了一行艾森豪威尔的英文语录，像是什么比赛的奖品。
　　周围同学在念书的，多半都抬起头，瞅林其乐的反应。
　　黄占杰说："蒋峤西去小白楼上自习了，他刚才和我说，让你来了帮他接一杯水。"
　　林其乐错愕地问："什么？"
　　黄占杰提高声音，这下半个班都听见了："蒋峤西让你给他倒杯水！"
　　林其乐坐回自己座位，把书包抱在怀里，她盯着桌面上那个可怕的水杯。
　　突然有个东西从背后碰了一下林其乐的肩头。"嗯。"余樵叫她。
　　余樵正专注地看《体坛周报》，也把他的水杯递过来了。

　　晨读的时候，林其乐站在饮水机前接水，她怀里抱了一堆空水杯。恰好杜尚从（15）班门口出来，也拿了个杯子。
　　"樱桃，你哪儿来这么多水杯啊？"杜尚走过来，问。
　　林其乐不高兴地看了他一眼。杜尚说："要不我去楼下小卖部给你偷个筐子，我看你也不好拿啊。"
　　岑小蔓在教室里念着书，一直有意无意地抬起头，朝教室后门望过来。

　　林其乐走回教室，她把接满的一堆水杯依次放在蔡方元、余樵桌上，她还帮黄占杰接了一杯，黄占杰站起来让她进去，高兴地道谢。

林其乐把那个黑色的水杯也搁在黄占杰的桌角上，放下就松开手，不敢再碰了。

蒋峤西在第一节英语课前回来了。他很少从前门进教室，平时瞧着也神出鬼没的，搞竞赛的学生，生活轨迹总是很特殊。费林格跟在他身后进门，看见蒋峤西经过了讲台，不知怎的，停在了那个林其乐的课桌边。

黄占杰仰头对全校知名的学霸崇拜地笑道："蒋峤西，给你，你的水杯。"

蒋峤西看向林其乐，后者坐在里面的座位，捂着耳朵巴拉巴拉念英语。

周围同学都朝这边看，他们交头接耳，小声说话，连岑小蔓也盯着他们。蒋峤西走到后面去了，他打开书包，摊开了课本。

英语课才上了一半，蒋峤西就把一杯水喝空了。

§

最早的传言不知是谁传出来的：（18）班体育委员余樵和那个追蒋峤西追到本校的林其乐是青梅竹马，俩人从幼儿园一起长大，可好了，被班主任陈老师当场逮住，勒令不许"早恋"呢。

当然，也有些新的流言，和旧的掺杂在一起。

"蒋峤西今天又找林其乐给他倒水，他自己没水卡吗？费林格也没有吗？"

"他没事老找她干什么啊，还怕那女的黏他黏得不够？"

"我看不像，林其乐特爱学习，我感觉啊，我感觉她好像成天绕着蒋峤西走，不像以前说的那样……"

下午，几个班一起上体育大课。

林其乐跑圈结束，本想去（15）班的队伍里找杜尚一起听 MP3。结果体育老师发现了她，把她拎到赛道上，让她跟几个班的女生一起测试八百米。

许多女生都在场边休息，她们或是感冒，或是肚子痛，或是头晕，总之就是不适合参加运动就对了。

林其乐有时也纳闷。

为什么她不生病。

也不会肚子痛。

为什么她很少痛经，也不会像别的漂亮女生一样在军训时中暑晕倒。

按照她最近看的言情小说的规律来讲，她基本上已经告别一切校园里的浪漫桥段。

不过，林其乐想。

如果有人要关心我，就算我不生病，不肚子痛，不低血糖，他也一样会关心的。

杜尚在跑道边激情呐喊："樱桃！加油啊樱桃！！"

林其乐耳边都是风声，她拼命往前跑，她跑得比所有人都要快，喉咙里不断泛出铁锈味来。

田径队的男生们站在赛道内，喝水的喝水，压腿的压腿，围观女生跑步。

突然林其乐向前一跌，她脚滑踩到了地上的一只空矿泉水瓶子。

杜尚惊呼道："樱桃！"

只见林其乐在摔倒的下一秒就地一个前滚翻，接着就站起来了。

男子田径队的朋友们惊叹不已，赛道内顿时响起热烈的掌声。

余樵在终点处掐表，忍不住笑了。

林其乐气喘吁吁，梳好的头发都散开了，就这么神情恍惚地跑到了终点。

杜尚握着水跑过来："你神了！你刚才是怎么站起来的！"

林樱桃这时才发现她跑了第一。余樵在旁边拿笔记成绩，说："行了啊，今年运动会就你上了。"

"不行我不行……"林其乐觉得她快要背过气去了。

一转身，林其乐忽然发现赛道对面，一群竞赛生正往小白楼走，蒋峤西走在他们中间，手里拿着本书，正在看她。

林其乐赶忙用手捂住一头乱糟糟的头发，躲到杜尚和余樵身后去了。

§

林樱桃在洗手池的镜子前梳头发，三两下就扎得像模像样了。杜尚在旁边咕嘟咕嘟喝冰可乐，说："你现在扎得好溜啊！"

他们坐在学校小树林的长椅上，一人一只耳机听 MP3。林樱桃从口袋里拿出两颗牛肉粒，分给杜尚一起吃。她说："我自己梳了好几年头发了！"

"还有 H.O.T 的歌，这么全，你从哪儿下的？"杜尚问。

林其乐说："我爸教我拷的，整盘磁带录进来的。"

她刚跑完了步，让树林里的风一吹，额上耳后的汗凉得很。

杜尚转过眼，看林樱桃跑完步以后微红的脸颊，林樱桃闭着眼睛，正缓慢呼吸。

"H.O.T 都解散了。"杜尚突然说。

林樱桃睁开眼，冲他点头。

"解散好几年了。"她轻声道。

"我感觉你这两天好像变开心了，樱桃。"杜尚说。

"啊？"林樱桃问。

杜尚看她这样，笑了。

"真的，你刚从南校过来的时候，整个人的感觉，特紧绷，我还和蔡方元说呢，觉得你是不是在本校也不开心。"

林樱桃一时没理解他的意思。

不过有好朋友在身边，就算一两句话暂时不理解也没关系。

"可能因为我们又在一起上学了！"林樱桃说。

杜尚用力点了点头。

林樱桃低头，摆弄她的MP3。

除了英语录音以外，她MP3里大都是从老磁带转录过来的歌，什么刘德华啊、黑豹啊、周杰伦、蔡依林——

杜尚看到Leonard Cohen这个名字，"哇"了一声："老外！"

林其乐继续向下切换，切到了孙燕姿的歌，她把一首《03_天黑黑》切过去了。杜尚说："哎，我想听这个！"

林其乐不理他，自顾自找想听的歌。

体育大课结束，林其乐回到班里，恰巧看到一群男生围在她同桌黄占杰身边，不知在干什么。

林其乐走到跟前："让让，我过去。"

几个男生听见她的声音，条件反射地抬起头，全都哄笑着散开了。只剩黄占杰坐在原地，一张脸憋得通红。他左手拿着本合上了的漫画，右手拿着支铅笔。黄占杰迟钝地站起来，给林其乐让座。

自习课的时候，黄占杰突然小声道："蔡方元！"

蔡方元从前面一听那动静，赶紧回头了。

黄占杰害怕周围有人看见，把那本漫画书塞进物理课本里，远远递到蔡方元桌上。

蔡方元用口型问他："翻译完啦？"

黄占杰连忙点头。

蔡方元把书藏进书包，暗中对他竖了一个拇指。

林其乐坐在一旁，将他们二人的整个"犯罪"过程尽收眼底。

林其乐告诉余樵，蔡方元和黄占杰不知在搞什么鬼。

余樵刚从外面回来，手里拿了好几张表格。他一边检查表格，一边说："真的吗！"

他往讲台上走，路过时伸手拍了蔡方元的后脑勺。"回头借我看看啊。"余樵对蔡方元说。

"下星期的学校运动会，"余樵站到了讲台上，他拿了支笔，对台下坐着的同学们说，"男生项目报得差不多了，女生有没有想报项目的啊？"

台下女生都笑，没有一个要报。

这时门推开了，是在小白楼上自习的一行人回来了。蒋峤西一进门，和余樵打了个照面。

余樵俯视台下："女子一千五百米，有没有人报啊？"

有男生在下面起哄："余樵，你下来问啊，你在台上问有没有诚意啊。"

黄占杰幸灾乐祸，偷偷告诉林其乐："余樵又要挨个儿求女生问要不要报项目了。"

"没有是吧，"余樵在台上懒懒说道，他拿起笔，"那就，林其乐吧！"

林其乐坐在下面，双眼一下子圆睁。

蒋峤西还没回到座位上，他冷不丁回头看了余樵一眼。

"哦不对，"余樵刚写了半个名字，"林其乐，你想报八百米是吧。"

"我不报名。"这是林其乐第一次试着在全班同学面前抬高了声调说话，她声音有点儿抖。

余樵笑了，说："什么？你想两个都报啊？行啊，没问题啊。"

换作以前在群山电厂小学，林其乐早就离开座位抓住余樵一顿猛踹，然后把自己的名字全部都划掉了。可现在在实验高中，在省城，还上着自习课，周围都是只认识了一个月的新同学，林其乐坐立难安。

剩下几个短跑杂项你一个我一个地报完了。余樵又问："还有一个，这个篮球宝贝，有没有人要报名啊？"

女生们都很含蓄，笑着摇头。

余樵拿笔在纸上写："没人报，那就还是林其乐吧！"又是一阵哄笑，他就这么填完了，头一回轻松完成了任务，出门就去办公室了。

林其乐整个回家路上都很生气。她很委屈地低着头，一句话也不说。

杜尚坐在旁边干着急："余樵，你到底干什么了？"

余樵从前排回头看了一眼林樱桃，他也纳闷："我没干什么啊……"

蔡方元幸灾乐祸道："余樵，你那耳背装得太假了，回去多跟你奶奶学学。"

夜里八点钟，蒋峤西还在竞赛班里上夜课。老师在台上讲题，蒋峤西抬眼瞧着黑板，眼神飘忽，明显在走神。

岑小蔓在旁边说："蒋峤西。"

蒋峤西转头看她。

"冬令营快到了，"她小声问，"你很紧张吗？"

蒋峤西却问："篮球宝贝是什么？"

岑小蔓一愣。

费林格坐在前排，听见蒋峤西这句话，也回头了。

"我不知道。"岑小蔓脸色发白，坦诚地说。

费林格结巴道："就……就是咱学校篮球比赛的啦啦队吧。"

费林格看着蒋峤西的神情："你问这个干什么？"

林其乐第二天晨读时被通知，下午活动时间要去网球馆排练什么篮球宝贝的队形。林其乐一千万个不情愿，可对方带队老师说，你从你们班找一个女生替你来也行。

林其乐很蒙，她和同班女生都不熟悉，哪会有人替她啊。

"时代"又开始"召唤"了。

大课间，林其乐站在队伍里做操。不知不觉，周围的议论声和笑声越来越少，尽管林其乐自己也不明白为什么。

费林格和岑小蔓还在她身后站着，也都很安静。林其乐随着课间操动作向后转身，就看到费林格一直用一种奇怪的眼神打量她。费林格和她目光相接，立刻又闪避开，让林其乐感到很莫名其妙。

余樵上课时用圆珠笔的屁股一下又一下戳林其乐的背，林其乐烦他，捂着耳朵不肯理他。

下午活动时间，林其乐心事重重地离开座位，下楼去了。她想她完了，倒霉透了，她又要出糗了，她根本不知道篮球宝贝是个什么东西，她一定又要在这群省城实验中学的学生面前丢人了。

自从来到省城，来到实验高中以后，林其乐一直努力去做一个"正常"的好学生。以前的她，爱出洋相，爱显摆，爱和别人不一样。现在的她爱学习，爱做作业，只有和朋友们在一起的时候，她才稍稍放纵了。

林其乐站在教学楼一楼最下面的台阶上。

她忽然意识到，其实余樵并没有做错什么。

只是她经历了一些事，她在不知不觉中"蜕"了一层壳。

§

从网球馆出来，参加篮球宝贝排练的高一、高二女生们跟在带队老师身后，穿过校园的几条马路，往大礼堂走去。

平日里，实验高中的学生不论男女，都穿宽松肥大的运动服，将自己从头到脚，捂得严严实实。这会儿，被选中篮球宝贝的少女们穿着亮红色的露脐背心，下面是短裙、小靴子，她们一路小跑，跟上队伍去大礼堂。

是蔡方元先在学校超市门口看见她的，他惊讶道："天哪！林樱桃！"

余樵在篮球场里，把手里的球一扔，走到场边去了。他扶住球网，突然就朝远处大声吹了声口哨。

林樱桃从队伍里回过头，望向她的朋友们。林樱桃抬高了脸，她笑了。

蒋峤西站在小白楼二层的走廊边，扶着栏杆往下望。他看到林樱桃梳好的头发摇来摇去的，林樱桃背心下面露出一截窄腰，短裙下一双腿笔直。

林樱桃边走边扣裙子的腰带，好像扣子坏掉了。

一起学竞赛的高一学弟在旁边问："蒋学长，那个女孩，是不是就是以前给你写过情书的，叫林其乐？"

蒋峤西还在低头看她。

后面的队友伸手要帮林樱桃扣腰带。林樱桃便停下了，身边的同龄女生立刻将她围住。

忽然之间，林樱桃抬起头，她一下子看到蒋峤西了。

蒋峤西望着她。林樱桃的眼睛中有疑惑、有错愕，一直到林樱桃的腰带扣好了，那些女生顺着林樱桃的眼神朝上望，忽然全都看见蒋峤西了。

年轻的带队老师在前面喊："走了走了！别忙着看帅哥了！"

女孩子们一阵哄笑，她们拉着林樱桃一路跑进礼堂里去。

§

林樱桃在全校运动会女子一千五百米的项目上跑了第一，八百米以半秒之差惜败，得了第二名。

胜利的兴奋是短暂的。很快，林樱桃心里便生出一种淡淡的失落。

从小看那些爱情小说、浪漫电影，林樱桃有时候也不禁幻想，如果哪天遇到一些天灾人祸，什么火灾、海啸，什么持刀抢劫，在这些考验真爱的时刻，就会有帅气的男主人公看到柔弱无助的林樱桃，从天而降，将她拯救出去。

而事实上，林樱桃很可能跑得比所有男主人公都快，也许她以后应该去田径队找个男朋友。

篮球宝贝训练了一星期，领队老师带她们一行女生去校长室，说要和校领导拍几张合影，等篮球赛结束时一并放在校报上报道一下。

校长室分里外两间，林其乐她们进去了，站在外间热热闹闹地等待。

"里面是谁啊？"女生悄声问。隔着门，她们能听到些许谈话的声音。

"学校有几个学生下个月要考数学竞赛，"领队老师说，"里面是清华来的老师。"

"哇！"有女生小声感叹，"清华！"

有人推门出来了，是校长秘书。只见他笑着过来，与领队女老师小声交谈了几句，请女生们再稍微等等，里面还没有讲完。

林其乐穿着短裙，透过秘书身后打开了的那半扇门，朝里面张望。

好几位穿着校服的学生就坐在里间的沙发上，正看手里的几张资料。

蒋峤西也在其中。

突然，蒋峤西回过头，朝门外的她们看了一眼。

"其乐！"身边的女生凑过来说，"蒋峤西他在看你！"

清华老师在里间讲着话，时不时地走来走去，也许他们极看好眼前的某几位学生。蒋峤西时不时抬头听着，那老师走过去了，他眼睛又抬起来。他看见了林其乐的脸，他看林其乐穿的衣裳，脚下的小靴子。

"蒋峤西一定喜欢你，你看他看你的眼神都直勾勾的！"队友在身边说。

"什么啊！你别乱说！"林其乐压低了声音，不敢出声。

"这又怎么了，男生看女生，不就是这样的，学霸也是男的啊！"

蒋峤西从沙发上站起来，有老师推开门，带学生们走出来，看来是终于讲完了。

林其乐低头跟随着队伍快步溜进校长室里，与他们擦肩而过。

等合影结束，林其乐才算松了口气。她和队友们从校长室出来，发现走廊上那位清华的老师还在："蒋峤西，这次冬令营结束以后，你可以顺便到清华来看看。"

蒋峤西说："谢谢老师。"

背心布料紧紧贴在林其乐身上，勾出少女圆润又显得单薄的轮廓。她耳边有几缕头发，别在月牙似的耳后。右肩后面还有一颗浅浅的褐痣，很小很小，平常很少露出来。

忽然，那颗痣在蒋峤西眼前晃了一下，然后便是林其乐转过来的那双大眼睛。

"你为什么看我？"她说。

蒋峤西抬起眼，正视她的脸。

"你跟着我干什么？"林其乐问他。

蒋峤西站在她后面，两人保持着一米多的距离。

"我和你一个班。"蒋峤西说。

林其乐说："这是去网球馆的路。"

蒋峤西抬起眼，朝前方看了看，又说："我去小白楼自习。"

林其乐便不问了，她回过头，转过身，沿前面那条爬满了凌霄花的长廊走去。

"林其乐！"蒋峤西在背后叫她。

"我以为你再也不会主动和我说话了！"蒋峤西突然说。

临近放学，哪怕还在自习，校园里也处处是走动的学生，是有可能看到他们的眼睛。

林其乐听了这句话，她把两只手揣进短裙的口袋里。

蒋峤西走到她眼前来。

林其乐抬起头，看着他。

"你身上为什么有烟味？"她忍不住问。

蒋峤西刚走过来，他眉头皱了皱，闻了一下自己校服领口。

"没有啊。"

林其乐说："我都闻见了。"

蒋峤西说："可能是在校长室沾的。"

林樱桃说："你一直都不说实话。"

蒋峤西看她。

林樱桃往后退了一步："我不和你说话了。"

"那我说什么？"蒋峤西紧接了一句。

林樱桃也不吭声，就往前走。

蒋峤西看着她的背影："你穿这个裙子真好看。"

他说："我说的是实话吧。"

林樱桃跑进网球馆，换回了宽松肥大的校服，又回去班里继续上自习。她低头写化学方程式，看起来特认真，算着算着配平，她突然抿着嘴，用手把下半边脸一捂，又低头继续算题了。

同桌黄占杰在旁边轻微皱起眉头，看了她一眼。

自习课还剩十分钟结束的时候，蔡方元忽然换了个座位，坐到黄占杰前面去了。
黄占杰偷偷告诉他，林其乐上着上着自习，好好的老偷笑，看着怪瘆人的。
蔡方元说："甭管她，不知道又干什么坏事了。"
他拿出一本《龙门专题物理篇》来，悄悄塞到黄占杰桌上。
"五十多页，今儿晚上能不能搞定？"蔡方元看他。
黄占杰突然拿起笔开始专心做题了。
蔡方元伸手把他的笔抽走了。
"我真不行，"黄占杰压低声音说，"我没骗你们，我只会小时候看动画片的那么两三句日语，哎哟，我直说了吧，之前那些漫画台词都是我现编的！"
蔡方元愣住了，他注视着黄占杰的脸。
"你编的？"
"对啊，我压根儿不会日语！"黄占杰都快哭了，"我根本就不会翻译——"
"那你编得挺好啊！"蔡方元惊讶道，"赶快，赶紧的，这本你也赶紧编！"
黄占杰苦着一张脸，他旁边还坐着一女生：虽然林其乐一直沉浸在自己的世界里，但是黄占杰觉得让人女生听见他以后还怎么有脸做人。
"我告诉你，九三年绝版珍藏《东周刊》，你想不想看？"蔡方元在前面诱惑他，一双精明的小眼睛盯住了黄占杰的脸，"日系港系精选长片，余樵儿看了都说好的那种，你就说你想不想看吧！"
黄占杰陷入了理智与欲望纠缠的两难境地。
他感觉自己已经坠入了魔窟，不再纯洁。他把心一横："来吧来吧！给我吧给我吧！"

（18）班班长冯乐天站在班级门口，总觉得班级里有些什么违法乱纪的行为正在发生。这边一小撮人凑在一起聊八卦，那边两个男生聚在一块儿钻研《龙门专题》。
只有林其乐同学坐在窗边的角落，一个人文静地学习。
身后有人进来了，冯乐天回头一看，赶忙给蒋峤西让了个路。
他回过头去，看到林其乐同学这时抬起眼了，和他四目相对。
冯乐天立刻咧开嘴，冲她笑着招了招手。
林其乐一愣，也对他友好地一笑。
以前在南校的时候，不知为什么，冯乐天总觉得林同学很"特立独行"，看起来酷酷的。具体说起来，林同学也没做过什么与众不同的事。可当他注视她的眼睛，总觉得她很有自己的一套想法。

也许是因为她眼睛很大，没有表情时便显得严肃、冷漠。

可当她笑了，立刻就有一种春暖花开的感觉。她应该多笑笑。

第二天晨读时候，余樵坐在林其乐后排，他看了一会儿蔡方元给他的《龙门专题》，打了个哈欠。正好林其乐接完水回来了，余樵从抽屉里拿了一把茶包，塞到林其乐手里。

林其乐一一打开杯子，陈列在桌上，挨个儿往里面放茶包。等放完了她才发现，她不小心给蒋峤西的杯子里也放了个茶包。

隔天清晨，林其乐来上学，她拿起桌子上蒋峤西的水杯，突然发现杯底贴着一张字条。

是蒋峤西的钢笔字：有点儿苦。

林其乐一连塞了四个茶包进去。

余樵在后面说："蹭你个水卡，犯得着杀人灭口？"

蒋峤西来上课了。他看起来有些疲惫，毕竟无论林其乐多早上学，那个黑色杯子永远能提前放在她桌子上：蒋峤西到底几点来学校，这真是个谜。

蒋峤西坐下来，拿出课本翻开。他打开杯子喝了口水，还没全咽进去呢，一半含在嘴里。

蒋峤西低头看了一眼杯里，正好老师进来了，蒋峤西抬起头瞧林其乐的背影。

他努力咽下去了，然后又喝了一口。

下午活动时间，隔壁班的女生来叫林其乐一起去参加篮球宝贝的训练。她们在网球馆换了衣服，热身完毕，然后一同跑去礼堂。

蒋峤西总会在小白楼的二楼走廊上站着，林其乐每次经过这条路，一回头就能看到他。

他有时自己一个人看书，有时在给高一的竞赛班学弟讲题。

同行的女生把手放在嘴边喊："蒋峤西！"

蒋峤西便抬起头了，看到那扇礼堂的门在他面前匆匆忙忙关上。

林其乐把桌上的黑色水杯拿起来，发现杯底又贴了一张便笺。

"我最近不来学校，杯子在你这儿放两天。"

林其乐愣了愣。她把这张纸撕下来，发现底下还贴着一张。
"樱桃，你还生我的气吗？"

黄占杰坐在座位上，瞅着林其乐傻站在旁边，书包带子都快滑到手肘了，书包垂在屁股后面。
"林其乐，你怎么还不去接水啊？"他问。
林其乐委屈道："每次都让我去接，你怎么不能自己接啊！"
黄占杰一头雾水："我自己接！用不用我帮你接啊？"

黄占杰走了。
林其乐一屁股坐进自己的座位里，她又看了好几遍蒋峤西写的"樱桃"这两个字。
她抿了抿嘴唇，把这张字条揭下来了。
这时她发现反面还写着一行字。
"要是不生气了，晚上十点我能给你打个电话吗？"

2006
第六章

樱桃熟了,虽然还未熟透

九点半,余班长还在林电工家的客厅里坐着。两个中年男人,喝着小酒,看电视上的吕秀才和郭芙蓉拌嘴。余班长在烟灰缸里抖烟,边看这电视剧边乐,手还抚摸着那只趴在他膝盖上呼噜呼噜的小猫咪。

"余锦怎么能在家喝醉酒了呢?"林电工哭笑不得。

余班长轻声骂道:"余樵那小子屋里头藏酒,我都不知道。"

"男孩子,"林电工笑了,劝他,"余樵还是很懂事的。"

"还是闺女省心,老林,"余班长说着话,叹了口气,"现在家里连着杜永春他儿子,三个男孩儿,我在家待一分钟我都烦。"

林电工在旁边笑出了声。

余班长扭头看他:"改明儿我给你送来一个,我给你送来俩!我把樱桃带走。"

林樱桃从屋里出来了,她洗完了澡,吹干的头发顺在耳后:"爸爸,余叔叔,我去睡觉了!"

林电工连忙"哦"了一声,拿遥控器把电视声音关小了。

余班长说:"樱桃这么早就睡啊?"

林樱桃问:"我妈妈呢?"

林电工说:"她去余樵家啦。余锦生病啦,过去看看。"

九点四十分,蒋峤西下了交流课,风尘仆仆回到寝室里。安排在同间寝室的室友已经铺好床,准备要睡觉了,毕竟外国语高中这边晚上十点就熄灯,查寝很严格。

今天在这边住上一天,明天再住一天,后天才回去。蒋峤西放下手里的卷子和笔,他从裤兜里摸出手机,看了眼时间。

"那个,蒋峤西,你充电器我给你拔下来了,"室友这时对他说,"我看早就充满了。"

蒋峤西点头,他把手机电池从充电器里拿下来,揣进口袋。

推开寝室洗手间的门,蒋峤西拧开水龙头,接冷水洗了把脸。他站了一会儿,想了想,还是拿过牙刷,开始刷牙。

突然门外有人进来，蒋峤西一抬头，是外国语竞赛班一起上交流课的同学。

"蒋峤西，我们能不能再问你几道题？"他们堵在洗手间门口。

蒋峤西嘴里还咬着牙刷呢。

屋里的室友都躺到床上了，这会儿坐起来说："几位，明天吧，都这个点儿了快熄灯啦！"

那几位同学忙说抱歉，他们退出去，带上了门。蒋峤西低头刷牙，脑子里时间一秒一秒精确地往后跳。

室友还坐在床上，见蒋峤西出来，殷勤道："那个，蒋峤西，我晚上睡觉的时候有可能说梦话，如果打扰到你——"

"没事。"蒋峤西说。

夜里更吵的他也早都习惯了。

室友一笑，又说："还有，今天谢谢你给我们讲题啊。那个，你人真好，我本以为你不太愿意搭理我们呢！"

蒋峤西看了他一眼，点点头，从书包里摸打火机。

九点四十五分了。林樱桃穿着睡衣，把猫咪的水碗填满，然后去给窗边的万年青浇水。她拿了把梳子，坐在床边慢悠悠地梳自己的头发，她头发又长了，应该去剪了。

林樱桃抬起眼，她试着用手指去揪眼睫毛，拿下来看看有多长。她在床边又坐了一会儿，百无聊赖地深吸气，又缓缓呼出去。突然间手机在桌上振了一下，林樱桃吓得一下子抬起头。

屏幕上一条短信。

新信息来自杜尚：

[樱桃，你知道余锦那小屁孩文曲星的开机密码是什么吗？]

林樱桃拿起手机回复："我今天很忙，你不要给我发短信！"

很快，杜尚又回复了。

[是秦野云的生日！！！]

林樱桃原本烦得要命，恨不得马上和杜尚断交，但还是惊讶到了，她回复道："真的啊？"

已经九点五十五分了，蒋峤西坐在洗手间的马桶盖上抽烟，看着手里的书。打火机和烟盒放在旁边，地板上已经是星星点点洒落的烟灰。

隔着一扇门，他能听到临时室友在给家里人打电话。

"行了妈！我后天就回去了！我可是和蒋峤西分到一个宿舍，蒋峤西，你知道是谁吗？今年全省第一！我当然要抓紧时间学习了，还用得着你说，行了行了，马上就熄灯了！你随便买点儿什么吧，我就吃北京烤鸭吧！"

忽然间，头顶的灯灭了。

蒋峤西坐在黑暗中，抬头看了看，他手指间夹着一个红色的火星点。他伸手从裤兜里把手机拿出来。

屏幕亮了，他在通讯录里翻，他朋友很少，很快就翻到了。

林樱桃关掉卧室的灯，假装自己睡了。她钻进被窝，耳朵里塞了耳机，侧过身，在枕边翻开一本日记。

借着床头一点微弱的光线，林樱桃默念日记本上的内容，这是多久以前写的了？字迹已经被水浸得模糊不清，纸页不平整，也是沾多了水的样子。

嗡嗡嗡——她的手机屏幕在枕边亮起来了。

林樱桃放下日记，立刻凑过去看。

是一串陌生号码的来电。

林樱桃趴在床头，她的长发从耳边垂下来了，就垂在她的手机屏幕上，垂在这串号码上。

屏幕持续亮了56秒，然后变成一个未接来电记录。林樱桃盯着屏幕，她愣了一会儿，看着屏幕逐渐暗下去。

林樱桃向后转身，躺回到枕头上。她又忍不住深呼吸起来，因为觉得紧张，这好像是控制不住的。她翻开日记本，继续凑近了看，她想弄清楚她小时候给蒋峤西到底打过多少次电话，但她根本数不清。

特别是，上小学六年级的时候，她总是只顾着哭，连记日记都记不清楚。

字也写得乱七八糟的，林樱桃往后翻，发现好几页都是小学生郁闷的水彩笔涂鸦，或是干脆连涂鸦都没有，只有泪沾湿过的纸页。

"余樵和杜尚今天给我打电话了，省城可以给群山打电话的，"偶尔也会有清晰的字，连成句子，"为什么蒋峤西不给我打呢？"

耳机里，女歌手在唱一首歌。

辛苦，幸福，忍耐，付出。

林樱桃把日记本抱在怀里，她感觉她抱着的并不是一本多年舍不得丢的旧本子，她抱的是个小女孩，傻里傻气，总是委屈得泪水涟涟，连林樱桃都可怜她。

窗外，月色朦胧，透进林樱桃的窗里。

枕边又响起了振动声。

林樱桃抬起头，凑过去。

又是那个陌生号码，它在十点十分整的时候再一次打过来。

林樱桃走进客厅，爸爸和余叔叔还在看《武林外传》。"怎么醒了？"他们问。

"爸爸我想用你的手机。"她说。

她坐在厨房的小凳子上，给蔡方元家打了个电话。接电话的人是蔡方元的爸爸："方元啊，方元！樱桃找你！"

蔡方元一接电话："都几点了，姐姐。"

林樱桃带着鼻音，问："蒋峤西的手机号是多少，你知道吗？"

蔡方元一听这个，愣了。

"他前几天刚问我要你手机号来着，"蔡方元放下听筒，去找手机了，过了一会儿，他又回来，"我给你念念啊。"

林樱桃用笔把这串数字抄在手心上，她手心有汗，又描了描。

她放下爸爸的手机，关上自己的房门。林樱桃趴回到床上，去看枕边的手机屏幕。

已经成两个未接来电了。

林樱桃展开手心，这么对了对。

她突然一吸鼻子。

十点三十分，整点一到，林樱桃的手机忽然又响了。她还侧躺在被窝里，眼睛大睁着，枕头湿了一块，头发也湿，沾在脸颊上，沾得又难受又痒，林樱桃抱着怀里的日记本，把眼睛凶巴巴地闭紧。

又过了十几分钟，林樱桃睁着眼，侧着看自己的手机。

她听到卧室外面妈妈开门回家的声音。妈妈说，余锦退烧啦。余叔叔似乎也要走了，和爸爸正在道别。

忽然，她的手机又嗡嗡振了起来。

林樱桃吓了一跳，她屏住呼吸，看亮起来的手机屏幕。

她躲在被窝里，她想，她讨厌他，她讨厌蒋峤西。

可她又不自觉地害怕、担心。

很快，屏幕再一次暗下去了。

林樱桃心里一凉。

她在枕头上翻了个身，去睡没有湿透的另一侧。

卧室门被推开了，林樱桃紧紧闭着眼装睡，她感觉妈妈走过来，帮她掖了一下被角，拿走了她手里的旧日记。

189

妈妈很快出去了，关上门。

林樱桃在黑暗中睁开眼睛，她看到她从南校带回来的小流浪猫，正踩在她面前，舔她的脸颊。

林樱桃是在失落和难过中睡着的。她并不确定自己在做什么，她只是感觉心里有太多复杂的情绪，难以厘清。从她十一岁，到现在，她十六岁了，林樱桃不会因为学习头疼，不会因为做题头疼了，但一想起蒋峤西，一想起过去的事，林樱桃还是觉得心里很难受，疼得很不舒服。

"蒋峤西"。

这三个字，充满羞辱的、不愉快的经历，充满了耻笑、嘲讽。蒋峤西的照片悬挂在表彰榜上面，他离林樱桃那么远。他再也不是那个会坐在林樱桃的竹席子上，逼她写作业，和她玩游戏，看她笑，看她闹，一起吃虾片，喂小兔子，陪她在小床上一起听音乐的蒋峤西了。

没有什么是不会改变的。

林樱桃也许是出汗了，早上睡醒，枕头还湿乎乎的，连脖子上的头发也是湿的。她醒了，窗帘缝外有阳光照进来。

林樱桃看到手机放在枕头边，她蒙了一会儿，回忆昨天晚上到底发生了什么。

新信息来自蒋峤西：

[樱桃，对不起。]

林樱桃低头看着手机屏幕。

她睁大眼，愣住了，看这行字。

她解锁屏幕，按进收信箱里，进入完整的短信界面。

发信时间，凌晨两点五十四分，是半夜发来的。

窗外传来鸟啼声，有小小的身影跳上了林樱桃的书桌，靠近了窗玻璃。

喵！是幼小的猫咪，充作老虎要耍威风的样子。

林樱桃看着，突然用手背抹了一下眼睛。她又睁开眼，眼前很快又模糊了。

七点十分，林樱桃刚脱掉了睡衣，换上穿在校服里的苹果领衬衫，她拿纸擦鼻子，纸团丢得到处都是。

她的手机放在床边，忽然又嗡嗡地响了。

林樱桃本想出去洗个脸，却愣在那儿。

她拿起手机来。

"樱桃？"蒋峤西在那边问。

林樱桃深呼吸着，把手机贴在耳边。

"你起床了？"蒋峤西说。

"嗯。"林樱桃闷声应道。

"我怕你昨天早睡了，没听到电话，所以……"蒋峤西说。

"我听到了。"林樱桃哽咽道。

她没有说下去。

蒋峤西在那边沉默了。

林樱桃还在时不时地吸鼻子。

感觉就是很没出息，特别是和蒋峤西一贯的沉默相比。

也许林樱桃应该补充一句：我听见了，我只是不想接而已，我就是生你的气，凭什么我就随随便便不生气了，凭什么我给你打那么多——

"我今天晚上还能再给你打电话吗？"蒋峤西问。

林樱桃一愣。

"樱桃啊，"妈妈从门外说，"你怎么还不出来洗脸刷牙，"卧室门被推开了，"哎呀你怎么还不穿裤子，你看你这内衣校服扔得到处都是——"

林樱桃手忙脚乱把通话摁结束了。"妈妈！"她哭道，"我在打电话！谁让你进来的啊！"

蒋峤西站在外国语高中的食堂门口，他透过门上的玻璃，瞧了瞧自己的额头。电话突然被挂断了，他低头又看手机，看"樱桃"两个字，他把手机揣进裤兜里。

明明昨天早晨离家出门的时候，蒋峤西还在庆幸晚上终于不用回家了。他可以在外校的寝室安安生生睡个觉，可以给林樱桃打电话，而不用担心有任何人中途发现。

可现在，他又很想回学校去。

§

林其乐坐在巴士窗边，眼睛是肿的，一直望窗外。杜尚问她怎么一大早眼睛就这样了："樱桃，你怎么了，哭了啊？"

林其乐往前面望去，她听见秦野云和蔡方元在前头吵架。

"和我有什么关系？我怎么知道余锦文曲星密码为什么是我生日啊？！"秦野云崩溃道。

蔡方元说："你看，你非要给余樵当妹妹，以后你就是弟妹了！"

余樵在旁边看着《体坛周报》，一开始还咬着牛奶袋忍笑，听到这儿也忍不住笑出声了。秦野云气得脸通红，她瞪着余樵，嘴唇咬着直抖。

只听杜尚在林其乐耳边说："坏了坏了，那边儿也要哭了。"

余樵笑得快岔气了，手捂在校服上，他抬起头道："秦野云，余锦喜欢你，你哭什么啊？"

车一靠站，秦野云就抹着眼泪下车去了。

晨读之前，林其乐一直在文科（3）班门口等秦野云，可（3）班人说，秦野云让她回去："她说她不想和你说话，也不想看见你。"

林其乐感觉莫名其妙的，她本想找秦野云一起数落一下余樵，因为她很清楚，余樵这个人就是看不懂别人心里想什么，说话、做事根本就不分场合，特别讨厌。

可秦野云好像心情太差，她讨厌余樵和蔡方元，于是连林其乐也一并讨厌了。林其乐回到（18）班，坐回座位里，余樵从后面拿水杯碰她，林其乐也不理会，她对秦野云深表同情。

黄占杰从旁边把余樵的杯子接过来了，然后问林其乐："姑奶奶，今天用我给您接水吗？"

秦野云直到中午才露面。林其乐和杜尚一行人在小食堂吃饭，只见秦野云风风火火进来，她走到余樵和校队男生们那桌，说："把你手机给我！"

余樵正吃饭，抬起头："干什么啊？"

秦野云看他："别管，快给我！"

周围男生们又开始起哄了，说余樵又惹妹妹生气。余樵无奈从裤兜里摸出手机，让旁边的哥们儿递给秦野云了，他继续吃饭。

秦野云拿过了余樵的手机，周围还有笑声，她也不管，她摁亮了余樵的手机屏幕，看到屏保是一张歼-10 战斗机照片。

[请输入解锁密码]

秦野云咽了咽口水，她手指颤抖，往上输。

9 - 0 - 0 - 4 - 0 - 9

[密码错误，请重试]

秦野云突然舒了口气。她把手机随手扔在校队的饭桌上，对余樵说："给你了，不看了！"

余樵皱了皱眉，完全不知道这人来的哪一出。

秦野云今天也不往余樵身边坐了，她去窗口买了份饭，端着盘子坐到林其乐和杜尚身边。

"你没事了吧？"林其乐问她。

秦野云一副云淡风轻的样子，她撩了撩肩上的头发，把筷子一放，突然凑到林其乐耳边说："你知不知道，岑小蔓今天又在女厕所里哭了！好多人都在那儿安慰她！"

"哭什么啊？"林其乐一头雾水。

秦野云瞅她的脸："你真不知道啊？"

§

自从来到了本校，林其乐就没和岑小蔓说过一句话。虽然是同班同学，但平时一点儿交集也没有。

再说了，岑小蔓和费林格关系那么好，估计也特讨厌她。

"岑小蔓人缘超级好，"秦野云告诉她，"你还记不记得初中那会儿，你给蒋峤西写信，我不知道到底怎么回事，但她当时也是在女厕所里哭，里三层外三层的人在那里安慰她，我记得特清楚，因为那个课间我快憋死了差点儿没上成厕所！"

林其乐很蒙圈："所、所以呢？"

秦野云说："你和蒋峤西是不是又开始早恋了？"

林其乐更蒙了，摇头："没有啊！"

秦野云说："那她为什么哭那么长时间？"

林其乐说："我怎么知道啊。"

杜尚问："为什么女孩子都这么爱哭？"

林其乐站在（15）班门口，要和他分开了。林其乐说："好好的谁会想哭呢。"

杜尚想了想，觉得也是。

蒋峤西两天没来学校上课，林其乐课间时趴在桌子上睡大觉，脸颊贴着桌面，张着嘴，睡没睡相，坐没坐相。

同桌黄占杰问余樵："她今天怎么了？"

余樵写着化学作业，说："恭喜你，终于看见她原形毕露了。"

黄占杰更困惑了。

只有那只通体黑色、印着艾森豪威尔将军语录的杯子搁在林其乐的课桌一角。自习课上着上着，林其乐忽然抬起眼，瞧这杯子。

蒋峤西说，我今天晚上还能再给你打电话吗？

林其乐不明白：你打就是了，我可以不接，你为什么还要问呢？

她低下头，继续算卷子上的题目，算到一半，林其乐忽然又抬起头，望向了窗外的天空。

他会什么时候打来呢？

连篮球宝贝的训练，林其乐都提不起兴趣了。她穿着紧身背心、短裙，和队友走在通往礼堂的路上。与那么多人擦肩而过时，林其乐清楚地知道，这里面没有一个人是她在意的，她甚至连头都懒得抬。

放学回家的路上，秦野云又和余樵吵起来了。

秦野云说："余锦还小，不懂事，瞎设别人的生日当密码，余锦自己都不知道那是什么意思。"

蔡方元笑道："怎么不知道啊，他不就跟余樵学的吗？"

秦野云一听这个，眼睛一亮，她问余樵："你的密码是我的生日吗？"

余樵低头看着报纸，这时抬起头来："我现在把密码改成你生日，你能饶了我吗？"

秦野云想了想："好呀！"

余樵说："那你还是接着闹吧。"

秦野云又被气哭了，车一到站，她噔噔就下车去。林其乐下了车，听见蔡方元还在笑，笑秦野云在余樵面前出的这些洋相。林其乐越听越难受。

"到底有什么好笑的啊！"她忍不住说。

蔡方元一愣，脸上笑容顿时没了。

时钟一格格走着，走得极慢。林其乐坐在书桌前写作业，她手机时不时就一振，是杜尚发来的短信。

杜尚："樱桃，我们就跟秦野云闹着玩儿呢。她不就是喜欢余樵吗，大家都知道啊。"

杜尚："我们不是笑话她，没有恶意的，真的。秦野云现在就在余樵家饭桌上吃饭呢，不信你接电话听听，她和余樵在那儿聊天呢，你别生气了。"

杜尚："樱桃，其实有时候吧，笑真的就是一笑，你想深了它就深了，你把它忘了，它就是一阵空气，什么都不代表。你说你也经常笑我们，谁还没出过洋相嘛，洋相出完了，大家坐在一块儿，还是照样吃饭，照样聊天，你见过我的洋相，我见过你的洋相，那我们关系不是更瓷实了吗，以后说起来，肯定觉得很好笑！"

杜尚："那要不这样，我们以后不闹秦野云了，行不行。但是我觉得，不闹吧，可能秦野云自己还不乐意呢。要不你问问她,其实秦野云没事儿,真的,她这会儿可开心了,还和余锦开玩笑呢!"

林樱桃把作业写完了,她洗完澡,坐在床边上和杜尚通电话。杜尚说:"你难道没发现,每次我们开她和余樵的玩笑,她都可高兴了。"
林樱桃沉默了一会儿,低头说:"不懂……"
杜尚说:"你是女生你不懂啊?"
"我最讨厌别人说我了。"林樱桃嘟囔。
杜尚笑了:"没说你,你看我们谁说你了。"
"杜尚,"林樱桃说,"我觉得,你也可以做一个医生的。"
杜尚一愣:"啊?"

这通电话打了许久,中途,秦野云也过来了,抢过手机和林樱桃聊了几句。秦野云质问道:"林樱桃,你还记不记得你上幼儿园的时候说,你长大了要和余樵结婚!"
后面传来了男孩子们的笑声、口哨声,还有余叔叔的拊掌大笑。
林樱桃莫名其妙,她突然也想笑了,喊道:"哪有啊!我怎么不知道!"
秦野云也"扑哧"笑了:"我也觉得你忘了,你现在就光想蒋峤西了!"
林樱桃从她口中乍一听到这个名字,竟然也不觉得有多么难过了。

秦野云手里拿着电话,她站在余樵家的餐桌边,站在那么多人中间,蒙了。
"你、你哭什么啊?"她问电话里的林樱桃。

§

蒋峤西给林樱桃打了好几通电话,并不是没人接,是一直占线。

熄灯后的外国语高中寝室,只能听到室友偶尔的梦话。蒋峤西自己坐在黑暗里,只有指缝的火星漏出一点儿光。
如果电话没人接,起码他还知道,林樱桃还在生他的气,或是樱桃睡了,她还是不想接电话。
但占线这长时间,她应该是在和别的什么人聊天吧——朋友、同学,或是家人、亲人。
对于林樱桃来说,"蒋峤西"一直都不是那么唯一的人。

十点四十分，蒋峤西愣了一会儿，才意识到电话打通了。

他拿起来："喂？"

"我刚才和杜尚他们说话，没注意你打电话来了。"只听林樱桃在对面解释。

蒋峤西沉默了片刻。

"蒋峤西，"林樱桃主动说，"我刚才突然想通了。"

蒋峤西一愣："你想通什么？"

林樱桃说："等我们长大以后，以前的事情就像笑料，其实不是那么重要的了。"

蒋峤西心里一痛。

"以前的什么笑料？"他问。

§

蒋峤西走出外国语高中校门的时候，正是上午九点。交流班结束了，蒋峤西需要回实验高中继续上课。

一辆车停在马路对面。蒋峤西独自穿过了车流，慢慢往前走，他听到身后有竞赛班同学喊道："蒋学神，再见！冬令营见！"

蒋峤西站在车外，呼吸了一口新鲜空气，这才拉开车门。

然后低头坐进了车里，认命一般。

蒋政的司机戴着手套，在前头把握方向盘。梁虹飞坐在副驾驶，透过后视镜，她看到蒋峤西坐在后排，脸上也没什么表情。这个孩子还是像往常一样，除了学习数学，对什么都没热情。

"走吧。"她满意道。

车子便缓缓驶出去了。

"峤西，这几天住校怎么样？"

"可以。"

"这边老师课讲得好吗？"

"还行。"

"我昨天给你打电话，你没接啊。"

"……"

"还把电话挂掉了，你在忙什么？"梁虹飞坐在前面问。

蒋峤西说："我在洗手间看书。"

梁虹飞说："看书还用得着手机？"

蒋峤西说："十点熄灯。"

旁边司机憨厚地道："外国语这边住校管得挺严格的！"

梁虹飞说："这样啊，早知道带个灯来了。"

车内没开广播，连音乐都没有。车子又新，是电建集团刚为集团大领导更换的配车。蒋峤西坐在后面，他转过头，在封闭的寂静中望窗外的街景，望不到什么新鲜颜色。

梁虹飞和司机在前面聊天，说起，蒋峤西从小就不喜欢坐车，容易晕车，容易吐，也不喜欢坐火车。

"峤西，学校定下怎么去冬令营了吗？"

蒋峤西说："没有。"

"时间这么紧张了，"梁虹飞说，"如果省队不用一起去，我给你提前把机票订好。"

"好。"蒋峤西应道。

他从书包里掏出一份讲义，低头开始写题。

梁虹飞便没有再与他说话。

"这几天在学校多看看书，"车到了实验高中门口，梁虹飞推开车门，下来说，"已经是最后几天了，峤西，你要替你哥哥——"

司机在旁边劝道："嫂子，不用再说啦，峤西多懂事的孩子啊！"

蒋峤西下了车，拉好书包，他头也不回地往实验高中校门里走。

拐进教学楼里的时候，他忽然深深吸了一口气，挤压着肺部，觉得舒服不少。

正好大课间，刚刚结束了课间操。蒋峤西上楼，他身边的走廊里，处处是高二学生们的欢笑、嬉闹，分明是同龄人，蒋峤西却仿佛与他们生活在不同的时空中。

"蒋峤西，你交流课结束了啊？"

是费林格，他站在（18）班门口，惊喜地望着他。

蒋峤西点头，与他擦肩而过，走进教室里。

他穿过讲台。

"不可能吧！余锦居然真的承认了？"

是林樱桃的笑声，和余樵几个在一起，林樱桃激动地问："他原话到底怎么说的？"

蔡方元坐在余樵身边，笑道："余锦才多大点儿，懂什么啊！"

林樱桃笑着说："余锦现在都上小学五年级了，我总觉得他还只有那么一点点——"

她把手伸到空中，比画了一下余锦矮小的身高。

突然，她的手被蒋峤西一把握住了。

林樱桃一愣，抬起头看他。

蒋峤西背着书包站在黄占杰桌边，低声道："你跟我出来。"

班里都是课间做完了操回来的同学，他们纷纷抬起头，看着蒋峤西把林其乐拽出了座位，拽过了前面讲台，出门就走。

费林格在走廊上，目瞪口呆地望着这一幕："蒋、蒋峤西？"

§

林樱桃没搞清楚状况，她被蒋峤西拽过了（17）班，然后是（16）班门口，走廊里全是同学，聊天的、接水的，这会儿都扭脸看他们。

"你拉我干什么啊，"林樱桃说，她的手腕被蒋峤西紧攥着，"你别拉我，我自己能走。"

蒋峤西把林樱桃一路拽到了楼梯口，他低头看了林樱桃一眼，把手松开了。

"走吧，下楼。"他催促。

林樱桃一头雾水，周围全是人，是朝他们望过来的同学。林樱桃心里一阵发慌。

蒋峤西沉默地走在后面。林樱桃在他眼前下楼去了。

从教学楼出来，经过了室外篮球场，又穿过理化实验楼，一条小路隐藏在树荫里，直直通向小白楼的后门。

林樱桃一走偏了就被蒋峤西拉去走对的路。

小白楼这会儿不是开放时间，门锁了。蒋峤西站在门前，从书包里拿钥匙开门，他拖着林樱桃进门去。

林樱桃从没来过这地方，她抬头四处看。

蒋峤西穿过走廊，随手推开一间自习室的门，里面没人，他拉着林樱桃进去了，把门一关。

"你昨天那话什么意思？"他进门就问。

林樱桃站在自习室里，她瞪着俩大眼睛看四周，又回头看他。

"什么？"她问。

蒋峤西走到她跟前来了。

他低头看她，一开始不作声，冷不丁喉结滚动起来。

林樱桃明白了。

"你是说，那个……"她后知后觉。

"你怎么还问……"她说。

昨天在电话里，林樱桃以为她已经说得够清楚，解释得够明白了，蒋峤西一直问，她不得不一遍遍讲。

蒋峤西放下书包，从旁边拉过来一把椅子，自己坐在椅子上。

他好像根本不打算上下一节课了，他抬起头，要听林樱桃和他讲清楚。

林樱桃站在他面前，穿着和他一模一样的校服，站着只比他坐着高一点。

"蒋峤西，"林樱桃耐着性子道，"我……我以后不想再生你的气了。"

蒋峤西抬眼看她："为什么？"

林樱桃对他说："以前我太小了，我不知道自己在干什么。"

蒋峤西不理解地眯了眯眼。

林樱桃说："所以以前的事，你也不要当真了。我知道你身边有很多朋友觉得我黏着你，我缠着你，但其实根本没有，我当时只是——"

"我从来没有这么觉得。"蒋峤西说。

林樱桃看他。

"可是所有人都是这么觉得的。"她说。

蒋峤西说："林樱桃。"

林樱桃一愣："干什么？"

蒋峤西说："你知不知道，以前在群山工地的时候，那些老头老太太，那些叔叔阿姨，他们在背后怎么说你和我的？"

林樱桃没懂："怎么说？"

蒋峤西平静道："他们说你是我的'小女朋友'。"

林樱桃眨了眨眼睛。

蒋峤西也不说话，就看她。

林樱桃尴尬道："什么，什么啊，在群山的时候我才多大啊，你、你和我一样大啊，就和现在的余锦一样大……"

蒋峤西并不想反驳她。

"你听谁说的？"林樱桃问。

蒋峤西说："回去问你爸妈。"

林樱桃怔了一下，她闭上嘴。

他们两个人，一站一坐，在无人的自习室里面对面。明明就在两天以前，他们见了面连一句话也不讲。

"可这和你朋友说我有什么关系……"林樱桃说。

"他们什么都不知道，什么都不懂。"蒋峤西说。

林樱桃冤枉道:"他们不是你的朋友吗?"

"余樵也是你的朋友,"蒋峤西突然说,"你告诉过他我和你的事情吗?"

林樱桃突然噘了噘嘴。

"我和你什么事啊,"她说,"又没有什么事!"

蒋峤西在面前瞪她。

林樱桃低下头,过了一会儿又扭开头。

"那些人,"她声音突然委屈起来,"你那些朋友,他们说我说得好难听啊。我只是来上学,我又不是来做坏事的,我又没有得罪过他们……"

似乎在不知不觉间,说话的两个人不再是省城实验高中高二(18)班的林其乐和蒋峤西了。

他们待在一个封闭的小房间里,大人们都在一扇大衣柜后午睡。

说什么事,除了窗边的万年青,没有人能听到。

"我写信又不是给他们写的……"林樱桃深呼吸着,嘴角一撇,她说着说着忽然蹲在地上了。

蒋峤西一下子站起来,他拉开椅子,来到林樱桃面前蹲下。

"樱桃。"他说。

他看到林樱桃肩膀直颤,她把脸深深埋进膝盖里。"他们笑我什么啊……"林樱桃声音压抑地、委屈地哭起来了。

§

上午第三节数学课,林其乐旷课了。课间时候,她从外面跑回来,眼眶通红的,正好撞见了数学老师。

老师一看这个乖乖优等生那两只肿眼泡,立刻问:"你、你怎么回事啊?"

林其乐抿了抿嘴,委屈道:"老师我……我肚子疼……"

她连忙用手捂自己肚子。

老师低头,弯下腰去看:"你这捂的是肝啊?"

林其乐忙把手往下挪了挪,她实在过于紧张。

蒋峤西从后面远远过来了,还背着书包,像刚刚回校。数学老师一见他:"蒋峤西,你的交流课上完了?"

"老师好。"蒋峤西走近了,低头说,颇有礼貌。

林其乐在旁边还捂着肚子,惴惴不安。

数学老师亲切道:"你现在感觉怎么样,冬令营有把握吗?"

蒋峤西突然笑了一下,纵使是数学老师也愣了,过去很少见到这个学生笑。

"老师,我刚看这个同学从校医院出来,"蒋峤西说,看了看林其乐,对老师讲,"她好像不大舒服。"

数学老师一愣,忙回头。

"真的啊?"老师连忙扶住林其乐,"那你赶紧进去吧!"

林其乐在黄占杰等人异样的注视下,坐回到自己座位上。她一双眼睛本来就大,哭过,瞧着更有点楚楚可怜的劲头了。周围好多人都在看她,大概都知道林其乐今天大课间被蒋峤西拽出去了,俩人一整节课都没回来,太稀奇了。

林其乐在座位里转过头,往后看,她看到蒋峤西从后门进来,却没坐下,蒋峤西站在墙边,低头和费林格说了几句话,费林格脸上十分错愕。

蒋峤西说着说着,忽然抬起眼,看向了林其乐。

§

她蹲在地上,眼泪控制不住地流,手扶住膝盖,她哭得想把自己蜷缩起来。

"樱桃……"她听到蒋峤西的轻声叹息。

一双手伸过来了,那手指修长,上面有钢笔墨水的气味,手指冰冷,把她的脸捧起来。她哭得快要缺氧了,嘴唇张开,不断哆嗦,感觉对方的拇指抹掉了她眼眶落下的泪。

忽然一片阴影凑过来了。

她睁着湿漉漉的睫毛,模糊的泪眼眨了一眨,呆住了。

蒋峤西就在她面前那么近的地方,只是一瞬的触碰,她看到他的眼睫毛近在咫尺,听到他深呼吸的声音。

好像婴儿受惊,忽然间就忘记了哭泣。

她睁着眼,蜷缩着蹲在那里,在自习室窗外投来的光线之中。她能看到空气中微小的灰尘粒子,在她和蒋峤西周围,沿着冥冥之中触碰不到的轨迹,缓慢转动。

林樱桃穿着睡裙,把脚放进了拖鞋里,手撑在床上。半夜了,她发现她又梦到了蒋峤西,这好像是控制不了的。她低下头,再一次咬了咬自己的嘴唇,她脸颊滚烫。

她抬起眼,望眼前的小窗。万年青叶片片迎着月色,碧绿碧绿地贴在了玻璃上,将省城的夜装点得如同许多年前的群山。

林电工半夜也没睡,他开着客厅电视,调到静音,在看中央六台播放的一部电影,叫《爱在黎明破晓前》。林樱桃趿拉着拖鞋走到他身边。

"怎么醒了?"林电工看女儿。

林樱桃歪过头来,她把脸颊贴住了爸爸的肩膀。

电视屏幕中,一对男女坐在火车卡座里,正在聊天。

"这是什么?"林樱桃问。

"一部电影。"

林樱桃问:"他们是夫妻吗?"

"不是吧,"爸爸猜测道,他拿过遥控器,把声音打开了两格,正好不会吵到隔壁熟睡的妻子,"他们刚在火车上认识。"

穿棕红色高领衫的男人,在火车卡座里对刚刚认识的女人说。

"你这样想,往后想,十年、二十年以后,你结婚了,只不过你的婚姻已经没有了往日的激情,这时候你开始责怪你的丈夫,你回想这一生中你认识的所有男人,如果当初选择的是他们其中的一个,你会有怎样的际遇——我,你要知道,我就是这些男人中的一个。"[1]

那女人笑起来了。

林樱桃坐在电视机前,不由得也跟着笑,尽管她并不是特别明白这台词的意思。

"你可以把这想象成一场时空穿越,"男人对女人说,"你从你的未来,穿越回了现在,来寻找你曾经可能错失的一切——这就给你和你未来的丈夫帮了一个大忙,你可能发现我和他一样是个浑蛋,那么就没有什么好遗憾了……"[2]

"爸爸,我现在英语比以前好多了。"林樱桃忽然说。

林爸爸欣慰道:"用功啦,是不是。"

林樱桃转头对爸爸说:"我以后也可以像这样在火车上和人用英语聊天——"

§

费林格早晨起来和岑小蔓一块儿上学。他有些为难,但还是把蒋峤西昨天告诉他的话对她讲了一遍。

"我以前在群山的时候很喜欢她,"蒋峤西当时背着书包,站在门边,他的声音听起来很轻、很平静,只是对费林格陈述一个事实,"后来发生了一些事,所以她初中的时候

1、2 引自理查德·林克莱特执导的爱情电影《爱在黎明破晓前》。

来找我，不过我跟她之间已经没有什么误会了，"蒋峤西还补充道，"我们俩现在就是普通同学，你以后不要再说她了。"

费林格直到现在，都不太能理解蒋峤西的意思。不过像蒋峤西这样的数学天才，从小到大就只会做题、看书，认识这么久了，他还从没和费林格讲过这么长的一串话——谁知道天才脑子里成天都是些什么怪东西。

"我什么时候说她了，"费林格不满道，"我也没说什么啊，不都是别人说的嘛。"

岑小蔓在旁边沉默，走路都低着头。

"你和梁阿姨说过了吗？"她忽然问。

"当然说了，"费林格莫名其妙道，"梁阿姨就'嗯'了一声，也没别的反应。我怎么觉得她好像早就知道似的。"

岑小蔓轻声问："知道什么？"

费林格说："知道蒋峤西以前喜欢那女的？"费林格还是不太相信，"我真没听错，是蒋峤西亲口给我说的……"

岑小蔓的睫毛垂下去了。

冬令营马上就要来了，在这个关口，恐怕梁阿姨也不好把蒋峤西管太严厉了。

"怪不得，"费林格自言自语，"以前我一直觉得，是这女的跑来咱们初中找蒋峤西，又不关蒋峤西的事，怎么那时候梁阿姨反应那么大，不仅不让蒋峤西出门，还干什么都不允许，难道还真是这么回事？"

林樱桃坐在清晨上学的巴士里，塞着耳机静静听歌，她望着窗外，微微出神。杜尚一开始在旁边用书包垫着赶作业，等好不容易写完了，他随手摘下林樱桃右耳朵的耳机，直接往自己耳朵眼里塞。

林樱桃后知后觉地回过头，连忙切掉了MP3里那首歌。

那首《03_天黑黑》被她切过去了。

杜尚却皱起眉来，纳闷地看着她："刚才是谁在唱歌？"

林樱桃拿回自己的耳机来："你又不认识，把耳机还给我。"

杜尚越想越不对，执意要拿林樱桃的MP3："不对，你让我再听听刚才那歌——"

"不给你听，"林樱桃说，"你爸都给你买新的MP3了，你以后听你自己的。"

杜尚一张脸很臭："我、我才不要他的东西呢！"

林樱桃也不愿意："杜尚，男女有别，你以后不能老和我一起听MP3了！"

车内一阵安静，忽然前排的蔡方元和余樵回头了。蔡方元咬着蛋饼，嗤笑着对余樵说："林樱桃都知道男女有别了……"

蒋峤西这天早晨离开了小白楼，他听着一间间教室里传出了晨读声。他拿着数学题上楼，手里攥着支钢笔，握来握去。

怀念的却是不久之前，那种湿漉漉的、热棉花糖融化般的触感。

堂哥发来短信，问蒋峤西有没有收到他从澳门寄来的明信片。

那张妈祖庙的旅游风景片就夹在蒋峤西的数学讲义里头。

"峤西，快要全国决赛了，"堂哥在短信中问，"和你父母谈过了吗？"

"还没有。"蒋峤西回道。

堂哥问："你还不打算让他们知道？"

蒋峤西说："等考完再说吧。"

堂哥问："那个小林妹妹，你跟她和好了？"

蒋峤西说："她已经不生气了。"

堂哥问："她还喜欢你吗？"

蒋峤西说："我没问。"

堂哥问："你怎么不问？"

蒋峤西说："问了又怎么样。"

堂哥说："你才这个年纪，怎么总是这么悲观。"

堂哥说："峤西，你好多年没来过香港了。你爸妈也不让你出去旅游，你有什么想去的地方吗？国内也好，国外也好，等考完了我赞助你去。"

蒋峤西说："好。"

堂哥说："就快到终点了，你要加油。"

林樱桃在课间时候回头找余樵聊天。余樵今天看的这份体育报纸，头版照片是美国休斯敦火箭队得分王，来自中国上海的二十六岁超级中锋——姚明。

蔡方元等一群男生围在旁边，又一起打赌。原来今年八月，山东鲁能又得了中超冠军，再过几天就是足协杯决赛，男生们又在赌鲁能能不能再拿一次"双冠王"。

余樵小时候就曾大意失荆州，现在虽然没什么国内主队了，他还坚持："赌他赢不了。"

蔡方元和旁人聊起了往事——他们以前上小学，是一九九九年，堪称余樵人生中最倒霉的一年："一共就打两次赌，两次他全输了！"

林樱桃好像在听他们说话，眼神却不自觉地穿过人群，往后排望去。

蒋峤西坐在最后一排，倚着椅背，低头正发短信。他突然抬起眼，看向了林樱桃。

隔着那么远，他看了看她，一笑。

林樱桃也不自觉地抿起嘴，又没有什么，她立刻回过头，继续学习。

夜里十点钟，蒋峤西给林樱桃发了条短信，他说他在家里，没办法打电话："你在干什么？"

林樱桃犹豫了一会儿才回复："整理以前群山工地的相片。"

蒋峤西说："我留了几张，要看吗？"

林樱桃合上了爸爸妈妈的影集，她趴到床上去，蹬掉脚上的拖鞋，低头专注看手机屏幕。

很快，蒋峤西发彩信照片过来了，一连十二张。

那大多是一些风景照，是许多年前群山工地未拆迁时的模样，那是在蒋峤西搬走前，二〇〇一年。林樱桃在一张照片里看到了一个小女孩：她瞧着只有十岁模样，穿着花裙子，冲镜头无忧无虑地大笑，笑得眼睛眯成一条缝了。

她站在自己的小伙伴中间，梳两根马尾辫，头发上戴一只红色发卡，脖子上系一根红绳，那是一颗小小的樱桃琥珀，是曾经完美无缺的童年。

林樱桃打字变慢了。

"我那时候和蔡方元、杜尚一样高。"

蒋峤西说："你现在长高了。"

林樱桃说："你们男生长得更高。我以前以为余樵那么高，长大了就不会再长个儿了，一定会比我矮。"

林樱桃以为蒋峤西很快会回复她的，像她内心期待着他的短信一样。

可等了一分钟，三分钟……十几分钟过去了，她没有等到回音。

脸上好不容易提起来的笑容，渐渐又消失了。

新消息来自蒋峤西："刚才有人进来了。你睡了吗，樱桃。"

"是你父母吗？"

"你还没睡？"

"蒋峤西，我想起，你以前说你想去美国。"

"嗯。"

"你现在还是想去吗？"

"这不是想不想的事。"

"你小时候就喜欢这样说。"

"怎么说。"

"我以前问你，香港好玩吗？你说，这不是好不好玩的事。"

蒋峤西停顿了片刻，回道："我都记不清了。"

林樱桃说："我记得清。"

蒋峤西说："那我很幸运。"

林樱桃一早坐在前往学校的巴士上，蔡方元坐她旁边，一边打哈欠一边凑合玩手机里简陋的贪吃蛇。

余樵上车来，看见他："今天不是你值日吗，你不早去？"

蔡方元说："那谁，蒋峤西替我干了。"

林樱桃坐在旁边，突然转头看他。

"干吗啊，不行啊？"蔡方元斜她一眼。

林樱桃说："你自己的值日你自己怎么不去。"

"我跟他说了我早上起不来，这次他帮我，下次我替他啊。"蔡方元理直气壮道。

林樱桃歪过头去继续喝牛奶。

"你不高兴啊？"蔡方元说。

林樱桃松开吸管："以前成天说什么，蒋峤西去了省城就变啦，变得不认识我啦。不认识你还替你做值日呢！"

蔡方元听她这语气，"扑哧"笑了。

"这人吧，"蔡方元放下了手机，想了想，感慨道，"我觉得他可能不是每次来了省城就变样了。"

林樱桃又回头看他。

"他是，"蔡方元话到一半，对上了林樱桃瞧他的那俩大眼睛，他顿了一下，"哎，我不告诉你！"

§

十四岁那年，林其乐在日记本上写道："我再也不要想起蒋峤西！"

十六岁了，林其乐夜里写完作业，她心烦意乱，于是又扶着头把第二天要学的所有课程提前预习了一遍。

到十点多，林其乐趴在书桌上，她好像没什么事可做了。她一边咬自己的手指，一边瞧着代数课本发呆。

她感觉胸口里热热的，胀满了难以名状的情绪，她并不想哭，可不哭似乎就憋得很难受。这到底是因为什么呢？

她拿起笔，摊开了硬皮日记本，在很久以前那句"我再也不要想起蒋峤西！"下面写：

蒋峤西他亲我了。2006年11月1日。

§

辛婷婷从南校区打来电话，说她中午在南校食堂吃饭，听见隔壁桌女生在骂林其乐，骂得好凶，许多人都听见了。

"你还瞒我，你还说你以前和蒋峤西没早恋，你一回去他就开始追你了，天天接水，我在南校都知道了，"辛婷婷的语气兴奋极了，"我晚自习还听你以前寝室的人说，岑小蔓在本校厕所里狂哭，是不是就是被你弄哭的啊？"

林其乐整理着书包，不知道该说什么："我、我不认识岑小蔓……"

突然手机一振，林其乐拿下来一看，是新的短消息，来自蒋峤西。

"冯乐天给我打电话，你们是怎么认识的？"蒋峤西问。

林其乐回道："南校同学。"

蒋峤西问："熟吗？"

林其乐觉得莫名其妙，回复说："还行吧，在南校的时候，只有冯班长和我说话，有时候我们一起去食堂，其实也不是很熟，他人挺好的。"

蒋峤西问："什么叫只有他？"

林其乐没再回复。

蒋峤西睡前问："你明天跟我来小白楼食堂吃饭吗？"

那是十一月初的事。林其乐印象中的秋天，慢慢从群山的黄昏剪影、南校区的夕阳凋敝，变成了小白楼遮天的银杏树，变成蒋峤西低头看她时的一双眼睛。起初她不敢去小白楼，她又不是竞赛生，会被赶出来的吧——反倒是蔡方元不在乎，撺掇着林樱桃一起，去吃传说中小白楼食堂的招牌鸡腿饭。

他们俩两天没和杜尚一起吃饭，到第三天杜尚就摸着跟他们一起来了。

等到了周五，余樵和几个校队男生听杜尚说那鸡腿饭太好吃了，一大帮子人都禁不住诱惑。余樵在前面带队："小学两年同桌，这饭不蹭合适吗？"

蒋峤西就一张饭卡，来的人越来越多，没吃几天就空了。他去充钱，隔天中午在食堂一刷余额，两千多块，把打饭师傅都震惊了。

蔡方元拿了十双筷子，说："你这饭卡够继承给下一代了。"

来小白楼吃饭的大都是竞赛生，还有一些年轻老师爱往这儿跑。蒋峤西过去总一个人吃饭，要么就和费林格、岑小蔓一桌。他一向安静，也不讲话，时不时有学弟学妹拿着书来问他题目，他身边才显得热闹点。

现在，蒋峤西身边就太热闹了，全是人。余樵和杜尚在饭桌边聊天，聊着聊着一句群山方言就冒出来了，校队几个人不明白那是什么意思，蒋峤西在旁边突然接了一句，他的群山话有点儿蹩脚，但掌握了精髓，余樵几人哈哈大笑。

"樱桃。"蒋峤西在这热闹中说。

"嗯？"

"我想吃娟子阿姨做的枣面馒头。"蒋峤西偏过头，他好像很高兴，轻声讲。

林樱桃看他的脸。过去，她只在爸爸喝了一点儿小酒的时候，才在人脸上见过这样近似微醺的情态。可蒋峤西并没有喝酒。

"那我回去和妈妈说。"

第二天中午，林樱桃拿了妈妈新蒸的枣面馒头来，装在一个饭盒里，全桌的人一起分。她对校队男生们介绍："是甜的！"蒋峤西手指上有洗不掉的钢笔墨水，他一边给身边站着的学弟讲题，一边接过樱桃掰开的半个馒头，刚咬了一口。

食堂门外突然有人叫道："峤西！"

刚才还热热闹闹的一桌，忽然之间静了。

林樱桃抬起头，她发现蒋峤西的母亲不知何时站在了食堂门口，旁边还有学校的教务处主任，以及负责高二的几位老师。

蒋峤西坐在消失的笑声中，膝盖上摊开着学弟的书，手里还拿着学弟的笔，还有刚吃了一口的馒头。他注视着自己的母亲，一动不动，没听到她的话似的。

梁虹飞朝他们这一桌看了看："那位同学，你是林其乐吧？"

林樱桃一愣，只听蒋峤西忽然从她身边站起来了。蒋峤西长得高，坐的椅子往后推，很刺耳的一声。蒋峤西一声不吭绕过余樵他们，走出去了，没有一丝异议。

林樱桃下午上课时回过头，发现蒋峤西的座位一直是空着，没有人回来。放学的时候，她想了想，把中午剩下的一个没人吃过的枣面馒头小心地放进饭盒里。

蔡方元说他要去蒋峤西抽屉里拿笔记，趁机把这个饭盒塞进去了。

§

杜尚以前特别心疼他妈妈，活脱脱一个大孝子。现在给远在娘家的妈妈打电话，语气也难免多了几丝不耐烦："妈，你真的不用管我了！我都多大了！我知道了！"

余樵这天过生日，林樱桃在他家厨房帮邹阿姨摘蒜薹。邹阿姨说："男孩子长大了啊，就自尊心强了，不愿意被管、被说了，都要面子的。"她说着，回头看了看门外的杜尚，发出一声不知是失落，还是好笑的慨叹。

林樱桃把摘好的蒜薹放进竹筐："可他们还要阿姨给他们洗衣服、做饭、打扫卫生！"

"可不是吗！"邹阿姨切着里脊肉，"明明什么都不会干，还是我们樱桃懂事，知道给阿姨摘个蒜薹。"

这时从门外挤进个人来，林樱桃没回头，从那个高度就感觉是余樵进来了。余樵从她们身后挤过去。

"妈，"余樵打开上头的柜门，边找边不耐烦道，"我那罐咖啡呢？"

"都要吃饭了你喝什么咖啡啊，"邹阿姨把待炸的酥肉搅和好了，手在围裙上一擦，抬起来一拍余樵的胳膊，"别乱翻别乱翻，我给你找！"

余樵走出来了，他经过林樱桃身边，从她肩膀后面伸头看了一眼。"又是蒜薹。"他嫌弃道。

邹阿姨说："还不是你爸，非要吃！"

咖啡找出来了，余樵走了。外面热闹腾腾，不知在做什么。林樱桃把最后几根蒜薹摘完，听阿姨说："樱桃快洗洗手，出去找他们玩吧。"

林樱桃在厨房门口擦手，看到余叔叔正喂鱼缸里的乌龟。杜尚不知从哪儿找了支毛笔，伸到咖啡罐里蘸，然后往拆开了的余樵十六岁生日蛋糕上涂画。

秦野云趴在旁边撑着脸看，突然嫌弃道："你画错了！这是足球！"

杜尚接着就被余樵推一边儿去了。杜尚后知后觉："啊？篮球不长这样？"

蔡方元在余樵屋里玩电脑，在里头可劲儿摔鼠标："余樵你这电脑该杀杀毒了啊！"

小表弟余锦在旁边奶声奶气道："昨天刚杀过了！"

蔡方元喊道："余樵！我介绍你一个新网站，你赶紧的，赶紧过来！"

余樵懒得进去了："兄弟，我弟还小，你能不能别老拿我家电脑乱上网。"

蔡方元说："我给你庆祝生日，你到底来不来！"

林樱桃听到邹阿姨在身后说："樱桃啊！你再进来帮我个忙——"

她进厨房去，接过阿姨递来的不锈钢笼屉。"把你妈妈做的枣面馒头拿出来，放里面咱们热一下再吃。"

不知是不是因为厨房里热，蒸汽多，林樱桃低头把枣面馒头一个个码放在笼屉里，她忽然眼眶一热，眼泪都快落下来了。

林樱桃拿手背蹭了一下眼，她拿碗接水，倒进锅里，然后把笼屉放上去，扣上锅盖。

邹阿姨在旁边感慨："樱桃怎么这么会，这都不用教啊？"

林樱桃对她说："我妈教过我了！"

"哎，闺女，能嫁到我们家来多好啊……"邹阿姨笑道。

林樱桃走出厨房去了，她整理好袖口，经过杜尚他们身边，转身进了摆满花盆的阳台。

她蹲在一盆盆花与洗衣机之间，一个人，拿手机给蒋峤西打了个电话。

却还是没有人接。

深夜，福州长乐国际机场。

机场一楼大厅，冬令营组委会接待站里还有不少工作人员值守着。来来往往的旅人中，许多是从全国各地赶过来参赛的学生。他们在家长、老师的陪伴下提了行李，乘车前往营地。

蒋峤西一个人走下飞机，他背着书包，身边再没别的行李了。他走出通道，先抬起头，瞧机场外那一排排地灯，从他脚下，一直绵延到天边。

下楼梯的时候，他拿出手机。

"樱桃？"他问。

"你能接电话了？"林樱桃惊讶道。

"我到福州了。"蒋峤西突然说。

"福州？"林樱桃问。

蒋峤西走向了冬令营组委会的接待站，他把证件拿出来，交给对方老师，然后单手捡起笔，在表格上签字。他对手机里说："过几天我就回学校了。"

"你在那个冬令营了吗？"林樱桃问。

"嗯，"蒋峤西说，"就快结束了。"

他声音轻轻的，并没有带着什么感情，异常平静。

林樱桃没听懂。考试还没开始，什么叫"快结束了"。

"你在干什么？"蒋峤西问。

"我在余樵家，"林樱桃说，隔着阳台的门，能听到客厅里朋友们的嬉闹，她说，"我们在陪他过生日。"

蒋峤西咽了一下喉咙，在电话里也能清晰听到。

"樱桃，"他说，"明年你能给我过生日吗？"

§

蒋峤西坐在冬令营驻地学校的报告厅里，心不在焉地听演讲。

校长、领导、专家轮番上台讲话，讲了快一个钟头。台下坐着全国各省市选出来的三百多名学生。蒋峤西听见走廊上有人小声喊："学长！蒋峤西学长！"

来人是本省领队老师的儿子，姓齐。他也是蒋峤西在实验高中竞赛班的高一学弟，这次是跟着爸爸过来感受冬令营气氛的。

他一路钻过来，到蒋峤西身边坐下，他小声问："蒋学长，我们昨天没接到你，你几点来的啊？"

演讲结束了。齐学弟连忙鼓起掌来，他年纪小，有给大人捧场的天性。

紧接着是文艺会演开始了。

舞蹈、小品、诗朗诵，完了又是舞蹈，是一轮又一轮的民族舞、现代舞，蒋峤西坐在台下，瞧着一群群的女生上台去，裙摆翻飞。女生到底和男生不同，无论是身材曲线，还是一颦一笑，哪怕是回头望过来的一个神态。

蒋峤西不知怎的，想起林樱桃来了。

林樱桃小的时候，个子不高，长了一双樱桃似的大眼，叫人总想留意她的眼神，留意她是发现了什么，或在害怕什么，留意她吃吃傻笑，一嗔一怒，留意她在哭。

当再见面时，她长大了，她的身体就像花苞里探出的细蕊，在花瓣的呵护下抽得越发长了。

蒋峤西在她身后，总忍不住去观察她，观察她新生的腰线，观察她衬衣前面隆起的丰盈的弧度，她的腿抽长了，脚踝是纤细的，每次出现在裙摆下面，就让人无法再专心留意别的了。这似乎是多少数学模型都无法还原的变化。

"蒋学长，"学弟在旁边偷偷捂嘴道，"那个跳孔雀舞的漂亮姐姐一直看你！"

蒋峤西从座位上站起来，十分不解风情的样子。表演结束，各省的数学天才们依次退场。同省队的同学在出口处朝他挥手："蒋学神，看完考场一起去吃饭吧！"

齐学弟挤在旁边问："学长，你紧张吗？"

蒋峤西没说话，低头吃饭，反倒是领队老师过来了，一拍儿子的后脑勺："峤西明天就考试了，你让他清净清净。"

夜里八点多钟，林樱桃穿着外套独自下楼。她沿着总部小区外面那条街，在路灯下走，最终停在一家小卖部门口。

林樱桃等在那里，夜有点儿冷，她缩起肩膀，这时她兜里的手机一振。

新消息来自蒋峤西："在干什么？"

许多天了，自从开始短信往来，似乎蒋峤西每次给她发消息，第一句总是问这个。

林樱桃觉得挺稀罕。小时候，总是她黏着蒋峤西。蒋峤西从早到晚就是低头做数学题，并不那么关心她。

"我小屋的灯不亮了，我出来买灯泡，回去让我爸爸换上。"她说。

"你小屋现在是什么样子？"蒋峤西问。

林樱桃想了想。

"比以前大一点。有一张床，一张书桌，有书架和衣柜。还有一扇窗户。"

"听起来和以前差不多。"蒋峤西说。

林樱桃问："你要来找我玩吗？"

蒋峤西说："我可以去吗？"

林樱桃说："不过有点儿乱。"

蒋峤西说："没事，以前也乱。"

林樱桃问："以前乱吗？"

蒋峤西说："以前坐在地上，到处都是零食，还有你的漫画和玩具。"

秦叔叔从小区里一瘸一拐地走出来。他今天关门早，是接到林樱桃的电话，才出来开门的。"干什么呢樱桃，在这儿一个人傻乐。"他说。

林樱桃还笑呢，她把手机揣进衣兜里，拿出零钱，蹦蹦跳跳地跟在秦叔叔身后一起进小卖部去。

蒋峤西走后的第三天，周五傍晚。

林樱桃放学回家，正帮妈妈端菜，书包里的手机忽然响了。

"樱桃，我现在要去车站，"蒋峤西的声音听起来发闷，像刚睡醒似的，"你明天早晨可不可以来车站接我。"

林樱桃一愣："明天？"

她回头一看挂历，明天是周六。

"明天几点？"她问。

蒋峤西背着书包，在乘务员身边走下车，进了站台。

十一月中旬了，气温骤冷，又是早晨，他在原地站了一会儿，望向了站台出口。

林樱桃穿着一件妈妈手织的红毛衣，下面是条牛仔裤，正在人群中笑着朝他招手。

蒋峤西身后，省队的其他学生也依次下车。他们看见蒋峤西在原地站着，又顺着他的目光望见了这灰扑扑的站台上的一点红。

齐学弟在旁边也看了一会儿，忽然问："她的小名是不是叫融融啊？"

蒋峤西大声道："樱桃！"

林樱桃也大声问："你们吃早饭了吗？"

火车站附近有不少小吃店，其中一家卖豆浆油条的，人满为患，也卖肉包子，从路边闻着就很香。林樱桃在门口流连，伸着脖子往里看，蒋峤西推开门就进去了。

他在角落里找了张桌子坐下，解下书包，随手放在一旁。

齐学弟也挤进来，兴奋道："幸好我跟你们一块儿来的，不然我爸肯定不让我进来。"

林樱桃在蒋峤西对面坐下了，她高高兴兴，拿起菜单，点了好奇想尝尝的包子。她听到齐学弟主动向她自我介绍："林学姐你好，我是咱们实验高一（13）班的学弟，你知道吗，我其实跟你挺有缘！"

林樱桃抬头看他。

她之前在蒋峤西身边见过这个学弟几次，只知道他上高一，挺爱学习，经常找蒋峤西问题，大概性格也好，才不惹蒋峤西讨厌。

"我姓齐，"齐学弟一笑起来，倍儿像夏雨，"我叫齐乐！"

林其乐大吃一惊："啊？"

蒋峤西坐在他们对面，看到林其乐那个表情，蒋峤西一下子笑了。

林樱桃看他，蒋峤西今天似乎心情很好，整个人特别放松，透着股自在劲儿。

早餐上来之前，齐乐从书包里摸出看了一半没看完的小说，低头继续翻。林樱桃在对面撑着脸，问："这是什么？"

"《悟空传》！"齐乐抬起头，立即回答。

蒋峤西原本在旁边闲坐着，这会儿也伸手从齐乐手里拿过了那本书。他瞧了眼封面，又随手翻了两页。

林樱桃告诉齐乐："你学长小时候特爱看《西游记》！"

齐乐眼睛亮的，问："林学姐，你和蒋学长小时候真认识啊？"

"我看过这本书，"蒋峤西在旁边轻声道，"好像是初中时候吧。"

"可能看过，这书多有名啊！"齐乐说着，他念起来了。

我要这天，再遮不住我眼，
要这地，再埋不了我心，
要这众生，都明白我意，
要那诸佛，都烟消云散！[1]

§

吃完饭买单的时候，蒋峤西从裤袋里摸钱，摸出一张挂着带子的蓝色卡片。

他把卡片往桌上随手一放，低头继续摸钱包。

林樱桃从对面把那卡片拿过去了，拿到眼前细瞧。

是一张中国数学奥林匹克冬令营的营员证。"蒋峤西"身穿蓝白色相间的实验高中校服，在照片里直视镜头，他眼神透着冷，没表情，额头上隐隐约约有道浅疤，在额发的缝隙里。

"你们这次考完了，还要再考吗？"林樱桃抬头问。

齐乐喝完了最后一口豆浆，放下碗："有的用有的不用，但是像蒋学长，他肯定要入选国家集训队的，说不定要去参加国际赛！"

"还有国际赛啊？"林樱桃问。

齐乐点头，拿手一比："集训队里选六个人，就是国家队了！"

蒋峤西打开钱包，付了早饭钱。齐乐站起来背好书包，他告诉林樱桃："进了集训队直接就保送北大清华了，有可能高三都不用读，直接就是大学生了。"

林樱桃把手里的营员证还给蒋峤西，他们要一起出门了。

蒋峤西却随手将营员证一掰两半，丢到服务员清理桌面残羹剩饭的垃圾桶里。

他往外走了。林樱桃停在原地，瞧着他的背影，呆住了。

又有新的客人来到这一桌。林樱桃低下头，捋了一下耳边落下的头发，忙对那位服务员阿姨说："阿姨阿姨，我们那个卡片掉进去了，你帮我拿出来好不好？"

蒋峤西走出了这家早餐店。人行道恰是红灯，他停在了街角的路口，朝四周望去。

不同方向的车辆，在他身边飞驰而过，只留下模糊的一片影子。蒋峤西看不清这些路的来处去处，也不知道要走去怎样的方向。

他仰起头，一道雪白的尾迹，横亘在他头顶的高空之中。

---

1 引自今何在创作的长篇小说《悟空传》。

§

电建集团总部小区,这个周末并不平静。

先是中国数学会在冬令营结束后,公布了今年中国数学奥林匹克国家集训队 60 人名单。名单中,省城实验高中高二(18)班学生蒋峤西的名字赫然在列。这也意味着,电建集团终于出了第一个直接保送清华北大的子弟。

然后就是 23 号干部楼上传来的争吵。

蔡方元在楼下,本来要去余樵家吃火锅,他听见上面吵吵嚷嚷的,还有人砸东西,好像就是从蒋峤西家传来的。

正好住蒋家对门的邻居下楼了,蔡方元过去问:"阿姨,怎么了啊?"

小区里都是电建人,这会儿也都凑过来了。那邻居一脸为难:"蒋经理他家孩子不知道怎么了,清华打电话来,不去啊!"

"怎么啊,不去清华啊?"

"这孩子不知道想什么呢,从小学一年级就学奥数了,我们天天看着,学到现在,好不容易出成绩了,说不要就不要了,说再也不学数学了,把虹飞气得啊!"邻居说,"我在楼上听着我都心慌,我还是下来吧。"

§

蒋峤西走进他的书房,把门"砰"的一声撞开了,他抱起书桌上厚厚的一摞讲义、考卷,从里面出来。

这些惨白的纸页堆叠在一起,写满了密密麻麻的解答,好像一摞呕心沥血的奠仪。

蒋峤西手一松,只听"轰"的一声巨响,书和卷子撒满了客厅一地。

"你撕,"蒋峤西说,他冷冷地瞧着梁虹飞,"我看着你撕。"

梁虹飞穿着件黑色的紧身羊绒衫,她嘴唇微微张开了,脸色因过于激动而泛出诡异的紫红。

她站在一片废墟中,瞪着儿子的脸。

七八岁时,因为不够努力,总是贪玩,做不完妈妈布置的题目,梁虹飞每次撕掉他的奥数书,他都会站在墙边哭着求道:"妈妈,不要撕我的奥数书……"

蒋峤西一米八几的个子,他长大了,这么多年,变得沉默了很多,再没哭过了。他突然对梁虹飞笑了,尽管那笑容充满悲戚。

"你以为我会求你？"他说。

"峤西，"梁虹飞摇头了，她走上前，"你不能，你不能这么对待妈妈。"

蒋峤西俯视着她，俯视着梁虹飞伸出双手，到他面前来，她想扶住他的手臂。

"你不能放弃！"她摇着头，哪怕带着哭腔，梁虹飞说话也像是命令，"你不能不去国家集训队，你不能不去清华！你努力了那么久，你应该拿世界冠军，峤西，那是你哥——"

蒋峤西被她抓着手臂用力晃了晃，蒋峤西的声音听起来毫无感情："那不是我想要的。"

梁虹飞问："你想要什么啊？"

蒋峤西低下眼看她。

"你想要早恋，是不是？"梁虹飞冷不丁问，她的眼睛睁得更大了。

蒋峤西脸上再怎么掩饰，到底还是掩饰不了那一瞬间的失望。

又或是绝望，让他想要发笑。

"你小时候那么乖，那么听老师的话，听爸爸妈妈的话，"梁虹飞认真说，"就是从你去了群山，从你接触那些人……峤西，你不是这样的孩子，你对你自己的未来应该是有追求的！"

"我有追求，"蒋峤西突然打断了她，"所以你就让我去追求吧。"

"你有什么追求啊？"梁虹飞问，好像很稀罕听到蒋峤西居然有追求似的，"你到底追求的是什么啊？啊？"

蒋政这时从阳台抽烟回来了，他心烦意乱，站在阳台门边呵斥道："梁虹飞！你能不能别嚷嚷了！"

"我嚷嚷……"梁虹飞转过脸去，深吸一口气，对蒋政嘶声道，"你不管！儿子都变成什么样了你说一句话了吗！"

蒋政面红耳赤道："他不肯去，我说有用吗？"

蒋峤西站在地板上散落的这些书卷之间，这些数字、符号、图形、函数……伴随了他十六年的日日夜夜，可这些给了他什么？

人都说，蒋峤西是因为"蒋梦初"造成的巨大缺憾才出生的。他生来好像背负着一种责任，一种期望，一种罪。他需要按着这条路走下去，走到头。

"峤西，"蒋政走过来了，他已经五十五岁了，头发斑白，他也努力让自己平静，"你为什么这时候了，不想参加国家集训队？"

"因为我不喜欢数学。"蒋峤西说。

他话音未落，梁虹飞从身后悲愤道："你胡说什么！"

蒋峤西头低下去了，因为梁虹飞一巴掌瞬间打过来。

蒋政把梁虹飞一把向后推开："你这个婆子，你疯了啊！"

梁虹飞的盘发散落下来了，失去了精心维护的形，显得颓丧、老态。原来她也有好些白发了，只是一直掩藏在日常完美的威严之中。

"蒋峤西，"梁虹飞颤声道，"你就是这么回报父母给你的恩情的！"

蒋峤西在蒋政身后抬起头。

"你们要我考的，"他轻声道，"我都考上了。"

言下之意，天大的恩情也该报答完了。

"你是为了你自己考上的！"梁虹飞声嘶力竭道。

"不是为了我自己，"蒋峤西的声音连一丝情绪波动都没有，清楚明白地否定她，"我想要什么，你们从来没——"

梁虹飞哭道："所以你就要为了你自己，为了你自己，就要毁了我们全家！"

蒋峤西蓦地抿起嘴来了。

"你就要这么自私，就这么不珍惜自己的天赋，不知道珍惜自己的机会！"梁虹飞哭喊起来，因为蒋峤西的铁石心肠，她的情绪已到了崩溃边缘，"从你出生到现在，我们为了培养你付出了多少！多少啊！！"

蒋政实在受不了梁虹飞这种歇斯底里的喊叫了，他走开了，走到沙发旁边去，他也想逃避开这叫人喘不过气的一切。蒋峤西能保送清华了，分明是件天大的喜事，怎么会变成这样的？

他打开烟盒，因为拿不出烟，索性把所有的烟都倒出来了，撒到桌下面去。

"妈妈放弃了进修机会，为了你，每天车接车送周末陪到那么晚，为了你！你爸爸一个集团大领导，为了你，他连自己的司机都见不到，"梁虹飞突然张开嘴，呼出一口气，她好像哭得累了，整个人有气无力，"以前梦初总是说，最喜欢坐爸爸的车了，最喜欢妈妈陪他去上奥数课，最喜欢数学，才四岁，他就说他要上清华，梦初什么都没有了，可怜的梦初。你呢，你什么都有，你到底为什么不珍惜啊？"

蒋峤西站在原地，低着头。

他是静默的，他好像永远也赎不清了。

蒋峤西手边摆着个柜子，上面放着一台座机电话，还有杂物盘。蒋峤西低头找了找，没找到，车卡和钥匙被他碰到地上去了。蒋峤西转过身，看到餐桌上，一盘苹果旁边，有一把水果刀横在那里。他走过去。

梁虹飞说:"蒋峤西,你要干什么蒋峤西!"

蒋政坐在沙发上抽着烟,刚刚拨了个电话出去,转头一看见,他瞬间就站起来了。

"林工啊,林工!"他对手机里说,"太巧了,我们还没吃饭呢,我和峤西在家,我和峤西我们两个人在家!"

他忽然走到蒋峤西和梁虹飞面前,一把把蒋峤西握着水果刀的手腕攥住了。蒋峤西十六岁了,高大的个子,连蒋政也要仰望他,他早就不是当初那个背着书包被夫妻俩推来搡去的小孩子了。

蒋峤西眼里没感情,这个孩子好像一直是这样,什么表情都没有。

蒋政仰起头,他边对手机里说话,边盯着蒋峤西的脸。

"林工,"他恐惧道,"我现在就带峤西过去!"

§

林电工一家原本在吃火锅,火锅材料还是林电工下午和余班长一块儿上菜市场买的。天气冷了,吃火锅是很舒服的事,在家洗洗切切菜,做好丸子,拌拌调料,一家人围坐在一起,高高兴兴的。

林妈妈打开门,看到蒋政出现在门外,身后还跟着个蒋峤西。

蒋峤西的脸惨白的,一如许多年前第一次来到林家时一样,沉默不语。

林电工已经提前往锅里下好了羊肉片:"峤西来了啊!"

林妈妈感觉到这父子俩情绪都有些怪,她笑了:"来来,进来!"她说,"樱桃啊,给你蒋叔叔和峤西拿个小料碗来!峤西吃不吃香菜和辣椒啊?一会儿自己放啊。"

林樱桃从厨房里出来了,她端着两个舀好了芝麻酱的小碗,一抬眼先看到了蒋峤西,她对蒋政叔叔笑了笑。

蒋政仿佛刚经历了一场战役,他疲惫地低下头,换上了林电工给他的一双拖鞋。蒋峤西还站在旁边,木然不动,林电工把拖鞋放在他脚边,轻声对他笑了:"峤西啊,把鞋换了,咱们先吃饭。"

蒋峤西说:"谢谢叔叔。"

林妈妈说:"峤西好多年没来过我们家玩了,当年从群山搬走以后,就很少见到了。"

蒋政坐在沙发上,接过了林电工递给他的碗筷,他笑道:"成天上奥数班,哪有时间啊。"

林樱桃坐在茶几旁边的小凳子上,她长高了,坐板凳已经有点不习惯,蒋峤西这么高的个子,在她旁边坐着,更不自在。

林樱桃把小料碗放在他面前,筷子搁在碗上。

蒋峤西却不碰,他好像一点儿胃口都没有,哪怕火锅的热气、香气,朝他腾腾席卷过来。

林妈妈说:"我听樱桃说啊,峤西奥数考了个一等奖,还是国家一等奖!"

蒋政笑了,像一位普普通通为儿子感到自豪的父亲:"是啊。"

林樱桃这时注意到蒋峤西手腕袖口处浸透出一丝丝血红色。

"你的手怎么了?"她问。

林妈妈从旁边站起来,她"呀"了一声,放下碗:"峤西,袖口沾的什么?"

蒋政坐在对面,脸色有点儿端不住了。

林妈妈走到蒋峤西身边,发现这个男孩外套后背上有些反光的碎渣,好像被什么砸上去过。

"来,你把外套脱下来,阿姨去给你洗洗。"她轻声说。

蒋峤西还坐在那儿不动,蒋政从对面说:"你脱下来吧,让你娟子阿姨帮你洗洗。"

林电工也温和道:"沾的什么啊?现在洗,好洗掉。"

蒋峤西从桌边站起来了,他拉下拉链,把外套脱下来。他里面只穿了件短袖白T恤。

"谢谢阿姨。"蒋峤西抬起眼来,看娟子阿姨,这好像是他今天第一次眼里看见人了。

林电工和老婆对视了一眼。

"樱桃啊,"林电工突然说,"你们要是吃饱了,你就和峤西到屋里去玩吧。"

"啊?"林樱桃一愣,她还没吃呢。蒋峤西也一口饭没吃啊。

林妈妈拿了个盘子,把锅里涮好的羊肉片、土豆、鱼丸、蘑菇夹出来,连两个小孩的小料碗筷一起,都端去林樱桃的小卧室里。

"你爸爸他们在外头抽烟,熏人,你们在里面吃吧。"妈妈说,然后把门从外面关上了。

林樱桃和蒋峤西站在门里,她有点儿不知所措。

她房里只有一把椅子,在书桌边。蒋峤西走过去坐下了,这还是他第一次来到林樱桃在省城的家,来到她的卧室。

他的右手在膝盖上摊开了,虎口有道伤口。蒋峤西低头瞧着林樱桃坐在床边,坐在他面前,拿碘酒棉球给他消毒。林樱桃时不时抬起头,皱着眉问:"疼不疼啊?"

因为伤口又长又深，贴创可贴也没用，林樱桃出去找来了纱布，在蒋峤西手上一圈一圈地缠，直到蒋峤西有点儿要把手缩回去的意思了，她才找剪刀剪开，然后努力绑了一个结。

"你看起来好不开心。"林樱桃抬起头，端详他的脸。

蒋峤西也看她。

从车站分开以后，他就没再见过她了。

林樱桃在家里不穿校服，穿一身浅黄色的睡衣，布料柔软，有着波浪似的边。林樱桃也没扎头发，沿着她的耳后这么顺下去，有一个自然的弧度，柔软地垂在肩头。

林樱桃转过身，看向了身后的床。"咪咪！"她轻声叫道。

一只小猫忽然跳上了床单，然后被林樱桃一把抱过去了，林樱桃闭上眼睛，在它竖起的尖耳后面亲了一下。

"给你抱抱它。"林樱桃对蒋峤西笑了。

蒋峤西的手还僵硬着，他如同行尸走肉，无依无靠，不值得她对他这样笑。

毛茸茸的小猫是软热的一团，两只大眼睛懵懂地睁着。蒋峤西的手指冰冷，他的手让这份柔软一触碰，情不自禁就打开了。

蒋峤西眼眶忽然一热，他低头揉了揉这小猫，又抬起头，对上了林樱桃心疼的眼睛。

§

林樱桃留下一句"我倒点水给你喝"，就出门去了。蒋峤西低头摸着手里的猫，这小猫咪曾见过他，一见他就轻轻叫唤，叫人心生不舍。

林樱桃的卧室确实比小时候整齐多了。蒋峤西乍一望去，四面墙壁干干净净，没贴墙纸，也不像小时候在群山，到处是卡通贴画和明星海报了。

她的床也不大，被子叠成圆鼓鼓的方形。蒋峤西的手不太舒服，他让那只小猫跳到了床单上。

身后就是书桌，除去台灯、杂物盒以外，就是些堆在一起乱七八糟的书。蒋峤西脑海里还很乱、很躁，似乎随时会有女人声嘶力竭的尖叫声冒出来。他看到一本厚皮本子搁在桌面上，封面他以前似乎见过，是一群粉色的小兔和粉白色的大象一起生活。本子里夹着支笔，蒋峤西用他包扎过的手把这本子随便翻开了。

"我再也不要想起蒋峤西！"

一行歪歪扭扭的儿童字迹忽然出现在他眼前。

"蒋峤西他亲我了。2006年11月1日。"

看到这么一句，蒋峤西瞬间把这个本子合上了。这时身后的门打开了，林樱桃抱着两瓶红色可乐进来。门外飘进火锅的香气，还能听到蒋政低低的声音："我后来去过多少工地，都没再吃过比娟子这个枣面馒头更好吃的了……"

林樱桃用后背顶上了门，她脸上笑着，好像蒋叔叔夸她妈妈手艺好，她也很骄傲。她没注意到蒋峤西脸色的变化，把一罐可乐塞到他手里，然后坐在床边打开了自己的一罐。

雪白泡沫盈盈冒出来了，她马上低下头对准喝了一口，神情里都是满足，她还像小时候一样爱喝甜汽水。

又不像小时候，会夸张地在蒋峤西面前大惊小怪，说"可乐太好喝"了。

蒋峤西沉默地看着她。

为什么？他不由得想。为什么每次"蒋峤西"伤害了她，又总能很快从她这里得到近乎无私的回馈？

林其乐忽然对上了蒋峤西盯着她看的眼神。

"我给你开。"她说。

她以为蒋峤西是手受伤了，所以连罐可乐都没法打开。

"你墙上怎么不贴那些画报了？"蒋峤西突然问。

林其乐也抬头看了看。

"搬家的时候被工人撕坏了，"她说，把可乐递回给他，"后来就没买新的了。"

"怎么不买了？"蒋峤西说。

林其乐努了努嘴。"光顾着学习，就忘了，"她说，"而且，我也没有什么特别喜欢的明星了……"

那个总是喊着做题头疼、哭着要他的作业本来抄的小女孩，已经变成能考上实验高中省招生的"好学生"了。林其乐身上到底发生了怎样的变化，蒋峤西无法细想。

林妈妈从外面推门进来，又拿了只碗，盛了新涮好的火锅菜。她端过来："你们俩怎么还不吃啊，都要凉了！"

在娟子阿姨面前，蒋峤西更觉得无地自容。

林其乐接过妈妈给的碗，小声说："他的手包起来了，给他一个勺子吧。"

"好，我去拿。"林妈妈说。

"不用，阿姨，"蒋峤西忙说，"我没什么事。"

林妈妈出去了。他们两个小的坐在一起吃涮好的火锅菜。

"你怎么了啊？"林其乐试探着问。

蒋峤西低头用受伤的手拿碗，另一只手拿筷子夹一颗总是滑走的鱼丸。

"你爸妈又不高兴？"林其乐问。

"他们就没有高兴的时候。"蒋峤西说。

林其乐说："可你不是考得很好吗？"

"考得好有什么用。"

"什么意思？"

"可能等我三四十岁了，"蒋峤西抬起眼，他的眼里泛着平日很少见到的那种湿润的光泽，"他们还是会认为我这里不足，那里不够，比不上我万一没死的哥哥，永远不能让他们心满意足。"

他有一张吸引人去凝视他的脸。

林其乐愣了一会儿，把碗筷放下了。她手足无措道："你要不要看漫画呀……"

她绕过了蒋峤西身边，蹲下到书柜下层努力翻找："上次杜尚买的，放在我这儿，他们都喜欢看的。"

一本叫作《海盗路飞》的皱皱巴巴的漫画书被塞到蒋峤西手里。

蒋峤西放下碗筷，拿过来随手一翻，这漫画书的字好小，格子挤，印刷质量也很差。

"杜尚和余樵他们都看得哇哇大哭的！"林其乐认真道。

蒋峤西说："那为什么要给我看。"

林其乐站在他面前，忽然笑了："杜尚说心情不好的时候看这个，就可以哭得把什么都忘了！"

蒋峤西沉默了会儿。

"樱桃，"他吞咽了一下喉咙，抬起眼，"你是不是哭过很多次？"

林其乐手揪着睡裤，忽然不知道怎么回答了。

林妈妈从外面推开门，撞见两个小孩一站一坐，正在一个谁都不说话的当口。她轻声说："峤西啊，你饭吃完了吗？"

蒋政穿上外套，走到林其乐的卧室门外。他眉头皱着，透过门缝，看到林海风的闺女站在那里，而他的儿子蒋峤西坐在人家椅子上，有种喧宾夺主的劲头。

"我先回去了，"他对门里说，把烟揣进口袋，"你把饭吃完，帮叔叔阿姨把桌子收拾了再走。"

蒋政下楼去，点了支烟夹在嘴里。他一直没收到梁虹飞的短信，这么多年的婚姻，让他对梁虹飞什么时候会骂人，会发疯，会发短信，会打电话，全都了如指掌。

不知为何，他有种不太好的预感。

走到23号楼下，蒋政嘴里还叼着新点燃的那支烟。他打开楼道的门，楼梯里没灯，他鼻子一嗅。

他把烟匆匆踩灭了,拽着扶手上楼去。蒋政进了家门,先转头看了一眼厨房。"梁虹飞!"他叫道。妻子正平躺在客厅的沙发上,一动不动。

梁虹飞长发散在肩头,羊绒衫的前襟布满泪痕,双眼紧紧闭住了。蒋政走上前,只觉得天旋地转,他拉过这个女人的两条胳膊,努力拖着她出了客厅,出了家门,沿门外的楼梯从四楼拖到了三楼。

"梁虹飞,"他歇斯底里地摇她的肩膀,"小飞,小飞!!"

§

学校的人都听说了。

蒋峤西,拿了奥数国奖,保送清华,进了国家集训队大名单。实验高中全校就出了这么一个人物,以他的天资,他甚至有可能成为世界冠军。

但他不知道为什么,再也不想碰奥数了。

许多天了,他没有来学校。有传言说,是他家里出事了。也有人说,学校领导和市教育局省教育局的领导都跑到他家去,正轮番做蒋峤西的思想工作。

天才总是任性而执拗。在外人眼里,他们想得到什么都太容易,所以才会轻言放弃。

林其乐一直到课间都还在写物理卷子。她头疼得厉害,太阳穴一直在跳。

秦野云跑到楼上来找她,林其乐放下笔,跟她出门去。两个小女生一起穿过了校园,穿过小白楼的长廊。

秦野云摆弄着头发,说:"我听说蒋峤西的妈妈瘫痪了。"

林其乐脸色一变:"什么啊,你别吓人!"

秦野云压低声音:"真的,我听来我家买东西的人说的。"

林其乐一阵心慌。她和秦野云一起进了学校超市。秦野云在外面书报架子上翻新到的杂志,《Cool轻音乐》或《新蕾Story100》。秦野云有点儿零花钱都花在这上面了,当然,她还会买一本《当代体育》,甚至新一期的《体坛周报》,顺带似的拿给余樵。

林其乐从口袋里摸出手机,她站在超市门外,低头发短信。

过了一会儿爸爸回复她。

"峤西妈妈没事,她已经出院回家了。樱桃啊,最近总部里谣言很多,你不要乱听,更不要乱说,对峤西家里不好。"

林其乐忽然松了一口气。

这不过是又一个"传言"而已。

十一月底的一天，蒋峤西突然来学校了。班里正上课，他从后门进来，也没弄出什么声响，他把书包放下，拉开椅子就坐下了。

林其乐在前头听着课，被余樵从后面一踹椅子，她回过头去。

蒋峤西桌面上干干净净的，只有一只显眼的水杯摆在上面。蒋峤西在椅子里坐了会儿，盯着那杯子看。他拿过杯子来，拧开，里头的水冒出热气。

蒋峤西低下头，轻轻吹过，喝了一大口。

§

一下课，费林格还没站起来，班里的体育委员余樵忽然离开了座位，直直来到蒋峤西的课桌前。

蒋峤西一直学竞赛，课桌摆在最后一排，没有同桌。余樵拉了把椅子，坐在他面前。

"早上怎么来的？"余樵问。

蒋峤西眨了眨眼，看到蔡方元也过来了。"打车来的。"他说。

余樵笑了。

"你不会从来没坐过公交车吧？"

蒋峤西也笑了："早上太着急了。"

费林格起先听说蒋峤西放弃了进入国家集训队的宝贵机会，就已经觉得匪夷所思了——毕竟他和蒋峤西一起，他们可是从小学就上竞赛班，无数个寒暑，无数个日夜，这么辛辛苦苦一直学到现在。

如今，他又看着蒋峤西和余樵这几乎没怎么说过话的人在班里笑着聊天。

"那放学咱一块儿走呗！"蔡方元站在蒋峤西桌边，提议道。

蒋峤西愣了愣："我今天还有事。"

"什么事？"余樵说。

"我，"蒋峤西说，"去趟书店。"

省城最大的一家新华书店，开在市中心步行街上。林其乐背着书包，把手里喝空的奶茶丢了，她和秦野云跑在最前面，余樵等一行男生走在后面。

杜尚在队伍中，脸色有些尴尬。不像蔡方元和余樵，他跟蒋峤西可真是一句话都说不上。

"干吗呢，走了。"余樵不时回头催他。

秦野云要在一楼逛言情小说的书架，余樵和蒋峤西几人往楼上走。林其乐在楼下，拿起一本《泡沫之夏》看了看，又放下了。秦野云说起文科班女生最近很流行看一本小说，是传在文曲星里看的:"叫《凤于九天》!书店里好像没有,你要不要看?我传给你!"

林其乐有点儿心不在焉,她靠在书架边,满目琳琅,她却只想上楼去。

余樵盘腿坐在过道上,翻一本最新出版的厚皮《二战军用飞机彩色图鉴》。秦野云一上楼,立刻蹲到余樵身边去了,坐在他旁边捣乱。

林其乐从无数书架上方搜寻那个人的影子。

他个子很高,应该很容易找到。

蒋峤西时不时从书架上拿下书来,翻两眼目录,又放回去。蔡方元在旁边说:"你买点SAT的书就行了吧,你还用得着学托福?"

蒋峤西轻声说:"稍微看看。"他又从书架上拿下了一本,手指刚翻开,就从书后面的缝隙里,看到林樱桃仰着脸,睁着一双大眼,不知什么时候在对面踮起脚来偷偷看他。

蔡方元发现蒋峤西也不看书了,抬头看书架。蒋峤西突然笑了,一点儿数学天才的样子都没有了。

杜尚在走道边盘腿坐着,托着脸,百无聊赖地听秦野云对余樵耍赖。然后看到蔡方元一脸绝望,狂翻着白眼,背着书包朝他走过来。

蒋峤西买的书有点儿多,书包里装了一些,袋子里还有。他想先回趟学校,也许是不想把书带到家里。他坐在巴士最后一排,说:"你们先回去吧。"

余樵坐在前面,说:"一块儿吧,反正顺路。"

蒋峤西推开了教室门,按亮了灯。他坐回到自己课桌前,把抽屉里那一摞摞的书和卷子拿出来。写满解答的纸卷,包裹着一本本数学讲义,像包着一份血汗淋漓的行囊。在这些讲义中,夹着一本黑色封面的小说。

《在轮下》。

蒋峤西低头把这本书拿出来了,放在讲义上面,随手掀开封面。

他记得他一直没能看完这本书。一张照片,像书签似的夹在里面。

那是一九九六年,蒋峤西六岁,他在省里举办的小学奥林匹克数学大赛上获得了金奖。妈妈喜极而泣,抱着那时候天真的蒋峤西,在颁奖台上脸贴脸地拍下了这张照片。

蒋峤西把所有的纸卷、讲义都丢进教室角落的垃圾桶里,然后把新买的书从袋子里取出来,放进他的抽屉。

他关了灯,教室一下子暗了。蒋峤西离开教室,看到余樵他们都在楼梯口等他。秦野云在拉着林其乐看她新买的小说,叫《年华是无效信》。蒋峤西走到林其乐身边,他低头看了她一眼,他们一同下楼去。

§

蒋峤西在下午自习时间去了趟小白楼。楼里正是人多的时候,自习室、走廊里有不少学竞赛的学生。蒋峤西的身影乍一出现,引得许多复杂的、夹杂着不满、羡慕与崇拜的目光向他投来。

老天这样爱他,他却不珍惜上天馈赠的才华。

蒋峤西站在顶楼靠近天台的楼梯拐角处,地上都是烟头,他问高三学长买烟。天台的门开着,蒋峤西接过对方递给他的打火机,把烟点燃了叼在嘴里。他走到天台上去了,倚在锈绿色的铁门边,坐在台阶上,这么吸烟。

那位高三学长也从门里出来了,天台上暂时没有别的人。

"我听小蔓说,你最近搞对象呢?"学长问。

蒋峤西也没抬头,和没听见一样。

"搞对象也不至于退出国家集训队吧?"学长说。

蒋峤西说:"没关系的事,别扯在一起。"

学长笑了一声。

"我怎么觉得不像没关系呢,"他说,风大,刮得那扇门一直往门框上撞,"我估计连教育局领导都知道你早恋呢。"

蒋峤西听了,敲了敲烟灰。

"你也不担心啊?"学长说。

"知道的人多了,"蒋峤西说,"知道又怎么样。"

学长愣了,一皱眉,又笑。

"蒋峤西,"他说,"我以前没看出你是这种性格。"

林其乐坐在窗边,她的红笔没水儿了,借了同桌黄占杰的来改错题。一群男生正在黄占杰桌边围着,叽叽喳喳不知道说什么。林其乐改着题,转头仰着脸朝窗外看去。

深秋了,天色暗得也早,最后一节自习课,班里的灯都打开了。林其乐瞧不见窗外的天和树,只能看到窗玻璃上映出的自己的影子。

她瞧了瞧自己的眼睛、鼻尖和嘴唇,她暗自想象自己会变漂亮,变得像全智贤,或是刘亦菲。然后她再和蒋峤西谈恋爱,哇,那到他们结婚的时候,一定是人人称羡!

可林其乐就长这样,她只能面对现实。

黄占杰在给那些男生手写他的博客地址："ayanamireilove 点 blogbus 刀 com。"

"你多长时间更新一次啊？"男生们问，"你就不能拿笔写给我们看啊？"

黄占杰抬起头："我又不是只写给你们看的，还有好多豆瓣网友要看呢！"

"哎——哟——"四周一大片都是起哄声，"豆——瓣——网——友——"

黄占杰脸蛋红红的，挑了挑他那两道粗糙的浓眉毛。

蔡方元坐在黄占杰前头，他和几个男生说，他正准备搭一个网站，打算把之前黄占杰编好了词儿的那一批漫画扫描一下，全放到上面去。"还在搭，还没搭好！"蔡方元皱眉道，看起来很正经，"等搭好以后，放上广告！"他拍了拍黄占杰桌上的书，"我们哥俩儿就发了，指日可待啊！"

"你什么时候能搭好啊？"男生们问，"搭好之前你就一直不借给我们看了？"

蔡方元说："你们可以先来那个，我们的豆瓣小组，叫'1990 狠狠爱'，给我们多宣传宣传！"

"嚯，爱了还不够，还得狠狠爱，"旁边男生说，"听着就这么限制级。"

蔡方元这时往旁边一看，他说："余樵，林樱桃，怎么样啊你们俩，赞助我一点儿服务器钱。"

"什么啊？"林其乐怎么看窗玻璃都觉得自己不像全智贤，她失望地转过头。

蔡方元信誓旦旦道："等我和黄占杰我们俩赚了钱，给你们股份，有分红！"

余樵在后头做题，抬起头："那要不这样，你直接把分红给我，这多省事啊。"

周围人都笑了，蔡方元拿余樵没办法，斜了林其乐一眼："林樱桃，你呢！"

林其乐只好伸手从校服口袋里摸了摸，摸了上衣口袋，又摸裤子口袋。

摸出五毛钱的钢镚儿，还有对折起来的一块钱。

"给。"她说，见蔡方元没好气地翻着白眼转过身去了，她追问，"给我多少钱分红啊？"

"一帮穷光蛋！"蔡方元恨铁不成钢道，把手里的《新概念英语 3》往黄占杰书桌上一放，走了。

蒋峤西从外面回来，走在走廊上，他拉起衣襟闻了闻，其实他自己也闻不出味道。

他不知道林樱桃鼻子怎么那么灵。

"蒋学长！蒋峤西学长！"有人从身后叫他。

蒋峤西转头去看，来人是高一学弟齐乐。

"你来了小白楼，怎么也不和我说一声啊！"齐乐跑到他跟前，兴奋道，"我、我还有几个题想问你，能不能问啊……"

蒋峤西从小到大，与同班同学一贯很少来往。倒是在竞赛班里，有那么几个热爱数学爱找他问题的学弟和他还比较熟。

他走到窗边，把齐乐的奥数书拿过来搁在窗台上，开始快速看题了。

齐乐在旁边暗暗抬起头，偷偷打量他。

蒋学长一直看着很冷漠，拒人千里，不好相处，唯独交流数学的时候，蒋学长是很好说话的，平易近人，又有耐心。他不像别的学长那么高傲，简单点儿的题目他也愿意给人讲解，像在随手推演一盘初学者的游戏。

齐乐根本不相信，蒋峤西学长会不喜欢数学。

他是他所见过的，在数学上最有天赋、最具灵性的人。一个人能够十年如一日地认真对待同一门学科，他怎么可能不爱它？

题很快讲完了，蒋峤西把书还给齐乐，准备回班了。

齐乐突然说："蒋学长，我爸说，国家集训队十二月底才开训，虽然你一直说不去，那边还是给你留着名额的。"

蒋峤西看了他一眼，没再说什么，进教室去了。

§

学校里传说，蒋峤西的妈妈性情极端，学校各方面领导又苦苦规劝，老师们又惜才，最终，蒋峤西答应了退让一步。

他说，他会再好好想想参加集训的事情。

可平时上课的时候，他已经根本不碰奥数了，从早到晚都在学SAT，蒋峤西的目标是如此明确，根本没有商量的余地。

夜幕降临的时候，蒋峤西在书桌边抽烟，他听见父母在外头说着说着话，又吵起来。

梁虹飞出院以后消停了一阵子，慢慢地，故态复萌。

梁虹飞、蒋政，他们已经失去了一个儿子，他们无法忍受蒋峤西的远走高飞。

可他们目前拿他毫无办法。

"他们应该都觉得可惜吧，"林其乐在手机里对他说，她的声音并不确定，"其实想一想，你以前从早到晚都在学数学，学得那么好，是有点儿可惜，"她问，"你想不想继续考奥数？"

"不想。"蒋峤西说。

林其乐说："也没事啊，要是喜欢数学，去美国也可以继续学。"

蒋峤西笑了。

"你以前不是成天告诉我,美国人很坏,"蒋峤西低下头,拿下烟来吐了一口,他好享受这样的时刻,"还让我不要去美国。"

林其乐没说话。

"林其乐。"蒋峤西说。

林其乐被他这么正式地叫了全名,还不大自在。

"干吗?"

"你英语不够好。"蒋峤西不客气道。

林其乐反驳:"我上次小考考了一百二了,还不好啊?"

她说起她在南校时是怎么补习英语的,差点儿还要去新东方了,幸好高一期中考考得还行,把钱省下来了。"然后我就买了新手机!"她美滋滋道,"我爸爸给我买的。"

蒋峤西低下头,听着林樱桃这熟悉的嘟嘟囔囔的家常话,他沉默下来,继续抽烟。

林其乐不知道蒋峤西是怎么突然说起她英语不好来了。晚上写完作业,她洗完澡,湿头发刚擦了擦,就坐回书桌前,她翻开她的《新概念英语3》,正准备温习上次的课文。

妈妈从外面说:"樱桃啊,你的内衣还没洗呢!"

林其乐猛地把这本《新概念英语3》合上了。

漫画故事里,男主角威胁女主角说,你不可以回日本,因为这里是香港,我是香港一手遮天的大老板,我不允许你回去。

女主角说,我就要回去,我要去自己赚钱买机票!

男主角邪魅一笑:那正好,你可以选择讨好我!

"以你的条件,一次可以赚取三百港元,一天讨好十次,一晚上就可以赚很多很多钱……"

林樱桃穿着睡衣,蜷缩在被窝里,看这故事看得目瞪口呆。

这时放在她手边的手机一振。

蒋峤西说:"你在干什么,不回短信。"

林其乐问他:"三百港元是多少钱?"

蒋峤西说:"人民币三百块。"

林樱桃心中暗暗地大吃一惊:就三百块?

蒋峤西过了一会儿又发短信来:"你想买什么?"

林樱桃本来只想随便看看,只是好奇,可一不小心就看漫画看到了好晚。她趴在被窝里睡觉，迷迷糊糊之间，总梦到一些离奇情节。是因为棉被太重了吗，让她脸色潮红，很难喘过气来。

蒋峤西的校服里常有一股雨后青草地的气味，林樱桃不知道那是什么，从以前就觉得很好闻。更多时候，他身上残留着烟味。不过蒋峤西亲她的时候没有烟味，只有手指上钢笔墨水的味道。

蒋峤西低头看她。蒋峤西脱了校服外套，他穿一件白色的T恤。他本来就唇红齿白的，特别是近看时，不像是真人，那睫毛垂下去，仿佛漫画人物。蒋峤西念"樱桃"两个字时，总是轻轻地，总好像带着一种叹息。林樱桃每次听到他这么叫她，就像被念了"除你武器"，一点招儿都没有了。

林樱桃这天早晨醒了，头发一团乱，出了不少汗，她捂着肚子，痛苦地坐在被窝里。她记得醒来之前她还在对蒋峤西说："不行不行，三百块太少了！"

妈妈进来了："你怎么还不起床啊？"

林樱桃皱着脸，她突然很想哭，就是觉得很委屈。

"樱桃，怎么了？"妈妈看闺女状态不对劲，脸红得很诡异，她走过来伸手摸了一下她的额头，"没发烧啊？"

"妈妈，我来例假啦……"林樱桃惨兮兮道。

端着水杯里的红糖水，林樱桃闷闷不乐地去上学了。她坐在巴士上，谁也不理，杜尚一头雾水。来了学校，在走廊上迎面撞见了蒋峤西，林樱桃仿佛见了鬼，扭头就走。

蒋峤西更是莫名其妙的。

班长冯乐天说："林其乐同学，今天是你值日，你记得擦黑板。"

林樱桃很少痛经的，她也不知道这次怎么提前来了，还弄得肚子好痛，好不舒服。

第一节课下了，黄占杰貌似不经意地问："林其乐，你有没有看到我的《新概念英语3》？"

林樱桃趴在桌上，拼命摇头。

黄占杰站起来了。他一离开座位，林樱桃火速从书包里把那本可疑的《新概念英语3》掏出来，趁机塞进黄占杰的抽屉洞里。

"林樱桃？"突然，蔡方元那魔鬼般的声音从背后、从余樵旁边的座位里冒出来了，"还真让你拿走了啊？！"

蒋峤西坐在最后一排放下了笔，他本想发短信问问林樱桃为什么整节课都趴着，为什么早上一见到他就跑。

蔡方元和林樱桃在前头吵起来了。

"你就说你看没看吧！"蔡方元问。

"没看没看！"林樱桃不要听。

"不可能！"

"我说了没看了！"

"我看你这表情我就知道你看了！"

"谁要看你们那些乱七八糟的漫画啊。"林樱桃愤怒道。

"你不看，你怎么知道是乱七八糟的漫画啊？"蔡方元捧腹大笑。

冯乐天说："那个，林其乐同学——"

林樱桃气冲冲地站了起来，却很没有气势，她的脸色确实不太好看。她拿了黑板擦在讲台上擦黑板，另一只手还捂着不舒服的肚子。

余樵在看《体坛周报》，他努力忍着，还是时不时抖着肩膀，笑出声儿来。

蒋峤西坐在后排问："蔡方元，怎么了？"

黄占杰去隔壁班问了一圈，都没找着自己那本书，他心急如焚，等回到班里，他惊讶地发现学神蒋峤西居然坐在最后一排，正翻那本《新概念英语3》。

数学天才连看漫画都奇快，哗啦哗啦地往后翻。

林樱桃稀里糊涂擦完了黑板，她面如土色，准备回到座位去，正巧蒋峤西翻完了那本书，他抬起头，用一种半带着疑惑的忍俊不禁的眼神看她。林樱桃瞬间转回身，拿起黑板擦继续用力擦起来。

班主任陈老师这时进来了，他很意外地大声表扬道："看看人家林其乐同学，这个黑板擦得多么用心啊！"

§

正是上课时间，实验高中校园里没什么人迹。一个女生走到树下，她悄悄朝四周望了望，然后从校服口袋里掏出了一张纸。

她把纸展开，四角粘上胶带，飞快地贴到了表彰栏上去。

高二（18）班教室里，这节正是语文课。

蔡方元从前面传字条过来。

"你到底是不是女的啊，看这种漫画还这么理直气壮。"

林其乐肚子疼得一直趴在桌上，她拿起笔在上面写："我看了又怎么了，你们能写我还不能看啊！"

蔡方元回道："人家黄占杰都觉得不好意思！"

林其乐拖着病躯写道："他是他我是我！我都不嫌弃他，你让他放心吧！"

过了一会儿，黄占杰才脸红着偷偷问了一句："林、林其乐……"他都不敢拿眼瞧她，耳根子都红透了。

林其乐听见，一开始还想翻白眼，过了一会儿，她忍不住就笑了。蔡方元也在前头耸着肩狂笑。

下了课，林其乐没去做课间操，她趴在课桌上，还是很难受。

学生们在操场上排队。秦野云从（3）班远远地跑到（18）班的队伍里来了。她是从后面绕过来的，打眼一看，余樵那个体委站在最前面，蔡方元那个家伙也在前排。

许多老师在附近巡视。

"蒋峤西，"秦野云从后面伸着脖子叫道，"蒋峤西！"

蒋峤西回过头，见是烫了一头卷发的秦野云。

他们两人素日没什么来往，是上次一起去了书店，才多少算是"认识"了。

秦野云觉得这事特刺激，特别是当她一叫"蒋峤西"三个字的时候，周围好几个班的队伍里的女生都在明里暗里看她。

也包括从前方不经意扭过脸来的岑小蔓。

"你有没有带零钱？"秦野云觉得自己的虚荣心一下子飙高涨满了，她不是需要找借口才能和蒋峤西说话的，她是理直气壮，很有理由，堂堂正正的。

她压低声音说："林樱桃让我帮她买东西！"

蒋峤西把手揣进裤兜里摸钱，他问："买什么？"

"你是哪个班的同学啊，"有老师在后面喊道，"快去你自己班的队伍里站好！"

秦野云急急说："算了，你给她买吧！"她走近了在蒋峤西身边轻轻说了一个词，然后一溜烟就跑了。

蒋峤西站在原地，看她的背影。

做完了课间操，校园里全是结伴回班的学生，三个年级，满满的人。蒋峤西在人群中走进了学校超市，他个子高，照片常年挂在学校表彰栏里，又长了一张这样的脸，很少有人不认得他。

他裤兜里总有零钱，是平时去小白楼找高三学长买烟用的。蒋峤西在超市里绕了一圈，别人看他，他看货架。

学生太多，耳边嗡嗡的，很吵。

蒋峤西买了一包女生用的卫生巾、三五块巧克力糖、两包虾片，放在一个袋子里。结账的时候他低头掏钱，前后排队的学生多在窃窃私语。

从超市回去高二教学楼，正好路过广场。蒋峤西低头走自己的路，十二月的寒风灌进他的衣领里，蒋峤西也不觉得冷。

他还在想，该怎么暗示林樱桃去学托福这件事。

"蒋峤西！"突然有人过来叫他，"又有人给你写情书了，就贴在表彰栏上！"

蒋峤西抬起头。

他听到身后有人窃窃私语："什么？蒋莼鲈？"

实验校园广场东侧，一排香樟树下，越来越多过来看热闹的学生，他们指着表彰栏上贴的那张纸，嬉笑声不断，还有人举起手机，对准了拍照。

蒋峤西走过来。

> 蒋峤西，
> 我是林其乐。
> 小兔子死了，你还记得它吗？它满四岁了……

陌生的笔迹，却是熟悉的字句。蒋峤西一把将这张纸撕下来。

高二（18）班教室里，林樱桃闷闷不乐地坐在座位里喝黄占杰帮她倒的热水。班里只有十几个学生回来了，大都在聊天。余樵问她："还疼？"

林樱桃一张小脸煞白，她好像疼蒙了似的，点点头。

她自己都觉得很奇怪，这又不是她第一次来例假，为什么会这么难受呢？

蒋峤西忽然从门外进来了，林樱桃不自觉地抬眼看他，看他越来越近，直到站在黄占杰桌边，他把手里一个白色袋子丢进林樱桃怀里。

林其乐抬头看他。

蒋峤西也低头看着她。

外面回来的同学越来越多了，也把一些新的传言带进来。林乐不明所以，打开那个袋子，一眼看见里头的卫生巾，她的耳根红了。蒋峤西还一声不吭站在黄占杰身边，大约是他太高了，让黄占杰夹在中间坐着，分外有压力。

"那个，那个，我再出去接点水，"黄占杰拿着水卡想躲，"蒋峤西，你要不要我帮你也——"

班长冯乐天这时走进门，茫然道："林其乐同学，蒋峤西，陈老师叫你们俩去趟他的办公室！"

§

林其乐和蒋峤西两人站在班主任陈老师的办公桌边。

一高一矮，一大一小，一男一女，十分显眼。林其乐小脸低着，看着就很没精神。蒋峤西双手背在身后，高抬着头，瞧办公室的窗外，心不在焉。

陈老师看着他们俩，越发觉得这个事情很是棘手。

"到底怎么回事？"他问。

林其乐很蒙："我也不知道。"

陈老师看一旁的蒋峤西。前段时间为了劝蒋峤西不要放弃集训，他可真是费尽了口舌，也没什么成效。

"你怎么了啊？"陈老师看林其乐那个萎靡不振的样子，"不舒服啊？"

林其乐点点头，她说："我请假了。"

"哦对，"陈老师反应过来，"不错啊，还坚持上课。"

高二（18）班因为蒋峤西这么个天才学生，屡登表彰榜。而林其乐又是从南校转过来的优等生，在学校一直很乖很听话，成绩也保持得很不错。

"林其乐你给蒋峤西写过信？"陈老师索性开诚布公地问。

林其乐那俩大圆眼睁开了。

"写过。"她老实回答。

蒋峤西忽然低下头看她。

"什么时候写的啊？"陈老师皱眉问。

"上初中的时候。"林其乐说。

"哦，初中的时候？"

陈老师说着，手往椅背上一搭，听着像松了口气。

"陈老师，我跟蒋峤西小学时候是邻居，"林其乐突然说，"家就住隔壁。"

"然后呢？"

"然后他初中搬走了我挺想他的，没人一块儿玩了，"林其乐说，"我就给他写了封信。"

她说得坦坦荡荡，不过说到底，当年林其乐那封信里，确实就没有写过什么出格的内容。毕竟当时她只有十三岁。

只是因为大胆、赤诚，因为同龄人的幻想，因为林其乐小小年纪勇闯实验附中大门的举动，以讹传讹，让传言愈演愈烈，所以才导致了后来的结果。

"是这样？"陈老师问。

蒋峤西这时在旁边说："我爸妈和她爸妈在一个单位，他们都知道这事，陈老师你可以给他们打电话问问。"

他好像生怕陈老师不打。

陈老师一听蒋峤西提"爸妈"俩字就开始头疼了，他对蒋峤西那位妈妈才是真的敬谢不敏。

"行了行了，我知道了，你们俩都回去上课吧，"陈老师又补充了一句，"林其乐啊，你要是还不舒服，就去校医院看看，我看你这个脸色很不好啊。"

林其乐急急往外走，听了这句话又转过头，乖巧道："谢谢老师。"

办公室门外站着四个陌生女生，还有更多凑热闹的人。办公室里有老师叫道："哎你们几个学生，进来！"

林其乐沿走廊往外走，不敢距离蒋峤西太近了，她听到身后门里传来的质问："你们不知道学校校园里有监控是不是？"

蒋峤西上第三节课时给林其乐发短信，他说："学习好是不是很重要？"

林其乐问他："你怎么还买了巧克力？"

蒋峤西说："你们女生肚子疼不是要吃巧克力吗？"

林其乐说："我听说吃巧克力会更疼。"

蒋峤西说："那等好了再吃吧。"

林其乐问："怎么回事啊，怎么又说那封信？"

蒋峤西说："别管了。"

已经很久没有人提起那段往事了，什么群山、乡下、情书……蒋峤西这个人总是不好接近，似乎脑子里就只有数学，很少人见过蒋峤西像正常人一样生活、学习的样子。

所以费林格他们很难理解，蒋峤西课间坐在黄占杰的座位上，轻笑着和林其乐、余樵几个人聊天时，到底都是在聊些什么。

蒋峤西在电话里说："既然都说我和你早恋，我干吗还要离你那么远。"

林其乐洗完了澡，把湿头发打了个结悬在脑后，她蹲在床角的地板上撸猫。

猫咪呼噜呼噜，软乎乎地贴着她的脚背。

林其乐对手机里不高兴道："你们男生都是猪……"

蒋峤西乍一听见这个评价，十分不解。

§

小的时候，林其乐总是肆无忌惮的，她好像生怕别人听不见，听不清，站在路口超大声地喊："蒋峤西！"

蒋峤西多么憎恶这个名字啊。他不止一次地想过，等长大以后，等离开了这个地方，他要给自己换一个有些意义的新名字。

可他一直忘不了林其乐念出的那个笑音。她到底是为什么一见到他就这么开心呢？

后来，林其乐长大了。她念"蒋峤西"三个字，不再是理直气壮的了，而是轻轻的，是总有顾虑的，好像生怕被别人听见，也怕打搅到他似的。

尤其是夜里，两个人通电话，林其乐也是轻声地说，蒋峤西、蒋峤西、蒋峤西……

那个"西"字不再是笑的了，是有纤细颤抖的尾音，语调向上移，透着一种难解的疑惑，心中无法预知的忐忑，也许还有期盼、欣喜、担忧、失落。

蒋峤西发觉，樱桃熟了，虽然还未熟透。但他已经能看到她的红了。

期末考试结束后，蒋峤西久违地要去香港过年。他最终还是没参加国家集训队的考核，他告诉林其乐，他会去香港顺便把托福成绩考出来。

"你要不要来考啊。"

林其乐抱怨说，考试费太贵了，没钱。

蒋峤西说："我堂哥给你付钱。"

林其乐说："那我也考不过啊！"

"让你学你不学。"蒋峤西训斥道。

"香港是不是有迪士尼乐园？"林其乐挑起另一个话茬。

"有啊。"蒋峤西说。

"香港一定很好玩。"她羡慕起来。

"你有什么想要的东西吗？"

"不知道。"

蒋峤西说："那我就随便买了。"

§

　　蒋峤西是二月底才从香港回来的，他在机场给林其乐打了个电话，说他中午想去林家吃饭。

　　林其乐放下手机，爬下了床踩上棉拖鞋就去告诉爸爸。林电工正好在家灌香肠，说行啊，加一副碗筷。

　　路过穿衣镜时，林其乐后知后觉望向镜子里，她一摸头发：应该赶快去洗头。

　　这个年是在省城过的，林其乐每天在总部四处游走，大吃大喝，不是在自己家吃喝，就是去余樵家、杜尚家——杜尚的妈妈从娘家回来了，带了许多土特产，送到余班长和林电工家门上，感谢他们这些年来对杜尚的照顾。

　　林其乐还去吃了两次酒席。一次是邵司机与小谢阿姨孩子的百日宴。

　　她穿着红棉袄，与邵叔叔、小谢阿姨在一块儿拍照片，她还有机会抱了小宝宝。林其乐用手指蹭了蹭小宝宝的脸，特好玩，她说："他的脸好软啊！"

　　余叔叔在旁边与邵司机聊天，聊的多是近年来的工作，也聊当年在群山工地的往事。

　　"九〇年那会儿，娟子要生产了，林海风还在工地加班，"余叔叔皱眉道，"打电话来，你闺女要出生了，你还不去医院！好家伙，工地上大家伙儿一块儿加班的那天呼啦啦全跑医院去了，十来个男的挤在那条走廊里。那护士在外面瞅了一圈儿，你们到底谁是当爹的啊？"

　　"他是我看着出生的！"林其乐和小宝宝对着脸咯咯笑，她仰起头对叔叔们说。

　　邵司机和余叔叔对她说："你也是我们看着出生的！"

　　林其乐放下了宝宝，她靠在余叔叔身边，被余叔叔搂着肩膀。她感觉她是属于这里的。

　　第二次酒席是群山工地职工幼儿园前任园长张奶奶，过六十六岁大寿。总部好些人家都去了。

　　张奶奶问起余樵现在还和不和林樱桃打架，说："以前啊，早上打，中午打，在幼儿园打，回家了还打。人家都说，床头打架床尾和，这俩小孩儿，打小，打架就没和过！除非他俩一块儿去打别人！"

　　余奶奶坐在旁边，和好闺密张奶奶说，余樵现在不跟林樱桃打架了，见面也不吵架了："都长大啦！"

　　张奶奶一惊，低下头："真的啊？"

　　余樵和林其乐一块儿坐在小孩桌。余樵忍耐着这吵吵嚷嚷的气氛，忍受着老太太们天马行空的闲聊，杜尚则一直在低头发短信。林其乐剥着开心果，面无表情地把果仁往嘴里塞，她和蔡方元比谁剥得比较快，一盘子几乎就没给别人剩下。

"我胖了好几斤。"她给蒋峤西发短信，发完了继续吹头发。

突然，外面的门铃响了。

林其乐赶紧把吹风机扔到一边，抓起梳子把半干不干的头发梳了好几下。林妈妈打开门，蒋峤西穿着件深灰色羽绒服，提着行李箱就进来了。蒋峤西先对林妈妈问了声好，然后转头看见了还穿着棉睡衣披着头发的林其乐。

蒋峤西笑了，低头说："也没胖很多。"

林电工炒了番茄大虾、糖醋排骨，又拌了盘甜笋，切了一碗卤味拼盘。他告诉蒋峤西，后面两道的卤味、甜笋都是杜尚他妈妈从贵州老家带来的："味道还不错，来来，尝尝！"

蒋峤西脱了羽绒服，穿一件灰鸦羽毛颜色的毛衣。他在饭桌边坐下，端过饭碗来吃。林电工问起他爸爸妈妈去哪儿了，不在家吗，蒋峤西说给他哥扫墓去了："在郊区，下午才能回来。"

林电工没再多问。

林妈妈又问蒋峤西，香港怎么样啊，在香港过年好不好玩之类的。

分明只是客套话，蒋峤西也挺开心。他放下筷子，接过林樱桃从后面走过来递给他的可乐。他说起这一个多月在香港干了什么，玩了什么，去了些什么地方，像交代给亲生父母。

林妈妈说："真不错，香港那边也暖和啊，在那边过年正好。"

林电工这时对老婆说："等樱桃过两年去念大学了，咱们俩就申请调去佛山项目部，在那边暖和和过年！"

林妈妈一听这话，哭笑不得："你才在总部待了几年啊，又想去工地吃苦了。"

林樱桃故作不高兴地噘嘴："干吗，你们两个人计划不带我。"

林电工"哎呀"一声："大学都要去住校的，怎么带你啊？"

林樱桃剥着番茄大虾，她给全家人剥："我要考本地大学！我才不去住校呢……"

蒋峤西坐在对面，吃着樱桃剥给他的大虾。他睫毛长长的，一直垂着。

林其乐坐在她的小床边，低头看蒋峤西手机里的照片。她羡慕地问："在香港骑马好不好玩？"

蒋峤西在小屋地板上打开了他的行李箱。

一只箱子，半只都被一个显眼的大盒子占据了。林其乐只看了一眼，就感觉到它在蒋峤西那儿所占的分量。

蒋峤西把盒子拿出来给她。

林其乐把包装拆开一看,里面是一只迪士尼乐园的达菲公仔。"这么大!"林其乐惊讶道。

蒋峤西说:"这是我堂哥给你买的。"

林其乐抱着达菲熊,抬头看他。

蒋峤西坐在她身边,把手伸进裤兜里,拿出一个小小的盒子来。盒子外面还系着圣诞红色的缎带。

林其乐把达菲熊放在一边,小心地打开这个盒子。

她把里面那条镶嵌着红宝石与切割钻石的项链拿出来了。玫瑰金色的项链下面,挂着一颗小小的宝石红樱桃,反射出光来,照进林其乐的眼里,让林其乐迷茫的眼闭了一下。

她拿起项链往自己脖子上戴。她转过身,透过书桌上立的那面小镜子,能看到蒋峤西在身后拨起她的长发,拨到肩上,帮她把这条项链系上了。

樱桃从何处来呢?

从爸爸妈妈的爱意中来,从大姑的祝福和期盼中来。在即将十七岁的这一年,樱桃挂上了蒋峤西尚显青涩的枝头。

电视上说,二〇〇七年三月四日,也就是正月十五这一天,全世界范围都可以观测到月全食。

凌晨五点,林其乐匆匆起床,穿好外套,她跑到了余樵家楼下,正好遇到搓着手冻得耳朵通红的蔡方元。他们一同上楼,奔跑到余樵家的楼顶天台上,余樵已经和杜尚、秦野云几个人摆了张小桌,吃起早点来了。

蒋峤西也在,他和余樵坐在一起低声说话,见林樱桃来了,他冲她笑了笑。

月食还没开始,天是黑沉沉的,只有天台上的灯泡孤零零地照出一小片薄光。

林其乐和蔡方元吃着手里的蛋饼,用小勺抢碗里最后剩的萝卜丁咸菜。

余樵忽然低声对蒋峤西说:"你以为林樱桃初中为什么不过来……"

林其乐听见了,感觉他们好像在说她的坏话,她扭过头去。

最后一块萝卜咸菜就这样被蔡方元抢走了。

林其乐坐在天台的小板凳上,有点儿冷,她缩着脖子。

那颗沉甸甸的宝石樱桃落在她内衣和毛衣的缝隙里。

"你小时候爱跑爱闹,还一个人跑到省城来,"蒋峤西坐在她身边,他一说话,有雾气轻轻呵出,"怎么现在连大学都想在本地上了?"

林其乐仰起头,望那半缺的月亮。

"我也不知道,"她说,"小时候,总想往外跑,"她想了想,"还是意识不到世界有多大,有多危险……"

蒋峤西垂下眼帘,看她。

"省城的人、事、物,都和群山不一样,以后要是离开了省城,看到的听到的肯定也都和省城不一样了,"林其乐说,"走得越远,我越觉得还是家里好,特别是当我孤立无援,做错了事情的时候。外面的人,和我从小以为的很不一样。"

蒋峤西说:"你还像小孩子。"

林其乐说:"我已经快要十七岁了。"

蒋峤西说:"你要一辈子待在你爸爸妈妈身边?"

林其乐不高兴道:"我知道不可能。"她接着说,"但我想和他们在一块儿,尽可能多。"

蒋峤西自问。

他能够像林叔叔、李阿姨那样,让林樱桃把所有,把一切,把孤立无援时的无助,把做错了事的窘境全都托付给他吗?

他甚至连今天一早起来,都还在无意识地躲避母亲的房门。他现在花的每一笔钱,都是堂哥"借"给他的,蒋峤西还在预支自己的未来。

"蒋峤西,你会害怕吗?"林其乐说,她声音轻轻的,好像怕打扰了天上那轮受着全世界关注的月,"我不敢离家那么远。"

蒋峤西说:"我也是。"

林其乐扭头看他,大眼睛特别亮:"真的?"

所以我想带你走。蒋峤西心里这样想,却没有说出口。

三月五日,那是个星期一。林其乐再一次花光了她积攒了三四年的压岁钱,去商场专柜给蒋峤西选了块新的手表。手表有墨蓝色的表盘,却不是美国牌子了。她觉得蒋峤西应该不缺这样的东西,但她实在想不出他会缺什么。

蔡方元订了蛋糕,他已经是附近那家甜品店的VIP会员了。林其乐的父母专程去同事家串门,把家留给这几个十七岁的孩子。

蔡方元问:"你想去哪个学校?"

蒋峤西刚把新手表戴好,他看着林樱桃在他面前弯下腰给他们切蛋糕,那枚宝石樱桃从她领口里落出来,牵连着一抹发尾。"加州伯克利。"他说。

蔡方元把自己的盘子递给林樱桃，说："行啊，以后去美国找你玩。"

四月初，还是一个星期一。林樱桃放学回家，连澡都洗完了，就在她纳闷为什么蒋峤西到现在还没有祝她生日快乐的时候，门铃忽然从外面响起。

"我自己去开门！"林樱桃跳起来说。

她推门出去了，穿着睡裙，踩着拖鞋，看到蒋峤西就站在楼梯下面。他还穿着蓝白色校服，右手揣在裤兜里，左手垂在下面，提着一个盒子。

他好像为了林樱桃的十七岁生日准备很久了。

红色盒盖上印着一行字，F打头，林其乐不会读。她在楼梯扶手上把盒盖打开了，楼梯间里灯光昏暗，她抬起头轻声问蒋峤西："这是什么啊？"

蒋峤西站在她跟前，也不说话，低头看着她拆。

林其乐把盒子里那双红色窄小的高跟鞋拿出来了。她抿住嘴，低头看了好一会儿。小红鞋有六七厘米高的鞋跟，鞋头有缎带折成的方形蝴蝶结。林其乐还从没有过自己的高跟鞋，她只在很小的时候偷穿过妈妈的。

"你怎么给我买高跟鞋？"林其乐抬起头问，脸都红了。

蒋峤西说："你试试合不合适啊。"

林其乐说："你知道我穿多大的鞋？"

蒋峤西说："我去香港前看了一眼你的鞋柜，不过也可能不合适。"

林其乐把鞋小心放在地上，她手扶着楼梯扶手，脱了拖鞋，去穿那双红色高跟鞋。她膝盖弯的，尝试着站起来，蒋峤西在前头伸手扶住了她，因为林其乐一站直就往前栽倒。

蒋峤西用手握住她裹着睡裙的腰，扶着第一次穿高跟鞋的林樱桃站稳了。

林樱桃松开蒋峤西的校服外套，抓住了楼梯的扶手，她重心不太稳，红透了脸，勉强站住了。

蒋峤西低头看她脚上的鞋子，又看她的脸。林樱桃低头在原地试着走了走，然后手握住扶手，转身往台阶上走去。

蒋峤西站在下面，看着林樱桃穿着孩子气的睡裙，下面却是一双鲜红色的高跟鞋，离他越来越远。

林樱桃背对着他，走得磕磕绊绊，膝盖始终不敢站直。

"疼吗？"蒋峤西在下面问。

林樱桃觉得脚有点儿疼，但她站在上面转过身，还是对他摇了摇头。

从很小的时候林樱桃就意识到了，她是女孩，女孩子长大，似乎总要面对越来越多的疼痛，无论是生理上的，还是藏在心里的。

蒋峤西站在楼下，看着林樱桃又试着踩着那双他亲手买的高跟鞋走下来了。

　　她懵懵懂懂，天天真真地长大，她还没有被完全嵌入那个"女人"的模子里，蒋峤西就渴望提前做那个推手了。

　　他不知道未来会发生什么，他能拥有的只有现在。

　　"好不好看？"林樱桃走到他面前，抬头忐忑地问他。

　　"樱桃，"蒋峤西突然说，"生日快乐。"

　　林樱桃笑起来，不知是因为高兴，还是因为她不会穿高跟鞋，耳垂都红了，她说："我去家里换条裙子吧，我的睡裙好傻啊——"

　　没有人再出声了，只有楼梯间的灯还亮着。

2007

第七章

你才十八岁,不要说永远

秦野云转过身来，小声道："他居然送你红鞋！那不是婚鞋吗？新娘子结婚才穿红鞋呢。"

林其乐躺在被窝里，听得一头雾水。卧室灯没开，只有些月光射进来，照在她们稚气未脱的脸上。

"不、不是，"林其乐忙说，"他就是喜欢红色……"

秦野云的父亲这两天去北京复诊他的伤腿，秦野云便到林其乐家借住两晚。两个小女孩，挤在同一个被窝说悄悄话。

秦野云嘟囔："要是余樵也给我买一双小红鞋，我现在就跑去嫁给他！"

林其乐听着，转头看她。

"余樵啊？"林其乐为难道。

秦野云眉尾一耷拉，大概也觉得余樵那个人根本不可能做这样的事："算了算了。"

两个小女孩面朝天花板，这么各怀心事地躺了一会儿。

"林樱桃，"秦野云突然说，"我小时候超讨厌你，没想到长大了还会跟你一起睡。"

林其乐点头，同意道："我也没想到。"

"你小时候，那么幸福，还那么娇气，成天发脾气，"秦野云嫌弃道，她转过脸，"你还记不记得小时候有一次你和余樵打架，你一直不原谅他，冷战了半个月，在大班摆那个臭脸，谁都不理，害得余樵天天跟在你屁股后面找你说话。"

林其乐扭过头，不相信道："怎么可能啊？"

秦野云说："你都忘了！我全都记得！"她明显不忿起来，"所以我觉得余樵根本不是不会哄人，他只是不肯哄我！"

林其乐说："不不不不，他也不哄我的，只是我为人比较大度——"

秦野云反问："你是说我小气啊？"

"不不不不……"林其乐忙不迭地摇头。

"蒋峤西这人，真不愧是学奥数的。"秦野云两手垫在后脑勺下面，说，"以前送你香奈儿的口红，现在又送你菲拉格慕的高跟鞋，你说你这么没见识，还这么土，你以后还能看上谁啊？"

林其乐发现自己一不注意就又被她言语攻击。

"他这人真有点儿坏心眼，"秦野云自顾自地评价道，"就算去了美国，也要让你在国内为他守身如玉！"

林其乐忙辩白："什么什么啊，为什么我就——"

秦野云这时转过头，睁大了眼："林樱桃，你说实话，你觉得你以后有可能忘了蒋峤西吗？"

林其乐一蒙。

秦野云追问："你就真的不担心吗？他去美国了，以后你可能再也见不到他了，也遇不到比蒋峤西更好的男人了，你以后结婚只能嫁给更差的了！"

林其乐愣了愣："会、会这样吗？"

秦野云说："废话，哪儿还有第二个蒋峤西这么没眼光会看上你啊！"

林其乐不开心道："为什么你住在我家还要骂我啊？"

秦野云说："废话，我看你不顺眼，凭什么你就有男生送菲拉格慕的鞋。"秦野云说到这里，突然停下了，她目光顺下去，瞅见了林樱桃脖子里挂的那条玫瑰金项链。

"他还送给你一条宝石樱桃项链！蒋峤西这人怎么回事啊！他肯定想让你戴一辈子，一辈子都忘不了他！"

高二下学期一开学，学校里就有传言，说（18）班的岑小蔓也要去美国，和蒋峤西一起去。

林其乐还按部就班上她的学，每天课间要么学习，要么就和余樵、蔡方元、黄占杰几个人嘻嘻哈哈地说笑玩闹。高二下学期又有新的篮球赛，林其乐却退出了篮球宝贝的训练，她说实在没时间，功课太忙了。

蒋峤西白天已经不来学校了，他预备参加五月份的SAT考试，和学校沟通以后，学校同意他暂时停课备考。林其乐白天也见不到他，只有晚上才打电话。蒋峤西说，他把他的托福资料书放在蔡方元那儿了："你想用你就去拿。"

林其乐背她的红宝书，也不接话茬。

蒋峤西又说："你不去篮球宝贝了吧。"

"没去。"林其乐说。

蒋峤西说："就是，不如背背单词。"

二〇〇七年四月，林其乐坐巴士上学，听到有大人在身后议论，说美国有家金融公司破产了。

"我 MP3 没电了，"林其乐百无聊赖，扭头对杜尚装可怜，"可不可以听你的啊？"

杜尚吃着煎饼果子，笑了，他把耳机分林其乐一个："我下了好多新歌！"

林其乐嘿嘿一笑。

"周杰伦这张专辑叫什么啊？"孩子们只关心自己的新闻。

杜尚说："你还没听啊？出好几个月了，叫《依然范特西》。"

"依然？"林其乐说，她不自觉念道，"依然《范特西》？"

余樵在前头看体育报纸，蔡方元沉迷打游戏，背景音乐呜里哇啦地吵人。

杜尚笑道："等再过几年，他再出新的，《还是范特西》！"

"杜尚，"林其乐拿着 MP3，看歌单，"你这个《孤单北半球》不是删了嘛，怎么又有了，你不说听腻了吗？"

杜尚脸上瞬间闪过了一丝尴尬。

"那个，那什么，我们班学委她非要听，"杜尚嫌弃道，"她自己没 MP3，她非借我的……"

林其乐转过头，去瞅杜尚古怪的脸色："你们班学委男的女的啊？"

黄占杰怀里抱着一堆接满了的水杯，走回（18）班教室，把水杯分发给各位祖师爷祖师奶。

余樵坐在后排，正看班主任给他的空军招飞报名手册，下面还有张民航公司的报名表。他听见林其乐问起杜尚的事，冷不丁一笑。

"你没发现他这个寒假都不出来玩了？"余樵抬起眼，没好气道，"叫出来玩也就知道发短信，出息。"

林其乐大吃一惊。

蔡方元对林其乐说："听见了吗，说你呢，出息！"

到中午去小食堂吃饭的时候，林其乐和秦野云猫着腰躲在窗外，偷偷看杜尚和一个女生坐在同一桌吃饭。那女生看起来温柔可爱，笑起来甜甜的，一直和杜尚说话，还从书包里拿出切开的苹果分给杜尚一起吃。

"你们俩干吗哪？"蔡方元从后面走过来，嫌弃这鬼鬼祟祟的二人。

杜尚吃了一口女生给他的苹果，刚高兴地笑了一下，结果这一笑就给呛着了，苹果卡嗓子眼里了。

秦野云实在受不了了："这个白痴！"

杜尚咳嗽了好几声。他对女生尴尬地又笑了笑，这时他注意到了什么，忙打开自己的书包，拿了一张纸巾，帮女生擦在盘子边蹭到酱汁的手指。

"哇，"林其乐惊讶道，"杜尚好体贴哦！"

余樵和一群校队男的从后面走上来了，看林其乐蹲在那里，他踢了一脚她的背："看什么呢，非礼勿视啊！"

蒋峤西是五月中旬回学校上课的。费林格问他考得怎么样，他自己没什么感觉，那就应该考得还可以。校长也把他叫到校长室去关怀慰问。蒋峤西虽然没继续参加数学竞赛，没保送北大、清华，但如果他SAT考个超高分，万一上了哈佛、耶鲁之类的世界名校，学校一样以他为荣，校长依旧视他为骄傲。

毕竟蒋峤西托福成绩已经出来了，满分120分，他考了116。这样的学生，校长怎能不爱他。

期终考试也临近了。林其乐每天忙于学习，也没时间和别人打闹拌嘴了。蒋峤西有时过来找她，要么是问她要水卡用，要么就给她买了点儿零食，搁在她桌子上。林其乐和黄占杰一见他来，就逮着蒋峤西央求他讲两道题。蒋峤西低头一看那高中二年级的数学题，笑着点头了。

他拿过黄占杰的笔来，先用橡皮把黄占杰画得乱七八糟的线擦掉了。数学天才好像对卷面也有点儿洁癖似的。黄占杰忙拿林其乐笔袋里的尺子："学霸，给你尺子！"

蒋峤西随手一画，一条线凭空笔直。

"这是辅助线。"他说着，往下讲。

"哇哦！"林其乐坐在黄占杰里面，情不自禁地惊叹。

黄占杰也脸色绯红，两只小手轻轻鼓掌。

蒋峤西居高临下地站在黄占杰桌边，好像忍耐着他们的大惊小怪，笑了。

"会了吗？"他讲完了，把黄占杰的笔一丢，抬起头看林樱桃。

林樱桃一直盯着他，一愣，连忙点头。

蒋峤西低下眼看她，他那个眼神颇耐人寻味。

"我再给你讲一遍，"他说，伸手又把笔捡起来，"别看我，看题。"

林其乐对着蒋峤西写的过程认认真真地看，眼都不眨一下。

正好班长冯乐天在上头发学校的新通知，是组织高二学生暑期赴北京参加名校夏令营的。通知单传到了黄占杰手里，反面正好是空白。蒋峤西瞧着林其乐还一知半解，他伸手拿过黄占杰的通知单，在反面开始信手写题目。

他写了一道、两道、三道……他写得太快了，字迹难免潦草。

黄占杰一瞧，都是关于刚才他们问的那么一个知识点的题目。

蒋峤西把笔一丢，把通知单递给林其乐："做吧，放学我给你看。"

九岁那年，蒋峤西随手写出一道数学题，是为了堵住林樱桃的嘴。那时他说，你答出来我再陪你聊天。

而现在，林其乐整节自习课都在忙着算蒋峤西出的数学题，甚至连他一条短信都顾不上回了。

余班长和蔡经理一合计，决定让孩子们都去参加实验高中组织的那个名校夏令营，毕竟明年就奥运会了，今年去清华、北大校园里走一圈，也涨涨高三的志气。

林其乐给蒋峤西打电话，说起这件事。她问蒋峤西暑假有什么计划。

正巧蒋峤西也在考虑，他本想去伯克利夏校待几个星期，父母又问他，说清华的老师打电话来，问蒋峤西这个暑假想不想去清华数学夏令营，反正伯克利他迟早要去。

蒋峤西听着林樱桃在电话里很期待的样子，他问："你托福单词到底背了没有？"

林其乐在家装行李，手里拿着一本高考红宝书，一本自己偷偷买的托福单词。她穿着拖鞋蹲在地板上，嘴唇贴住膝盖，正在无声犹豫。

突然她手机一振，是初中同学耿晓青发来的短信："樱桃！我们学校也组织了北京名校夏令营！我今天看了名单，和你们实验高中的一起！"

§

实验高中组织的名校夏令营为期五天，八月十号去，十五号就回，蒋峤西却要从十二号开始在清华连上两周的课。他索性买了与林其乐他们同一班出发的火车票，连酒店都提前订了两天。

蔡方元端着一碗泡好的方便面，溜达进了卧铺车厢。

窗外是广袤无际的麦田，天黑黢黢的。蔡方元嘟囔："不都有动车了吗，怎么还坐这种车。"

前前后后几节车厢，睡的全是实验高中此次报名了夏令营的学生。睡一觉，第二天早晨正好到北京。

杜尚坐在过道小椅子上，正拿余樵的 MP4 看电视剧《奋斗》。

余樵坐他对面，翻手里的夏令营活动目录和北京地图。

杜尚忍不住感慨："你说说，米莱这么好的姑娘，又阳光，又善良，又宽容，又大方！陆涛怎么就总让她伤心呢，你说这些男的怎么都这样呢？"

余樵悠悠道："和你有什么关系啊。"

杜尚使劲儿摇头，十分不忿。

秦野云坐在余樵的卧铺上，盘着腿翻最新一期 Easy，她用胳膊肘戳林其乐，问她知不知道前几天好男儿决赛的结果："井柏然赢了哎！"

林其乐吃着红豆面包，正一个字一个字看《女友校园》的情感问答栏目，她问："井柏然是谁啊？"

杜尚突然抬头："我知道是谁！"

秦野云和林其乐同时扭过脸看他。

杜尚说："是不是长得有点像我那个，有点儿婴儿肥的。"

秦野云伸手拿过桌子上的香蕉皮就丢过去了："脸皮真厚。"

蒋峤西从隔壁车厢过来，他的车票不是跟学校统一买的，离得有点儿远。

他一来，林其乐就仰头看他。蒋峤西在余樵卧铺对面、蔡方元的床上坐下，和林其乐面对面。他看着她，不自觉地笑了。

蔡方元吃了两口方便面，手端着面碗，站在林其乐身边。他突然大声念林其乐手中少女杂志的情感问答专栏。

"拒绝婚前性行为有一定意义，特别是身在校园的你，一定要懂得保护好你自己——"蔡方元念了一半，狠狠呛着了，弯下腰直咳嗽。林其乐卷起杂志抽打他，在周围人的笑声和余樵的口哨声中，蔡方元被她抽得往后退，差点儿把方便面碗打了。

蒋峤西坐在对面，当林其乐回头看他的时候，发现他也在笑，林其乐更不高兴了。

火车清晨五点到北京。

林其乐四点多就醒了，她睡在中铺，隔着一层薄薄的隔断，听见旁边（17）班一直有男生在打呼噜，鼾声如雷。林其乐烦得坐起来抓了抓头发，想要抓狂又无处施展，她低下头，看见手机屏幕上显示有新短信。

林其乐理好衣服，拿了水杯和MP3，爬下床去，一不小心还踩着了下铺余樵的小腿。

"看准了再踩行不行啊？"余樵闷声道，他拿一件衬衫蒙在脸上睡觉，显然也让那打鼾的哥们儿闹得够呛。

反倒是旁边蔡方元仰躺着，正呼呼大睡。

林其乐低头穿上了鞋，她往隔壁车厢走，路过时仍不忘狠狠报复了蔡方元一脚，把蔡方元踹得从梦中惊坐起来。

蒋峤西坐在下铺，正看一本书。周围人多在睡觉，安安静静的，倒没有特别烦人的噪声。林其乐循着短信里的床号走过去，蒋峤西抬头看见她，便站起来。

林其乐坐进了里面，蒋峤西坐在她外面，轻轻地，没有打扰到对面睡觉的人。

"你在看什么书？"

"《博弈论》。"

"你怎么还看英文的？"

蒋峤西没回答，似乎被她这个问题问得一愣。

林其乐马上反应过来，这个问题暴露了她英文究竟有多不好，以及她和蒋峤西之间的差距有多大。

蒋峤西说："你怎么没带单词书。"

林其乐嘟囔："我是出来玩儿的，带单词书干什么……"

蒋峤西垂下眼帘，这次换他有点儿不高兴了。

林其乐问："你是不是十二号之前都没事啊？"

蒋峤西看她这副表情："干吗？"

林其乐期待道："我想明天去王府井逛街，你去吗？"

蒋峤西笑了："你们不是要去北大、清华。"

"总不能一天都逛北大、清华……"林其乐轻声道，又望向了窗外。

火车在轨道上走，摇摇晃晃，像妈妈拍打襁褓的手。

林其乐耳朵里塞着耳机，起初只是待在蒋峤西身边看着窗外发呆。她不想再学英语了，林其乐想，真的已经很努力了，她只能学会这么多。

她的眼皮开始慢慢往下落了。因为蒋峤西在她身边一页页翻书，书页掀动，响起羽毛似的沙沙声，那是一种在群山、在小床边才会有的声音。

林其乐睡着了，是累得睡着的，额头抵在冷硬的窗框上，又被人拨弄过来，靠在了他的肩头。

蔡方元睡得好好的，让林其乐活活蹬醒，有气没处发。正好半夜人少，他跑去上厕所，一出来，恰好看到隔壁车厢走廊外面立着一道清瘦的倩影。

蔡方元走过去了，他屏住呼吸，越过了岑小蔓的肩头，瞧见对面车厢下铺，蒋峤西正揽着睡着了的林樱桃，低头看书。

岑小蔓回头惊见蔡方元，吓得脸色一白。

蔡方元连忙向后退了退，他摆手笑道："我碰巧路过啊，我就是好奇，我就看了一眼！"

岑小蔓咽了咽喉咙，花容失色，还看着他。

蔡方元一直知道岑小蔓暗恋蒋峤西的事，从实验附中到高中，这么多年了，哪还有人不知道呢。

好好一个漂亮姑娘，给折腾得在这儿半夜偷窥。

蔡方元说："我跟他们俩小学就住一块儿。"

车厢走廊细窄，两侧全是床铺，是往北京去的旅人们安睡的呼吸声。

岑小蔓之前从未和蔡方元说过一句话。她是个很文静、家教严格、对自己要求很高的女生，不轻易和男生说话。她问："你是说蒋峤西转学去群山的时候？"

蔡方元反应过来，蒋峤西当初是个转学生。他点头："对，蒋峤西转学到我们那儿的时候，我们每次找他，就得跑到林樱桃家去找。"

岑小蔓错愕道："这是什么意思？"

蔡方元手往蒋峤西的方向胡乱指了指："你说什么意思？你回去睡觉去吧。"

§

北京八月，热浪袭人，满街头是奥运倒计时三百多天的招牌，是摇头晃脑的福娃，还有"北京欢迎你"。

实验高中的学生们出了北京西站，坐大巴前往中关村附近的酒店落脚。林其乐在路上盘算着，要给爸爸妈妈买奥运纪念品，买老布鞋，还要买北京稻香村的点心。她在大巴上给大姑打电话："大姑，我到北京了！"

余樵昨天整晚上没睡好，这会儿坐她前头还要听她念念叨叨，恨不得拿书包罩住脸。

林其乐对大姑说："我晚上再去你们家！我要和同学一起先去酒店。我给你带了我爸妈做的灌香肠和枣面馒头，还有我同学家的甜笋。我想吃，嗯，我想吃北京烤鸭、冰糖肘子，大姑，你家那边儿还能买驴打滚和糖火烧吗？"

蔡方元在旁边忍无可忍："你自己睡得挺好，让别人也眯会儿成吗？"

上午到达酒店，歇息片刻，下午一行高中生就跟着老师去了此行第一站——中国人民大学。林其乐站在人大门口，朝北京的街道上张望，发现处处都是标语。

新北京，新奥运。还有，相约二〇〇八。

二〇〇八……林其乐在心里默念，突然觉得她好像站在一阵风上，七年，倏然而过。

即使是暑假，人大校园里也有不少没回家的学生，他们是成年人，却有着学生气。林其乐走在高中同学身边，看到时不时迎面走来一对对大学情侣，她怎么看都觉得对方也比她大不了多少。

原来大学是这样的。林其乐站在明德楼门口拍游客照片，在一勺池前和蔡方元、杜尚乐呵呵地合影……路过海报栏的时候，她看到上面贴满了许多社团的海报，还有考研广告、讲座通知，她听杜尚在旁边说，他打算大学加入一个街舞社团。

林其乐站在明法台阶上，朝太阳落山的方向张望。

她突然想，加州伯克利是什么样子？

逛完人大，隔壁（17）班的班长提议大家一起去海淀图书城。林其乐却没什么心情去，她去买冰镇果汁，听见杜尚在路边一家小店里朝他们喊："哎哎，这儿有《仙剑四》！"

林其乐坐在路边台阶上，背着的书包耷拉下来了，就这么喝着果汁。

对面是一所中学。林其乐看到那扇校门掩着，但仍有中学生模样的孩子进进出出。

有男生和女生笑着，起初挽着手走路，忽然男生把女生搂过来，一起哄笑着往外跑。

林其乐远远看他们，很难说不羡慕。

书包里突然有嗡嗡振动的声音，林其乐把果汁杯放下。

"你们逛到哪儿了？"蒋峤西问。

"逛完人民大学了，"林其乐拿起手机，"杜尚他们在买游戏。"

"什么游戏啊？"

"《仙剑四》，"林其乐说，还补充了一句，"是正版游戏！"

手机里很安静，一时只听见林其乐咬吸管喝果汁的声音。

"樱桃，"蒋峤西说，"你家以前那台破电脑还在吗？"

林樱桃嘟囔："也不是很破吧……"

蒋峤西问："还能用吗？"

林樱桃忽然想起来，以前蒋峤西离开群山那段时间，她不爱学习，每天没什么事做，打开电脑想玩游戏，可里面全是蒋峤西走前留下的纪录。

每当林樱桃试图忘记他，就总是能看到他。而就算看不到他，比如现在，她也每分每秒、时时刻刻地想起他。

可他现在还没走呢。

他要去美国了，要去加州伯克利大学，可他们现在还没有分开。

林樱桃从路边站起来，她回头看了看，发现杜尚他们还在小店里。

也许是她一直没说话，蒋峤西问："樱桃？"

林樱桃朝街口走过去了，她在附近没看到地铁站，她追着路上驶过的一辆公交车跑。
　　"蒋峤西，"她说，"你现在想跟我一起去大姑家吗？"

§

　　林其乐站在大姑家客厅一角接电话。
　　"你怎么把峤西领过去了啊？"妈妈在电话里尴尬地问。
　　林其乐的左脚弯着蹭在了右脚脚背上，每当她开始耍赖或想撒谎的时候，总忍不住这样。
　　"因为你们给大姑带的东西太多了……"她无辜道，"那么多腊肉香肠，我拿不了！"
　　"不是给你带箱子了吗？放在皮箱里拉过去啊，"妈妈着急道，"你大姑说人家一个小伙子进门手里提那么多东西，你就抱一盒笋，你怎么好意思啊！"
　　林其乐愣了愣，她能听到大姑在身后招待蒋峤西的声音。
　　"蒋峤西他自己在清华那边的酒店住，是和学校分开的，他说他自己吃饭特别费钱，"林其乐嘟囔，"所以才……"
　　妈妈在电话里叹了口气，大概是嫌她这理由十分不充分，又懒得再说她了。
　　"在大姑家吃完饭，把碗刷好再走，晚上回去小心一点儿，到酒店给我打电话。"妈妈说，"正好峤西跟着你，你们两个人都注意点安全。"

　　蒋峤西坐在这低矮的客厅里，他瞧这屋子的面积大小，可能也就比当年群山工地的职工宿舍稍微大点儿。饭桌在客厅里一张开，顿时就没多少能站人的地方了。林樱桃的姑姑在厨房里忙活，姑父走过来，手里拿了半瓶白酒，晃了晃："小伙子，来点儿？"
　　蒋峤西愣了，顿时摇头。
　　表哥拿了几罐可乐放在桌边："人家还没成年呢爸！你怎么能拿白酒啊？"
　　姑父失笑，把酒瓶子放在一边儿，在自己椅子上坐下："小伙子哪一年的啊？"
　　蒋峤西反应总是慢一拍："一九九〇年三月的。"
　　姑父说："这不还有半年就成年了嘛！"
　　姑姑把炖好的冰糖肘子端过来了，表哥在拆从便宜坊买的烤鸭。蒋峤西歪过头，听见林樱桃在冰箱边打电话，林樱桃手卷着电话线，正问她妈妈一些诸如有没有给咪咪的水碗加温白开之类的问题。

　　林樱桃一过来，她表哥就站起来了，先把烤鸭摆在桌子中间，接着从冰箱顶上一盘盘往下端点心，全码放在林樱桃跟前。"这是你的，艾窝窝、驴打滚……"表哥拿一盘，报一个菜名，"豌豆黄、切糕，这是你姑父下班给你买的糖火烧和门钉肉饼……"表哥看着林樱桃坐在凳子上高兴的模样，笑道，"吃吧吃吧，那个，小蒋，你也吃。"

大姑过来了，端一碗西红柿虾仁蛋汤。"这小妮子就这毛病，"大姑抬起头，对蒋峤西这在场唯一的外人说，"晚饭吃早点，睡前吃点心，一天到晚爱吃点零嘴儿，"她伸手戳林樱桃的额头，"不胖才怪！"

"大姑，你们怎么还住在这里啊，"林樱桃吃着掰开一半儿的肉饼，问，"你们不是买新房了吗？"

她本来只是随口一问，没想到表哥、姑姑、姑父的表情一下子都落下去了。

林樱桃扭头看了蒋峤西一眼，蒋峤西一个外来客，也抬起眼看她。

"才刚交完首付的房子，哪儿这么快就能进去住啊，"大姑说，夹菜给林樱桃吃，"最起码要明后年的。"

"我还以为立刻就能搬进去呢，"林樱桃问，"这里要拆掉了吗？"

表哥苦笑一声："要能拆就好了！"

林樱桃看他："那怎么突然买新房子？"

大姑说："你哥，给你找的前嫂子，非有婚房才结婚。我没见过这么倔的小姑娘，北京房价现在都涨成什么样了啦？前些年还六千多一平方米，现在要上万了，一年涨一两千啊！一平方米一两千是多少钱？我说吧，先跟婆家人一块儿住，咱以后等房价下来了再买，成不成？怎么都不愿意。"

林樱桃听着大姑特不开心，她问表哥："我嫂子长什么样啊？"

大姑说："还嫂子呢，都吹了。人家嫌你没钱，交个首付还东拼西凑借来借去的。"

林樱桃看见表哥对她摇了摇头。

她抿了嘴，没有再问。

姑父这时说："我今天看报纸上——樱桃啊，你别光顾着自己吃，你让你同学也吃，你给小蒋夹个肘子，夹个大的！我今天看到报纸上说，这个专家预测啊，奥运会结束以后，北京房价有可能要大跌百分之四十！"

林樱桃刚费力地夹了个大肘子放到蒋峤西碗里，就听见大姑手里的筷子"啪嗒"掉地上了。

表哥"哎"了一声，弯腰拾起筷子来，上厨房去换一双。

姑父意识到自己不该说这话，摆摆手："不说了不说了，吃饭，樱桃好不容易来了。"

饭吃完了，林樱桃去帮忙洗碗，大姑还夸她，说小时候只会扒蒜瓣，现在什么都会。蒋峤西在外头，他个子长得高，踩着凳子帮林樱桃的表哥把墙上的挂表摆正了。

"你们啊,现在还小,"大姑把洗干净的碗摞放在墙角,她用毛巾擦了擦自己的手,又把林樱桃的一双小手擦干净了,两个人一起出了厨房,"不懂社会上的艰难啊。"

"现在还是学生,等以后迈入社会,参加工作,单位可不像以前还会给你分房子了,"大姑说,她看到林樱桃那个男同学蒋峤西,已经坐在沙发上开始喝水了,大姑把糖盘和瓜子端过去给他,怕怠慢了人家,"到时候要考虑的大问题就多了,什么时候买房啊,是结婚前买还是结婚后买啊,是你家买还是你对象家买啊。"

林樱桃搬了张小凳子坐在一边听,她觉得大姑想得太复杂了。

"我自己买房子,"林樱桃说,"不用别人给我买。"

"你哪来的钱自己买啊?"大姑笑道。

林樱桃说:"北京房价一万一平方米,我一个月赚三千块钱,一年就可以买三平方米多了。"

大姑笑道:"那你多少年才能买一套房啊?哦,房子不涨价啊?"

林樱桃刚才随口就说,也没仔细过脑子。

"那我不买了,"她立刻觉得很不划算,"我租房子住!"

"不一样的,我的小宝贝,"大姑哭笑不得,"以后一个人生活,有自己的房子多重要,你没体会过。"

"我不一个人生活,我和我爸爸妈妈一起住,我们家有房子。"林樱桃望着大姑。

"那难道你就不结婚啦?你老公呢,你孩子呢?"大姑问,"全都住你家啊?"

姑父从厨房出来,洗了一碗葡萄给林樱桃和她寡言少语的男同学吃。

"现在,珍惜你们纯粹的、简单的学生生活,"大姑说,"等毕业以后,你要想的东西就复杂多了。你不愿意想也得想。找个有车有房的老公,算算老公卡里有多少钱,一个月工资多少,你不想算,人家男方也要算你的,"大姑说着,叹道,"你像你哥这房子买的,是他追的人家姑娘,这房子咱买也就买了,也没别的办法,人家女方挑剔你,买个房子家里欠着钱呢。其实这房子各方面还不错,就是买在这个价格,我真是每天心揪揪的……"

"所以啊,樱桃,"姑父在旁边点了支烟,说,"找个家里有房子的老公,知道吗,给你省三四十年工资。还一个月三千块钱,你不想着多赚点啊?"

大姑把买的几只烤鸭装起来,还从冰箱里又提出好几个盒子,居然是给林樱桃带回去的驴打滚、豌豆黄和糖火烧。"提回去,想吃的时候吃!"大姑找出好几个袋子来,帮她装好了,"让你,让你那位长那么高的帅哥同学帮你提回去!"

林樱桃一下子笑了。

客厅里，姑父和蒋峤西不知道怎么攀谈上了。

"你家也是电建的？"姑父问，"你父亲是？"

蒋峤西说："蒋政。"

姑父一愣："你爸是蒋政？"

蒋峤西点头了。

"玲子！"姑父突然站起来了，喊大姑，"樱桃这个同学，他是蒋政家的孩子！"

"谁？"大姑在厨房里问。

姑父走到厨房门口："以前在山西大同干项目部经理的那个，比我早五年进厂的，蒋政啊！"

蒋峤西并不晓得他爸爸以前干过什么，他不大关心，和他也没关系。林樱桃正在卧室和表哥说话，蒋峤西看了一眼她的背影，感觉林樱桃连在远亲这里都受着全家人的宠爱。她果然是打小生活在蜜罐儿里的。

谁对她不好，都像是种罪恶。

蒋峤西见姑父回来了。

"原来你是蒋政的儿子啊，"姑父感慨道，"我以前在电建干过一段时间，才认识了樱桃她大姑。哎哟，太巧了！今天樱桃说她有个男同学一起来，我还以为是余振峰那个儿子呢，你是蒋政的儿子，哎呀，一表人才，你爸年轻时候就很优秀，帅哥儿！经常吸引厂里的年轻女同志看他。"

林樱桃站在家门口，怀里抱着装点心的饭盒，和大姑一家人道别。其余的蒋峤西在后面帮她提着。

"高三好好学习，考个好大学，找个好工作，"大姑摸着林樱桃的脸颊，嘱咐她，"就算以后买房，也帮你爸爸妈妈多分担分担。不过他们俩肯定给你攒了钱了，等着给我们樱桃买房呢！"

§

夏夜，仍有不少游人在外。也许是因为奥运将近，街上时不时就能看到些警察叔叔。

"早知道让大姑给我分开装了，"林樱桃说，她坐在路边印着奥运五环的长椅上，把袋子里的东西分成四份，"给你。"

蒋峤西坐在长椅另一端，他明显不爱吃这些东西，但他还是拿在手里。因为另外两份,分别是林樱桃给余樵、蔡方元他们的,还有给她自己爸妈的。

蒋峤西家里亲戚并不多,哪怕关系最好的堂哥一家人,也没有过今天这么重的烟火气。很多谈话在他听来是有些匪夷所思的,却也是樱桃的家人们切身在意的。

"樱桃。"蒋峤西说。

林樱桃抬头看他。

蒋峤西站起来,接过她手里其余的袋子。这时有辆空出租车迎面开来,蒋峤西走到路边,那车停下了。他拉开车门,回头看林樱桃。

"我们不坐公交车走?"林樱桃明显有些局促,打车好贵。

"东西太重了。"蒋峤西说。

林樱桃坐进后座,她还没有进入成人社会,还在享受着象牙塔带给她的简单、纯粹,还有点儿理所当然地对于未来的乐观主义。她听完了大姑一家人的忠告,转眼就会将这些话遗忘在耳后。她望着窗外北京的夜景,好奇地睁大了眼睛。

蒋峤西坐在她旁边,自然也没将"买房"这类俗人俗事放在眼里。

"你今天怎么突然想起叫我来你大姑家?"

"你不是闲着吗,还老给我打电话。"

蒋峤西听了,对上了林樱桃那双看他的眼。

"林樱桃。"

"嗯?"

"你嘴上好像有糖饼的油。"

"不可能,"林樱桃连忙用手背抹了一下嘴唇,"我吃完饭把脸都洗了。"

蒋峤西伸手过去,在她嘴唇上捂着这么擦了一下。他忽然低下头,不知是因为远远离开了省城,彻底挣脱开了束缚,还是因为现在很晚了。

林樱桃把脸一扭,笑了,柔软的发尾蹭在蒋峤西的手腕上。

蒋峤西放下手,抿了抿嘴,看向自己那一侧的窗外。

司机师傅在前头开车。

"我觉得这个肉饼不大好吃。"蒋峤西眼神发亮,瞧着前窗,坦坦荡荡地讲。

林樱桃说:"但姑父特地去买的,上次还挺好吃的,这次有点儿咸了……"

蒋峤西的手在他们俩中间,一开始从上面罩住了林樱桃的手背,慢慢把她像是小兔子耳朵的手攥住了。

未来给她幸福的生活,对蒋峤西来说,应该也不是那么难吧。

蒋峤西一直把林樱桃送到了酒店楼下,他把手揣进裤兜里,看着林樱桃进去了才往后退。

秦野云赤着脚坐在窗边,身后余樵和蔡方元几个男生正在床上玩牌。秦野云忙朝他们招手:"哎!哎!林樱桃回来了!"

杜尚把新摸的牌往手里码放:"樱桃干吗去了?"

秦野云回头兴奋道:"是蒋峤西送她回来的!"

余樵倚坐在床头,无所事事地看牌。杜尚有点儿不满了:"这男的怎么回事,不知道晚上不安全啊?"

"有你什么事啊,"蔡方元对杜尚说,还催他,"你赶紧摸牌!"

突然房门被人从外面踹开了。一行人扭头往门口看,只见林樱桃双手高举起两个大塑料袋,像完美落地的体操选手,自带配乐道:"当当当当!"

十一号早晨,一行学生乘车前往仍在建设中的鸟巢体育馆。体育馆外头围了一道白色的布满锈迹的围墙,林其乐下车来,她看到好些市民和外国游客在想办法站到高处,好越过墙头,伸长脖子看一看里面初具规模的鸟巢建筑。

林其乐试着跑了好几个地方,怎么踮脚都看不见,反倒是余樵轻松踩在一个旧轮胎上,朝里面眯起眼张望了一会儿。

林其乐回头找人:"蔡方元!"

"干吗啊?"蔡方元刚下车就听见她在那儿叽叽喳喳。

林其乐走过去,伸手指着墙根下头,提议道:"你去墙根那儿蹲下,我上去替你看看!"

"一边儿玩去!"蔡方元居然没有生气,光笑,也许也是想起了什么陈年旧事。

林其乐在北京航空航天大学门口听到背后有人喊她,她从余樵身边回过头,远远地,看到一抹粉蓝色的影子,在马路对面朝她招手。

是穿着吊带长裙,头戴遮阳帽的耿晓青。

林其乐远远就震惊了:"你好漂亮!"

耿晓青离开二中的队伍,跑过人行道,朝实验高中的队伍这边儿过来了。她看起来比上次见面时瘦了很多。天虽热,她却没怎么出汗,还化了点妆,显得肤色雪白。她站在林其乐身边,兴奋地和林其乐聊了几句天。

耿晓青这时抬起眼,偷偷看向了余樵。

§

剥离开"数学竞赛"这一层外壳后,蒋峤西一度以为自己重获新生了。

可当他独自待在北京的酒店套房里,他发觉,除了靠在沙发上看看数学讲义、研究研究新题目外,他没有别的事可做,对什么都毫无兴趣。

一个人从出生到成长,十七年的所见所闻,所思所想,如果完全是由外界手把手引导着、控制着,这么一步步严丝合缝完美无缺地塑造出来,那么他还能依靠什么,去分辨他做一件事究竟是出于惯性,还是来自他内心真实的选择?

每当蒋峤西产生这种困惑了,他就会把手里的书放到一边,他想抽会儿烟,他想和远在香港的堂哥说会儿话。堂哥是个好长辈,了解他的过去,更理解他的处境,总试着替蒋峤西厘清这些纷繁复杂的思绪。有时候他也想给林樱桃打电话,林樱桃是好女孩儿,她似乎总能让蒋峤西感觉到生命更真实的一面——那是一种蒋峤西时常寻找不到的东西。这好像是生来的缺憾,他很难掌控。每当"真实"流逝了,他只要看到樱桃,听到樱桃,他又觉得他在活着了。

酒店房间里不能吸烟,蒋峤西开始吃手边拆开了的,昨天林樱桃装给他的那些点心。

"去了她大姑家?"堂哥问。

蒋峤西打开冰箱,找水来喝,他把昨晚发生的事情大致说了,还提到了林樱桃大姑买的那套房子。

堂哥笑道:"香港如今的房价平均也是五万港币。北京堂堂大国之都,一万亏不到哪里去。"

蒋峤西咕嘟咕嘟喝水,他打算下午陪林樱桃去王府井的时候把这句话告诉她。

堂哥说:"几号来香港?"

蒋峤西说:"还没决定。"

堂哥说:"你还想带她一起去伯克利?"

蒋峤西没说话。堂哥说:"峤西,女孩子是聪敏有灵性的生物,她们会明白你在想什么,如果她一直没主动回应,那也许说明——"

"我下午会直接问她。"蒋峤西干脆道。

堂哥在那边"嗯"了一声,大概也很了解这个小自己十多岁的天才堂弟的倔脾气。

"峤西,你上次对我说,"他想了想,"这个小林妹妹,她很恋家?"

"嗯。"

"我还是想劝你，"堂哥说，"就算她答应了，也不要带她去。"

"为什么？"

"就算不恋家的人，到了美国也会想家的，"堂哥说，"等你去了，你自己就明白了。"

§

耿晓青在十三四岁，一个充满幻想绮思的年岁，从林其乐口中听过那么多好玩的惊险刺激的故事。这些故事的主人公是几个男生，她与这些男生虽然素不相识，却又对他们分外了解，她从没经历过那样的生活，像日本漫画里的奇妙冒险。当然，这些故事也难免带有一些罗曼蒂克的元素，比如耿晓青从小就很喜欢三井寿，而余樵会唱《直到世界终结》，比如他们从未相遇，余樵却早早就告诉林樱桃，他将来也许会娶一位姓耿的太太。

耿晓青曾以为，她和余樵命中注定的相遇，会是今生今世都令她难忘的瞬间。她站在林其乐身边，抬头仰望着他。在很久以前，耿晓青就在市高中篮球联赛的照片里见过余樵了，她知道他长什么样子，他却从没有机会遇见她。

可时间过去了一分、两分……余樵抬着头，看起来很不耐烦，林其乐还在开心地对耿晓青说什么朝阳公园有奥运沙滩排球体验中心，是这几天才开放的，她问耿晓青要不要一起去："你们二中接下来要干什么？"

蔡方元嫌弃道："林樱桃，你知不知道朝阳公园有多远啊？"

林其乐扭头说："来都来了嘛！"

耿晓青看到余樵眼底还是不耐烦的样子，却在这时候背对她们，忍不住笑了。

北航里面也有室外排球场。杜尚去（15）班的队伍给女同学送水，回来以后说："樱桃，你进去打吧，我问了人家说能打！"

"实验也有普通排球场。"林其乐闷闷不乐道。

蔡方元说："你想象一下有沙不就完了！"

林其乐向杜尚和蔡方元介绍耿晓青，说这是她初中同学，在群山一中的同桌："和你们在QQ上说过话的！"这时她回过头，发现余樵不知道上哪儿去了。

杜尚说："他肯定去博物馆了，他不是想考北航嘛。"

秦野云从北航博物馆里一溜小跑出来，拿过林其乐手里的果汁就喝。"里面全都是铁皮飞机，战斗机、歼击机、直升机……"秦野云一脸无聊地吐槽，这时一看耿晓青，"你是谁？"

林其乐赶紧又介绍。

秦野云听说耿晓青以前是群山一中的，非常惊讶。因为耿晓青的打扮看着挺时髦的。不像旁边这位。秦野云扭头瞥了眼林樱桃，这时她发现了一丝异样。

林樱桃今天没扎头发，黑长直发很乖巧地顺在耳后，刘海不知用什么卷过了，松散地垂在眉毛上。她也穿了裙子，是格纹短裙，没遮住膝盖，看着像个小淑女，标准的学生妹。可林樱桃实在太皮了，她的表情没有一分钟安分，穿这裙子更有欲盖弥彰的感觉。

秦野云拿手在林樱桃脖子里一勾，把那条藏在衬衫领口里的宝石樱桃项链勾出来了。

"唉……"她突然长长叹了口气，摇摇头，真是暴殄天物。

§

耿晓青发现，和实验高中这群人打成一片的最快的方法，就是与他们聊起林樱桃当年在群山读初中时的过往。

"你去过群山工地？"杜尚在她面前坐下了，超有兴致，"初中时候去的？"

耿晓青点头道："樱桃带我一起去的。"她留意到余樵从排球场对面走过来了，她抬高了声音，"当时大门拆掉了，感觉空荡荡的，樱桃和我说，一进门正对着你们工人俱乐部和大喷泉的那条街，叫'余樵街'！"

"叫什么？"杜尚听见这个，哭笑不得，"余樵街？"

余樵听见有人叫自己名字，不明白蔡方元和杜尚在那儿笑什么。他走近了，听见那个林樱桃外校的同学说："群山工地不光有'余樵街'，还有'杜尚街'和'蔡方元街'。"

蔡方元在旁边喝着可乐，本来一副嘲笑的嘴脸，大概觉得林樱桃这人又蠢又幼稚，还"余樵街"。忽然听见自己的名字，他那挂在脸上的笑瞬间没有了。

林樱桃在室外排球场里，正和北航几个学生一起打排球。

余樵拿过蔡方元给他的一听可乐，他在耿晓青旁边一把空椅子上坐下了。

"什么余樵街？"他问。

耿晓青抬起眼与他对视了一下，又匆匆垂下视线。她紧张地说，是樱桃初中时候给群山工地每条马路取的名字："当时她邀请我去她家玩，带我四处逛了逛。"

余樵问："哪条是余樵街？"

耿晓青说："进工地宿舍第一条大街，最宽的那条主路。"

杜尚眯起眼问："就我们仨的街？"

耿晓青一犹豫。

"就是啊，"蔡方元笑着，回头说，"没蒋峤西？"

"樱桃家门口的那条小路，"耿晓青说，"好像是叫这个名字。"

杜尚问耿晓青，林樱桃在群山一中待得怎么样："那时候有没有人欺负她？"

耿晓青摇头："没有。不过她那个时候挺不开心的，在学校只有我是她的朋友，她只和我说话，还邀请我去她家。一开始她挺不爱学习，经常被老师批评，后来突然有段时间她交了很多笔友，收到了很多信，她还旷课跑去省城——"

耿晓青发现，余樵一直在旁边看着她，听她口中的一字一句。

蒋峤西站在北航门口，冷不丁收到蔡方元一条短信："你问问林樱桃，什么是蒋峤西街。"

他抬起头，看见门里林樱桃正朝他跑过来。

她今天穿了条裙子，蒋峤西过去没见过她穿这种裙子，有点儿像以前在香港上学时候见过的高中女生。

林樱桃跑得有点儿着急，衬衫胸前一直起伏。

"我们去吃东来顺吧！"林樱桃期待道。

蒋峤西还没有过陪女生逛街的经历，北京王府井大街这附近，他也同样是第一次来。吃完了中午那顿老火锅，他轻轻牵住了林樱桃的手，开始跟着她到处去转。林樱桃在王府井百货大楼的奥运柜台前排队买纪念品，她想买纪念衫，是白色的T恤，中间有红色的京印和奥运五环。林樱桃给爸爸妈妈各买了一件，蒋峤西便也索性给堂哥买了一件，以表示他也是会给哥哥买东西的。

俩小孩穿着一模一样的奥运纪念T恤，在商场里瞎逛。林樱桃好奇心旺盛，这也想看，那也想挑。蒋峤西买了两个甜筒，和她一起吃。

他们走到一扇橱窗前，不约而同都停下了。

橱窗里，模特穿着秋季新装，披了一头五彩斑斓极其夸张的假发。

蒋峤西皱了皱眉，大概对这种时尚风格实在难以理解。

"这不是蒋莼鲈吗？"他突然想起一个人来。

林樱桃在旁边吃着甜筒，不小心蹭到鼻子上。她扑哧笑道："蒋莼鲈是谁啊？"

蒋峤西低头看她。

"我女儿。"他介绍道。

"胡说,"林樱桃讲,"明明是我女儿!"

他们俩走出百货大楼,林樱桃在路边买冰奶茶,蒋峤西拿了杯冰美式。好多学生在商场一楼拍大头贴,林樱桃也去凑热闹,把从来没拍过这种东西的蒋峤西也拉进去了。

天色渐晚,蒋峤西走进了外文书店,林樱桃一开始在他身边无所事事地跟着,后来站到楼上日文专柜前,看原版漫画书。

从书店里出来,已经有灯开始亮了。北京即将沉入夜晚。

身边游人越来越多,林樱桃被蒋峤西牵着手,他好像怕她走丢了。她有时抬起眼看他,有时又好奇看路上的行人。

突然蒋峤西的手从背后一搂她,原来是一队游客从身后浩浩荡荡过来,有导游在前头带着,林樱桃差点儿被卷入他们之中。

林樱桃想,蒋峤西究竟是怎么想的呢?

他会自然而然地牵她的手,会理所当然地搂她,会每天发短信、打电话,聊一些关于未来的事,他甚至会低头亲她的嘴。他会对她告白吗?在今天这样的时机,她打扮了自己,他会不会下一秒就说,林樱桃,你愿意做我女朋友吗?或是,你在国内等我四年好吗?

林樱桃听着周围的脚步声,还有游客们讲的陌生方言。蒋峤西还把她搂着。

林樱桃想,如果他这么说了,就算八年九年,要等他读完数学博士,她说不定也会答应。

"樱桃。"蒋峤西突然说。

"嗯?"

"我们买点儿东西回去吃吧。"

"回去吃?"林樱桃问。

蒋峤西低下头看她:"回我酒店去吃。"

林樱桃一时没听懂。

"什么?"

蒋峤西不知怎的笑了,他耳根都红了。

林樱桃仰头看着他,也不知道该不该笑,可她也笑起来了。

"走。"蒋峤西说。

像爱情电影里,年轻时,总想做一些与禁忌有关的事。这是对的,错的,或单纯只是经历的?林樱桃被蒋峤西带上了一辆车,她的心跳声震耳欲聋。

§

奥运纪念衫能算是情侣装吗？林樱桃被蒋峤西一路牵回了酒店，当经过电梯外那面镜子的时候，林樱桃匆匆一瞥，她望向镜子里的两人。

那一幕深深地刻印在了她的记忆中。

蒋峤西刷了房卡，拉开门，他的耳根还是红的，他把林樱桃带进房间里，然后把门从背后关上了。

林樱桃穿着乳白色的小球鞋，下身是垂在膝上的格纹学生裙，上身是S码的和蒋峤西一样的白色奥运纪念衫。林樱桃肩膀窄小，膝盖秀气，小腿让光一照，是两道细长的粉白色。她走进玄关去了，在里面看了一圈。

"好大啊。"她情不自禁感慨道。

她还没长大，从没来过这种酒店套房的新鲜感，让她转眼就把一路上的紧张抛在脑后。蒋峤西站在门后的阴影里，从背后看了她一会儿，把手里外文书店买来的几本书还有给堂哥的纪念品放下了。

林樱桃在墙边踩下脚上的小白鞋，穿上明显大几号的酒店拖鞋，她被蒋峤西抱了一下，又变成了一会儿。她在套房里走动起来。

"蒋峤西，带回来的烤鸭你怎么没吃？"她在里面问。

她的声音一直很好听，像一种果汁软糖，连和人吵架也不显得聒噪。也许这就是那么多人爱惹她发脾气，故意和她争吵的原因。

"我昨天晚饭、今天午饭都是和你一起吃的。"蒋峤西说。

"哦，"林樱桃低头看烤鸭盒，没注意蒋峤西离她越来越近了，她还在说着，"我昨天晚上带回去，就被蔡方元、余樵他们吃完了，他们连驴打滚都没给我剩下……"林樱桃抬起头，看到他，冲他笑了。

蒋峤西打开冰箱，拿了两听饮料出来，还拿了两盒哈根达斯。他把一个小茶几推过去了，挪到沙发中间。林樱桃弯下腰，哗啦哗啦地拆塑料包装。她把剩下的点心在桌上一一摆开，摆得很整齐，像拥有遗传自她妈妈的能力。她低头的时候T恤领口垂下去，又把玫瑰金色的链子露出来了。

蒋峤西把沙发上他看到一半的数学讲义拿开了，他坐下，像小时候坐在林樱桃的竹席子上看她玩过家家的小男孩，也像坦然享受着妻子的忙碌果实，却不事生产的那种男人。

林樱桃用筷子包烤鸭卷。她在家里耳濡目染，看过爸爸怎么给妈妈包，妈妈怎么给她包，而她自己吃了两口，也这样给蒋峤西包。蒋峤西吃饭一向不挑剔，毕竟当年在群山，可以说他是吃着林家的饭长大的，平时在家，也没人关心他是爱吃咸的还是甜的。

"你要蘸糖吗？"林樱桃抬头问。

"你会做饭吗？"蒋峤西看着她，冷不丁问。

林樱桃摇头："我只会做西红柿炒鸡蛋、酸辣土豆丝，还有辣椒炒时蔬。"她把手里包好的烤鸭卷递给他，"但我会给我妈打下手。"

蒋峤西更想把她打包带走了。

§

蒋峤西攥着林樱桃的手，拉着她往卧室里走。林樱桃刚吃完了冰激凌，她在蒋峤西面前坐在了床边，手肘贴在腰际，看起来很紧张。

蒋峤西低头看她。

他长得那么高，他有一张令人心碎的脸，连他的背影都显得忧郁，让人忍不住想去抱他。他要做什么，林樱桃大概都只能束手待毙。

"往里面坐。"蒋峤西轻声哄她，弯下腰来。

林樱桃脱掉拖鞋，她坐进了床里。

蒋峤西在床边坐下，他背对林樱桃，伸手摆了一下枕头，然后他忽然就这么躺下来。

林樱桃在他身边跪坐着，迟疑地看了他一会儿。

套房里格外静，灯也没开几盏。林樱桃在蒋峤西身边也悄悄躺下，她仔细去听，没听到大衣柜后面大人们的呼吸声。

"你带 MP3 了吗？"蒋峤西突然说。

"你有 MP3 吗？"林其乐突然问。

他们两个人一齐说完，全笑了。

"我带了，但里面都是……"林其乐没说下去，把"托福听力"四个字咽进了嘴里。

蒋峤西伸手摸到床头，拿他的 iPod nano。在床头灯下，他仰躺着按了一会儿按键，好像才终于找到音乐，他又伸手去摸耳机。

是林其乐坐起来，越过他，把耳机拿出来了。

蒋峤西翻过身，面朝着林其乐，他戴上了其中一只耳机，捏着另一只，塞进林其乐长发下面的耳朵孔里。

千禧年出道的新人女歌手，正在耳机里吟唱着他乡的童谣。

蒋峤西这么近近地看了林樱桃一会儿，又闭上眼。他好像很享受这样的时刻。他陷入自己很私人的回忆里。

林其乐躺在他身边，手放在枕头旁，眼睛大睁开了，这么近。她把手伸过去，手指在蒋峤西的额头上摸了一下。

这道疤，怎么还在，怎么这么多年还没有消退呢？

"樱桃，"蒋峤西忽然睁开眼，他问，"你想让我走吗？"

林其乐小时候总说，蒋峤西，你不要去美国，美国人很坏，美国很危险，你不要去，你不要转学，你不要搬走，你不要离开群山……

"你不是一直想去吗？"林其乐说。

"你想不想跟我一起去？"蒋峤西问她。

林其乐愣了愣，她说："我不喜欢美国。"

"那你想留下我吗？"蒋峤西又问。

林其乐迟疑了一会儿，她的嘴唇张开了。

"你去吧……"她说。

蒋峤西看向了她，看到那条樱桃项链从她领口坠下来，散发着叫他来看，也那么夺目的光芒。

"你应该去做你想做的事情。"林其乐轻声说，望着他。

蒋峤西始终记得那一天，那是一个中午。他在群山工地，看着林海风叔叔教着教着林樱桃骑车，忽然间就把车把松开了。他让林樱桃尽情地自由飞驰，让她像一只鸟、一只幼鹰，释放出她的天性，无所畏惧。

那种刻骨铭心的羡慕、嫉妒，不知从什么时候起，在蒋峤西心中慢慢就消失了。

是因为樱桃也在用同样的方式来对待他吗？

林樱桃眼眶红了，蒋峤西把她搂过来，搂到自己的空缺里。有那么一会儿，他以为她在哭。他听到樱桃抱怨："你这里怎么只有孙燕姿的歌，我想要听那个科恩叔叔的歌……"

§

爸爸说，人活着，就像蚕、像蛇、像螃蟹，到了时候，就必须要蜕壳了。

只有把一些东西放下、忘却，才能轻装上阵，继续更好地生活。

夜里下雨了。林其乐走在蒋峤西的伞下，他们手牵着手，一同离开酒店。明天，蒋峤西就要开始在清华上课了。等暑假结束，他要去香港，准备来年五月的 AP 考试。来年五月，那几乎就是高考前了。林其乐意识到，她以后见到他的机会越来越少了。

北京夏夜的雨滴，散珠般敲打在伞面上。

"樱桃。"

"嗯？"

蒋峤西在雨声中说："我去美国是堂哥资助的，但我应该有不少奖学金。"

林其乐在旁边听着。

他们从学院路走去人大附近的酒店，怎么也要半个小时。但他们都有默契，不乘公交车，也不打车，就两个人这么走。

"所以除了我，"蒋峤西举着伞说，"养活一家人应该也没有问题。"

"蒋峤西……"林其乐笑了，她冲他摇了摇头，又低下头。

他一直把她送到了酒店楼下。临分别，林其乐站在酒店大厅投射出的光里，一直在看他。

中关村一家商铺里，电视机开着，正播报中央二台的新闻：

"本月二日，德国工业银行宣布盈利预警；六日，美国住房抵押贷款投资公司宣布破产；八日，美国第五大投行贝尔斯登宣布旗下两只基金倒闭……"

"美国次贷风暴正席卷全球。"

"香港恒生指数昨日收盘 21792.71 点，下跌……"

蒋峤西在柜台买了包烟，拿出一支来咬在嘴里。和林樱桃分开的时候，他脸上还笑着，这会儿笑容却端不住了。他肩膀后面有条肌肉一直在抽动，嘴角一颤，只觉得有东西要往下落。

他真想说，樱桃，你在国内等我好吗？你一个人，孤孤单单地在国内等我四年，或是八年、九年，你等我回来娶你，等我回来给你买个大房子。

蒋峤西自己都觉得羞愧，这要多自私的人才有这种想法。

林樱桃又在酒店门口站了一会儿，也没有等到蒋峤西回来。

雨还在下，林樱桃想往楼上走，却停在原地。她把手伸出去，看到雨珠"啪"的一下，敲打在她的手心里。

她缩了缩手指，因为还挺疼的。不一会儿，她手心里便蓄得都是雨了。

妈妈。林樱桃抬起头，瞧着头顶乌云密布的天空。她想，我长大了吗？

§

秦野云说，（4）班的那谁和那谁谁你知道吗，他们就是一起出国的，（11）班那个班长，要去考南洋理工的自主招生，他那位是（17）班的，他俩一块儿考。

林其乐蜷缩在被窝里。北京名校夏令营的最后一天，其他同学都去北大感受最后的名校光辉，林其乐却在酒店赖床，和懒得再去走动的秦野云说悄悄话。

"我又考不上伯克利，"林其乐用被子蒙住了头，"努力也没用。"

秦野云问："你说王力宏那个伯克利啊？"

林其乐从床上坐起来，她披头散发的，闷闷地坐了一会儿，无力道："不是啦……"

"你不应该让他去的！"秦野云坐在旁边床上，背对窗外的艳阳天，"像蒋峤西这种条件的男的，也就是在群山、在省城才会围着你转。等他去了美国，围着他转的人不知道要有多少了！人家要钱有钱要颜有颜要才有才，他到时候可真就挑花眼了，慢慢地肯定就想不起有你这么一个人了！"

"秦野云，"林其乐坐在被窝里，欲哭无泪，"你能不能不要再说我了啊……"

秦野云皱了皱眉，大概习惯了林其乐平日里嘻嘻哈哈脸皮贼厚的样子。

"干吗啊，跟你开玩笑呢！"她坐到林其乐身边去了，把这个讨人厌的小女孩搂过来抱着。她感觉林其乐的背一直在哆嗦，林其乐这么娇气，却不懂得在关键时刻对蒋峤西撒娇，这让秦野云怎么都理解不了。

"你看，他不一定就把你忘了，他送给你樱桃，"秦野云说，"樱桃的英语是cherry。我们以前做那阅读理解，上面说cherry读起来很像cherish，cherish是珍惜的意思，所以送樱桃，说明他珍惜你！"

秦野云这样的学渣能说出这么一番话，让林其乐听着也很感动，可她刚感动了两秒钟，就听秦野云说："再说了，你一样可以挑花眼啊，还有杜尚喜欢你呢！不对杜尚找对象了。没事，不还有你们班那个班长，冯乐天啊！"

林其乐坐上回家的列车，蒋峤西发短信来，问她上车了吗。

从表面上看，他们与彼此联络，和过去也没有什么分别。

也许他们都在刻意忽略什么，忽略一切关于未来坏的可能性，然后彼此有默契地，延长着某种感情存续的生命力。

蔡方元坐到林其乐旁边，吃着瓜子，正经严肃地问她为什么不去美国。

"我为什么要去？"林其乐嘟囔，"我在美国一个人都不认识，我英语也不好……"

蔡方元纳闷道："你不认识蒋峤西吗？"

林其乐说："就认识他一个人啊。"

蔡方元眨了眨眼，他低下头，想了想，点头道："他吧，他一直都这么过来的，就他自己一个人，你知道吧。你不行，我懂，你必须得有人偎着。"

林其乐不明白蔡方元懂了什么。她说："我也考不上蒋峤西的大学。"

蔡方元说："你可以考别的啊，附近好些学校呢，你成绩又不差。"

林其乐眉毛耷拉下来："我就认识他一个人，我还去上别的学校……"

"害怕啊？"蔡方元问。

林其乐不说话了。

她从小到大，几乎没有离开过家。美国，那是什么地方？本来就没有爸爸妈妈在身边了，也没有亲人、朋友，就认识蒋峤西一个人，还要去上陌生的学校，面对陌生的语言环境……

杜尚在对面说："去干吗啊，万一再吃不惯住不惯，樱桃在国内好好的，又不像蒋峤西他那种情况，樱桃去了干什么啊？"

蔡方元扭脸对林其乐说："我还以为有蒋峤西在，你能胆儿大点儿呢。"

余樵从隔壁车厢过来了，他手里拿了几罐冰可乐，走到蔡方元跟前，把其中一罐递到林其乐面前。

林其乐抬起肿了的眼看他，伸手接过来。

她闭上眼睛，把沁着水珠的可乐罐子贴在眼皮上。

杜尚说："以前樱桃有什么不开心的，还能找找我们。以后要是去了美国，就蒋峤西那人那德行……"他话说到一半，和蔡方元、余樵对视了一眼，杜尚欲言又止，他说，"反正我觉得犯不上因为谁想去，就跟着去了，对不对，去美国可是大事啊，樱桃，你好好想想，你肯定有你自己的主意！"

高三开学了。林其乐每天除了上课复习，就是思索自己未来想做什么，能做什么。身边同学大都有了明确的志愿，林其乐却还迷茫着。她在蒋峤西打来电话时说起这件事，蒋峤西本科打算学统计，AP 考试也选了这一门，他的数学天赋实在突出，突出到蒋峤西可以随意去做任何尝试。可林其乐并没有这样的才能，她甚至连自己的理想专业都还没发现呢。

也许她应该和很多同学一样，为将来方便就业，选个会计之类的专业。

只是林其乐隐约觉得，这并不是她想要的。

蒋峤西对她说："会慢慢发现它的，樱桃，别着急。"

蔡方元打算学计算机专业，他自己架设的网站似乎发展得不错，在学校偶尔还会接到广告商的电话。林其乐周末去他家，因为蔡经理出差去了一趟赤峰，用汽车后备厢装了两头内蒙古羔羊回来，蔡叔叔卸了两条羊腿，让林其乐带回家给爸爸妈妈炖了吃。

　　林其乐坐在蔡方元身边，吃碗里洗好的大草莓，看电脑屏幕里放的美剧，叫《生活大爆炸》，是演一些美国科学家的故事。林其乐看着看着说："是不是在美国都住这样的房子？"

　　蔡方元吃着草莓，看了林其乐一眼，说："对啊，蒋峤西对门也会住这样的金发美女。"

　　林其乐闷不吭声，闷闷不乐。过了一会儿她说："你看人家字幕组，翻译得多详细，你和黄占杰以前就只会胡编乱造。"

　　蔡方元说："黄占杰最近跟他爸妈吵架呢。"

　　"为什么？"

　　"写小说写的呗，他想考中文系，他爸妈非让他学建筑，他那分我估计考不上。"

　　上了高三以后，和家里人吵架的不只有黄占杰。

　　辛婷婷从南校区哭着给林其乐打电话，说她和她们班团支书发短信，被她妈妈看到了："不过是说将来一起上大学的事，她非说我早恋！"

　　林其乐听她哭得实在太厉害，问她周末要不要到自己家来玩。

　　辛婷婷哽咽道："我妈她不让我去找你。"

　　"为什么？"林其乐问。

　　她忽然就想到了原因。

　　"人家蒋经理的儿子这就要出国了，林工家那个闺女给单留下了吧，你说说早恋能有什么好结果？"

　　余樵高三一开学就报名了招飞，十月份，他一边要学习，一边还要准备初检。

　　在这个忙碌的关头，他却收到了一封信，是班里生活委员转交给他的。淡青色的信封，上面写着颇秀气的字，是从二中寄来的。

　　班里几个校队男生凑过来，一块儿起余樵的哄，要抢那封信拆开来看。"别闹！"余樵写着卷子，不耐烦道，他手伸过去，"给我！"

　　他把那封信塞进抽屉里，继续写题。

　　林其乐坐在黄占杰旁边，回头看了余樵一会儿。

270

傍晚放学时，耿晓青打来电话，问林其乐那封信的事。林其乐坐在巴士上，看着秦野云在前头高高兴兴地和余樵说话，林其乐心里忽然涌起很大的负罪感。

"他把信收起来了，没有让别人拆开！"林其乐诚实道。

"真的吗？"耿晓青欣喜道。

林其乐"嗯"了一声，过了一会儿，她才犹豫着问："晓青，你、你喜欢余樵啊？"

"你喜欢他什么？你是在北京和他聊天认识的吗？"

耿晓青说："樱桃，从你第一次和我描述起余樵的时候，我就喜欢上他了。"

来班里正常上课的学生越来越少了，有准备自主招生的，有想最后拼一把竞赛保送的，也有准备出国的，譬如岑小蔓。林其乐听同学们议论，说岑小蔓正在学SAT，下学期也要去香港准备AP考试了，她要去加州大学戴维斯分校，距离蒋峤西的学校只需两小时的车程。

林其乐当然会有些羡慕，钦佩岑小蔓的勇气、自信以及那种能力。那是她不拥有的。
而林其乐拥有什么呢？

越到高三，到十八岁，这个人生的岔路口，林其乐越开始反复思索这样的问题。

蒋峤西最近功课有点儿忙，他打来电话的时候总是很晚了。林其乐有几次想听他的声音，又不忍聊下去，因为她能感觉到蒋峤西很累，非常困倦。

"为什么要学这么累啊？"林其乐问。

蒋峤西说："你小时候也常这么问。"

林其乐说："所以为什么呢，你已经把托福和SAT都考完了。"

蒋峤西说："没有为什么，没别的事可做。"

"你不是可以去堂哥家吗？"林其乐问。

"以前放假去，是去玩的，"蒋峤西说，"堂哥有自己的生活，我马上就十八岁了，我应该独立了。"

林其乐说："你要不要多睡一会儿。"

蒋峤西说："我想再听你聊聊天。"

"为什么？"

"我也不知道，"蒋峤西说，忽然笑了，"如果有个专业，是可以使人幸福的，樱桃，你可以去当研究员。"

交通音乐广播里说，小天王周杰伦二〇〇七年世界巡回演唱会十一月底将移师上海，这也是他今年在内地的唯一一场演出。

杜尚一有时间就在学校各教学楼里流窜，羞红了脸去厕所贴小广告，周末又去附近各大补习班的教室里头，宣传蔡方元那个叫作"1990狠狠爱"的奇怪网站。

蔡老板大手一挥，支付了两张880元的内场票，给好兄弟杜尚和他的女同学一块儿去上海度假。

电视上在播国际大新闻，朝韩首脑第二次会晤。

"卢武铉总统夫妇跨过了黄线，与朝鲜最高领导人金正日握手，这一天注定将永载史册！"

十月底，新华书店外挂出了大型横幅：伴随80后、90后整个童年时代的"哈利·波特"系列小说，即将迎来最终大结局。

在新华书店排队买《哈利·波特与死亡圣器》的大人孩子实在是太多了。林其乐一边背着书包排队，一边还低头翻英语单词卡，中途黄占杰从麦当劳回来了，递给她一杯香草奶昔。

黄占杰望着前方的漫漫人潮，忽然感慨道："什么时候，我也能有罗琳阿姨这么多的读者就好了。"

"到那时候，你爸妈肯定就不反对你写小说了。"林其乐看他。

黄占杰扬起嘴角笑了笑，笑容居然有一丝邪魅。

林其乐在家认认真真写完作业，接着沐浴更衣，坐在被窝里聚精会神看《哈利·波特与死亡圣器》，一直看到快十二点。爸爸从外面敲门，推开门了，轻声道："怎么回事啊，樱桃，早点睡觉了。"

林其乐应了一声，忙把书签插进书里，拉开被子倒头就躺好闭上眼睛。

被她用来当作书签的，是一张被掰断了的中国数学奥林匹克冬令营营员证。蒋峤西的脸被塑胶干裂的纹路布满，又被林樱桃仔仔细细地用胶水粘了起来。

照片里，蒋峤西面目全非。他好像是憎恨他自己的，他要与过去决裂。林其乐一直知道，他有他自己的伏地魔要去战胜。

林其乐看《哈利·波特与死亡圣器》看了快一星期，她有时会拿起那张书签，凝视蒋峤西没有感情的眼神。

她的整个少女时代，整个青春期，全部与他有关。

蒋峤西时不时会从香港发短信来。他周末去堂哥家吃饭，堂哥家有只小狗，叫作

Lassie。蒋峤西发了一张他和 Lassie 的合影,这合影让林其乐忽然明白了,为什么当初蒋峤西来到群山,一听她提起小兔子便"心动"了。

照片里抱着 Lassie 在长椅上笑的这个大男孩,和营员证上死气沉沉的"蒋峤西"竟真的是同一个人。

"我看完《哈利·波特》的大结局了。"

蒋峤西深夜离开自习室,回到他在附近租住的住所。路边有些卖港式甜点的小车,有牵着孩子的年轻母亲,有相拥亲吻的情侣。哪怕身在香港,蒋峤西有时也觉得身边有樱桃在陪伴他。毕竟自童年时期起,他就学会了靠幻想来获取精神上的安慰。

他问电话里:"结局是好的吗?"

"嗯,"林其乐靠坐在床头,揉她哭红了的眼睛,看着膝盖上这本书,"哈利打败了伏地魔。正义战胜了邪恶,光明战胜了黑暗,爱战胜了恨。"

蒋峤西问:"然后呢?"

"然后哈利成了一名傲罗,仍然和罗恩、赫敏他们在一起。他和金妮结婚了,有了一个幸福的家庭,还有了三个孩子。他送他们去上霍格沃茨。"

蒋峤西说:"他好幸福。"

"嗯。"林其乐掀到了最后一页,她给蒋峤西念那最后一句。

"伤疤已经十九年没有疼过了,一切太平。"

§

我们都会幸福的。

杜尚十一月底奔去了上海,和女同学去了外滩。他们相约未来一起考上海的医学院。夜晚,林其乐正在电脑前记录《哈利·波特》结局的读后感,突然接到杜尚打来的一通电话。

那一端似乎是周杰伦的演唱会现场,只隐约听到一些旋律,伴随着杜尚在手机边的大声唱和"不要再这样打我妈妈,我说的话你甘会听"[1]。

林樱桃突然觉得很难过。

但她想,不会再有更坏的事情发生了。

他们都已经长大了。

---

[1] 引自由周杰伦作词作曲并演唱的歌曲《爸我回来了》。

十二月份，余樵通过了招飞初次体检，他收到短信通知，来年一月份要再次上站体检。余樵这段时间连篮球都不打了，一向对什么都无所谓的他，在距离梦想如此近的时刻，也开始谨慎对待。

蔡方元和林其乐、杜尚几个人要给他开一个庆祝会。余樵说算了，复检完了再开吧。

那天放学，余樵被一个女孩子堵在了校门口。

杜尚几个人还想听，被林其乐拉走了。她压低声音说："你们听什么啊！"

秦野云站在公交车站里，她张着嘴唇，不安地一直朝余樵的方向张望。

"你、你收到我的信了吧？"耿晓青穿着二中校服，鼓起勇气问他。

余樵低下头看耿晓青，有走出校门的校队男生在他身后起哄。余樵皱了皱眉，说："你非在这里说。"

耿晓青的脸颊忽然一红，她看到余樵双手往裤兜里一放，转身往校门里走去了。

"我不认识你，也不可能喜欢你。"余樵站在放学后的教学楼墙角，这里人少，他对耿晓青说。

他的语气太斩钉截铁了，干脆利落，一点儿让人幻想的余地都没有。

耿晓青在原地站了一会儿。

她脑海里一片空白，她想了许多种可能，余樵会怎么回答她，可没有一种是这样的。

"那你为什么那么珍惜我的信？"她问。

余樵皱了皱眉："什么啊。"

耿晓青说："你没有让别人拆开看它！"

余樵明白了，点点头。

耿晓青仰起头问："你为什么没让别人看它？"

余樵不耐烦道："让别人看才正常？"

"你喜欢樱桃吗？"耿晓青冷不丁问。

余樵看着她。

"你喜欢她吗？"耿晓青问。

"你从哪儿听来的？"余樵一皱眉，觉得特好笑似的。

"直觉。"耿晓青却异常认真。

"你才认识我几天，"余樵说，"你都有直觉了。"

有人从路对面喊："余樵，车来了！"

余樵打算走了。

耿晓青忽然转过头，望着他的背影。

"我是认识你没有几天，"耿晓青在他背后说，她绯红的脸颊因为他的话而惨白起来，"可是我却觉得我已经认识你很久很久了！我在信里全部都写了！你看了吗？"

余樵转过身，他好像在用他最后的耐心，来尽量不伤害这个女孩。

"你想太多了。"他说。

林其乐在电话里和蒋峤西聊起了这件事，她不太清楚具体发生了什么，只知道耿晓青那天哭着回了学校，就算打电话，也只是一味地哭。

"余樵这人一直都这样，"林其乐不高兴道，"他好像以让女孩子不开心为乐一样。"

蒋峤西在电话里笑了，他咳嗽了几声，没有说更多。

"你怎么了？"林其乐问。

蒋峤西说："有点儿感冒。"

林其乐说："你睡太少了，抵抗力变差了，你快去睡觉吧。"

蒋峤西说："我睡不着。"

他好像在撒娇。

林其乐想了想，把头发擦干了，她说："那我再和你说说我前几天带咪咪去打疫苗的事！"

高三第一学期的期末考试，林其乐考了全班第八名。班主任陈老师单独叫她去办公室谈话，那意思是，他知道林其乐一向功课认真，非常努力学习："这个成绩，大学不考外地的好学校很可惜啊。

"林其乐，人的一生只有一次，十八九岁的青春时光只有一次，能走到外面去看一看，闯一闯，感受新世界的机会，有可能也只有一次——等你将来大了，工作了，结婚了，进入社会了，到时候束缚就很多了。你懂老师的意思吧？年纪轻轻的，上个大学而已，不要裹足不前，把你的眼光、目标放长远一点。"

林其乐自己放学时反思陈老师的话，她站在站台上，慢慢想，难道是因为初中和高中一开始都不顺利，所以她才那么害怕去新的学校？

总觉得在本地念大学的话，就算又有什么事发生，也可以晚上回家去。

她真的这么没出息吗？

林其乐也觉得以前自己的性格好像不是这样的。

不对，那是因为她以前没有想过还会有被排挤这种可能。她小时候是太幸福了。

巴士上，余樵坐在她旁边，听她说了这么一番"三省吾身"的话后，忍不住就扭头笑了。林其乐觉得很生气，每次她在说对自己很重要很严肃的事情的时候，余樵就总是这种反应。

杜尚从前面回头说："樱桃，你刚上初中、高中的时候是不开心，但你那时候小啊，你现在早就不是那时候的你了！你想想是不是这么回事！"

林其乐顿时噘了噘嘴，很触动地看着杜尚。

杜尚说："要不你考北京、上海的学校，反正余樵想去北航，我……虽然我也不知道能不能考上吧，等出分了咱几个报一块儿不就完了！而且你想，大学宿舍肯定没几个本地人，他们怎么排挤你呢，他们自己都不认识，咱们先排挤他！"

蔡方元也回过头，说："你怎么不学学人蒋峤西，人家自己在香港过得好好的。"

年关将近，二〇〇八年终于来到了。林其乐上午写完了作业，就拿着U盘跑去蔡方元家拷之前没看完的《生活大爆炸》。她站在蔡方元卧室门外，悄悄推门进去，看到蔡方元正在电脑跟前，屏幕上灰扑扑的，是天涯论坛的页面。

"你在看什么啊？"林其乐冷不丁问。

蔡方元吓了一大跳，回头瞪她。

就在这个当口，蔡经理从门外急匆匆地进来了，他一贯说话慢条斯理的，拿捏着个官腔，这会儿却一头汗："蔡方元！给我用一下你的电脑，我看看我股票！"

蔡方元飞速点鼠标，把天涯论坛好几个页面点掉了，结果好巧不巧，把最下面"1990狠狠爱"的网站给露出来了。

蔡方元私藏的小玩具再一次被他爸爸发现了。

不过这次不同以往，虚拟网站可不像书，没法儿撕，没法儿烧。老一辈人不懂这种东西。蔡方元在家接受了两个钟头的批评教育，他坐在沙发上低头认错，态度瞧着也颇诚恳，也不再是小时候动不动就闹着要离家出走的样子了。

隔天，蔡方元转手把他的网站挂上了交易群组。因为平时流量很不错，哪怕卖得着急也卖了两万美元。蔡方元一收到汇款，麻溜去银行取了钱，拿出给黄占杰的那半，回头把剩下的一摞直接拍在他爸的书桌上。

还没到过年呢，蔡方元家楼下突然放起了鞭炮。林其乐穿着棉袄站在路口，拿着手里的饭盒。她脸颊被寒风吹得红了，看到蔡叔叔高兴的那个样子，林其乐不自觉地就笑了。

"蒋峤西，你知道今天蔡叔叔多高兴吗？蔡方元赚了好多好多钱。"

她把这件事的前前后后发短信告诉了蒋峤西，蒋峤西并没有立刻回复她。

二〇〇八年一月，是全世界所有股民的灾难月。报纸上说，沪指从本月月中开始一路狂跌，跌幅达 16.69%。

香港更是遭遇股灾，恒生指数不足两周内，跌幅达 21%。

美国次贷危机、全球金融危机、破产、倒闭、裁员、大熊市、保卫战……这些字眼不断出现在电视新闻里，林其乐帮爸爸妈妈包着水饺，她并不关心。

妈妈捏了一把面粉，洒在面板上，突然说："你蔡叔叔啊，最近不太高兴，我听余樵妈妈说，他现在一天跌掉一辆奥迪啊！"

"啊？"林其乐捏着水饺，错愕地问，"一辆奥迪是多少？"

"我听余哥说了，"林电工压着面皮道，"买了个中石油，从四十跌到二十来块了。"

"那怪不得他那天那么高兴。"林其乐讲。

妈妈笑道："蔡方元啊，小时候就很聪明。那时候来咱们家装电脑，那么大点小孩就会装电脑。"

夜里，蔡叔叔突然来到林家。林其乐正在屋里喂猫，透过卧室的门缝，她听到大人们在外面说话。

蔡叔叔说的居然不是他自己正焦头烂额的事情。

"蒋政在香港的兄弟家出事儿了。"

林电工问："什么事？"

蔡经理抖着烟灰，接过林妈妈倒给他的茶。他说："之前他放了一笔钱在我这里，让我帮他投进股市。最近大盘狂跌啊，这个行情，我说你怎么现在要啊？"

"是啊，"林电工说，"不是都快跌破 4000 了。"

电视机上，经济频道的演播室里坐了一群专家，正围在一起聊美国次贷危机的事情。蔡经理看了就来气，拿过遥控器把电视关了。"还看美国呢。"他嘴里骂道。

"我就说你非得这时候要钱？"蔡经理道，他看着林电工，"他说，着急用，没办法。"

林电工推开小卧室的门，看到林其乐还蹲在地上摸猫。

"樱桃，"他问，"峤西是不是在香港有个哥哥？"

林其乐点头。

手机放在她脚边，那上面是一条林其乐半小时前发出去的短信。

"蒋峤西，你们家出什么事了吗？"

蒋峤西并没有回复。事实上，他已经连续三天没回过林其乐的短信了。

林其乐只以为他是功课忙。

§

大年初二那天，秦野云告诉林樱桃，有来她家买烟的客人说，蒋峤西的父母有可能要离婚了。

"为什么？"

"他妈妈去香港找他，说是没找到人。"秦野云说。

林樱桃迷茫地问："什么叫没找到人？"

秦野云为难道："我也不知道，我再打听打听？"

蒋峤西发来的最后一条短信还停留在一个月前，那时他每天失眠，感冒也一直没好，林樱桃每次劝他去睡觉，他都不听，似乎他生活中最大的快乐就是多听林樱桃说几句话而已。

这个冬天，比林樱桃记忆里的每一次都更加漫长。雪灾肆虐了大半个中国，高三的学生们在教室里一言不发地学习，高考倒计时120天的牌子已经端放在黑板上面。空气令人窒息，弥漫着高压和紧张。

林其乐倒是因为担心蒋峤西，把这种压力不知不觉稀释掉了。

最后一学期，学校组织高三每个班召开动员大会。班主任陈老师站在台上，慷慨陈词了一番，然后让大家在纸上写下自己未来的理想。

费林格的理想是，获得一项或多项诺贝尔奖。

黄占杰的理想是，写出中国的《哈利·波特》，让更多人看到他的小说。

蔡方元的理想是，做中国下一个门户网站，赚他一个亿。

余樵的理想是，早点儿开上飞机。

林其乐的理想是，大家都要幸福。

蔡方元一听老师念这个就笑了："大家都要幸福？"

还数班长冯乐天的理想最令人惊叹。

"当选国家主席，让全国人民过上好日子。"

全班各个角落里的学生不自觉地都抬起头。短暂的静默之后，大家纷纷鼓起掌来，致敬伟大理想。

林其乐发短信给蒋峤西说起这事。在过去,这属于蒋峤西睡不着的时候,她会讲给他的故事之一。

蒋峤西有次半开玩笑地说:"樱桃,我觉得我好像一个幼稚园的小朋友。"

林其乐一开始没明白他的意思,以为他是嫌她讲的东西太幼稚。

蒋峤西说:"我长这么大,最幸福的时候,就是在香港上幼稚园,还有后来搬家遇到你的时候。"

林其乐高兴地问他,香港的幼稚园是什么样子。

蒋峤西在电话里慢慢回忆,回忆他童年时在香江的那段金色的时光。因为父母还沉浸在失去长子的痛苦里,还不太能接受他,蒋峤西好像获得了一段老天爷手指缝里漏下来的幸运。他回忆起堂哥,回忆起那只叫 Lassie 的小狗,回忆起当时照顾他衣食住行的菲佣。

自从去了香港,蒋峤西和林其乐的日常生活几乎没有交集了,AP考试这种东西让林其乐听也听不懂,蒋峤西便也绝少提起。他们会一直聊小时候的事,聊他们相遇以前,或是短暂分开以后的事。

林其乐把冯乐天想当国家主席的事发过去了,她等了几分钟,一直到手机屏幕暗下来,蒋峤西依然没有回音。她把手机放到一边,继续做高考模拟试题。

招飞上站体检和交叉体检两项,据说淘汰率高达80%,会把一个人从头检查到脚,连皮肤上有条细微伤疤都可能成为被淘汰的原因。

所以当余樵拿到体检单,确定通过了以后,蔡方元在巴士上,坐在林其乐身边一个劲儿地感慨,说他要是个女的,说什么都得跟余樵谈谈恋爱,近距离感受下什么叫飞行员的标准体格。

"你不是女的你也可以的。"林其乐在旁边对他说道。

蔡方元一撸袖子:"那不行!基本的这个性向底线不能突破啊。哎,杜尚,你是不是和余樵睡过一张床?来发表一下具体感受!"

杜尚坐在前头,正和女同学高高兴兴聊天呢。听见这话,他回过头来,那脸都绿了。

林其乐和蔡方元低下头凑在一块儿笑。

杜尚忙不迭地和女同学解释:"不是,不是,我上高一的时候我妈回娘家照顾我外婆去了!我就去余樵家住了一段时间。我没跟他睡一张床!我睡他弟那屋儿!他弟、他弟一小屁孩,就一点点!"

蔡方元本想和林其乐再吐槽杜尚几句,有女同学在场的时候,杜尚特容易紧张。

结果他扭头一看,林其乐又拿出手机开始发短信了,短信收件人惯例又是"蒋峤西",

每天定点汇报，和写日记一样。

巴士到站了，蔡方元下车来，他告诉林其乐："我估计吧，蒋峤西他妈可能想借他堂哥出事这个机会，把他叫回来，蒋峤西不愿意回来，可能香港那边儿也乱，所以才暂时顾不上和我们联系。"

林其乐握着手机的手垂下去，她扎起来的马尾松松散散，滑到了校服领口。

巴士在他们身后开走了。

"毕竟他和他哥感情还挺深的。"蔡方元看着她。

"他家到底出了什么事，你知道吗？"林其乐问。

蔡方元摇头："我爸也不知道。不过蒋峤西迟早要去伯克利的，他肯定有全奖，你放心吧，说不定过两天就有信儿了。"

过了这个寒假，是因为那卖掉网站换来的两万美元吗？林其乐感觉，蔡方元好像变成大人了，无论是说话的底气，还是举手投足，甚至是轻微的一个眼神。

§

沪指还在持续大跌，从年初的5000点已经跌破了3000点。人们的期待一次次破碎，二〇〇八，这本是中国人的希望之年，却灾难连连。

不过也许人生就是这样的。林其乐回想起九岁时，蒋峤西在群山低矮老旧的房子里告诉她，他长大以后要去美国。蒋峤西把一张机票，是他堂哥从香港飞往波士顿的机票，藏在他书包最内侧的口袋里，他就这么每天背着，像背着人生唯一一丝希望。

他坚持了那么久，努力了那么多，又放弃了那么多。他背着他的理想，马上要走到终点了。

林其乐突然想起小时候在爸爸床头的磁带里听到过的一首歌。

从来就没有什么救世主。

要创造幸福，全靠我们自己。

蒋峤西已经快一年没来过学校了，林其乐却还经常能在意想不到的地方看到"他"。五月初，高三全年级进行了最后一次模拟考。林其乐循着考号去了低年级高二（9）班的教室，她在分给她的课桌上看到了陌生学妹用小刀刻下的"蒋峤西"三个字，字迹娟秀。

连做值日的时候，林其乐卷起袖子把拖把放进公用工具间，她在泛灰的散发着陈腐潮湿气味的粉墙上，看到了一整面密密麻麻的名字：木村拓哉、五月天、金在中……林其乐一个字一个字地看，一条笔画一条笔画地看。

很快，她找到了，她从兜里拿出工具间的钥匙，在不知道是谁刻下的"蒋峤西"三个字上加深那些笔画，让谁也模糊不掉。

也有时候，和蒋峤西有关的人会忽然出现在林其乐面前。

高二（13）班的学弟齐乐一个月内第四次出现在林其乐的班级门口。他说他是想来看看蒋学长来学校了没有，想找他问问题。

林其乐走出教室，说："他如果来了我给你发短信吧。"

齐乐高兴得很，和林其乐交换了手机号码。他说："融融学姐，蒋学长还有好几本数学讲义在小白楼放着，我今天看见了，差点儿被人收拾东西的时候扔掉了，你要不要中午跟我去拿。"

林其乐连忙答应，又说："你叫我什么？"

齐乐坚持叫她"融融学姐"。在小白楼的走廊里，他说他从小被同学起哄叫"融融"，他虽然不喜欢，但觉得"融融"并不难听，只是更适合女生。"一开始我知道你的名字的时候，我就觉得你才适合这两个字！"

林其乐把这一席话听在耳朵里，总觉得哪里古怪。她走到齐乐所说的，蒋峤西以前上自习的课桌旁，蹲下把里面差点儿被人丢掉的习题册、竞赛讲义和草稿纸拿出来。

已经快两年没人碰过这些东西了，连蒋峤西自己都忘了，纸面上浮着一层灰。林其乐随便翻了翻，书里真的都签着蒋峤西的名字，她把这摞书放在椅子上，转过头弯下腰开始咳嗽。

齐乐在旁边站着，这么低头看她收拾，也不帮忙。

林其乐去洗手间洗手，她掏出纸巾，一点点沾湿了，去擦拭那些书封面上的灰尘。她把这摞书抱起来，也不怕弄脏了校服，连同抽屉里几支不知道还有没有水的笔一起抱着，要回自己教室去了。

齐乐忽然在身后说："那个，融融学姐。"

林其乐回头，皱眉说："你还是别这么叫我了，好奇怪啊。"

齐乐抬起手，有点儿无奈地抓了一下自己的头发，他又把手放下来，看起来很酷地揣进裤兜里。

"你知道蒋学长想去美国，对吧。"他突然抬头对她说。

林其乐也看着他。

自习室里没有别的人，只有一些灰尘粒子在光里盘旋，它们好像是没有生命的。

是什么在引导它们呢？

"你知道蒋峤西去哪里了?"林其乐问道。

齐乐愣了一下。

"我不知道,"他说,"但我知道他去了美国,以蒋学长的能力,他不一定会回来了,美国的数学研究能力全球顶尖,是全世界的天才梦寐以求的——"

"你想说什么?"林其乐问。

齐乐严肃地看她:"学姐,你看我怎么样?"

林其乐脑筋一下子没转过弯儿来,卡壳在原地,她一双圆眼睛睁大了。

"我、我也搞数学竞赛!"齐乐忙说,"虽然比不上学神,但我也算个学霸吧,我也不差!而且,我不去美国,不用你等我,我还比蒋学长年轻呢,年轻一岁!"

见林其乐迟迟没说话,齐乐说:"以前蒋学长在,我没好意思说,我第一次见你就觉得你特别可爱,看着傻乎乎的,但特会照顾人。与其在国内等蒋学长八年九年的,不如——"

他话没说完,墙上挂着的那张"数学之神"阿基米德的画像突然掉下来了,画框砸地,"砰"的一声。

齐乐目瞪口呆,僵在原地,脸色煞白,他好像惊扰到了什么神明一般。

林其乐离开了小白楼,她皱起脸四处看,发现校园里好多学生都跑出来了,原来刚才那种眩晕感真的不是幻觉。

临近放学时,林其乐牵着秦野云的手,挤在人潮中。学校小超市里挂的那台电视机正播放汶川发生特大地震的突发新闻。杜尚小声问余樵,7.8级是多大啊?余樵眉头皱着,说他也不知道。

回家路上,巴士里的人都在谈论这件事,人们想象不到,前一天还在盼奥运,还在骂股市,怎么突然发生这种事。林其乐把座位让给了一位新上车的老大爷。那位大爷手哆嗦着,从坐下以后,就摸出一个手机,使劲儿按,按了半天也没把电话打出去。他忽然抬起眼:"丫头,帮我打个电话。"

他声音里有压抑不住的哭腔,喘不上气一样。林其乐原本还挺冷静的,她接过手机来,突然特别难受。

对方的号码无法接通,林其乐一直打,她想表现出很有希望的样子,可一直打不通。那位老大爷手扶在前座靠背上,在周围乘客望过来的视线里潸然泪下,他用手捂住了眼。

"大爷……"林其乐害怕得声音发颤。

旁边一位三十多岁的中年男人手拉着扶手,低头说:"大爷,您别急啊,我听说四川那边信号断了,基站都塌了,现在接不上电话!"

"都还在抢修呢！"

"就是啊，大爷，"站在林其乐后面的大婶也说，"万一家里人没事，再把自己吓出事儿来！"大婶哽咽着说。

巴士司机在前头把车停了，走过来，兴许是以为有老人家心脏病发作了。司机师傅弯下腰，在人群中瞧那大爷的脸，司机扶着他的肩膀，眼眶一红："大爷，您没事儿吧？"

林其乐把大爷的手机还回去了，临下车，她还想再说什么，余樵把她拉下去，让人家司机师傅赶紧关了车门就走。

电建集团组织了员工捐款，学校里也捐。冯乐天为这事忙前忙后的，因为班里人少了，复习又紧张，他只好找林其乐给他帮点儿忙。林其乐一连几天都没顾上蒋峤西留下的那摞奥数书，她把它们放进了床头橱，和那只装着红色高跟鞋的鞋盒放在一起。

到晚上复习的时候，林其乐翻开自己的数学笔记本，里头夹着一张高二暑期名校夏令营的通知。

通知背面，是蒋峤西潦草的字迹。他写了三道题，让当时的她来做，好加深对知识点的理解。

林其乐用手撑着头，她忽然很难过，这一刻，她变得非常害怕失去。

五月底的一天，林其乐放学推开家门，看到蒋政叔叔在自家沙发上坐着，正和爸爸一起抽烟说话。

"樱桃，"蒋叔叔一见她回来，扭头问，"蒋峤西最近给你打过电话吗？"

林其乐摇头了，她站在门口。

蒋叔叔低下头，把半截烟咬进嘴里，又吸了一大口。

高考前夜，林其乐看完了最后的作文猜题，她侧躺在被窝里，还在给蒋峤西发短信。

"你还在香港吗，"林其乐的脸被手机屏幕照亮了，"你去哪里了，蒋峤西，我高考完去找你玩好不好？"

"你是去伯克利了，还是你跑到哪里去了？你和我说说吧。"

林其乐和蔡方元、辛婷婷被分到同一个考点。一大清早出门，电建集团总部门口放起了鞭炮，预祝这一代集团子弟高考凯旋。

辛婷婷坐在蔡经理的车上，一路战战兢兢，她好像没有睡好。林其乐从旁边握住她冰凉的手背，辛婷婷面色惨白道："其乐，我们是不是要解脱了？"

林其乐不知道，她心里只有未知、不解与越来越多的迷茫。人生的下一站会有什么在等待他们，谁也给不出答案。

林其乐高考发挥得异常出色，也不知为什么，她的心情从头到尾都很平静，一丁点儿紧张都没有。

她在高考作文的开头写道：我的家乡，在一个有着三座晾水塔的地方。我度过了非常幸福的童年，长大以后我才知道，那座小城建立在灾难、废墟之上。

高考结束以后，蔡经理张罗着群山几个家庭一同出去聚餐，想给孩子们庆祝。可林其乐实在没心情，她从考完后就把自己关在卧室里，对着电脑敲敲打打地聊天。

爸爸妈妈都去赴蔡叔叔的饭局了，他们很照顾林其乐的心情，给她做了一些饭菜放在餐桌上，没勉强她什么。家里格外静。林其乐走出去打开冰箱，拿了一罐冰镇汽水来喝。

她穿着睡裙，窗外夏夜的风吹进来，吹着也挺凉快。

猫咪趴在沙发垫上，把脸对着风扇直吹。

电脑网页还停留在对"蒋峤西"三个字的搜索结果上。蔡方元的ID后面显示手机QQ在线，他问林其乐是不是考砸了，怎么连饭都没心情吃："我们点了糖醋排骨，你不来吃啊？"

齐乐的QQ窗口一直弹出来，他说："学姐，我想和你说一件事。"

林其乐的手指细长，在键盘上快速敲动。

"你快高三了，你快好好学习吧。"她有点儿想把他删掉了。

齐乐说："不是，你放心，我不再提之前的事儿了。我是想和你说……"

"当时我和蒋学长，我们在福州参加数学冬令营。我爸是领队。考试结束那天，他想带蒋学长在福州当地逛一逛的。"

"可蒋学长考完了，回到酒店倒头就开始睡。我当时觉得他好像特别累，因为别的考生家长都在身边，他是自己来的，也不管别人在干什么。他一觉睡到下午六点多，睡醒以后第一件事就是给你打了个电话，他想让你去车站接他回家。"

林其乐抱着膝盖，坐在椅子上愣愣地看电脑屏幕上弹出的一行行小字。

"所以我觉得如果他回来，肯定会第一个就联系你的。"齐乐安慰她道。

外面门铃响了，林其乐迟迟才回头，意识到爸妈都不在家。她推回键盘，穿上凉拖鞋，走到外面拿起了听筒："喂？"

"樱桃，是我。"他说。

§

林樱桃手腕上套了钥匙绳，她虚掩上家门，飞快地踩着楼梯下去。

天黑，楼道里也黑，是声控的。从楼下看，会觉得林樱桃好像某种魔法世界里的公主，像哈利·波特里面那种，她走到哪儿，哪儿的灯就亮起来了。

终于，连蒋峤西面前漆黑的一楼也亮了。

蒋峤西背着书包，手里提着一个鼓鼓囊囊的旅行包。他站在楼道门外的黑暗里，远处的路灯在他脚下拉出一道沉默的影子。

林樱桃站在一楼的台阶上，她睁大了眼，穿过门上的空隙看他。林樱桃更快地走下来，她的睡裙是吊带的，脚下的凉拖鞋踩在地上，啪嗒啪嗒响。

林樱桃从里面开了锁，推开单元门出去。没有了这层遮挡，她更清楚地看见了蒋峤西的脸。

"蒋峤西……"她的话哽在喉咙里，他们好像整个高三都没有见过面。

蒋峤西也低头看她，他的手一松，手里的旅行包沉甸甸地落在了脚边。

单元门两侧停着电建职工们的自行车。不远处，有居民在楼前散步。她们遛狗，抱着孩子说话，轻声聊着大事小事，林樱桃从小就认识她们，平时见面都要喊一声阿姨婶婶的。

蒋峤西大半身体都背对着光明。

"蒋峤西，"林樱桃轻轻叫他，只是说出这个名字，她就觉得鼻子一酸，"你去哪儿了啊……"

很快，她被人一抱，声音被吞没在一个吻里。

蒋峤西一句话也不说，他走近把林樱桃搂过腰来抱住了，把林樱桃的腰、林樱桃细瘦的背脊、林樱桃两条手臂、林樱桃像孩子怕丢似的挂着钥匙绳的手腕，全都搂在了一起。他低下头，垂下脖子，去很轻很轻地尝吻林樱桃的嘴唇。林樱桃半仰着头，一开始有点蒙，然后又把头稍稍仰高了一些。

蒋峤西便搂她搂得更用力了。

他穿了件深灰色的T恤，T恤皱了。他背着书包，就在楼下这么亲吻她。不是过去那种珍惜地碰一下就分开了，蒋峤西吻了她好长时间，直到林樱桃紧张得后背都紧绷起来。

有孩子跑到了隔壁单元门口，发出稚嫩的童声，这肯定会把大人们吸引来。

"蒋峤西……"林樱桃脸通红的，抬头说。

蒋峤西伸手拉开了林樱桃背后那扇铁门，他握住林樱桃的手腕，拉着她从一楼往下，沿通往地下室的楼梯走去。

林樱桃在楼梯上差点儿跌倒了。

地下室一片漆黑，走廊幽深。就算一时来了人，声控灯亮起来，几秒后也会很快熄灭，很少有人会注意到这里。

林樱桃站在走廊尽头，灯一暗，她就真的只能听到蒋峤西的呼吸声了。蒋峤西握着她的腰用力搂她，把她按在自己身上。林樱桃本想说，蒋峤西你的行李还在外面放着，可她的手抱着蒋峤西的肩膀，很快就什么话都想不出来了。

林樱桃打开了一点嘴唇，在黑暗中，在这样的亲吻中颤抖着喘息，她的脸颊贴在蒋峤西垂下来的脖子上，她的眼眶不住发热。

"樱桃，"蒋峤西忽然说，"你别忘了我。"

林樱桃一时没听懂，很快蒋峤西又吻她了，吻了一下她的脸，然后是她柔软的嘴唇。这次不像刚才那样的温存，林樱桃喘息的嘴唇被一下子吻开了，林樱桃高仰着头，长头发从肩头滑落下来，垂在蒋峤西搂着她的突起的手指关节上，林樱桃发出了一点鼻音，她已经十八岁了，但她没有被人这样亲吻过。

蒋峤西好像要提前把外面成人世界的甘苦，都吻进林樱桃的嘴里了。

地下室一会儿明，如果两个年轻人刻意屏住呼吸，一会儿便又会再暗下来。忽明忽暗，虚实难分。林樱桃抬起眼，她脸颊绯红，趁着明亮的那么几秒钟去看他。

她的手从蒋峤西的肩膀往上摸，摸他瘦削不少的脸，她抱住了蒋峤西的脖子。

"你去哪儿了？"她委屈地问。

蒋峤西睫毛那么长，在她面前垂下来了。

"你吃晚饭了吗？"林樱桃问他，"我爸爸妈妈走之前给我做了饭，我还没吃，你上来和我一起吃。"

林樱桃还有太多话想对他说，索性他们回家去说。

林樱桃的头忽然被按到蒋峤西胸前了。灯又暗下来。林樱桃感觉蒋峤西低下来的呼吸蹭在她脸颊上，吻却落在她的鬓角和眉心。

"樱桃。"蒋峤西说。

"啊？"

蒋峤西喉咙里吞咽了一会儿，他又轻轻地亲了林樱桃的嘴唇一下。

"我想吃娟子阿姨做的枣面馒头。"

林樱桃哭笑不得的："她今天蒸了好多，我去给你热一下。"

蒋峤西的旅行包还在单元门外放着，林樱桃从地下室楼梯上来，她转身就要上楼，回头对蒋峤西说："我先去热菜，你把旅行包提上来！"

蒋峤西推开了单元门，站在门口看她。林樱桃穿着那件有点孩子气的睡裙，裙子垂坠下来，隐约勾勒出她的曲线轮廓。她的长发落下来，笼罩住肩头，一走路，发尾轻轻摇动。她脚上踩着双浅黄色的凉拖鞋，上楼时，脚跟翘起来，皮肤是细滑的粉色，连一点儿磨出来的茧都没有。

林樱桃被她虽然平凡，却仔仔细细呵护着她的家人所包围。她理应生活在幸福里，彻底的，完整的，没有任何忧虑的，无可取代的幸福。

蒋峤西从外面把门关上了。

林樱桃急急跑上了楼，她脸颊烫得厉害，一会儿蒙蒙的，一会儿又不自觉地笑。她进了厨房，把盖在笼屉上的盖子打开，飞快数了数，有四个枣面馒头。林樱桃赶忙打开电饭锅，她一边忙着接水，一边去外面餐桌上端爸爸妈妈做好了，却已经凉掉了的菜。

墙上的分针一格一格跳动。林樱桃把笼屉放上去，盖上锅盖，插好电源。她回头注意到打开了的房门。

蒋峤西怎么还没有进来？

电建集团总部小区，夜里只有阿姨婶婶们的笑声、小狗的叫声，偶尔有汽车发动了，车灯晃过来，照亮了在路中央四处张望的林樱桃穿着睡裙的身影。

小车班邵司机按下车窗，探出头笑道："樱桃！在这儿站着干吗呢！"

林樱桃回过头，见是邵叔叔。邵叔叔载着谢阿姨和小宝宝，刚从外面回来。

"樱桃啊，你怎么了？"谢阿姨也从副驾驶窗户里探出头来，她觉察出不对，关切地问。

"叔叔，阿姨，"林樱桃声音颤抖着，面对着车灯，"你们来的路上看到蒋峤西了吗？"

林樱桃跑出了小区门口，她踩着脚上的凉拖鞋，站在岗哨前问门卫。那门卫很年轻，不认识蒋峤西是谁，只说："刚才是有个一米八几的小伙子，背着书包，对对，还提了个旅行包，他坐上出租车就走了，是朝那个方向走的！"

林樱桃沿小区外面的街道跑出去了,她越过了秦野云家的小卖部,比参加运动会时跑得还快,她一直到了路口才不得不停下。

四周都是汹涌的车流,连高架桥上也车来车往,车速飞快,一转眼就不见踪影。

林樱桃蹲下了,她低头张开嘴哭泣起来。

§

蒋政回家检查了一番。他在余振峰家的沙发上坐下,无力地问了一句:"樱桃呢?"

余振峰说:"和余樵他们在屋里说话呢。"

余樵过了一会儿从卧室里出来了。正巧玄关处有人用力敲门,小表弟余锦过去开了门,梁虹飞从门外大步进来。

蒋政一下子站起来,余樵伸手把卧室门从背后锁上。

蒋峤西深夜突然回到了电建集团总部,趁父母不在家,他自行收拾了行李。临走他只去林海风家见了林海风的闺女一面。

这个男孩,他内向,寡言少语,又执拗,心事极重,容易走极端。连蒋政在他面前也保持不了威信。他遇到问题,更是从不和自己的父亲交流。

可他再如何是个天才,也只有十八岁,他对人生又能了解多少呢?

林樱桃许多天里一直做噩梦。

梦里,她背着书包,和蒋峤西一起行走在放学路上。

"蒋峤西,"她说,"你去省城以后会给我打电话吗?"

"会。"

"你骗我,"她不高兴地踢脚边的石子,"你根本没有打。"

蒋峤西一直沉默地走路,这时,他转过脸来了。

林樱桃站在原地,梳着两根马尾愣愣地看他。

蒋峤西的身体是一片单薄的影子。林樱桃只顾自己走路,没注意,一起走了这么远,他其实一直只是一团虚无的轮廓。轮廓里的"蒋峤西"不知是用什么对她说:"樱桃,对不起。"

林樱桃委屈道:"'对不起'有什么用啊!"

那一瞬间,"蒋峤西"忽然散开了,像风里被吹散的一捧沙子,像聚在一起又忽然飞入丛林的萤火。

林樱桃站在原地，呆望着他消失的这一幕。直到爸爸从背后叫她了。樱桃，爸爸走过来，把她抱起来。她还仰着头，怔怔望着。

二〇〇八年那场金融风暴，在林其乐这一辈人的生活中并没有留下太多阴影。他们刚高考完，结束了这么多年的寒窗苦读，大人的喜悲与他们又有什么关系呢？

高考出分前，高三（18）班举行了一次班级聚会，这多少有点"散伙饭"的意思。许多女生都哭了，林其乐却没有，她坐在蔡方元和余樵身边，看着眼前的同学们搂在一起，彼此说些祝福话。

黄占杰走过来，林其乐端起杯里的啤酒，和他碰杯。黄占杰笑了笑，眼眶微红，他一直是个心思细腻的男孩。"等我将来发表了什么成功的大作，寄给你们看啊！"他说。

"好！"蔡方元鼓起掌来。

林其乐喝了一口苦苦的啤酒，她眉头皱起来。

她早就了解了，人聚人散，是人世间的自然循环。吃完了饭，班里人又一起去KTV。有女生拉着余樵一起唱《今天你要嫁给我》，半个班都在起哄。林其乐低下头，她看到手机里，学弟齐乐发来一条短信。

"对了，融融学姐，我突然想起来，你看过蒋学长的书包吗？"

林其乐没回复。她走出包厢，给蒋峤西打了个电话，依然没有接通。

"樱桃，你别忘了我。"那天蒋峤西说。

他好像在哀求她一样。

§

高考分数下来，林樱桃中午去余樵家吃饭。余樵考的就是他平时模拟卷的水准，林樱桃倒是超常发挥，比余樵多出了几十分。

大人们在酒桌上庆祝。

林樱桃坐在余樵床边听她的MP3。余樵从门外进来，拿了听可乐给她，还说了句话，林樱桃抬起头，她没听清，把耳机摘下来了。

余樵看她，说："你考得不错啊。"

林樱桃嘿嘿笑了。

校队同学、老师给余樵打电话，大家互报了分数。林樱桃抬起眼，看着余樵坐在书桌边，说两句他就笑了，对面一定羡慕了起来——余樵是那个最心想事成的人，他有目标，能坚持，人缘好，总是无忧无虑的，谁会不羡慕他。

"蒋峤西去哪儿了？"余樵合上手机，忽然问。

"我不知道。"林樱桃摇头。

"咱们年级还有两个去加州伯克利的，"余樵想了想，"（8）班一个，（15）班一个。"

林樱桃看他。

MP3 搁在她的膝头，这时滑下去了，掉到余樵床尾垫子的缝隙里。

余樵看林樱桃那俩大眼睛亮亮地看他，他笑了："他怎么都得去上学。"

林樱桃从余樵家出来，她习惯性向后望了一眼，却看到 23 号楼门口，有几辆搬家公司的货车停在那里。

"是啊，你蒋叔叔离婚了。"爸爸在家，给林樱桃久未照顾的那盆万年青浇水。

林樱桃站在门口，一动不动。

"峤西妈妈前几天就搬走了，"爸爸回头说，"你蒋叔叔调到海外工地去了，以后也不住总部了。"

林樱桃站在 23 号楼下，她仰起头，望那扇窗子。

很久以前，林樱桃还曾期待，有一天她可以光明正大地到这里来找蒋峤西玩。

总部小区上空，有时会有飞机掠过留下的影子。二〇〇八年八月八日，林樱桃站在电视机前，看奥运开幕式。

北京奥运会就这么来了。

小的时候，林樱桃还曾觉得，这好像是下辈子才会发生的事。

林电工没有看开幕式，他坐在阳台，看报纸上关于美国次贷风暴引发香港经济持续动荡的新闻。许多公司破产，富人们身负巨债，被辞退的职员无力负担香港高昂的生存压力，在股市里亏损了全部身家的港人更是心灰意冷，有人从楼顶跳下一死了之。

林樱桃走过来了，电视传出开幕式激昂的鼓点。林电工把报纸拿到一边，让林樱桃坐到他腿上来。

樱桃长大了，林电工抱她难免吃力。

"大姑和姑父不喜欢我选的专业。"林樱桃一开始不说话，这会儿倚靠着爸爸才说。

林电工笑了，看她垂下的眼。

"爷爷和爸爸年轻时候的工作，都是国家给分配的，"林电工说，他搂着她的背，"因为每个人都要努力，一起去建设国家。"

"现在国家建设起来了。爸爸希望你能找到自己想做的，樱桃，只要是你自己想学的，你以后就要去大学里好好学。"

"可能以后我赚不了多少钱。"林樱桃低下头。

林电工哭笑不得。

"你能赚多少钱啊，你还想赚多少钱？"林电工伸手捏她的脸颊肉，"爸爸妈妈有退休金，你养活自己就够了。"

"爸爸，"林樱桃在林电工肩上靠了一会儿，她问，"你想学什么？"

"什么啊？"

"如果你也能上大学，你想学什么呢？"

林电工想了想，低头笑了。

"我还真没想过这个问题，"林电工说，"上大学这种好事，哪能是谁都有的。"

"我会好好上学的。"林樱桃低声道。

过了一会儿。

"爸爸，"她说，"我好像再也不会见到蒋峤西了。"

林电工皱眉看她。

林樱桃哽咽起来："我觉得，我永远都不会再这么喜欢一个人了。"

林电工听到她吸着鼻子。

"樱桃，你才十八岁，"林电工在夜里捏着女儿的手，对她说，"不要说永远。"

Staread
星 文 文 化

樱桃琥珀

OCEANS of TIME

下

云住 著

长江出版社
CHANGJIANGPRESS

2008

第八章

有人跌落深渊，有人飞入云端

大学开学前，林其乐一家去海边城市青岛短期旅行。

来车站接他们的是一位穿着衬衫西裤的陌生老板，身边还跟着秘书、司机。林其乐在站台上愣愣地看他，还是那位陌生老板先笑着拍了一下林其乐的头："樱桃，把我忘啦？"

林其乐迟迟不知该叫他什么。

林电工在旁边说："这是你汪叔叔，以前在群山工地给你买过荔浦芋头的，那个汪叔叔！"

林其乐"啊"了一声："汪叔叔！"

汪叔叔眉毛浓密，灿烂地笑道："当年樱桃多小啊，现在长成这么漂亮一大姑娘了！这得有多少年，十年没见了吧。"

汪叔叔在青岛开了家商贸公司，他房产也多，邀请林电工一家去他前段时间刚装修好的海景别墅住："没人，不麻烦，不麻烦！林哥，别，别，咱们哥俩有什么好客套的！你看这么多年了，你们也不到青岛来玩。"

林樱桃长这么大，第一次见到真正的别墅。她进了门，仰起头看，汪叔叔从后面进来了，笑道："樱桃，上楼看看去吧！看你想住哪个屋！"

林樱桃手扶着楼梯，蹦蹦跳跳地往二楼去。

"蒋峤西，"她靠在花园阳台的栏杆上，吹着青岛傍晚的海风，在短信里写道，"我今天见到别墅了！"

"就是电视剧里经常演的那种大别墅！"

汪叔叔的司机从外面搬进来一桶青岛啤酒，还订了一桌海鲜。林电工非常不好意思，汪叔叔说："这都是附近渔民现捞现做的，林哥，别的季节你来，不一定再有了！"

饭桌上，林电工和汪老板叙着旧，感慨道："我现在一年的工资啊，可能也就买你这一平方米吧！"

汪老板坐在对面，脸上带着那种成功人士惯有的，可能连他们自己都察觉不到的笑容。

"这么多年了，你在系统里还没提上去，"汪老板说，"好人没好报啊，林哥。"

林樱桃这时从厨房出来了，厨房还是全新的，这是装修好后第一次用。林樱桃把手里一大盘扇贝放下，她坐在旁边，一脸的兴奋。

"樱桃考了北京哪个学校？"汪老板问。

"北京师范大学。"妈妈在旁边笑着说。

"哎哟！"汪老板一双笑眼望着林樱桃，而后他点点头，对林电工说，"好人也总有点好报的。"

§

爸爸总说，樱桃，你才十八岁。

林樱桃却觉得，她正在感受人生中最痛苦最叫人心碎的事，起码是一部分。她不是小孩了。

特别是最近，她听到什么歌都觉得像在听自己的经历，无论是"我和你吻别在无人的街，我的心等着迎接伤悲"，还是"对你的思念是一天又一天，孤单的我还是没有改变"。她经常听着听着，就抱膝坐在床上开始抹眼泪了。

她马上要启程去北京，走向她人生新的旅程。林樱桃把下满了苦情歌的爸爸新给她买的 MP4 装进书包里。

陪伴她那么多年的 MP3 弄丢了，但好在蒋峤西送给她的磁带还在。千禧年出道的孙燕姿在封面上蹲坐着，她留着青涩的短发，有初闯世界的勇气。

因为爸爸要加班，只能把林樱桃送到火车站。她在站台上抱住爸爸忍不住又开始哭，她想争气一点，但很难隐藏自己的不舍。

林电工笑着顺了顺她的后背："国庆节就回来了，在学校好好学习，一定注意安全，多给家里打电话！"

林樱桃点了点头，用袖子擦掉眼泪。"爸爸再见！"她说。

林妈妈上了火车，到底还是放心不下，她临时加了张票，打算和余班长一起，把孩子一路送到北京的学校去。余樵父子俩和秦野云坐在隔壁车厢。林妈妈从女儿的行李里拿出一个塑料袋，里面包着在家削好了皮的苹果。她把苹果掰开了，和女儿一起吃。

"小的时候，总怀疑我们家樱桃未来能不能考上大学啊，"林妈妈说，"那么不爱学习，整天就知道玩儿，不会到头来跟我们一样，还得干电建吧？"

林樱桃倚在妈妈身上闷头吃苹果。

"去了学校，多交朋友，和室友搞好关系，"妈妈在旁边嘱咐道，"如果遇到喜欢的男孩子呢，谈个恋爱也是可以的……"

林樱桃忽然咳嗽起来，好像被苹果呛着了。

"余樵的学校是不是离你挺近的？"妈妈突然问。

"不近，"林樱桃闷声说，"坐车要半小时呢。"

"没事的时候你们周末可以在北京四处逛逛，多看看景点什么的。"妈妈笑着说。

到了北京南站，有北师大的大巴车来接新生。林樱桃与余叔叔他们道别，然后和妈妈一起上车去学校。

校园里，四处是推荐给新生的广告。林樱桃按照教育学专业二〇〇八级新生群的指导，注册了一个校内网账号。她在上面搜索余樵、蔡方元、杜尚、秦野云、黄占杰、辛婷婷、耿晓青、冯乐天……她加上了每一个人，几乎每位同学的学校信息都由高中改到了大学。

当然，她也习惯性地在搜索栏输入了"蒋峤西"，依旧是一个结果都没有。

按照宿舍安排，林樱桃并不和自己同专业的同学住在一起。她"幸运"又"不幸"地被划分到学前教育专业研究生女寝唯一的一个空床位里，要和五位大自己四岁的学姐同住。

林妈妈在寝室楼下给余班长打电话，她不无担忧地说："怎么就分到樱桃啊，樱桃从上了初中就和同学走得不近……"

林樱桃却没太大反应，她低头看手机上"蒋峤西"空空如也的搜索结果，垂着眼，把手机攥在手心里。

进入了寝室，放下行李，室友学姐们都不在。林妈妈帮闺女稍微打扫了下卫生，把行李整理好。她有点担心，说："樱桃，有什么不适应的，你记得给家里打电话，啊？"

林樱桃点头。她和妈妈又一起去看了食堂，在学校里走了走，逛了逛，她一直把妈妈送到了校门口，然后看着妈妈一个人穿过北京陌生的街头，去坐公交车。林樱桃抬起手，对车窗里要回省城去的妈妈挥了挥手，她的眼泪忽然夺眶而出。

二〇〇八年九月中旬，美国雷曼兄弟银行宣布破产。

沪指也终于跌破了2000点。林樱桃坐在新乐群食堂的四楼，听从学院路过来吃饭的余樵说，蔡方元的爸爸住院了。

"怎么了？"她抬头一愣，"因为股市吗？"

余樵在菜里挑虾仁吃，看林樱桃一直盯着他的筷子尖，便把虾仁夹到林樱桃碗里。"蔡方元刚开学就请假回去了，给他爸可劲儿保证，说将来把这些钱挣回来，蔡叔叔才缓过一口气了。"

林樱桃在对面一下子笑了。

余樵说："还笑。"

林樱桃说："我觉得蔡方元挺靠谱的，比蔡叔叔炒那些股票靠谱多了。"

香港恒生指数跌到了 17000 点，比年初活活跌掉了一万点。全球经济形势日益恶化，可在师大的校园食堂里，林樱桃能感受到的只有饭菜的香气，只有新环境和老朋友，只有她新鲜的大学生活。

"对了，"余樵坐在对面说，周围有女生在看他，"蒋峤西没去伯克利。"

林樱桃忽然抬起头，愣了。

"8 班和 15 班那两个人见到岑小蔓了，"余樵看似漫不经心地说，"岑小蔓一直让他们俩找蒋峤西，一直没找到，问了当地一些华人学生，也没消息。最近说是，委托了一个教员，在他们教务系统里一查，没有这个人。"

林樱桃望着余樵，嘴唇动了动。

"可能去别的学校了吧。"余樵瞧她的反应，连忙说。

"行了啊！"余樵很快就受不了了，"怎么这么能哭？"

余樵无可奈何，他发现隔壁桌几个师大女生一直看他，那眼神像在看一个负心汉。他问："请问你们有纸巾吗？"

§

林樱桃住的研究生寝室，宿舍长名叫孟莉君。她是个面相颇凶的黑长发姐姐，平时上课都穿六七厘米高的黑色高跟鞋，嘴唇红得像每天早餐吃了小孩。

第一次的夜谈会上，林樱桃坐在被窝里，被五位学姐手机发出的手电筒光残忍地照到脸上。

寝室灯早就关了，林樱桃的眼睛眯起来，忍受酷刑。

"乐乐，"孟莉君学姐在对床冷冷地叫她，她只穿着内衣，举着手机，"来吧，给姐姐们交代一下，有没有男朋友啊？谈过几个？亲过吗，抱过吗，睡过了吗？"

林樱桃有什么感情经历呢？她的感情经历，不知是什么时候开始，不知怎么就结束了，不知如何描述。

学姐们看着并不像坏人，也许这就是成年人的夜谈会？林樱桃一句一句往外挤，一开始还想着隐去具体细节，但她不是个特别能藏住事儿的人。被学姐们这样一问，那样一套，更是越套细节越多，连她小时候住群山工地二十四排七户，蒋峤西住在六户这种事都说出来了。

"哎呀，不想知道，顺着高中往下说！"孟莉君讲。她下床去换手机电池，一边听，一边还站在林樱桃床下问她要不要吃切好了的木瓜丁。

林樱桃感觉学姐们接纳了她。

孟莉君还教育她："多吃啊，丰胸的，没男朋友的手管用，但可以迷信一下。"又端起水果碗，分给其他床上还没刷过牙的姐妹。

孟莉君上了床铺，继续听林樱桃这个小姑娘顺着高中往下回忆。因为给那个男生写过信，所以林樱桃刚上高中的时候，同学都不是很喜欢她，在学校就比较讨厌她。

坐在二号床玩手机的学姐突然说："妹妹，我告诉你，上了大学以后有她们后悔的！"

四号床的学姐躺在被窝里，这会儿突然翻了个身坐起来，和其他人说："我也好想回高中去和我高中男神表个白！"

林樱桃坐在六号床的角落里，她显然还不能体会学姐们的这番意见。

一号床的学姐在床头阅读灯下看《全球化与后现代教育学》。她悠悠道："其乐，你看你现在还能给我们回忆回忆你的青春，而你高中同学呢，很可能就只有无聊，只有碎嘴皮子闲言碎语。等到他们三四十岁，再回顾自己青春的时候，才发现，哦，最好的年纪，什么都没有。要说好好学习，也没考上什么特别好的大学——能考上'985'吗，成天说闲话好好学习了吗；而要说享受青春，连和喜欢的男生说句话都不敢，就知道攻击你，我估计你男神将来说不定还记得你，但肯定记不住她们。"

孟莉君说："你接着讲，你转学回去以后呢？"

林樱桃说，她转到本校，和蒋峤西——"那个男生"——分到同一个班，她一开始不想和他说话，但他每天学奥数，上完早读才来到班里。

"他就把水壶放到我桌子上，让我给他接水，"林樱桃想了想，继续道，"有一天他贴字条在杯子下面，和我说对不起，然后我就原谅他啦！"

这飞速的剧情转折让五位学姐同时伸头看她。

"等会儿，等会儿，"二号床的学姐伸出手说道，"他主动让你给他接水？"

四号床的学姐问："他也喜欢你啊？"

孟莉君不屑一顾："人乐乐一开头就说了，小时候认识，你们有没有认真听讲？"

"没有啊,老师,我一开始没听见!"二号床的学姐掀开被子,把手机扔到一边儿,"能不能申请再讲一遍!"

林樱桃从北京给爸爸妈妈打电话,她说同寝室的研究生学姐都对她特好,中午带她去不同的食堂吃饭,还领她去研究生浴室洗澡,她已经很认识学校里的路了。

爸爸很高兴:"你多和学姐们请教请教学习上的事情。"

林樱桃说:"我知道。我还知道以后找工作要学好多东西,什么唱歌啊,跳舞啊,画画——"

爸爸笑道:"这些你小时候不都学过吗?"

林樱桃说:"都多少年了,我只记得小时候学跳舞成天摔屁墩儿……"

同寝室的学姐们对林樱桃的男神长什么样特别感兴趣:"他叫什么名字来着?我们上网搜搜,是你们学校校草吗?"

林樱桃不敢说,她高中时候让人说闲话说怕了,给说出心理阴影了,害怕万一被以前的同学知道自己和大学学姐说这些,再被人骂自作多情。

二号床的学姐把衣服全脱了,锁进浴室柜子里:"所以说啊,教育行业是多么重要,不好好教育,小朋友这个心理阴影会伴随一生。我们基本肩负着人类未来的希望啊!"

林樱桃在旁边脱衬衫,她头发一团乱,把手伸到背后去解胸罩的扣子。她仍不习惯公共浴室,也不敢抬头去看其他女生,事实上,她连自己的身体都很少看。

突然,一双手从后面冰冰凉凉地握住林樱桃胸前两侧。

林樱桃"啊"的一声弯下了腰,下意识地转过身就躲,她脸色绯红,胸前的樱桃项链不住摇晃。

四号床学姐在旁边换拖鞋,笑着说:"别欺负人小女孩啊。"

孟莉君松开了手,又当众摸了摸自己胸前:"什么道理啊,没被男朋友的手加持过还比我大?"

林樱桃搓头发上的泡沫时又被孟学姐从背后捏了一把屁股,她渐渐习惯了学姐们这种生冷不忌的风格,她转过身问:"姐,什么是男朋友的手啊?"

孟莉君双手叉腰,想了想。她的黑发湿透了,垂在脑后,整个人又高又瘦,颧骨也高,很有气场。她看起来不像毕业后会去幼儿园做教师的,感觉小孩儿一见她就会哭,她会被家长拼命投诉。

"等你找个男朋友就知道了。"孟莉君对她挑了挑眉,让她自己体会。

学姐们最好奇的一件事是,林樱桃为什么把学霸男神"放跑了"。因为在林樱桃讲述的故事里，那个男孩最后去了美国，他过上了理想中的大学新生活。

"你知道大学毕业以后找个像样儿的对象有多难吗？"四号床学姐对她说，"你们这个年龄段的小女孩根本就不懂自己错过了什么。"

林樱桃愣了一会儿："不会的吧……"

"会的。男人啊，越老越差劲！"学姐斩钉截铁。

正好旁边三号床学姐在敷着面膜看《康熙来了》。

林樱桃探头看了一眼，说："你们不是都很喜欢这个高山峰，他看起来就三十多了……"

"不一样的！"二号床学姐从床上伸出头说，"这怎么能一样啊！"

"妹妹，听姐一句经验之谈，"一号床学姐在床头翻最新一期的《幼儿教育》，她说，"最好的男人，永远在他们十六七岁的时候。因为那个时候，说难听了，叫幼稚、冲动，说好听点，是可爱、真诚。他们是用一颗真心来对待你，对待感情。等这些男人长大了，进入大学，步入社会，到那时候你再接触看看，利欲熏心，斤斤计较，臭不可闻，已经和我们女人理想中的'爱情'没什么关系了。"

三号床学姐这时转过身来，揉搓着脸上的面膜泥，她说："当然，他们男人也是这么攻击我们女人的！"

"所以这就是学前教育很好的地方，"一号床学姐下了床，把学科杂志往桌子上一放，她摘掉了眼镜，绾起没梳的头发，对林樱桃说，"每天接触的都是人类幼崽，只要你不讨厌孩子，一天大部分时间里你不用体验太多的算计和钩心斗角。"

林樱桃经常在周六和学姐们出门逛街，去三里屯或西单大悦城。有时候她们也一起去王府井。

孟莉君在王府井百货试戴帽子，林樱桃帮她提包。孟莉君突然说："乐乐，你也没试过联系联系你那个美国男神？"

林樱桃摇头。

孟莉君叹了口气："你以后会后悔，高中时候没和他多发生点儿什么的。"她对她挤眉弄眼。

林樱桃笑了。

孟莉君眼底闪过一丝惆怅。

她换了一顶又一顶帽子，对镜左右看，有一顶还挺配她今天的唇色和耳环。

"很多人，说错过也就错过了，"孟莉君突然感慨道，"就算之后再见，也不是以前了。人和人之间就是这么残酷。"

她们在楼下买咖啡。孟莉君点了杯拿铁，林樱桃要了冰美式。她喝了一小口，立刻被苦得皱起脸来。

"怎么这么苦啊。"林樱桃忍不住说。

孟莉君在旁边看她那表情，揶揄道："不能吃苦你还点啊？"

她把手里的拿铁递过去，换了林樱桃的美式："给你换。"

林樱桃看着孟莉君端过那杯美式，若无其事地喝掉了一大口，喝水一般。

孟莉君在地铁站台上笑她："第一天来学校我就看出来了，你是那种吃不了苦的小女孩。"

林樱桃端着学姐让给她的拿铁，还被学姐戴着浮雕戒指的手指狠捏了一下脸。

§

林樱桃只有周六去逛街，因为周日余樵会从学院路过来找她。北航飞院管理严格，从周一到周六，早六点到晚十点，飞行员学生几乎没什么自由。

余樵只有周日才来，他有时穿便装，有时穿北航飞院的制服，坐在师大食堂里，显眼得很。

余樵嫌他们的制服难看："和保安似的。"但他个子高，肩宽，怎么穿制服都不会太难看的。

只要余樵过来，林樱桃就不会觉得距离以前的生活太遥远。余樵很少提起他在飞院的生活，多是和林樱桃聊蔡方元、杜尚他们在上海的事。"我听蔡方元说，黄占杰在一个什么网站，"余樵摸了摸耳朵，还是没想起来，"开始自己赚生活费了！"

林樱桃吃着排骨，惊讶地问道："写小说赚的啊？"

余樵点头，不解道："他写的那些玩意儿还真有人看。"

师大食堂里来来去去的女生非常多。余樵有时吃完了饭，闲得没事就坐在林樱桃对面四处望望，还真有女生会过来和他交换手机号码。

林樱桃知道北航女生极少，飞院更是一个女生都没有。秦野云还特意给林樱桃发短信，要她监视着余樵一点，不要被师大的漂亮女生勾走。

"我大二想学的那个专业，男生特别特别少。"林樱桃边吃饭边和他说。

余樵说："你想学什么啊？"

"学前教育，"林樱桃说，"我一直就想学这个。"

余樵嗤笑道："哄小孩嘛。"

林樱桃皱起眉，拿塑料勺子丢他。

余樵坐在对面，他笑着，观察了林樱桃一会儿。他的眼神总是审视的，像工程师检视一架飞机内部有没有什么故障一样。林樱桃每次接触他这种眼神，就觉得他又要找毛病笑话她了。

"你又要干吗！"林樱桃反击道。

"你和你寝室的人关系还可以？"余樵冷不丁问。

林樱桃笑了："我们寝室学姐就是学前的，特逗，其实人都挺好的，但说话老是故意搞得很夸张……"

余樵来师大找她的频率变少了，从一周一次，渐渐变成一个月一次。他来之前会事先打电话，有时候他们在师大食堂吃饭，林樱桃刷饭卡，有时出去吃顿好的，余樵难免就要请客了。

林樱桃边给秦野云发短信，边问："余樵儿，你最近有没有谈恋爱啊？"

余樵站在路边等红绿灯，他高高地说："我怎么谈，大三就出国学飞了。"

林樱桃望着他的背影，愣了。

"你要出国？"

余樵说："对啊。"

"出国几年？"她问。

余樵说："一两年吧，不一定。"

余樵喜欢吃北方菜，讨厌吃日料。林樱桃和他一起吃日料，他总是挑挑拣拣的，吃完还要去附近小饭馆吃点儿别的。林樱桃说："就你这胃，你能出国吗？"

余樵说："到时候再说啊。"

林樱桃说："你要不找个会做中国菜又愿意跟你出国的女朋友？"

余樵"嗯"了一声，然后听林樱桃说："秦野云现在就特别会——"余樵没听完，抬手按了一把她的后脑勺，林樱桃脑袋往前一倾，嘴里当即骂了一声，感觉脖子都要断了。

"你不给我找个对象儿你难受是不是。"余樵嫌弃道。

林樱桃咳嗽起来，揉着脖子哑声道："你能找着对象儿才有鬼了……"

余樵把她送到了师大门口，走之前低头问她："你在学校怎么样？"

林樱桃有点莫名其妙："挺好的呀。"

余樵又看她，大概觉得她没说假话，点点头。"你们这儿乌鸦怎么这么多啊。"他念叨，转身走了。林樱桃大声说："慢点儿啊！"他要过马路，摆了摆手，也没回头。

二〇〇八年年底发生了一件大事。

大姑家在北京的那户小破房子公告要拆迁了，政府不仅给补了两套回迁房，拆迁费还有可能要分个四五百万的。林樱桃寒假回了家，趴在自己小床上翻床头橱里那些奥数资料，身后妈妈推门进来，拿着手机，笑道："樱桃啊，你和你大姑说说你想要什么，你大姑和姑父在香港买东西呢。"

"在香港？"林樱桃问道。

蔡方元年前都没回省城，他在上海租了个房子，据说和计算机系的同学在一起搞了个网络工作室。他是从高中开始就自己创业的人，大学没有了束缚，又趁老爹住院期间狠狠表了一番孝心，借到一笔启动资金，如今小事业整得风生水起。

年后他回来请客，叫林樱桃一块儿去吃自助西餐。席上，杜尚逮着林樱桃不住叙旧，门外有人进来，他们同时抬头。

是黄占杰。他穿着身雪白的羽绒服，还戴了副墨镜，派头特神秘地进来。

蔡方元站起来了："来来，让我们欢迎这个，起点文学网著名大作家黄占杰！"

林樱桃和杜尚同时狂拍桌子。

黄占杰嘴里暗骂了一声，他把墨镜一摘，好像生怕别人看见了以为他神经病，在饭店里头戴墨镜。

林樱桃喝酒喝得脸颊通红，她问："黄作家，你的大作真不让我拜读一下啊？"

"不不不，不行不行，"黄占杰故作深沉道，"你小女孩儿你看不懂，看不懂！"

蔡方元吃着鹅肝："她怎么看不懂？就林樱桃，她什么都看得懂！以前你那漫画她都看得懂！"

一群人热热闹闹的，聚在一起，还和以前一样开心。

到分手的时候，也就显得更孤单，更寂寞。

这顿饭吃完，杜尚很快就要回上海了，原来他女朋友过年还留在那边，他想去陪。

他给林樱桃发了条短信，说这次过年回来见到她这个样子很高兴。

"我本来还担心，你还是暑假时候那样。樱桃，在北京开心点儿，该忘的就要忘了。"

蔡方元告诉林樱桃，他有个群组，里面有各个大学计算机系的牛人，他试着问了问，但没人听说过蒋峤西这个名字。

"你还想找他吗？"蔡方元站在林家楼下，手里拿着装了枣面馒头的饭盒，"在大学有人追你吗？"

林樱桃皱着鼻子道："哪有啊，根本没有。"

"我觉得也够呛有，"蔡方元说，"余樵动不动去你们学校，你说谁还敢追你。"

林樱桃听了，点头道："我有时候都觉得，要是余樵是我男朋友就好了。"

蔡方元忍俊不禁，凑近了问："你再说一遍？"

林樱桃长叹一声，两只手背在身后，可能在首都待久了，她也沾染了些伟人的风范。

"可惜啊，"林樱桃深沉道，"我现在只喜欢十六七岁的小男孩了，对你们这种十八岁的老男人已经不感兴趣了。"

蔡方元拿起饭盒就想用馒头扔她。

大一下学期开学没多久，林樱桃又回了一次省城。

爸爸妈妈在家提前准备了一桌菜，订了生日蛋糕。林樱桃吹灭了19支蜡烛，她一边吃饭一边和爸妈聊最近上的课，聊她在努力学习舞蹈，每天早晨去舞蹈教室，也不再像小时候动不动就摔屁股墩儿了，她甚至快能完成一字马了："就差一点点，还稍微有点拐弯儿。"

快到零点，手机里嗡嗡振动，涌进的全是短信。

杜尚说："美女赶紧找对象啊。"

蔡方元说："老女人，十九岁想要点嘛？"

余樵说："生日快乐。"

……

秦野云说："林樱桃，我今天和余樵吃了顿饭。最近我一直在想，如果余樵在高中的时候能像蒋峄西回应你一样来回应我，那该有多好……但我现在明白了，很多事情就是不能强求的。这个道理我现在明白，不知道你明不明白。今天你十九岁了，你这个讨厌的人，其实我也不是很讨厌你。有句话我之前说出来是故意气你的，其实我一直相信，就算没有蒋峄西，你也可以找到下一个像他一样珍惜你的人。生日快乐。"

林樱桃洗完了澡，坐在电脑前回复QQ和校内网上的生日祝福信息，她又习惯性地打开搜索引擎，选中搜索历史的第一个名字，除了几篇追昔奥数天才蒋峄西放弃国家集训后杳无音信的文章外，一无所获。她给秦野云打了个电话，两个小女生聊了会儿天。

林樱桃转头告诉妈妈，她和秦野云打完电话就去睡觉。

§

林妈妈夜里正睡着，听到家里地板上有轻轻敲击的动静，虽然小，但一下下的，特别清楚。

她起了床，身边老公还在睡着。林海风这个人心宽，一向睡得好。她走出客厅，走到女儿的卧室门前。

门开着一条缝，里面亮着灯，从门外的角度看去，满床是翻开的书和纸卷。林妈妈眯起眼，看那书封皮上怎么都是数学。她把门推开了一点，一眼看到了床边，林樱桃正披着头发，穿着一条睡裙，脚上踩着双红色高跟鞋。她耳朵里塞着 MP4 的耳机，在自己的小卧室里原地转圈，跳舞一般。

她沉浸在自己的世界里，连爸爸妈妈也不想分享。

林妈妈趁着樱桃没有注意到她，轻轻把门关上了。

§

大一下学期，林其乐加入了学校的英语协会。她本来只想习惯性弥补自己的短板，在她的印象里，她的英语总是很差的。

可去了一两次，林其乐发现她居然已经能记住绝大部分托福高频词汇了。

周末的早晨，她叼着牙刷在寝室翻单词书，用手一个个往下遮挡。

不知不觉间，这些词从她脑子里一个个地往外蹦，不受控制似的。

中午和余樵吃饭，林其乐忽然问："你说，一个人从小到大，是不是不知不觉就会被很多人、很多事改变了，哪怕那些人、那些事都已经过去了。"

余樵说："这不废话吗。"

林其乐深吸一口气，要不是杜尚他们不在，她怎么也沦落不到把这种心里话和余樵讲。

"是是是，废话废话！"林其乐用勺子铲一块煮熟的胡萝卜，很快铲成一小块胡萝卜泥。

二号床学姐的男友在北理工读物理学博士，据说整个系从上到下单身男士特别多。学姐在林樱桃的校内账户里找了几张游客照，给男朋友发过去，说要给乐乐介绍个优质男友："不然成天被你那个出国的男神吊着，干吗啊，浪费青春！"

林樱桃站在她床边嘟囔："姐，我还不想找对象……"

孟莉君从上铺垂下头来，一把黑发垂坠着。她说："你还要给你男神守身如玉啊？"

三号床学姐敷着面膜，回头问："乐乐，你想给他当小芳吗？"

林樱桃没听懂:"什么小芳?"

几位学姐笑起来。她们七零八落地唱起了一首老歌,林樱桃小时候也听过,却不知道那是唱什么的,只隐约觉得是爱情歌曲。学姐说:"臭男人要从乡下回城里了,要从国内去美国了,和人家小芳睡也睡了,爱也爱了,临走说一句,谢谢你啊,我不会忘了你的!然后他就理直气壮头也不回地走了!"

孟莉君又从上铺垂下头来,她说:"乐乐,别等男人,他们从来都不会感激你的!"

过了段时间,林其乐在寝室和几位学姐一起涂脚指甲油。她的脚背白,把脚指甲涂得红红的。学姐突然在对面说:"乐乐,我男人他有个学弟,看了你照片挺想认识你的,但是吧……"

林其乐抬起头。

学姐皱起眉:"他说他上周来咱们学校打球,听他队友说,有个北航的男的,经常来学校找你吃饭,有这么一回事吗?"

林其乐愣了。

她居然从没和寝室的学姐们提起过余樵的事。

而一年多了,学姐们也从没撞见过他们。

"那是我以前同学。"林其乐说。

"什么同学啊?"另一个学姐问。

林其乐想了想,坦白道:"幼儿园同学,小学同学,高中同学。"

"乐乐,你这就不对了,"二号床学姐忍俊不禁,"我们还以为你成天惦记你那男神,原来你还偷偷藏了一个北航帅哥啊!"

余樵再来的时候,发现饭桌上除了对面表情尴尬的林樱桃外,旁边还坐了三位学姐。

"还有两个人有活动,没来。"其中一位姐姐对他解释道。

另一位大姐,黑长直发,涂着颜色诡异的口红,她用手撑着脸,笑眯眯地从对面打量余樵。

余樵不自然地问林樱桃:"这干什么啊?"

他一点儿都不乖,不解风情,见了漂亮学姐也不懂得点头奉承,甚至不会笑一笑。孟莉君不禁在林其乐耳边感慨:"这男的太北航了!"

从那之后,寝室里的学姐们就很少再提"美国男神"了,转而问起林其乐有个北航男朋友是什么样的体验。

"不是不是!"林其乐忙不迭解释,"我们两家从小住一块儿,以前就经常一块儿吃饭的……"

但一点儿用也没有。学姐们自行聊起来了："我听说北航飞院男的都特忙，找他们就和异地一样！"

林其乐想，她要不然干脆和余樵发条短信，让他以后不要过来吃饭了。

要是有什么事儿就打电话说，反正平时也没什么事。

学姐们又在寝室热聊起来。

"根据我多年看这个言情小说的经验，"二号床学姐道，"很有可能，林乐乐那个美国男神多年以后，就会化身为霸道总裁，开着宝马、大奔疯狂回来，追求我们乐儿！"

一号床学姐在看《蒙台梭利幼儿教育科学方法》，她评价道："你这情节可太土了。"

"不对，得这样！"三号床学姐把《康熙来了》静音了，她扭头说，"不能光有乐乐和美国男神——"

二号床学姐一拍床铺："我想到了，乐乐失忆了！"

"啊？"孟莉君举着小镜子正拔眉毛，转头诧异道。

二号床学姐道："她失忆了，然后她和北航帅哥火速成婚，可能已经连孩子都有了！"

寝室里的气氛登时更加火热。没过多久，这个故事就已经演化成林乐乐被归国的霸道男神强取豪夺，流产又怀孕又流产，先婚后爱恢复记忆破镜重圆的故事。

"你怎么不去写小说呢？"孟莉君问二号床。

二号床痛心道："是伟大的教育事业耽误了我！"

三号床这时回头一看："哎，乐儿呢？"

一号床看着书，悠悠道："你们让人失忆有孩子的时候人就跑出去洗衣服了。"

林樱桃把一盆要洗的衣服放在台阶上，她蹲在旁边，低头想了好一会儿，她发短信给余樵说："你以后还是不要来找我吃饭了，那么远，反正吃饭也老吵架。"

"林樱桃，"余樵过了半小时才回，估计才看见，"咱俩以后也没多少机会能聚了。"

林樱桃望着这条短信，不知怎的，她忽然非常难过。

高跟鞋敲在地板上，距离林樱桃越来越近了。林樱桃抬起头，是孟莉君学姐从寝室里出来，过来找她。

"干吗呢，又给你那个美国男神发短信啊？"孟莉君也蹲下，她抱着膝盖蹲在林樱桃旁边。

林樱桃不自然地把手机屏幕朝向自己关掉了。

"我以前看《大宅门》的时候呢，有个情节印象特别深，"孟莉君对林樱桃讲，"里面有个女的,就是蒋雯丽演的那个,她喜欢上一男的,但那男的不娶她,她最后就嫁给那男的相片儿了。"

林樱桃问:"嫁相片儿?"

"你以后不会要嫁给手机吧?"孟莉君轻轻问她,那眼神还有点怜悯。

大一的暑假,林其乐在回家的高铁上和余樵挨着坐在一起。过去上学放学,他们俩都常一起走,林其乐这是第一次感觉如坐针毡。她扭过头,一直塞着耳机望窗外。

余樵在座位上补觉,醒了以后问她到哪一站了。林其乐回答了他,却有点躲闪他的目光。余樵转头看了她一眼,没再说话。

林其乐回了家,独自坐在床上,摆弄手里被剪了短头发的芭比娃娃。

"樱桃,你别忘了我。"蒋峤西的声音犹在耳边。

林其乐深埋着头,她一点儿声音也没有,忽然眼泪就开始一颗一颗往下掉了。

暑假聚会的时候,林其乐突然问杜尚:"你觉得世界上会有永远不变的感情吗?"

杜尚蓄了胡须,这让他一向单薄的脸显得更成熟了。杜尚想也不想,说:"没有。"

林其乐望着她。

"你在你女朋友面前也这么说吗?"林其乐问他。

"不不……"杜尚忙道,"女朋友嘛,哪能说实话,得哄的。"

蔡方元端着小料碗过来了,他问林其乐和杜尚要不要干碟:"余樵儿怎么回事,怎么还不来?"

杜尚隔着一个不断冒热气的锅底,也不好说话。他干脆站起来,端着自己的麻酱碗到林其乐身边来。他说:"樱桃,你爸妈感情好,我和你说我爸妈吧……"

"以前我没转学到群山工地的时候,听我妈说,她和我爸感情还行,"杜尚望着锅里漂着的枸杞子,回忆道,"后来呢,我爸去了蒲城,我妈在群山,他们两个人就越来越远了,矛盾、误会就越来越多。我妈只要跟别的叔叔说话啊,传到我爸耳朵眼里,他就犯邪,他就生气,他打了我妈,他还不肯离婚。"

林其乐这是第一次听到杜尚说起他父母以前的事。

"所以我现在放假没事儿我就去上海,"杜尚直接告诉她,"能不分开就不分开,能不异地就不异地。我们都是普通人,指不定什么时候就谈不下去了,分开时间一长,谁知道会发生什么呢。"

秦野云来了,她是和余樵一起来的。蔡方元非常惊讶,问秦野云:"稀客啊,你怎么来啦!"

秦野云骂他:"稀什么客啊,你请客从来都不叫我!"

蔡方元笑着吐了瓜子皮儿,说:"我想叫你啊,我这不怕你又在饭桌上和余樵闹起来没完没了吗。"

秦野云"喊"了一声,她指挥着杜尚让杜尚到一边儿去,她在林其乐旁边坐下了。

"怎么了,我和蒋峤西不在,你跟余樵都不说话了?"她贴耳问其乐。

蔡方元坐在旁边嗑瓜子。忽然间一桌子人都很安静,林其乐低着头不讲话,蔡方元抬眼一看,发现余樵脸色也不好看,是那种就快要发火的状态。蔡方元打破了沉默:"点菜啊,老几位,都要什么啊?"

他又说秦野云:"行啦行啦,别起她哄了,本来就单身少女,不容易。"

大二开学,专业分流了,林其乐每天除了跑去上学前教育专业的课,就是去英语协会和留学生练习口语。她也不知道她为什么要练,感觉以后也不太用得着。

二〇〇九年的国庆节,林其乐去大姑家吃饭。大姑养了只英国短毛猫,灰蓝色的,特胖特黏人。林其乐走到哪儿都抱着它,感觉自己特别被它需要。

表哥夏天陪女朋友去日本玩,在免税店给林其乐买了几套护肤品,林其乐看着那左一个圆,右一个圆的logo,也不认识,她笑着说:"把两个圆扣过来,就是香奈儿了!"

年底,林其乐考完了六级,秦野云打电话来,她告诉林其乐,她谈恋爱了。
林其乐一点儿准备都没有。
"你恋爱了?"
秦野云说:"我等不到我喜欢的人,但我可以等到愿意给我买菲拉格慕的人。"
林其乐问:"他对你好吗?"
"还成吧,"秦野云满不在乎地道,"怎么都比余樵强多了。"

上大二之后,余樵再没来过师大。

他很忙,飞院大三要出国,如果排期早,大二就要走。他早把雅思成绩考出来了,开学就在准备航校的面试。

十二月,还是蔡方元给林樱桃打电话的时候说了一句:"余樵要去加拿大,明年三四月份就走。"

林樱桃听了,"哦"了一声。

"他反正也不和我说了。"林樱桃说。

蔡方元叹了口气："等你以后有对象了，他可能就和你说了。"

林樱桃低下头，也不知怎么接话。

蔡方元又聊起别的话题，他说，蒋峤西他爸前几天把最后一笔存放在蔡方元他们家股票账户里的钱取走了。

林樱桃的心一下子提了起来。

"我问了问我爸，"蔡方元说，"他爸可能要跳槽。"

林樱桃说："蒋叔叔以后不在电建集团上班了？"

"嗯。"蔡方元说。

蔡方元听着林樱桃不说话了，问："你又怎么了？"

林樱桃声音颤抖："蔡方元……"

"干吗啊？"蔡方元吓了一大跳。

林樱桃哭道："现在就只有你会和我说蒋峤西的事情了……"

蔡方元无奈极了："怎么着啊，你还以为我们都把他忘了？"

蔡方元说："杜尚前段时间还说呢，他大三暑假有可能去香港交流，他想去打听打听蒋峤西他家里人出事儿以后住哪个医院，他还想去削蒋峤西一顿呢。"

当成长到了某个年纪，似乎就很难再存在什么"异性之间纯洁的友谊"了。哪怕是从小一起长大的好朋友，也会慢慢变得不同。林樱桃逐渐意识到了这一点。

她鼓起勇气，趁下课的时候主动给余樵打了个电话。余樵没接。她发了条短信："你干吗不接我电话啊，架子这么大！"

余樵到晚上才回了短信，说他没看见："忙呢！你什么毛病，有屁快放。"

大二结束的那个暑假，八月底，发生了一件传遍整个二〇〇五级实验高中校友群的事。

蔡方元在 QQ 上狂敲林樱桃，发现她不在线，又给她手机打电话，也没人接，最后是打到林樱桃家座机上，被林叔叔接起来了。

林樱桃刚洗完澡，她接过了听筒，听到蔡方元大声说：

"赶紧看 QQ，蒋峤西的照片在网上！"

一位香港女中学生，在自己的 MSN space 上发布了一组照片。

"我的数学＋普通话新老师是不是很帅！！全港一定没有比他更优秀的家庭老师了！！有他在，数学怎么可能不考满分！！"

评论里有人问:"这是实验高中的蒋峤西吗?"

博主回:"不知道哦,他是港大商学院的高才生,还修法学双学位,是我和妹妹的家庭教师。"

下面几乎全部是简体字的留言,看上去这个博客短时间内已经涌入了太多网友,大都是内地竞赛班学习奥数的学子,还有实验高中二〇〇五级的广大校友。

"这是蒋峤西啊,二〇〇七年奥数国奖,放弃保送的那个,我听说他去伯克利学统计了,他选了港大?"

博主回复道:"他在内地很有名吗?他家境不好,我 Daddy 在医院遇到他,才请他来的。"

"不可能,蒋峤西家很有钱的,他以前上竞赛班都有司机专车接送,随便穿一双鞋三四千块。"

"二〇〇七年我们省省队的传奇人物,全国一等奖本来能进世界赛的。我还以为他去美国搞研究了,跑去香港当家教了?"

"小妹妹好好学数学。"

"蒋学神讲题比我们竞赛班老师还透,你爸请他花了多少钱?"

照片是从书本上方的缝隙里偷偷拍到的,如同小女生悄悄张望的视线。对面的年轻男人在书桌边低着头,他握着支钢笔,正给身边另一个看起来只有七八岁大小的小女孩讲解汉语拼音的拼法。

他没有发现镜头,一张脸也没有表情。桌子上除了两个小女孩用的书本、文具、各式花里胡哨的零食以外,还有一个黑色有点掉漆了的、印着艾森豪威尔语录的水杯,杯口悬挂着一个茶包。

评论里最新一条留言是:"妹妹,快删掉这些照片吧。在香港,学生做家教犯法,蒋峤西会被港大开除,还会被驱逐出境的。你快删掉吧。"

大三一开学,林其乐去了北京。她趁着空闲时间,在学校办该办的证明。周四下午没课的时候,她站在出入境接待大厅里,人特别多,林其乐排着队填表、照相,她取了单号,只是等待的时候,她忍不住又开始抹眼泪了。

§

二〇一〇年的国庆节假期,林樱桃站在香港国际机场的航站楼里,她背了个背包,手里有只箱子。她一边看笔记,一边和大姑通电话。大姑这些年经常来港购物,在电话里提醒她:"买八达通了没有啊?去坐那个机场快线!你哥刚刚给你转了十万,在香港看着喜欢的买一买!小樱桃都二十岁了,成天背个小书包,就当你哥送你一个包包!有事情给大姑打电话啊!跟大姑不用客气啊!"

林樱桃拉着箱子挤在黄金周的人流中。她坐上机场快线,在两侧乘客中间,紧张地听着车内广播。

她在中间换乘,下去坐港岛线。香港国庆节好像也放假一天的,但林樱桃怎么想都觉得,蒋峤西很有可能出现在学校——他那么爱学习,说不定就在上自习。

就算他不在,去了港大,也应该能问到些关于蒋峤西的消息。

一来到香港,林樱桃立刻感觉到周围环境的不一样。陌生的语言,陌生的气候,陌生人和人们脸上陌生的神情。她穿了件小衬衫,袖子卷起来,领口解开了,从机场到地铁,一路上被冻得瑟瑟发抖。

可一旦出站,外面又闷热得要命,头发贴在脖子里,一会儿就有汗了。

林樱桃听不懂粤语,她有点儿后悔小时候不像秦野云看过那么多 TVB 电视剧。但好在她在师大英语协会练过一段时间口语了。这座城市绝大多数人会讲英文,年轻人会讲点普通话。

林樱桃站在港大街头,她朝四周望,她想,这就是蒋峤西这几年一直生活的地方。

为什么,为什么他连一通电话都不打呢。

"蒋,峤,西。"林樱桃实在不知道这三个字在广东话里怎么念,她写在纸上,问港大美术馆台阶前几个背着书包路过的学生,她用英语问,"请问你们认识这个人吗?"

他们纷纷摇头,望着她。

林樱桃不放弃地问:"那请问港大的学生假期经常去哪儿自习?"

一个男生笑了笑,说:"图书馆啊,不过你应该进不去。"

林樱桃在港大校园里徘徊,她把箱子放在路边,鼓起勇气去问任何一个看起来不像是游客的人——背着书包的学生,穿着曲棍球队服的队员,又或是在搞社团活动的年轻人。有的人很友好,但抱歉说不认识这个人;有的人匆匆走过,并不理会她。

校园并不大,林樱桃拖着箱子在里面走,她满身是汗,衬衣都贴在腰背上,眼里不知不觉也落下汗来。也许正是因为陌生,所以她才能格外勇敢。换成是在师大校园,林樱桃怎么也不敢这样去寻找一个人。

她忽然想起，蒋峤西从小到大，都很不喜欢和人接触。他寡言少语，喜欢独来独往。

如果是在中学，起码还能在固定教室找到他，每个人都会见到他，老师们都认得他。可上了大学，这么多教室，这么多院系，这么多专业，这么多课，这么多来自世界各地的学生——林樱桃拖着箱子往前走，她扪心自问，在师大她认识多少人，她根本就不认识几个，那她怎么能指望在港大路边随随便便遇到一个人，对方就会认得蒋峤西？

更别提今天还放假，希望更渺茫。

林樱桃经过港大所有印有文字照片的展板前，去仔细看照片里那些学生灿烂的笑脸，她奢望能在其中看到蒋峤西的影子，能有蒋峤西的姓名。港大是一座有着近百年历史的世界名校，这里的学生似乎总是轻松的，自在的，专注的。林樱桃在路边望着他们，像望着另一个世界的人，她不知道蒋峤西在哪里。

不知怎的，她忽然回想起小时候，她站在省城实验附中门口，她是那一抹不合时宜的红，为了寻找蒋峤西，混了附中的蓝里，格格不入。

林樱桃拖着箱子，走到十字路口，她听到耳边催促的木鱼声，望着周围来来往往的人潮。来之前她太乐观了，总觉得这么一个人只要在，怎么都能够找到。

也许她应该明天再来一趟，那起码不是假期。

酒店是表哥帮她订的，订在了尖沙咀附近。林樱桃走进地铁站，感觉一种冷顺着头发的缝隙往她衣服、头皮里钻。林樱桃的手机响了，是她新换的香港电话卡。

蔡方元问："你找着他了吗？"

林樱桃一听到蔡方元那来自北方熟悉的普通话口音，就委屈道："没有……"她拉着箱子，从地铁站逃出来。

她衬衣里的汗冰凉，衬衣被裙子紧紧束住了腰，腰带里全是汗。

蔡方元着急地说："你看你QQ，我给你发了几个地址，是我们工作室一伙计在港大的师兄现帮忙问的——"

"问的什么？"林樱桃问。

蔡方元说："哎哟，我说我在港大那些信息群组里查了半天了，什么都查不着。这师兄他去年到港大交换了一年，加过一个内地学生的廉价租房群，他刚刚帮忙问了那个群的负责人，说好像是有个叫蒋峤西的人在他们那儿租过公寓，但是这负责人他也不是房东，他不知道蒋峤西到底搬走没有，也不知道当时是租的哪栋楼哪个屋，我再给你仔细问问！"

林樱桃拖起箱子："那……我这就去看看？"

蔡方元问："你吃饭了吗？你先吃饭吧！有信儿我再给你打电话！"

从十点在香港落地，这会儿，林樱桃还不觉得饿。她只是出了太多汗了，她站在自动售货机前，买了瓶水喝。林樱桃低头看蔡方元发给她的信息，那一串串的陌生地址，她的眼睛一眨，睫毛上的汗忽然渗进眼里。

林樱桃坐上了红色的双层巴士，也许她应该先回酒店去放下行李，但林樱桃盼着现在就见到蒋峤西。她扭过头，望着车外的香港街景，她从背包里拿出镜子，尝试梳理一下自己汗湿了的刘海和头发。

来之前，秦野云还要林樱桃化个好看点儿的妆。

可这样的天气，要怎么化妆呢，香港太闷热了，十月初，还像夏天，不是北京的热法，叫人气闷。

廉价学生公寓是狭窄的一长条，夹在两栋老楼之间。林樱桃仰头往上看，看到蜂巢似的密密麻麻的窗格。她又走上台阶，透过一楼大门的玻璃往里面望。

公寓管理人是位老人，他正在看赛马新闻，林樱桃问他问题，他抛出几句广东话。

林樱桃听不懂，在窗口外面睁着一双大眼睛可怜巴巴地看他。

"我只负责拿钥匙。"老人抬起头来，用蹩脚的普通话说，还伸手指了指墙上的钥匙串。

"那您知道有谁可能会认识他吗？"林樱桃抓住机会追问，"我只想找我的朋友，蒋峤西是我同学，我们是同乡！"

那老人又看了一会儿赛马新闻，好像没听见林樱桃的话似的。

看了几分钟，他回头，见那内地来的女孩还在窗口外面执着地等着，用大眼睛盯着他看。

他有些无奈。

管理一个住满了内地学生的廉价公寓，多多少少还是要听得懂普通话的。

"我是从北京师范大学来的，我叫林其乐，"林樱桃对老人说，"我可以给您看我的证件，我不是坏人，我来找我一个同学，他叫蒋峤西，您真不认识他吗？"

老人摇了摇头，他端起杯子喝了口水，拉开抽屉，从里面找了张名片出来："你给这个人打电话，他是房东。"

林樱桃坐在路边的长椅上，她觉得头昏，也许是因为走了太久路，她脚很酸，走不动了，还有点中暑。

大姑曾经对她说，去香港要穿运动鞋，因为逛街很累人的。

林樱桃把那瓶水喝光，趁着打电话的间隙撕开小饼干来吃。她还没有逛街呢，就觉得脚重得像灌了铅。

房东终于接了电话。

林樱桃把手机拿到耳边，她望着眼前这条路上步履匆匆的港人，她不知道要怎么再去面对每个人的提防。

她想了两秒钟。

"你好，我……我想找蒋峤西。"她用英文说，有点怯怯的。

对方愣了一下，是个很年轻的男人的声音，听起来也像学生："你打错了，这不是蒋峤西的号码。"

林樱桃忽然屏住了呼吸。

"他……他留了这个号码给我……"林樱桃心虚道，"你是他的朋友吗？"

"朋友？勉强可以这么说。"对方随意道，"你是？"

林樱桃说："我……我是他家教课的学生，他有本书落在我家了，因为我……我明天要去旅行，所以今天想把书还给他！"

"好啊。"那房东说，"那你拿过来，放到楼下就行了。"

林樱桃噌的一下站了起来："可以告诉我详细地址吗？"

地铁里冷风飕飕。林樱桃站在箱子边，不自觉地抱紧了手臂。她觉得好冷，很难受，可一想到接下来很快就能见到蒋峤西，她又能忍耐了。

林樱桃循着地址走下坡道。她已经走出地铁站了，可是很奇怪，她的手臂还是冷得哆嗦。林樱桃觉得她应该再买一瓶水喝。她低头把背包放在箱子上，忍着眩晕，从里面拿出一本奥数书来。

这是她从家里带来的，是蒋峤西遗落在小白楼自习室里的旧书。她也不知道她为什么要带，也许这是一个证明，证明林樱桃这三年里遵守了蒋峤西的恳求，一直没有忘记他。

走到那座老式公寓楼下，林樱桃想把箱子提上台阶，却一低头险些栽下去。

"你好，请问蒋峤西住在几楼几户？"她靠在窗口边问。

公寓管理员是个年轻男人，看着是上学之余，在这里打工。他抬头看了林樱桃一眼："你是？"

林樱桃蹙眉道："我刚刚给……"她拿出手机，找到了房东的电话号码，"我刚刚给他打过电话，是他让我过来的。"

管理员不为所动，一口港普说："你有卡你就刷卡进入，没有卡禁止入内。"

林樱桃坐在公寓前那条长长的台阶上，箱子搁在了脚边，她抱着背包，额头发沉，她又给那个房东打了个电话。房东说："你把书放在楼下就可以了。"

林樱桃说："我想要见到蒋峤西本人。"

那房东突然笑了。

"你知道为什么蒋峤西总是把我的号码给你们吗？"他来了一句，"因为像你这样的女学生实在太多了。"

林樱桃愣了愣。

"你可以说慢一点吗？"她说。

"什么？"

"我没有听清楚。"林樱桃老实说。

那房东轻声道："宝贝，不要在楼前等了。你蒋老师可能要凌晨才回来，他不一定会在医院和学校待到几点，也可能在别的学生家打工。乖乖回家，回你爸爸妈妈身边去吧。"

通话结束了，林樱桃却没有意识到。她的额头沉沉搭下去了，她浑身发冷，脚尖不自觉地靠在了一起。

时不时有人通过身后的大门，从林樱桃身边走过去。她的裙摆搭在台阶上，被人踩到了，对方忙说"sorry"，林樱桃也没反应。

§

国庆假期，下午四点，蒋峤西离开了位于尖沙咀的学生家庭，家长在他出门前问，明年年初是否还能过来上课："她不喜欢奥数常规班和补习社的辅导老师，一定要我们请蒋老师明年继续教她数学。"

蒋峤西接过了薪水，揣进兜里，他说："我之后没有时间了。"

他声音里惯有一种低低的磁性，语气也轻，透着冷，而这冷又是温和的，是叫人很难挑剔的。

好像他这人只不过天生情感比较稀薄，才使人无法继续与他拉近距离，他并不冷漠，只是有点优等生的傲气。从他自己一个人时的状态来看，怎么都不像一个家境不好，只能出卖时间做家教打工的港大学生。

蒋峤西背了个书包，手里提着一兜学生家长临别时送给他的糖心苹果。他坐上荃湾线，一群曲棍球社的大学生坐到他旁边的空座位里。当列车行过长长的隧道，蒋峤西望向了窗外，什么都看不到，只能听见同龄人在身边笑。

下车了，蒋峤西从手中的袋子里拿了两颗苹果，塞进自己书包。太古广场站满是游客，他穿过购物的人潮，前往巴士站。

游客手里提的纸袋是红色的，从 Chanel 到 Salvatore Ferragamo，纸袋撞在蒋峤西身上，与他擦肩而过。

蒋峤西提着那兜苹果坐上了巴士。他低头看了眼腕表的时间，从书包里拿出几张订好的 PPT，这是之前忙着打工缺课了的讲义。十几分钟，他看完了，把讲义收起来。他站起来快速下车。

快三年了。三年，一千多个日夜。蒋峤西走进病房楼的大门。走廊里，几个小孩子正在嘻嘻哈哈地奔跑玩耍。蒋峤西走到那间病房门口，看到护工正在为堂哥翻身叩背。堂嫂见他来了，转身迎上来，蒋峤西把手里的一兜苹果递给她，他转头看了一眼隔壁空荡荡的床位："他们走了？"

"钱花光了，被小儿子接回家看护去了。"堂嫂说。

趁堂嫂在屋里忙碌的工夫，蒋峤西出去结账了。医院规定每五天结账一次，单据打出来，房费、针药费、检查费、治疗费……每一项罗列得清清楚楚，蒋峤西低头粗略检查过了，他解下书包，拿出钱夹，把里面的现金掏出来付账。

等回到病房，蒋峤西把裤兜里刚刚拿到手的一笔薪水放在了堂哥床头的桌上，用盛着冰毛巾的饭盒压住。

他手扶在病床边的架子上，问："哥，你今天心情好吗？"

堂哥已经结束了这个时段的翻身叩背，他仰躺着，口鼻连接着饲喂管、氧气管，他的身体瘦骨嶙峋，使得病服凹陷下去，他的脸颊也是凹陷的，不过三十六岁，昔日的银行家头发花白、稀疏，应该理发了。

他一双眼睛睁着，眼窝深陷，眼珠湿润得厉害。他的目光挪过来，聚焦在蒋峤西脸上。他的眼慢慢地朝他眨了一下。

蒋峤西伸手去握堂哥的手，近三年的卧床让这个男人的手背皮肤松弛得如同褶皱的宣纸。手关节也是软的，在蒋峤西手里，没有力量。小时候，这双手常在体面的衬衫袖口外面握住方向盘。那时堂哥大学即将毕业，他每天兴奋地离开中环，开车去接小他十六岁的蒋峤西放学回家。堂哥高高地坐在驾驶座上，他眉飞色舞地对蒋峤西描述着那么多，顾不上小堂弟其实是连一句都听不懂的。蒋峤西只是看着他，望着夕阳在车前窗留下的金色圆弧，那一幕的印象过于深刻，蒋峤西很多年后还有这样的印象：我也要成为像他一样的人。

蒋峤西坐在病房外头的长椅上，拆开书包里的文件夹，低头继续看案例资料。堂嫂回来了，把洗好的苹果递给他。蒋峤西拧开水杯，去接满了水，他用笔在纸上勾画笔记。堂嫂又过来，要把床头那沓钱还给他。

"我用不着。"蒋峤西抬头对她说。

"你是大学生，正是花钱的时候，你怎么会用不着——"堂嫂皱眉道。

蒋峤西说："用得到我再找你拿。"

堂嫂说："你不会自己存钱？"

蒋峤西理所当然道："不会。"

堂嫂苦笑起来，纤长的眼尾布满皱纹："那你应该快去约会，快找个女朋友帮你存钱，这么帅的弟弟怎么还是单身汉。"她要把钱塞到蒋峤西的书包里。

蒋峤西说："等我找着了再问你要，你先帮我存起来。"

刚刚出事的时候，堂哥被他的前同事火速送进了医院，堂哥一家人本来就在股票市场损失了千万，又背上债务。那日子是火上浇油，没有尽头。二〇〇九年的除夕夜，堂嫂带着孩子与两个老人搬家躲债，蒋峤西自己在医院病房，陪着还没有苏醒的堂哥。电视机里在放内地的春节联欢晚会，蒋峤西记得那是个小品，关于北京奥运的。他把电视静音了，他知道堂哥也听不到。

医院里总有其他病人和家属来来去去。他们有时情绪崩溃，跪在地上痛哭，对医生求情；有时又瘫坐在墙边，眼神空洞，不发一语。蒋峤西抬起头来，看看他们，过会儿又低头继续看他的书。

走的时候蒋峤西对堂嫂说："我再过一两个月就去面试。"

堂嫂问："你申了哪一家？"

蒋峤西说："都去试试。"

堂嫂说："你的西服一直好好地放在你哥衣橱里，我回去给你熨一熨。"

蒋峤西走回到堂哥床前。

这里的大夫曾说，堂哥的生命可能维持不到三年。

今年已经是第三年了。

蒋峤西握了一下堂哥仍动不了的手。"明天再见啊，哥。"他用广东话说道。堂哥虽然不能说话，但一双眼睛定定地望着蒋峤西，就像这么多年来，他在电话那端给予他的坚定回应一样。

夜班地铁，人多得很。蒋峤西坐在座位里，途中继续打开书来看。

他抬起头，又望向窗外那一片幽暗，窗玻璃上映出了蒋峤西的脸，他望见了自己。

蒋峤西有时会回想起一些往事，那好像是他想象出的内容。他想起那两根在他面前徐徐跳动的马尾辫，想起新车里封闭难闻的甲醛气味，想起穿着短裙从小白楼下走过的林樱桃，想起竞赛班的课桌，想起冬令营的考卷，想起他走出火车站台——

出了地铁站，天上下雨了。香港的天气就是这样，闷热，阴晴难测。蒋峤西穿了件灰色的短袖T恤，就算淋湿也干得很快，所以他并不在乎天气。他穿过卖场，穿过人潮，年轻的学生男女在小吃街吃喝玩乐，到路边相拥着合影留念。

他走进一家小店，用身上仅剩的零钱吃车仔面。蒋峤西把书包放在旁边的座位上，他拿出手机，检查明天的课表，回复了几位家长他最近能去打工的时间，又一次收到了女学生的道歉信，她说"对不起，老师，我不该在网络上发你的照片"。

面端上来了，蒋峤西的邮箱收到一封新邮件。

是摩根士丹利的确认函，确认收到了蒋峤西明年暑期的香港地区实习申请。

连锁超市里在卖打折的食物。蒋峤西已经对这些店的打折规律了如指掌。他走进一家还未歇业的书店，趁关门前的最后半小时，抽出书架角落里上次看到一半的《代数曲面和全纯向量丛》继续读。

书店进了些新的数学专著，蒋峤西低头看封面，拿起一本，看一眼价格，又放下了。书店墙上贴着一张巨大的海报，是《哈利·波特与死亡圣器》电影即将上映，出版商在搞新的宣传活动，宣传哈利与伏地魔的最终战争。

书店即将关门，蒋峤西走出门去。

夜晚十点多，双层巴士在路边叮叮着过去了。蒋峤西时不时能从内地旅客口中听到一两句熟悉的乡音。

原来对他来讲，也有"乡音"。

蒋峤西想，那么他究竟属于哪里呢。

蒋峤西站在廉价学生公寓的台阶前，他看到林樱桃坐在他面前，她歪着头，在香港的夜晚蜷缩成了一团。

§

香港寸土寸金，楼梯窄而陡。林樱桃的行李箱和书包被寄存在了一楼管理室门口。蒋峤西抱着浑身滚烫的林樱桃，他怎么按电梯都不下来，只好走楼梯上楼。

林樱桃不知道已经烧了多久，她的脸颊是一种不正常的潮红，浑身软绵绵，身体陷在蒋峤西搂着她的手臂里，也不知在楼下坐了多久，裙子脏得厉害。蒋峤西一级一级楼梯向上跑，他气喘吁吁，到了出租屋门前。他把樱桃放下，在兜里着急摸钥匙。门开了，里面是四平方米大的空间，灯没开，窗帘紧闭，因为没开冷气，异常闷热。

林樱桃被小心放在了一米二宽的窄床上，她双眼紧闭，衬衣紧紧贴附着身体，裙摆垂下去，搭在一双腿上。蒋峤西用毯子把她全身裹住。他站在床边，因为天花板低矮，他不得不微微垂下了脖子，这么蒙了一样地望着她。

门外走廊里传来嗡嗡的振动声。蒋峤西赶忙出门买退烧药，他身上的钱都给了堂嫂，八达通里也许还有钱。他看到那只掉落在地板上的手机。

屏幕上显示着，来电人：爸爸。

"林叔叔，"蒋峤西下了楼，他努力回想这附近哪里有 24 小时药店，他对着手机结结巴巴道，"樱桃她来香港了，她、她来找我，她发烧了……"

林海风叔叔在电话那边沉默了一阵子。

"我们家这个傻丫头……"他轻轻叹道。

蒋峤西低下了头。

"林叔叔，对不起……"蒋峤西颤声道，他惭愧极了。

"峤西啊。"

"欸。"

"你在香港那边怎么样，"林海风叔叔轻声问他，"你，你还好吗？"

蒋峤西站在十字路口，他把拼命上涌的情绪咽了下去，他哽咽道："我挺好的。"

§

林樱桃额头上贴着退热贴，她迷迷糊糊，在裹紧的毯子里时不时歪头，想逃避那种沉重的头痛。

有人抱着她，托起她的头，给她喝水。她好像回到了昔日的群山职工医院里，绿色的窗帘在光芒中摇动，好多护士姐姐走过病房，关切她。爸爸抱着她，妈妈说，樱桃，你看这是什么，余叔叔给你买黄桃罐头来啦——

林樱桃一下子睁开了眼。她醒了，却没有看到令人垂涎欲滴的黄桃在勺子里。

天花板低矮，泛着一层灰，压在她头顶上空，墙角有些渗水的痕迹，让墙纸卷翘起来。林樱桃眯了眯眼，她望向了床边的窗子，深蓝色的窗帘拉起来了，有阳光照亮了缝隙。

林樱桃枕在一个不太舒服的枕头上，这枕头对她来说太高了，还有股消毒水味儿。她身上裹了条好大的毯子，出了好多汗，她试着转动脖子，脸颊磨蹭得头发也全是汗。这是一间太小的陋室，她躺在床上，感觉一扇房门近在眼前，像是监狱。

林樱桃把手伸出了毯子，轻轻揉了揉眼。

她在床头边看到了一张伸缩桌，桌面上搁着打开的药盒，撕开了的退热贴包装，一次性纸杯，还有塑料袋系好的打包外卖。

林樱桃想坐起来。

有那么一会儿，她以为她在幻觉中看到了蒋峤西——那个小男孩就背对着她，靠坐在她的小床边，坐在竹席子上，正低头专注算他的奥数题。

林樱桃睁着眼睛，她望着他。

那个年轻男人就背对着她，他坐在床边的地板上，垂下脖子，好像睡着了。

林樱桃掀起身上的毯子，她浑身没力气，头沉甸甸的。她低头看自己身上，还是被汗浸得皱巴巴的衬衫和弄得脏乎乎的短裙。林樱桃伸手撩起脸颊边的头发，别到耳后去。她撑着床单想下床，地板上并没有拖鞋，只有被人从她脚上脱下来，搁在床边的一双白色运动鞋。

她赤脚踩到地板上，在那个年轻男人身边蹲下了。

年轻男人垂着头，林樱桃近近地望着他，能在他头发的缝隙里看到他额头上那道浅浅的痕迹。

"蒋峤西？"她轻声问。

蒋峤西低下的头往前一顿，忽然睁开眼，他好像听到了什么咒语。他回头要看床上，却扭头看见了林樱桃。

林樱桃忽然靠过来，两条胳膊抱住了他的脖子。

"蒋峤西……"

蒋峤西的手有点僵硬，也许是因为累了一天一夜，也许是坐在这里，睡得麻了，也许是昨天抱着林樱桃爬了十一层楼，到现在还没缓过劲来。他慢慢伸出手，去抱林樱桃的腰。他低下头，麻木的脸颊蹭在林樱桃的头发上，是感觉到了痒，才慢慢恢复了知觉。

"樱桃。"他轻声说，他好像还没睡醒呢。

林樱桃的背在他怀里发颤，蒋峤西好多年没抱过她了，林樱桃又长大了，已经长成二十岁的年轻女人，连她的汗里都仿佛有种不同的香气。

蒋峤西忽然想起他昨晚忘记刮胡茬了，他的下巴不小心蹭到了樱桃软烫的脸蛋，肯定刮到她了，林樱桃下意识把脸扭开，却又更深地埋进他的肩头里。

蒋峤西闭上眼，他紧紧搂住了她的腰。

"蒋峤西，这里是哪里？"她趴在他身上问。

蒋峤西说："是我的出租屋。"

林樱桃问："为什么这么小？"

蒋峤西说："就是这么小。"他笑了。

林樱桃的下巴搭在他的肩头，她紧紧抱住他的脖子。

"你什么时候回来的？"她问。

蒋峤西说："昨晚十一点多。"

林樱桃说："为什么这么晚？"

蒋峤西说："一直……一直都是这么晚。"

对蒋峤西来说，他一贯是没有什么"家"的实际概念的。在省城的家，森严、冷酷，是母亲秩序森严的竞赛营；在群山的家则冷清、破旧，常常只能面对父亲麻木的脸庞，或是满室呛人的烟雾。

这间廉价租屋狭小、闭塞，能装下一张床，对蒋峤西来说，就已经具有了"家"的全部用途。

可是蒋峤西也知道，"家"不应该只是这样的。

这一刻，他坐在自己出租屋的地板上，把委屈地和他说话的林樱桃抱在怀里。这是头一次，他开始不急于离开这个丑陋阴暗的洞穴了。他低下头，看樱桃的脸。

"对不起，对不起……"他轻声说，不由自主地说。他昨天看到林樱桃坐在楼下，香港的夜那么黑，樱桃一个人横跨了半个中国，跑过来找他，发着烧等他，他在心里唾骂自己。

林樱桃的手还抱在他肩上，她小声嘟囔："你是有好多对不起要和我说……"她的身体忽然往下倒，没力气似的，蒋峤西一下子撑住她。

"樱桃？"

林樱桃不知是烧得发晕，还是饿得发晕，她从昨天下了飞机就没再吃过东西。

她听到蒋峤西说："我买了烧卖、包子、虾饺，还有猪肝粥、鱼片粥，你想吃点儿什么？"

林樱桃晕晕地想，我都想尝尝。

"包子是什么馅儿的啊？"她问。

蒋峤西原本担心得厉害，听她这么问，不禁笑了。微波炉就在门外的公共厨房里，蒋峤西很快出去了，又端着盘子坐回到林樱桃面前。他把热好的包子掰开，露出里面的虾肉、猪肉和菜粒，热气散了出来。林樱桃接过装包子的纸，低头吃了一口。然后她抬起头，看了蒋峤西一眼，就着蒋峤西递过来的勺子，喝舀起来的鱼片粥。

她忍不住咳嗽了起来，捧过一次性纸杯，喝里面从蒋峤西那个黑色水杯里倒出来的热水。林樱桃抬起眼，她近近地看蒋峤西的脸。

蒋峤西双手握在她腰上，忽然把她抱了起来。林樱桃以前不知道他是这么有力气的。

"你的胳膊变粗了。"林樱桃没头没脑地说了一句。

"是吗。"蒋峤西说。

林樱桃被放回到床上，她换了一片退热贴，枕着有点高的枕头，身体又被毯子裹住了，被蒋峤西裹成了一只虾饺。林樱桃抬起眼，脸颊烧得通红，望着站在床边低头看她的蒋峤西。

"你会走吗？"她忽然问。

"什么？"蒋峤西问。

林樱桃脑子里一团糨糊，她不知道该怎么清楚表达自己的意思：她想知道蒋峤西会不会趁她睡着的时候又偷偷溜走。

她有很多话想对他说，想念也好，埋怨也好。

"我今天请假了，"蒋峤西却弯下腰来，看着她道，"你好好睡一觉。"

这间小屋的光消失了，蒋峤西重新拉紧了床边的窗帘，又关上灯，他从外面把门关上了。

林樱桃的眼皮往下垂，她仍然担心蒋峤西走出门去，又会消失，可她控制不住地睡着了。

蒋峤西向楼下走去，电梯还在维修。他昨天半夜光忙着去买东西，把林樱桃的箱子和书包落在一楼管理室了。

下到五楼，他手机响了。蒋峤西伸手摸出来一看，是林叔叔打给他的电话。

蒋峤西与"群山工地"失联三年了。他总以为他可以抵抗住一切诱惑，他甚至觉得他还能够把樱桃照顾好了，然后平平安安地送回去，送回到她原本幸福平静的生活轨道里。他不需要，也不想给他们再添什么麻烦。

可林海风叔叔昨夜里说，峤西啊，把你的手机号码给我吧，叔叔以后想常给你打个电话。

蒋峤西支支吾吾，唯独面对林叔叔，他很难去敷衍他。

林叔叔说:"你阿姨也想和你说话,她啊,担心樱桃担心得睡不着,你和她说说话吧。"

蒋峤西把他的手机号给了林叔叔一家,毕竟樱桃在香港还发着烧。

"半夜退烧了一次,五点多又烧起来了,"蒋峤西告诉林叔叔,"我下午带她去医院看看。"

林叔叔说:"在香港看医生方便吗?人多吗?"

蒋峤西说:"没事,我已经预约好了。"

林樱桃带了一只小箱子,估计里面都是些衣服、鞋子,蒋峤西伸手一提,非常轻。他把箱子和书包提回了十一楼,他的出租屋冷清得很,灰扑扑的,忽然放进来一个女孩子的书包,还有贴着迪士尼贴纸的行李箱,显得很格格不入。

林樱桃还在睡,毯子鼓起来小小的弧度,蜷缩在他的床上。蒋峤西在门边往里望了一眼,又把门轻轻关上了。

他坐在走廊的长椅上,从兜里摸出钱来,这是昨天半夜他坐通宵巴士去医院问堂嫂要到的一点钱,他点了点,估计不够。

林樱桃被门外的广东话吵醒了。她在床上睁开眼,扭头看到了蒋峤西握在门把上的手,露出一块腕表的弧度。蒋峤西从门外的人手中接过了一沓港币,数也没数,揣进裤兜里。蒋峤西说:"多谢。"

"我周二就交作业了,"门外的男人说了句英文,语气还带点孩子似的撒娇,"宝贝你写多少了?"

蒋峤西笑了一声。

"明天给你,我今天有事。"

"那还要仔细给我讲讲哦,不然教授还要质疑我的个人能力和道德水平,"那个人问,"女朋友哦?借钱打胎哦?香港管得严,去深圳打胎比较好一点。"

蒋峤西无奈道:"发烧了。"

那个人走了。蒋峤西进来,看到林樱桃醒了,头发散乱地坐在床上。他把灯打开了。

"再吃点儿东西吧,"蒋峤西坐到床边,床只有一米二宽,他坐下了林樱桃就把腿抱起来,他伸手摸了一下林樱桃的额头,感觉好像退烧了,"吃点儿我带你去医院。"

林樱桃一听"医院"俩字,摇摇头:"不用吧。"

"我再睡一觉就好了……"她说。

蒋峤西说:"万一是流感呢?"

林樱桃一愣："应该不会吧……"

蒋峤西早上把热好的鱼片粥倒进了保温壶里。这会儿他打开盖子，倒出一小碗，给林樱桃喝。林樱桃看到壶上有香港一家私立医院的标志。

蒋峤西这双过去只会握着钢笔写字算数学题的手，也会像大人一样地照顾人了。

他说："穿个外套，现在走吧。"

林樱桃手里端着粥碗，她低头看自己身上皱巴巴的衣服，她说："我头发好乱好邋遢啊，不想这么出门……"

§

蒋峤西推开了公用浴室的门，打开灯。他在里面调整了一会儿水温，然后回屋里找他的洗浴用品。

"你不会在里面晕倒吧。"蒋峤西把自己的洗发水、沐浴露放了进去，然后教林樱桃怎么开关热水。

林樱桃抱着怀里的换洗衣物，临时穿着蒋峤西的大拖鞋，她对他摇了摇头。她这双大眼睛没什么精神，半睁着看他，还很萎靡的样子。

"我就在外面，"蒋峤西担心道，"有事你就叫我。"他把门从外面关上了。

林樱桃转过身，光线昏暗，她朝四周看了看，又抬头瞧这间公用浴室的天花板。这就是蒋峤西这些年在香港生活的地方，她不由得想。瓷砖很黄，地面也不平整，不过打扫得还蛮干净，没有其他学生留下的垃圾和头发。林樱桃把装换洗衣物和毛巾的袋子挂在挂钩上，她伸手去拉了一下门，却发现门一下就拉开了。

蒋峤西就坐在门外的蓝色长椅上，低着头，好像他又准备睡觉了。

蒋峤西抬起头，对上林樱桃的眼睛。他抱歉道："锁是坏的，里面有个帘子。"他又说，"我在外面，没事。"

林樱桃把门关上了。她找了找，把角落里喷绘着旺角街景的帘子拉了过来。林樱桃转过身，她静静适应了一会儿，然后开始低头解自己衬衣的扣子，把贴身的衬衣脱下来。

她把脖子上的樱桃项链小心地摘下来，包进衬衣里，装进袋子。她低头解裙子的腰带，还拎起裙摆来看了一眼，这是她出门前专门去买的裙子，为了见蒋峤西才穿的，不知道还能不能洗干净，也许要回去问问妈妈。

蒋峤西坐在门外，无所事事。他本可以抓紧这段时间看看书，补补进度，可也许是他昨天没睡好，他脑子里很不平静，就算打开书大概也一个字都看不进去。

公共浴室的门薄得像张纸板，传来水珠淅淅沥沥，敲在瓷砖地面上的声音，过了一会儿，又是洗发液盖子打开、扣上，女孩子揉搓头发泡沫的声音。

蒋峤西闭了一会儿眼睛，他抬起头，望向了长椅对面，他在镜子里看见了自己的脸。

林樱桃刚洗完头发，突然听见门外有摇晃罐子的声音。她侧耳去听，很快，听到了电动剃须刀打开的嗡嗡声。

是爸爸在家刮胡子时常有的那种声音。

林樱桃换上新内衣，穿了件印了达菲熊的T恤，她把T恤下摆塞进短裙扎紧的腰带里——孟学姐教给她这样穿，说会显得她腰细一点，腿长一点。她把湿头发拧干了，垂在肩头。她抱着换下来的衣服推开浴室门，正好见到刮完了胡茬，乍一眼看仿佛回到了高中时代的蒋峤西。

她跟随在他身后，回到了租屋。林樱桃蹲在行李箱边，仔仔细细涂表哥之前送她的乳液。蒋峤西从外面拿了个吹风机进来，不知是问谁借的。林樱桃回过头，发现蒋峤西站在她身后，眼神是笑的，看她慢慢护肤。

林樱桃把自己的港澳通行证等证件交给蒋峤西。蒋峤西握住她的手，带她一起下楼，过街去乘地铁。

来香港之前，林樱桃只知道香港天气闷热，不晓得地铁冷气有这么足。她短袖T恤外面套了一件蒋峤西的运动外套，白色宽宽松松的，很大，连一个帽子在后面。蒋峤西上了地铁就坐在她身边，看到林樱桃裙摆下面两个膝盖簇在一起。

他的手不禁攥了攥她的手心。

地铁中途经过了卖场。

"去买条长点儿的裤子，不然你要感冒了。"他说，要站起来。

林樱桃却不肯，在座位上拉他的手："不，我不买……"

香港公立医院一向等不起。这还是林樱桃第一次来到私立医院这种地方。她跟着蒋峤西去办好了病历卡，然后经历了一系列检查。她坐在蒋峤西身边喝护士倒给她的温水。

医生倒是体贴和气，蒋峤西问什么，他耐心答什么。他用广东话讲，你女朋友已经退烧了，看症状只是普通感冒，问题不大："没有必要我们是不会抽血的，回去多多休息。"

蒋峤西去缴费了，回来时手里拿了一个纸包，里面是医院配好的四种不同颜色的药瓶，药的分量刚好吃三天。林樱桃独自坐在等候室，周围全是陌生的病人、护士，耳边是她听不懂的广东话，夹杂着几句英文。

她一看到蒋峤西就站了起来，她快步走过去，和他一起离开这里。

妈妈打来电话的时候，林樱桃正在巴士上，挨着蒋峤西坐，他们一起回出租屋。

她对着手机小声撒娇："我从医院出来啦……没事啦，就是普通感冒，我都退烧了……地铁太冷了，我又出汗，着凉了可能就发烧了……"

妈妈在电话里着急数落她："你看看你，去个香港就发烧了，要是峤西不在你怎么办啊？走的时候让你多带几件厚衣服你也不肯带——"

林樱桃望着窗外，她说："我听不见啦妈妈，我要挂电话啦。"

妈妈说："你是不是没去住表哥给你订的酒店？"

林樱桃一愣："我忘了……"

妈妈无奈道："还有啊，你表哥是不是给你打了十万块钱？你说你这个林樱桃，你怎么就收下了啊？大姑再疼你你也不能就这么收下啊？"

林樱桃更蒙了："什么……啊？"

§

来香港之前，林樱桃原本打算见到蒋峤西就当面质问他一些问题。

这三年里，又或者是从小到大，一样的疑问总盘桓在她心里。

从十岁时的："你为什么去了省城不给我写信？"

变成了二十岁的："你为什么那天提起行李没有道别就走了，一点点音信都不给我？"

过去三年，林樱桃在学校读书，她经常回想从小认识的人，杜尚、余樵、蔡方元、秦野云、耿晓青、辛婷婷……她当然也会想起蒋峤西，想起蒋峤西曾经历的、曾忍受的。蒋峤西可以通过自身的数学天赋，通过日复一日的努力，去抵抗命运，可他却无法抵抗自小在家庭里养成的"本能"与"性格"本身，很大程度上，这才是真正叫我们无法去抵抗的"命运"。

林樱桃很想问他，蒋峤西，你家里究竟出了什么事，你为什么不肯对我说。你不是从小就想去美国吗，去加州伯克利大学，不是会有很多奖学金吗，没有堂哥的资助也可以去的，你为什么不去呢？

你为什么留在了香港，你谁也不联系，你怎么开始打工做家教了，你很需要钱，为什么不告诉我们，我可以在北京打工，我爸爸妈妈可以借钱给你，你为什么把我们也当成

"命运"的一部分，排除在你的生活之外？

临走时你说，让我别忘了你。这到底是什么意思呢。要我等你？还是不用等，只要林樱桃不要忘了蒋峤西就行呢。你到底想要什么呢？

这些或愤怒，或不解，或委屈的疑问，在林樱桃心里憋了太久太久，她本想见到蒋峤西就问他，全都问清楚。

可发着烧，被他抱着，问不出口了；睡在他的床上，看到他在地板上坐了一夜，不知该怎么问了；被他照顾着吃饭，看着他的眼睛，更不知道该说什么；坐在医院里，看着他来回奔波，分明是不爱说话的性格，却一遍遍地为了发烧感冒这种小事来回去问医生……

他们一起乘巴士回租住的公寓，中间还要转乘地铁。林樱桃裹着他的外套站在他身边，蒋峤西一开始扶着扶手，低头查看药盒上的说明，后来他伸手把林樱桃搂过来，好像想把冷气都帮她挡住。

等回到公寓，发现电梯居然还在维修。林樱桃被蒋峤西牵着手一起爬楼梯。她爬到第七层就走不动了，昨天从下了飞机就走了太多路，发烧烧得一点劲儿也没有。蒋峤西让她站在七楼的台阶上，他转过身下了一级，说："来。"

林樱桃双手抱在了他肩膀上，被蒋峤西握住了两边膝盖，这么背着往楼上走。林樱桃领口里的樱桃项链掉了下来，蹭在蒋峤西脖子上，好像感应到了这个把它戴上去的人。

"蒋峤西。"林樱桃趴在他背上，她心里塞得满满的，她也不知道那是什么。

"怎么了？"蒋峤西问，他有点喘，他也累了，但他一声不吭地背着她往上走。

林樱桃把脸颊贴在他后脖子上，闭上眼，也不说话了。

今天才二号，林樱桃想。她有一个国庆假期的时间可以一点一点问蒋峤西这些问题。她已经找到他了，这比什么都重要。

而且我还有表哥给的十万块钱，林樱桃又想。

出租屋里实在太简陋，连张凳子也没有。林樱桃简直可以想象蒋峤西每天在外忙到深夜，回来简单洗漱，倒头就睡的画面。她在床边坐下，背对着不透光的深蓝色窗帘。她看着蒋峤西放下药袋，然后弯下腰拉开他的书包，从里面拿出两个苹果出去洗。

不一会儿，他回来了。林樱桃从他手里接过其中一个苹果，吃起来。

蒋峤西把另一个搁在伸缩桌上。他从兜里掏出林樱桃的病历卡，还有港澳通行证之类的证件。

"昨天几点到的香港？"蒋峤西问她。

林樱桃咽下苹果说："上午十点。"

蒋峤西把林樱桃的证件归好类，全装进那个装药的药袋里，好像生怕林樱桃粗心会弄丢了。

他拿起水杯出门去了，接满了热水回来。他拿起那个给林樱桃的一次性纸杯，弯腰往里面倒水，让林樱桃自己拿着。

"那怎么过来的？"他站直了问。

林樱桃说："我先去了港大，想去找你试试，但港大放假了，我转了一大圈，在路边问了好多人，他们都不认识你……"

蒋峤西不发一语，他站在这个小屋子里，低头看林樱桃天真的脸。

"然后蔡方元给我打电话，说他工作室有个人认识港大的学长，加过一个租房群的群主知道你，"林樱桃说到这里，对蒋峤西一笑，"对了你知道吗，蔡方元在上海自己开了个工作室，网络工作室，赚可多钱了。"

蒋峤西听着，眼尾垂了垂，点头笑了。

林樱桃继续回想："然后，然后他给了我几个地址，我就找到第一个公寓去了，在深水埗那边，那个老大爷一开始光看赛马，也不和我说话——"

她絮絮叨叨，说了好多，说到给房东打电话时，她吃着苹果，模仿起那个房东古怪的语气，让蒋峤西笑得肩膀颤了。

"这个苹果好好吃啊。"林樱桃咬着苹果对蒋峤西说。

蒋峤西弯下腰，他把剩下那个洗好的糖心苹果也装进药袋里。

林樱桃吃完了，只剩果核。蒋峤西坐到她身边，把医院开的四瓶药拿过来，拧开了让她吃药。

林樱桃去丢了果核，回来紧紧挨在蒋峤西身边坐下。她把白色运动外套脱了，因为蒋峤西怕她感冒，屋里冷气开得不大，她有点热，便把头发扎起来。

蒋峤西把每一瓶药拧开，低声嘱咐她要怎么吃。现在是下午四点，吃了一次，隔六个小时，晚上睡前再吃一次。"别忘了。"他低头看她。

林樱桃听着，对上蒋峤西的眼睛，不知怎的，她有种不太好的预感。

蒋峤西看着林樱桃仰头喝水，咽下药去。她脖颈纤细，近在他眼前，皮肤只有让窗帘缝外的光一照，才能看到极细的绒毛，还有后脑勺落下的几根细碎头发。林樱桃抿起湿润的嘴唇，她抬起眼看蒋峤西，两个人离得这么近，谁也不说话。蒋峤西看到林樱桃的耳朵后面忽然红了。

蒋峤西猛地站起来，他把手里的几瓶药连同装着证件和苹果的药袋，全都放进林樱桃摊开的箱子里。他说："樱桃，你酒店订在哪儿？"

"啊？"林樱桃还在床边坐着，一愣。

蒋峤西平静地看着她。

"我送你去，"他说，自顾自地，"晚餐想吃点什么？我陪你吃个晚饭。"

§

林樱桃手里捏着喝空了的纸杯，她说："我忘了订酒店了。"

蒋峤西居高临下地看她。

林樱桃也不知是心虚还是怎么。

她把纸杯捏扁了。

蒋峤西突然把手揣进兜里，他裤兜里已经空荡荡的了。

"最近黄金周，游客挺多的，酒店可能不大好订，"蒋峤西伸手拉开了门，说，"我去问问。"

他说完就出去了。

剩林樱桃坐在床上，握着手里的纸杯。

没过一会儿，蒋峤西回来了，他说："樱桃，你穿上外套，我陪你去酒店。"他又问，"你回程的机票是几号？"

林樱桃站起来，她看着蒋峤西已经弯下腰要帮她把箱子合起来了。

蒋峤西好像担心林樱桃再多待一秒钟，就会忍不住发生什么事一样。

林樱桃问："你要干什么？"

蒋峤西拉上了她的箱子，把箱子立了起来。蒋峤西说："我不知道要订几天酒店。"

林樱桃看他动作这么快，说："我自己有钱，我可以自己订。"

蒋峤西低下头说："没事，这边有很多不正规的酒店，我帮你订吧。"

林樱桃看着他。

蒋峤西也不闪避她的目光："你在香港想去哪儿玩，想吃什么，这几天也可以给我打电话。"

林樱桃眼眶红了："我哪儿都不想去……"

蒋峤西听到林樱桃说："我来香港就是来找你的，蒋峤西……我哪里都不去。"

贴满了彩色贴纸的旅行箱立在这简陋破旧的出租屋里，就如林樱桃忽然闯进蒋峤西现在的生活。

"而且……什么叫这几天可以给你打电话，"林樱桃仰头看他，那个哭腔一下就冒出来了，"我回去以后还是不能打吗……"

§

　　蒋峤西半夜两点，还坐在医院病房里发呆。

　　他想看书，但一个字也看不进去。他从把林樱桃送到了酒店，就自己来医院陪床陪到了现在。

　　不知道樱桃睡了没有。

　　蒋峤西伸手去握堂哥软凉的手，他抬起头，看床前仪器上的各项生命指标。

　　堂嫂来了，她在家里照顾两个老人睡下，照看好孩子，赶在堂哥下一次翻身叩背之前回来。请好的护工今天请假，床前缺人。堂嫂把给蒋峤西熨好的西装、衬衫拿来了。她脸上难得有笑容："看你今天挺精神，和小林妹妹出去玩了？"

　　蒋峤西也笑了。

　　"小林妹妹"，这大概是他们家最近的唯一一件"喜事"。

　　就连堂哥睡觉之前，也在用一种激动的欣慰的目光望着他，好像为小堂弟高兴一样。

　　蒋峤西提着西装去洗手间里换上了，试了试。这是他在香港学托福的时候，堂哥请裁缝给他做的，本来是准备去美国念书时用的。他走出来，堂嫂正在给堂哥擦脸，她过来了，前后左右给他看了看。

　　"改得还挺合身的，"堂嫂说，笑着抬头看蒋峤西，"多帅啊……你要是再长高，就真的改不了了！"

　　蒋峤西坐上了通宵巴士，回他的出租屋去。他抱着手里的西装，几个月后，他要穿着这身衣服，去敲开外资投行的实习大门。

　　然后，然后……

　　蒋峤西也不敢去想，他的未来里还会有什么。

　　他走到出租屋楼下，远远地，看到一个贴满贴纸的旅行箱立在那里。

　　一个女孩儿，她套着蒋峤西的白色运动外套，下面是条短裙，她蹲在路边，正凝望着路对面出租车的车灯，不知道在想什么。

　　忽然，林樱桃回过头。

　　她看到深夜从医院回来的蒋峤西，她的头发被风吹到耳后，她站起来了。

　　"樱桃？"

　　蒋峤西意外地问她。

他给林樱桃订的酒店在维港附近，距离这儿并不近，坐巴士要一个钟头。

出租车就等在路对面。林樱桃拉着她的箱子，背起了书包，走到蒋峤西面前。

"蒋峤西，我改签了机票。"她哽咽道。

蒋峤西低头看她。

林樱桃望着他，她这双眼睛下午刚哭过，到现在还泛着水光。

"我……有一些话想和你说，"林樱桃讲，她鼓起勇气，"我怕你明天早上去上学，或是去打工了，会找不到你了……和你说完如果……那我就走。"

§

出租车还在路对面等着，司机大概已经和林樱桃约定好了时间。林樱桃进了电梯，她背着书包，自己拖住箱子，蒋峤西一开始想帮她，见林樱桃低头不给他提，他便伸手去按楼层。按完了他深吸了一口气，就在电梯里和林樱桃并排站着。

气氛像结了层冰，蒋峤西曾以为维港的夜景会让樱桃心情好一点，似乎也没有。樱桃好像对香港的美丽与繁华完全不感兴趣似的。电梯到了十一层，林樱桃自己提着箱子出去了，她的手臂那么细，拖着行李走在陌生的公寓楼里，也不害怕，就这么一往无前地朝前走。

蒋峤西在后面出了电梯，走廊灯光很暗，他望着她的背影。

出租屋的门打开了，林樱桃走进去，屋里还是下午他们一起离开时的样子。蒋峤西走进来，打开了灯，把手里堂嫂熨好的西装、衬衫挂在柜门上。他解下书包，丢到地板上，然后把房门从身后关上了。

林樱桃手扶着箱子，她忍不住又观察了一会儿蒋峤西住的这间狭小、闷热的屋子，尤其是那张窄窄的床。在这种地方，他住了三年。

她转过身，看到蒋峤西站在门后，他一个大高个子，肩膀宽阔，杵在门边，把门挡住了大半。

"怎么刚来了就要走？"蒋峤西低头望着她，无力地问。

林樱桃听到出租屋里"嘀"的一声，是蒋峤西把冷气打开了。

她松开手中的箱子拉杆。林樱桃仰起了头，天花板低矮，显得光都压抑，可这样的环境对林樱桃好像没有任何影响。

"我……我一直没有忘了你，"林樱桃望着蒋峤西，她声音里还有些哭腔，她小声说，"这是我要先和你说的。"

蒋峤西忽然听到她这句交代，他站在门边没动。

林樱桃看着他。

"然后是，我虽然不知道你家到底出了什么事，但你走的时候接电话，我大概听到了一点。"林樱桃想了想，她咽了一下喉咙，"你半夜一直在医院里，是吧？"

蒋峤西抬起眼，看着她，他睫毛颤了颤，又垂下去。

"我这次来香港，"林樱桃看他，"就是想来找你，想知道你怎么了，怎么高中毕业那年突然就走了，谁也不说，也不再接我的电话。你的爸爸妈妈离婚了，也搬走了，我更找不到你了，蒋峤西，我想听你说说你的事，然后……"她又咽了一下，"我本来想，如果这次找不到你，我就寒假再来——"

"樱桃，对不起……"蒋峤西垂下眼帘，他说。

林樱桃的眼圈一下又红了，她望着他。

"你是对不起我啊……"她哭了，"现在我找到你了，可你还是什么都不对我说……你自己住这么破的小房子，给我订那么贵的维港酒店，你想让我怎么办啊……在香港若无其事地玩，然后回去，继续想你，继续找不到你，继续等，继续忘不了你？"

"不是，我……"蒋峤西说。

"你就一点也不害怕我们可能会就这么分开了吗……"林樱桃哭着问他，"我记得你又怎么样？"

"我也想恋爱……我也想要有人陪我……"林其乐委屈道，鼻头哭红了，睁大了泪眼看着他，"如果你不喜欢我，我以后不会再打没人接的电话，不会再发没有人回的短信……反正我，蒋峤西，我不是从小到大只喜欢过你一个人，我也可以去喜欢别人……"

蒋峤西僵立着，他一语不发。

"以前上学，不可以早恋，现在你堂哥生病、住院，"林其乐看他，"那么以后呢，以后还会是什么原因呢？我就算一直等你，要等到什么时候呢？"

"……北京下雨的时候，我总担心你遇到雨没有带伞，台风的时候，担心你出门是不是安全，看到路上有人发生车祸，我想如果是你在外面出事了怎么办，我根本不知道你在哪里……"林其乐张着嘴巴大哭道，"我不想，不想一直这样，一个人想你，连个电话都没有。我根本不在乎你去哪里念书，不在乎你是不是有钱，以前你想出国，我想，好啊，八年九年我也可以等你的，没钱又怎么样呢，我爸爸妈妈都是工人，我家里也没什么钱。你堂哥生病，谁又不会生病呢，谁家里又没有亲人生病呢，为什么你因为这些原因就不理我，就不要我？你还说不要让我忘了你，我就算一直记得又能怎么样，我恋爱了，我去结婚了，我有我自己的家庭了，我还记得你，蒋峤西，这有意义吗？"

蒋峤西低着头，他站在门边，和林其乐一样张开了嘴唇喘气。

"蒋峤西，我会把你忘了，"林其乐脸颊上带着泪痕，轻声说，"十岁……十岁的时候我就这样想，那时候我们还很小……但现在我们已经二十岁了，我们不可能永远是小孩子，不可能一直做一些很傻的事……"

她话没说完，门铃忽然响了。

深更半夜的，能按门铃的人只有等在楼下的出租车司机。

林其乐把自己的书包解下来，她低下头，打开书包，把里面的一本奥数书拿出来，放在蒋峤西的床单上。她转过身，背上书包说："这次来香港我花的钱不少，估计给你你也不要，我不想给你太多负担，我会转给你房东。"

她伸手握住了自己旅行箱的拉杆，走到门前。

蒋峤西还站在那扇门后，他这么高，在她面前，身影却单薄。他几乎没有什么为她遮风挡雨的能力，他自身难保，更别提去给她一个像样的家，一个让亲人们放心的、有希望的未来。

"你让开，我要走了。"林其乐抬眼看他，小声说。

蒋峤西在门后站了一会儿，他让开了，他低着头，站在门边，甚至没有讲一句道别的话。

林其乐去转动门把手，她忍住眼泪，拉着箱子就往外走。

蒋峤西垂着肩膀，忽然整个人向后一靠，靠住了墙壁。

林其乐扶着箱子走出门，她穿过走廊，低头用手背擦脸上滑落的泪。

门铃声还在继续，蒋峤西突然拿起了听筒，他用广东话说："你开走吧，没有人要走。"

林其乐在电梯里忍下了眼泪，等到电梯门一开，她红着眼出去了，一眼看到那位出租车司机师傅堵在门口。师傅一见她就情绪激动地开始狂飙广东话，还时不时伸手指自己的手表，赤红着脸，唾沫横飞。

林其乐蒙住了。

蒋峤西冲出公寓，看到林其乐在深夜的香港大街上用英语和普通话与那司机磕磕巴巴地解释。

蒋峤西赶忙过去，他从裤兜里拿出身上剩的所有钱，一把全塞到那司机手里。

司机骂骂咧咧，低头看了看手里的钱，又看了眼前这对年轻情侣一眼，他把手一扬，上车去了。

蒋峤西把林其乐紧紧抱住了，他说："樱桃我求你，你别走……"

§

　　香港凌晨的街头，仍时不时有行人。流浪汉坐在路边，用报纸遮着头打盹儿，游客们提着购物袋，三五走在一起，喝着啤酒，哈哈大笑。

　　更多的则是忙于生计的普通人，他们搬货、备货，从早忙到晚，从白忙到黑，到这时候才能回家，与家人团聚。

　　林其乐转过身，她被蒋峤西拼命抱住，被他搂在怀里，一丝缝隙都没有。林其乐快要喘不上气了，她的下巴贴在蒋峤西肩膀上，林其乐闭上眼，眼泪顺着脸颊往下淌。她觉得他的拥抱暖得烫人。蒋峤西的肩膀都在抖，他绝望道："我求你，你别走……"林其乐抬起头，她被他吻住了。

　　一开始只是一个有咸味的吻，蒋峤西深呼吸着，他搂紧了林其乐的腰，林其乐的手扶在他脖子上，搂在他的背上。林其乐哭着说："我以后……以后再也不想原谅你了……"

　　蔡方元凌晨四点打来电话的时候，林其乐正在走廊尽头的公用浴室弯腰洗脸，她今天哭了太多，哭得头疼，第二天眼睛肯定要肿了。

　　蒋峤西坐在出租屋里，面对这间狭小的屋子，看墙边林其乐的箱子和书包。樱桃说她把酒店的房间退了。蒋峤西这会儿低下头，他难免又开始懊恼，他不想让樱桃住在这种地方。

　　蒋峤西还有他的骄傲、自尊，可他兜里空空如也。

　　他们长大了，要学会用自己的双脚来踩地面。

　　蔡方元在电话里问："姐们儿，你怎么才接电话？你到机场了吗？"

　　蒋峤西沉默了一会儿，说："是我。"

　　蔡方元那边顿时静了。

　　"我的天，好久不见啊！"蔡方元说，那声调一下子提起来了。

　　蒋峤西垂下睫毛，他笑了。

　　"什么情况啊？"蔡方元纳闷道，"林樱桃这位大姐半夜给我打电话，哭着问我怎么改签机票！"

　　蒋峤西听着老同学那个熟悉的腔调。

　　"不好意思啊。"他愧疚道。

　　"别呀，"蔡方元忙说，"我跟林樱桃多熟——不是，蒋峤西，你跟我有什么好客气的？"

林樱桃洗完了脸回来，看到蒋峤西低着头，一手拿着她的手机听电话，另一只手在他自己手机上记号码。

蒋峤西说："以后吧，你也想考CPA？"

蔡方元在那边说："拉倒吧，我可考不了——"

蒋峤西抬起头，他看见林樱桃走到他面前了。他拉她的手，说："蔡方元。"

林樱桃接过电话，她被蒋峤西拉住了手腕，坐在他膝盖上，她被蒋峤西使劲儿抱住。

蔡方元在电话里怪腔怪调的："林樱桃，你和蒋峤西睡了？"

林樱桃一愣，生怕蒋峤西听见，她说："胡说什么啊，没有！"

蒋峤西紧搂住她的腰，把头埋在林樱桃肩膀里，他深呼吸着，好像什么都没听见。

蔡方元说："那你这么晚从酒店哭着跑出来，上人家里去干吗？"

林樱桃嘟囔："我找他说话，不行啊。"

蔡方元说："行行行，在香港使劲儿造你对象儿吧啊，我可睡了。"

蒋峤西眼眶通红，他进了浴室，带上门，在里面快速冲了个澡，他换了件新T恤、新的长裤，擦干了头发。

他走进出租屋，把门关上，看着林樱桃跪坐在床里。女孩儿换下了T恤短裙，穿了条粉蓝色有柔软花边的睡裙，长头发拢下来了，她正玩他的手机。

蒋峤西把灯关了。

床总共就一米二宽，就一个枕头，蒋峤西拿出备用的毯子叠了叠，凑合也当个枕头用。他睡在外面，半夜掉下去了也无所谓，林樱桃侧躺在里面，蒋峤西把手伸过去，让她能靠在他怀里。

秋夜，也看不出谁的脸是不是红了。蒋峤西拉过毯子来，把林樱桃裹好，毕竟她刚退烧不久。

"iPhone不是很贵吗？"林樱桃问，她的小脸被蒋峤西的手机屏幕照亮了。

蒋峤西的手在毯子里搂着她："我房东换iPhone4，这个折价卖给我了。"

林樱桃靠在他身上玩手机，她总是能很快就忘掉不快乐的事。

"屏幕锁了。"她小声说。

"你的生日……"蒋峤西迷迷糊糊道。

他昨天就没怎么睡好，今天为了樱桃、堂哥，早晚连跑了两趟医院。他一倒头，搂住了樱桃，再抵抗不住睡意了。

林樱桃能听到他的呼吸声，轻极了。她输入自己的生日，屏幕真的亮开了。

§

　　林樱桃是个不记仇的人。

　　蒋峤西小时候就经常看她哭，她哭得咳嗽，哭得缩起肩膀，哭累了就坐在爸爸妈妈怀里张开嘴呼吸，静静地休息。

　　很快，林樱桃的注意力被转移走了。她看电视里的大风车木偶剧，她玩波比小精灵和漂亮的芭比，她吃又大又薄的炸虾片，只要蒋峤西肯陪她玩，她很快就能笑了。

　　现在林樱桃还是会哭，她哭累了，蜷缩在蒋峤西身边，把她的脸埋在蒋峤西怀里。她甚至没有什么戒心，要知道，蒋峤西和她已经三年没见面了。一个男人分别三年，足以让他完全变成另一个人。

　　蒋峤西睡得很沉，早上七点就自然醒了。放到往常，他会起床洗漱，堂嫂需要的话就去医院帮忙，不需要就去图书馆补功课，或是出门打工。

　　蒋峤西转过头，他平躺着，占了一张床的大半，樱桃睡在里面，一直垂着眼睫毛，侧躺在他怀里。这个早晨，与过去三年，过去十年二十年都不同，蒋峤西不是孤独一个人醒来的。他感觉毯子下面，樱桃的一双腿蜷缩着，他的左手臂有点麻了，还搂在樱桃背上，隔着一层柔软的睡裙布料，能握住她的腰。

　　蒋峤西稍微倾了个身，林樱桃便在熟睡中枕到了枕头上。她的脸颊发红，不知是不是蒋峤西身上太热的缘故。林樱桃鼻头微翘，眼周红红的，嘴唇上有些咬痕，这是昨天半夜她与他崩溃争吵，哭泣留下的痕迹。

　　林樱桃的头发变长了，也许是她刻意留长的，好让她看起来更加"女人"。一条玫瑰金链子从凌乱的发丝里露出来，滑过了锁骨，坠着的那枚宝石樱桃没入了少女睡裙胸口那道柔软的诱人的阴影里。

　　蒋峤西低头看着她，鬼使神差地，他低头去吻她的嘴唇。林樱桃向来爱撒娇，爱耍赖，她爱哭，爱笑，爱说一些天马行空不着边际的话，但也是这张嘴唇，昨天说，蒋峤西，如果你继续因为那些不重要的事情就不理我，不要我，我会把你忘了。

　　林樱桃小声嘟囔："好扎……"她还在睡，说着这样的呓语，却无法躲开蒋峤西清晨冒出的胡茬和吻。她的手一开始在下面推蒋峤西，又被按到了枕头旁边去。林樱桃的嘴唇被吻开了，她的头向后仰，陷进枕头里。

　　林樱桃抬起手，完全是无意识地去抱蒋峤西的脖子。她是一个刚刚迈过二十岁的年轻女人，抱住自己的男人。这是她选择的，她喜欢的，她依恋的，难以忘记的。

蒋峤西吻她的脖子，吻那条链子，他的呼吸声在她身上加重了，情难自抑地向下。

林樱桃并没有醒，她还在留恋睡前在蒋峤西手机上玩的《愤怒的小鸟》。身上的男人离开了，她在毯子里缩了缩，继续睡在这熟悉的气味中。

连清晨的亲热都像梦一样，林樱桃不知道那是否真的发生了。

她睡醒的时候，日上三竿。林樱桃头发乱乱的，垂着眼睛坐在蒋峤西的床上。她突然感觉到内地的优越性：国庆节怎么都要放七天假才行吧！蒋峤西居然真的去上课了。

床边伸缩桌上留了张字条，旁边有一个药瓶盖，里面躺着各种药片。蒋峤西说，他上午九点半有课，中午过来接林樱桃吃中饭："我在外面冰箱里放了早点，热一下再吃。樱桃，记得乖乖吃药。"

"樱桃，记得乖乖吃药。"

林樱桃展开这张蒋峤西手写的字条，她一下子倒在被窝里，两条腿都翘到天上去了。她高兴地翻过身趴在床上，又仔仔细细看字条上蒋峤西的钢笔字。

这就是有男朋友在身边的感觉吗……这是有蒋峤西在身边的感觉。

她下了床，打开旅行箱，换上第三天要穿的衣服。林樱桃换衣服的时候还没注意有什么异样，因为蒋峤西一个单身男人，出租屋连一面镜子也没有，林樱桃拿着自己的旅行装牙刷出去刷牙，直到站在了公用浴室那面镜子前，她才注意到自己脖子里有几块红红的。

她撩开肩上的头发，用手指一摸，疼了她一下。

昨天深夜，在维港的酒店，窗外灯火璀璨，游人如织，林樱桃却蹲在床边哭着研究怎么改签机票。她把东西装进箱子，决绝地出门。有那么几分钟，她甚至已经做好了彻底告别她整个青春期的准备。

可现在，林樱桃站在港大庄月明楼外，她迎着阳光，眯起眼睛，抬起手招了招。蒋峤西背着书包，从人群中远远朝她走过来。香港天气不错，连蒋峤西脸上都难得地有了些光芒。他笑着低头看她，白色T恤下面露出年轻男人有着些肌肉弧度的手臂。蒋峤西挽住了她的手，带她一起去美心吃饭。

吃着铁板烧，林樱桃问他："你们学校没有宿舍可以住吗？为什么要在外面租房？"

蒋峤西说，宿舍很少，条件很多："学校会补贴一点房租。"

"那你怎么不租大一点的房子。"林樱桃咬着奶茶吸管看他。

蒋峤西笑了。

"我住的那间，"他看她，"已经是那栋楼里最大的了。"

"啊？"林樱桃错愕道。

"香港就是这么小，"蒋峤西攥着她的手，带她一起在港大校园里逛，"你看港大是不是很小。"

"我以前以为香港人都住好大的别墅，"林樱桃抬起头，对他说，"都特别特别有钱！"

蒋峤西搂过她的肩膀来。

在港大这么久，蒋峤西不曾带过一个朋友来。他也很少有时间，有精力，去注意这里的美。

林樱桃忽然跑到路对面，她指着地上的花砖说："我那天就站在这里，问过路的这些人认不认识你，但那天放假，游客好多啊！"

蒋峤西站在对面看她。一辆车开过去了，还有许多学生，每个人都在肆意享受他们的大学生活。

蒋峤西走到了林樱桃面前，他把樱桃搂到身前来。

林樱桃也不是没介意过，蒋峤西从不曾对她表白，不曾问过她，愿不愿意做他的女朋友——从牵手、拥抱、亲吻，从小到大，很多事似乎自然而然就发生了，他们中没有人问，问为什么要这样做，他们只是这样做了，两个人心意相通般。

昨天夜里，林樱桃玩蒋峤西的 iPhone，在备忘录看到各种英文的上课笔记、生活账单，还有医院看护之类的大小琐事。

其中夹着一条笔记，与众不同，就叫《樱桃》。林樱桃点开了，没想到第一句记的就是二〇〇九年省城市中心附近小区的房价，然后是二〇一〇年附近的房价。

往后林林总总，是各种要花钱的事情，蒋峤西记得潦草，很多缩写，大概他有时候想起就记了，这么多年，一直没整理。

林樱桃站在雪糕车旁边说："我不要住酒店。"

她从蒋峤西手里接过了甜筒，低头吃了一口，一嘴的奶味。

"我租的地方太小了。"蒋峤西皱眉道。

林樱桃说："不要，酒店太贵，把钱省下来。"

"省下来干什么啊？"蒋峤西说。

林樱桃抬起她樱桃似的眼看他，又吃了口软雪糕甜筒，她光笑，也不说话，看着像在想什么坏事。

蒋峤西伸手捏了一把她的脸。

"省下来给你上学,给你堂哥看病,"林樱桃对他说,嘴唇上有奶渍,"然后我们就一起回家去。"

§

曾经也是天之骄子,如今过得这样落魄,蒋峤西不想让任何人知道,这也属于人之常情。他不渴望别人的帮助,他在很小的时候就学会了自己承受一切,他埋头在数学里,将数学当作剑与盾,来捍卫他自己的尊严。

可他目前学的专业也好,过的生活也好,都不是他曾经想要的。

"蒋峤西,你知道吗,"林樱桃抱着膝盖坐在他面前,"穷人也有穷人的快乐。不是变穷了,生活中就只能有赚钱,不可以有快乐了。"

蒋峤西洗完了澡,换了件新T恤,他盘腿坐在床上,听穿着睡裙的林樱桃老师给他"上课"。

虽然他总忍不住因为林老师一本正经的语气和表情想笑。

可樱桃的心意,他知道是真的。

"我觉得你一直都有一个很不对的观念,"林樱桃像摸一个幼儿园三岁宝宝的脑袋一样,捧住了蒋峤西的头,教育他,"你总觉得,你要坚持,要忍过去,要熬过了竞赛,要去了美国,要治好了堂哥的病,要多多赚钱,然后你才能生活,才能享受快乐,你这么想是不对的!"

蒋峤西说:"好,我知道。"

他的手机还放在旁边,屏幕还亮着,上面是林老师刚才在玩的几只愤怒的肥鸟。

林樱桃近近地对上了他的眼睛,观察他的真实想法。林樱桃当然知道,蒋峤西从小养尊处优,父亲是国企高层领导,家境优渥,他本人又极具天赋,备受追捧。他没有做过穷人,没有折过自尊,他没有任何缓冲地,在即将成人的那一年陷入了一种落魄绝望的窘境,他的骄傲,让他不会对任何人求助示弱。

就连现在,哪怕蒋峤西已经开始试着对林樱桃坦诚了——他仍在努力表现得满不在乎,仿佛很多事情都只是生活中再微小不过的波澜。"我明白。"他对林樱桃总是这样答应。

"蒋峤西。"

"嗯?"

出租屋的灯关了,只有窗外洒进些光来。林樱桃枕在蒋峤西怀里,她被他抱着,问:"你堂哥当年到底出了什么事?"

蒋峤西沉默了一会儿，没回答。

林樱桃问："不能告诉我吗？"

蒋峤西低声说："我哥被他的下属，从楼梯上推下去了。"

林樱桃抬头看他："下属？"

蒋峤西轻描淡写道："当时被裁员了的下属。"

林樱桃问："那你哥呢？"

蒋峤西眨了眨眼："我哥也被裁员了，只是当时他还不知道。"

林樱桃震惊地看着他。

蒋峤西伸手揉了一下樱桃的头发，安慰似的对她一笑。

这都是很久以前的事情了。

林樱桃在毯子里转过身，她抱住了蒋峤西的腰，她感觉蒋峤西把他搂得更紧。

"我想去医院探望你堂哥。"她说。

蒋峤西犹豫了。

林樱桃说："他以前送给我好多好多礼物，我还没有当面谢过他呢！"

蒋峤西说："你受得了吗，在那种病房里。"

林樱桃笑道："有什么受不了的，我以前经常和杜尚去职工医院玩的，以前工地上经常有叔叔受伤，"她告诉蒋峤西，"每次杜尚都吓得直哭，我负责给他擦眼泪。"

§

蒋峤西在十八岁那年发觉，人生是无常的。

连前方如同一座灯塔，始终为他指引着前路的堂哥，都会在一夕之间倾塌。

蒋峤西到底有什么自信，能够在失去樱桃之后再找回她来呢。

一旦想通了这一点，蒋峤西就没什么好再迷茫的了。他坐在地铁上，拿着帮堂哥、堂嫂买的粥，另一只手攥着林樱桃的手背。蒋峤西对她说，堂哥是个好人，很开朗、自信、很善良，出事以前，全家人以他为荣，出事以后，全家人也都没有放弃他："他以前有些合作伙伴、老同事、老同学，有时也过来看他。只是他恢复得一直很慢。"

林樱桃套着蒋峤西的外套，与他一起出了月台。"为什么很慢？"

蒋峤西摇头，这种事，医学也解释不清，人一旦到了这个阶段，一切全凭运气。

"当时和他一起住院的，"蒋峤西带她换乘巴士，"有半年就能开口说话的，有躺了一年还没醒，没什么希望的，也有家里人没照顾好，一下没抢救回来的……"

林樱桃在旁边听着，她的手在蒋峤西手心里反握住他的。

"我堂嫂心理压力很大。"蒋峤西轻声说。

"我们多帮帮她。"林樱桃下车时小声说。

蒋峤西走着,低头看了她一眼。

过去三年,他习惯了自己一个人到病房楼来,这是第一次有人陪在他身边。堂嫂早接到他的电话,知道小林妹妹今天也会来。她把前几天蒋峤西拿过去的几个糖心苹果洗好,做成沙拉,好招待他们。她在病床前对虚弱的丈夫说:"你看,峤西带着小林妹妹来看你了!"

林樱桃有点紧张,这是她第一次见到蒋峤西除父母以外的亲人。"你堂嫂好漂亮……"她悄悄对蒋峤西说,不敢大声。

蒋峤西说:"她是我堂哥大学同学。"

林樱桃望着堂嫂朝她走来。"你好,我叫林其乐。"她主动自我介绍道。

堂嫂神情疲惫,脸颊苍白,眼眸却水似的,含笑望着他们。"小林妹妹!"她用普通话说,带着点典型的南方口音,"我早听峤西提起过你,知道你来香港,想去看你,没想到你先过来了。"

蒋峤西把手里的粥给了堂嫂,他有些尴尬,看着林樱桃走进病房,蒋峤西转身不好意思地对堂嫂说:"再借我一点钱。"

堂嫂笑了:"还说用不着,这就用着了吧!你的钱我都给你存着!你哥最近不做手术,不太用钱的,你带她在香港多玩玩。"

林樱桃走过了隔壁的空床位,来到那张病床前。她有些紧张、忐忑,回头瞧了一眼门外的蒋峤西,又转过身,看床上床下,那么多管子连接在一个人的身体上,这么维持着他的生命。

这个人消瘦得厉害,但头发剃短了,下巴也很干净,显得整个人精神许多。

蒋峤西这时从外面走了进来。"哥,"他站在林樱桃身边,轻轻揽她,对那床上的人说,"这是我女朋友,林其乐。"

林樱桃抬眼看了看蒋峤西,她轻声说:"堂哥你好,我是林其乐。"

堂哥躺在床上,那双眼睛先看了林樱桃,又抬起来,看蒋峤西。他的胸膛起伏变快了,好像很激动似的。他的手摊在床边,蒋峤西弯腰攥住他,这么一握。

林樱桃走过去,离堂哥更近了。她也握住了堂哥的手,她对他一笑:"谢谢堂哥以前给我买的礼物。"

堂嫂在床尾说蒋峤西,以前给小林妹妹买的东西都没拿走。

蒋峤西走过去说:"拿了,拿了个芭比娃娃。"

林樱桃还握着堂哥的手，她说那个娃娃现在还在她书桌上放着："以前在群山，看着可时髦了！"

　　堂哥一双眼睛湿润了，他近近地凝望着林樱桃的脸。

　　林樱桃想起来："堂哥高中时候还给我买了达菲熊。"

　　堂哥的手指在她手心里忽然动了一下，好像很想反握住她的手。他看着林樱桃，很想对她说句什么。

　　林樱桃心里猜测，蒋峤西心疼堂哥一家人，堂哥一定也同样心疼着蒋峤西。眼前这个男人虽然不能说话，但他的眼神不知怎的，林樱桃好像能看懂。

　　"堂哥，"临走时，林樱桃对他笑道，"我寒假再过来看你！"

　　堂哥的手在她手心里，不再动了。堂哥抬起眼，看向站在床头的蒋峤西，他眼眶里涨满了泪，堂嫂在旁边用纸帮他擦拭眼角，苦笑道："还像小 baby，一有客人来，就容易哭啦。"

　　蒋峤西低声说："哥，樱桃明天回家，我后天再过来。"

　　堂哥望着他，缓缓地眨了一下眼睛。

　　蒋峤西又摸了摸他的手，没发觉什么异样。蒋峤西和护工交谈了几句，从堂嫂手里接过了那盒没吃完的沙拉，他和樱桃一同离开了医院。

§

　　林樱桃问，堂哥平时要怎么吃饭喝水。蒋峤西说，把食物做成流质，有管子，直接打进胃里。

　　林樱桃垂下眉毛，大概觉得这实在太可怜。

　　他们一同坐上了巴士，林樱桃望向窗外。香港街头，阳光明媚，人们来来去去，吃饭、购物、笑着聊天、着急工作，又或是同情人约会，看起来每个人都有不同的烦恼。可在医院里，有人过着另一种生活，在那里，连烦恼都奢侈。

　　这两种生活有界限吗？上一秒还是蒋峤西口中能解决一切难题的堂哥，下一秒就被失去了工作的下属推下楼梯。

　　于是人生就这么彻底改变了。

　　"怎么了？"蒋峤西扭头看她。

　　林樱桃眼圈红了，她回过头来："我想要是，我爸爸妈妈忽然出事了怎么办……"

　　蒋峤西低头瞧她。

他伸手到樱桃身后，把她搂在自己怀里，搂在他不过二十岁的肩膀上。

他们中午一起吃牛腩面。蒋峤西要了罐啤酒喝，林樱桃喝汽水。她看着蒋峤西咕嘟咕嘟喝酒，问："你戒烟了？"

蒋峤西放下啤酒："香港禁烟，只能偶尔抽。"

林樱桃拿他的 iPhone，拍自己的牛腩面。她玩了一会儿《愤怒的小鸟》，玩不过去了，又开始玩《水果忍者》，一直玩到没电。

他们一起去超市买了些啤酒、饮料，还有虾片之类的零食，带回出租屋。蒋峤西把手机充上电，正好房东打来电话。原来他明天就要交作业了，蒋峤西光忙着泡妞，到现在还没给他。

"我去给房东讲讲作业，"蒋峤西从他书包里拿出一台电脑，对坐在床边换鞋的林樱桃说，"有事给我打电话。"

林樱桃没什么事。她吃完饭，很快就食困，她从小有午睡的习惯。妈妈给她打电话，问她明天几点的飞机："你这几天都住在哪里啊？"

林樱桃趴在蒋峤西被窝里，她有点不好意思，却又努力理直气壮："住在蒋峤西这里……"

妈妈在那边果然沉默了，大概是板起脸来，即将要隔着电话说她两句。

"妈妈，"林樱桃先一步说，"我上午去医院看了蒋峤西的堂哥。"

妈妈冷哼一声："然后呢？"

"然后我希望我们全家平平安安，谁都不要遇到什么意外，"林樱桃说，她想了想，"不过出事了也不怕，有我！"

妈妈一点儿也不领情："出门在外不知道说点儿吉利的！"

蒋峤西从外面开门进来的时候，发现出租屋窗子开着，床铺理得齐齐整整，林樱桃坐在擦干净了的地板上，正帮他收拾衣柜里一摞摞的 T 恤和外套。

"干什么呢？"他把手里的笔记本电脑一放。

林樱桃抬头看他："你平时怎么都不叠衣服。"

她在地板上展开一件大 T 恤，趴过去，手心撑着地板，把两边短袖折过来，然后又仔仔细细将 T 恤竖着折好。她有多喜欢蒋峤西呢，从她认真帮他叠衣服的表情上就看得出来。

这么一颗樱桃，居然等了他三年。

林樱桃穿的衬衫很单薄，隔着布料很容易就能摸到里面的内衣带子。蒋峤西坐在地板上，把她搂进自己怀里。"樱桃……"他从背后亲她的头发，吻着她说。

"嗯？"林樱桃红了脸，长发蓬松地垂在脖子里，她在他怀里回头。

"你那天说，你从小到大，不是只喜欢过我一个人，"蒋峤西突然提起这茬，他轻声问她，"是真的？"

林樱桃垂下眼去，她想了想："难道你只喜欢过我？"

蒋峤西看着她："当然了。"

林樱桃转过头，正视蒋峤西望着她的眼睛。

蒋峤西在香港待了三年，这三年他过得很不好，可也许是过去也没享受过多少快乐，所以也看不出他有多少愤怒和不平静。他上学、去医院、做家教……他瘦了，但眉宇里的神情没变，他肤色还是这么苍白，当他望着她的时候，那睫毛长长地垂下来，总让林樱桃有些出神。

"蒋峤西，"她说，"你别离开我，我以后就只喜欢你。"

蒋峤西忽然凑过来吻她。

房东在外面敲门的时候，林樱桃跪在地板上，双手抱住蒋峤西的肩膀，她仓促抬头，衬衫领口都散开了，细肩带滑落下肩膀。蒋峤西从她身上抬起头来，十分扫兴地闭了闭眼，忍着脾气。

房东在外面说："蒋老师，我买了点夜宵回来吃，你和全智贤要不要吃啊？"

蒋峤西说："我们吃过了，谢谢你。"

房东大声道："开门啦宝贝，我都拿来了。"

林樱桃匆匆扣上衬衣，她脸红得厉害。蒋峤西出门去了。她能听到蒋峤西在门外和房东说话，无非是房东又有什么作业想要拜托他。"我想看全智贤。"房东耍赖说。

"她不喜欢陌生人。"蒋峤西说。

"那好吧。"房东扫兴道。

蒋峤西进屋，手里拿了盒12寸的海鲜比萨，往桌上一放，又朝林樱桃走过来。

林樱桃却推他，她回过神来，开始不好意思了，她在他的怀抱里亲了他一下，又搂了他的脖子好一会儿，才把他安抚下来。

这间小小的出租屋也开始像是"家"了。蒋峤西坐在一旁，他喝着啤酒，看他的"女主人"一口口吃比萨。

林樱桃说："你房东好好啊，还会送夜宵。"

蒋峤西笑了。

他的房东，新加坡人，祖上就在香港做生意，家里有好几栋楼收租。

蒋峤西一个学生，急需用钱，在香港租一间四平方米的房子，如果不是帮房东写写作业，做做日常功课，光房租他都吃不消。

同样是二十岁，有人每天奔波打工，有人靠着祖上的余荫，一辈子不需为生计发愁。

蒋峤西原本是后者。

他搂着林樱桃睡觉。"全智贤是什么？"她在夜里问。

蒋峤西回忆，他刚刚来这边租房子的时候，因为身上没钱，只能到处找活，给人代写作业。

他和房东一起吃过几次饭，房东问他，头上的伤疤是怎么弄的。

"我说，是被一个女孩子弄的，"蒋峤西轻声道，"他问，野蛮女友吗，像全智贤那种。"

林樱桃笑了，她听到蒋峤西说："我说，比全智贤漂亮多了。"

"蒋峤西。"

"嗯？"

"如果这些年……我和我爸爸妈妈能帮帮你就好了……"

蒋峤西搂紧她："我已经很知足了。"

§

小时候，蒋峤西从没有什么假期，生活除了竞赛就是竞赛。

等到长大了，他仍旧没假期，别的学生都去旅行、去玩，他还要继续打工，攒一点钱。

二〇一〇年的这个国庆节，蒋峤西感觉自己放了一场大假。

他并不后悔没早一点儿联系上林樱桃。他九岁就认识她了。美国她未必肯跟他去，但如果知道蒋峤西在哪里过得不好，她一定会来找他的。

林樱桃这天早晨提着行李，和蒋峤西一起坐在楼下吃早餐。她用蒋峤西手机里新下载的QQ登录自己的账号，她的头像由灰变亮了，后面还挂着一个很牛的后缀：iPhone在线。

杜尚瞬间说："土豪啊樱桃！iPhone在线？！"

林樱桃美滋滋地炫耀道："你羡慕吧！"

杜尚问："香港iPhone4多少钱？"

林樱桃抬起头，问蒋峤西。蒋峤西吃着虾饺说："还真不知道。"

林樱桃登出了自己的账号，她要蒋峤西登录一下他的，好加进蔡方元建的"群山工地小饭桌"群。

蒋峤西已经快三年没用过QQ了，他在对面直接说了密码，让林樱桃帮他加进群里。密码是科恩一首歌的歌名，连林樱桃的生日六位。

他好友列表里全是省城的老师、同学，还有以前竞赛认识的外校学生。

一登录上去，软件界面立即被三年来积压的各种历史消息塞爆了。

林樱桃感觉很棘手："好多人找你啊。"她抬头看蒋峤西，蒋峤西正用勺子喝粥，并不大关心，好像这和他没多大关系似的。

蒋峤西本质上，仍是个很不亲近人的人。

这一分钟，也许是蒋峤西的头像忽然亮了，涌入的消息更多了。林樱桃滑着屏幕，从里面找到了自己，名字备注是"樱桃"。她点开消息记录，粗略看了一眼，弹出的全是一大段一大段曾经深更半夜哭着发来的肉麻话，林樱桃脸颊一热，赶忙全删掉了。

人一旦幸福起来，就容易忘记不幸福时自己有多绝望。起码林樱桃这个人，她是活得太健忘了。

她蜕下了那些不幸福的壳。哪怕未来仍有更多不幸福在等待着她，她仍然能够面对。

群山工地小饭桌群是蔡方元在高中毕业那年建的。群里一共五个人：蔡方元、杜尚、余樵、秦野云、林樱桃。老同学天南海北分散开了，每年放假在群里约着一聚，平时就是聊聊天。

二〇一〇年十月五日，蒋峤西忽然加入，群山工地六个人至此终于齐了。

林樱桃站在机场快线里，她背着书包，行李箱塞满了带回去给爸爸妈妈还有余叔叔、大姑他们的礼物。来时她只有自己，走的时候她和蒋峤西拥抱着，抱着这个曾在她梦里散作沙、散作满天萤火的人。蒋峤西的手很热，搂着她的背。地铁走得太快了，林樱桃抬头和他说话，没说几句，机场就到了。

"我要看你的银行卡。"林樱桃说。

"干什么？"蒋峤西垂下眼问。

林樱桃说："你给我看看嘛。"

蒋峤西掏出钱夹，里面有张在深圳办的建行卡，被林樱桃看到了。

她记下了卡号。

"我表哥给了我十万块钱。"她说。

蒋峤西看她。

"他家房子二〇〇八年年底的时候拆迁了，"林樱桃说，"我大姑现在在北京有好几套房子，还有政府给的好多钱。"

二〇〇八年，有人跌落深渊，有人飞入云端。

林樱桃取了登机牌，对蒋峤西说："我把这十万块钱先借给你，我也用不着，你堂哥万一要用你就拿来用。"

蒋峤西皱眉道："我们有钱。"

林樱桃努了努嘴："先放在你那里，等我寒假再来，你可以再还给我。"

蒋峤西说："你还怕我跑了啊。"

林樱桃上前来，紧紧抱住了蒋峤西的腰，她把脸蛋贴在蒋峤西的T恤上。

"你不可以再走了。"她抬起头，忽然眼泪又从眼眶里冒出来，"我寒假再来，如果你又走了，我再也不会找你了。"

蒋峤西眨了眨眼，他低头把她抱住，亲了一下她的鼻头。

2010

第九章

我想永远永远和他在一起

林其乐梦见了香港，她睡在蒋峤西身边，听到窗外叮叮车开过的声音。廉价公寓住的人多，隔音不好，上下楼有什么闹腾动静都能听见。林其乐靠在蒋峤西怀里，她能清晰听到他胸口的心跳声。

　　蒋峤西经常换新T恤，他喜欢干净，可香港很热，林其乐发过烧，屋里冷气开得不大，他们搂在一起睡，很快就出汗了。林其乐没怎么适应就习惯了蒋峤西身上极淡的汗味，习惯了和他抱在一起的感觉。她一再意识到，蒋峤西是个男人，他们都已经不是小孩了。

　　林其乐在香港的第一夜，烧得稀里糊涂；第二夜，哭得筋疲力尽；到第三、第四夜，终于能好好睡一觉了，她却常醒。

　　有时她是自己醒的。她抬脸望向窗外，听香港夜晚的声音，又回过头，看身边睡着的他。

　　他们不再像儿时躺在一起，只为了听一盘磁带。林其乐从枕头上起身，长头发顺着她的肩头滑下去，蒋峤西的手还搂在她腰上。她低头望着蒋峤西的睡脸，她想，他是我男朋友了。

　　也有时候，她是被蒋峤西抱着醒的。林其乐一睁眼，发现自己脸颊湿乎乎的。她也许做梦了，做了什么噩梦，但醒来一看到蒋峤西的脸，她就把梦忘了。蒋峤西睡眼惺忪的，低下头吻她，林其乐更是满脑子什么都没有了。

　　直到回了北京，林其乐才在半夜三更，在寝室的床上想起那个梦来。

　　她梦到他走了，只剩她一个人在四平方米大的出租屋里。

　　"蒋峤西，"林其乐半夜擦掉脸上的泪，同寝室的研究生学姐都毕业了，林其乐怕打扰新的室友，她给他发消息，"我真的找到你了吗？"

　　蒋峤西应当还在睡觉呢。林其乐把手机放在枕头边，她一垂下眼，眼泪又掉进枕头里，湿得难受。林其乐转过来平躺着，她闭上眼睛，回想在香港，和蒋峤西在一起的时候。

　　奇怪。林其乐和他在一起的时候，她总是不自觉地害羞，想要躲开。可一旦分开了，林其乐又好想他，想他的一切。

　　她怀念他的呼吸，接吻时蹭在她脸颊上，绕在她脖子里，也怀念他手臂的力道。那天夜里，在公寓楼下，出租车开走的时候，林其乐感觉他好像陷入了某种应激的痛苦里，林其乐除了被他抱着，也抱住他，除了等待他缓下来以外，什么都做不了。

林其乐忽然从寝室床上坐了起来。她头发蓬乱，伸手抓了抓头发，抓到脑后，回头望了一眼窗帘缝外凌晨五点的北京。

林其乐想起，当初在蒋峤西失踪以后，她是多么懊悔没能在北京夏令营时多陪他一会儿，哪怕答应他一起去美国念书呢。

"这么巧，"蒋峤西回复道，"我也没睡着。"

林其乐低下头，她的手伸出睡衣袖子，把手机拿起来。

蒋峤西莫名其妙还发了一句："樱桃，你让我怎么睡。"

十月末，林其乐去了一趟大姑家，提了港式点心还有万金油当作礼品。大姑在家准备了一大桌菜，北京烤鸭、冰糖肘子，还去买了林其乐爱吃的艾窝窝、驴打滚。

林其乐坐在饭桌边，终于把那十万块钱的去向交代了。

"给谁了？"大姑问她。

表哥听懂了，解释道："妈，就是那个以前来过咱家的小伙子，姓蒋，挺高那小帅哥儿，是不是？"

姑父说："哦哦，蒋政的儿子啊！"

大姑没脾气道："还没嫁出去的姑娘呢，就成泼出去的水了！"

林其乐坐在对面，嘟囔道："是表哥给我转的钱太多了！放我卡里我害怕！"

"那点儿出息！"大姑给她卷好了烤鸭，让林其乐拿着吃，"不是叫你去香港，买个包包，就当你哥送你的。"

林其乐吃着烤鸭，纳闷道："哪有十万块钱的包啊。"

一桌人都笑起来了。

"没见识了吧表妹。"表哥说，他穿着一件倍儿花哨的衬衫。

大姑说："你哥给你嫂子上星期买的包，七万！"

林其乐的脸色一变："啊？"

姑父喝着小酒，文质彬彬的："是个名牌啊，叫那个什么，赫耳墨斯！"

"爱马仕！"表哥纠正他道。

姑父养的蓝猫走了过来，跳上林其乐的膝头，要舔她盘子里的艾窝窝。大姑又问起林其乐那十万块钱的事，毕竟也不是个小数字。

"那个姓蒋的孩子，我之前怎么听海风说，他失踪了，失联了？"

林其乐抱着猫，对大姑大致说了蒋峤西目前的情况，还有他堂哥家里的意外。

"你这次去香港就是找他啊？"表哥后知后觉。

林其乐不大好意思地承认了，说："他现在在港大念书，念商科和法学双学位。"

姑父吃着馒头说："这不得了啊，香港大学？"

林其乐高兴地告诉姑父："他前几天还和我说，他刚通过了一个什么……摩根士丹利的电话面试？"

姑父说："蒋政这个人，信誉还是有的，钱借给他儿子问题不大，孩子看着也挺有出息。"

但他三令五申，林其乐一个小女孩，跑到那么远的地方去找人是很危险的。"我下次得打电话批评林海风了啊！"

学前专业定期安排学生见习，这一周，林其乐去了一家新幼儿园。

她挺喜欢实习活动的。

她喜欢小孩子，小孩子们也喜欢她。他们围着她叫"林老师""林老师好！"他们抓着她的袖子，抱着她的腿："林老师，你好漂亮！"

只这么一句话，够林其乐开心上一整天的。

见习的日子很忙，白天有时连口水都喝不上，要跑前跑后像保姆一样地照顾这些宝宝。林其乐还要挨园长的批评，园长说她和孩子说话的声音太小太柔和了。"要大点儿声音，你这样慢声细气的没法儿带领班级！孩子们不会服从管理的！"

她体会到了理想与工作的差距。

夜里回了寝室，洗完澡，因为手机没电，林其乐坐在床上打开电脑与蒋峤西视频聊天。

"今天有个小男孩一直哭，"她戴着耳机，一边擦头发一边对蒋峤西说，"他汇报表演的动作老是做不齐，带队老师越吼他，他在台上哭得越凶，旁边原本做好了的孩子也跟着哭。没办法我就把他抱下来了，小孩儿还挺重的，我本想抱一会儿就把他放下来，结果他紧紧抱住我的脖子，一直到他爸爸下班来接才松手。"

蒋峤西过去习惯在图书馆通宵自习，但现在，为了樱桃，他每晚都回出租屋里看书。

他抬起头，看林其乐明显有倦意的眼睛、还带着笑的嘴唇。明明那么麻烦，照顾那么多小朋友，还被一个小男孩缠了那么久，她看起来还挺高兴的。

"他特别信任我，我觉得我像他的妈妈！"林其乐告诉他。

蒋峤西心情复杂道："你怎么选了这么一个专业。"

林其乐对着镜头擦面霜，她的大眼睛忽然闭上了，手指在眼周、脸颊和鼻梁上抹了一会儿，又睁开。她说："我觉得挺好的啊。"

在班里教小朋友们跳舞的时候，林其乐说话还是不太大声，她不想吓着他们了，不想用大人的那一套威严来让小孩子们害怕和服从。当然这也有弊端，她教的孩子水平参差不齐，高高兴兴蹦蹦跳跳，各有各的跳法，不大整齐，毕竟并不是每个孩子都擅长跳舞。有的家长过来看，就说林老师偏心，不好好教他的孩子，也有的家长说这个见习老师不行，不顶用，看隔壁班老师带得多齐。

和孩子交流很快乐，但面对家长和领导，那完全是另一回事。

汇报表演前一天，园里彩排。林其乐站在台下拍视频，本想回去发给蒋峤西看，看她实习带的这一批孩子。

可彩排中途，又有孩子出问题了。这是所有家长都会来看的重要演出。带队老师气得在台上破口大骂，拉扯着那个大哭的孩子勒令他站好。林其乐在角落里把手机收了起来。

孟莉君学姐硕士毕业以后，去了美国进修博士。她在电话里笑道："所以你看我们宿舍以前怎么都跑去读研，幼儿园工作难做！就拿那么几千块钱，还有好大负罪感。"

林其乐说："那里的老师都在劝我转行。"

孟莉君在电话那头哈哈大笑。

小的时候，爸爸妈妈在少年宫给林其乐报各种兴趣班，她每次都是学一学就不学了。现在反倒因为这个专业，为了考证、考编，她不得不认真练起了舞，学起了钢琴，还有绘画。她把小时候扔下的全捡起来了。

十一月，林其乐在她的校内相册里发了张在舞蹈教室练一字马的照片。她穿了件薄毛衣，身体向前贴住腿，她身形柔软纤长，皮肤上隐隐有舞蹈练出的瘀伤，对着镜头微笑。

杜尚等人纷纷点赞。杜尚评论道："小时候没白去少年宫啊！大器晚成了樱桃！"还顺手把林其乐农场的菜都给偷了。

余樵在加拿大那边，正是早晨。他顶着一个登上雪山背靠蓝天的头像，评论道："欣慰啊！"

蔡方元说："我天，林樱桃会劈叉了！"

秦野云回复道："快发给蒋峤西看看！"

蒋峤西上着课，突然手机弹出一条信息，他把手机拿到书下面，点开了，发现是林樱桃发来的一张照片。

蒋峤西盯着手机屏幕。这节课有难点，要仔细听，他想。他抬起头，可他的眼睛还在忍不住看那照片，看樱桃紧绷的脚尖，塌下去的腰窝。蒋峤西再一次抬起眼，认真听讲，他对自己说。

十二月份，蒋峤西给林其乐打了通电话，主要为了说两件事。

一件是，他正式通过了摩根士丹利的四轮面试，明年暑假可以去实习了。第二件是，堂哥前段时间，忽然手指头能动了。

林其乐听着，一时意外。

以前……堂哥的手指不能动吗？

蒋峤西语速很快，说："没第一时间告诉你，因为也不确定这到底是暂时的还是又出了什么问题，今天刚做完检查，医生确定是真的有了恢复的迹象，下一步如果需要，可能再做手术，看看能不能进一步改善。"

"他现在只能动动手，"蒋峤西笑了，是真的高兴，"他还什么都拿不住！"

林其乐听着，把手机贴在耳边，她低下头，忽然特别想抱抱他。

十二月底，港大迎来了圣诞节假期。蒋峤西给林其乐打了个电话。林其乐说："你还是不要来了，我还要上课，机票那么贵，你多陪陪堂哥，我寒假就过去了！"

蒋峤西问："你最近怎么不跳舞了？"

林其乐傍晚时去琴行练琴。她已经会弹许多首童谣了，以后当老师，就可以给小朋友们伴奏。她拿起手机，得知蒋峤西正在医院陪堂哥过节，她在这边弹了一首《圣诞快乐》给他们听。

"我还会弹《天黑黑》，"她悄悄告诉蒋峤西，好像在说一个他们两人间的小秘密，"我在网上学到的谱子……"

她弹给他听，琴行里没有别的人。平安夜，是情侣们约会的日子，就算是单身也出门逛街，看看电影，相约聚餐，或是干脆泡在宿舍，看看电视剧。

林其乐一边弹一边唱，她似乎是不需要别人陪伴的，可蒋峤西正在香港听着，想到这一点，她才觉得自己更幸福了。

一月份，林其乐放寒假了。

她在高铁上看女性杂志的情感专栏。专栏里说，古时候，人们居住在同一个村落，男耕女织，从生到死，共享同一种命运，终生都很难分开。

而到了现代社会，科技发达，使得每个人都能够享有自己的人生。人们注定会分开，而只有那些更需要彼此的人，才能够在冥冥中走到一起。

林其乐订好了机票,四天后就要飞去香港。妈妈一开始很不开心,因为林樱桃从在襁褓时起,就一直待在爸爸妈妈身边过年,从没有分开过。

林电工劝慰老婆:"总有这一天啊。"

"樱桃才二十岁……"李艾娟不情愿道,顾虑重重,"蒋政他们两口子过年都不去看孩子,樱桃倒好,自己一个人傻傻跑去了。"

林电工卷起袖子,帮老婆用红糖和碎枣揉着面,他说:"你怎么知道人家蒋经理不想去。"

"你就知道了,"李艾娟笑道,"蒋政都不在这儿干了,也就你还叫他'蒋经理'。"

林其乐坐在自己卧室的地板上,收拾旅行箱。她的笔记本电脑在一旁打开着,她一直在和蒋峤西视频聊天。

"我明天和蔡方元他们去吃饭,"林其乐低头叠着衣服,说,"余樵放探亲假了,好不容易从加拿大回来,所以赶在我走之前聚一聚。"她站起来,到衣柜下面翻自己的鞋盒,她想多拿一双运动鞋,却意外翻出一双轮滑鞋来,是她小时候穿的。

"看我的轮滑鞋!"她回头,举起那双明黄色的鞋朝向电脑摄像头。

她又嘀嘀咕咕着说:"秦野云后天带我去逛街,我到时候再买点东西,所以箱子不能装得太满!"

蒋峤西在那边艰难地写着作业,基本没进展,他说:"你要买什么,我去给你买。"

林其乐背对着他挑鞋子,也不回头,害羞道:"不告诉你。"

§

林其乐好久没见过余樵了。刚刚闹别扭那会儿,是大一结束的暑假,一转眼已经一年半过去了,余樵才回来。

这本身是有点奇怪的。林其乐和黄占杰聊着天,在南京大牌档门口排队。她看见余樵从商场的人群里走过来,余樵手里提着几个袋子,是给他小表弟余锦买的球鞋。

林其乐从幼儿园起就认识他了,每天打打闹闹,那么熟的,怎么会突然莫名其妙就闹起别扭来。林其乐想不通,今日的她已经回想不起当初大一的时候,她每天在纠结和苦恼什么了。

黄占杰走出队伍,远远地和余樵打招呼。"余机长!"黄占杰夸张道,过去握手。

余樵笑道:"黄作家!"他转过头,看了林其乐一眼,"林老师!"

林其乐笑了起来,也握手道:"余机长你好你好!"

蔡方元蔡老板来得晚了点儿,说是昨天大半夜还在忙活网站上线的事,工作室业务太忙，今早没起来床。

杜尚杜医生来得就更晚了，他今天才放假回省城，本来说好带女朋友一块儿来，结果女朋友临时回家，杜尚只好自己过来吃饭。

"秦野云怎么没来？"杜尚吃着泡椒鸡块，问。

蔡方元说："人秦野云都快结婚了，懒得黏余樵了，她不就不来了吗。"

余樵在旁边没动静，杜尚大吃一惊："结婚？！"

蔡方元幸灾乐祸道："还指名要余樵参加婚礼呢。"他看了余樵一眼，"你没告诉他们啊？"

林其乐吃着烤鸭，悄悄打听："黄占杰，你现在每个月写小说能挣多少钱啊？"

黄占杰那眼神忽地邪魅了起来："干什么啊？"

林其乐说："我问问。"

黄占杰把手放在桌子底下，比画了一个数字。

林其乐说："五百？"

"五千。"黄占杰说。

"我天……"林其乐不敢大声叫，她惊讶道，"这么多啊？"

以前读高中的时候，生活特简单，认真学习，成绩考得好就足够了。如今离成人社会越近，林其乐越感到，她和朋友们之间的距离是有些大了。

"我实习的时候问那个幼儿园的老师，"林其乐在饭桌上说，"她说就算在好一点的幼儿园，刚毕业几年的老师每个月也只能拿两三千块。"

黄占杰说："不可能吧，你一个'985'毕业的！"

林其乐说："真的，反正都是教小朋友，感觉他们也不太重视学历……我学姐她们都不想干这一行，觉得特累，又养不活自己……"

杜尚夹桂花糕吃，摇头道："教小孩多累啊？我还以为干我们这行就够苦，拿钱够少的了。"

蔡方元接过了林其乐的小瓷碗，帮她舀新上来的美龄粥。"你不用愁，"他说，"你对象赚得多，愁什么啊？"

林其乐还没说话，黄占杰在旁边问："林其乐在大学找对象了？"

蔡方元说："不是，就还是那谁，蒋峤西！"

黄占杰一愣："啊？"

林其乐去年国庆节跑去香港找到了蒋峤西的事，只有总部小区几位老朋友知道。黄占杰瞪着大眼，从蔡方元口中听说了林其乐的这一番经历，低头拿起手机就开始打字。

"你干吗？"林其乐说。

"我记一下素材。"黄占杰低头说，还挨了林其乐一拳。

"人蒋峤西在香港，都过了大摩面试了，"蔡方元感慨道，"这以后怎么都得百万年薪起步吧！"

"大摩是什么东西？"杜尚不解。

蔡方元说："上帝要融资，也要找摩根士丹利！"

一伙人吃完了饭，钻进电影院买票，看《让子弹飞》。林其乐坐在杜尚和余樵中间，她喝可乐，吃一桶爆米花，杜尚和余樵边看，边从她抱着的桶里拿爆米花。直到电影里有人把肠子剖出来了，林其乐不再吃了，把爆米花桶扔到杜尚手里。

余樵够不着，他在旁边看了她一眼，无奈道："这点儿胆子。"

从电影院出来，外面下雪了。黄占杰临走和林其乐说起以前的老同学："冯乐天好像打算考公务员！"

林其乐戴上了手套，惊诧道："他还真要当国家主席啊？"

黄占杰耸着肩直笑："不行，我先走了，我怕一会儿雪下大了！"

"再见！"林其乐举起手来，朝他挥手。

剩下的四个人在省城的路边等出租车。

蔡方元低头划拉手机，是他新买的 iPhone4。杜尚从旁边伸脑袋看。

"你、你刚怎么划的？"杜尚看着特新鲜，也伸手要试试，"这怎么玩啊？"

蔡方元站在路边，给他工作室的人打电话，说等晚上回去开个急会，商量商量这个手机软件的事，据说现在全世界的人都在抢购 iPhone，变化太快了。

"你要去香港过年？"余樵手揣在兜里，低头问林其乐。

林其乐踩在马路牙子上，她点了点头。

"不成天黏着你爸妈了？"余樵说。

林其乐笑道："等回来以后再黏着呗。"

她没解释是等什么回来。

余樵抬起头，看了看天空落下的雪片，他伸出手，他戴了只黑色的手套，也接不着雪，一落到他手里就化了。

"加拿大是不是特别冷啊？"林其乐仰头问。

"还行吧。"余樵说。

蔡方元从前头路口打到车了，回头叫他们。余樵伸手揉了一把林其乐的头发，把他手套里没接到的雪片都揉进林其乐的头发里。林其乐低下头又抬起脖子，从后面追打他。

林其乐回到家，和秦野云约定了明天见面的时间。她倒在床上，大衣都没脱，一个人安安静静躺了好一会儿。猫咪从客厅走进来，跳上了床，依偎在林其乐怀里。

蒋峤西说："怎么了？"

林其乐拿着手机，小声说："每次聚会完，见到蔡方元、余樵、杜尚他们，还有黄占杰，就觉得特难过……"

蒋峤西沉默了一会儿，他在手机另一端，静静地听林其乐吸了吸鼻子。他轻声问："行李收拾得怎么样了？"

林其乐抬起手背抹眼睛。她坐起来，往厨房走去，她破涕为笑："我妈妈新蒸了枣面馒头，你想要我带多少个过去呀？"

§

高中学弟齐乐发来短信，问融融学姐寒假回省城了没有："毕业以后好久没见了，刚刚在校内上看见你，有时间出来吃个饭吗？"

林其乐看到这条短信时，正坐在麦当劳里喝奶昔，听秦野云说她男朋友向她求婚的事。林其乐回复了一句"不好意思啊，我真的没时间"就把手机揣兜里了。

"然后你就定下要结婚了？"她问。

"没有啊。"秦野云说。

林其乐这下听糊涂了。

"只不过我事先和余叔叔说了，"秦野云讲，"反正我爸腿脚又不好，等哪一天我要是真结婚了，总不能我穿婚纱去扶着我爸走红毯吧。余叔叔说，让余樵去，在婚礼上给我当哥哥，带我去结婚！"

她说这句话时，沾沾自喜，看上去根本不在乎自己的婚姻。

林其乐说："你男朋友一定很爱你，不然怎么才大三就提求婚的事。"

秦野云笑了："他不是特爱我，他只是被他家里人宠坏了，心理年龄太小了，幼稚得要死。"

逛街时，秦野云又对林其乐讲起她别的男朋友的事。

"别的？"林其乐没听懂。

秦野云伸手拉起一件针织衫来看了看："男朋友嘛，不嫌多啊。"

"男人都是一样的，要你像个天使，如果你还能像他妈妈一样照顾他，呵护他的心和胃，那他就会向你求婚，"秦野云说，"我们寝室有个女生，平时在我们面前五大三粗、邋里邋遢的，一到男人面前立刻换了个人——这样的做戏，他们很吃这套。我也是那时候才知道，我以前太把男人当一回事了。"

林其乐忽然回想起，大一下学期，她过十九岁生日那天，秦野云在电话里哭了一整晚。后来，她再没听她哭过了。

"相知相爱很难，玩弄人心很简单。你以为余樵就多了不起？"秦野云突然提起，她的指甲上贴着钻，容易划到货架里的真丝睡衣，她松开手，"我现在觉得拿下他一点儿难度也没有。一个傻直男，他见过外面多少人的手段？一旦我跟他之间发生点什么，无论他知不知情，情不情愿，我就去告诉余叔叔！余叔叔那个人的脾气你知道的，你觉得余樵还跑得了吗？他除了娶我他还有别的办法吗？"

林其乐看着她。

"但是吧，没这必要，"秦野云的语气软下来，她摇摇头，仿佛她只是说出来爽一爽，寻个开心，"跟余樵这人，没必要……"

林其乐犹豫了一会儿，不知该不该说："我觉得……还是要找一个你喜欢他，他也真心喜欢你的人，以后才好结婚。"

秦野云无奈道："我也想，你知道吗，可现实是，你见过的男人越多，你越会发现，没有什么特别真心的人。其实大家都差不多，结了婚的，没结婚的，有朋友的，没朋友的，大家实际上都得不到自己想要的。说起来好像我有这个那个男朋友，其实他们和我在一起，也只是互相填补一下得不到的空虚。"

"但是你，"秦野云站在林其乐背后，她手里提着真丝睡裙的两根吊带，比画在林其乐面前，看着镜子里，"你这个傻妞，才即将要拥有你的第一个男人了。"

林其乐脸涨红了，特别是看着镜子里的人影，不敢讲话。

被林其乐视作是人生大事，二十岁时最重要的一道门槛，在秦野云口中，就像吃口饭喝杯水一样寻常。

秦野云说："希望他也是你的最后一个。"

§

"新睡裙买了，新内衣买了，香水也买了，"秦野云坐在卡座里，端起红茶来，她说，"洗发水和身体乳没买。"

"洗发水？"林其乐问。

"对啊，"秦野云一撩头发，"到时候你的头发都散开了，出那么多汗，他肯定会闻到你头发的味道，买一瓶超——好闻的洗发水，他会忍不住一直闻！然后他就会想，哇，我好爱这个女人，她怎么这么香啊，这就是传说中的费洛蒙！"

林其乐以前还觉得，爱情电影里男人喜欢闻女人的头发，只是因为喜欢她而已。

现在想想，她真的是无知且单纯。

"你到底要不要买？"秦野云问。

"要！"林其乐立刻回答。

等这一下午逛完，天都快黑了。秦野云走在路边，她的高跟鞋敲在地上，笃笃地响。她在省城的一位男朋友要来接她回家。

"第一次……"秦野云望着路边的积雪，回忆道，"其实我当时也很紧张的，又想哭。"

"是很疼吗？"林其乐忐忑地问。

秦野云眨了眨眼睛，突然笑了。她说："当时就想，唉，他要是余樵该多好啊。"

两个二十岁的年轻女人挨在一起，相视而笑。

"感觉嘛，也就那样。"秦野云把手里的坤包甩在肩上，说，"保护男人的那点儿自尊心，是每个女人的必修课。不过呢，有时候这就是本能，你看到别人对你微笑，你也会对他微笑，你看到他那么费劲，你也不好意思表现得太敷衍了，对吧。"

林其乐一看就没听懂她的话。秦野云低头问："哎，你有没有见过蒋峤西……"

她声音越来越小，凑到林其乐耳边咕叽咕叽。

林其乐脸更红了："没有，这怎么能见到啊！"

秦野云理所当然道："你在香港住他家你没见过吗？"

林其乐不知道，长大了的女孩子们聚在一起聊天，是不是都会开始聊这些事。秦野云对她三令五申，提醒避孕细节："不能光相信男人，万一到时候真怀孕了怎么办。"

林其乐脸红透了，忙点头。

省城男朋友的车停在路边，远远冲她们鸣笛。

秦野云转过身，她一笑，朝车里招了一下手。

"林樱桃，"她回头看着她，对她说，"你以前从群山跑来省城，现在又从省城跑到香港去……"秦野云忽然停顿了，她低着头，深呼吸了一会儿，忽然一把抱住林其乐，"你和蒋峤西，你们一定要幸福，"她用力拍了拍她的背，哽咽道，"如果有女人要给你们捣乱，你告诉我，我去撕她的脸！"

林其乐一下子就哭了，也许是笑的，她提着手里的东西，用力抱住了秦野云。

回到家，林其乐把买回来的东西装进箱子。她后天就要去香港了，她想抓紧时间在家

360

里多陪陪爸爸妈妈。

妈妈正在主卧的大床边缝被子，见她来了，叫她帮忙纫针。

"你大姑以前给你做过一床被子，说等你结婚的时候用，"妈妈说，"那时候觉得，我家丫头才多大啊。现在一看，哟，二十岁了。"

林其乐抬起头，她发现妈妈鬓角散下几根白发。

"今天小区里好多阿姨问我，"妈妈垂下眼，"樱桃怎么要去香港过年。"

林其乐抿了抿嘴。

在国企大院里，家家户户之间，一向没有秘密。

"我说，樱桃和她男朋友到香港去玩了！"妈妈抬起眼，对她笑，"我没好意思说是峤西……"

林其乐叫道："妈妈……"

她靠过去，抱住妈妈的肩膀。

林其乐平时在外念书，距离大院这个环境已经很遥远了。但她可以想象到，她和蒋峤西从群山到省城，这一路走来，被多少人看在眼里。特别是蒋峤西放弃了清华保送以后，便失踪了，他爸爸妈妈离婚、搬家，蒋叔叔也不再在这里担任领导。

林其乐并不在乎别人怎么看她，她已经当了快十年的"早恋"反面教材了。可妈妈很在乎女儿，特别樱桃已经这么大了，她在乎女儿的名声。

"樱桃啊，"妈妈说，仿佛她也不知道要怎么对女儿开口了，"如果峤西这个孩子，他还像以前一样，我们就……就放下……和他做个朋友也好啊……"

林其乐的脸颊紧贴住了妈妈的鬓发，她轻声说："他对我很好的……"

"真的吗？"妈妈问。

妈妈没有用特别好闻的洗发水，可林其乐依然好眷恋妈妈的气味。

"他要是对我不好，我就回家了，"林其乐闷声说，"我真的不傻。"

§

入夜，天冷了，总部小区散步的人少。林其乐裹上了羽绒服，从妈妈手里接过了保温饭盒，她缩着肩膀匆匆下楼，一路小跑穿过了小区门前马路，去对面余叔叔家。

余樵的小表弟余锦，今年上初二了。叔叔阿姨都不在家，这兄弟俩没晚饭吃。余樵本来在餐桌上无奈地辅导余锦功课，见林其乐来了，他一推表弟，把笔一放："叫你林老师给你讲讲语文阅读。"

余樵去客厅开电视看球赛去了。林其乐皱着眉头，被余锦一口一个"樱桃姐姐"地叫着，没办法，她摘了手套坐下，给余锦讲剩下的半张语文卷子。

"樱桃姐姐。"余锦看着她。

"你都懂了吧？"林其乐讲完了，她戴上手套，准备要走了。

"哥哥喜欢你，你知道吗？"余锦看着她站起来，他忽然说。

林其乐从余橎家出来的时候，客厅里的球赛还开得超大声，余橎从小看球就超入迷。林其乐下楼去了，她在冬夜的路灯下往前走。

"其乐？"

有人从身后叫她。

林其乐转过头去。

是辛婷婷，当年她在南校区的同学。

二〇〇八年，辛婷婷高考太紧张，发挥失常，最后只考到三本线。林其乐听爸妈说，辛婷婷的父母怨她在高三的关键时期"早恋"，要她去复读。辛婷婷一开始死都不肯再念书了，后来她软化了，她去复读，考上了本地一所二本财经大学，学会计专业。

林其乐走过去，跟她在白色的雾气里小声说话。

"我不喜欢这个专业，"辛婷婷说，她剪了短发，弯弯地顺在耳后，"反正也是我妈替我选的。"

林其乐苦笑道："我的专业倒是我自己选的，不过……"她简略几句，把实习的经历和辛婷婷讲了一遍。

"真这么惨啊？"辛婷婷惊讶道。

"嗯。"林其乐点点头。

"那你要怎么办？"辛婷婷问。

"自己选的，"林其乐笑道，"自己坚持呗。"

"对了，我和他在一起了。"

"谁？"林其乐问。

"就是我们班团支书，"辛婷婷悄声说，怕人听见似的，"他等了我一年，我去复读，也没心思理他，等我考完了，他又表白，我就答应了。"

林其乐用力点头，替她高兴。

"我之前没联系你，"辛婷婷抱歉地看她，"高三的时候，蒋峤西突然走了，小区里都在说，说你一个人在外面大街上哭。我知道你特难过，但我爸爸妈妈不让我去找你，不让我和你说话，我一直挺内疚的。"

林其乐摇头，那都是好久以前的事了。

"对了，"辛婷婷说，"我听说蒋峤西现在在港大念书，好像还在做家教，你知道吗？"

林其乐没有承认，也没否认。

辛婷婷说："南校有几个女生打算这个寒假组团去香港玩，顺便去找找他呢。"

林其乐迟疑道："找他干什么？"

辛婷婷说："咱们高中〇八届不就出了这么一个最出名的男神吗。可能想找他吃饭吧，还来问我，我说蒋峤西他爸妈早就搬走了，不住我们小区了。"

"其乐，你现在恋爱了吗？"

林其乐想了想，点了点头。

辛婷婷舒了口气，好像为林其乐庆幸一般。

林其乐拉着箱子，走出闸口。在接机大厅的人群中，她一眼就看到他了。

临近新年，香港国际机场满是重聚的亲人、爱人、友人……当然，也有更多人在面对分别，即将独自踏上漫长的旅途。

蒋峤西穿着件浅灰色的外套，他张开手，一把就将林其乐给紧紧抱住了。

§

香港下起了小雨。

林樱桃还没来得及脱掉她的羽绒外套，就在地铁上和蒋峤西紧紧抱在一起。

地铁一路向前，旅客们或看报，或翻翻手机，或戴着耳机，闭目养神。两侧窗外是一片黑暗。蒋峤西低着头，他的鼻梁眷恋地蹭在林樱桃散开的长发里。

"我买了一瓶特别香的洗发水，"林樱桃仰起脸来，告诉他，"本来想今天用的，结果那天买回来就装箱子里了，今天不好拿了，妈妈说我箱子里东西太多，不给我拿。"

蒋峤西听着就笑了。樱桃继续小声道："只好来到这边再用了……"她把脸埋进蒋峤西身上。蒋峤西看了看，周围没别的人站着，他背靠栏杆，一手护住林樱桃的背，一手揉着她的头发，让她更稳地靠进他怀里。

林樱桃听着地铁沿轨道前进的风声，她连呼吸里都是他的味道。

她再一次闻到了。很小的时候就闻到过的，有点像是雨后青草地弥漫的气味。

蒋峤西亲了亲她的头发，说："走了，下车了。"

"给林叔叔发短信了吗？"蒋峤西拉过她的箱子，问。

林樱桃背着书包，被蒋峤西握住了手一起下车。这次有蒋峤西来接，林樱桃便不自己看地图了，连怎么换乘地铁的笔记都丢了，她只是跟在他身后。

人来人往。林樱桃和蒋峤西面对面站在高高上升的扶梯中央，她把羽绒服脱了，团在手里抱着，给爸爸打电话。

"我到香港了！"她高兴道，"我现在和蒋峤西一起回去，先放下行李再去吃饭！"

爸爸嘱咐她，和峤西在路上小心一点："香港冷不冷啊？多穿一点，不要再发烧了，让峤西也多穿一点，你们都别生病了！"

香港的路面狭窄，堵满了车辆，行人也多。林樱桃走过天桥，下楼梯时，她停在一个角落，倚在蒋峤西身上，她仰起头，颤抖着睫毛，拉着他的外套和他接吻。

她穿着那件薄毛衣，就是上次在舞蹈教室练一字马，专程拍照给蒋峤西看，蒋峤西说好看的那一件。

蒋峤西垂下脖子，他的额头抵住了她的额头。吻结束了，他呼吸也加快了。两人相视而笑。

雨滴从天而降，撞在雨篷和树叶上，簌簌作响。林樱桃额前的刘海都湿了。他们去换乘地铁，出地铁口的时候，雨更大了。

雨珠在路面弹跳，林樱桃望着雨势，小声说："我箱子里有伞。"

蒋峤西从地铁口买了一把，他怕林樱桃淋湿了，可能也觉得娟子阿姨今早不开箱子是对的，他把伞撑起来。

"蒋峤西，你知道吗，"林樱桃抱着羽绒服，手里扶着箱子，被蒋峤西揽在伞下，她和他走在去往住处的路上，"北京二〇〇七年以后新修了好多条地铁。"

蒋峤西望着伞外的落雨，忽然意识到她怎么想起这个。

"奥运之后修的？"他问。

林樱桃转头看他："你后来再也没去过北京了，北京现在又变化了好多。"

蒋峤西刷卡进了公寓大门，把樱桃的箱子拉进电梯里。林樱桃对他说："我上次去我大姑的新家，他们还和我说起你来了。"

蒋峤西笑了，他头发上有雨水："多少年了。"

"我们就是二〇〇七年去的他们旧家，"林樱桃看着电梯的楼层数字，"快四年了。"

阔别三个月，再进到小出租屋，林樱桃觉得好像昨天才离开。她打开灯和冷气开关，卸下背着的书包，把羽绒外套顺了顺放在蒋峤西的桌子上，她回过头，看到蒋峤西手扶着箱子，停在了门后。

林樱桃看他。

不再是二〇〇七年，北京五星级酒店的大套房了，只有香港不足五平方米的出租屋。
"樱桃。"蒋峤西看着她，欲言又止。
林樱桃走过去，好像怕他再说什么，她抱住他，用力抱，她踮起脚亲他，也被他忽然抱住了。回到家里总没有别人了。

中午，他们去皇后大道中吃云吞面。林樱桃边吃边用蒋峤西的手机记下午要买的东西。"我带了拖鞋来，"她对着备忘录一项项删除，"我的东西我大多都带了，不用再买了。"
蒋峤西说，他堂嫂前几天来了他这里一趟，说要给他换点新东西，结果没赶在樱桃来之前。"买条被子吧。"他想起来。
林樱桃没经历过香港的冬夜，但她现在感觉很暖和。"晚上需要盖被子吗？"
蒋峤西说："家里没有，买一条薄点的吧。"

林樱桃在香港最多只能待十四天。她估计了一下日子，在大卖场的卫生巾货架之间走来走去，她手里拿了包洗衣液，一回头，差点撞到蒋峤西身上。
蒋峤西看了看货架，问："你要买吗？"
他的语气寻常极了，这么高一个男生，特显眼，站在摆满卫生巾的女性用品货架前，只是随口一问，林樱桃开始不好意思了。
林樱桃想，也许她需要和他在一起住更久的时间，才能慢慢适应。

蒋峤西拉过来的推车里，除了一箱啤酒，几听饮料，杂七杂八的林樱桃过去爱吃的薯片、蜜饯、干果、奶糖以外，就是各式各样的生活用品。
一套鸭绒薄被，几包防潮丸，一组晾衣架，两张坐垫，几个靠垫——蒋峤西成日里打工、泡图书馆，不知道同龄人在家一般需要什么，所以林樱桃想要什么就买什么了。
除此之外，推车里还有成套的碗、盘子、筷勺叉、成对的陶瓷杯、杯垫餐垫桌布和几个空的相框，可以放在窗台，还有林樱桃要的小夜灯。

林樱桃对照蒋峤西的备忘录，把车内物品检查了一遍。她还没有二人世界的经验，怕漏掉了什么。这时她发现车里多出来一盒床单套组。
好像是蒋峤西放进去的。
"这是三件套还是床单？"林樱桃拿起那个盒子，低头仔细研究起来，她觉得这一盒看起来好贵。
蒋峤西看了她一眼，又将视线挪开了，一会儿大概又觉得林樱桃研究得太久，他要拿回来。

林樱桃嫌弃道："你买东西怎么不仔细看，这里面全是床单，六条床单，怎么用得到啊！"

　　她说着就要找货架放回去了。

　　蒋峤西没脾气道："多的可以拿给堂嫂啊！"

　　林樱桃回头看他，才反应过来："哦。"

　　"我来之前我妈妈还说，你一个人住，买东西肯定很不合适，"林樱桃走在蒋峤西身边，高兴道，"不过有堂哥一家，还是可以买家庭装这种划算的大盒子……"

　　"再想想，还要买什么？"蒋峤西站在一排货架尽头，身后拉着推车，他轻声问她。

　　林樱桃站在他面前，她朝超市两边又看了看。

　　"都买齐了吧。"

　　蒋峤西抿了抿嘴，视线越过了林樱桃的肩膀，朝她身后俯视了一眼。

　　林樱桃也转过身看去，而后她回过头来，忍住笑，把脸扭开了。

　　蒋峤西手扶着身后的推车，他就这么站着，也不走，他抬起眼看林樱桃，好像等待林樱桃的答案。

　　林樱桃挪过脸来，偷偷看他。

　　有那么一瞬间，林樱桃感觉曾经那个意气风发，好像对一切都那么志在必得的蒋峤西又有点回来了。

　　她被他看了好一会儿，林樱桃垂下睫毛，又悄悄回头看去。

　　"怎么还有草莓味的呀？"她问。

　　蒋峤西笑了起来。

　　装着"新家"的推车被横在了一边，蒋峤西伸手到林樱桃身后的货架上挑了挑，他拿起一盒避孕套来瞧了一眼，放下了，换了盒别的尺码。林樱桃还是不看他，直到付账的时候也不看，被他抱着还是不看。

§

　　林樱桃晚上抱着衣袋，穿上自己的拖鞋，去走廊尽头修好了门锁的公用浴室洗澡。

　　她站在昏黄的光下，站在老旧的围帘子里，听着莲蓬头沙沙的水声。她拆开新买的洗发液，揉搓自己的头发。林樱桃看到眼前发黄的瓷砖，心里却只有蒋峤西，只有忐忑、迷茫和一些未知的期盼。

这么晚了，蒋峤西又要到医院去。他堂哥不知道出了什么事，堂嫂打电话给他，蒋峤西挂了电话便匆匆走了。他说他会买冻鸳鸯回来，他并不知道林樱桃在准备什么。这个寒假，他们只能在一起十多天的时间，林樱桃想珍惜每一天。

过去每一次分开，之后都难免懊悔，难免遗憾，她不想再这样了。

洗完澡出来，林樱桃套着外套一溜小跑回到出租屋里。正好没人，她打开自己的箱子，拿出化妆镜来搁到桌面上。

她坐着新买的垫子，仔仔细细涂抹面霜，她用吹风机吹头发，很快便闻到那股香气了。

林樱桃脱掉外套，她站起来，弯腰从箱子里拿那天买的内衣。不是她惯穿的那种白色、粉色的学生款，而是"女人"才会穿的"性感"内衣。林樱桃扶着床，把垂落的头发捋到耳后，她穿好了下面一件，直起腰，再穿另一件。她低头看自己，而后又抬起头来。

一想到要被蒋峤西看到她这个样子，她有点开始紧张了。

她穿上白色的吊带睡衣，V形衣领，正好露出那一条樱桃项链。林樱桃坐到床里，她开始在腿上涂抹身体乳。

蒋峤西提着买给樱桃的奶茶，他还不太相信刚刚从医生口中听到的消息，快步登上回家的巴士。

那小小的出租屋，也有一天可以被称作"家"了。深夜时分，公寓楼里到处是正在过夜生活的年轻学生，他们喝酒笑闹，挥霍着廉价的青春。蒋峤西穿过走廊，他从兜里掏出钥匙。打开自己租屋的门，他发现里面黑着。

空气里有股香气，樱桃好像已经睡了。只有床尾一盏小夜灯冒出淡淡的暖光，是给他留的。

蒋峤西把手里的奶茶放在门边。他在黑暗中拉下外套拉链，悄悄脱掉上衣，他拉开衣柜门，找了件新T恤当作换洗睡衣来穿。

他出门去了，拿着洗漱用品去浴室冲澡，然后把新冒出来的胡茬刮掉，免得睡觉时扎到樱桃。蒋峤西站在镜子前，一边刷牙，一边回想堂哥的病。忽然间，他又想起下午在超市，樱桃对他买避孕套的可爱反应。

他觉得那真有意思，不过买的东西，他还没想好什么时候能用。堂哥恢复得越来越好了，这个冬天，蒋峤西想要的实习机会也拿到了。他正在慢慢走回去，把失序的生活努力扭转回正常的轨道。

也许他可以哪天问问樱桃，问她能不能接受，是不是害怕，愿不愿意尝试，樱桃有没有过什么心理准备，还是说，一定要结婚以后才行。

蒋峤西没穿T恤，他推开租屋的门，眼睛一眯，屋里的灯不知什么时候打开了。

林樱桃坐在床上，头发都睡乱了，她睡眼惺忪的，穿着件吊带睡裙，一根吊带从她肩头滑下去了。林樱桃揉了一下眼睛，看着他。

"你回来了……"她轻声说。

§

林樱桃记得，小的时候，蒋峤西掀开她的蚊帐，忽然挤进她的小天地里。后来，蒋峤西吻开她的嘴唇，夺走了她的初吻。

他就是这么一点一点地占据了她的童年，她的青春，她的心。

从贴在她嘴唇上的一支口红，到撑起她脚心的一双鞋子，就连大姑送给她的充满了美好祈愿的樱桃琥珀，也在不知不觉中变成了蒋峤西送的那条项链。

林樱桃想象不到，如果未来和她在一起的人不是蒋峤西，那该怎么办。

"樱桃，你害怕吗？"蒋峤西在如同洞穴般的狭小租屋里问她。

窗外，香港的街道上有人在唱歌。林樱桃待在蒋峤西怀里，她摇了摇头，香甜的长发蹭在他肩上。

蒋峤西低头捧着她的脸吻她。

林樱桃觉得，她这辈子都不会再忘记蒋峤西了。

她就像那只曾经被他"催眠"的小兔子一样，落在他手里，动弹不得。她觉得很疼，一直哭。她在蒋峤西怀里说疼，她被他吻着，被他吻得满脸是泪。林樱桃的手腕贴在他们两个人中间，她想推他，又怕他真的离开了。她被蒋峤西抱住，她也抱住了他。

这样的呼吸不畅，是难受吗，还是因为塞满心脏的幸福感，她不知道，只是泪流不止。

半夜，她忽然醒了。

林樱桃迷迷糊糊，一睁眼，先闻到自己头发上甜腻的香气，然后便是蒋峤西身上熟悉的气味。林樱桃浑身没力气，被一条薄被仔仔细细裹着。她转过头去，看到蒋峤西就在她身边，面朝着她睡着，还把一条胳膊搭在林樱桃被子外面搂着她。

蒋峤西睡得很沉，他的肩膀宽阔，挡在林樱桃身边，像座山一样守护她。

不过相隔了几个小时，林樱桃此刻再看蒋峤西的脸，便不是看一个可以轻易说再见的人了。

回想起不久之前，林樱桃还有点晕晕的。她只记得一开始很疼，后来没有那么疼了。

中间她靠在蒋峤西身边，喝他买回来的鸳鸯奶茶。蒋峤西问她，还疼不疼。其实还是疼，倒不像第一次那样疼了，但林樱桃学着坚强，她不讲。

她还觉得很惋惜，买来的蕾丝内衣只穿了一次就坏掉了。"好贵，"她对蒋峤西说，心在滴血，"你一点也不知道爱惜……"

蒋峤西忍不住笑了，他好像心情很好，他低头又亲林樱桃的鼻头和脸颊，任她批评。

林樱桃觉得自己就像电视剧里演的那种心酸家庭主妇，嫁给一个不知生活有多难的男人。

她可能是被蒋峤西抱着睡着的，因为她一点儿盖新被子的印象都没有。这会儿，林樱桃睁开眼，脸颊贴住了枕头，她在夜里静静打量蒋峤西睡着后的眉眼，看他鼻梁的弧度，还有他的薄唇——第一次见到他的时候，林樱桃大概怎么也猜不到，长大以后会和他这样亲近。

林樱桃猜不到的事情太多了。她依偎在蒋峤西身边，等她再次醒来的时候，窗外的天蒙蒙亮了。林樱桃睁开眼，她一时没分清这是清晨，还是她睡过头了，睡到了第二天的傍晚黄昏。蒋峤西也醒了，床向下陷，他和林樱桃隔着被子接吻。

塑料小纸盒掉在床下面，里头一共就五小包，还剩最后一包。蒋峤西一开始忘了，他中途退出来，匆匆把手伸到床下，找到最后一包迅速撕开了。

天光大亮，窗外的都市又恢复了它的繁忙，今天是工作日。可这与出租屋里紧紧相贴的年轻情侣又有什么关系呢。

林樱桃流出眼泪来，她竭力去呼吸氧气。"樱桃……"她听到蒋峤西低声唤她，年轻男人仿佛陷入了某种迷障。

§

蒋峤西出了租屋，他一身是汗，还沾着林樱桃头发里香甜的味道，他赤裸着上身，去浴室冲澡。

他没怎么睡却没什么倦意。他对着镜子刷牙，瞧了瞧自己的脸，开始刮半夜冒出的胡茬。

蒋峤西接到一通电话，是堂嫂从医院病房打来的，说堂哥今早醒来，说话声音比昨晚又清晰了不少。蒋峤西愣了愣，他笑了。他还没有把这件事告诉樱桃，实际上，他原本打算今天一早带樱桃去医院一起看看堂哥，让樱桃知道这件喜事。

谁想到横生枝节。

"我们……过几天再去吧。"蒋峤西说。

堂嫂问："怎么了？"

蒋峤西站在洗衣房里，投了币，把弄脏的床单还有几件衣服一股脑儿塞进洗衣机。"樱桃她，身体不太舒服。"

堂嫂担心地问："不会又发烧了吧？"

蒋峤西模棱两可地"嗯"了一声，就听堂嫂责怪他："你啊，怎么总是照顾不好女孩子啊！"

蒋峤西低头看了一眼樱桃昨天在超市"反复比价"挑选的洗衣液，他等通话结束了，收起手机，挤了一大堆到湿透的床单上。

林樱桃还埋头在被子里睡，团成了一个球，不太想理他的样子。蒋峤西想了想，猜她大约十点就会被饿醒。他穿了件外套，下楼去附近的超市，买点家里没有了的东西。

蒋峤西站在路边，把找的零钱揣进兜里。他的烟瘾忽然上来了。

恐怕只有蒋峤西自己知道，他是个瘾有多么大的人。

过去，他习惯了装作一个不苟言笑的人，习惯做一个从小就必须对一切快乐幸福不感兴趣，不嫉妒，不抱怨，不去和逝去的兄长争抢的人。

可人的心思很奇怪。蒋峤西沿着这条路走下去，拐过一个路口，去找能抽烟的垃圾桶。他回想起他第一次深切记住了林樱桃这个小女孩，就是因为她问了他一句，那你喜欢什么颜色呢。

林樱桃一点儿也不在乎蒋梦初，不在乎什么数学成绩，她眼里只有他，只有他一个人。

连父亲敷衍了事取的名字，每次提起，都让蒋峤西觉得心寒、憎厌的这三个字，在林樱桃心里都能变成"一首特别好听的诗"。林樱桃念它的方法，甜甜的，脆脆的，带着笑的，让人心生柔软。

如果说蒋峤西有什么瘾是戒不掉的，那远远不止烟瘾这么简单。

他买了包烟，拆开了，拿出一支来放到嘴里，低头点燃了。他长长吸了一口。

樱桃终于完完全全地，彻底属于他了。从一开始就是只属于蒋峤西一个人的。

忽然之间，蒋峤西什么都不想再去怀疑了。

堂哥的病能否治好，他能否有好的未来，他和樱桃能否走下去，他能否给她更好的生活……没有能否，他必须做到。

蒋峤西把没吸完的半支烟掐灭在垃圾桶上，他深吸了一口新鲜空气。

§

从很小的时候林樱桃就意识到了，她是女孩。

女孩子长大，总要面对越来越多的疼痛。

林樱桃红着眼睛坐在被窝里，昨晚刚洗过的香喷喷的头发因为出了太多汗，全沾在肩头、脖子。她伸手掀开被子，支撑着下床去。

床单被换掉了，不知是什么时候换的。林樱桃蹲在箱子边，只是蹲下就觉得腰酸，腿也好痛，好像在舞蹈教室练一字马那段时间运动过度引发的肌肉酸痛。

她找出衣服来，抱进怀里。实在没力气再从箱子里翻找外套了，她干脆打开蒋峤西的衣柜抓了件运动外套，裹到身上就走出门去。

浴室里，林樱桃借着头顶黯淡的光，低头检查自己的身体。她几次抹了抹脸颊上的水珠，把水开大，想把身上的身体乳冲干净，想把头发冲得一点香味也没有。

昨天她只记得疼和哭了，可以说什么有意义的都没记住。可今天早上刚刚发生过的，又让人很难回避。她现在闭上眼，脑子里还全部是有关他的事。

洗澡水滚烫，打在背上，林樱桃心烦意乱，她关掉水龙头，拈起一缕头发闻了闻，感觉已经闻不出什么味道了。她开始穿衣服，穿自己原本的学生款内衣，她裹上蒋峤西的外套，拿好东西忍着不舒服走出去。

吹头发的时候，林樱桃忽然想起以前在实验，无论她早上几点到学校，蒋峤西的杯子总放在她桌上。那时候林樱桃就隐隐觉得恐怖：在他们普通学生看不到的地方，蒋峤西到底过着怎样的生活。他每天凌晨几点来学校，每晚在竞赛班待到多晚。蔡方元以前说，蒋峤西寒暑假从没有一天闲着，被父母安排的除了上课就是上课，除了学习就是学习。

以他的天资，不这么努力应当也没问题。可蒋峤西就好像不被允许拥有自由和快乐。也许蒋峤西自己也主动放弃了对这部分的需要。他从小面对困境，想的就只有独自熬过去，坚持过去，可能他也把他自己逼到这个程度，来保证他会万无一失地走出那片炼狱。

所以堂哥出事，他不对人讲，他不告而别，只身来到香港。林樱桃放下吹风机，她又想起蒋峤西以前在群山的时候，总做奥数题，无论林樱桃怎么吸引他的注意力、怎么捣蛋，蒋峤西都冷漠地低着头学习，不为所动。他的确就是那种过分专注，一旦认定了什么就再难动摇，心无旁骛，不达到目的誓不罢休的人。

林樱桃梳着头发，她红着脸，突然想起昨天和今天早晨的蒋峤西，她忽然觉得她好像被当成奥数题一样。

林樱桃掰了一点枣面馒头吃，她是饿醒的，然后坚强地在床边叠被子，整理床。林樱桃又心烦起来，这么小的床，整夜都只能搂在一起睡，怎么可能不想那个什么。

林樱桃不知道，她是不是应该和蒋峤西沟通一下。

可要怎么沟通？

蒋峤西是那种做二十个小时数学题都不会头疼的奇怪天才，是看到林樱桃有一个知识点不会，就干脆手写一张卷子让林樱桃一直做到会为止的人。他就是这种个性，是这种处事风格，所以林樱桃过去被他百般暗示英语不好考考托福的时候，才觉得自己怎么都跟不上他，就算去了美国也是一样的。

说白了，林樱桃从来不是一个会强迫自己做太多努力的人，她的努力程度只以自己和周围人的幸福、舒适为标尺。

以前不和蒋峤西住在一起，林樱桃也不会对他的性格想上这么多。她过去只享受被蒋峤西关爱呵护的一面。

但以后要一起住，还有好多事情要磨合，要沟通。比如林樱桃想说，又不是以后就不在一起了，才第一天而已……

林樱桃想对他说，以后不要再"闷头做题"。

她又不会像他的父母那样，对他的心情和需求不给任何回应。

收拾完桌子，她看时间，快中午了。林樱桃脱了蒋峤西的外套，也不找新衣服，穿上了昨天那件薄毛衣。

她把长裙也穿上了，这是妈妈让她买的，说是保暖，林樱桃的腿酸，确实不能再穿短裙。她捡起蒋峤西的那件外套，拿到鼻子前闻了闻，她忍不住深呼吸。

她把他的外套用衣架撑起来，理好衣褶，挂进衣柜里。

林樱桃从小爱胡思乱想。她走出租屋的门，站在走廊窗边往外面看。香港来来去去全都是陌生人，是与林樱桃无关的人。世界好大，而在这个世界上，除了爸爸妈妈以外，林樱桃又和一个新的人产生了不同寻常的连接。

她会一辈子也忘不了蒋峤西。

她没办法随便看淡这样的关系。哪怕以后会分手，林樱桃也不可能彻底忘了他了。

孩子逐渐长大，离开父母身边，走向了自己选择的伴侣。林樱桃望着香港的天空，她想，这道足迹是否就是爱情的意义。

哪怕是林樱桃这样依恋父母，以至于会被人笑话的人，当她和蒋峤西在一起时，也会不自觉将爸爸妈妈当作"大衣柜后面午睡的大人"。

　　蒋峤西出了电梯，他拉起身上的外套，想闻有没有残留的烟味。远远地，他看到林樱桃穿着那件毛衣，靠在走廊边发呆。樱桃扭过头，看见他，她像蜜桃似的，让蒋峤西心里泛起一层层涟漪。
　　推开出租屋的门，蒋峤西搂着她，他慢慢走着，因为林樱桃明显腿打弯，站不稳，容易绊倒。"还难受吗？"他低头问。林樱桃在他怀抱里，刚一摇头，就被他亲了脸蛋。
　　林樱桃摇头的时候长发摇动，蒋峤西闻着，实在受不住这种香甜气味。吻变成轻轻地咬，真像吃一只熟透了的多汁蜜桃。
　　林樱桃想说，我是要等你一起出门的。
　　"不出门吃饭吗？"她仓促地问。
　　林樱桃躺下的时候，脑子里什么"和他谈一谈"的理智想法都没有了。她抱住了他的肩膀，她好喜欢他。

　　林樱桃在蒋峤西嘴里尝到一丝可乐的甜味，她小声问："你去哪里喝可乐了？"
　　蒋峤西把她抱着。床太小，樱桃靠在他被汗浸湿了的T恤上休息。蒋峤西轻轻呼吸着，睫毛低垂，他揉她的头发："我出去抽了会儿烟，闻得出来吗？"
　　林樱桃摇头，她合上眼，发际都是汗，她继续慢慢顺气。
　　第一次总是很困难。蒋峤西抱着她想。就像撬开一只蚌，蚌肉娇嫩，紧紧闭着。刚撬开时很艰难，可一旦樱桃逐渐习惯，她就不会那么抗拒了。
　　"现在下楼去吃饭？"蒋峤西轻声问。
　　林樱桃脸颊贴在他身上，摇了摇头。

　　这时，床头桌上的手机忽然响了。
　　是林樱桃的手机，她懒得去接。蒋峤西把手伸过去，拿起来看了一眼。
　　林樱桃听着铃声还在继续，而蒋峤西也不说话。
　　"谁啊？"她睁开眼，伸手要去拿。
　　蒋峤西的手却一抬，不让林樱桃拿到。
　　他直接滑开了她的手机，贴到耳边。
　　"融融学姐！"手机那一端的男孩兴奋道，"我前几天给你发的短信——"
　　"齐乐？"蒋峤西轻声问。
　　对面当即安静了。
　　"你给你林学姐打电话干什么？"蒋峤西问。

"蒋、蒋学长？"齐乐错愕道，难以置信，"你……"

林樱桃刚洗完了澡，总不能立刻再去洗。她去浴室里洗脸，又理了理衣服和头发，出来被蒋峤西搂住，一起去吃饭。

蒋峤西带她乘地铁，一路顾及她，走得慢吞吞的。他们去了一家提前订好座位的粤菜餐厅。

"怎么这么贵啊？"林樱桃小声问。

蒋峤西坐在对面点菜，一点都看不出他是个只住在四平方米出租屋里的穷学生。蒋峤西倚在椅背上说，这是他以前和堂哥经常来吃饭的餐厅："我以前就想带你来，你要是来考托福，早就来了。"

林樱桃看他这样，忍不住笑了。

莫名其妙的，她早晨还想着要告诉蒋峤西，以后他们可以两个人一起面对，无论什么失败、挫折，又或是单纯的贫穷，他们要对对方坦率。

可现在，她看着蒋峤西自尊心强撑着，随意讲起这些话的样子，她觉得他也很可爱。

反正只是一顿饭，林樱桃想，我们付得起这笔钱。

她拿过蒋峤西的手机，对着饭菜拍照，发到自己校内账号和群山小群里炫耀。林樱桃说，现在内地有种东西叫"微博"："蔡方元让我去注册，好给他们工作室当粉丝，还叫我天天留言捧场，也不给小费的……"

蒋峤西看到服务生上菜，他说："你尝尝这个。"

那是盘海鲜炒饭，是蒋峤西小时候最爱吃的。林樱桃尝了一口，就一口，她回忆起菜单里的标价，鼓着脸颊咀嚼："我是不是吃了五十块钱啊。"

蒋峤西笑着看她："就说好不好吃吧？"

林樱桃隔着红酒杯，瞧对面蒋峤西的脸。她觉得蒋峤西就是应该待在这种环境里，待在高级餐厅的服务里，有钻石色泽的光晕里。她喜欢他游刃有余的样子，喜欢他总是想给她惊喜，哪怕他们都只是普通人，只是穷学生。

"你说。"林樱桃要蒋峤西学她说话。

"我说。"蒋峤西捏她的手。

他们一起乘坐小船，小船行驶在维港的海面上。

"你是一手遮天的香港大老板！"林樱桃在海风中喊道。

蒋峤西皱了皱眉，他移开了视线，失笑道："什么啊！"

林樱桃回到出租屋里，换上睡裙。她一边喝饮料，一边坐在垫子上，靠在蒋峤西怀里给爸爸打电话。蒋峤西抱着她，原本下巴靠在她肩头休息，她忽然就把手机递给他了，蒋峤西紧张道:"林、林叔叔……"

他到底有什么好紧张的呢,从九岁起,他就天天和林叔叔在同一张桌子上吃饭了。

林樱桃歪在他怀里,听着他们两个聊天,她继续喝饮料,她喜欢这样的夜晚。

§

来香港三天了,林樱桃只有吃饭时才偶尔出门。

多半时间她都待在蒋峤西四平方米的小租屋里。

这和她来之前跟妈妈说的一点都不一样。她当时说,在香港过年很好,那里像春天,风也宜人,气候舒适,景色也很美。

可实际上,林樱桃每天都窝在窗帘拉紧后的昏暗光线里,在循环的冷气里,和她喜欢的人紧紧拥抱在一起。

林樱桃不知道别的刚刚在一起的情侣们,是不是也是像这样。

在跨过那条线之前,她以为这件事不过就是一场仪式,一个步骤,就像睡前落下的晚安吻,一触碰就结束了。可一旦发生了,她才发现,远远不止如此。

和蒋峤西在一起的时候,林樱桃一方面担心这有些过火,一方面她又想,她来香港是为了什么,不是为了什么春日和煦的风,海港宜人的景,就只是为了他而已——每当前面那种念头冒出来,林樱桃很快就会在蒋峤西的汗水气味里软化了。

大概蒋峤西也这样想。

他这几天一直没到医院去,更没去打工,他只在林樱桃熟睡时去学校上了一次课。

来到香港,蒋峤西也慢慢开始变得和以前不一样了,毕竟不再有那么严苛的束缚。只是他仍旧作息规律,但规律的作息并没有改变他们在一起时这一天下来的相处。

他们都很想弥补,不仅仅是这异地的四个月,也不仅仅是分开了的三年。

他们没有相爱的岁月实在是太长了。

蒋峤西的肩背遮挡住了床边的那扇窗,遮住了外面的月光。

林樱桃睁开眼,她躺在他的阴影里,躺在他手撑着的空隙里,床嘎吱嘎吱地摇动。

"蒋峤西……"她说。

蒋峤西轻轻喘息,被汗洗过的眼睛在上方俯视着她。

"你再亲亲我……"她看他。

于是蒋峤西的手肘放在了她身边,他垂下脖子,去含吻她因为喘息而缺水的柔软嘴唇。

林樱桃说:"我觉得你好像想很久了。"

蒋峤西说:"想什么?"

林樱桃红红的脸颊还在湿透的头发上轻轻蹭弄,她说:"想这个。"

蒋峤西低头吻她,睫毛下面,他那双眼睛黑得叫人心里发慌。"我在本校第一次见你的时候,"他忽然回忆道,"你把头发梳起来了,露着一截脖子,穿着校服,在外面接水……"

林樱桃愣了愣。

蒋峤西这时低下了头,又含吻住她的嘴唇。

林樱桃闭上眼,她的手扶住他的肩膀。

蒋峤西轻轻喘息:"但你当时生气,你不想理我。"

她的细肩缩起来了。

床垫的弹簧剧烈地压缩。

蒋峤西说:"我本来以为要结婚以后才行。"

林樱桃就是那只不知危险的小兔子,自己跳进了蒋峤西手里,趴在他的手上。她把两只乖顺的长耳朵蹭在蒋峤西冰冷的手背上,等他真的像冰,被融化了,她便被他一手抓住了。

林樱桃总是在哭泣中迎来她真正的快乐。

樱桃。蒋峤西的声音充满爱意,却又饱含绝望。他说,樱桃,我爱你,我相信你知道。

§

林樱桃半夜忽然醒了。

她坐在床里,隔着窗帘缝,睁开了睡眼,望外面路灯照亮的街道。

她没什么经验,这几天也过得晨昏颠倒,稀里糊涂。她垂下眼帘,伸手捂了一下自己的小腹,她还是有些担心万一蒋莼鲈来了怎么办。

想起明天还要去医院探望堂哥,她又躺下了。她待在蒋莼鲈爸爸的怀里,握着他的手,闭上了眼睛。

堂嫂一见到林樱桃,就对她关怀有加,连问她退烧了吗,休息好了吗。林樱桃不明白发生了什么,堂嫂一见面就责怪蒋峤西没有照顾好她,没有尽好男朋友的责任。

病房里还有其他探视者。堂嫂对蒋峤西说:"是你哥以前的同事和老同学。你进去,让他们见见你,都快要实习了。"

病房里，一群旧相识正在聊天，个个西装革履，有说蹩脚普通话的港人，有操着一口京腔的内地来客。林樱桃远远听着，他们正聊起共同认识的一个人，好像也是二〇〇八年出事的一位老板。

"……脑中风以后，三个孩子把名下的房、车、股份全瓜分了，现在人还在疗养院里呢。"

蒋峤西一进病房，顿时就被那些大人围住了。林樱桃听着他们的语气，说着什么"港大""摩根士丹利"之类的话，大概都在夸奖他。

堂嫂对林樱桃说："他的同事和老朋友都知道峤西，在香港照顾了哥哥三年，现在哪儿还有这样尽心尽力的弟弟啊，多好的年轻人。"

林樱桃忽然注意到堂嫂今天化了点妆。

等老朋友们走后，林樱桃才跟堂嫂进了病房。上次来，蒋峤西的堂哥还躺在床上，动都不能动，不能讲话，只睁目流泪。

这次，林樱桃被蒋峤西搂着肩膀走到床前，她轻声说："堂哥你好，我是林其乐，我寒假又来了！"

堂哥背靠住了升起的床头，他身上插的管子比过去少了，头发也被人仔仔细细地梳理过，他的脸色看起来不那么苍白，脸颊也充实了，不像以前那样皮包骨。他抬起眼，看林樱桃。

他的手垂在身边，忽然抬起来了一些，手指颤抖，好像还使不上劲儿，林樱桃立刻握住了他的手。

"蒋峤西，十岁，来香港过暑假……"堂哥忽然说，他有气无力的，声音干哑，断断续续，"他说，在群山，认识了一个小女孩，叫林其乐。"

林樱桃紧张起来，这是她第一次听蒋峤西的堂哥讲话。

"他没和我说过……他别的同学吧？"堂哥忽然转过头，望床边的妻子。

堂嫂低头笑着，削苹果。

堂哥对林樱桃说："他和我说了好久啊。"

林樱桃回头一看，蒋峤西正双手揣在裤兜里，在病房窗边漫无目地转圈，就好像知道堂哥一准儿要开他的玩笑。

林樱桃坐下了，吃堂嫂给她削的糖心苹果。

她对堂哥堂嫂说了说以前群山工地的事，然后说她现在的大学，正就读的专业。

"好专业。"堂哥认同道。

377

林樱桃不好意思地笑了:"但是以后好像工资比较少。"

堂哥各方面反应还是比较迟钝。"不少,"他望着她,再一次认可道,"很好。"

林樱桃没有继续聊这个话题。堂哥是病人,久居香港,并不了解内地的情况,而且绝大多数人都不太清楚幼儿教师的职业现状。林樱桃站了起来,因为堂嫂忽然伸手示意她,要她一起到病房外面去。

堂嫂的普通话稍微带点儿口音,但已经尽量吐字清晰,她看了一眼病房里,蒋峤西没有跟出来,她压低声音说:"樱桃,你认识峤西的爸爸,是吧?"

林樱桃一愣:"蒋政叔叔?"

病房里只剩蒋峤西和堂哥两个人。

蒋峤西走到堂哥床前,在林樱桃刚刚坐过的椅子上坐下,他低头沉默了一会儿。

"哥,"他抬起眼,"我觉得,我还是要回内地。"

林樱桃接过了堂嫂的手机,贴在耳边。

"喂?是樱桃啊?"电话里,蒋政惊喜道。

林樱桃不知怎的,可能是怕蒋峤西听见,她压低了声音,笑道:"蒋叔叔,是我!"

蒋峤西似乎是怀有一些歉疚的,他对堂哥解释。

"樱桃……在香港住不惯,"蒋峤西说,"她爸爸妈妈都在内地,家里就她一个女儿,而且,她很恋家——"

堂哥看着眼前这个弟弟,说:"你回去。"

蒋峤西抬起眼,他又瞧了瞧堂哥瘫在被子里的双腿。

"你回去啊!"堂哥皱眉道。

林樱桃问:"苏丹……项目部……那是在哪儿?"

蒋政笑得很疲惫:"苏丹,在非洲。援建非洲嘛。"

林樱桃担心道:"叔叔,你怎么在那么远的地方?"

蒋政说:"赚钱嘛……你爸爸妈妈,他们身体都还好吧?"

"挺好的啊。"林樱桃说,"叔叔,你好吗?"

病房里,蒋峤西对堂哥无奈道:"我大学还没念完,你现在让我回我也回不去。"

堂哥说:"那毕业了就走。"

蒋峤西反倒不愿意了:"不在大摩待几年,我拿什么钱成家。"

林樱桃听着电话里安静下来了。

好像蒋政叔叔想对她说什么，又一时开不了口。

林樱桃问："蒋叔叔，你今年在苏丹过年吗？"

"是啊，"蒋政立刻接话道，"樱桃你今年……是不是去蒋峤西他堂哥家里过？"

林樱桃忽然有点不大好意思了。

"嗯！"她笑着应道。

蒋政也笑了："那到时候，我给你们打个视频电话？"

林樱桃一下子明白过来了。

"好呀！"

蒋峤西还在病房里与堂哥谈话。林樱桃用堂嫂手机给蒋政叔叔发去了自己的手机号，她还附上了QQ号，补上了一句："国际电话太贵了，叔叔你有QQ吗？"

编辑短信时，她余光瞥到蒋政上一条发给堂嫂的信息："29日汇去四万美元，渣打银行，蒋峤西不想要礼物就算了，若诚手术成功再打电话。"

回家的巴士上，林樱桃把手放在了蒋峤西手心里，问："你知道蒋叔叔一直在给堂哥家汇钱的事吗？"

她很忐忑，有点怕蒋峤西不高兴。

蒋峤西低头一下下揉捏她的手："知道啊。"

林樱桃看他。

蒋峤西说："蒋梦初当年一路读书，后来出事，我大伯也没少借钱给他们。"

林樱桃听了，"哦"了一声。

"怎么了？"蒋峤西垂下眼看她。

"没怎么，"林樱桃想了想，又说，"那蒋叔叔一直汇钱，你怎么还要去打工，一直那么辛苦。"

蒋峤西轻轻笑了："我堂哥家的麻烦很大，他那几个钱怎么够用。"

蒋峤西似乎总爱用很大的口气来说话。四万美元，二十多万人民币，林樱桃想，这怎么能叫"几个钱"。

不过与此同时，他又是踏实的，愿意自己去一分分赚钱。大概对蒋峤西来说，能多赚一点，多替堂哥付一次房费也是好的。

"堂哥总共还需要多少钱？"林樱桃问。

他们在巴士上偶然看到了路边停靠的雪糕车。蒋峤西拉着她的手一起下车，因为林樱桃上次来香港时吃过，一直想再吃一次。

蒋峤西说："堂哥只要醒了，逐渐康复，就什么都好说，他有很多朋友，他一直是个很厉害的人。"

林樱桃吃着手里的牛奶雪糕，她想，既然堂哥很厉害，那为什么他醒来之前，这些老朋友都不来帮他呢，让他的家人吃了这么多苦。

林樱桃还有很多大人的事情需要慢慢去理解。

人行道口，前方是红灯。林樱桃把牛奶雪糕吃光了。

蒋峤西在阳光下垂下眼，他瞧着林樱桃微翘的嘴上沾着的那一点奶渍。

从小时候起，林樱桃吃小奶糕就这样。

绿灯亮了，木鱼声快快地敲着。林樱桃却不住往后退，她的头高高仰着，蒋峤西刚才还不要吃奶雪糕，现在嘴唇上却沾了奶味。

§

蒋峤西的房东端着装满丸子、蔬菜的锅，来找蒋峤西打边炉。他连锅都端来了，蒋峤西不好轰他走。只听房东在门外说："全智贤来了，请你吃饭你都不吃了。"

蒋峤西拉开门，让他进来。

林樱桃坐在垫子上，正用蒋峤西的笔记本电脑偷菜，抬头看见他。

有那么一瞬间林樱桃以为自己见到了卫庸。

"她就是全智贤？"房东顶着一头金发，发根是黑的，他端着锅，问蒋峤西。

蒋峤西说："不行？"

房东边找地方放锅，边说："好美丽的女孩！"

林樱桃把笔记本抱到膝盖上，在一旁玩电脑，她已经吃过晚饭了。蒋峤西和房东边吃边聊，似乎想尽快把这顿饭吃完。

还没进大投行，没有参与过项目，蒋峤西就不得不开始适应陪客户吃饭的感觉了。

"我爸爸想去内地投资，"房东吃着鱼丸，抬头看他，"想问问你有没有什么意见。"

蒋峤西喝着啤酒："我三年没去过内地了。"

房东说："随便说一个吧。"

蒋峤西敷衍他："房子，买房子啊。"

房东一听，说："我们买了很多了。"

蒋峤西抬起眼看他。

房东问："别的还有吗？"

　　蒋峤西说："我还是学生，问我干什么啊？"

　　房东放下筷子："哇，整个港大我没见到第二个GPA4.0的兄弟了耶，去年满分改成4.3我还替你遗憾，你要是晚几年来你说不定就4.3。"

　　蒋峤西说："光看GPA有什么用？"

　　房东说："那你说什么有用？"

　　蒋峤西眯起眼说："有钱的老爸有用啊。"

　　房东忽然哈哈大笑，他被蒋峤西这个素来一本正经、不苟言笑的学神给逗笑了："你说得很有道理！"

　　林樱桃在一旁胡乱点着鼠标，她却怀疑自己刚才是不是听错了。

　　就听蒋峤西问："你爸有什么想法？"

　　房东说："我爸爸他啊，想投资内地的互联网公司——"

　　林樱桃在蒋峤西的电脑里点来点去，她一边听着蒋峤西和那个房东越聊越多，一边假装自己正在忙碌。她忽然意识到，在香港三年，其实蒋峤西已经有了自己的一套为人处世的方法。经历的变故，让他远比林樱桃想象的还要世故和成熟。

　　只是他绝少在林樱桃面前表现出来。

　　林樱桃一不小心点开了蒋峤西电脑的垃圾回收站。

　　一份《2010年香港大学—加州大学伯克利分校交换生项目申请表.doc》躺在角落里。

　　蒋峤西喝完了那罐啤酒，他的神情带笑："你知不知道融资顾问都是要抽成的。"

§

　　林樱桃实习的时候，听对方幼儿园的老师讲："家长的礼物，我们并不是一定要收。但是小姑娘你知道吧，现在外面的人都在拼命赚钱，想尽一切办法搞钱，而我们就永远待在童年这个阶段里，给这么一群小孩当保姆。你说这份工作，要钱没钱，要地位没地位，要尊严没尊严。大学老师，听起来是不是气派？幼儿教师，你就是个幼师啊！一天到晚累死累活，再想发展发展，怎么发展啊，不在孩子家长身上发展，还能去哪儿发展？"

　　"看你年纪小，又是这么好的大学来的，劝你一句，毕业趁早转行，不是可以跨专业考研吗？考个会计，小女孩家家的，多合适啊。"

临近新年，港大还没放假。蒋峤西上完了课，带林樱桃一路沿学校的登山道，去爬太平山。

他们是下午去的，正好看夜景。蒋峤西说山顶风大，让林樱桃穿他的外套。

林樱桃被他牵着手，一路上走走停停。林樱桃站在路边，背靠盘根错节裸露在外的古树根，对着蒋峤西的手机镜头微笑。林樱桃没什么经验，出门也没带水，她握住蒋峤西那个黑色的、有点掉漆的水杯，喝里面有点苦的热茶水。

林樱桃跑去后面，请过路的四川游客帮她和蒋峤西一起拍张合影。

作为交换，她也帮对方拍。不过那个叫"无敌兔"的相机太过复杂，林樱桃摆弄了一会儿，不得不笑着抱歉。蒋峤西走过来，从她手里接过相机，拍好几张还给人家。

他们继续往山顶走。林樱桃说："蒋峤西，港大可以去加州伯克利分校交换吗？"

蒋峤西走着路，忽然低头看了她一眼。

大概明白她在家里看到了什么。

"可以。"他点头道。

"那你怎么不去？"

蒋峤西把林樱桃的手牵着，在手心里捏了捏。

"那是我的一个愿望，"他目不斜视，往山上走，"但不是梦想。它要为梦想让路。"

香港的天暗下来了。林樱桃拿着冰激凌，和蒋峤西一起在山顶排队。游客非常多，拥挤吵闹，人群中，蒋峤西把她搂着，林樱桃只能听见蒋峤西在耳边与她说话的声音。站在观景台上，林樱桃向下望去，维多利亚港的海面，沿岸那些摩天巨塔，彻夜不息的璀璨灯火，让她感觉自己仿佛窥见了这个世界一部分的真正面目，那是她在群山，在省城，在北京都没有见过的。

她被这种陌生感吸引住了，像刚出生的婴孩，目不转睛地盯着眼前的一切。

蒋峤西一直站在她身后，把她搂着，林樱桃站得再高也不感到害怕。

她问蒋峤西，那你的梦想是什么。

蒋峤西攥着她的手，两个人一起从夜间打折的超市里出来。蒋峤西手里提着些薏仁、大米，还有晒干的红枣茶。

他望着前方湿润的路面："我现在最大的梦想，是有一个家。"

街上还有许多店铺开着，林樱桃扭过头，听到一家老唱片店在放一首粤语歌。

曾在这高高低低，弯弯曲曲中跌倒。

才骤觉，开开心心简简单单已极好[1]。

林樱桃问：“你是说什么家？”
蒋峤西说：“我跟你的家。”
林樱桃说：“我们才多大啊。”
就见蒋峤西抬起眼说：“我不是哄你的，樱桃，我是很认真的。”
林樱桃跟着他走在夜路上，双层巴士开过去。有那么一会儿，林樱桃真觉得，她会就这么跟着蒋峤西在小出租屋里过一辈子，她再也不会回去了。

她原本是想对蒋峤西说，堂哥恢复得这么快，不去交换也没关系，港大毕业以后也可以去加州伯克利继续学数学，可以读想读的博士。
蒋峤西手机忽然响了，是蔡方元从上海打来的。
林樱桃抬起头，她听着蒋峤西和蔡方元在电话里讲一些她听不太懂的词汇。
"你还没毕业他们就找你做 FA？"蔡方元在那边儿夸张地问。
蒋峤西说：“只是牵个线而已。”
蔡方元说：“你要真想干，等你从大摩回来，到这边开个公司单干啊！”
蒋峤西笑了，他揽过林樱桃的肩膀来：“想不到那么远。”

林樱桃在公寓电梯里问：“FA 是什么？”
蒋峤西说：“风险投资顾问。”
林樱桃看了看他，又说：“能赚钱吗？”
蒋峤西想了想："如果我房东家真投了……至少，二十万？三十万？"
林樱桃问：“这是给蔡方元的钱？”
蒋峤西说：“给我的。”
电梯门开了，林樱桃瞪目结舌：“这么多？！”
蒋峤西笑了。林樱桃出自传统的国企工人家庭，对资本世界一点儿也不了解。他推着林樱桃的背，提着手里的东西往外走。
“成功的概率其实挺渺茫的，”他说，“但有机会，为什么不试一试。”

他一进家门就开始忙了，换了鞋，脱了外套，蒋峤西坐在地垫上打开电脑，他开始接收蔡方元发到他邮箱里的一系列资料。

---
[1] 引自由潘源良作词、卢冠廷作曲、苏芮演唱的歌曲《凭着爱》。

林樱桃也换了拖鞋，她提起超市的袋子，拿起蒋峤西那个喝空了的水杯走出去。

蒋峤西把蔡方元发来的PPT快速翻了个遍，他打电话给他："我恐怕要去实习过了以后，才知道怎么给你改得更好。"

蔡方元说："那等多久？我们再发展个半年？"

蒋峤西想了想："你等等我。"

林樱桃从外面进来了，她从公共厨房的冰箱里拿了听冰啤酒过来，搁在他桌上。蒋峤西正给堂嫂打电话，抬眼看她，他情不自禁抓住她的手。

堂嫂接听了，蒋峤西问起堂嫂，知不知道昨天有位去医院探望了堂哥的老同事的联系方式。

"樱桃春节以后就走，"他说，"我希望他给我安排一个春季实习。"

林樱桃去厨房，把薏仁和米洗好，泡上了，把红枣茶里的碎枣干也挑了出来。

蒋峤西说，他想要有一个家。林樱桃不知道怎么，洗着碎枣，又发起愁来。

以前，她总感觉追不上蒋峤西的脚步，所以百般犹豫，不肯贸然跟他去美国。现在隐约又是一样的情况。蒋峤西只要脱离了那种困境，好像就可以轻轻松松赚很多钱，但林樱桃未来的月薪只有两三千块，她甚至有可能养活不了自己。

蒋峤西打了几个电话，定下了春季实习的时间。他把剩的啤酒喝完，看到蔡方元在聊天对话框里问："你现在和林樱桃怎么样？"

蒋峤西轻敲键盘，回了一句："准备求婚。"

§

林樱桃头发蓬乱，坐在床单上，用小本本算账。她还没有自己一个人生活过，算来算去，也不知道两三千块钱够不够养活自己。

出租屋隔音很差，总能听到楼上传来的女神卡卡的歌声。最近香港满大街都在流行她的歌。

"我平时花的钱？"蒋峤西背靠靠垫，倚在床头，伸手拈起林樱桃肩头的发尾，"我有奖学金，基本涵盖了学费，还有学校的补贴——"

"问你花的钱。"林樱桃拿笔在本子上记。

蒋峤西回忆道："房租、电费、水费、网费、手机费、交通费、打印费、饭钱，我不怎么吃喝玩乐，没什么开销……"他看着林樱桃越记脸色越难看，"你怎么了？"

林樱桃也不回答他的问题,她躺在床上,脸贴在蒋峤西怀里。到睡觉时间了,她还对着手机按来按去,还在算账似的。

"别玩了。"蒋峤西说。

"杜尚和他女朋友吵架了,他正在南京路上大哭,"林樱桃抬起头说,"蔡方元正打车去接他,让我陪他先聊会儿天。"

蒋峤西搂着她,很意外。

蔡方元打来电话,他没好气地告诉林樱桃,他接到杜尚了,这就送他回学校:"他这手机上全是鼻涕眼泪,不说了我先挂了啊。"

"杜尚和他女朋友感情可好了,"林樱桃说,"杜尚一有时间就去陪她,防止出现他爸爸妈妈当年的惨剧。"

蒋峤西听到"当年的惨剧"这么严重的形容,问:"那还吵什么?"

林樱桃嘟囔:"因为他们俩都念医学院啊。杜尚说,这是他们老师和他们说的,一定不要找同行结婚,以后两口子都是医生,每天值不完的班,看不完的门诊,写不完的处方,做不完的手术,很可能一年到头见不着多少面,生的孩子也天天跟着爷爷奶奶,像留守儿童,家庭不幸福,建议一定不要找同行结婚。"

蒋峤西听着,垂下眼帘。

"所以他女朋友就和杜尚商量,"林樱桃说,"觉得他们俩没有什么未来了,杜尚女朋友也是单亲家庭的孩子,特别担心这个,她说,要不然其中一个人就转行。然后杜尚不同意,说着说着就吵起来了,杜尚就哭崩溃了。"

楼上楼下都闹,蒋峤西心里却格外静,林樱桃也不说话,靠在他怀里,时不时地看一眼手机。

"那你和他说了这么半天,说了什么?"蒋峤西问。

林樱桃说:"我也没说什么有用的,就说我们其实一样惨,以后工作起来都很忙的。"

"我的工作未来也很忙啊,"林樱桃不大好意思似的,在蒋峤西身边抬起头,对他说,"而且还没有什么钱,像杜尚考医学院,以后做医生,就很好啊,像我的工作,很忙很累,一个月只能赚一点钱,没钱没地位也没什么尊严……而且现在,什么工作都累啊,黄占杰每次发状态都是大半夜,天天为了写他那个小说熬夜;蔡方元也是,吃饭路上还忙着他工作室的事;余樵更是啊,听邹阿姨说,以后余樵要天天在各地飞,就算有女朋友也是常年异地……"

蒋峤西忍不住伸手揉了一下她的头发。

"我之前百度了一下你实习的那个摩根士丹利,"林樱桃忽然看他,"说也是特别忙?

以后一天只能睡四五个小时，根本没有假期的那种。"

蒋峤西拉过林樱桃的手，攥了攥。

"原来你知道。"他叹道。

林樱桃再度把额头靠在他身上。

"我就和杜尚说，你想转去哪一行呢，除非混日子，否则我觉得很少有不累的。"

高考结束以后，扑面而来的生活并没有想象中轻松。林樱桃有时觉得，大学四年就像一片缓冲的斜坡，给予每个人靠近社会，提前做好心理准备的机会。

他们的肩膀要试着开始承担起自己的生活了，那是父母帮他们担了二十多年的重担。

每个人都要为自己的前途奔波。

"杜尚就是太幸福了，"林樱桃忽然嫌弃道，"他从好久以前就和他女朋友甜甜蜜蜜地在一起，都大三了，俩人黏糊得不行，根本没分开过。让他们异地试一试，我估计他天天在家里崩溃大哭……"

蒋峤西"扑哧"笑了。

林樱桃接着说："居然因为老师一句话就开始吵架，我真是不能理解……"

"没钱，没地位，没尊严？"蒋峤西忽然复述道，"那有什么……有理想？"

林樱桃听了这话，有点羞赧。

"其实我也不知道我有什么理想，"她说，"只是挺喜欢和小孩在一起的，他们那么小，心思都很单纯，应该被好好照顾，好好引导……"

忽然林樱桃的手机屏幕亮了，是蔡方元发来的一条 QQ 消息。

"我无语了，一到他学校，他对象就在门口等着，俩人抱一块儿这又开始大哭了！"

林樱桃忽然把手机扔一边儿去了，她打了半天字觉得手真的好累。

"但我记得我小时候在幼儿园，"蒋峤西揉她的头发，"我们的老师看起来很好，每天都挺快乐的，也比同龄人显得年轻，不像薪水很少。"

林樱桃说："那我就不知道了……"

蒋峤西滑开他的手机，夜里十点多，他给堂嫂发去了一条短信。

堂嫂不一会儿就回复了，她还在医院陪丈夫说话。

"我帮你们问一问，"她说，"不过钟老师可能休息了。"

蒋峤西把林樱桃拉起来。林樱桃跪坐在床单上，被他一下搂住了腰，她一蒙。

没想到短信回得很快。

堂嫂说："钟老师给我打了电话，问樱桃有没有 AMI 证书，如果三语也过关，在他们园起薪两万港币，其他条件好，还会更高。"

林樱桃匆匆忙忙把睡裙拽下去了，蒋峤西已经连 T 恤都脱掉了，他低头看了一会儿短信内容，给堂嫂打电话。

"两万？"他问。

堂嫂说："樱桃如果有那个证书，明天我介绍钟老师和樱桃见个面……"

蒋峤西瞧着林樱桃的表情，犹豫道："她估计没有……"

堂嫂又和蒋峤西聊了几句，意思是钟老师认为那个证书挺权威，樱桃可以考一考。不过目前国内没有考点，钟老师是去美国考的："她说可以给樱桃写推荐信去学习，樱桃有没有托福成绩？"

林樱桃被蒋峤西搂着，她扶着他的肩膀，膝盖跪住床单，睡裙从她腿上掀了起来。蒋峤西抬起头，眼睛明亮，说："反正暑假还要再来，考一次托福试试？"

林樱桃还没反应过来呢，她不像蒋峤西思路那么快。好像在蒋峤西眼里，想要什么就去得到，这是很理所当然的事。

"我知道这个证书的……"林樱桃说，蒋峤西的手指让她的膝盖打战，"但是这个证考起来可贵了……还要学好久，在国内感觉也没什么用——"

蒋峤西说："你知道中国现在发展有多快吗，怎么知道未来没用。"

林樱桃皱眉道："考试要好几万呢——"

蒋峤西说："没事，我们会慢慢有钱的。"

"我高中毕业以后，已经有好久没听过托福听力了……"她轻轻说。

蒋峤西忽然留意到她这句话。

"你高中学过托福？"他问。

林樱桃摇头。

蒋峤西一开始抱住了林樱桃的腰，慢慢教她坐下。樱桃的睡衣肩带滑了下去，她低头将耳边落下的头发。蒋峤西像以前教她数学题一样地耐着性子教，樱桃学了好久，慢慢才会了，她扶着他的手臂，试着自己来。

"看到了，就在前面，我们看到蒋峤西了！"

春节假期前的最后一天，蒋峤西站在港大的走廊上，和助教聊天。

"这学期还是不去交换了?"

蒋峤西摇头,他和来自清华大学的助教互道新年快乐。

"祝你堂兄早日康复。"助教说。

蒋峤西走在人群中,他穿了件衬衫,背着书包,他个头很高,肩膀宽阔,有一张英俊的面孔,走到哪里都会有人注意到他。

中学时是这样,来到大学依旧。

他就是那种人,不像会为了任何事情发愁和苦恼。与其说他太过傲慢,不近人情,不如说是从没经历过什么挫折,所以有些"不食人间烟火"。

"蒋峤西!"她们中的一个忍不住在柱子后面叫他。

蒋峤西往前走,直到有人叫了第二声他才回头。

这张偷拍照片被第一时间发进了QQ群里。

紧接着是第二张、第三张……蒋峤西下楼去了。

楼下,有个女生正在墙角讲电话,她不知是在和谁聊天,说着说着就高兴地踮起脚来,很不安分的样子。

蒋峤西下了电梯,他走到她面前去了,他比她高出了一截。

几个女生随电梯下来,她们惊呆了,眼睁睁看着蒋峤西被那个女生抬起手搂住了脖子。蒋峤西站在墙角,伸手一搂那女生的腰,他抱着她低头亲吻她仰起来的脸颊。

有人匆匆拍了一张照片,角度隐蔽,发到群里。刚才群还热热闹闹的,这会儿却没人回应了。

岑小蔓的窗口被私敲开了。

"小蔓,你看到群里的照片了吗?蒋峤西真的在港大,而且他找女朋友了,还挺漂亮的。"

岑小蔓回道:"是林其乐。"

"她比我先去了。"

§

大年三十这一天早晨,林樱桃用蒋峤西的电脑给妈妈发去照片。

在香港的林樱桃似乎总是笑的,精神状态很好,叫人一看就很放心。她在照片里专心吃冰激凌，或是坐在港大的餐厅里吃菠萝包，她对着一整面夜间超市的牛奶货柜发呆，又或是站在出租屋门口，低头提起自己的裙摆，观察鞋面。这些照片看起来自然、随意，多是生活抓拍，不像作假。

妈妈打字慢，说："你爸爸夸，照片拍得真好看。"

林樱桃快速回复："是蒋峤西拍的！我从他手机相册里翻到的。"

她又发了另外几张过去，是她和蒋峤西在太平山道上的合影。

妈妈说："峤西好像比高中的时候又长高了。"

蒋峤西一大清早去了港大游泳馆游泳。他在香港待了三年，四处打工奔波，还要去医院陪床，要他游泳锻炼，他也没那个心情。

他背着包回来了，手里提着给林樱桃买的奶茶，还有他自己喝了一半的咖啡。推门进家时，他看到林樱桃还坐在床上，正用他的电脑看《老爸老妈的罗曼史》。

林樱桃转头看见他："锅里的粥你出门前喝了吗？"

蒋峤西关门，放下包："喝了。"

林樱桃看着他走近，蒋峤西把奶茶搁在一边，从背后把她搂住了。"第几季啊？"他望着B站的播放页面。

来香港前，林樱桃本以为她会在除夕这天特别特别想家。

可是没有。

她在蒋峤西身边觉得太幸福、太知足。为此，她甚至觉得愧对爸爸妈妈。

"等下次再来，"蒋峤西握着她的手，他们坐上地铁，一起去堂哥家吃年夜饭，"我去租个大点儿的屋子，不住这里了。"

"大点儿是多大？"林樱桃问。

"起码带上浴室、厨房吧，"蒋峤西嫌弃道，"不然半夜老往外面跑。"

林樱桃笑了。她穿了件红色旗袍上衣，头发上还别了只红色发卡，特别喜庆，她眼睛又大，笑起来像小时候过年窗花上的纸娃娃。

蒋峤西捏着她的手心，时不时歪头看她。

堂哥当年出事以后，一家人便从浅水湾的豪宅搬到了上水，后来又辗转搬去了深水埗。堂哥住院，堂嫂带着刚出生不久的孩子，还有公公婆婆，一起挤在不足三十平方米的屋子里。

蒋峤西说："堂嫂当时可以走的，可以回娘家去，但她留下了，这里非常小。"

林樱桃跟着他上楼，楼梯又窄又陡。林樱桃问："我们在群山住的家有多大？"

蒋峤西抓着她的手,轻轻揉了揉,他笑道:"差不多就那么大。"

堂嫂从医院回来了,她今天化了妆,整个人看着神采奕奕。家里除了公公婆婆、蒋峤西和小林妹妹外,还来了菲佣 Lisa。堂哥的表哥一家也来了,只是在医院陪着他,不过来吃团圆饭。

"幸好今天有 Lisa 好心来帮我。"堂嫂气喘吁吁道,她提着从楼下买上来的糕点和小菜,钻进厨房里,一眼看到蒋峤西和小林妹妹正帮 Lisa 抓一条跳出来的活鱼。"哎呀你们两个,"堂嫂哭笑不得,"厨房太挤了,你们出去玩,快出去!"

林樱桃坐在饭桌边,吃八宝漆盒里的糖莲子。她挨条检查群山小饭桌群里的拜年信息,她说:"杜尚你有没有诚意啊!连余锦的名字都不改!"
杜尚在群里说:"我复制的余樵。余樵你有没有诚意啊,连你弟的名字都不改!"
余樵慢悠悠冒出来:"你俩事怎么这么多,林樱桃,你发拜年短信了吗?"
林樱桃说:"我还在酝酿呢,我还没酝酿好呢!"

蒋峤西来到大伯和伯母面前拜年,过去他来,一直是一个人,今年第一次带了女友。
林樱桃弯腰笑道:"大伯好,伯母好,我叫林其乐,祝你们新年大吉,身体健康,万事如意!"
两位年近六十的老人,喜笑颜开的,拿出提前给林樱桃封好的红包,明显要比给蒋峤西的那个厚得多。大伯还握着林樱桃的手说,挑一盆水仙带回去,来年幸福、团圆:"糖莲子是不是很好吃啊?让 Lisa 给你倒出来一点再吃。"

蒋峤西的小侄子今年三岁了,正在房里摊开软乎乎的手脚酣睡。
林樱桃悄悄站在了床边,低头观察小宝宝。
蒋峤西靠在门边,也看那小宝宝,又抬眼看林樱桃。
"你知不知道糖莲子什么意思?"蒋峤西忽然低声说。
林樱桃怕吵醒了小侄子,走到蒋峤西身边推他出去。
蒋峤西把小门在身后关上了,他说:"糖莲子,连生贵子。"
"就是连生两个小孩的意思。"他补充道。
林樱桃抿起嘴来,推他:"干吗呀,你想犯法!"

堂嫂把一道道热菜端上了饭桌,蒋峤西也去帮忙。林樱桃去卧室抱起睡醒了叫妈咪的小侄子。小侄子第一次见到林樱桃,他睁着俩大眼,忽然就哭了,林樱桃吃力地抱他,摸着他的头轻轻小声哄他。

堂嫂忙完了，赶忙过来从樱桃手里接过了儿子，儿子还回头睁大了泪眼看林樱桃。他早就不哭了，看她看得目不转睛。堂嫂笑着捏他的小手："快看峤西叔叔，快看樱桃阿姨！"

蒋峤西坐在饭桌边，陪大伯说话。堂嫂让 Lisa 帮忙照顾一下儿子，她借口去拿红酒，暗示林樱桃跟她到厨房去。

"樱桃啊，"她说，如今她也学蒋峤西这样叫她了，"待会儿你坐在峤西身边，峤西的爸爸一打电话来，你拉住他，让他不要站起来就走，好不好？"

林樱桃听着，一时为难。

堂嫂当作她答应了，从柜子里拿封存的红酒。

"堂嫂。"林樱桃说。

堂嫂抬起头。

林樱桃想了想："要……要不然这样……"

"蒋叔叔来电话之前，我先把蒋峤西拉出去，"林樱桃认真看着她，"到时候你叫我们，叫我去和蒋叔叔说话。我拉蒋峤西，看他愿不愿意和我一起，如果……如果他实在不愿意的话……"

堂嫂望着她这张稚气未脱的脸。

这女孩比他们想象中的还要了解峤西，愿意为他着想。

堂嫂笑道："好啊！"

一家人都上桌吃饭了，电视机开着，TVB 在播新闻，亚视在播一台本土晚会，请了许多香港歌手。林樱桃望了一眼电视机，她喝了点红酒，一家人里除了三岁的小宝宝外，就数林樱桃年纪最小，她好像也被当作小孩子关照。蒋峤西只比她大一个月，但在家人之间感觉就是大人了。

"樱桃听不懂广东话，"蒋峤西对全家人说，"Lisa，你可以和她讲英语。"

大伯现在还在银行任职，他没吃几口菜，就忍不住开始和蒋峤西聊起最近的经济形势。他问蒋峤西在大学有没有养成每天早晨看纳斯达克指数的习惯，蒋峤西模棱两可，没回答，大伯说，你哥知不知道你这样偷懒！

他又聊起了二〇〇八年。伯母说："过年了，不能说点开心的事啊。"

大伯说："香港特首当年讲，未来一年，对香港十分艰难！"

"这不还是缓过来了嘛！"他在饭桌上一摊手，对蒋峤西和林樱桃说。

林樱桃吃着堂嫂自己蒸的萝白糕,听堂嫂忽然问她,知不知道蒋峤西明年要去摩根士丹利实习的事。

堂嫂眼望着堂弟,笑着对林樱桃说:"男人进了投行,天天加班,女人就想和他分手了。这件事我最有经验。"

大伯说:"峤西才刚有女朋友,你就要把人家吓走了!"

堂嫂望着蒋峤西说:"不过薪水很高的,峤西,第一年能拿到多少,加 bonus 有没有一百万?"

蒋峤西耳朵红了,不知道是不是喝酒喝的,他低头望着林樱桃的脸,轻声说:"你就当成是有。"

林樱桃过去对蒋峤西家庭的印象,只有那扇将她拒之门外的大门,只有门里传来的争吵。她感觉蒋峤西这会儿是真的高兴,虽然一家人挤在狭小的蜗居里,但蒋峤西的胃口好多了,也很健谈,他一直在吃堂嫂煮的菜,还时不时给林樱桃夹菜,关心这合不合她的口味。

大伯还在与蒋峤西聊天,从奥巴马的金融监管改革法案,到欧洲债务危机,又聊起了国际金价、汽车业和清洁能源。蒋峤西仔细听,有时不同意,他也会侃侃而谈,和大伯聊他的想法。林樱桃在旁边看他们,忽然怀疑过去她认识的那个不怎么爱说话的蒋峤西,根本就是假的。

堂嫂照顾着孩子,与 Lisa 聊了聊最近的工作,也许是看林樱桃不讲话,她主动与她攀谈,聊起了上次那通电话,还有 AMI 证书、香港的蒙氏园和那位钟老师。

"峤西小时候就是在那里读的,"堂嫂笑道,"难为钟老师还记得我们一家,其实已经好多年没联系过了。"

林樱桃在旁边听着,听她说:"上次联系,还是峤西上初中的时候,钟老师来我们家做客,那天,正好峤西给若诚打电话,钟老师听见了,她还挺伤心的。"

"为什么伤心?"林樱桃问。

堂嫂抱着孩子,摇了摇头,回忆道:"那个时候,峤西变了很多。他用他爸爸的手机给若诚打电话,一句话也不说,若诚在这边问他,怎么了,发生了什么。以前再不开心的时候,他还是愿意告诉我们的。那时候若诚上着班,常回来和我讲,他又接到了峤西的电话,觉得峤西的精神状态很不好,还说他那时候在看一本书,叫作《在轮下》。"

林樱桃说:"我知道那本书。"

堂嫂说:"才十三四岁的小男孩,每天感觉车轮会碾过来……那本书的主角最后自杀了,是吗?当时若诚好担心。钟老师也是,钟老师印象里的峤西,还是三四岁的小孩,喜欢和幼儿园的豚鼠一起玩。钟老师说,每次小孩子从园里毕业,再听到他们的消息,她总是感到一种无力。"

"后来，峤西上了高中，"堂嫂低头逗弄着孩子，"一天若诚回来，告诉我，说峤西和小林妹妹分在了同一个班，又能一起上学了。峤西专门在电话里讲的。"

林樱桃打开八宝漆盒，从里面拿出漂亮的糖果，给蒋峤西的小侄子拿着玩。

"峤西这孩子吧……从小就很倔，很固执，"堂嫂回忆道，"当时他来香港参加托福考试，我们就问，你怎么不带小林妹妹一起过来玩？他说，你不愿意来。"

说到这里，堂嫂看了那边和大伯正聊天的蒋峤西一眼。

"当时我们说，一定是你不好好和人家告白，这么帅这么优秀的大男生，你诚心诚意和人家讲嘛。结果他很严肃地对我们说，他将来要去美国，要走很久，他不可以随便和女孩子告白。"

林樱桃听堂嫂哭笑不得道："去美国又怎么样嘛，说一句喜欢人家又不会怎么样。"

林樱桃小声讲："他确实从在群山的时候就和我说，说他将来要去美国，说他不会再回来了。"

堂嫂嗤笑一声，笑那童言无忌。

"他是从小就这么说，可美国有什么呢？"堂嫂看着林樱桃说道，"就算去了美国，他还不是一样只有若诚一个知心朋友，一样惦念他喜欢了这么多年的小林妹妹。"

"就算去了，他也不一定会幸福，"堂嫂轻声说，看向蒋峤西，"不过，应该会比现在轻松很多。"她歉疚道。

杜尚在 QQ 群里问林樱桃有没有看春节联欢晚会，林樱桃低下头，回说没有看。

"周杰伦和林志玲刚刚出来唱歌了！"杜尚说。

蒋峤西还在听伯母讲这几年香港和深圳房价的变化，他忽然回过头，发现林樱桃闷头在吃一块白切鸡，有点走神的样子。

"怎么了？"他问。

林樱桃看他，摇了摇头，让他继续陪长辈说话。

蒋政从苏丹打视频电话来的时候。门外的楼梯上，有人在唱《狮子山下》。

堂嫂暗示了林樱桃一眼，林樱桃便放下筷子，她挽住蒋峤西的手肘，要他现在跟她到厨房去。

"怎么了？"蒋峤西不明所以。

他从刚才起就纳闷，觉得樱桃有心事。

林樱桃走进狭窄的厨房，她一时没忍住，转身一把就抱住了蒋峤西的腰，她把头埋进他胸口，在他衣服里深呼吸。

蒋峤西低下头，愣了好一会儿。他伸手搂她，揉着她的背。"怎么了？"他轻声问，"是不是想家了？"

林樱桃使劲儿摇头，她抬起湿润的眼看他。

厨房里面拥挤得很，过道只容一人通过。

窗外楼下，有几家住户搬着一棵桃花树，停在店门口。

就在林樱桃拉着蒋峤西的外套仰头和他接吻的时候，堂嫂在外面说："峤西，你爸爸来电话了！樱桃啊，峤西的爸爸听说你在这里，特别想和你说话！"

林樱桃向后退，望向了厨房外面。

新年了，是所有人期盼的团聚时刻。远方的长辈在等这个电话，他是想要关心他的，却不得其法。

"蒋叔叔来电话了，"她小声对他说，"我们去接吗？"

蒋峤西原本正亲她，这会儿不耐烦道："接什么啊。"

林樱桃犹豫了片刻："蒋叔叔过去对我挺好的，我也想和他拜年……"

她望着蒋峤西的脸，眼里都是期待："跟我一起去吗？"

蒋峤西瞧着林樱桃这一副神情。

他看了眼门外，有些无奈。

连蒋峤西也不得不承认，虽然在过去许多年里，蒋政一直对他敷衍了事，漠不关心，但对樱桃，确实是关爱有加。不过在群山工地，樱桃就是这么讨大人小孩喜欢的。

"蒋叔叔，我好久没见过你了！"林樱桃坐在屏幕前，和没什么表情的蒋峤西坐在一块儿，她热情道，"你现在在哪里过年啊？"

蒋政还坐在办公室里，背后是板房墙壁上挂的中国月历，还有粘贴的工作记录。他比以前晒黑了，皱纹也更深沉。他笑道："樱桃！哎哟，漂亮得叔叔都认不出来啦！"

蒋峤西一直坐在一边，也不言语。他又恢复了昔日那个寡言少语的模样。林樱桃和蒋政聊了一阵子，把群山工地的蔡叔叔、余叔叔、秦叔叔几家人的情况都讲了个遍，蒋政说："那，林工身体怎么样啊？"

林樱桃说："挺好的啊，就是还抽烟，戒又戒不了。"

蒋政说："蒋峤西，平时多关心关心你林叔叔的身体，知不知道？"

"嗯。"蒋峤西颇不自然地应了一声。

"你怎么样啊？"蒋政看他，"樱桃和我说了半天了，你也不说话，光让她说。"

"我挺好。"蒋峤西说，他抬起眼，直视镜头里已经非常陌生的父亲。

"好……"蒋政忽然背靠住了椅背,他穿着件蓝色的工作服,大概在苏丹,只有这种颜色的衣服最能保护中国公司工人领导们平安,蒋政说,"挺好的就好!"

并不是每个人想起爸爸妈妈,就会本能地联想起快乐、幸福和无上的安全感。

只是蒋峤西也发现,他慢慢可以去忽略那种条件反射般的焦虑、躁郁和不快,特别是有樱桃在身边的时候。

蒋政问:"你还住在那个新加坡人的出租屋里?"

蒋峤西说:"嗯。"

蒋政说:"樱桃来找你了,你不换个大点儿的地方住。"

蒋峤西说:"明年就换。"

蒋政说:"学习怎么样?"

蒋峤西不想再回答了,但樱桃在旁边担心地看他。

"我学习还能怎么样?"他反问。

蒋政一下子笑了。

"这句话说得好,"蒋政说,他端起茶杯喝了口水,"我的儿子,我最有数了。"

他们又聊了两句。

忽然蒋政说:"你妈妈,最近回省城去了,去——"

他还没把干什么说出来,蒋峤西"噌"地站了起来。

林樱桃仰起头,又转过身,她看着蒋峤西离开她身边,坐回到餐桌旁,去和大伯他们若无其事地继续聊天,连声"再见"都懒得对他爸讲。

林樱桃回过头,望着屏幕里的蒋政叔叔。

高二那年,林樱桃记得,蒋峤西从香港过年回来,去她家里吃中饭。

当时蒋峤西说,他爸爸妈妈去给他哥扫墓了,所以家里没人给他做饭。

蒋政说:"闺女啊。"

"欸。"林樱桃答应道。

"蒋峤西这小子,忒倔,就这个脾气,"蒋政顿了顿,"以前,我跟你梁阿姨对他……是不够好,你对他好一点,嗯?有什么需要的,你和叔叔说,打电话。"

林樱桃回到了饭桌旁。堂嫂刚拿出家里珍藏的老相册,一家人正看蒋峤西儿时在香港生活的照片。那时天空是金色的,连菲佣 Lisa 都只有二十岁。蒋峤西额头上有一个红点,他站在幼稚园新年演出的灯光下,穿着舞台服装和小朋友们一起合唱。堂哥正上大学,在后台举着相机直笑。

堂嫂笑道:"看看峤西那时候扮的是什么啊——"

"是小龙人！"林樱桃抢答。

蒋峤西捂着眼无奈道："哪吒！"

林樱桃从没见过蒋峤西童年时这么小这么可爱的照片。

她认识他的时候，他已经九岁了，在群山，他阴沉着脸，连笑容都很少。

临走，堂嫂忽然对抱着一盆水仙花的林樱桃悄声说："你十岁的时候，是不是暑假给峤西打过一个电话？他当时在香港。"

林樱桃摇头，她不知道堂嫂指的是什么，她早已经忘记了。

堂嫂偷笑道："你问问峤西，看他还记不记得。"

林樱桃曾在书上看到一句话说，香港，是富人的天堂，穷人的地狱。

维多利亚港的街道上停满了豪车，连道路都宽上许多。现在走在堂哥家楼下，林樱桃四处望去，全都是阴暗破旧棺材般的楼层。

从天堂、地狱走上一遭，林樱桃想起刚才在堂嫂家里见到的，那一家人脸上知足、幸福的笑容。

杜尚说："樱桃，方大同和萧敬腾出来唱歌了！"

林樱桃挽着蒋峤西的手，两个人一同在除夕夜走回出租屋去。她把带回来的水仙搁在窗台上，水仙还未开花，她回头说："你记得每天给我发它的照片！"

出租屋的灯关掉了，蒋峤西拽住自己的领口，把 T 恤从头顶脱下来。他坐在床尾，借着窗外的霓虹光芒，看樱桃在他面前，解开了旗袍上衣，然后又脱内衣，与他裸裎相见。

他们只是一对相爱多年的年轻男女。当朦胧的光笼罩在皮肤上，他们在彼此眼中都近乎完美，很不真实。

林樱桃的发尾这么摇啊摇的。在蒋峤西记忆里，她是在放学时，回过头，因为看到他了，她便高兴地蹦蹦跳跳起来。

现在，是她努力在接纳他，一次，又一次。

蒋峤西合上眼睛。过去，他度过了那么多孤独的除夕夜。家里要么冷冷清清，连电视都不打开，要么就充满了父母的争执、讥讽、吵闹或是推搡。

年夜饭洒满一地，碗碟摔碎了，烟灰缸砸在茶几上——蒋峤西待在卧室里，握着笔坐在书桌前，他用力捂紧耳朵，为了挨过去，只能更专心投入地去学数学。

新年钟声敲响的时候，蒋峤西转过身，他把樱桃搂得更紧。

§

从香港回来已经快十天了。

林樱桃还是经常在夜里忽然睁开眼睛，她转过身去看，常以为蒋峤西还在身边。

然后便是巨大的失落感，裹挟着寂寞，塞满她心里。

半夜，林樱桃还在被窝里和蒋峤西讲电话。

"我醒了就睡不着了……"她说，她只想多听听他的声音。

蒋峤西无奈道："我也是。"

他们小声地聊天，聊着聊着，蒋峤西忽然吞咽了一下，他说："樱桃，你叫叫我的名字吧。"

"什么？"林樱桃问。

蒋峤西说："你再叫叫我的名字。"

林樱桃不明所以，她说："蒋峤西？"

电话那端，蒋峤西的呼吸声逐渐加深了，他平时是个很能自控的人。

林樱桃在这边愣了，一停顿，蒋峤西在那边命令道："再叫啊。"

林樱桃乖乖道："蒋峤西……"

她穿着睡裙，一边唤他，腿不自觉地并到了一起。

林樱桃心里一片乱，她也慌起来了，她听到蒋峤西在那边忽然闷哼一声，然后伴随着深呼吸。

林樱桃不想再听了，可她这么想他，她还能去听什么？

"樱桃，"蒋峤西深呼吸着说，"你想我吗？"

"嗯……"林樱桃不得不承认。

蒋峤西轻声说："来，按我说的做——"

林樱桃躺在自己的小床上，床头放着她的波比小精灵，还有漂亮的芭比娃娃。万年青叶片替她害羞似的遮挡住了月光。林樱桃脸红红的，她的右手握着手机，贴在耳边，她听着蒋峤西的声音，鼻腔里轻轻"嗯"着——

就在这时，卧室的门被从外面推开了，一道人影出现在那里。

"啊！！"林樱桃吓得瞬间大叫了一声，她扔了手机，掀起被子猛地把自己罩住，裹得严严实实。

林妈妈半夜起来上厕所，看到闺女房间里有束光，还以为她忘了关台灯。

可闺女忽然厉声惨叫。林妈妈弯下腰，把那个被丢到地上的手机捡了起来。

蒋峤西说："阿、阿姨……"

林妈妈顿时松了一口气："哦，峤西啊。"

林樱桃还把头蒙在被子里，不肯见人。

"好啦，手机都掉出来啦，"妈妈走过来，隔着被子拍了拍她，"打电话就打电话，大喊大叫的，吓我一跳！"

林樱桃在被子里委屈道："妈妈，你突然进来干什么啊！"

妈妈看她实在不肯出来，把手机放在枕头边说道："好了好了，我走了，你继续打电话吧。我这不是以为你又没关灯吗，下次偷偷打电话记得把门锁好。"

妈妈从外面关上了卧室门，正巧遇到被女儿的尖叫声给吵醒了的林海风，她推他："走了走了，没事。"

"真没事啊？"林海风问。

妈妈小声念叨："我这个眼睛怎么有点看不清楚了……难道真老了？要去配老花镜了？"

林樱桃的手落在枕头边，她在床上酣睡，眼角还有些泪花。

床前的书桌上，放着一本硬皮日记本。封面印了一群粉色的小兔和粉白色的大象生活在一起。

二〇〇四年，林其乐在日记本上写道："我再也不要想起蒋峤西！"

二〇〇六年十一月。

"蒋峤西他亲我了。"

又是不同颜色的墨水，在下面加上了新的一句。

"我想永远永远和他在一起。2011年2月。"

2011
第十章

亲吻生命中真正的魔法

从香港回来以后，林其乐的心情总是飘浮着，像一根被风托起的羽毛，她离开了蒋峤西，所以她就这么着落在风里，等待着，期许着，下一次再到他的身边去。

离开家，前往车站的时候，林其乐也开始适应和爸爸妈妈的离别。她站在队伍末端，对爸爸说，她会好好学习："努力拿到今年的奖学金！"

妈妈嘱咐她："找个周末去大姑家看看，你过年连个电话都没想起给大姑打，大姑还问你呢，去了帮忙干点活儿，问姑父身体好，问问你表哥什么时候结婚。"

爸爸妈妈一直把她送进了大厅里，他们站在玻璃幕墙外看着她。林其乐冲他们招手："快回去吧！"

爸爸冲她笑了笑，大概知道总要有人先走，爸爸拉过了妈妈，转身往停车场的方向走去。

林其乐发现，爸爸没有她以前印象里那样高大了，连妈妈也是。

眼泪忽然落下来。林其乐望着他们，分辨不出这种难受是为什么。她弯下腰，提起了箱子往安检口走。

林其乐感觉自己必须是一个大人了。她要去上学，然后找一份好一点的工作，她还想去学车，考一张驾照，这样家里除了爸爸以外，就有第二个人会开车了，免得再出现寒假时，爸爸和余叔叔都喝多了，只能让余樵和他的同学来酒店，把两家的车开回去这种事。

林其乐坐在高铁上，靠在窗边听歌，是杜尚推荐给她的方大同和林宥嘉的歌——林其乐发现，杜尚总是知道她喜欢听什么，他们俩小时候就经常痴迷于同一盘磁带。林其乐在群里说，这就是从小一起长大的好朋友。蔡方元却说，现在音乐网站早就能够根据你喜欢的老歌，来推荐你一定会喜欢的新歌了。智能科技发展很快，也许慢慢地，到了未来，人就不需要朋友了。

林其乐翻开女性杂志，看上面的情感两性问答栏目。她过去总爱看这个，如今，她发现她也可以试着从专栏作家的角度，答一答这些问题了。她已经不用再睁着一双眼睛，像隔着一层迷雾，去傻傻猜测"情"与"爱"的神秘真相。

于是她掀过了这一页，像秦野云一样研究起了美妆、服饰。林其乐盯着杂志上的佐佐木希，她想象着自己也变成模特儿这样美丽，也许她应该找时间对着镜子好好看看自己的脸，才知道怎样去变漂亮。

回到学校，林其乐又开始了按部就班的上课学习。开学没多久就到三月了，林其乐深夜还在走廊里打电话。

蒋峤西刚实习回来，正在狭小的出租屋加班加点，改蔡方元的商业计划书。他戴着耳机与樱桃有一句没一句地说话。

"蒋峤西，生日快乐，"就听林其乐说，她蹲在北京的走廊里看着手表，寝室楼很多人都睡了，她不敢太大声，"二十一岁了！"

蒋峤西冷不丁从写满了修改意见的打印纸上抬起眼来，他看到了电脑右下角的时间。二〇一一年三月五日，0点0分4秒。

香港和北京确实是没有时差的。蒋峤西端起咖啡来，他转过头，看到窗台上那盆凋谢了的水仙花。咖啡杯明明是成对的，却只有一只被蒋峤西拿着，另一只孤单地搁在柜子里。蒋峤西问："樱桃，你说家里买一盆什么花好？"

大三下学期，蒋峤西忙着实习，林其乐忙着上课考证。她有太多证可以考了，同学们人手好几张。林其乐打算去考个舞蹈教师资格证，为了考编，还要去考一下中国舞八级。

闲暇时间，譬如吃饭的时候，林其乐偶尔也会想起蒋峤西在香港提起的，让她去学托福，考AMI证书的事。

"光学费就要一万多美元呢，"她查阅了资料，还问了在美国读博的孟莉君学姐，她在电话里对蒋峤西抱怨，"还有生活费、房租什么的……要工作多久才能回本啊……"

蒋峤西说："我给你出啊。"

林其乐数落他："你不要总像很有钱一样！"

蒋峤西在那边笑了。

周末，几位以前寝室的学姐来师大找林其乐吃饭。二号床学姐去了一家出版社，正做童书编辑，三号床学姐去了一家文化公司，做儿童创意玩具。一屋子人，只有一号床学姐真的去了一家幼儿园，已经开始带班了。

也正因为她去当了幼儿教师，才忙得连一顿饭都来不了，周末还在开教研会。

"乐乐，你长得这么漂亮，我要是你，我就去应聘电视台当儿童节目主持人，以前那个什么，《大风车》！"三号床学姐说。

"《小神龙俱乐部》！"

林其乐说："那不得学播音主持的才能去吗？"

"没那么严格的，"四号床学姐告诉她，"出了大学以后，那才叫各凭本事。"

学姐们边吃饭，边用手机和大洋彼岸的孟莉君聊天。不知孟莉君突然发来一条什么消息，让几位学姐的脑袋都凑到一块儿了。

"乐儿！"

"啊？"林其乐抬头。

"你真找着你那个美国男神了？"众学姐问。

林其乐眨了眨眼，对几位学姐郑重点头。

二号床学姐一拍桌子，说起她最近白天做童书编辑，晚上就在那个晋江文学网上研究，打算申请个签约作者来当："十有八九，你以后就是归国总裁的全职太太了！"

"拉倒吧！"林其乐想都不想就否认了，"他特爱乱花钱，说不定以后还得我养着他呢。"

"那完了，"二号床学姐说，又一想，"没事，我们不是还有北航帅哥吗！"

林其乐忙伸手制止她："别别别别别——别再提了！"

林其乐四月初过生日，她如今在北京的朋友少了，和新室友不太熟，也很少交流。学姐们说，九号那天正好是个周六，她们再过来陪她过个生日。

林其乐把她们送到公交车站，本想一直送到积水潭那边的地铁口，学姐们要她回去，不用送那么远。林其乐站在路边，看着345路公交车开走了。

九号那天，林其乐从早到晚一直泡在舞蹈教室里。北京四月，气温上来了，有点像是寒假时在香港的温度。林其乐坐在地上喝水，检查舞鞋底，她重新扎了一下头发，擦掉脸颊的汗，然后继续练习。

有那么几分钟，林其乐望向了窗外，她看到有几个男生等在那里，等自己正在练舞的女朋友。周六，学生们都去约会，林其乐脖子上淌下汗来，她难免地又开始羡慕。

她和学姐们约在下午五点见面。她们到寝室楼门口等她，林其乐先回去换件衣服，然后就一起去吃日料。

林其乐还没离开舞蹈教室，她刚弯腰关掉音响，忽然一通电话打了进来，是三号床学姐。

"乐乐，这边儿有个清华数学系的男的站在你寝室楼下！说他要跟你表白！"学姐激情洋溢道，"我们都说了你有美国男神和北航帅哥了，他还是不肯走——"

§

傍晚,师大校园里多是出门吃饭的学生。

二号床学姐双手盘在胸前,她眼神坚毅,却又透着股心虚,盯着眼前这位一米八多,手里拿了一小束玫瑰花的陌生帅哥。

"你说你是……清华学数学的?"她问,不自觉地脸红起来。

陌生帅哥得知眼前几位正是林其乐以前的室友,他轻轻点头:"嗯。"

"这人声音还挺好听的,"三号床悄悄凑在四号床耳边,"乐乐从哪儿认识的这种男的,我不相信,学数学的有这种男的吗?"

"你、你拿什么证明啊?"二号床学姐问,"你现场解个微积分给我们看看啊!"

那陌生帅哥皱了皱眉,笑了:"什么?"

三号床学姐说:"你让他解个难点儿的啊!"

"我都想不起来了!"二号床学姐回过头,压低声音道。

谁毕业了还记得怎么解微积分啊。

林其乐在路上跑,喘着粗气,她套了件薄薄的运动外套,里面是练舞穿的紧身背心。她站在路口,远远就看到一个背影出现在她们寝室楼下,正被几位学姐围着。

"蒋峤西……"林其乐睁大了眼睛,她激动地叫他。

蒋峤西转过身来,他穿了件衬衫,领口解开了,外面套了件深蓝色的针织衫,他往前走了几步,忽然弯腰蹲下,一把把飞跑过来的林樱桃抱住。

路过的人都被惊动得往这边儿看。

几位学姐更是看傻了,她们瞧着这个一贯特容易害羞的小学妹林其乐就像只树袋熊,大庭广众之下挂在了人家"清华"大帅哥身上,还抱着人家脖子大哭:"你怎么来了啊!"

饭桌上,几位学姐异口同声地问林其乐。

"他就是你美国男神啊?"

蒋峤西一罐啤酒喝了一半,他很想正经一点,可几位学姐对他格外热情,他总是笑,时不时低下头看林樱桃。林樱桃已经无地自容了,坐在他旁边,脸红如西红柿,埋头吃北极贝。

"你知道吗,男神同学,你的人虽然不在江湖,"二号床学姐坐在对面,她摊开手,示意林其乐,"江湖上却一直有你小学、初中、高中各时代的传说!"

林樱桃哭道:"姐,求你别说了……"

孟莉君忽然从大洋彼岸发 QQ 消息给林樱桃："你的美国男神真的很帅啊！！"

林樱桃刚穿好鞋子，从日料店里出来。

不知是哪位学姐给孟莉君发去了他们吃饭时的照片。

孟莉君说："我本来还怀疑你是情人眼里出西施。乐儿，这三年等的！太值了！"

学姐们乘地铁走了。林樱桃站在蒋峤西身边，朝她们挥手道别。

"她们都觉得你长得好帅。"林樱桃转过身，小声嘟囔。

蒋峤西也小声说："要不怎么当男神呢。"

林樱桃推他。

蒋峤西在北京街头一把把她拉过来，揉着她的头发抱住了她。

似乎有好久没这么拥抱了，明明只分开了两个月，每天都度日如年的。林樱桃把脸埋进他的衬衫里，闻他的气味，靠在他身上，听他的呼吸声和心跳，她把眼闭上了。

"你怎么来了啊……"她又闷声说。

"我在上海出差，"蒋峤西低头说，"今晚来一趟北京，明早就赶回去。"

"怎么去上海出差？"林樱桃仰头看他。

蒋峤西眼尾是笑的。过去，林樱桃常在蒋峤西给她讲数学题时见到这样的眼神。那时候，他总是无往不利，什么都难不倒他似的。

"蔡方元那个案子，"蒋峤西说，"可能要成了。"

林樱桃惊讶道："真的？"

蒋峤西点点头，无奈道："蔡方元和我房东特别谈得来，谁能想到会有这么顺利。"

她的手被他握着，在路边站了好一会儿。车一辆辆从他们身后的街上开过去。林樱桃感觉蒋峤西亲她的脸颊，握着她的脸，吻她的耳垂。蒋峤西也不说什么，低头看了看她，牵着她就沿街边一家家店往前走。

林樱桃不明所以，只是跟着他。她想，今晚一定是不回学校了。

蒋峤西停在一家深夜还开张的刺青店门外，他瞧了一眼招牌上的业务说明，拉过林樱桃就往里走。

林樱桃吓了一大跳。

"这位帅哥，"刺青店老板从电脑后面抬起头来，是位长发女性，花臂上刺着银河系与宇宙飞船，她看见了蒋峤西身后的林樱桃，"两位有预约吗？"

林樱桃被按在了凳子上，她刚才心慌慌的，还以为蒋峤西要带她来刺青。老板弯下腰，拿酒精棉球在林樱桃耳垂上擦，然后点上了两个小点。林樱桃一下子闭上了眼，她很紧张，她的手被蒋峤西轻轻攥着。

"别怕啊，"老板说，"就打个耳洞，普普通通，一点儿都不疼。"

林樱桃问："真的吗？"

老板直起腰来，放下耳钉枪："打完了。"

林樱桃望向镜子里，她把头发捋到耳后，看到耳垂上多了两个小孔，插着耳针，只有一点点疼。

蒋峤西付了钱，还买了碘酒、红霉素，装在一个纸包里。店老板抬起眼，不能免俗地瞧蒋峤西的脸。他很英俊，很干净，但这个人给人的感觉，不像是个多么循规蹈矩的人。

"帅哥，"她笑道，"不想文身吗？"

蒋峤西抬起眼，朝满墙的文身照片看了一眼："下次吧。"

林樱桃和蒋峤西一起坐上了地铁，是二〇〇七年时还没开通的北京地铁四号线。风声呼啸，蒋峤西对她说："要不是这么赶，明天还能陪你逛逛街。"

林樱桃抱着他的腰，余光正好瞥到车门上方的北大东门站。

"你怎么还骗我学姐说你是清华的。"林樱桃说。

"那我说我是薄扶林职业技术学院的，她瞧不起我怎么办。"蒋峤西低头看她，轻声说。

林樱桃笑了起来。正好有空座位，她过去坐下。

"我们积水潭师专的人都很有礼貌，一般不会随便瞧不起别人。"

§

时隔四年，林樱桃没想到她又有一天来到了这家酒店，还是蒋峤西带她一起来的。

电梯外的那面镜子，映出了林樱桃如今的面孔，还有蒋峤西握着她的手匆匆走过的侧影。

林樱桃穿着小白鞋，走进套房里，隐隐约约地，她回忆起过去，好像就是在这一间。她看到蒋峤西的旅行包放在沙发上，那就是曾经她与蒋峤西一起吃过晚饭的沙发。

第一次来的时候，林樱桃心中只有感叹，她未见过多少世面，要说新世界，就都是蒋峤西向她展现的。

如今故地重游，林樱桃脑海中的想法却只有：蒋峤西在香港住着四平方米的小屋，来到北京就这样奢侈。才刚刚说他乱花钱，他就开始乱花了。

蒋峤西换了拖鞋，让林樱桃也换。他走到沙发前，从旅行包里拿出一个香槟色的小盒子来。他拖着林樱桃的手，免去了一切不必要的步骤，把她一直拉到卧室里去，让她坐到了床上。

　　刚刚打完耳洞，林樱桃的耳垂里还塞着根银质耳针，有些发红。蒋峤西凑近了林樱桃的脸，这么看了一会儿，这是适合接吻的距离。蒋峤西大概觉得有点遗憾。

　　"是不是不能立刻戴啊。"他叹道。

　　他把手里的盒子交到林樱桃手上。

　　林樱桃抬起眼，近近地看他。

　　盒盖打开了，里面是一对红色扇形的耳坠，乍一眼看去，像一对红色的小裙子。

　　林樱桃已经适应蒋峤西会送她礼物这件事了。

　　"这个多少钱？"她轻声问。

　　蒋峤西说："我能付得起的钱。"

　　林樱桃说："肯定特贵……"

　　蒋峤西伸出手来，不敢碰她的耳垂，只是捋了一下她的头发，很遗憾似的。

　　林樱桃抬起头，她眼里映着蒋峤西的神情。

　　"我三年没陪你过生日了，"蒋峤西说，大概是想起樱桃在香港超市里努力帮他省钱，精打细算的样子，他一笑，像是惭愧，"你相信我付得起。"

　　才刚打完耳洞，按说绝对不可以洗澡的，不能够沾水，但林樱桃并不在乎。她用浴帽遮住耳朵，洗完了身体，又摘了浴帽小心冲洗头发。林樱桃系好了浴袍，站到浴室那面镜子前，她抖着手，拆掉了耳垂上的耳针，然后拿起蒋峤西送给她的耳坠，大着胆子戴上去了。

　　有点疼，林樱桃蹙了蹙眉，不过很快就适应了。她吹干头发，裹着浴袍出去，把耳坠盒子塞进口袋里，她催促蒋峤西："明天还要赶早班飞机，快洗澡……"

　　蒋峤西还窝在沙发里工作，这会儿抬头看见她，他立刻合上笔记本电脑，站了起来。

　　林樱桃待在被窝里，用手机搜索包装盒上的商标信息。她发觉蒋峤西这个人的消费哲学总是这样的，他不买不需要的东西，一旦需要，他总会买贵的，他似乎很少考虑"性价比"的问题。

　　这种观念是天生的吗，林樱桃并不明白。她和蒋峤西在香港一起逛超市，她就发现蒋峤西很少花心思挑选——因为林樱桃在，所以他什么东西都往贵了买，而当林樱桃不在了，他就去拿最便宜的，他出租屋的柜子里堆了不少还没用完的廉价产品。要不是有堂嫂在，林樱桃都不知道他一个人要怎么生活。蒋峤西并不太把自己放在心上，而他大概还以为林樱桃没有发现。

真的好贵……林樱桃把手机网页关上了。

她不知道这对不对，但当她手里拿着蒋峤西送给她的昂贵礼物时，她确实感觉他就是这样珍视她的。不就是钱嘛，是钱就能换来的，满足女人的虚荣心而已，但同样的钱，在蒋峤西手里就是不一样的。

也许礼物的价格，就是在为这一瞬的心动买单。蒋峤西舍得花他四五个月的房租，来换取林樱桃生日这一天的心动，也许还有以后漫长人生里不断的回味。

第一支口红因为舍不得用，一直放到了过期。第一双高跟鞋也舍不得穿，一直存在鞋盒里。它们在林樱桃心中，是为那一个瞬间存在的。无论是在群山和蒋峤西坐在一起，好奇地涂抹口红，还是在家门外的楼梯上，踩着高跟鞋，摇摇欲坠地被他抱住。

林樱桃已经开始担心耳坠这么小，弄丢了该怎么办。

朋友们发来庆生短信，她一条条回复。蔡方元问："蒋峤西睡了吗？"

林樱桃听着蒋峤西在浴室里刮胡子的动静，她回道："还没。"

"他带着投资人来上海见我，结果他跑了，我自己陪投资人唱了一晚上歌儿啊！"蔡方元气不打一处来，"下午说了句你要过生日他就走了，你让他今晚早点儿睡啊明天别迟到了，我还等着开会呢！"

林樱桃说："你和他说啊，你和我说干什么。"

蔡方元说："他晚上几点睡不都取决于你吗！"

林樱桃握着手机。

她狂发奥特曼殴打小怪兽的动图过去，换来蔡方元一张搞怪的兔斯基。

红玉髓的小红裙，在床前的灯光里折射出含蓄的光芒。林樱桃低着头，落下的头发被一次次顺到耳后去，露出不停摇动的耳坠来。

蒋峤西靠在床头，搂过她来，怜惜地亲吻她的面颊，又往后捋她的长发。"疼不疼？"他问。

樱桃摇头，一心和他接吻，什么都不想。

§

在上海忙完了这次会面，回香港前，蒋峤西和蔡方元两人单独约了顿饭。

中途杜尚也被叫过来了。蒋峤西在饭桌上吞云吐雾，上海禁烟还没有香港那么严苛，但未来估计也快了。

一见到杜尚,蒋峤西点头和他问好。多年未见,杜尚乍一看当年那个冷面煞神蒋峤西对自己还挺友好,都不大自然了:"太、太久没见了,蒋峤西,你……你从香港回来不回省城看看去吗?你过年也都不回省城啊。"

蒋峤西说:"等毕业以后再去吧。"

杜尚坐下了,接过菜单,腹诽道:是啊,成天让樱桃去找你,真好意思的。

蔡方元还在继续说他爸相中的房子的事,就在省城东部山区那块儿,有山有水,风景挺好。

杜尚问:"你要买大'别野'啊?"

蔡方元笑得十分委婉,手一敲桌面:"这不是还在计划中嘛,让老头儿高兴高兴。"

他问蒋峤西:"你呢,你毕业以后回来,打算待北京啊,还是回省城啊,还是去哪儿啊?"

蒋峤西把烟在烟灰缸里点了点:"这得我们家小领导决定。"

杜尚站在路边,直到看着蒋峤西上车走了,他才对蔡方元说:"什么……什么玩意儿啊!樱桃还没和他结婚呢,你看他嘚瑟,都叫起'领导'来了!"

蔡方元双手揣在裤兜里,悠悠地看了他一眼。

下一辆出租车来了,蔡方元坐前面。杜尚刚坐进后座里,手机忽然响了,他接起来:"老婆!我在这个,国际饭店这边——你想吃什么,蝴蝶酥啊?好好,你等我啊我去给你买——司机师傅,麻烦你赶紧停一下车!"

§

蒋峤西家的小领导五月份飞去香港"视察工作"。她的耳洞发炎了一个月,终于痊愈。她在飞机上听托福听力,听着听着就睡着了,被迫睡了个美容觉,等醒的时候,已经快落地了,她手忙脚乱开始化妆。

蒋峤西在香港国际机场的接机大厅里等着,远远看见她。

林樱桃踩着双高跟鞋,走路有一点笨拙,她已经是女人的形了,动作还难免孩子气,双手拖着箱子。她抬起头看到他,兴奋地朝他招手。

拥抱的时候,蒋峤西还低头打量她的脸,他右手食指托起林樱桃的下巴来,拇指在她的红唇上轻轻摸了一下。

本来就大的眼睛画了眼线,卷起睫毛,让蒋峤西都有点不认识她了。

"怎么学会化妆了。"蒋峤西站在地铁上,搂着她说。

林樱桃原本很高兴的,一听这个,眉毛都耷拉下来了。

"不是你给我买的口红吗?"

蒋峤西低下头看了她好一会儿,又看她的小腿和被红鞋衬得又细又白的脚背。也许林樱桃慢慢会发现,她其实拥有可以让很多男人为她倾倒的外表和魅力。她可以试着去利用的,像蒋峤西实习这几个月来见过的许多女孩一样,那会让她的整个人生轻松很多。只是林樱桃现在还像孩子,贪恋地抱着蒋峤西不放,满心满眼只有他一个。蒋峤西手扶着地铁拉环,把她搂到怀里。

蒋峤西渴望重新掌握金钱的自由,这种欲望随着林樱桃的成长,随着他接触职场,随着堂哥的康复,而越发强烈了。林樱桃对此浑然未觉。她背着大姑送给她的迪奥小包,走进蒋峤西新租的房子里。开门即是狭窄的过道,左手边是两平方米大小的卫生间,过道上做了厨房,有抽油烟机、电磁炉、洗衣机、冰箱。过道向里,通往一个方形的房间,一张双人床把房间占据了大半。

床左侧是一个床头桌,桌面上立着三张相框,分别是蒋峤西和堂哥一家人〇七年的合影、蒋峤西和林樱桃在太平山道上的合影,还有林樱桃在除夕夜穿着旗袍小褂抱着水仙花微笑的单人照片。

另一侧放了一面落地镜,明显是给女生用的,还有个窄小的衣柜。

蒋峤西把她的箱子提进来,关了门。看到樱桃往前走,红色鞋跟撑起她的脚心,细跟敲在他的木地板上。敲一下,他心里就热一下。

床头放了两个枕头,紧紧挨在一起,林樱桃看见了,觉得很高兴。她走到窗边往外面看,发现窗台上摆着一盆万年青,是蒋峤西在香港买的。

"这个房子一个月租金多少钱?"她转过头问。

蒋峤西在门后换了鞋,然后从兜里把钥匙和八达通卡还有手机拿出来,放在进门处的小餐桌上。他走进来。"一万多一点。"他从背后搂住了樱桃的腰。

樱桃的裙摆忽然抬高了。林樱桃靠在窗边,冲着外面的街道,她一下子闭上了眼,身体颤巍巍的。

窗帘很快被拉上了。

林樱桃虽然只穿了不到一个钟头的高跟鞋,脚跟处却红了。她的裙子挂在了衣柜里,她还没穿睡衣,身上裹着蒋峤西的毯子,露个肩膀,头发垂下来。她说:"这才十几平方米的房子居然就要一万多,香港什么都好贵。"

蒋峤西在浴室里头冲澡，隔着门问她，托福准备得怎么样了。
　　林樱桃说："我光忙考级了，还没怎么准备呢。"
　　蒋峤西关掉淋浴，从浴室里出来，头发上搭着条毛巾。他肩膀宽阔，走到林樱桃面前，双手压在床单上，他低下头。
　　"那报名不白报了？"他眼眸湿润，这么看人，颇有威慑力。
　　林樱桃抬起眼看他，嗫嚅道："七月才考呢，还有两个月。"
　　她被蒋峤西扯开毯子，抱了起来。林樱桃慌得笑出来，她紧紧扒住蒋峤西的肩膀。从上了小学三年级，被妈妈教要自己洗澡以后，她就没有和谁单独一起在浴室里待过了。门开了条缝，热水淋下来，林樱桃的长发贴在了脊背上，她靠在他怀里，和他长时间地接吻。林樱桃第一次感觉，她和蒋峤西真的有个共同的家了。也许这就是一万房租的意义。

　　五月二日，新闻上说，本·拉登死了。
　　林樱桃正在电磁炉上炒打好的蛋液，手里端着一盘蒋峤西切过的西红柿块。蒋峤西坐在她身后的餐桌旁，正忙工作，忽然念这条国际新闻给她听。
　　"那时候我们在群山看到新闻，我就去余樵家，想给你打电话，"林樱桃坐在餐桌旁，边吃米饭边回忆，"余樵有你家电话号码嘛，但是怎么打都打不通。"
　　蒋峤西在对面看她："打电话说什么？"
　　林樱桃看着他："还能说什么，说美国有恐怖分子啊。"
　　蒋峤西继续吃樱桃炒的菜。今日的蒋峤西，比之过去可幸福了太多。"我当时在上竞赛班，"他端着碗，夹樱桃蒸的米饭吃，"在我爸车上的交通广播里，听到这条新闻，我当时就想起你来了。"
　　林樱桃小声问："想我什么啊？"
　　蒋峤西说："想你，肯定又要睁着你那大眼，泪眼汪汪地堵在我跟前，说，不要去美国。"
　　林樱桃一下子笑了。
　　"我哪有泪眼汪汪啊！"
　　蒋峤西低头笑道："你小时候成天哭，动不动跟我撒娇，还说没有。"

　　孟莉君学姐在QQ上问林樱桃，五一是不是又去了香港。
　　"乐儿啊，你不要太积极了，"学姐担忧道，"你男神虽然优秀，但是你这么一次次往香港跑……男人啊，我和你说，得不到的时候他使劲儿追，太容易得到他就不会再珍惜了。你要懂得怎么吊着他的胃口，对自己好一点，知道吗？"
　　是这样吗。林樱桃夜里玩着手机，转头去看蒋峤西的睡脸。可我想他，我想来找他。

学姐一定觉得她很没出息。

五一假期短得要命，很快林樱桃就回学校去了。蒋峤西三天两头给她打电话、发微信，除了问托福的准备情况，就是问学校里有没有男生追她。"什么'北航帅哥'之类的。"他忽然提起。

林樱桃刚刚下载了微信，还不太会用。她洗完衣服，擦干净了手，点开蒋峤西刚才发来的语音，凑到耳边听，她情不自禁就笑了，感觉像在听悄悄话。

她又点开蒋峤西发给她的第一条语音："樱桃，我是蒋峤西。"

他讲话轻轻的，总有种漫不经心的感觉。林樱桃觉得学姐们说得对，他的声音真的很好听。

她忍不住又听了一次，又听一次。

林樱桃很喜欢微信。每当她想他，而又不想打扰他工作，或是不能打电话的时候，她就点开他以前的语音来听，仿佛他就在身边。

林樱桃说："你怎么也开始说北航帅哥了，我求求你了从今天起你把这忘了。"

蒋峤西说："谁是北航的，余樵啊？"

林樱桃给他发了一行点。

"你可千万别让余樵知道。"林樱桃嘟囔。

"知道什么？"

"就是什么北航帅哥。"林樱桃觉得难以启齿。

"怎么了，"蒋峤西说，"你们俩还有什么小秘密？"

"哪有什么小秘密啊！"林樱桃烦道，"都是我学姐她们以前老开玩笑，好不容易不开了，不知道怎么又提起来了。"

"我和余樵好好的，"林樱桃说，"差点儿连朋友都做不了了。"

"樱桃。"

"怎么了？"

"你为什么不喜欢余樵？"蒋峤西忽然问。

林樱桃心里咯噔一声。

"你这叫什么问题……"

蒋峤西的头像出现了，那是一张黑白色调的照片，是别人拍他，拍他穿着西装衬衫坐在实习聚餐的沙发上。语音点开以后是："我一直好奇，今天想起来就问问。"

林樱桃说："哪有什么喜欢不喜欢……就是朋友啊……"

蒋峤西问："真的？"

林樱桃犹豫了一会儿："你是真的问我，还是开玩笑的……"

蒋峤西说："你要是不想回答，你就当我是开玩笑的。"

"我说不上来，"林樱桃想了想，说，"我和余樵的关系其实没有你以为的那么好。反正……我和他说什么事，他也不会正正经经和我说话，不像杜尚他们。他有时候挺好的，有时候又很不好，我不喜欢他那个样。"

蒋峤西说："他不就是喜欢和你开玩笑吗？"

林樱桃的语气严肃起来了："有的时候不是玩笑，蔡方元和杜尚也和我开玩笑，很少就像他那么过分。"

蒋峤西沉默了一会儿："其实蔡方元有时候也挺过分的，但你从来不会真的和他生气。"

林樱桃突然感觉很莫名其妙："你为什么要和我说这个。"

蒋峤西说："樱桃，我最近越来越觉得，如果我当时没有留住你……"

不知他是只说了一半，还是只录了一半，后面没有了。

林樱桃去水房里晾衣服，一件件地晾。她擦干了手，拿出手机，已经是半个小时以后了。

她看到蒋峤西发来了一条新的语音。

"我不是故意的，"他抱歉道，也许他以为林樱桃生气了，"可能你不相信，我只是以前很嫉妒他。"

蒋峤西嫉妒余樵什么呢？和睦的父母，幸福的家庭，开朗的性情，还是身边总围绕着那么多的朋友？

林樱桃按下了录音："我好想现在就到你身边去，陪着你，抱一会儿你……再亲一下你……"她又说，"可是我明天还要实习……"

蒋峤西的声音里有笑意："好……"

林樱桃端起盆子来，往寝室走，她对着手机大声叹了口气："唉！白天要哄小宝宝，晚上还要哄大宝宝……林老师怎么这么累啊！"

大三这年暑假，林樱桃又飞去了香港。蒋峤西已经在摩根士丹利开始了夏季实习，他每天早晨五点多就在林樱桃身边起床，匆匆换上衬衫西装，要六点到公司。他基本一整天都在忙，只能在公司吃午饭时回一下林樱桃的微信，问需不需要帮她买什么。幸运的时候，蒋峤西会在晚上七点多钟到家，更晚的话，凌晨一两点都常有。林樱桃有时候已经睡了，耳朵里还听着托福听力，被他风尘仆仆地闹醒。他们会亲热一阵子，林樱桃想劝他早点睡，因为他看起来真的太累了，但蒋峤西不太甘愿。

这就是月薪五万港币的代价。林樱桃趴在他怀里，蒋峤西头一沾枕头就睡着了。她帮他把扯松了的领带摘下来，然后脱掉已经脱了一半的衬衫。林樱桃起床，帮他把西装挂起来，衬衫铺在小桌子上，熨烫好。在幼儿园实习的时候，林樱桃天天要熨自己穿的衬衫。

林樱桃独自去考了托福，她在微信上告诉蒋峤西，她感觉自己发挥得不错。曾经那么难的托福单词，对她已经不是什么大问题了，曾经不敢离开的家，如今也不再牢牢牵绊住她。林樱桃走在香港的街道上，在她心里隐隐有了一种归属感。

林樱桃站在一家面馆门口，抬头瞧里面的电视机。

电视画面上，中国著名的篮球运动员姚明，正在上海召开新闻发布会。他在鲜花簇拥的麦克风前，宣布正式退役。

林樱桃拿起手机，在群山小饭桌群里说起这件事，姚明是一九八〇年出生的，才三十一岁。

杜尚说："他怎么这么快就退役了，我感觉他也没打几年啊？"

余樵说："伤病严重吧。"

林樱桃站在那里，还仰头看电视。

发布会的新闻完了，接着是下一条新闻。一部讲述青春校园爱情故事的电影即将于下月上映，敲定演唱主题曲《那些年》的男歌手在接受记者采访。林樱桃看了一会儿，她发现这个歌手是一九九〇年出生的，只比她大一个月。

最近这段时间，林樱桃越来越能感受到一件事：以往她在电视、杂志里听到的看到的，总是他们这一代人的长辈，是哥哥姐姐，是叔叔阿姨。林樱桃习惯了觉得"我还小"，在整个世界面前，她始终是小孩子。

而现在，公众媒体前出现了越来越多的同龄人。

他们90后这一代人，好像已经开始要一点点地，从上一辈人手中接管世界了。

余樵当初出国的时候，说他会去国外待上一两年。那时感觉一两年好漫长。可一转眼，大四即将到了，他回国了。

林樱桃在蒋峤西的小公寓里煮饭，蒋峤西说他今天会提早回来。他跟主管请了假，说女朋友快要走了，他要按时下班，陪她一起吃顿晚餐，然后出门看场电影。主管很欣赏蒋峤西，放他回来了。

林樱桃煮完了饭，把菜留在锅里保温。她低头打开手机，本想看蒋峤西几点到家，结果发现微信群里，蒋峤西和余樵正在有一句没一句地聊天。

余樵说："回国，考飞行执照。"

蒋峤西说："我以前以为你想去空军。"

余樵说："家里人不怎么愿意。"

余樵又问:"我听蔡方元说,你在香港投行实习?"

蒋峤西说:"嗯。"

余樵说:"赚挺多吧?"

蒋峤西说:"忙啊。"

林樱桃问:"你到哪里啦?@蒋峤西"

余樵说:"林樱桃,你干吗呢?"

林樱桃说:"我做饭呢!等半天结果你们在这里聊天。"

蒋峤西说:"走到楼下,马上到了。"

余樵说:"你做饭?拍张照片看看!"

林樱桃发出几张菜肴图片。

杜尚一顿狂赞。

余樵说:"这什么玩意儿黑不溜秋的。"

蔡方元说:"炒的什么,茄子啊?林樱桃你放多少酱油啊?"

蒋峤西进门的时候,正看到林樱桃对着手机翻了个白眼,不过怎么看都不是真生气的样子。她回道:"可好吃了,不信你们问蒋峤西!"

蒋峤西立刻发了一个拇指表情。

蔡方元说:"@蒋峤西,你不是还在楼下吗?"

余樵说:"@蒋峤西,兄弟不容易啊。"

蒋峤西坐在电影院的最后一排,和林樱桃一起看《哈利·波特与死亡圣器》下部,这是整个系列的完结篇了。林樱桃喝着饮料,眼含热泪,瞧着长大成人的哈利送他的孩子们走进九又四分之三站台,登上了通往霍格沃茨的列车。林樱桃的手放在扶手上。她转过头,蒋峤西还穿着去投行实习的衬衫,蒋峤西也低下眼看她,他额头上虽然还有那道伤疤,却再也不是那张奥数冬令营营员证上,面目全非的样子了。

电影到了结尾,她在黑暗中摸索他的脸。林樱桃转过身去,不再去看哈利的魔法世界。她在蒋峤西的怀抱里亲吻他,吻她生命中真正存在的魔法。

伤疤慢慢地不会再疼了。

§

一年三百六十五天,林樱桃和蒋峤西在一起,满打满算不到五十天。

要说不安全感，有时也是会有的。

摩根士丹利香港部门二〇一一年夏季实习生们聚在一起，拍了几张合影，照片被人发到了网上。林樱桃在实验高中二〇〇八届（18）班的班级群里见到了。群里的男生们在讨论大投行的御姐都太漂亮，女生们则说，蒋峤西看着和高中时代一点儿没变："之前谁说他家境落魄去香港做家教了？"

"可能就是闲得没事做做兼职。"

费林格在群里侃侃而谈，说他前段时间刚去了一趟香港，在九龙ICC，也就是摩根士丹利办公地点楼下终于见到了蒋峤西："他说他暂时不打算深造了，未来几年有可能回内地。"

有同学说："费林格，你把蒋峤西拉进群里来啊，都多少年没见过他了。"

费林格说："我问了，他在香港，他没微信。"

林樱桃在手机上放大了那几张合影。

时装杂志上说，亚洲男人穿西装，总容易显得头大身小，比例不好，傻气得很。蒋峤西却不是这样的。他以前上高中，穿最普通的蓝白色校服，身材高大，英气逼人，走到哪里都引人注意。现在穿衬衫西裤，站在一群投行精英当中，更是帅得离谱。

她在微信上问蒋峤西："你们实习结束了没有？"

蒋峤西没回，可能还在忙工作。

到了晚上，蒋峤西那张黑白照片头像才跳出来。

他发给她一张图片。

"这是什么？"林樱桃问。

"工资单。"他说，还发了一个酷酷抽烟的表情。

林樱桃的托福成绩出来了，103分。她第一时间告诉了蒋峤西。

蒋峤西说："保持住，以后就能一起出去了。"

林樱桃问："一起去哪儿？"

蒋峤西说："无论想去哪儿，我们都能一起了。"

大四第一学期末，林樱桃在北京南站的肯德基里喝着可乐，抬眼见到了拖着箱子跟她乘同一趟车回省城的余樵。

余樵从加拿大回来，最大的特点是冬天都不穿羽绒服了，他穿了件冲锋衣，一点儿不觉得冷。

"你们在那边到底多冷啊？"林樱桃问。

余樵看她，说："要给飞机盖被子那种冷。"

"给飞机盖被子？"林樱桃笑道。

余樵说："你在香港倒是挺暖和！"

"香港热死人了！"林樱桃嘟囔，转头看了一眼排队的人，"你不去点吗？"

余樵看了一眼那么多人，摇头。

他拿林樱桃倒出来的薯条和鸡块吃。

回家的高铁上，林樱桃和余樵争论起千禧年在群山那顿肯德基到底花了多少钱。

"辣堡加可乐就是十块钱。"林樱桃坚持道，"杜尚、你、我，还有我爸爸，我们四个人去的。"

余樵悠悠道："十来年了，电建也没涨多少工资啊。"

林樱桃看了他一眼。她一直不大清楚爸爸妈妈到底发多少工资。

余樵忽然说："幸好我们这一批人都没留在工地……"

群山小饭桌群在寒假之初约了一顿聚餐，秦野云和她男朋友去日本旅游了，没来。

大四了，每个人都在为了未来焦头烂额。

杜尚本科要读五年，他边吃羊肉泡馍，边吐槽毕业之后还要规培三年，去给人当廉价劳动力："不行，明年还是得考研。"

余樵正和同学发短信，蔡方元问他："当年你怎么选的东航？"

"基地离家近啊。"余樵说。

林樱桃吃着签子上的小羊肉，对杜尚讲："我看新闻上，现在医闹好严重啊，你去了医院小心一点。"

杜尚不以为意："我就算去了我也躲后面，我都当医生了总不能再挨揍了吧！"

林樱桃拿出手机，在场所有人坐在一块儿，拍了张大笑的合影。她把照片发给了蒋峤西，还没等到回复，蔡方元突然从对面问："林樱桃，你们啥时候结婚？"

林樱桃抬起头："啊？"

她这反应惹得三个男生一阵哄笑。杜尚皱起眉，看蔡方元："你瞎问什么啊，樱桃才多大啊。"

蔡方元纳闷了，放下羊肉签子："蒋峤西去年寒假就跟我说他要向你求婚了，这都一年了还没求啊？"

林樱桃的脸一下子涨得通红。

二〇一二年年初，林樱桃第二次去香港过年。她在机场快线上抱着蒋峤西的腰问他，如果二〇一二年世界末日真来了怎么办。

虽说他们已经上过一次"末日"的当了。

蒋峤西摸着她的头发，让她的脸靠在他胸口："那就少留下点遗憾吧。"

蒋峤西寒假还要实习，不过这份新的实习并不太忙。两个星期，他天天按时下班，只是夜里经常在家工作。林樱桃有时半夜醒了，看到他还坐在小餐桌边，背对着她埋头看数据。

林樱桃下了床，穿上拖鞋。她走到他背后，觉得好心疼。

她抱住了他的脖子。

蒋峤西敲键盘的手一顿，他握住了林樱桃抱他的手，然后感觉有轻柔的吻从旁边蹭在他的脸颊上。

分开了三个月，是长还是短呢。每次重逢后的第一次，林樱桃都会觉得疼。她不知道是她的问题，还是蒋峤西工作压力大，常容易过火。

她蜷缩在被窝里，翻蒋峤西考 CPA 用的书。她问他，CPA 和 CFA 有什么区别。

蒋峤西冲完了澡，坐回到被窝里。他手指修长，最后检查了一遍手机邮箱，他拿走了林樱桃手里的书，关了床头灯，把林樱桃搂到他怀里："我们家小伤员，赶紧睡觉。"

林樱桃在黑暗中睁着眼，脸贴在他胸口，过了一会儿才问："你真睡着了？"

蒋峤西闭着眼笑了："樱桃，看你难受，别惹我了。"

周日，蒋峤西从公司回来，带林樱桃一起去了趟医院。

堂哥正坐在轮椅上，和几个来探望他的老同学打桥牌。他的手指还是不太灵活，堂哥自己坚持认为，打桥牌能够锻炼他的脑部活动能力，还能增强手指的敏感度。

蒋峤西站在病房门口，解开了西装扣子，手揣进裤袋里。他无奈地对林樱桃道："他就是喜欢打牌。"

堂哥见蒋峤西带着小林妹妹一起来了。他放下牌，非常高兴，现场请同学拿过来助行器，给小林妹妹演示了一把怎么用助行器下床走路。蒋峤西在门外看着，忍不住过去伸手扶了他一把。

"好好练了没有，"蒋峤西把跟跄的堂哥重新扶回轮椅上，皱眉问他，"是不是光打牌了？"

堂哥很不耐烦，对林樱桃抱怨蒋峤西，说这个小堂弟自从开始实习拿高额薪水，就再也不像以前那样可爱了。

"就会耍帅、扮酷！还没有大学毕业，装什么大人！"

林樱桃应和道:"我也这么觉得!"

蒋峤西站在一边,听着他们俩的控诉,也不还嘴。

堂嫂在旁边数落:"就是要有峤西管着你!不然你天天只知道玩牌!"

堂哥抬起眼看老婆,可怜道:"躺了三年,三年没玩过了。"他又看林樱桃,一脸的"妹妹,你看我多惨"。

以前,蒋峤西没有堂哥,他生活中的很多东西好像就无法消化了。他严重依赖着这位"人生导师",到了没有他就会举步不前,失去方向的程度。

如今,他自己成长起来了。他比堂哥小十六岁,却反过来成为堂哥坚持复健的信念和支柱。

林樱桃坐在堂嫂身边,看堂嫂手机里小侄子的照片,她余光望向了蒋峤西。蒋峤西卷起衬衫的袖口,正弯下腰,陪堂哥用助行器锻炼。蒋峤西不叫他"哥"了,叫"蒋若诚",同辈一般,要堂哥必须坚持。

大年三十那天早晨,蒋峤西去了一趟公司,没多久就回来了。林樱桃有点赖床,她还缩在被窝里,不肯露头。

蒋峤西坐在床边,伸手把被子拉下来,露出她热乎乎的脸蛋。

省城下雪了。林樱桃靠在蒋峤西身边坐着,和爸爸妈妈视频。她皱起眉看电脑里,根本看不到爸爸妈妈的脸了,只有窗外摇摇晃晃的大雪花。

林樱桃说:"我要和你们说话!"

林爸爸却在画面外说:"峤西是不是很久没见过雪了啊!你看,这雪下得多大啊!"

林樱桃坐着,感觉蒋峤西的手从背后轻轻搂住了她。

"是啊,林叔叔,"蒋峤西笑着抬高声音说,"你和阿姨这几天出门要小心一点!"

妈妈在镜头边说:"还出什么门呀,这两天太冷了!"

林樱桃说:"爸爸!蒋峤西又不是没在电视上见过雪花,你快把窗户关上,我看着都冷了!"

等和爸爸妈妈说完了话,拜完了年,林樱桃靠坐在蒋峤西身边,她皱着眉说:"爸爸好傻啊。"

蒋峤西低头说:"你不是很喜欢林叔叔吗?"

林樱桃抬眼看他:"爸爸有时候就像小孩一样。"

这天是二〇一二年一月二十二日。林樱桃忽然意识到，还有一个多月就到蒋峤西的生日了。

她说："我要是能在香港多留一个月就好了。"

蒋峤西说："怎么了？"

林樱桃说："再过一个月，就到你二十二岁生日了啊。"

蒋峤西眨了眨眼，他忽然说："是啊，我快二十二了。"

他低下头，看林樱桃。

林樱桃坐在他怀里，被他看得有点发毛了。

§

除夕夜，林樱桃又跟蒋峤西一起去了堂哥家吃饭。堂哥得到院方准许，坐着轮椅短暂出院，他已经有四年没回家吃年夜饭了。全家人都围在他身边，连 Lassie 也被堂嫂从娘家带过来了。堂哥抱住了自己的孩子，小宝宝已经会叫爸爸了，堂哥看着一家人，又看了看他腿上的 Lassie，幸福得直落泪。

蒋峤西说："感动也不用这么哭吧。"

堂哥哭道："你们住的地方太小了，吓坏我了。"在家人的哄笑声中，堂哥伸手握住了太太的手，牵到嘴边来亲吻。

饭桌上，蒋峤西当着全家人的面，握住了林樱桃的手，他忽然很认真地对大伯和伯母说，堂哥快能出院了，这可能是蒋峤西陪两位长辈过的最后一个新年了。

堂嫂坐在对面，愣了愣。

大伯听完了，微微笑着点头。伯母在旁边说："话不要说得这么绝，万一哪天你们想来香港过年——"

堂哥逗着孩子，问林樱桃："妹妹喜欢香港吗？"

林樱桃坐在一旁，她从全家人望向她的眼神中，渐渐懂了那是什么意思。她在蒋峤西的目光中抬起头看他的侧脸。

堂嫂在席上给自己倒了杯酒，是日本清酒，瞧着像白酒。她站起来，端了酒杯，笑着说，这还是以前向蒋政叔父学的。

"我代表我们全家，今天，感谢弟弟，感谢峤西这些年来，对我们家人的帮助，无论是帮我照顾若诚，还是代替若诚陪了爸、妈这些年。若诚不能喝酒，我代他敬弟弟一杯。"

林樱桃抬起眼，她看着蒋峤西站起来了。蒋峤西本来摇头，他不喜欢这样的场面，但堂嫂手里的酒杯小小的，一饮就空了。蒋峤西笑了，他从大伯手中接过了酒壶，给自己倒了一小杯。

蒋峤西说："好感谢你们收留我，无论是过去还是现在。"

林樱桃从大伯和伯母手中拿到了新年利是。她坐在角落，低头抚摸年迈的 Lassie。她看到蒋峤西被伯母和堂嫂叫到小侄子的房间里去了，不知在说什么，听着都是广东话。伯母把一个木盒塞到蒋峤西面前，蒋峤西打开看了一眼，不肯要，堂嫂坚持要他收下，不许蒋峤西拒绝。

林樱桃抱了一盆新的水仙花，和全家人道别。堂嫂给她装了很多糖莲子和炸芋片，放进了蒋峤西手里拿着的那个装木盒的布袋里。

林樱桃走在香港的除夕夜，她问蒋峤西："你明年就不在香港过年了吗？"

蒋峤西的手搂着她的腰，他说："你不想和林叔叔他们过年？"

林樱桃听着，她低下头，看怀里的花。

十七岁那年，蒋峤西曾在深夜打给林樱桃的电话里说，他马上就要十八岁了，他不能总去堂哥家，堂哥有自己的家庭。蒋峤西说，我要独立了。

虽然这一推迟就迟了四年多，但蒋峤西似乎真的以后能够放下一切重担，重新开始新的生活了。

林樱桃把水仙花摆在了窗台那盆万年青旁边。水仙娇美，花期短暂，万年青却长久，意喻着吉祥、永恒、太平。

每年秋季，万年青簇拥的绿叶中都会生长出小小的红果，喜气洋洋的。

大年初二，林樱桃跟蒋峤西一起去看维多利亚港的烟花。去之前，林樱桃在微信群里对蔡方元他们说起，说会拍几张照片发给他们。

蔡方元私敲她："还没求婚啊？"

林樱桃盯着手机屏幕，刚咬了一下嘴唇，忽然蒋峤西关上衣柜门，拿了一件昨天新买的红色毛衣给她。

"换衣服了，我们早点去。"他轻声说。

林樱桃戴上了那对耳钉，她穿着红毛衣、白色长裙，一双靴子，跟蒋峤西一起乘车前往维港附近。杜尚在群里说，他之前想带女朋友去，但听说现场人特别多："你们不订个酒店看吗？那个天际100！不过就是贵点，蒋峤西现在不缺这点钱吧。"

林樱桃转头看蒋峤西，她想，也许蒋峤西是想要热闹，想要所有人一起过年的那种氛围——恰巧林樱桃也喜欢这样。

天边还能看到晚霞，是这一天夕阳最后的光辉，漫入夜空中。林樱桃被蒋峤西牵着手，走在越发拥挤的人流中。蒋峤西在一处路口停下了，他望向维港对面。"那就是我工作的地方。"他对她说。

林樱桃踮起脚，看到了对面的香港最高楼——环球贸易广场。

街道上人多，林樱桃听到周围好多内地游客在讲话，东北话、上海话、闽南语、广东话……好神奇。林樱桃抱住蒋峤西的腰，她在这片热闹中等待着，她从小就不怕人多，她仰起头望蒋峤西的脸，然后皱起鼻子，踮起脚去够他的嘴唇，玩似的亲他。

林樱桃是这种性格，周围人越开心，她越是兴奋。

她被蒋峤西搂得更紧了。

烟花表演开始的时候，林樱桃感觉周围的人群像即将沸腾的水，尖叫声冒出来了。她转过身，在蒋峤西的怀里，她睁大眼睛张望着，也开始激动地蹦跳了。之前的拥挤、燥热、小腿的酸痛，都被林樱桃遗忘了。烟火"砰""砰"升上天空，然后蓦地炸开，在维港的上空连续变幻出绚烂的魅影。

星星只燃烧最美的一瞬，接着便黯淡了，散落在海面上。

林樱桃仰头呆望着，她的大眼睛里映出那些花火的倒影，那仿佛萤火四散的一幕。

那个背着书包的小男孩，就这样消失在她眼前。

林樱桃抬起头，在游人的吵闹和烟火的盛放声中看向了蒋峤西。

蒋峤西也低头望着她。

烟火从他身后升起来，照亮了他年轻的肩膀，被风吹起的短发。那短暂的、稍纵即逝的光辉，刹那间映亮了蒋峤西的脸。

"樱桃，"蒋峤西看着她，"嫁给我好不好？"

林樱桃微微张着嘴，一瞬间她的眼泪便涌了出来。

§

群里人等了半天，也没等到林樱桃说好要拍的照片。烟花会演持续了二十多分钟，游客们都在举着手机、相机狂拍，激动尖叫，欢呼新年快乐，林樱桃却趴在蒋峤西怀里大声哭泣。蒋峤西搂着她，抬起眼也望见了烟火。周围好多人被林樱桃超大的哭声吓了一跳，回头去看这对年轻情侣，喜气洋洋的贺年歌曲还在放，不知道女孩子是为了什么哭成这样。

　　林樱桃双眼通红，一张小脸满是泪。她坐在巴士上，还时不时地抽噎，蒋峤西从旁边伸过手来，帮她抹掉脸上的泪。林樱桃倚靠在他怀里，让他紧紧搂着，眼却望向了窗外。他们一同回到住处，手牵着手，一起上楼去。
　　他们一起洗了个澡。浴室小得很，两个人在小灯泡下面挤在一起。林樱桃垂下她湿淋淋的睫毛，手心抱住了蒋峤西的后背。蒋峤西轻轻揉搓她头发上的泡沫，他们连彼此的气味都越来越相似。

　　林樱桃穿好了睡衣，她擦干头发，掀开被子坐进床里。从维港回来以后，她还没有和蒋峤西说过一句话，她不知道该说什么。
　　蒋峤西只穿了条睡裤，他上半身赤裸着，背脊有一条凹陷的弧线。他打开衣柜门，从他每天上班穿的那套西服的口袋里摸了摸，摸出一个黑色丝绒的小盒子来。

　　林樱桃坐在床头的暖光里，她蒙了，看着蒋峤西越来越近，坐到床边来。
　　蒋峤西把手里的小盒子打开，一对戒指在里面映出了光泽。谁也不知道蒋峤西是什么时候买的，他准备了多久，又犹豫了多久，直到今天。林樱桃低头怔怔地看了好一会儿。
　　"林其乐。"蒋峤西忽然叫她。
　　"啊？"林樱桃哽咽道。
　　蒋峤西看她这样，好像又要哭了。
　　他伸手轻轻捏了一下她的脸。
　　他把戒指盒子放到林樱桃手心里。樱桃抬起眼，看到蒋峤西走到门后，从随身的包里拿出个钱夹。
　　他坐回到她面前来。钱夹打开了，外侧有一张照片，是林樱桃第一次来香港时他们在小出租屋里自拍的合影。蒋峤西抽出一张汇丰银行的卡片，塞到戒指盒子底下，林樱桃的手心里。
　　林樱桃抬起眼，她抿着嘴，鼓起脸颊笑了。她眼眶里还有眼泪，她把手里的东西握住了。
　　蒋峤西大概看她终于笑了，他也笑起来了。

林樱桃趴在他的怀里，小声贴着他耳边说："我是蒋峤西的太太了……"她的声音像在哭，又像是笑的。蒋峤西搂着她，手圈住她细瘦的背脊，让她把哭声、笑声都释放在他身上。

§

伯母交给蒋峤西的木盒里装了一对老龙凤镯，足足六两重。这是伯母当年的嫁妆，送给了堂嫂，被堂嫂珍藏在了娘家，是年前刚找出来，又专程拿给樱桃的。

钱财失去还能再得，传家的东西丢了，再找不回来了。

林樱桃目瞪口呆："这是什么……"

蒋峤西拉过她一条手腕，拿起一只镯子戴上去试了试。

林樱桃的手腕细瘦，戴这个也不显得丑，只觉得这个女孩儿珠光宝气，嫁了人也是要被婆家宠爱的。

"这好贵重啊，"林樱桃害怕道，她长这么大还没碰过黄金这种东西，手腕好沉，"我们还是还给堂嫂吧……"

蒋峤西无奈道："你知道我推了多久吗，堂嫂还要给我三个猪——"

林樱桃愣了，没听懂。

蒋峤西垂下眼帘："我实在不想要，就只拿了这一对镯子。算了，拿着吧。"

年后，蒋峤西又去上班了。他说好晚饭时回来，可总是临时有事情，一忙又忙到夜里两点多。他回到家，拿钥匙一开门，林樱桃就醒了。她下床来，倒杯水给他喝，刚喝了两口，蒋峤西就把杯子放下，他搂着她吻她，领口扯开，倒头就睡着了。

他睡了不到两个钟头，窗外天还没亮呢，又醒了。

樱桃再过上两天就走了。蒋峤西转过身来，他低头看了她一会儿，樱桃面朝着他睡，手蜷在枕头边，中指戴了一枚戒指。

蒋峤西低头解自己衬衫的下面几颗扣子，他把衬衫脱了，掀起被子压到她身上去。

林樱桃是被折腾醒的。她迷迷糊糊，两只手腕被领带给绕住了，挂在了头顶。林樱桃睁开眼，领带一下一下散开了，她伸手抱住了蒋峤西在她胸前的脑袋。

"你不困了？"她轻声问。

蒋峤西忙了一整天，连轴转了近二十个小时。短暂的休息后，他开始索求他真正想要的补偿。

林樱桃觉得很心疼。

为了成家立业，真的要这么辛苦吗？

她躺着，捧起他的脸。林樱桃忽然想起有位学弟曾经说的，蒋峤西当初参加完冬令营考试，回去睡了一觉，醒来第一件事就是要她去车站接他。

"你像小宝宝一样，"她轻声说，手触摸到了他发际的汗水，"摸一摸，吹一吹，摸摸就不疼了。"

大四下学期，林樱桃去了几场招聘会。

到了周末，她去找大姑，认真和大姑商量，想借一笔学费。

"考到这个证以后，我工资也能高一点，"林樱桃和大姑说，"不然我以后成了家，只靠我老公赚钱，他身上的压力太大了，日子肯定很难过。"

大姑笑道："小樱桃，都开始心疼上老公了，你找老公了吗？"又问，"什么证啊，工资能高多少？"

林樱桃想了想："高个……五到十倍吧。"

大姑这下愣了："高这么多啊？"

"嗯！"林樱桃立刻点头，她接过表哥递给她的果汁，说，"我今年夏天毕业，秋天去美国，学九个月，到明年夏天就学出来了。等我回来以后，努力赚钱，还大姑的钱，大姑你不要和我爸爸说，我不想花他和我妈妈存的那点钱……"

大姑笑了，她用戴着翡翠手镯的手捋了一下小侄女樱桃耳边的头发。

"还要去美国学，"她嘟囔，"你去哪儿学啊？"

林樱桃说："波特兰，离旧金山开车要十多个小时。"

"那是哪儿啊？"大姑问。

林樱桃抢在表哥之前回答道："旧金山，就是离伯克利很近的，大姑你知不知道加州大学伯克利分校啊！就在那里！"

大姑瞅她那兴奋样儿，笑道："不知道。"

林樱桃抿了一会儿嘴唇，她说："反正是个很好的学校，我打算去那里参观一下。"

开学没多久，林樱桃就请假了。三月四日是个周日，她买了从北京回省城的机票，带了本蒙台梭利的书在飞机上读。等到了省城机场，林樱桃坐在星巴克里等，她喝星冰乐，塞着耳机听CNN。

她时不时看手机，发微信确认爸爸妈妈在家——他们还不知道林樱桃回省城的事。下午四点二十，林樱桃站了起来，她背上书包，新打包好一杯美式，推开门出去。

接机大厅里有不少人，从香港来的班机推迟了二十分钟抵达。林樱桃就站在那里，她静静地，站在人群中，她觉得她和这里的每个人都不一样，她就快要和她最喜欢的人结婚了，而这还是个秘密。

　　蒋峤西背着旅行包，风尘仆仆地朝她走来。

§

　　蒋峤西有四年没回过省城了。这座他生于斯，长于斯的城市，在这些年里日新月异，变化飞速。

　　"这附近全部都拆了？"他坐在出租车里，望着窗外。

　　那条街道，原本是他初中时候每天放学来上竞赛班的地方。

　　林樱桃眼中映着外面的夕阳，她在他身边说："都拆了两年多了，附近都盖成了商场。"

　　蒋峤西过去从没觉得他对这座城市有什么留恋。可听着路人熟悉的乡音，瞧着街边的广告牌，就连收到中国移动一条欢迎短信都令他感慨万千。

　　樱桃握着他的手，在高架桥下的一个街口下车。这座高架是二〇〇七年建成的。蒋峤西望向了电建总部小区的方向，那周遭的街道，烟酒食肆，全都变了。

　　林樱桃牵着他，带他过马路。这一次，不再有木鱼声催促他了。

　　"秦叔叔的超市开到马路对过了，"林樱桃兴奋道，还像第一次带蒋峤西参观群山工地时一样，"他把原先卖烧鸡和干果的两家店盘下来了，你看，在那边，是不是特别大！比原来的小店大了好几倍！"

　　正说着，从秦家超市里走出来一个人。他一瘸一拐的，戴着手套，将店里的一箱碎鸡蛋抱出来，放进门口的小车。他远远朝这边望，忽然抬起手招了一下。

　　"秦叔叔！"林樱桃远远喊道。

　　秦叔叔的身板比原先壮实了不少，他皱眉问："樱桃，你怎么大学还没开学啊？"

　　问完，才注意到林樱桃身边跟着个年轻男人。

　　好像有点陌生，但怎么看着，又感觉很熟悉。

　　林樱桃拉着蒋峤西的手跑过马路，她说："秦叔叔好像认不出你来了。"

　　等到了秦家超市门口，林樱桃笑道："秦叔叔，这是蒋峤西。"

　　蒋峤西低头轻声道："叔叔好。"

秦叔叔惊讶地盯着蒋峤西，把他从头到脚来来回回看，他又看向林樱桃的笑脸。

"蒋峤西？"他问，失笑道，"你回来了？"

小区门口站岗的门卫是新人，不再是二〇〇八年的老面孔。周日下午，小区里多是遛狗和抱着婴儿散步的家长，还有老大爷聚在街口下象棋。

"樱桃啊！"有阿姨推着自行车，准备出门买菜，"你怎么从北京回来啦？"

林樱桃说："星期天回家看我爸妈！"

"哎哟，林工真幸福！"阿姨笑着，朝一旁的蒋峤西瞥了一眼，疑惑地皱了皱眉。

林樱桃来到自家楼下，仰头朝家里窗户望了一眼，她对蒋峤西说："好像叔叔阿姨都没认出你。"

蒋峤西说："可能我变化太多了。"

"没有啊，"林樱桃抬起手，摸他的脸，她想了想，"可能他们没想到你还会回来。"

她从包里拿钥匙，打开单元门，她走进门里，蒋峤西个子高高的，停在了门外。

林樱桃忽然回头，她看他，伸手抱住蒋峤西的腰。

蒋峤西握住了她抱着他的手。

"那你想到了吗？"蒋峤西低下头，轻声问。

林樱桃摇了摇头，眉头微蹙。

"你真的不跟我一起上去？"她问。

蒋峤西看着她。"我在下面等着，"他说，"如果叔叔阿姨同意，你就给我打个电话。"

"他们一定会同意的，"林樱桃小声说，楼道里有回音，她怕爸爸妈妈在楼上开门会听见，"他们一直很喜欢你。"

"喜欢我不代表舍得你现在就嫁给我，"蒋峤西垂下眼帘，他说，"我还什么都没有。"

林樱桃说："你有我啊，我投赞成票！"

蒋峤西忍俊不禁。

她上楼去了，脚步轻快，很快就消失在蒋峤西眼前。

蒋峤西在原地站了一会儿，他把单元门关上。

如果他能再自信一点，也许他可以和樱桃一起上楼，强烈要求林叔叔和娟子阿姨把樱桃嫁给他。

可这夫妻俩都是性情温柔的人，也许他们会因为不忍拂了两个年轻人的心意，而勉强答应下来。

倒不如让他们有机会和樱桃单独谈谈，说一说父母辈的忧虑，蒋峤西也希望樱桃能够再认真想一想，再做决定。毕竟一旦走入了婚姻，他们这段关系就有了法律的约束，今后就算樱桃再爱上了别人，想走，蒋峤西也不会轻易放她走了。

"你是……"有女孩的声音在身后问，"蒋峤西？"

蒋峤西在屋檐下转过头。

身后站着一个陌生面孔。

辛婷婷脸色惨白："你……你到这里来干什么？"

蒋峤西说："你是谁？"

林樱桃打开了家门，发现爸爸妈妈正围坐在茶几旁包水饺。

电视机开着，妈妈一边看电视剧，一边低头擀饺子皮，她笑道："我每次听这个宋小宝喊'樱桃'啊，我就想笑……"她手拿擀面杖，转过眼来，冷不丁盯住了自家门口。

林爸爸后知后觉，也回头看了一眼。

"你怎么回来啦？"妈妈站起来，问林樱桃。

林樱桃朝电视机里望去，那放的好像是部农村题材电视剧。她说："爸爸妈妈，你们先别包了，我现在有很严肃的事情要和你们说。"

电视机被关上了。

林樱桃站在电视前，面朝沙发上坐的爸爸和妈妈。她低头酝酿她的严肃事情。林爸爸问："你怎么回来了？"林樱桃朝他摆了一下手，示意他先别打岔。她像要演讲一般："我想正式地和你们说……我打算和蒋峤西结婚。"

林爸爸看着她，愣了愣，仿佛早有心理准备。

妈妈却察觉出有什么不对，皱眉看林樱桃的脸。

果然林樱桃下一秒就说："我们明天就去民政局！"

"什么？"连一贯云淡风轻的林电工也震惊了。

妈妈在旁边一下子站了起来："你突然从北京回来也不打个电话啊！"

林樱桃说："想给你们一个惊喜嘛。"

寒假才结束没多久，爸爸妈妈明显不是很想念她。林樱桃坐在沙发上，她觉得爸爸一直都很喜欢蒋峤西，肯定会答应的，所以她对妈妈耍赖，她捂着手凑到妈妈耳边："妈妈我和蒋峤西可好了，在香港天天在一起，他可疼我了。蒋峤西以后赚钱也可多了，现在结婚保险，等到过几年再结婚，他万一被别的女的勾走了不要我了怎么办——"

妈妈拿擀面杖敲她的头，林樱桃"哎哟"一声。"你倒是挺上赶着！"妈妈嫌弃道。

爸爸在对面接过了老婆手里的擀面杖，他继续擀饺子皮，说："樱桃啊，你们才多大，还不能够结婚吧。"

林樱桃说："蒋峤西明天就满二十二岁了，可以去领证了。"

妈妈说："你们打算了多久啊？"

林樱桃不太好意思似的，鼓着脸笑道："他寒假和我求婚的。"

"哎哟哟，"妈妈说，"还'求婚'，你们才多大的小孩啊，寒假求婚你怎么不告诉我？"

林樱桃说："我当时还没想好什么时候领证呢，本来以为要毕业以后……他把他的银行卡都给我了，还给我买了戒指，他堂嫂还送给我两个大金镯子——"

妈妈脸色一变："送你什么？"

林樱桃低头说："大金镯子，反正我都收下了，你总不能再让我去退了……"

爸爸把包好的水饺搬进厨房里，他洗了手，走过来坐在了林樱桃身边。他低头问："樱桃，你是认真的啊？"

林樱桃小鸡啄米似的，对爸爸用力点头。

"可是你一个人，怎么领证啊，"爸爸头疼道，"去民政局领结婚证，要两个人都到场，峤西还在香港——"

妈妈在后面擦着桌子，说："小屁孩，什么都不懂——"

林樱桃说："蒋峤西现在就在楼下！"

"啊？"爸爸和妈妈异口同声地惊讶道。

蒋峤西双手揣在裤兜里，他靠在单元门前，还在低着头出神。

"蒋峤西，你为什么还会来？"那个叫辛婷婷的女生见了他，就像见了个瘟神，她看了一眼林家的单元门，愤愤不平道，"你知不知道其乐她因为你，从小到大吃了多少苦，从小学就被人家说早恋，到了高中还被学校的人排挤瞧不起，她被总部的人、被同学说了多少年闲话？你当年走的时候，其乐大晚上追到外面马路上去，一个女孩，穿着睡衣和拖鞋蹲在十字路口大哭，整个小区的人都知道，全都笑话她，你知道吗？有人告诉过你吗？你有良心吗？"辛婷婷看着他，很不解，"你为什么还来？"

她又看了看附近的路口，好像怕谁发现他们似的："你快走吧，其乐在大学已经有男朋友了，她现在挺好的，你再来找她，不论干什么，让别人看见又要说她闲话了，你家倒是搬走了，其乐和叔叔阿姨还要在这里住呢！"

蒋峤西低下头，他盯着地砖的纹路，脑海中忽然回想起那天夜里，穿着睡衣，手腕上还挂着钥匙绳，在他怀里仰头看着他，什么都不懂的樱桃。

蒋峤西隔着单元门，往楼上看。那一层层台阶，通往樱桃家里去。蒋峤西忽然想，如果他在香港失去了她，那么再回来，听到的也许就是辛婷婷这一番话。

你走吧，她有男朋友了。

有脚步声从楼上下来。

"蒋峤西！"樱桃急匆匆推开了单元门，她已经脱了外套，穿着拖鞋，高兴得脸颊发红，她握住他的手，"快走，我爸爸妈妈让你上去！"

林家一向是温暖的，蒋峤西站在了门外，他抬起头，看到林海风叔叔和娟子阿姨站在门里，也手足无措地看着他们。

蒋峤西伸手把林樱桃搂了过来。"叔叔，阿姨，"他喉咙一阵发紧，抬起眼正视他们，他深吸一口气说，"请把樱桃嫁给我……我会尽我的所有对她好的。"

林电工站在跟前，他愣了愣，看真的出现在眼前的蒋峤西这个孩子，又看在一边忽然红了眼眶的闺女樱桃。

"峤西啊，"他无奈笑道，"今天我跟你阿姨正好包了饺子，你们在香港过年都不吃饺子的吧？"

林妈妈刚才还有些生气，觉得两个小孩太胡来了，这会儿看蒋峤西这个过分紧张的样子，她的语气又不自觉地放温和了："在下面等了多久啊？先把旅行包拿下来吧。"

§

林樱桃吃水饺时，抬头看爸爸妈妈刚才在看的电视剧。她皱起眉，发现这部电视剧就叫作《樱桃》，讲述一位叫樱桃的智障妻子与她的瘸腿丈夫的故事。

蒋峤西长得高，就着林家的茶几吃水饺，总要弯下腰。他陪林叔叔喝了一点小酒，是林叔叔特意找出来的半瓶五粮液。蒋峤西很少喝白酒，林叔叔说，家里平时没有人陪他喝，这还是上回樱桃姑父从北京过来，带过来的一瓶。

林海风和蒋峤西边喝边聊，聊这几年蒋峤西在香港独自生活的经历，聊蒋峤西堂哥的病情，聊林樱桃的性格，从小到大，优点，缺点，大学学的专业，又聊起了蒋峤西的父母。林樱桃在旁边听，时不时朝他们看一眼，她不放心道："爸爸你快点吃水饺，都要凉了——"

爸爸回过头，笑道："樱桃啊，你是不是会炸花生米了，帮爸爸炸一盘好不好？"

林樱桃暗暗和蒋峤西对视了一眼。

小的时候，在群山工地，大人们在一起吃饭，喝着酒，吞云吐雾，总会把小孩子支开。

而现在，在爸爸眼里，似乎蒋峤西已经坐上这个成年人的酒桌了。

林樱桃不知道这好还是不好，但这似乎是一种家庭的仪式：有一些话，是爸爸要单独和蒋峤西讲的。

她站在厨房里，剥事先晒干的花生。妈妈从外面进来，到林樱桃身边，压低声音问："峤西今晚订酒店了吗？"

林樱桃看了她一眼，小声嘟囔："订了，但我想让他住在家里……"

妈妈在旁边瞧她。

林樱桃耳朵都红了："干吗呀，正好明天一块儿坐车去民政局……"

妈妈又敲她头："张口闭口就是民政局！"

花生米一粒粒饱满的，盛在了小碗里。

林樱桃从背后抱住了妈妈的肩膀，她把脸蹭在妈妈头发里，又像撒娇，又好像不舍。

"妈妈，"她小声说，"我真的都想清楚了。"

小的时候，林樱桃什么都想当。

她想当小明星，想当小画家、小舞蹈家……她的人生有一千万种可能，在林樱桃心里，整个世界是张开了怀抱，朝她打开的。

可慢慢地，有形无形之间，她踏上了属于自己的那条漫长的人生路。她与小时候一个个关于未来的愿望、设想擦肩而过。

这些愿望中间，有一个叫作"我想嫁给蒋峤西"。

而这个愿望即将要成真了。

林樱桃蹲在阳台上，给懒成一团的猫梳毛。她抬起头，看到蒋峤西穿着爸爸的拖鞋，出现在阳台门外。

"爸爸和你聊完了？"她问。

蒋峤西坐在阳台那把太师椅上，搂着樱桃，让她坐在他膝盖上。"嗯。"他心事重重地点头。

"都聊了什么？"她问。

蒋峤西眼眸湿润，不知是喝酒喝成这样，还是别的什么缘故。"聊了……以前的事，以后的事。"

"蒋峤西。"

"怎么了？"

"我们什么时候才能开始一起生活呢,"林樱桃歪着头,靠在了蒋峤西肩膀上,她的手被他握住了,"像爸爸和妈妈一样,像别的夫妻,一起住,一起吃饭,然后去上班,一直都在一起……"

蒋峤西想了想,说:"你要去美国,我呢,再在香港做几年……"

他似乎一直是有计划的,只是他很少提及。

"过两年,等我们二十四五岁的时候,"他说,"差不多该买房子了。"

"蒋峤西。"

"嗯?"

"你已经是我丈夫了吗?"

蒋峤西说:"从法律意义上讲,明天领了证就是了。"

林樱桃说:"好想立刻到明天。"

天上悬着云遮月。

蒋峤西忽然说:"老婆。"

林樱桃羞得脸颊绯红:"你不要现在叫……留到明天再叫,不然就没有新鲜感了。"

蒋峤西忽然搂过她的腰,另一只手放在她膝盖下面。他站起来,把她抱得高高的。

"那现在睡吧,醒了就是明天了。"

二〇〇四年,在林其乐的小屋里,来自群山的万年青曾经与来自香港的芭比娃娃举行过一场婚礼。那场婚礼好不热闹,虽然现场司仪礼宾乐队全都由林其乐一个人代劳,但也从早大办到了晚上。

林其乐的手搂过了蒋峤西的腰,卧室灯熄了,她蜷缩在他怀里。林其乐在梦中嘟囔"蒋峤西"三个字,她的未婚夫睡在她身边,紧紧将她搂着。

§

"妈妈!我想穿那个,我以前去北京夏令营买的奥运T恤!怎么找不到了……啊妈妈!!"

林樱桃从一大早就感到十分不顺:妈妈不同意她穿奥运情侣T恤和蒋峤西拍结婚登记照片。

"坏了,我的户口本好像没带……"林樱桃坐在爸爸的老桑塔纳后座上,翻了翻自己的小包,她脸色煞白,转头看蒋峤西。蒋峤西也紧张得很,他给她看他手里拿着的两本。

等到了婚姻登记处，林樱桃一直忐忑地待在蒋峤西身边。她坐下，冷静地和他一起填结婚登记表，林樱桃忽然鼻子开始酸了，她和他一起按红手印，按完了不自觉地就抬起手背抹眼泪。

等到和蒋峤西站在一起，朗读民政局给的誓言的时候，林樱桃想忍住，可她已经泣不成声。她以前是群山电厂小学广播站的小播音员，但这一点用都没有。

蒋峤西搂着她，一个人替两个人念，他声音低低的，并不顺畅，把这么长一段话都念完了。

　　我们两人自愿结为夫妻，从今天开始，肩负起婚姻赋予我们的一切责任与义务：上孝父母，下教子女，互敬互爱，相濡以沫。
　　今后，无论顺境还是逆境，富有还是贫穷，健康或是疾病，青春或是老迈，我们都风雨同舟，同甘共苦，相守一生。

　　宣誓人，蒋峤西。
　　宣誓人，林其乐。

2015

第十一章

谨以此歌起誓，一切过失都将被补偿

蒋峤西结婚的头两年，一直在摩根士丹利亚太区总部打拼，每天工作十八个小时，连轴通宵都常有。特别是林樱桃赴波特兰学习考试的那大半年，他基本没有休息过一天。

到樱桃学成回国，那已经是二〇一三年的夏天了。林樱桃原本计划着拿一张 AMI 证书去香港找份工作，还能陪蒋峤西一起生活。那时她以为在省城附近也找不到什么像样的蒙氏幼儿园能给她合适的职位和薪酬。

可没想到的是，整个中国发展实在太快了。

二〇一三年，全国房价暴涨，涨幅超过 20%。林樱桃回到母校北师大拜访老师，老师告诉她，就在前几天，来自林樱桃家乡省城的一家大型房地产商与国内一家教育集团合作，在省城开办了第一家蒙台梭利幼儿园："他们来我们这儿，问有没有学生愿意去美国考证书，他们给报销好几万学费，但要签五年卖身契，你有证儿你赶紧给他们打电话。"

就这样，林樱桃莫名其妙地，居然成了省城第一批蒙氏园持证教师，第一年年薪足足有 18 万之多。

这件事太过于不可思议，连对方幼儿园也觉得很是神奇，居然能在省城本地招聘到一位"985"学前毕业持有 AMI 证书的年轻老师。

"这个证书很贵很难考啊，"对方在面试时说，"你怎么会想到去考的？"

林樱桃哭笑不得："当时是我老公建议我去考的，因为原本的薪水太少了……"

对方说："你才二十三岁就结婚了？林小姐，你老公很有远见啊！"

林樱桃说："他是在香港蒙氏园上过的。"

她给蒋峤西打电话，说幼儿园和那家地产商有合作："我不知道能不能问到折扣……今天蔡叔叔和我爸妈一起过来看了户型，都觉得还挺好的，蔡叔叔好像也想买这里的房子。"

蒋峤西说："那就买。"

"真买啊？"林樱桃压低声音问。

蒋峤西无奈笑道："再涨万一买不起了怎么办？"

"那就买吧。"林樱桃说，"爸爸妈妈今天和我说，他们有笔基金快到期了，可以借给我们二十万，不过我觉得我们的钱应该够。"林樱桃想了想，"现在涨价好凶啊，售楼大厅里满满的全是人，房子和不要钱一样，我们买多大的？"

蒋峤西说："樱桃我有点急事，下午给你电话。"

到了下午，林樱桃正在微信上问黄占杰要如何挑选户型——黄占杰大学好歹学的是建筑学。结果黄占杰说，他大学每天光写小说了，除了瞎画CAD、瞎做模型以外啥都不会。"你问我，不如问蔡方元，他懂啊！"

林樱桃忽然收到一条短信，是中国银行发来的，说有笔款上午从香港中行汇过来，刚刚到了林樱桃私人账户上，人民币七十余万。

林樱桃盯着这个数字看了一会儿，她给蒋峤西拨了个电话去，他可能还在开会，没接。

到深夜十一点钟，他打过来，应该还在工作，他的声音听起来很疲惫，有些沙哑。"首付够不够？"他问。

"够是肯定够了，"林樱桃心疼道，"可你的钱不是都在基金里吗？"

蒋峤西说："这是之前存在堂嫂那儿的钱，堂哥没用，干脆在我们自己家存起来。"他想了想，"买个大点儿的房子。"

林樱桃笑了："要多大啊？"

蒋峤西笑道："等装修完了，我就能回去的那种。"

林樱桃觉得难过，蒋峤西每天在香港实在太累了，一天只有很少的时间能挤出来给她打个电话。蒋峤西又是那种自己一个人住就会完全忽视生活质量的人，他成日成夜地拼命工作，有点像是在冒生命危险了。

有段时间，林樱桃一度希望他不要再在投行做下去了。可蔡方元说，"大摩"是多少精英学子的毕生梦想，才干了一年就不干了，不可能的。"他也要多做几年，往后跳槽才方便嘛。"

蒋峤西需要在短期内迅速积累到一笔财富，林樱桃明白，他不想两手空空地回来，他走的时候太狼狈太仓促。

说再多心疼的话，也只会激起蒋峤西心中的懊悔：他没有时间陪她，所以让她一个人在家胡思乱想。

所以林樱桃什么都没说。

二〇一五年初，蒋峤西从香港打电话给樱桃和岳父岳母，一是说他已经递交了辞呈，但手上的项目还没有结束，他可能还要多留几个月，二是他今年没有办法回家过年了，他很抱歉。

到了一月底，又出现了变数，蒋峤西在摩根士丹利全球员工晋升名单中看到了自己的名字。

四月份，蒋峤西忙完了他主要负责的项目，把其余的转交给同事。他把之前没起效果的辞呈又递交了一遍。

二〇一五年六月，蒋峤西回到了久违的家乡。这时，距离他和太太林其乐最初约定的婚礼日期，只剩四个月。

§

香港是个闷热、潮湿的城市。

省城却干燥，有时一个月都不见一滴雨。

所以这天下雨的时候，蒋峤西一点儿准备都没有。

樱桃在微信里说："4S 店送了把伞，我放在储物盒里，你找一下。"

蒋峤西把车停进了车位，他翻储物盒，在樱桃塞进去的纸巾、充电器下面找到了那把伞。

最近连续一周都忙着开会，要不是樱桃前天开车出门买了个菜，恐怕他车里现在还什么都没有。

蒋峤西下了车，撑起伞，抬头看路对面那家幼儿园。樱桃发微信给他，问他今晚要见客户到几点。"还回来吃晚饭吗？还是弄点夜宵？"

已经是下午五点多了，陆续有家长过来接孩子。蒋峤西穿着下午见客户穿的那身商务西装，他在门口登记，然后举着伞随其他家长走进了园里。

白马班门外走廊上，助教和保育员正把孩子一位位交给打卡来接的家长。他们嘱咐着家长一些生活细节：马上是夏天了，小朋友比大人更易出汗，应该适当减衣，开始注意防晒。

走廊墙上贴着各种儿童蜡笔画，看来是园里创意比赛的优胜作品。蒋峤西站在和他膝盖差不多高的小朋友们中间，前后看了一眼，发现这画技普遍与当年的林樱桃不相上下。

白马班门口贴着今日课表，以及本班负责老师的介绍：外教、助教、保育员、音乐老师……

当然还有本班主教，在照片里扎着一束马尾，笑得阳光灿烂的林其乐，林老师，今年刚满二十五岁。

有老人家过来接孩子，从蒋峤西身边过去，老人家和保育员说："闺女，问你个事儿啊。"

"您说。"

"你们这个林老师，她是不是单身啊？"

保育员笑道："不是，您想给林老师介绍对象啊？她结婚啦！"

"啊？结婚啦？"老人家意外道，停顿片刻，她又问，"闺女，那你多大呀？你有对象吗？"

那保育员尴尬地哈哈直笑，说自己太年轻，刚毕业，还不想找。老人家忙介绍开了，说自己外甥条件好，人也好，长得也帅。"我就想他找一个你们这样的女孩，年轻，负责，工作稳定，还会干活儿。"

旁边助教送完手边的孩子，对老人家好脾气地说："您看我们现在会干活儿，因为这是工作，忙了一天回家，我们就不干活儿了！累都累死了，我下班连句话都不想和爸妈说。"

蒋峤西透过窗上的英文卡通窗花，看向了教室里：并不是所有孩子都在这时候放学，樱桃曾和他提过，有孩子的家长两个人都忙，都要加班，孩子自己待在园里安排的餐厅也寂寞，有时候，她会选择晚下班。

五六个小朋友坐在角落，小的三岁，大的六岁，他们围在几本画册前面，正懵懂地指读。夕阳的光照过来，蒋峤西望见了林老师的侧脸。

她穿了件泡泡袖短衫，一条垂坠的阔腿裤，头发梳成了简单的高马尾。她坐在孩子们中间，声音轻轻地，给他们读画册上的小故事。

六点钟，家长们带着孩子回去，走廊上没什么人了。保育员好奇地看了蒋峤西一眼："您是……哪位孩子的家长？"

蒋峤西忙摇头："我不是。"

"那您是来参观的？"保育员笑着说，小女孩脸蛋有些红，她看到了蒋峤西左手无名指上的婚戒，"我们老师要去开教研会了，你有问题问她的话，可以和其他家长去办公室等她。"

班里，已经有三位小朋友被赶过来的爸爸妈妈接回家了。林老师站起来，将剩下的孩子托给了助教，她收起手边的工作文件和笔，从教室侧门快步而出。

教研会从六点开到六点半，每个班的带班老师都去参加。蒋峤西没敢在走廊里逗留太久，怕被人当成什么可疑人物。

他拿着雨伞，站在办公室隔壁的会议室门外。

有人正在发言，林老师坐在圆桌边，翻着手里的工作笔记，她时不时拿笔写上两句，更多时候，她抬起头，大眼睛笑着，听同事讲话。

刚刚那位助教说，下了班，她连句话都不想说。

谁还不是这样呢。

但樱桃不是，林老师不是，林其乐老师好像一直有精力，起码蒋峤西的感受是这样。

临近结尾，林老师也开始发言，她声音不大，蒋峤西站在门边也没听清，她们似乎在谈自己班里的孩子，有谁出现了什么问题，要怎么解决，有什么沟通方法之类的。

会议结束了，老师们鱼贯而出。林其乐和一位年纪大些的女老师，像是主任，正说话。

"十月啊？还真不一定有时间，"主任说，"你领证这么久了，一直没办婚礼？"

林其乐手里抱着工作笔记，边走边笑："他工作太忙了，天南海北出差的。"

"那过年放假回来的时候不能办？"主任问。

林其乐一皱眉："好不容易放假了还要办酒啊！"

"你倒是心疼他，"主任笑道，看着很喜欢林其乐这个年轻后辈，"我还没见过你爱人呢，上星期回来的？"

林其乐出了门，点头道："刚回来没几天，回来也一样，还是天天忙。"

"你们这种……"主任说着话，视线一抬，停顿在了林其乐背后。

林其乐后知后觉，也转过身去。

蒋峤西站在门后，他一下子笑了。

"你是？"主任看着林其乐脸上漾满了笑，这个小姑娘惊喜得一下子偎到那位男士身边，马尾在肩头摇晃。

林其乐乍看到蒋峤西，不敢大声，走廊里安静，好多同事在附近。她压低声音问："你怎么来啦？"

蒋峤西看了看走廊外，低头说："外面下雨了。"

主任看着蒋峤西这张脸，这派头，这身打扮，再看林其乐这开心样子，不解释她也懂了，她说："专门过来送伞啊？"

还有几位家长等在林老师办公室。林其乐回去了，让蒋峤西坐在一旁等一下她，她赶快忙完就走。周围有同事伸头看，问："林老师，这是？"

林其乐坐回自己桌边，还没来得及解释。主任在门口问蒋峤西："你是小林爱人，是吧？"

林其乐办公桌上立着个相框，里面是去年过年时，蒋峤西放假回来，一家四口人大年初一拍的一张全家福。

坐在办公桌边的家长回头看了看蒋峤西，又看照片，他笑道："林老师，你老公本人比照片儿还帅嘞！"

蒋峤西坐在门边，听主任问了几个问题，越来越多的女老师经过门外，探头看他。她们或笑或惊讶，看林老师，又看蒋峤西。

"蒙氏教育主要就是混龄班，"林其乐耐心给身边的家长解释，"大孩子呢，会主动带小一点的孩子，小孩子会不自觉去模仿大孩子，观察大一些孩子的行为，这是给我们的孩子营造一个自我成长的空间。"

家长问："是不是有点像以前……我们油田幼儿园那种，整个单位的小孩都在一起？"

"对对，"林其乐忙点头说，"我父母是电建的，一样，我们小时候也在那种幼儿园里，孩子少，所以都在一个班，就像兄弟姐妹——"

她话没说完，桌上电话响了，她赶紧接电话，怕蒋峤西多等。

"欸，小瑾还在班里读绘本，"林其乐对电话里说，"助教老师在那边……好，你是六点五十过来？那我一会儿去班里看看。"

林其乐背上包，下班之前回了一趟白马班。她蹲下来，对那位叫小瑾的小朋友说了几句话，小瑾抬头看老师，膝头上摊开了一大本绘本，她睁着一双大眼睛，用力点头，两根牛角辫翘翘的。

助教老师蹲在小瑾旁边，用好奇的眼神看蒋峤西，她问林其乐："你老公来接你啊？"

林其乐解释："我今天早回去一会儿。"

助教老师笑说："没事！六点五十就到了，你先走吧！"

林其乐走在蒋峤西身边，她走路都不自觉踮起脚走，一直到出了幼儿园，过了马路，她坐进车副驾驶座里。

"你怎么来了啊？"她转过身问，忽然就没有老师的矜持了。

蒋峤西关上车门，车窗有贴膜，他拉过樱桃的手来，转头去吻她。

林其乐的手指抓在他袖口，逐渐又扶住了他的肩头。她坐在副驾驶座位上，膝盖不自觉折起来，鞋跟蹭在奔驰的车门内饰上。

时值六月，车里也热。

"我本来昨天就想来的，"蒋峤西垂眼近近地看她，吻结束了，蒋峤西额前的头发都被蹭了起来，他深呼吸着，笑说，"谁知道这么忙。"

"晚上不用见客户了？"林樱桃问他，"可我没做饭！"

林电工夫妇俩正在家里忙碌着，林樱桃一进家门，把背的小包包一丢："爸！妈！我们回来啦！"

在她身后，女婿蒋峤西正进门换鞋。

妈妈在厨房问："酱油买了吗？"

"买了！"林樱桃说，她接过蒋峤西手里提的超市袋子，快步进厨房去。

客厅电视机里正在重播《舌尖上的中国》。

林电工从厨房出来了，说："峤西啊，来来，你看这个请柬，要不要给你香港以前的上司、同事、同学和老师们送啊？"

林妈妈把菜装盘，和林樱桃说："你爸在家写了一天请柬了。"又回头说，"老林！你省着点儿写。人家从香港过来参加婚礼，你要报销机票安排酒店的呀！"

林电工在客厅说："孩子结婚，是很有意义的一天！我就是问问峤西，如果有什么关系很亲近的朋友，还是要请来的，一起见证孩子的幸福嘛。这个钱不能省。"

老两口一辈子了，年轻时候几乎不吵架，到老了，反而拌起嘴来。

林樱桃在厨房鼓着脸笑，听妈妈嫌弃道："你爸，越老越倔！"

蒋峤西把西装外套脱了，拿过岳父写好的婚礼请柬一张张看，又看了看那份拟邀名单——里面全是樱桃小时候在工地上的这个叔叔，那个阿姨，这个伯伯，那个奶奶。

他笑了，抬起头，正好看见岳母把热腾腾的菜端过来，他卷起衬衫袖口，连忙站起来接："妈，我来吧。"

§

林樱桃吃完了饭，歪倒在沙发里，头枕在妈妈的膝盖上撒娇。

妈妈伸手抚摸女儿的头，她的手心有一种父母辈人特有的热烫，覆盖在女儿的额头上，只听林樱桃小声道："妈妈，我好累呀……"

90后这代独生子女，从小被贴上"娇生惯养"的标签，如今，他们已经成为社会职场的新生力量。

"园里还好吧？"妈妈问。

林樱桃坐起来，凑到妈妈眼前，观察妈妈鼻梁上戴的老花镜。"妈，"她说，"你这周跟我们去看看眼睛吧。"

妈妈一听，皱起眉："不用！看什么啊，戴上花镜就好了。"

林樱桃鼻子一皱："还说我爸倔呢。"

主卧的灯亮着，蒋峤西在里面陪着岳父写字，手里拿着几张新请柬出来了。他想请的人很少，不像岳父一家——电建国企，偌大一个企业，人人都是老相识，谁家孩子结婚，所有人都随份子，林电工又是出了名的老好人，人缘好。

蒋峤西把请柬都收在一起，他穿回外套，对岳母说："我这周末陪樱桃去体检，妈，一块儿去看看吧。"

林樱桃也说："妈妈，我们一起去。"

林樱桃和蒋峤西一起下楼。她手里拿着要送给余叔叔一家人的请柬，蒋峤西则手提着爸妈要捎给余家的茶叶和菜籽油。这还是前段时间樱桃那个在青岛经商的汪叔叔送过来的。林电工说实在吃不完，分了一兜让樱桃和峤西带回他们小家去吃，另一兜拿给老兄弟余班长。

"妈妈年纪大了，就不敢去医院了，"林樱桃在夜里说，"明明小时候不是这样的。"总部小区，多的是长辈们在遛狗，在散步。

"樱桃！"路过的阿姨见到他们两人，热情叫道，"哎呀这是峤西啊，你从香港回来啦？"

三年前，总部小区里开始有传言，说林海风家的闺女林樱桃和总部前二把手蒋政的儿子蒋峤西，二十二岁领证结婚了。

很多人都不相信。

很快，林樱桃出国了，二〇一三年才回国。各种小道消息又被端上了不同人家的饭桌：林樱桃从美国回来，考了个美国证书，一个学幼师的，居然找到一份月薪上万的工作。她长得又漂亮，性格又好，从小看到大知根知底的，一时间到处是人想给她介绍对象，结果这时候林电工才说，自家闺女真的已经领证了，真的嫁给蒋家那个儿子，蒋峤西了。还是有人不信。那年夏天，林工一家和蔡岳蔡经理一块儿去看房，蔡经理还没定下要买呢，林家直接连首付都交上了。

蔡经理倒是一点儿都不藏着掖着："蒋峤西，从小就多有出息啊！聪明，脑子是真好，现在在香港大投行，一年少说一百万！我和林工看的那个小区就在林樱桃上班的幼儿园附近，贵是贵了点，以后上班多方便！你看林工这老丈人当的，一分钱首付不用出！女婿疼闺女啊，这都是我们看着长大的！"

林樱桃这个小姑娘，从小招人疼，谁都喜欢她。蒋峤西，当年群山工地早恋故事的传奇男主角，看起来也是真的很疼爱她。

两个人在总部小区里，走路还牵手。路边车灯一照，隐约就能看见婚戒。

"樱桃,什么时候办婚礼啊?"

"峤西这次回来就不走了?"

"我刚才遛弯儿还听门卫说呢,开进来一辆大奔,我心想肯定是樱桃回来看爸妈了!"

林樱桃一路上逢人便叫"叔叔""阿姨",她给蒋峤西介绍,因为他多半不认识,就算曾认识,也早不记得了。

人人都称蒋峤西一表人才,和樱桃,是郎才女貌。

电建人印象中的蒋峤西,很多时候并不是真实的"人"。

别的孩子打小玩玩闹闹,和大人们亲近得很,蒋峤西却很有距离感。他总是穿着校服,冬天套件黑外套,面色苍白,早出晚归,坐在他父亲的高档轿车里,去学数学竞赛。

他"有一位早夭的哥哥",自己也是"顶尖数学天才",明明能够"保送清华",却"自私自利,不知感恩,生生拆散了一个家"。

很多年里,小区年幼的孩子们都是听着"蒋峤西哥哥"的传说长大的。当然,大人们只敢讲述前半部分,把后半段完全略过了。

"那个孩子,古怪得很,爸妈的话都不听的,他妈当时被他气得开煤气自杀啊。"也有人私下议论,"林家那个小闺女,不一定拿得住他。"

§

开门的人是小表弟余锦。他已经十八岁,上高三了,戴副黑框眼镜,个头明显蹿高了不少,林樱桃都要仰视他。

"樱桃姐姐!"余锦下意识叫道,又见到林樱桃身后穿着西装的蒋峤西,他一愣。

余妈从屋里出来,热情道:"樱桃怎么来了!峤西也来了,哎呀,这么熟,还提什么东西啊,多少年没见了!"她的手一拍余锦后脑勺,"叫峤西哥哥啊。"

余锦根本没有小时候在群山工地见过蒋峤西的记忆了,但他知道他是谁,小区的人都知道。

余班长正在饭桌上吃着炒花生米,跟小车班邵司机喝着小酒聊天。他远远道:"闺女!来啦!"

林樱桃换了拖鞋,拉着蒋峤西过去。"余叔叔!邵叔叔!"她打完招呼,拉开椅子,坐在余叔叔身边。她把拿了一路的结婚请柬展开来,悄声问:"余叔叔,你和邹阿姨国庆节有没有空啊?"

余班长拿那双醉眼斜睨她,他端起酒杯,还没喝:"干吗啊?"

林樱桃甜甜地说:"来参加我和蒋峤西的婚礼好不好呀?"

余班长忽然冷笑了一声。

"我跟你说,小邵,"余班长转过脸,对邵司机严肃道,"我现在啊,是越来越不爱参加这个婚礼了。闹啊,乱!那么多人,乌泱乌泱,浪费时间!我坐那我都心烦,我跟你说,余樵结婚我都不想去!"

邵司机在旁边笑。

林樱桃拧起了眉头,好像不高兴。

"但是呢,"余班长话锋一转,又掉过头来看林樱桃,"这个林樱桃结婚,对吧,咱自家闺女结婚!怎么能不去啊?"

邵司机笑道:"余哥你再不答应,樱桃可就把这请柬给我啦——"

一桌人正笑呢,这时候,玄关的门被人从外面用钥匙一转,打开了。

接着是旅行箱滑在地板上的声音,有人回来了。

他不耐烦道:"妈!还有饭吗?"

余妈妈从屋里跑出来,惊讶道:"儿子!"

林樱桃在桌边扭过了头,看到余樵这个忙碌的空中飞人今天居然回家了。

余班长点了支烟,徐徐呼出口气,把打火机一放:"余樵!看看谁来了!"

余樵把旅行箱停在门边,脱下飞行员外套,他里头穿了件浅蓝色的制服短衫,挂着领带,肩上还有三道杠的肩章。他看见了餐桌旁的林樱桃和蒋峤西,还有桌上的大红色请柬。

"哟!"他意外地笑了。

林樱桃与两位叔叔聊天,聊婚礼的筹备,聊家里的情况,还有她工作上的大小事情。她说不知道邵叔叔也在这里,不然她就把给邵叔叔一家的请柬也拿过来了:"上面还写了小宝宝的名字!"

邵司机笑道:"已经不是小宝宝啦,你小弟弟都八岁啦!"

林樱桃一愣,很快她又笑了。

"对哦,我忘了……"林樱桃迷茫道,"他是〇七年出生的,已经八岁了!"

余班长把烟叼在嘴里,他嘬了一口,吐着烟看林樱桃,笑道:"时间过得很快啊,是不是啊樱桃。"

林樱桃心里顿时五味杂陈,她点头。

余班长说:"很快,你们这一代人,就懂我们看着你们长大的感觉了。"

余樵坐在客厅沙发上，正吃他妈妈现做的一碗烩锅面。

电视机开着，体育频道放的是 NBA 这一赛季骑士对勇士的总决赛重播。

蒋峤西来到余樵身边，坐在沙发上看电视。

小表弟余锦从卧室里出来了，他手里拿着本习题，另一只手里是支笔，高高戳在那里。

"哥……"他在旁边说。

余樵正看詹姆斯进球，抬头看他。

余锦一双眼睛在镜片后有点胆怯，还是问："你有空给我讲个题吗？"

他似乎习惯了什么事都问余樵。除了这以外，也没有别的方法能和哥哥亲近一些。

余樵皱了一下眉，回头继续看球赛。

蒋峤西坐在旁边，听余樵忽然来了一句："兄弟，帮我弟讲个题。"

余妈妈还在厨房里忙碌，见儿子把吃完的面碗端回来了："好吃吗？"

"挺好，"余樵说，"比机组餐强多了。"

余妈妈笑道："还是家里的饭好吃吧！"

余樵笑着出去了，他到蒋峤西面前，看着余锦问完题目，走了。

他看向蒋峤西，一个眼神示意他跟过来。

从小学到高中，蒋峤西和余樵这么多年同学，还曾经做过同桌。

可他们两人并不真的熟悉。

蒋峤西第一次走近了余樵的"生活"：书架上各种学生时代的篮球杂志、体育周刊、航天画册、雅思单词书……还摆着飞机模型，大大小小的奖杯奖牌，角落里还站着一个奥尼尔的可动人偶。

卧室门关上了，还是能听到林樱桃在外面与邵司机讨论八岁孩子如何教育的问题。

过去只会哭的小女孩，如今已经懂得这么多了。

"我也没给你们准备什么结婚礼物。"余樵抬头对蒋峤西说，他回头翻了翻他那张被母亲收拾得干干净净的书桌，拉开抽屉。

抽屉里躺着一个方形的小东西，镜面的，贴了褪色的贴画。蒋峤西一眼就认出来了。

余樵把它拿出来。

"这个东西，耳机没有了。"余樵看蒋峤西，"你自己配一个，回去听听吧。"

蒋峤西从余樵手中接过那个"结婚礼物"。

居然是林樱桃高中时常听的 MP3。

余樵家里人多，他的卧室是隔出来的一小间。他和蒋峤西两个一米八多的年轻男人站在这么小的地方，空气因为安静，而显得分外有压迫感。

"我忘了是你走的那天,还是高三毕业的时候,她把这个东西落我这儿了。"余樵看着蒋峤西,说,"我们几个人虽然和她一块儿长大,但你跟她结婚了,以后她也不会随便来找我们哭了,无论你们……再发生什么。"

蒋峤西看他:"还能发生什么?"

余樵在他面前,总维持着一副很不真实的友好表情。"我怎么知道啊。"余樵笑道。

蒋峤西忽然觉得,余樵才是那个最不喜欢他的人。

这才是他们两个人之间,始终很难真正成为朋友的原因。

蒋峤西说:"余樵,你是不是特别想揍我?"

余樵哭笑不得:"我揍你干什么?"

蒋峤西说:"我也不知道。"

余樵看他:"你知道。"

林樱桃在外面对余班长和邵司机说,现在的小朋友都特别时髦:"我们幼儿园排节目,六岁小孩儿,要唱一首英文歌,叫 See You Again。我都没听过,这什么歌啊?"

邵司机受不了似的,看余班长:"现在孩子这教育,六岁就会英语。"

蒋峤西站在余樵的卧室里,捏了捏手中樱桃少女时代听的 MP3。

他听见余樵在阳台接一通电话。

"我回家了,"余樵说话直截了当地,"家里来客人了……我妹和我妹夫……明天飞昆明,到时候再说。"

蒋峤西想,他确实就是那么不合格的男朋友。

但他不打算再做一个那样的丈夫。

余妈妈炸了虾片和酥肉端过来,香喷喷的。林樱桃咯吱咯吱吃炸虾片,拿了一片大的,给来到她身边坐下的蒋峤西吃。他们一群人围坐在一起,余奶奶睡了,没有出来,余樵坐在他爸对面蘸着椒盐吃酥肉,聊起去年失踪的那架马航飞机的事情。

邵司机问余樵,现在一个月能拿多少钱。

"两万多点。"余樵说。

邵司机对余班长感慨道:"现在这孩子,太能赚了!"

余班长在对面抽烟,看了看自己长大成人的儿子,又看旁边的蒋峤西和樱桃。

"这十多年,物价涨,"他轻声说,"可电建工人的工资,还和以前一样。"

余妈妈在旁边说:"算了吧,早就不如从前了。原先效益多好啊,过节什么东西都发,你看现在还发什么啊?"

林樱桃偷偷看蒋峤西，又看余樵。

余班长沉默着吸了口烟，说："变了啊，时代变了。"

余妈妈说："幸好咱们这孩子，个个都有出息。樱桃学了那么吃亏的专业，现在也找着好工作了。"

余班长忽然对余樵说："幸好你当初没听我的。"

余樵坐在对面，乍一听见老爹这句掏心窝子的话，笑了。

余班长眯起眼，对他说："你穿这身儿，还挺好看！"

邵司机问："余哥，你当初想让余樵干吗啊？"

余妈妈笑着说："想让余樵去电力大学，我们余樵才不干呢。我们余樵有自己的想法！"

余班长提议道："樱桃，等到你结婚那天，叫余樵去给你们当伴郎！就穿他这身儿去！"

蒋峤西听了这话，抬起眼，余樵正巧也看他一眼。

他们两人忽然都笑了。

余樵对林樱桃说："我去给你们开车吧，不是有那个，车队什么的——"

"领航员！"林樱桃对他说。

"对！"余樵说，"当领航员。"

林樱桃嫌弃他道："领航员是个车名儿！"

余樵呛她："毛病！"

林樱桃和余樵说，她现在上班的幼儿园可夸张了，下班门口来接的家长开的全都是豪车。

"现在有钱人好多啊。"

余叔叔在后面揉她的脑袋，大手掌扣在她头上："家庭幸福最重要。"

林樱桃和蒋峤西要走的时候，余叔叔非让他们提走一盒山鸡蛋，说是他以前的下属送来的。林樱桃摆手，说她不回爸爸妈妈家了："他们肯定睡了，我和蒋峤西直接回我们小家去。"

"就是让你提你们小家去的。"余妈妈说，她抬起头，笑着看蒋峤西，又看林樱桃，"以后啊，说你家，就是你和你丈夫的小家了，知不知道啊？"

林樱桃接过了山鸡蛋："谢谢阿姨，谢谢余叔叔！"

余锦在屋里头大声喊道："奶奶！是樱桃姐姐和峤西哥哥他们来了！"

林樱桃回头，忙说："不用叫余奶奶起来了！"

谁想到，余奶奶颤巍巍的，真从屋里爬起床，穿好拖鞋出来了。"樱桃来啦？"她问，被余樵扶到了林樱桃面前，她睁眼看了她一会儿，"樱桃啊！"

"欸，余奶奶！"林樱桃忙叫道，"你怎么醒了啊？"
余奶奶眯起眼，笑问："你说什么？"

林樱桃出了门，走下了几层台阶，阿姨还和她说："叫杜尚去给你们婚礼当司仪！你看他从小能说会道、能唱能跳的，还能演小品！"
林樱桃抬头笑道："我回去就问问他！"
余班长站在门里，喃喃说："这个林樱桃，怎么一点儿都不显大呢！"
余妈妈蹙眉说："是啊，还和在群山似的。"

林樱桃下楼了，她和蒋峤西一同往对面小区走，车停在了对面。
"你发现没有，"林樱桃突然说，她抬起头，"余奶奶好像真的耳背了，她听不清我说什么……"
蒋峤西将她搂过来。
林樱桃感觉很多东西距离她越来越近。
她把脸更紧地贴在蒋峤西身上，来抵挡那种陌生感。
"我好想回去当小孩……"她说。

§

他们都已经长大了。

蒋峤西开着车，行驶在省城的夜路上。
"每次来，都拿这么多东西，"蒋峤西小声说，"来吃饭就挺麻烦他们的。"
"没办法，"林樱桃坐在副驾驶，她穿着上班的衣服，头发却散开了，"爸妈觉得我们还小，什么都缺。"
林家人，做事一贯周到。樱桃受父母影响，性情中也有很随和的一面。
只是蒋峤西并不是个随和的人。
岳父岳母头发开始斑白，蒋峤西感觉那是他肩上的一份责任。
他长大了，不再是那个坐在林家的饭桌旁，被叔叔阿姨照顾的小男孩了。
"我们还是少去吃饭，"他说，窗外霓虹扫过他的下颌，"让他们操心，觉得我们长不大。"
樱桃说："可他们也想我们的。"
蒋峤西垂眼，看见樱桃在低头整理那些要给同事送去的婚礼请柬。

林樱桃抬起头，看向他："我觉得爸爸妈妈喜欢我们还是孩子，还需要他们照顾的样子。"

蒋峤西手握着方向盘，他喉咙动了动，没再说话。

"哎，你看外面！"樱桃忽然手扶住了椅背。

正等红灯，蒋峤西朝外望了一眼。

只要和樱桃在一起，再平凡的生活，似乎时刻都有新鲜事发生。

"那家大酒店，你看见了吗？"林樱桃在旁边问他，"那就是卫庸开的酒店！"

"谁？"蒋峤西问。

"卫庸。"林樱桃说，"你忘了？"

"以前在群山工地，像个流氓的那个人，成天欺负人，骑个自行车，从来不学习。"林樱桃坐回座位里，讲，"以前我爸爸说，卫庸不像没出息的孩子，我还不相信。结果他现在混得可好了！你知道吗，他女朋友特有钱，他们除了开酒店，还开了家酒吧！"

蒋峤西轻声笑了："这么厉害啊。"

林樱桃点头道："杜尚心里可不平衡了！"

老同学费林格通过一位猎头大哥，加上了蒋峤西的微信。他开玩笑说，一开始以为加错人了，怀疑是不是谁弄了张蒋峤西在摩根士丹利的照片好骗人啊，结果看了眼空荡荡的朋友圈，又觉得这就是蒋峤西本人没错。

"你回来这么多天了也不联系我！"费林格热情道，"明晚有个餐会，好多投资圈的大牛都去，你要不要去，我好久没见你了。"

蒋峤西正在一家售后维修中心坐着，太阳快落山了，他一边等待一边回复客户邮件。看了眼微信，他回道："我不一定有时间。"

费林格说："我有挺重要的事情要跟你说，真的，你来吧！"

客服工程师过来了，用手帕包着那个MP3，坐到柜台后面。他对蒋峤西说，这是十年前的机器了，电池早已经停产了："维修的意义不大，机器内部的存储文件还是在的，你需要吗？"

蒋峤西捏着这个MP3走出来。下台阶的时候，他手指在樱桃当年贴的褪色贴画上摸了摸。

记忆里，樱桃学生时代总听这个MP3，她上学路上听，放学之后听，晨读自习课听，课间休息时也听。蒋峤西有时好奇她在听什么，因为她从不和他分享。

包括蒋峤西最后一次看到它，那是高二暑假，去往北京夏令营的火车上。蒋峤西又开始百般暗示林樱桃学一下托福，可樱桃逃避他的话题，索性戴上耳机不再理会他。

蒋峤西坐进车里，发动了车子。他把手机划开，点进刚收到的一连串名称混乱的音频文件，连上车内蓝牙。

他踩下油门，驶出停车场。

车内音响开始播放了。

"This is the recording for the TOEFL practise tests. The material on this recording has been taken from prevails administrated TOEFL tests..."

林其乐刚开完了教研会，出会议室的时候，年轻同事还在问她怎么备考托福。

"现在不是可以去北京中心学了吗？"林其乐说，以为对方要参加 AMI 的教师培训。

同事皱眉道："不是我，是我姐的孩子啦。十七了，非想出国，在家哭着喊着不愿高考了，结果英语又不好。"

林其乐哑然失笑，一脸了然："哦……"

同事说："我就记得林老师你英语特别好，你和我说说，你英语怎么学的？"

林其乐坐回办公室座位，她为难道："学……我英语也不大好吧，原来基础也差。"

同事说："我听说你托福第一次就考了 103！"

林其乐皱眉道："我也不知道怎么就……"

"多听？"她想了想，犹豫道，"多看，多学？"

同事苦着张脸，明显这不是家里孩子想听的答案。

林其乐无奈地冲她笑，她也没有什么速成方法。

已经六点半，林其乐还有一位家长要见。这学期快结束了，下学期的新生名单还没有完全敲定。林其乐抓紧最后的时间抄写今天的工作记录，还要录入电脑，编成教学案例，能做完就不用带回家了。

那位家长过来了，是位年轻丰腴的女士，林其乐瞧着她和自己差不多年纪。

她的孩子今年刚满三岁，是全家人的小宝贝。

林其乐请助教帮忙给这位家长倒了杯茶，她开始翻小朋友的报名表，还有健康报告。园里名额有限，林其乐也不希望过来的家长太失望了。

"林老师，你真年轻啊，"那家长热情地说，"一点儿都不像二十五岁的，像高中生似的！"

林其乐点头，低头笑着翻表格，她已经习惯家长们的客套了。

"真的，看你这胶原蛋白！"那家长羡慕道，"我今年也二十五啊，特别是生完孩子，感觉怎么补都没用了。林老师，你平时都是怎么保养的啊？"

449

林其乐看完了表格，她抬起头，想问家长几个问题。

那位家长却安静了，她扭过头，盯住了林其乐桌上那张全家福照片。

家长看照片，又盯林其乐的脸，又看那照片。她问："这一位，是你男朋友吗？"

林其乐眨了眨眼，不明所以，用笔一指："我老公。"

那家长轻声问："他叫蒋峤西？"

林其乐一愣。

还没等她点头，那家长顿时惊喜道："可太巧了，哎呀，他是我初中同学啊！"

时隔八年，再听到过去的老托福听力录音，蒋峤西迟迟没能回神。

播音员念完二〇〇六年的听力材料，开始念二〇〇五年的。蒋峤西清晰地记得，他是二〇〇七年初考试，那时候托福刚改版不久，能找到的听力文件都是旧的、老的、从前的。

窗外的后视镜映出蒋峤西的脸，他的脸紧绷着，一副茫然无措的样子。

钢琴声前奏乍一响起的时候，蒋峤西暗暗松了口气。

他以为听力终于结束了，可以听听樱桃那时候喜欢听什么流行歌了。

千禧年的新人女歌手唱道："我的小时候，吵闹任性的——"

然后音乐戛然而止。

伴随着刺刺啦啦的摩擦音。

"……再唱一次……你再唱一次嘛！"

是小女孩十几年前的哀求，被录进了旧磁带不完美的音轨里。

前方红灯切成了绿灯，映在蒋峤西忽然湿润的眼眸中。

于是十几年前的小男孩轻轻哼唱起来。

  Like a bird on the wire,

  Like a drunk in a midnight choir,

  I have tried in my way to be free.

  如果我曾不友善，但愿你能试着释怀；

  如果我曾经欺瞒，那是我以为爱中也必有谎言。

  像未能降生的婴孩，像长着犄角的野兽；

  我刺伤了每个对我敞开怀抱的人。

  谨以此歌起誓……

那位家长坐在办公桌边，向周围的老师激动地介绍起了林老师的丈夫，也就是她昔日的初中同学"蒋峤西"的传奇事迹——奥数国奖,保送清华,放弃国际赛,远走香港,现如今是大摩精英。

"就是电视剧里那种男的!"

林其乐被她说得,脸颊绯红,不知说什么好了。同事在旁边探头问:"真的啊?小林老师她老公那天来了,人看着挺低调的啊。"

那家长拍了一下膝盖上的 Birkin:"蒋峤西就是这样的!他以前上学都不说话的,他本人是很低调啦,但有关他的事都特别高调,哎,那时候多少女生为他疯狂啊——"

主任走过来,笑着推了推林其乐的肩膀:"小林,你不错啊!啊?"

同事都跟着起哄,林其乐捂着额头,肩膀塌了下去,她有点受不了。

那家长说:"还有好多神奇的事呢,那时候,不止外校的、竞赛班的女生喜欢他,还有外地的,从乡下来的小女孩,就为了追蒋峤西,专门追到我们学校门口来——"

林其乐扑哧一声笑了。

"小林,快说说啊,你这样的老公怎么谈上的?"主任双手抱在胸前,严肃认真道,"得教教你同事,我们这一屋子小姑娘个个优秀,都还单着呢!"

林其乐红着脸抬起头来,她不好意思地对主任说:"她说的那个人就是我……"

"什么?"主任一愣,旁边同事都没听清,朝她看过来。

那家长看着林其乐老师忍着笑,扶着额头,像讲个笑料:"那个追到校门口的……就是我。"

直忙到七点多,林其乐把孩子的资料登记完了,请家长回去等园里通知。那位家长脸上又喜又忧的:"哎呀……看你们老师下班以后,在办公室气氛还这么好,就知道对孩子肯定坏不了……"她为难道,"林老师啊……我、我刚才不是想说你是……"

林其乐笑着,用力摇了摇头:"没事。"

终于能下班了。林其乐背上小包,从办公室出来,她正给蒋峤西发微信,问他几点回家,余光往楼下一瞥。

一道身影正仰头朝办公室这里看过来。

林其乐走到走廊边,忽然看到他。

蒋峤西双手揣在裤兜里,他站在楼下的小花园里,不知等了多久了。他眼眶发红地对她笑着。

林其乐跑下楼梯,不知他为什么今天又过来接她下班。

"你怎么又来了?"她问。

蒋峤西的手从裤兜里抽出来，林其乐一过去，忽然被他握住腰，就这么生生抱离了地面。

林其乐吓了一跳，鞋跟翘起来，她急忙扶住蒋峤西的肩膀。"你干什么啊？"她惊慌笑道，马尾绕了一圈，落在颈窝里。

有同事在楼上起哄："林老师！"

林其乐完全不知道蒋峤西怎么回事，她被蒋峤西用力亲了一下脸蛋，被他的胡茬扎在脸上，然后被他放了下来。

"什么……"她今天笑得脸都累了，站稳后她轻声问他，"你干吗呀？"

蒋峤西低头看着她，眉头蹙着，嘴角却笑，蒋峤西衬衫上面的扣子解开了，不是去见客户的样子。

§

蔡方元给蒋峤西打来电话的时候，他的手机放在驾驶座手边的储物盒里，响个不停。

林樱桃喘不上气，脸颊都是汗，躺在后车座里，她脚上的低跟鞋掉到了车门外的车库地面上。

她抬起手背挡住眼睛，小声提醒他："有电话，电话来了……"

蒋峤西并不去接。

林樱桃紧张得不敢出声，那手机铃声越来越响，他拼命吻她，她缩着抱住了蒋峤西的脖子。

"樱桃……"他的声音压在耳边。

车胎不断弹压，来应付车身持续不断的不平稳。

"你怎么了啊……"她又问他。

林樱桃头发乱了，坐在座位边，低头理自己的裙子和衣领，她的小腿颤抖，幸好上班只穿低跟鞋，尽管这样，她还是一站起来就腿软，蒋峤西在车门外扶住了她。

他在车外又抱了她一会儿。

蔡方元打了好几次电话给他，终于通了。

"兄弟！"他说，"那什么，我明天下午回省城，晚上咱约着见个面？你有空吗？"

蒋峤西刚洗完澡，短发还是湿的，他一脸不快，随便穿了件T恤，开车找小区附近的超市。

"什么？"他没听清。

蔡方元在那边纳闷，问他："你干吗呢，忙了一晚上啊？"

蒋峤西走进超市里,他目标明确,找了两盒避孕套就去付账。

蔡方元又把他的事儿说了一遍,说什么明天下午他要回省城,有个投资人餐会,就在卫庸开的那酒店里办云云。蒋峤西也没听清楚,但是蔡方元问,他就答应了。

蔡方元的电话刚挂,樱桃的电话又打进来。

"怎么了?"蒋峤西问。

"你帮我买杯奶茶……"樱桃闷声说,像刚睡醒。

蒋峤西一皱眉,他都快开进小区了,这就要到家了。

他没脾气地在小区门口转方向盘调向。

"还要买什么,快说。"他问。

§

蒋峤西生命里一直有个很长远的目标:逃离家,逃离这座城市,逃离他的过去。但最终,他回来了。

他正在蔡方元叫他来的那个餐会上与几位基金经理聊天,忽然身后有人叫他的名字。蒋峤西转过身,看见许久未见的昔日同学,费林格,穿着身西装,笑容满面地朝他走过来了。

蒋峤西把前一天收到他邀请的事情给忘了。

费林格志得意满,面对蒋峤西,他永远满怀热情。

他身旁还带了位女伴,蒋峤西有些意外。

岑小蔓抬起眼,凝望着他。

岑小蔓本科毕业自美国加州大学戴维斯分校,读的是东亚语言文化专业。据费林格介绍,小蔓回国以后,在电视台先后主持了几档文化访谈节目,人气相当高,颇受才子欢迎。

附近的几位男士放下酒杯,忙不迭过去递上名片,做自我介绍。

蒋峤西站在原地,没言语。他看着费林格与在场的人交换名片,听他笑着解释:"不不,小蔓怎么会是我的女朋友,好同学,老同学!我们俩和蒋峤西,我们仨从小学一年级起就是同班同学了!"

岑小蔓拨弄了一下耳边的卷发,她眼眶忽然有些泛红了,和蒋峤西看她的目光对上。

费林格找了个借口,将几位经理请去了一边,留出一片空隙。

岑小蔓独自站在了蒋峤西面前。

她想让蒋峤西看看她,只看到她。

蒋峤西露出一个微笑:"老同学。"

他的语气温和、轻轻的,不复学生时代的冷淡。连他的表情也是笑的。

岑小蔓不知该不该高兴,她不知道这代表什么,蒋峤西以前那么不喜欢笑,他似乎变了很多。

"好多年没见你了,"岑小蔓微笑着说,"之前去美国读本科,还以为能够和你一起——"

蒋峤西点头。"可惜,我没去。"他说。

岑小蔓咬了咬嘴唇。

"我知道,你家里出了意外——"岑小蔓话音未落。

"不想再让你们找到了。"蒋峤西说。

岑小蔓一愣。

"什么?"

蒋峤西那双眼睛素来没情绪的,此刻忽然弯下去,仿佛刚才只是和她开了个无伤大雅的玩笑。

岑小蔓皱眉看着他。

"你现在怎么样?"蒋峤西问。

"我……"岑小蔓吞咽了一下。

"过得好吗?"他问。

"我一直都很想你。"岑小蔓抬眼看他。

她长这么大,从未如此明确表达过自己的想法。

很多年里,她都是蒋峤西身边唯一的那个"女孩"。那时候他们年纪很小,懵懵懂懂,因为她成绩优秀、乖巧又听话,父母又都认识,蒋峤西的母亲梁虹飞阿姨便默许她和蒋峤西做朋友。

这仿佛一种特权。从小学、初中到高中,岑小蔓一直在蒋峤西身边,与他形影不离,加上费林格三个人,每天一起上学、放学,一起吃饭,上竞赛班。不仅全校同学,连老师都说岑小蔓和蒋峤西是"金童玉女"。

只是蒋峤西很少表态,他几乎不理会她,不正视她,不称赞她,也很少认可她。不过蒋峤西的性格就是这样的,连费林格也说,蒋峤西对谁都是那样的。

蒋峤西听了她这句心迹,垂下睫毛。

岑小蔓抿住嘴,她不知道蒋峤西会对她说什么。

"我结婚了。"蒋峤西忽然说,他拿着酒杯的手指上一直戴着婚戒,没遮挡过,"我没和你跟费林格说,你们应该挺忙,估计没时间过来。"

费林格在窗边和人热热闹闹地聊天，余光偷偷望向餐会的另一个角落。

小蔓和蒋峤西好像聊得正投机，看蒋峤西的神态，似乎心情不错。

就是啊，费林格想，那个林其乐算什么——但凡是男人就有眼睛。蒋峤西以前只是个学生，光学数学，现在算见过世面了。

就算真像传闻中说的，领证结婚了又怎么样，费林格想，大把的人年纪轻轻结错了婚，说离就离，他们至今连婚礼都没办，说不定早后悔了。

"我……我确实听人说起过……"岑小蔓蹙起眉，"但，你真的结婚了？"

蒋峤西亮出左手，他手上的婚戒很明显。

蔡方元穿着一身西装，从外头进来，刚准备找人，忽然一挺扎眼的美女从他身边快步离场了。

蔡方元看见站在对面的大帅哥蒋峤西，他抬起手摆了摆："蒋经理！"

费林格原本答应了岑小蔓的妈妈，今晚要一直陪着她，可小蔓执意要走，而费林格还没和蒋峤西说过话呢。

费林格沿着走廊，一路追出了酒店大门，他在岑小蔓身后拉她的手臂："小蔓，你冷静点儿……蒋峤西就算结婚了也没什么意义的，梁阿姨根本就不会同意，他们肯定要离婚的，你和他，你们值得最好的——"

岑小蔓被费林格拉回来了，她的脸颊不知何时淌满了泪，她抬起头，看费林格。

费林格心疼坏了，面对小蔓的泪眼，更手足无措，不知该说什么，他忙低头摸手机。

"我……"他说，"我现在就给梁阿姨打个电话——"

岑小蔓忽然问："你现在还能打通梁阿姨的电话？"

费林格愣了愣，他抬起头，看岑小蔓。

岑小蔓惨惨一笑，车流在她身后的街道上飞快驶过。"梁阿姨从来就没有管住过他。"

§

蒋峤西在餐会上，与老朋友蔡方元，还有几个投资人站在一起，听蔡方元眉飞色舞地讲笑话。

蔡方元对身边人介绍说："我和蒋峤西，我们俩可是真发小儿！以前在一个工地的，我跟他，还有他太太，我们几个一块儿长大的！"

旁边的人好奇地问："什么是工地啊？"

蔡方元说："就是项目部工地，建电厂的——"

蒋峤西耐心解释道："我们都是电建子弟。"

有投资人说："我知道，我亲戚家就是电力系统的！说不定跟你们父母还认识！"

费林格站在酒店外，他透过了玻璃，皱起眉看人群中的蒋峤西。

手机一响，是岑小蔓的母亲发来短信，说小蔓刚刚已经到家了。

"林格，小蔓是个倔姑娘，有劳你了。"

费林格低头翻手机，翻到了半小时前他发给梁虹飞阿姨的短信，如果不是小蔓特意提到，费林格也不会特别注意，他过去几年发给梁阿姨的拜年短信，早都没有回音了。

费林格印象中的蒋峤西，从不是眼前这种随和、亲切的样子。过去，蒋峤西总是神情阴郁，每天除了学习，就是上奥数课。费林格和岑小蔓很少与他说话，怕打断他的思路。

他们就像是蒋峤西身边的左右护法，维持着他周围空气的"纯净"。那时他们很小，梁阿姨说的话，听来就像圣旨，那圣旨又是那样正确：蒋峤西是天才，要参加数学竞赛，在学校不要让人打扰到他。

分明只是小孩子，却被赋予了奇妙的"特权"，尽管费林格也不明白这种"特权"意味着什么。蒋峤西从未表现出任何意见，他每天沉默地与他们一起放学，沉默地去学奥数，沉默地共处。

不知不觉间，从小学、初中到高中……他们共同走过了这沉默的十二年。

中间只有几次，蒋峤西对费林格黑了脸。

那是初中二年级，费林格又拆开了蒋峤西抽屉里收到的情书，他乐于看这个，他肩负着"保护蒋峤西"的任务。结果那信的内容不仅梁阿姨知道，一时间所有人都知道了，都笑。蒋峤西考完试回来，他看到了那信的残骸，他看费林格的眼神就仿佛他好不容易等到的一朵小花开了，被费林格一阵风就给吹败了。

蒋峤西和几位投资人互加微信，忽然收到樱桃的消息，樱桃问他几点回家："在那里吃饱了吗？用不用给你准备点儿夜宵？"

蒋峤西回复道："一口没吃。"

林樱桃问："怎么不吃啊？"

蒋峤西说："都不吃，没人吃。"

林樱桃说："趁他们不注意，偷吃几口！"

蒋峤西说："我感觉这东西不大好吃。"

蔡方元在外面走廊上正接电话。

"你听我说啊，"蔡方元站在花瓶旁边，对手机那头的策划说，"你还记不记得咱们小时候玩的那个，小浣熊水浒卡！什么水浒、三国的……当时为了集那个卡，都成箱成箱买干脆面！对吧？把这个做成游戏不成吗？"

策划在手机里顿了顿："这……怎么玩啊？就光收集卡啊？"

"你不会自己想啊？"蔡方元简直一个头顶两个大，他原地转了一圈，低声说，"前几天那个，就你扔了十多万那个，AKB什么马友友！你自己思考一下！发散一下思维！你把钱都花哪儿去了？为什么你要花这个钱？……哎！对！为什么你们这群人要花钱砸进自己压根碰不到的东西、泡不到的妞身上！！你想啊！！使劲儿想！！你做游戏你就要想啊！！"

忽然身后有人远远招呼他："蔡大总裁！"

蔡方元胖胖的身子一转，手里还拿着手机，他惊讶道："哎哟，卫大老板！"

§

酒店老板，卫庸，在餐会大厅旁边开了一个小单间，里面没什么人，清清静静的。他与蔡方元正聊天，蒋峤西一进门，卫庸忙站起来，热情友好地和蒋峤西握手，招待他坐下。

"总部小区的房子卖早了啊，"卫庸对蔡方元感慨道，"我听说那边儿要修个公园，房价怎么得提个一两千。"

蔡方元提壶给蒋峤西倒了杯茶，问他刚才喝酒了没有，蒋峤西摇头，说他还要开车回家。

蔡方元看了他一眼，笑了笑。

"你行了吧，就你现在还缺这点儿钱？"蔡方元对卫庸说。

"蒋峤西，"卫庸突然从对面挑起话题，"我跟蔡方元我们哥俩在群山的时候挺熟的，跟你，好像从没说过话。"

蒋峤西忽然想起昔日在群山，卫庸几次骑着自行车从他们身边过去，那时，蔡方元总是瑟瑟发抖地躲在余樵身后。

蒋峤西冷不丁说："我觉得你很像一个人。"

卫庸哈哈笑了："我知道了，是不是林樱桃说的，说我像丑了吧唧的刘德华！"

蒋峤西看了蔡方元一眼，说："像我在香港的那个房东。"

蔡方元登时一拍桌子，又仔细瞧卫庸的脸："我去……你和我第一个投资人简直了，流失海外的亲兄弟啊！我得介绍你们俩认识一下！"

外面的餐会渐渐散了。卫庸倒了点儿小酒，和蒋峤西、蔡方元聊起了当年的事。

"现在想想，真怀念啊。"他笑道，"我刚到群山的时候，工地上人还没那么多。一到周末，林叔叔，就林樱桃她爸，就是你岳父！"他对蒋峤西说，"带着我们几个小男孩，那时候你们俩还都没去呢，我们几个骑着自行车，一块儿去钓鱼！哎呀，晒脱我一层皮！林叔叔，真是好人，钓着鱼，光给我上课了，巴拉巴拉讲一堆人生道理，你说水池子里那鱼它怎么可能咬钩吧！"

蔡方元笑起来，看了蒋峤西一眼。

卫庸对蒋峤西说："你刚转学到群山的时候，我印象特深。林樱桃那小丫头，有一天气势汹汹来找我，扎俩辫子，掐着个腰，让我一定不能欺负你。"

蒋峤西抬起眉，哑然失笑。

卫庸很无辜地纳闷道："我心想，我也没成天欺负谁啊！我不就，有时候逗一逗我方元老弟吗！"

蔡方元在旁边捂住脸笑了。

蒋峤西从酒店出来了，独自走向停车场。他拉开车门坐进车里，从裤袋拿出刚刚收到的那些名片，一张张翻。

翻到费林格那一张，此时再看到这个名字，好像也没有过去那么令人不快了。蒋峤西把这些名片在手边敲了敲，放进储物盒里。

手机在旁边振动起来，蒋峤西拿了根烟叼进嘴里，他想告诉樱桃，他现在就回家了。

拿起手机，却是一个陌生号码发来的短信。

"蒋峤西，如果我没有认识过梁阿姨，如果我们只是普通同学，你会喜欢我吗？"

蒋峤西低着头，屏幕上这一行字映在他的瞳仁里。

林樱桃得知那餐会居然是在卫庸的酒店里开的，她说："快回家，不要在那里待了！"

蒋峤西开着车，说："干吗，还怕我被人欺负啊？"

§

林樱桃常年和孩子们待在一起，虽然懂得了成人世界的规则，心思未免还是单纯。

"你说我这累死累活考上医学院是为了什么啊，"杜尚值着夜班，边吃面，边和林樱桃打电话，"赚着卖白菜的钱，操着卖白粉的心。看人家卫庸，打小不学好，从来也不学习，人家怎么就混得那么好啊？"

林樱桃倚在沙发里，仔细剥着开心果，看《杉杉来了》重播。

"我哪知道啊，"她说，"人家有的人生下来就是熊猫血，就能认识大总裁，运气好呗！"

"你说咱努力上这么多年学有什么用啊？"杜尚气愤道。

"你……也不能这么说……"林樱桃讲，"就咱们这种普通人，当初不努力学习，混得肯定还不如现在呢。"

杜尚想了想："你说的有道理。"接着闷头吃面。

"而且啊，"林樱桃把电视声音关小了，她端着手机认真道，"你不是从小就想当医生吗？你已经梦想成真了，杜尚，这不挺幸运的吗……"

杜尚听了，沉默了会儿。

"你说的也对吧，"他轻声道，顿了顿，"但是啊……"

"怎么了？"林樱桃说。

"但是呢，"杜尚说，"真进了这行以后，和进这行之前，那感觉真是，一点儿都不一样……"

林樱桃转过头，她能听见蒋峤西在书房里和人开电话会。

"我明白你的意思……"林樱桃小声说，"但……都是不一样的。"

"以前的理想，是我们小时候想象中的理想，本来就是一知半解的。"林樱桃说，"我大学刚实习那会儿，也特崩溃，觉得理想和现实也差距太大了。"

"但是，"她又说，"这就是我们自己选的，就得面对。"

"我现在吧，每天这日子过的，"杜尚轻声道，"就差不多是你实习时候的感觉……平时在学校接触的呢，都是和咱们差不多的人，你知道吧。到了外面，各行各业……自从我们院上回出了那个打人的事，我跟我师兄弟现在每天记得最清楚的是什么啊，是那个逃生路线……"

林樱桃听他喃喃自语："我到底为什么来当医生啊？"

"真的有这么严重啊？"林樱桃问。

"很严重啊，"杜尚无奈道，"你看我们，甭管读得好不好吧，都是读了八年才读出来的，好好上着班，忽然被个社会闲散人员打成瘫痪了，你说这谁不害怕？"

林樱桃说，应该在医院门口配套盖派出所。

杜尚说："不是那么简单。"

林樱桃说："他打你，你还手啊。"

杜尚说："那成'互殴'了，还得起手吗？"

"幸好我小时候，医患关系还不像现在，"杜尚感慨起来，"不然在我爸那儿挨了打，来了医院一看，嚯，医生也在挨打，你说这还有正常人吗？人长了张嘴不是用来说话和沟通的，干什么就只会打人呢？"

"可确实有的人,他就是不会沟通啊。"林樱桃说,"我就见过有的家长很疼孩子,很爱孩子,但他们还是会打孩子,因为他不知道该怎么办,不知道怎么和孩子沟通——杜尚,你相信吗,不是每个人都是你和我这样的……"

"你那意思是,"杜尚冷笑一声,"那些打人的人,他其实挺尊重我们?并不是真想打我们?"

林樱桃被他这么一问,蒙了。"我的意思是,"她斟酌着字句,"我觉得如果他们也有一些能力,接受过更多的教育,知道怎么沟通,知道怎么不靠打人来解决问题,知道打人不对,他们可能就不会这么做了。"

"你太天真。"杜尚忍不住说。

他用筷子搅了搅最后一口面条,吸溜着吃完了。

"樱桃,"杜尚说,"你看到一个人做了坏事,你总觉得他是缺少教育和帮助。是,你是老师,你可以这么想。但你知不知道,这天底下有的人做坏事,没别的原因,就是因为他坏!你见的混账人还是太少了!现在教育普及率多少啊?怎么别人不去犯罪就这些人犯罪呢?以前满大街都是文盲也没见人人都坏啊!"

他又说:"你们老师,再怎么努力,也教育不了所有坏人,就像我们医生,再怎么努力,也治不好所有的病人!"

林樱桃抿住嘴唇,不出声了。

"你看看咱们这几个人……"杜尚安静了一阵子,情绪泄下来,"一个你,读师范,一个我,学医,都是又忙又累又挨骂又没钱……蔡方元,大老板当着,余樵,大飞机开着,我这点苦水也就只能和你说说了。"

林樱桃一直知道,她和杜尚之间,有太多共通之处是与性别无关的。

"你现在好了,毕竟留学回来,去了个好点儿的幼儿园,"杜尚说,"还是一样教孩子,能做你想做的,你看看我……"

林樱桃说:"你有没有想过,去香港的那种私立医院——"

杜尚说:"想什么呢,要是连我这种人都去私立医院,公立医院还有人看病吗……再说,私立医院病人才多少,我还是新手呢。"

林樱桃在沙发上躺下了,电视上演着梦幻偶像剧,可他们面对的现实却丝毫不梦幻。

"杜尚,"林樱桃念叨,"你觉得我们这样一天天过,有价值吗?"

杜尚想了一阵子。

他讲起一件事,说他们医院有一个病人,小男孩,才上小学,自从在杜尚他们主任的门诊看过病,每回来复诊都黏着杜尚。

"他说,他长大了想当医生,"杜尚纳闷道,"我说你再斟酌斟酌吧,我小时候也是这么被骗进来的，当时身边都没人劝我！"

林樱桃对着电话笑了。

杜尚也笑，他叹了口气。

"这可能就是命。"杜尚说。

"其实我觉得挺好的……"林樱桃喃喃道。

杜尚说："哪儿好啊？"

"无论你，还是我，"林樱桃说，"我们就不是那种能去经商、炒股、赚大钱的人。"

杜尚听着。

"就我们这种性格，"林樱桃嘟囔，"就不适合去做那种事，就是去做了，也不会快乐的，很可能也根本赚不着钱，还会倒贴钱，会被人坑钱——"

"也不至于这么惨吧！"杜尚说。

"怎么不至于啊。"林樱桃说，"我要不是走了狗屎运，认识了蒋峤西，我现在每个月肯定就拿三四千块钱，可能天天回家哭，哭得比你还凶呢……"

"哦不对……"林樱桃想了想，又说，"我要是不认识他……我现在可能还在群山，因为初中时候不好好学习，光玩，也考不上什么好高中……现在不知道干吗呢！"

杜尚立刻说："你不会的。"

林樱桃说："怎么不会啊？"

杜尚说："那按照你这么说，我要是不认识你们，要是没有叔叔阿姨当年照顾我，我岂不是肯定就要被我爸打死了。"

林樱桃一愣。

"没有这种如果，"杜尚说，"樱桃，你今天得到的一切都是你努力过，靠你的头脑、汗水，应得的。就算有运气的成分，你也抓住了。我也是，如果没有别的叔叔阿姨，我难道就一辈子打不过我爸吗？没有别的办法改变命运吗？我就必死无疑吗？"

林樱桃附和他："肯定不会一辈子都——"

"对啊，就像我现在，"杜尚说，"我也肯定不会一辈子就拿这么点工资，我们这行，就熬嘛，等我将来也熬成主任大牛了，我雇俩保镖站门诊口，我看谁敢揍我！"

林樱桃笑了起来。

"你这不都挺明白的吗！"她说。

她原本还不知道要如何安慰他。

"不过真有什么事，你可得跑快点儿，"林樱桃说，"学了这么多年吃了这么多苦，万一还没变成大牛——"

"那肯定的，"杜尚站起来，端着面碗去丢，他说，"我还要给你们婚礼当司仪呢……"

深夜的病房走廊，时不时还有病人和家属经过，这里称得上是人世间最残酷的地方之一。

杜尚悄悄走着猫步，苦中作乐："你说我在你们婚礼上唱个什么歌儿好呢？"

§

七月，林其乐所在的幼儿园快放暑假了，同时，一批孩子即将毕业。园里安排了毕业典礼，要孩子们展示才艺，家长配合亲子节目，还安排了电视台和本地报社的采访。林其乐老师忙得焦头烂额，饭顾不上吃，水顾不上喝，除了排节目，手边还有一系列繁杂的书面工作要做。大孩子的成长记录、毕业寄语要写，教学案例还要整理，主任给的论文任务催得紧，一边还要应付家长们对新学期入学名单的关切。

忙到夜里八九点钟，同事们住得远的，背起包来，要去赶地铁、公交车。林其乐家就住附近，她在办公室收尾，检查送给孩子的纪念文具，接家长夜里打来的电话。

这时候往往一抬头，蒋峤西已经在办公室门外不知道等了多久了。他自己搬了把椅子，喝从办公室咖啡机接的一小纸杯咖啡。他低头翻看手机，可能在看期货夜盘，可能在查工作邮件。

他并不打扰她，只是坐在不近不远的地方。当她抬起头，就能够看到他在门边的背影。

并不是每个人在新踏入职场以后都能顺利地找到归属感。林其乐也曾迷茫过，那时她坐在香港的小出租屋里，面对蒋峤西每天的早出晚归，她的前途似乎一片黯淡。她翻看着自己的专业课本，捏着手里三四本证件，回想起实习时那些叫人手足无措的经历——小时候在电视剧里看到的那些女上班族，她们究竟是如何过上那种令人羡慕的生活的？

全职太太，靠丈夫养家——这样玩笑似的建议，林其乐也不是没听过。蒋峤西的堂嫂、伯母，在香港都曾是家庭主妇，而林其乐的妈妈年轻时在群山工地，忙于检修电机，开龙门吊车，那不像是女人会做的工作。

林其乐一样喜欢做事情，她喜欢工作的感觉，喜欢靠自己改变局面，渴望这份价值。在香港目睹了堂哥一家人的遭遇，更让她觉得，蒋峤西不能是他们未来家庭的唯一支柱。

她必须拥有同等的力量。

不过家里两个人，一忙一闲的还好，都忙成这样，只好先下班的那个人多顾一下家里。蒋峤西连续一周每天过来接林老师下班，论起年薪，他是她十倍还多，但人们工作的分量，似乎并不能用薪水简单衡量。

好在暑假马上要到了。毕业典礼结束的那个中午，蒋峤西专门绕路开车过来，想接辛苦了半个月的老婆吃顿饭。

白马班里，参加完毕业典礼的孩子们还没走。

好几个孩子穿戴着小小学士服，他们六岁了，围在一起不停抹眼泪，他们并不知道发生了什么，对于离开幼儿园走向小学这件事，他们是没有概念的，以后或许也不会留下记忆，他们只知道要离开林老师和助教老师了。

一个孩子哭起来，就像传染一样，所有孩子都跟着哭了，连蹲下帮他们擦眼泪的林老师和助教都跟着难过。

林老师二〇一三年入园工作，到今年，已经送走第二届毕业生，她仍没有习惯。

"我们，我们再把毕业歌唱一次好不好！"林其乐拍了拍手说，"一起唱！"

她站起来，把手风琴戴上，那真是很重的一台乐器。

蒋峤西站在窗外，隔着窗纸看她。这时候，林其乐她们主任过来了，站在蒋峤西身边，也朝窗里看。

小朋友们唱着毕业歌，歌词大意是和亲爱的伙伴们在这里道别，以后不管走到哪儿，不管在哪里跌倒，都一定不会忘记我们一同玩耍过的院子，我们经历的笑容和泪水。再见了，我们的幼儿园，再见面时，我们就是一年级小学生[1]。

歌词掺杂着中文、英文、日文，原本是首日文歌曲，幼儿园老师们自己翻译了歌词。

蒋峤西听着这童声，说："真是国际幼儿园。"

主任在旁边笑了。

林其乐靠坐在课桌边弹琴，她教的孩子，哪怕有发音不准确的，也依然敢于大声唱出来。

虽然没有人知道这些孩子离开园里，又将面对怎样的未来。

"温柔的老师有很多，"主任忽然说，"强硬的老师也有很多。像林老师这样，温和而又坚定的，不太常见。"

蒋峤西看她。

"这样的性情是一种天赋。"主任说着，看向了蒋峤西，露出一种希望家属多多支持优秀员工工作的表情。

蒋峤西点了点头。

"其实当初是我建议她学这个的。"蒋峤西把手从裤袋里拿出来，解释道。

主任轻声笑了："是吗。"

---

[1] 改自日语歌曲《再见了，我们的幼儿园》。

等林其乐送走孩子们，背上包出来时，已经下午两点多了。她握着蒋峤西的手，感觉蒋峤西最近为了等她，三餐也不照常吃。

"等放了暑假，我在家天天做饭给你吃！"她保证道，边在大太阳下走路边撸衬衫袖子，"想吃什么，我现在去学！"

蒋峤西听到她肚子都咕咕叫了。

附近餐馆午餐都停了，只有几家大排档还在营业。林樱桃找了个阴凉地儿坐下，拉过来一张塑料板凳。她发现蒋峤西坐在对面，无论如何都会被晒到一块手臂。她从包里掏出防晒霜，坐过去拉过他胳膊来，一顿暴涂。

蒋峤西有一张适合去米其林餐厅的面孔，却坐在这里，掰开竹筷子，和她一道吃路边摊的鱼香肉丝，还吃得津津有味。

林樱桃有时也会有一丝恍惚。香港那几年，仿佛是幻觉。

"杜尚中午发给我一张歌单，"她边吃米饭边说，"他想在咱们婚礼上唱歌，又拿不准主意唱哪一些。"

蒋峤西笑道："这么会唱。"

林樱桃嫌弃地说："你是没和他一起去过KTV。无论男歌手女歌手中日韩英各种歌曲，只要杜尚会的，他全都要唱，不会唱他也要拿个话筒在那儿哼哼唧唧，让别人都不能好好发挥！"

蒋峤西低头笑，他已经能想象出樱桃拿着话筒本来要好好表现一番，结果被杜尚瞎捣乱抢尽风头只能生闷气的样子了。

连轴加班，前几天还一脸苦相，转眼林樱桃又和蒋峤西讲起笑话来。她给杜尚打电话，打了几个都没打通。

她一皱眉，小声嘟囔："这么忙。"然后才想起来，她吃饭吃晚了，快三点了，正是上班时候。

此时此刻，几百公里外，上海市一家医院里，各科室的医生护士们都正忙碌，突然一位中年医生被人追打到了门外，他已是头破血流，瘫坐在走廊里。患者家属来了不少，情绪激动，屋里的往外冲，屋外的往这边围，不知是哪个科室的小护士倒霉，被人一把揪住了头发。

无辜患者们吓得往外跑，整条走廊里顿时充斥着叱骂、尖叫，一群年纪轻轻的医生护士从门里跑出来，一见对方人多势众，来势汹汹，果断都朝相反的方向跑去。

突然其中一个人停住了，他回头朝主任和那哭叫的小护士看了一眼，几乎没犹豫，他脱了身上的白大衣，又跑了回去。

主任身边还围着群情激愤的家属，那跑过来的年轻男医生扑上来一把抱住他们主任，顿时挨了旁人一脚踹，他扯下主任脖子上的听诊器。

忽然所有的家属都后退了一步。

只见那男医生原地一顿狂舞，大喝了一声，双目圆睁。他双手握住听诊器犹如打开一副双节棍，表情狰狞，配以尖叫嘶吼，不停变幻 pose，他时而金鸡独立，时而白鹤亮翅，摆出咏春问路手，佐以龟派气功，虽没碰着谁，但这一套太华丽了，阵仗过大，着实把附近围观的家属和病人吓了一跳，全给整蒙了。

远处年轻的医生护士们趁机跑了回来，其中两个人赶紧拖起主任就往旁边科室里搬。

有家属回过味来，大声喊道："这儿有医生打人了——"

话音未落，医院保安队伍上楼来了。只见那年轻男医生吓得不行，倒头就栽在地上，假装晕了过去。

蔡方元公司的招牌网页游戏今天要搞周年活动，不仅推出了童年女神的代言广告，还专程花钱砸了微博推广。结果一看热搜上的视频新闻，蔡方元的脸都白了。

他握住公司美术设计人员的鼠标，来回拖动视频进度条，看那从小到大熟得不得了的人影："……什么情况？！"

余樵坐在机组车上，接过旁人递来的茶水。他正翻手机新闻，乍一看到视频里杜尚那张脸，他差点被刚喝的水给呛了。

他给杜尚发了条微信："你没事儿吧？"

§

林樱桃一直提心吊胆的，记挂杜尚在上海的情况，电话也打不通，不知他怎样了。她回园里开会，确认暑期值班的时间。不少家长带着孩子来园里参观，林樱桃下了楼梯，听到旁边有几位家长凑在一起，正拿着手机笑呵呵地看热搜新闻视频。

走廊里是孩子们的笑声、尖叫声，家长老师们的交谈声，混杂着视频里女主持人的介绍，以及杜尚张牙舞爪虚张声势的"啊打——！"。

到下午六点，杜尚终于在群山小饭桌的微信群里出现了。

"你们都知道了啊。"杜尚说，"我把笔录做完了……"

蔡方元说："兄弟，你还行吧？"

余樵问："警察怎么说？"

杜尚发了个哭脸："我不知道……但感觉警察叔叔对我态度还成，应该……没什么大事吧……"

林樱桃问："杜尚你吃饭了吗？"

杜尚答："中午没吃，五点吃了几口盒饭。"

林樱桃说："你赶紧去吃饭吧，还用再去派出所吗？"

杜尚茫然道："我现在什么都不知道啊。"他又发表情大哭。

蔡方元干脆道："你人在哪儿呢？我去找你！"

快七点钟，蔡方元给林樱桃打来一通电话，意思是他已经见到杜尚了："人好多，他那些医院的师兄师姐都在，都和他在一块儿呢，有事我再给你们打电话。"

事情好像闹大了，微博上热闹哄哄，网友封杜尚是什么"当代黄飞鸿"。可在省城总部小区，杜尚小小的家里，他妈妈急得直掉眼泪，老同事都上门来了，看见了新闻，都在旁边宽慰她。

孩子没事就好。邹敏说，孩子好好的就好！

余班长坐在杜尚家的小餐桌旁，浓眉紧锁，嘴里咬着半支烟，看余锦用 iPad 帮他搜索到的以前那些医闹新闻。"现在最坏的情况，会是什么情况？"余班长问老伙计。

林电工坐在旁边，看了看杜家的小厨房，又转头看外面的杜尚妈妈——晓霜她年轻时候，一个女人带着杜尚，在工地生活，很不容易，现在杜尚这八年医学生终于快读出来了，又出这种事儿。

他们这些人，一辈子在地方建电厂，五十多岁了，都没去过上海呢。

"我听樱桃说，可能要扣工资。"林电工轻声道。

余班长听他说话，没发表看法。

"也可能，要停工作。"林电工又说。

余班长抬起眼，那眼一瞪。

"如果是什么'互殴'，好像，还可能被拘留……"林电工话音未落。

余班长把烟头摘下来，找不着烟灰缸，他按灭在蚊香盘子里："我看明天还是买张火车票去趟上海——"

厨房外面，朱晓霜的手机忽然响了，是陌生号码。她怔怔一看，面颊都是泪，她回头哽咽道："余哥，余哥……杜永春来电话了……"

余班长站起来，他走过去，接起那个老旧的翻盖手机。

林电工站在厨房门口。

"我是谁？"余班长上来就说，"你说我是谁？你想干什么……你还想打谁啊杜永春？"

他在工地上当惯了老大哥，隔着手机也能吹胡子瞪眼："杜永春，现在社会不是你打老婆孩子那时候了，你知道吧，你去了上海一动手，人家警察就把你抓起来！你还嫌人家杜尚在上海不够乱啊？"

"哦，你现在知道孩子在外面会被欺负了？"一屋子群山老职工，都安静地听余振峰怒问，"你早干吗去了？"

深夜，医院食堂里还人满为患。杜尚忽然接到妈妈从省城打来的电话，当时身边还有好些师兄师姐学弟学妹，非要和他合影，说他是"网红"了。杜尚脾气好，再累脸上也笑，这会儿他轻蹙起眉，小声安慰道："妈！我不是跟你说了没事吗，哎呀，你着急也没用啊——"

突然电话里传来另一个声音。

"杜尚！"

杜尚一愣："余、余叔叔？"

蔡方元正在人群外，坐在餐桌边吃卤鸡爪，他手机在旁边亮着，群里，秦野云正给杜尚出主意："杜尚，万一你们医院把你开了！你到我们美容院来上班啊！巴不得要你这种正经医学生呢，你有学历，上哪儿找不着工作啊！"

余叔叔在电话里郑重其事道："杜尚，你不要怕，也别慌，如果那边闹事的人还联系你，找你的麻烦，你不要跟他们接触，第一时间报警！找你们医院领导，或是给我和你林叔叔打电话！我和林叔叔明天就去上海找你——"

"不不不不——"杜尚急忙说，他吓了一跳，都顾不上对师兄师姐的镜头笑了，他眉毛耷拉下来，"不用不用，余叔叔，你们不用过来啊——"

蔡方元啃完了鸡爪，又吃袋子里的白切鸡，这本来是他买来给杜尚压惊的，结果好嘛，看了微博热搜过来围观杜尚的人实在太多了，杜尚根本顾不上吃，他干脆自己吃了。

杜尚正结结巴巴劝阻远方着急的长辈，忽然身后有师兄拉他，杜尚转过头，看到师母过来了。

"你就是杜尚吧！"师母刚从主任病房过来，她抓住了杜尚的手，又扶住旁边杜尚师兄的手臂，白天就是他们几个学生趁乱把她丈夫及时抬进科室里的。

师母接过了杜尚的手机，问："您是杜尚的爸爸吧？"

杜尚一蒙，也不知余叔叔在那边说什么。

"您放心啊，您孩子不会出事的！"师母红着眼眶保证道，"这么机灵的学生，我们绝对不会让他在这里有事情的！"

蔡方元喝了口啤酒，抬眼看着杜尚站在人堆里，站在他那些师兄师姐中间，杜尚低头听着师母说话，手里握着手机，余叔叔的通话结束了。杜尚忽然抬起手背抹了一下眼睛。

§

新闻一连闹了几天，林樱桃放假在家，突然接到杜尚的电话。原来是公安局通知下来了，经过对那边家属的伤情鉴定，还有现场监控视频作为证据，证明杜尚没有伤人，他不用接受处罚。

杜尚的语气明显轻松了好多。林樱桃听着，他也不再是从前在医院提心吊胆、愤愤不平的样子了。

"樱桃，那我接着回去上班了！"杜尚对她说。

蒋峤西坐在会客室里，接待几位客户，还有从香港到北京出差，路过省城来他新办公室做客的投资经理，也是堂哥的朋友。蒋峤西低下头，趁机看了眼樱桃发来的信息，他回道："他没事就好。"

"我和峤西的堂哥，就是蒋若诚，你应该知道的，"客户们正交谈着，"我们是十多年的老同事、老朋友了，在香港，都知道，〇八年，峤西照顾他哥，照顾了很长时间。他的人品绝对是可靠的，脑筋又灵活，又聪明。我有同学在摩根士丹利，好几次见面时对我讲，说若诚的这个堂弟，各方面素质超强，天生的投行人——"

"那怎么好端端的，回内地来了呢？"一位客户听了，转头看蒋峤西，笑道，"出走大摩，不去北上广发展发展，回这么一个二线省会做私募，"他又看蒋峤西的脸，轻声感慨，"小伙子长这么俊，都能去做明星了啊！"

在座的都笑，说，这就是未来的明星私募经理。

"是不是还想转行啊？"那客户见蒋峤西没讲话，轻声问，"像你的那些前辈，赚够了家底，'逃离'了投行，甚至有些夸张的，直接'逃离'了金融业。"

旁边有人道："您这话说得，蒋经理这才刚刚开始新事业，您就扯上'逃离'了。"

四点钟，蒋峤西把客户送走了。助手进门，端过来一些水果，蒋峤西继续听堂哥的老同事对他讲，中国目前金融业的"天时地利人和"。

蒋峤西垂着头听，在熟识的长辈面前，可以不再那么拘束了。他伸手把领带解开，摘下来，慢慢折在手里。

"这是谁给你挑的？"

长辈在对面笑着问。

蒋峤西一愣，他看手里的爱马仕领带。

"我妻子。"蒋峤西坦诚道。

确切地说，这是樱桃拿到她第一个月薪水时，专程买好了，寄到蒋峤西在香港的办公室的。

那是两年前，蒋峤西当时拆开了包裹，他已经连续工作近二十个小时了。当着同事上司的面，他换上这条新的领带，然后继续工作。

长辈笑了："就是在香港，去医院看过若诚的那个女孩？"

蒋峤西点头："是她。"

"峤西。"

"欸。"

"你喜欢金融业吗？"长辈语重心长地问。

"喜欢。"

"真的？"

"真的。"蒋峤西毫不犹豫，轻声感激道。

§

堂哥打来电话时，蒋峤西早已送走了那位长辈。他坐在新办公室里发呆，想长辈们刚刚说的话。

他把果盘里的香蕉翻了个个儿，让它们趴好了。

堂哥说："你们谈得怎么样？"

"我本来想自己开车送他去机场的，"蒋峤西对堂哥说，"他说他还有约，不让我送，那就算了。"

堂哥笑道："我知道，他刚才在机场给我打电话了。"

他们聊了聊那位同事，又聊堂哥近日身体恢复的情况。从出事到现在，七年了，堂哥终于能够正常出门。上周，他刚陪孩子去了一趟大自然公园，虽然仍需要妻子的帮助。

蒋峤西也简单讲了他这边的情况，无论是新办公室的组建，还是他和樱桃婚礼的筹备，还提了一句他岳母的眼睛，检查过了，没有大问题。

"对了，峤西，"堂哥忽然说，"昨天，我有位同学从日本回来看我了。"

"什么同学？"

"就是我和你提过的，"堂哥说，"以前给你买的那些数学教材，很多都是他推荐给我的那一位。"

蒋峤西沉默了两秒："哦，他。"

"他这些年的经历很丰富啊。"堂哥感慨道，"当年去美国学石油工程，毕业以后，去挖了几年石油，然后在那边交往了一位日本女朋友，结婚生子，今天突然告诉我，他申请了东京大学的数学 PhD，已经携全家去日本定居了。"

蒋峤西愣了一会儿。

"厉害。"他轻声说。

堂哥在那边安静了片刻，像在等蒋峤西继续说什么。

可蒋峤西什么都不讲。

堂哥便说下去了："我说他，你也太厉害了，怎么做到的，居然去做学术了。他说他其实一直有这种打算，只是本科学的不是数学，所以不敢轻易尝试，忍了好多年，是去年看到一位姓张的数学家的事迹，据说是，曾经在 Subway 打工好多年，他才觉得人生不能够留下遗憾——"

"他是说张益唐？"蒋峤西轻声说。

"对！这两年很有名的那位数学家，"堂哥说，"峤西，你也关注？"

"峤西，"堂哥追问，"你有过继续读书的想法吗？"

蒋峤西的沉默让堂哥继续问："还喜欢数学吗？"

"我和他们没法儿比。"蒋峤西说。

"怎么不能比了。"

蒋峤西冷静道："张益唐是在 Subway 打工，但他是经过了系统学习的数学博士。你同学，已经成家立业，也没什么后顾之忧。"他想了想，"我两边都不靠……而且，太长时间了……我很久没看过那些东西了。"

"峤西，你从小就有天赋的——"

"哥，有天赋的人太多了。"蒋峤西平静道。听他的语气，他好像早就遗忘了那曾出现在他身上的"神迹"，只有堂哥还在念念不忘。

堂哥陷入了沉默。

"峤西，"他缓缓道，笑了一下，"我本来今天给你打电话呢，是想祝贺你，新办公室新团队也好，和樱桃团圆，回去工作生活也好……只是我希望你知道，无论是我，还是樱桃，我们都希望你未来能过你想要的生活。"

蒋峤西低着头，工作了一天，他脖子有点僵。

"我知道。"他坐在无人的办公室里，转了转椅子，笑了。

下班以后，蒋峤西开车回家，他归心似箭，什么应酬也不想去。

他想要的生活就是这样的，某种程度而言，他不敢再奢求更多。

车开进小区地库，前灯扫过去，正好扫到路中央一个年轻女人身上。她穿着条浅蓝色的裙子，小腿细长，脚上是一双平底鞋。她长发束起来了，手里握着一个玻璃餐盒，不知道里面装了什么。

她正与旁边一辆车的车主挥手道别，被蒋峤西的车灯一照，她回过头，眯起眼。她对蒋峤西露出笑容。

在当今社会，一栋楼的人住在一起，别说上下楼，就是面对面的邻居，都时常有不认识的。

可林樱桃，她还是能和所有邻里聊得这么愉快。

樱桃拉开副驾驶车门，坐进来。

"拿的什么？"他瞧她膝头上的玻璃饭盒。

林樱桃系好安全带，笑着说："我在家泡了点海参，上回汪叔叔送来的，在家留了一些给你吃，这些给爸妈，他们老是忘，我干脆泡好拿过去吧。"林樱桃抬头看他，她的发尾晃晃的，蹭住了肩头，她打量他的脸，"上班累吗？"

车子再度发动起来，他开车载她一同前往父母家。

林电工两口子事先知道他们要来，又在准备菜了，每回都弄得像是过年。樱桃上楼去帮忙，林电工拿车钥匙，费劲打开了车库，他把女婿蒋峤西叫过去。

车库里停着那辆二〇〇五年买的老桑塔纳，车龄十年了，林电工开出了感情，就算有了点儿存款也不忍心换。

蒋峤西也不懂车，但他还是卷起袖口，掀开引擎盖，拿手电筒帮岳父检查起了内部车况。

"我明天打电话找汽配城的人过来看看。"蒋峤西对岳父提议道。

"峤西，"林电工站在一旁，忽然道，"你知道杜尚的事，是吧？"

蒋峤西扭头，问："怎么了？"

"樱桃的工作，让我和她妈妈有点儿担心。"林电工说，他站在车库门的阴影里，年近五十了，看着比年轻时单薄了很多，他抬头望蒋峤西的脸，"现在幼儿园的工作，我们也不大了解了，我看着杜尚的事，担心樱桃，万一她工作出了什么纰漏，或是遇到一些家长——"

"樱桃她们幼儿园挺严格的，"蒋峤西立刻说，"进门都要登记，保安也请了不少，毕竟孩子的安全都很重要。"

林电工听着，点了点头。

蒋峤西说："再说，就算工作上出了什么事，也不会是樱桃自己去面对家长，肯定还有她们主任、领导什么的。"

"是……"林电工一想，是这么回事。

"她下班以后，回家也近。"蒋峤西补充道，"我平时早下班就去接她。"

林电工怅然笑道："年纪大了，容易想得多。"

蒋峤西放下了引擎盖，他手上脏乎乎的，笑道："放心吧，爸。"他看林电工，"再出什么事儿，还有我在呢。"

正说着，有老同事从身后骑自行车经过，看见他们俩，喊道："樱桃又回娘家来蹭饭啦？峤西，你们小两口要学着开灶啊！不能跟外面那些小年轻一样，老点什么外卖！"

林樱桃在楼上掀开锅，发现海参粥煮好了。她盖上锅盖，关火，然后出了厨房，去帮妈妈继续支蚊帐。

妈妈问起峤西工作的事，皱眉说："不会再那么熬夜了吧？"

林樱桃掖着床单，不确定道："应该不会了吧……"

妈妈说："你得劝他！"

蒋峤西接过岳父递给他的毛巾，擦手腕蹭的机油。"酒店订好了，国庆不好订。"他对岳父说，"下星期陪樱桃去看看婚纱。"

"是得赶紧拍婚纱照了。"林电工点头道。

蒋峤西踩亮了老楼里的声控灯，和岳父一同上楼。

"等到拍好了，多洗几张，"林电工和他提议道，"在这边家里也挂上几张。"

"好，"蒋峤西点头，笑了，在岳父面前他有些惭愧，"早该拍了，都结婚三年了——"

"我劝要是有用就好了，"林樱桃盛着粥，对妈妈说，"你又不是没见过他以前学习的样子……"

妈妈数着勺子筷子，不认可地摇头。

蒋峤西进了家门，又去洗手间仔仔细细洗了一遍手，他把腕表摘下来。就在这时候樱桃钻进门来，钻到他怀里。

"妈妈一会儿又要说你了。"林樱桃仰头对他说。

蒋峤西手还是湿的，洗手间这么挤，他低头问："说我什么？"

"说你还没戒烟！"她鼻尖动了动，闻他的衬衫。

蒋峤西忙说："不是我抽的。"可樱桃已经跑出去了。他冤枉道："客户抽的啊。"

饭桌上，岳母果然说起他来。

蒋峤西闷头吃着岳母炖的山药排骨，听岳母苦口婆心道："就算你们现在，对吧，还年轻，还不想要孩子，为了你们自己的健康，也不要再抽烟了，不要再熬夜了。"

林樱桃也在旁边闷头吃排骨。妈妈皱眉道："你们俩怎么都不说话啊？"

林电工笑着劝老婆："哎呀，吃饭，吃饭啦，孩子好不容易来了。"

林樱桃在桌子下面挤了一下蒋峤西的膝盖，蒋峤西放下饭碗，扭头看她。

等吃完饭，收拾桌子的时候，妈妈说："樱桃啊，你那个高中同学，辛婷婷，她回总部来了。"

林樱桃正在厨房里和蒋峤西边洗碗边闹，她走出门："婷婷现在在家？"

外面天太黑了，蒋峤西要陪她一起出门，林樱桃换上平底鞋，手里攥着一张刚写好的红色喜帖。她说："你在家等我吧，陪爸妈看会儿电视，我和婷婷有些话要说！你别去了。"

想到高中同学辛婷婷，林樱桃一直没找到机会和她好好说自己与蒋峤西之间的事——曾经，她对她选择了部分隐瞒，往后生活又没有过交集。

林樱桃觉得，有些事情，她是要亲口告诉她的。

这晚，辛婷婷家并不平静。

"怎么回事，闺女一回来就又吵上了。"邻居们聚在路边，小声议论着，忽然说："哎呀，樱桃！你怎么过来啦？"

林樱桃站在了楼下，她仰起头，看到辛婷婷家的窗帘后面，不断闪过黑色的阴影。

"你看看人家林其乐！人家嫁了个什么样的老公？啊？"是辛婷婷母亲的声音，伴随着年轻女孩不断的啜泣声。

"就不比你这些同学了，婷婷，"辛婷婷的母亲也在哭，"你看看卫庸！啊？一个中专毕业连高中都没上过的臭痞子，他现在过得都比咱们家好啊！"

一声凄厉的尖叫从窗里传出来。仿佛不这样叫，就根本压不下盖不过那些大人们的声音了。

"你叫什么，你叫什么啊！"妈妈质问道，也扯着嗓子喊起来，"你带一个出租车司机回家，你倒还委屈上了？！"

"你骗我……"是辛婷婷的哭声，带着十足的颤抖，"你们骗我！！"

"婷婷！你胡说什么啊？"是辛婷婷爸爸的声音，"爸爸妈妈怎么会骗你？这是在给你出主意！"

只听辛婷婷声嘶力竭地哭道:"你们骗我,全都是骗我的……从小到大,你们全部都是骗我的!!"

§

林樱桃小时候,在爸爸床头的磁带里听过一首歌。

那是一个男人,在念许多她那时还听不懂的词。词好多,好复杂。

只有几句歌词有旋律。

那男人唱道:幸福在哪里啊。

幸福在哪里?[1]

林樱桃站在楼下,眼睁睁看着辛婷婷哭着跑下楼了。辛婷婷还穿着拖鞋,她推开单元门,也没注意到林樱桃,她沿楼前的马路冲出人群跑向了小区大门。

"婷婷!"林樱桃赶忙追上去。

辛婷婷的身影那么瘦小,她的身躯好像已经容纳不下,也平衡不了她这么多年所感受到的矛盾、不甘了。她在小区外面一盏盏路灯下跑,逃命似的。

林樱桃最终在一家洗车行门口找到了她。

洗车行距离总部小区并不太远,藏匿在高架桥对面。黑色的路面,泛着湿淋淋的水光,那是洗车行的污水,流淌进下水道格栅里。

辛婷婷家里管得严,一向极爱干净,可这会儿,她穿着拖鞋蹲在了洗车行门口。她的拖鞋浸泡在脏水里,可她并不在乎,只顾抱着头啜泣着讲电话。

"你快点儿来,我在这儿等你……"她委屈地哭道。

林樱桃走了过去。她手里还捏着那张红色请柬,不合时宜,她把请柬藏到身后,又用力折起来,使劲儿塞进裙子口袋里。她平底鞋蹚着水,走到了婷婷跟前。

辛婷婷靠着门边蹲在那儿。她的头埋在臂弯里长长地呼吸,痛哭过后,呼吸不畅,令她很不舒服。

忽然一只小手伸过来。

"婷婷……"

那只手轻轻蒙在她口鼻之间。

---

[1] 引自窦唯作词作曲并演唱的歌曲《高级动物》。

辛婷婷抬起泪眼，她看到了林其乐。曾经的高中同学就蹲在她面前，那双总显得傻气好欺负的大眼睛里，映着她的脸。

"用手蒙着再吸气……"林其乐小声教她，拉起了辛婷婷的手，帮她捂住口鼻，"有舒服一点吗？"

洗车行的工人要下班了，关了灯，把卷帘门拉下来。辛婷婷的拖鞋踩在马路牙子上，还滴着水，她蹲下来，手抱着自己的肩膀，背对着身后的街道。

林其乐蹲在她身边，裙摆系起来。她们两个这样挨着，也不说话。洗车行隔壁是一家烧烤摊，有台电视机摆在外面。

"你和蒋峤西真的结婚了？"辛婷婷忽然说，她带着哭过的鼻音，扭头看林其乐。

林其乐点头了。

全小区的人都知道，这不是秘密。

辛婷婷望着远处，眼眶红红的，她又瞧林其乐，瞧她那张小圆脸。

"以前我问你是不是和蒋峤西早恋，你还不承认。"

林其乐皱了皱眉，夜风吹过她的头发。

"那时候……就是没有早恋呀……"她说。

辛婷婷又看她。

辛婷婷困惑道："你是怎么原谅他的？"

许多年前，也是在这座高架桥下，林其乐穿着拖鞋，一个人蹲在这里，哭得人尽皆知。

辛婷婷听父母说过无数次了：不要和林家那个女孩在一起玩，千万不能像她一样，那么丢人。

可如今，辛婷婷二十五岁了，她蹲在这里，她发现她不知道如何去做那个让父母不觉得丢人的孩子。

林其乐眨了眨眼，没讲话。

"就只是因为喜欢吗？"辛婷婷问，"因为喜欢他？"

林其乐轻轻点头。"有这方面原因吧，"林其乐对辛婷婷坦诚道，"可能也因为，我感觉他是喜欢我的，我有这样的直觉……我觉得，他不是坏人，不是故意想让我那样的。"

车子从她们背后，从隔离带的树丛后面飞快驶过。

夏天的衣裳轻，裹住她们单薄的背脊。

"你倒挺会为他着想。"辛婷婷望着远处店里那块电视机屏幕，又抹了一下眼睛，"那你受到的那些伤害呢，这么多年，因为他，那些事，就都不计较了吗？"

林其乐小声说："不计较比较好。"

"如果一直记得那些事，"她小声道，"就一直都不可能幸福了，而且，"林其乐抬起头，看辛婷婷，"我觉得很多事情，并不是蒋峤西的错。"

"那是谁的错？"辛婷婷说。

林其乐好像被问住了。

"我也不知道。"她摇了摇头。

她仿佛并不太在意这些事，也无意再去追究。也可能她心里有答案，只是不知从何说起。

辛婷婷歪过肩膀，忽然撞了一下林其乐的肩头。"像蒋峤西这样的人，很难忘记吧。"辛婷婷说。

林其乐伸手撩过眼前的头发，她看自己的脚背。

"婷婷，"她转头说，"你家里刚才发生什么了？"

夜里十点，烧烤摊正是生意兴隆的时候，人们欢笑着聚在一起，也有人面无表情，独自借酒消愁。

辛婷婷一双眼哭得奇肿，嘴角却拉上去，笑了一下。

"还能怎么，"她说，"我爸妈找事儿呗。以前嫌我这个不好那个不好的就算了，现在扯上卫庸那痞子来找我碴……"

她只是说着话，眼泪又落下来了。

林其乐站起来，去烧烤摊那边，借到几张纸巾回来。

她蹲在她身边，歪过头。"婷婷。"林其乐轻声说。

辛婷婷揪过纸巾来，用力抹了一下脸。她仰起头，张开嘴喘气，一吸鼻子，她好像也已经受够了哭了。

"小时候，学习成绩那么重要，为了学习，别的什么都可以没有，不可以交朋友，不可以早恋，不可以追星，不可以出去玩，那时候，学习就是唯一的事。"辛婷婷说，"现在，忽然就没有学习了，读研？哪有找个稳定工作，结婚成家重要。成天催着你相亲，明知你有男朋友，还要去见那些他们相中的人，催着你出门去，去社交，去应酬，去巴结老板，去和讨厌的人说一些狗屁话。"辛婷婷说着，捏着纸巾的手在空中张开了，像要抓住什么似的，"我有时候不知道我在做什么，其乐，我想了想，好像从小到大，从来没做过什么想做的事，从来没觉得快乐。哪怕我接受了他们的想法，好，我去学习！我不早恋，我很听话，我只做你们同意的事情，只交你们同意的朋友！我满足了，我没有想要更多了！然后呢，他们接着又拿一个只读过专科的痞子来甩在你的脸上，告诉你，你什么都不是！"

她越说声音越颤抖。

林其乐蹲在她身边，蹙眉望着地面。

这么多年，时光飞逝。辛婷婷还能清晰记起曾经的少女时代，自己是如何听信，如何信仰那一切的。那时她们年纪都还小，不知道十年后、二十年后，自己的人生会是怎样。

林其乐低下头,她捡起路边的小枝丫,在沥青地面上无意识地画来画去。

她又看向辛婷婷,怕她更难过。

"婷婷,"林其乐说,"其实你发现没有,咱们爸妈,他们并不是那么全能、无所不知的。"

"他们当年,也就是在你和我现在这个年纪变成父母的。"林其乐说,"其实我们对很多事情,对人生,都没想明白,他们应该也一样。"

"特别咱们俩的爸妈,"林其乐抬高视线,越过了高架桥,望向那座小区,"他们生活在国企里,以前在工地上,他们那个年代的人,想法更单纯。"

辛婷婷用纸巾擦了擦鼻子。

"他们就是工人,一辈子都是工人,"辛婷婷扭开头,忽然说,"都没上过几天学的,他们懂什么?"

林其乐看着她。

辛婷婷眼里蓄满了泪。

"可你爸妈也是工人啊,你怎么和我不一样?"辛婷婷看向林其乐的脸,哭道。

林其乐眨了眨眼,眼睫垂下去了。

也许在另一个世界里,世界是按照辛爸爸辛妈妈的说法来运转的:那些自由的、不受约束的孩子会受到惩罚,而克制天性、忍辱负重的孩子终会获得所有。

这无数世界交错在一起,像颠来倒去的罗盘。每个孩子出生,长大,他们不知道自己会跌落进哪一个世界。

林其乐是个好心肠的朋友。尽管辛婷婷曾无数次疏远过她,有意无意暗示那些风言风语给她听,她还是会在辛婷婷的泪水前低下头。父母们曾无数次预言过林其乐的未来——那些预言,或"诅咒",有的成真了,有的没有。

林其乐吃过不少"不听规劝"的苦。辛婷婷印象里的她,还常常是在南校时,倔强地绷着一张脸的样子。林其乐看似不谙世事,心里却隐藏着秘密。

所以辛婷婷莫名感觉,就算有些坏预言一时成真了,林其乐也还是会坚持过去,像当年在南校时那样,像她顶着流言蜚语一年年飞香港……她会用一种不知从何而来的力量,去坚持过她想过的生活。

这世上还有比"过自己想过的生活"更美好的奖赏吗?

"其乐,"辛婷婷说,"其实我也没猜到你和蒋峤西能走到今天。"

林其乐看她。

"和我爸妈一样,我也没想到卫庸那个痞子会变成什么企业家、大老板。"辛婷婷顿了顿,说,"我觉得,我和他们在很多事情上都想错了,把一切想得太简单……他们有他们的错,我有我的错。我们都不懂,不懂命运,不懂很多东西,可是——我没想过去责怪他们,他们却一直怪我,他们自己明明也被他们坚信的那些东西,他们灌输给我的那些'真理'给骗了,他们知道自己被骗了,还反过来站在命运的那一边,继续指责我,怪我,而忘了我也是受害者。"

林其乐站起来,和辛婷婷一同站在路边。辛婷婷已经不再哭了,泪水风干在脸颊上。人不会一直期望那些始终得不到的东西,一旦越过了某条线,似乎伤口就开始结痂。辛婷婷的手机在振,是男友发来的短信,她低头回复,然后把手机攥在手里。

林其乐在旁边也回蒋峤西的微信。蒋峤西半小时前问:"在哪儿呢?你同学家没人。"林其乐回道:"我和婷婷在小区外面说会儿话。你再等我一会儿。"

"蒋峤西他家那边没事了吧?"辛婷婷问。

林其乐摇头。

"头几年挺严重的,"林其乐对辛婷婷说,"他堂哥生病,当时香港的医生也说,可能治不好,撑不了多久。但他家里人一直没放弃,这么一天天的,坚持恢复,到现在,基本上算好了,已经能撑着拐杖走远路了。"

"当时〇几年出的事?"

"〇八年。"

辛婷婷看着林其乐说:"其乐,你陪了他们家七年啊?"

林其乐一愣。

她笑了,摇头:"没有,最早两年我没去,是蒋峤西自己在那边。"

辛婷婷听着这些话,感慨万千。

"你们真的结婚了,"辛婷婷说,"其乐,你和蒋峤西真的结婚了?"

林其乐忍俊不禁,看她。

十七岁时,她们两个人一起坐在午后的卧室里,对着一台笨重的电脑显示器,看台湾偶像剧。那时候,辛婷婷正上着最好的高中,享受着一生一次的青春,她张开口,让好朋友把口红偷偷涂在她嘴唇上,然后她们一起学习,笑着写功课。

一辆车从高架桥对面转向,开过来了。

林其乐转过头,她看到一个陌生男人着急地在路边停了车,推开车门下来。"婷婷!"

他叫她。

辛婷婷抬起头，忽然一吸鼻子，她还穿着离开家时的拖鞋，朝来人的方向奔过去。

辛婷婷的男朋友姓郑，开出租车，半小时前刚在城市另一端把客人放下了，就拼命往这儿赶。

"没事啊。"老郑把他从高中时候就追求的女孩紧紧抱着，听她哭得难过，连老郑也跟着委屈起来了，生活没有容易的，他摸她的头发，"没事啊……"

林其乐犹豫了片刻，走了过去。

"你好，你就是林其乐是吧，我听婷婷说过你！"老郑伸过手来，他笑了。

林其乐与他握手。

这时她低下头，赶忙从自己连衣裙口袋里摸出一张折叠过的红色请柬，展开来。

老郑正自我介绍："我也是咱们实验中学的，同一届的，我和婷婷高三一个班的……"他话说到一半，停下了，从林其乐手里接过那张请柬来。

辛婷婷这时抹去脸颊上的泪，也凑过脸来，看展开后的请柬。

"蒋峤……"老郑不自觉念道，然后大喊一声，"哦，哦，蒋峤西啊！！"

辛婷婷撞了一下老郑的胳膊，让他别这么夸张。

老郑对两个女孩说："在南校我也知道他啊！！学霸！！那时候我们班女同学成天念叨他，偷撕那个校报上印的他的照片——"

辛婷婷拉住林其乐的手。"我和他到时候一起去。"她眼睛哭肿了，却是笑的，她轻声道，"其乐，恭喜你啊！"

三个年轻人站在一起，都才二十五岁。

还有太多未来等着他们去经历，去面对。

"婚礼不好办吧？"老郑往自己车子的方向走，他对林其乐说，"送请柬，买喜糖，订酒宴……真是有够忙的！"

林其乐陪辛婷婷走到老郑开的车子旁边。辛婷婷说："不好办也得办，迟早要办……"她说着，又展开那张请柬，借着老郑车灯的光，仔仔细细瞧。

谨订

公历 二〇一五年十月三日

农历 乙未年八月廿一

为

次子 蒋峤西

樱桃琥珀

> 小女 林其乐
> 举行结婚典礼
> 恭候 辛婷婷小姐 光临
>
> 蒋政携家人
> 林海风携家人
> 敬约

从来路的方向忽然传来短促的鸣笛声。

林其乐和辛婷婷回过头。辛婷婷笑道:"其乐你在外面太久了。"

蒋峤西从车里出来,夏天天热,他还穿着下班时那件衬衫。他远远瞧了一眼林其乐和辛婷婷,这时旁边的老郑走了过去,与他握手问好。

"你好。"蒋峤西来到了林其乐身边,也低头与辛婷婷问好。

今日的辛婷婷,再看到他,已不再那么有攻击性了。

"其乐,那我走了,"辛婷婷拉开老郑的车门,对林其乐说,"可能就要婚礼的时候再见了。"

林其乐站在车前灯光照亮的路边,蒋峤西拉她往后站,林其乐还在朝她摆手:"婷婷,再见!"

辛婷婷坐进车里,她拉过安全带来扣好。她又抬起眼,看向了昔日的高中同学。

从小,父母谆谆教导,师长耳提面命。

为了前途,听话,蒙上眼睛,捂住耳朵,不顾一切往前奔吧。

可等跑出了太远,回头再看,才发现那一条条路,错的对的,都已经是自己走过的了。如果说它是命运,应该也没错吧,父母家庭,这不就是命运的一部分吗?

"我们走吧。"辛婷婷回过头,对老郑说。

§

八月初,蒋峤西迎来了重新上班之后的第一个正经休息日。睡醒的时候,他发现樱桃早已经醒了。樱桃穿着睡裙,侧躺在他身边,脸贴着枕头,一直看他。

"怎么也不叫我。"蒋峤西揉了一下眼,他看了看床前的闹钟,回头搂过樱桃。

"你说,"樱桃趴在他胸口,隔着睡衣的布料,悄声问他,"我们是不是太幸运了?"

蒋峤西仰躺着,他头发睡乱了,胡茬也冒出来了。他抬起眼,看自己的妻子。

"我怎么不觉得？"他闷声说。

林樱桃在他身上看他，她那双眼睛大大的，凝视着他的脸，好像有心事。早晨卧室里窗帘闭得紧，她眼中映出的光到底是从哪里来的呢？

蒋峤西有时想，只要她这样看着他，从小到大，好像她要求什么都是可以的。

"问你个事。"蒋峤西忽然说。

"什么？"林樱桃问。

她被他搂着，在同一个被窝里。

"蒋莼鲈什么时候来啊？"蒋峤西皱眉说。

林樱桃抿住嘴。

"帮我问问她。"蒋峤西讲。

"什么啊？"林樱桃笑着拍他。

蒋峤西把她搂得更紧了。

"她爸妈都结婚三年了，"蒋峤西说，生气似的，"再不来算了，别来了。"

结婚三年，每年相聚的日子不过几十天。林樱桃从床上跳起来，她拉过被子说："不行，婚礼之前都不能来。"

蒋峤西一把把她抱回去。樱桃被他压着，小声笑道："不行，你要戴。"她用小腿踢他，"你要戴啦！"

蒋峤西冲完了澡，刷着牙，接到了港大商学院助教打来的电话。他听着樱桃在门外边哼歌边做饭，他坐在床边接电话。

助教说，他十月会请假回来，一方面参加蒋峤西的婚礼，一方面也回家去看看："蒋峤西，我得知你下决心离开摩根士丹利，还以为你要回来读书的。"

蒋峤西听了，低下头，还没说话，忽然樱桃从门外走进来。樱桃催促道："快点换衣服了，迟到了就拖到下午了！"

蒋峤西吃着早餐蛋饼，本来要用手机看《华尔街日报》，结果樱桃嫌他头发还没干，从后面打开吹风机开始给他吹头发。蒋峤西被她一阵胡噜头发，只能端着咖啡，垂着脖子，在热风中见缝插针看两眼指数。

"想想还有没有什么没带的？"蒋峤西问，他终于收拾妥当，穿上衬衫，系好袖扣，又英俊潇洒了。他把西装外套拿到手里。天热，他不想再穿外套了，但怕待会儿试婚纱的时候要用。

林樱桃在他身边换鞋。她化了一点淡妆，穿了条裙子，手里提着小包，还有一个菲拉格慕的鞋盒。蒋峤西低头看她，发现她脖子上戴了条几年没见过了的樱桃项链——自从在幼儿园工作，为了小孩子的安全着想，她就不再戴首饰了。

"怎么把这个戴上了？"蒋峤西轻声说。他接过鞋盒来提着，握住樱桃软热的手。他这两年出差在各地买了不少新项链送给她，都要选婚纱了，樱桃却更愿意戴他高中时候买的礼物。

§

婚纱店提前预约过了。顾问过来迎接他们，很是热情，可当见到林樱桃自己带来的婚鞋时，她又开始为难。

"为什么不合适？"蒋峤西问，他没怎么参加过婚礼。

"白婚纱配红鞋是不太吉利的。"一位年轻店员在旁边轻声劝道，"人家说，这有'跳入火坑'的意思！"

周围人都笑，身后有些进店来逛的客人都朝他们看过来。

林樱桃双手握住了自己的小红鞋。她蹙起眉，看了看周围，又看蒋峤西。

蒋峤西原本无所谓，听到这个说法，不禁也一皱眉。无论香港还是内地，关于结婚，总有许许多多莫名其妙的讲究。蒋峤西转身瞧这家店里，有些零零散散的搭配用婚鞋，他问樱桃："要不先穿她们的试一试？"

林樱桃却抬起眼，执拗地看他。

蒋峤西垂下眉尾，居高临下看林樱桃这张小脸。

蒋峤西松开了她的手肘，转而在身后搂她。他搓了搓她的肩头，软化她那种不开心的眼神，然后对店员说："我们就穿这一双。"

店长过来，得知了"跳入火坑"那句话，忙责怪店员不懂事，对客人胡乱讲话。她仔细看了看林樱桃手里的红鞋："没关系，拖尾能挡住，就是鞋跟稍微高了一点。"她抬头看林樱桃的脸，是位年纪轻的新娘子，看着有点娇气，"结婚那天，可是要站很久很久的，你受得了吗？"

林樱桃忙点头，看来早有心理准备。

两道帷幕把更衣室挡住了，蒋峤西看着樱桃进去，他向后找了个沙发坐下。

别的新郎在新娘子试婚纱时，总要试试礼服。可蒋峤西在外资投行待了这些年，穿西装早成了习惯。有店员去对面星巴克买了杯咖啡过来，蒋峤西说了声谢谢，低头看新邮件。

冯乐天在邮件里写道："今早进山拍了这几张照片，今天阳光好，群山入夏以来，下了两场雨，非常适合拍照！这几张是请我们办公室里爱好摄影的同事帮忙拍的，各个角度都拍了几张，你看看有什么不满意，或是还想要什么细节，我再去找他补拍……"

"……蒋峤西，真心祝你和林同学幸福，我已经迫不及待去参加你们的结婚典礼了！"

附件是十几张照片，蒋峤西随手点开一张，屏幕上是翠绿的山，其中一抹红影。

时不时有新邮件弹出来，来自客户，来自新办公室的研究员。蒋峤西接到一通电话，是老板从上海总部打来的，说年底在北京有个私募基金峰会，要蒋峤西空出时间去参加。

他的时间被工作占满，很少有空闲去想别的了。蒋峤西喝着咖啡，望向窗外，街对面，那儿有一栋六层楼高的建筑。正值暑假，许多学生拥进去。

蒋峤西能清晰回忆起，很小的时候，他拿着电建集团发给爸爸的书卡，由司机陪着，也是这样，跑进那家新华书店，在那些高至天花板的书架中间寻找他想看的书。很多内容他都不懂，但他痴迷这种感觉。

后来奥数课安排得太满，他不能再来了。他只看老师送给他的书，堂哥寄给他的书，至多在学校看几本费林格他们爱看的小说。有一段时间他爱看《悟空传》，又没有一本自己的，有一天他在路边报刊亭看见了，忍不住买了一本，偷偷放进学校抽屉里，没想到过了一个中午就不见了，不知被谁拿走了。

再后来，他就不学奥数了。那天，他坐在巴士最后一排，和余樵、蔡方元、杜尚他们一起，当然，还有樱桃，他和这些朋友一起去逛新华书店。这似乎是普通中学生太常经历的课余生活，可对他来说不是这样的。如果可能，他多想在那个时候握住樱桃的手，天天放学以后和她一起骑车去书店，去省图写作业，去店里吃冰，去游戏厅，去看一场电影。

"新郎！"忽然有人叫他，"新娘子出来了！"

蒋峤西抬起头。

"我的头纱戴好了吗？"林樱桃小声问身旁的店员，她自己看不到，她在更衣间门口抓了一下裙摆和拖尾，免得鞋跟踩到——哪怕学会了怎么穿高跟鞋，女孩子也要重新学习怎么穿一件曳地的婚纱。

蒋峤西从沙发上站起来，林樱桃甚至能听到他的脚步声。她松开了自己的裙摆，紧张地站直了腰。她咬住嘴唇，提着口气，往外面走去。

蒋峤西就站在沙发前面，望着她。

林樱桃站在更衣间门口，似乎是想对他微笑的，可不知怎么又笑不出来，嘴唇抿着。她穿了件婚纱，领口缀满蕾丝和绣珠，远看上去不像布料，像天使的羽毛，把她簇拥着，把她的肩头、贴着锁骨的项链，把她垂在耳鬓的发丝、圆润的脸颊，把她那双望着他的大眼睛，这么烘托着。

"新娘漂亮吗？"店长在旁边瞧蒋峤西那反应，笑着轻声问。

林樱桃低头拉起裙摆，自己转了一圈。她小时候喜欢扎两根摇摇晃晃的马尾辫，后来她和他在一起了，他们在香港恋爱同居的时候，她头发总垂着，缠绕着他的手指。

现在，她把头发梳起来了，盘在脑后，显得她一张小脸上，五官反而更稚气，像在学大人梳头发似的。

蒋峤西走过去。刚刚樱桃转身，她右肩膀后面有颗小痣，在蒋峤西眼前忽地晃过去了。

樱桃近近仰望他，她脸上终于笑了，又害羞又紧张。

蒋峤西却不知道该做什么反应。他好像还没做好完全的心理准备，特别是当这一幕乍然出现的时候。

他攥住樱桃戴着白色蕾丝手套的手，莫名其妙地说："你真要嫁给我？"

§

试完婚纱，他们去吃饭。林樱桃给婚纱摄影师打电话："我老公他很忙……对，他不能请太多假，所以我们想先拍一组室内照，在婚礼上先用一下……然后，等年底蜜月的时候再拍其他的……"

他们去逛腕表专柜。林樱桃拉过蒋峤西的手，低头一块一块表拿来，贴到他手腕上看。

蒋峤西低头看她在那儿一顿忙活，问："以前你怎么给我买的？"

林樱桃看了眼专柜内站的高大男性店员，说："当然是借人家的手腕比一下。"

蒋峤西攥住她的手背，陪她去买平底鞋，鞋也是红色的，林樱桃打算婚礼时站累了就换了穿。

"改天再陪爸爸妈妈出来买身礼服，"林樱桃和蒋峤西手拉着手，走在商场的人流中。正值暑假，许多孩子在他们身边跑，还有学生情侣，背着家长偷偷出来约会。林樱桃看向他们，回头对蒋峤西说："要不给爸买身中式的唐装，我觉得他可能不习惯穿西装……"

"好啊。"蒋峤西说。

林樱桃看他，她其实想问，那蒋叔叔梁阿姨那边要怎么办。

但蒋峤西一直没有提起，林樱桃想了想，觉得他应该是有自己的主意的。

他们一起停在了一家店外。

橱窗里，小小的婴儿床摆在里面，像展开的贝壳，上头悬挂着飞翔的小天使，纯白的纱幔垂下来，将小床半笼罩住。

"好可爱！"林樱桃蹲下去，睁大眼睛，忍不住说。

蒋峤西也凑近了，端详这张床。橱窗玻璃映出他如今长大成人的模样，映出他和樱桃交握的手，还有他额头上若隐若现的伤疤。

林樱桃扭头看他，又看那张床，他们像无声讨论着一个秘密。

林樱桃在商场遇到了她高中在篮球宝贝训练时认识的队友。省城太小了，还是队友先认出她来的。"其乐！你还记得我吗！"队友激动地看着她，还有那个总站在小白楼二楼走廊上，悄悄看她们的学神蒋峤西，"你们俩已经结婚啦？什么时候办？十月？好啊我去啊！"

蒋峤西去逛进口超市，买一些时令水果和咖啡豆。林樱桃弯腰在保鲜柜前挑选三文鱼，问蒋峤西想吃什么。挑完了鱼块，她擦干净手，手指尖冰凉，从背后抱住蒋峤西，贴在他的衬衫上暖手。

他们在户外用品店看沙滩巾和尼龙帽，然后聊起过年度蜜月之前要去买什么。

"我想买很好看很好看的那种分体式比基尼！"林樱桃对他嘟囔，"我还没买过。"

"买！"蒋峤西十分认可，他试戴了两副墨镜，被店员说像《黑客帝国》的男演员。

林樱桃去了趟洗手间，蒋峤西提着手里的袋子，等在外面的男友等候区。林樱桃正洗手呢，忽然接到蒋峤西的电话。

"忙完了吗？"他笑着问，"陈老师在外面。"

"谁？"林樱桃急忙擦手，往外走。

一个秃顶男人站在洗手间外的走廊里，穿着件浅黄色衬衫，配沙滩短裤，与妻儿一家三口站在一起，正与蒋峤西握手讲话。

当年在实验高中的班主任，陈老师，一见林樱桃，他哈哈大笑："是林其乐！"

他握住她的手，近近端详她的脸，又看了看蒋峤西，陈老师感慨地笑道："你们俩啊！"

过去几年，实验高中二〇〇五级（18）班办过几次班级聚会，都是班长冯乐天组织的。陈老师去过几次，学生们他大都见了，唯独蒋峤西这个当年（18）班的异数，是一次都没露面。学生们私底下猜测，说蒋峤西跑去香港打工了。事实上，高三那一年，当陈老师得知蒋峤西自己回学校办学籍，得知他突然要去香港读书，也吓了一跳。

当时他问蒋峤西，你怎么了，家里出什么事了吗，怎么突然改主意了，学校一点儿都不知道。

那总是高傲的学生那时候把头垂着，什么都不讲。

如今再看蒋峤西，他好像瘦了许多，几年奔波，也不再像印象里那个总是情绪很不稳定的脸色苍白的学生模样了。他眉宇之间更像大人，皮肤颜色也深了一些，眼睛里也有笑容了——陈老师说："你有点儿让林其乐传染了，啊？"

"在香港那几年挺忙的，"蒋峤西对陈老师说，"所以没回来看您。"

从小到大，能走进蒋峤西心里的老师并不多，高中时代被梁虹飞折磨得够呛的陈老师算是一位了。

"没事。"陈老师仰头看蒋峤西，点了点头，笑了，仍旧心疼他。陈老师抬起手扶着蒋峤西肩膀，对妻儿讲："这就是我们二〇〇五级那个学生，蒋峤西，奥数金牌的，当年国家一等奖！去香港那个。"

"记得记得！"妻子忙说。

陈老师又介绍林其乐："这也是他们那一届的，总考年级前一百名，林其乐，学习非常用功，是北师大是吧？"

林樱桃忙说："师母您好！"

师母摸着自己小女儿的头发，轻声说："看见了吗，要向哥哥姐姐学习！"

"祝你们两个，身体健康，生活幸福！"临分别时，陈老师对他们嘱咐道，"要拿出和高中时候一样的精神，努力拼搏，好好工作！以后照顾好家庭！不要高考一结束，就懈怠了！"

八月中旬，秦野云来到省城出差。她和供货商开完了会，只身一人乘车离开了工厂。午后，阳光炽烈，蝉鸣不断，秦野云踩着高跟鞋下了出租车，站在林樱桃现在住的小区门前，她摘掉脸上的墨镜，抬起头朝小区大门看了好一会儿。

§

秦野云来之前给林樱桃打了个电话，林樱桃本打算等蒋峤西下班，三人一起出门吃顿晚餐，可秦野云太累了，她在林樱桃家坐了会儿，便去客房休息。林樱桃给她倒了杯冰果汁，她一直没起来喝。

直到蒋峤西下班，秦野云方才睡醒，她是懒得再出门了。蒋峤西在玄关换了鞋，穿着衬衫走进了客房。秦野云正躺在空调被里，和坐在床边的林樱桃讲话。秦野云转过头，看了蒋峤西一眼，她把手伸出空调被打了声招呼："哈啰，帅哥。"

蒋峤西笑了，他低头摘着腕表，对她们说："慢慢聊。"他出去了。

林樱桃让蒋峤西一会儿帮忙关上厨房的锅子，蒋峤西问了几句，然后答应了。等林樱桃坐回床边，秦野云把喝了一半的果汁放回床头，问她："蒋峤西平时做不做饭？"

林樱桃说："他做什么啊，他又不会。"

"他那么聪明！"秦野云恨铁不成钢，打了她一下，"叫他学啊！"

"算了吧，"林樱桃皱眉道，"他只是会数学，又不代表别的什么都很会。"

秦野云和林樱桃，说是朋友，也从小一起长大，但方方面面观念都差异巨大。秦野云从小就更成熟，爱捣鼓一些化妆品，时髦得很。秦野云学会用卷发棒，迷恋上涂指甲油的时候，林樱桃还只是一个换换新头花就超开心的傻妞。

后来上了大学，为了赚零用钱，秦野云接触了不少行当，开始在夜市做小买卖，后来开了家网店，那是很多夜市同行还不怎么了解淘宝的时候，她和供货商做了一段时间男女朋友。这么多年下来，网店一步步做大，她身边的男人也像四季，自然更替。如今的秦野云，再也不用打电话难为穷爸爸，也不用努力牵系着某个男人，挤出笑容，再看他的脸色。

现在，秦野云有空的时候就在美容院坐班，忙的时候就天南海北与供货商见面。现在是八月份，减肥产品的热度快要过了，要抓紧安排秋季的货品，预定冬季的新款。

做生意，不是追赶时间，就是被时间追赶。在这方面，也许秦野云和蒋峤西更有些共同语言。连他们在林樱桃面前流露出的疲惫都如此相似。

林樱桃想要伸手摸，又不敢，她靠着秦野云说："我也想要这么好看的鼻子……"

秦野云瞥下眼，伸手把她戳开："你算了吧，不知道哪天乱玩把鼻子玩没了。"

林樱桃的生活，安逸且幸福。她就像一个锚点，深扎在故乡的这片土地上。

而秦野云习惯了在外漂泊，只偶尔才想要回来。她像只猫，回到熟悉的地方蜷一蜷，接着又会溜走。

厨房传来锅子定时器响的动静。

秦野云听着蒋峤西在厨房里一阵忙碌，她问林樱桃："嫁给自己从小喜欢的人，感觉好吗？"

林樱桃看着她，想了想，说："蛮好的。"

"以前没结婚的时候，我的通行证就是最普通的那一种，只是女朋友，就算他有什么事，我去了也待不了太久。"林樱桃说着，垂下睫毛，"其实小的时候也是这样，他和他爸爸妈妈待在一起，就算有什么事，我也只能看着……但现在不一样了，无论他有什么事，我会是那个立刻就知道的人。他生病也好，加班加太晚、应酬喝得多了一点，包括他去哪里出差，当地的天气，他穿的衣服够不够、吃得习不习惯……他的同事、哥哥嫂子，都会找我，甚至万一有什么事，警察和医生都应该会打电话给我。"

社会总是由一层又一层的关联搭建起来的。而在这片关系网里，因为一纸结婚证书，年轻人们重新选择了自己的"第一优先级"。

对林樱桃来说，嫁给蒋峤西最大的好处，大概就是一颗悬了十多年的心终于能放下了。

秦野云望着林樱桃的脸，陷入沉默。

蒋峤西把炖好的排骨盛出来了。"樱桃！"他从门外喊道，"你们出来吃饭吗？"

林樱桃正在客房里和秦野云讲在香港的糗事，那时他们还住在出租屋里。"就那种很小很小的房子，床也只有一米宽。我那时候晚上饿啊，饿得睡不着，"林樱桃说着，捂自己的肚子，"当时他听见了，他就起床套了一件外套，我当时以为他要带我出门去吃夜宵，因为我知道香港很多夜宵很好吃——"

秦野云在旁边笑着看她，林樱桃一讲起故事就手脚并用，眉飞色舞。

"结果他说，"林樱桃顿时板起脸来，很酷的样子，学蒋峤西压低声音，"我给你弄点东西吃。"

秦野云顿时笑了，拍响了手掌。

"然后我，"林樱桃那对眉毛挑起来了，很是兴奋，"我以为他会比方说，煮点泡面啊，或是提前买了什么小点心放在冰箱里——"

"然后呢？"秦野云问。

"结果！"林樱桃左手拍打膝盖，比画出一个盘子，"过了一会儿，他端了一盘炒菜进来了，就那种绿叶菜你知道吗，好几条软塌塌的，在盘子里！"

秦野云嗤笑："他现炒的？"

"因为当时我们用的冰箱，一个楼层只有一台，是公用的那种，住的人很多嘛，然后我和蒋峤西放在里面的东西经常不知道被谁拿走了。"林樱桃说到这里，又模仿蒋峤西的语气，听起来是个酷哥，"冰箱里只剩这个了，我随便炒了一下。"

秦野云纳闷："你们住出租屋还买青菜啊？"

林樱桃说："我本来想煮粥用的，没有维生素，放一点那个菜叶碎。"

秦野云嘴角一撇。

"然后他端进来，那是他第一次给我做饭！"林樱桃对秦野云夸张道，"我想那我尝尝吧，我还挺感动的。"

"好吃吗？"秦野云抬起眼，瞟了一眼房门，接着又看好戏似的看林樱桃。

蒋峤西在厨房喊了几声，都没人应。他推开客房的门，看到林樱桃正盘腿坐在床上，背对着他，和秦野云聊得兴起。

"我夹起一根，就吃了半根，"林樱桃舌头一吐，夸张道，"齁咸！我心想最难吃不过就是烫青菜吧！再不会做菜也不能放那么多盐啊，常识都没有——"

"然后呢？"秦野云笑道。

"然后我感觉蒋峤西自己也挺挫败的，他一直自认为挺聪明的吧，以为什么都会呢。"林樱桃说着，忽然一只大手从上方覆盖在她头发上，她下意识抬起眼看，嘴里说顺了，还没停下，"然后我们就只好用他那个黑杯子倒水出来……洗菜……"

秦野云抬头对蒋峤西说："帅哥，你岳父岳母做饭那么好吃，你得靠拢啊。"

林樱桃进厨房去盛小菜，冰箱里瓶瓶罐罐的，都是她爸妈在家做好拿过来的酱菜。林樱桃打开电饭锅，拿出热好的枣面馒头，在竹筐里摞一摞摆一摆，又拿里面热好的卤香肠，切成一盘，一齐端上了饭桌。

秦野云在外面吃惯了外卖，绝少自己做饭。她接过林樱桃递给她的枣面馒头，看着蒋峤西穿着深色衬衫，领口扣子解开了，一副投行精英的模样，却像学生一样乖乖吃饭。蒋峤西小声说了句什么，林樱桃刚坐下，又朝他探过身去。

秦野云看着她尝了一点蒋峤西筷子夹起来的小菜，然后林樱桃端起菜来，回到厨房去。"不怎么甜，"林樱桃回头对秦野云笑道，"刚腌的。"

秦野云再看蒋峤西，蒋峤西正转头望厨房里的林樱桃，哪怕只能看见背影。

头脑这么聪明的男人，传说中的全科学神，真的会被做饭这种事难倒吗？秦野云瞧着林樱桃回来了，把小菜放下。林樱桃期待道："你们尝尝，味道行了吗？"

是的。秦野云想。蒋峤西当年自己在香港住，连饭都不会做，最简单的青菜都不会炒，他这么"笨"，孤孤单单，怎么会不让林樱桃日夜牵挂着他，想着念着他。

饭吃完了，蒋峤西卷起袖子，主动揽下清理饭桌的工作。林樱桃带秦野云进书房去。书房角落里有台机器，连着好几块电脑屏幕。秦野云走过时瞧了一眼，屏幕上开了一页文档，全是英文，还密布寻常人看不懂的符号。这大概就是蒋峤西平日看的东西。

有些时候，秦野云真佩服林樱桃，这丫头和蒋峤西明明是那么不同的人，却能够一直相处下来。曾经在外人看来，如此岌岌可危的一段恋爱关系，居然真就走进了婚姻。

他们之间有多少共同语言？平时生活中交流什么？秦野云在沙发上坐下，她看到面前的咖啡桌上堆满了老相册，还有许多被挑出来的旧照片。林樱桃坐在她身边，收拢了桌面上散开的照片，说："你看，这是我跟蒋峤西这几天挑出来的，是以前在群山的——"

秦野云说："干吗，婚礼上用啊？"

"对啊，"林樱桃抬头看她，"不过这些……主要都是我的照片，只有几张拍到他了……"

林樱桃瞧了一眼门外，她悄声对秦野云说："我给他爸爸和他以前的老师打了电话，问他们要一点他小时候的照片，不然蒋峤西自己也不问，他也没有……"

秦野云想，也许蒋峤西根本不需要恋人与他有多少事业上的共同语言。

他只是需要一个锚点。

就像秦野云，有时候在北京的出租屋里，实在累了，乍一看到手机里弹出的林樱桃发来的信息，她会觉得这世界上仍有些东西，一直没有变。

"我把我小时候的照片都扔了。"秦野云低头翻着林樱桃的儿时相册，她说。

林樱桃问："为什么？"

秦野云从相册里抽出一张照片来，那是一九九九年群山工地的职工俱乐部，能看到门前挂的庆祝建国五十周年的大红色横幅。俱乐部右边隔着一条马路，有一间小小的低矮的门面。

那就是秦野云小时候住的地方，是她家的小卖部，和单身宿舍连着。

"这门好小啊。"秦野云不禁感慨。

林樱桃追问："野云，你为什么扔小时候的照片？"

秦野云抬头看她，伸手指自己的脸："废话，我现在这么美！小时候又丑又矬，被人看见了怎么办？"

"谁会看见啊？"林樱桃轻声说，"都放在家里。"

"那可不一定，"秦野云看她，"万一我们家进了贼，万一有人来我家，对吧，我爸那么老实，什么都不懂，说不定就把我以前的照片拿出去给人看了，现在网上那些人嘴巴那么碎，不知道会有多麻烦……"

林樱桃虽然无法切身体会她的感受，但那应该是很严重了。

"可……你不想留下一点什么吗？"林樱桃问。

相册里的老照片，有寻常的旧日生活剪影，也有一些不同寻常的节日纪念：孩子们聚在一起，围在蛋糕旁边，烛光照亮了每一张曾经天真无忧的面孔，大人们在身后拿着报纸交谈当时的国家大事，眉头深锁，而林樱桃们的眼中只有蛋糕，只有蛋糕上令人垂涎欲滴的奶油。

"我们迟早是要消失的，"秦野云忽然说，她看着林樱桃，"人会死，照片纸会腐烂，回忆会消失，能留下什么呢？"

林樱桃坐在她旁边，抬头看她。

"小时候，我以为我们这群人就是世界上最重要的，是世界的'小孩'。"秦野云对林樱桃说，"可现在，我一转眼就二十五岁了，二十五，连护肤品都要开始换防老抗皱的了。"

"你在省城感觉不到，"秦野云说，"在北京，每天都有那么多，那么多，比我漂亮，比我年轻的女孩子冒出来，我都不知道她们是从哪里冒出来的。她们看你的眼神，就好像在说，你这个90年的老阿姨，你该被淘汰了。"

林樱桃不自觉笑起来了。

"我们不是世界的'小孩'，世界不会一直疼我们，"秦野云望着林樱桃，"我们只是自己爸妈的小孩，甚至只是我们自己的小孩。"

人生这样漫长，而人类本身又如此渺小。如果不是还有回忆，还有一点对来处的眷恋——对父母也好，对老朋友的也好，每一天，每一年，还有一些积攒下的纪念品，那还有什么能证明我们活过？

林樱桃问："你真不留下住？"

秦野云在玄关换了鞋，走到门外，莫名其妙地笑道："我有我的家，住你家干吗，我爸还在家等呢！"

小的时候，秦野云也曾想要一场特别盛大的婚礼，可现在，她不这么想了。就像小时候，她也曾想要一个正常孩子拥有的那种家，像林樱桃的家，或是余樵的家，但后来她发现，那归根结底不是属于她的。

秦野云提着从楼下自家超市拿的一箱牛奶，还有爸爸塞给她的两盒保健品，按响了余家的门铃。

一听到她的声音，邹阿姨高兴道："是野云啊？进来进来！"

从小，秦野云一有时间就往余樵家跑。如果说林樱桃和余樵之间的交往是平等的，秦野云就有点像余樵那个小表弟，余锦，她是余樵不得不去理会和照顾的那一个。

"哎呀，"余叔叔站在门里，他人高马大的，手里夹着烟蒂，惊喜道，"我闺女，怎么这么漂亮了啊！"

秦野云笑着走了进去，她把手里的礼品放下，被余叔叔拍了拍肩膀，然后听到阿姨说："我给余樵打个电话，看看他在哪里——"

"不用不用！"秦野云忙摆手，"我过来看看你们就走了！"

曾经的余家，无论在群山还是省城，永远是一派热闹气象。处处坐的是人，门里门外是客人。那时的秦野云过来玩，甚至觉得有点挤不开。余樵总是坐在离她不远的地方看体育报纸，往往看不了一会儿就有人叫他，"儿子！""余樵儿！""哥！"余樵时常不耐烦，又只能站起来，去应付家人对他的热情。

有段时间，连杜尚也住在这里，林樱桃和蔡方元要是过来玩，这个家顿时就像上班早高峰的北京地铁，再也挤不进人了。

秦野云不止一次听余叔叔在饭桌上提起，让余樵上大学以后赶紧从家里搬出去，仿佛这样，这个家其他人也就住得舒服点儿了。

可此时此刻，余樵真的搬走了。

余奶奶年纪大了，每天早早就睡下。余锦从小性格内向，成日里闭门学习。只剩下余叔叔和邹阿姨，夫妻俩在家里安静地坐着。这么一下子，显得处处都冷清。看见秦野云过来，他们比谁都高兴。

墙上挂了几张相片，有叔叔阿姨和余樵小时候拍的全家福，还有余樵的单人照片——他身着白色的飞行员衬衫，肩上戴着三道杠的肩章，微笑地望着镜头。

秦野云看了那照片里的男人一会儿。

秦野云像这个家的第二个女儿，她要走的时候，余叔叔去把屋里的余锦叫出来，他第一声叫错成了"余樵"。"不用了，不用送我了！"秦野云忙说。

余锦摘下眼镜出来，低着头换鞋。余叔叔的大手又拍秦野云的肩膀："送到家门口。"

总部小区，深夜行人很少。秦野云走在路灯下，远远地，她看到一个有些驼背的身影等在小区门口。

那是爸爸。

余锦个头比小时候高了，人似乎也更木讷，像根木头桩子似的跟在秦野云身边，一句话也不说。

秦野云叫他："余锦，不用送了，你回去吧！"

余锦一愣，他盯着秦野云如今的脸，眼睛眨了眨。

"你今年高考是吧？"秦野云也望着他，笑了笑，"考得怎么样？"

余锦张了张嘴，没说出话来。

"想去哪儿上大学？"秦野云问。

余锦慢慢摇头。

"要是想去北京呢，可以联系姐我，"秦野云又看余锦，这张和余樵没有一条纹理相似的面孔，"要是留在省城，也挺好。"

"余樵平时不在家，你……也别光顾着学习。叔叔阿姨他们，年纪也大了，还有余奶奶……你是家里唯一的男孩了，帮点儿忙。"

余锦用力点了点头。

秦野云在余锦的注视下走回到她父亲身边。她和爸爸一起，消失在电建小区外的夜幕里。

§

八月下旬，蔡方元从上海飞回来了。他年前在省城全款购置的"大别野"装修完毕，可以入住了。

林樱桃收到他发来的消息："你和蒋峤西明天有没有空啊，来温锅啊？"

林樱桃问："都谁去？"

蔡方元说："还能有谁啊，几个老朋友呗！"

傍晚，蒋峤西提早下班，开车来接林樱桃一同去蔡方元那里。林樱桃肚子不太舒服，但好久没见老朋友了，她换好衣服出门。

蔡方元的别墅前停了好几辆车，大多是外地牌照。林樱桃推门进去，立刻有陌生人过来迎接。

蔡方元正和一群人围在长长的餐桌边煮火锅。他抬起眼，看到林樱桃和蒋峤西进来了，那胖手一招："这边儿！"蔡方元向旁人介绍，"这是我两个发小儿，蒋峤西，你应该认识，旁边那是他媳妇儿……"

林樱桃站在门边，被蒋峤西扶着。她望着这一屋子陌生的面孔，才意识到蔡方元口中的"老朋友"，并不是她简单以为的那样。

不过确实，他们这群人奔赴大城市求学，到现在也有七年了。每个人都有了自己新的"老朋友"。

林樱桃在餐桌一角，和蒋峤西挨着坐。旁边一位年轻女孩儿看出林樱桃脸色不对，问她怎么了。

有人拿止痛药过来，给林樱桃吃。

"你们都是蔡方元公司的？"林樱桃问。

"对啊。"那女孩儿好奇地看她，"您二位和我们老板从小一块儿长大的啊？"

蔡方元正在长桌另一头低声打电话，他头发抹了发胶，连拿手机都是发哥的派头。林樱桃远远看他，觉得特有意思，蔡方元确实是有钱太久了。

那边儿，蔡方元正皱着眉头，听高中同学黄占杰在电话里说他临时有事，过不来了。

"我都摆上你碗筷了你不来了？"蔡方元说，"人林其乐都来了。"

黄占杰焦头烂额，欲哭无泪："我这不正好赶上截稿日吗！"

蔡方元说："行行，那忙吧，回头再叫你。"

"哎等等，"黄占杰又问，"你一说林其乐我想起来，她和蒋峤西结婚，你……你打算随多少份子钱？"

蔡方元一愣。

"想随多少随多少啊。"他说，"嗨，这么熟，怕什么啊。"

黄占杰愁道："我不知道随多少啊！我还没别的同学结婚呢……要不……随、随一万？"

"嚯！"蔡方元震惊道，"你真有钱……"

"怎么都得吃一点儿。"蒋峤西夹了个煮好的虾滑，吹了吹，放到林樱桃的小勺里。每逢特殊日子，林樱桃不难受还好，一难受就苦着张脸没有胃口。

林樱桃艰难地吃虾滑。

蔡方元挂了电话，在对面说："林樱桃，你看蒋峤西把你惯的！"

林樱桃抬起眼，隔着热腾腾的火锅，远远地看蔡方元。

"你新房子装完了，怎么就我和蒋峤西来了……"她说。

这一屋子人，来的不止他们二位，但蔡方元明白她什么意思。

"没法儿啊，"蔡方元说，"你以为谁都和你一样有暑假。"

林樱桃低头嘟囔："应该所有人都放暑假。"

蔡方元说："你想好儿吧！杜尚放暑假谁治病啊，余樵放暑假谁开飞机啊。"

饭桌上，林樱桃听了好些关于蔡方元如今在上海的事情，她也主动讲起了蔡方元以前上学时发生的糗事，什么豆瓣小组，还有漫画网站。蔡方元一直勒令她闭嘴，还亲手夹了一只大虾放到林樱桃小碟子里："堵不上你那嘴！"

吃完饭，蔡方元不让蒋峤西和林樱桃走："那么远过来就吃顿饭？玩会儿再走吧，玩到九点，行吧？"

林樱桃肚子还是不太舒服，她接过蔡方元倒给她的一杯热水，不参与其他人的桌游。她被蔡方元像搀扶太后似的扶上了二楼，进了一间有床的房间。

"来，"蔡方元难得对她这么温柔，他进去把窗帘拉上了，"你在这屋里躺会儿，有事儿你就按床头那个铃儿。"

林樱桃坐在床边，放下水杯："这怎么还有铃啊？"

蔡方元无奈道："我爸非让装的啊，非说那什么大领导床头都得有！"

林樱桃笑了。

"我这还是蔡叔叔领导专用房,"她小声说,躺下了,"我抢先体验体验。"

楼下狼人杀的牌局已经开起来了。蒋峤西没玩过,不清楚规则,不想参加。蔡方元拉他一起,说:"我也不会玩儿,瞎玩儿呗!"

对面的年轻女实习生笑道:"蒋经理,你可别听我们老板瞎说,他可会玩儿了!"

蒋峤西笑了。

发牌的时候,左手边的人给蒋峤西讲解了几句狼人杀规则,蔡方元在右边问:"听我爸说,你爸下个月从苏丹回国?"

蒋峤西点了点头。

"那梁阿姨呢?"蔡方元问他,"还回来吗?"

蒋峤西拿过自己那张身份牌,轻声说:"谁知道啊。"

光玩狼人杀,也没个背景音乐。蔡方元公司的策划小哥到电视机跟前,翻老板家抽屉里的老港片。

他拿出一张《大话西游之大圣娶亲》,瞧了眼封面上的周星驰和朱茵,把碟片塞进了DVD里。

蔡方元看了一眼发给自己的身份牌,立刻那眼神就变得很猥琐了。蒋峤西学他,也看自己的身份,把牌扣上,然后听蔡方元说道:"有不懂的问我啊。"

"蒋经理,"女员工坐在对面笑道,"你真的是第一次玩狼人杀吗?"

蒋峤西刚学着别人分析完他对现场每个人身份的判断,一群人光起哄。

"真的。"他表情很无辜,看那个女孩。

女孩立刻两只手立在前面,挡住了眼睛,不去看蒋峤西的脸。

"太影响判断了!"她说。

第一局玩完,蒋峤西跟着蔡方元捡了个漏,两个狼人结束了游戏。

第二轮开始,蒋峤西看了眼身份,又开始和蔡方元眉来眼去。

策划小哥说:"蒋经理和蔡老板那个眼神一对,他们俩就开始想坏事儿了!就开始想杀人了!"

美术在对面拍桌子道:"肯定又是两个狼人!"

"别误会,别误会啊!"蔡方元连忙伸手澄清,"我们俩这回可都是好人!"

蒋峤西坐在一边，没吱声。

他总是在轮到他说话的时候才发言，讲起话来言简意赅，条理还挺清晰，无论别人怎么质疑他，他自己的逻辑走得飞快，三言两语就说清楚了。如果有人听蒙了，说没听懂，蒋峤西还能再复述第二遍，而且和第一遍一模一样，让人无法怀疑他话语的真实性，他还特别能"降维"解释他的理论。

前台在旁边捧着脸傻傻道："蒋经理说得好明白哦！我都听懂了！"

蔡方元嗑着瓜子说："以前上小学上高中的时候成天给他媳妇儿讲题，你知道吧，这都是对着傻子练出来的！"

第二局到了末尾，直到良民蔡方元被杀了，所有人都还以为蒋峤西是那个预言家。

真正的预言家早就死了，在桌边憋了十来分钟，这会儿才抬起头来说："蒋经理，你实在太阴险了！"

蔡方元瓜子嗑了一半，手还捏着瓜子皮，被蒋峤西的真正面目给整蒙了。

第三轮一开始，所有人上来就把蒋峤西给投下去了，全员通过，第一个杀他出局。

蒋峤西把手里的身份牌一扔，没劲道："还能这样？"

都不带他玩，他上楼找老婆玩去了。

蔡方元在楼下教育公司里的单身女员工："我这发小儿，从小就勇敢倒追，追到多好的老公你们看！"

女员工撇嘴："那你叫发小儿姐姐下来给我们传授传授经验啊！"

蔡方元一听，笑了："这我估计她也总结不出什么经验来……经验，经验就是，她老公正好也看上她了呗！"

至尊宝在电视屏幕里深情凝望着紫霞仙子。

"曾经有一份真诚的爱情放在我面前，我没有珍惜，失去的时候我才后悔莫及……"

林樱桃从被窝里坐起来了，一脸萎靡，蒋峤西来到她身边，她靠在他怀里。

"一开始蔡方元说叫几个'老朋友'，我还以为他们都要来呢……"林樱桃的下巴贴在他肩头。

蒋峤西搂着她，轻声说："等我们结婚那天，他们就都来了。"

2015
第十二章

挽着你父亲的手，走向你的如意郎君

九月初，林樱桃又敲定了她两位朋友的国庆节行程。

巧的是，她们同在大洋彼岸的美利坚生活。

师大学姐孟莉君，原本不确定她今年国庆期间有没有时间。她工作很忙，在东海岸又刚刚站稳了脚跟，一个二十九岁的异国单身女人，丝毫不敢松懈。可叫她没想到的是，她父母居然国庆节要去美国偷偷看她，还准备带着家里老人看中的相亲对象一同去，搞她一个突然袭击。

"要不是我表妹说漏嘴了，我都不知道！"孟莉君在电话里愤愤道。

于是她问主管请了假，要回国躲躲。主管同样作为女性，非常同情她。

林樱桃和蒋峤西说了这件事。蒋峤西对孟莉君有印象，前几年樱桃去美国念了九个月的书，受这位学姐很多照顾。

另一位朋友是林樱桃当年在群山一中的好同桌，耿晓青。

耿晓青正在美国读研，读的是环境工程专业，每天泡在实验室里，为人生第一篇SCI做准备。她正在忙最后的数据整理，本来说要努力调出时间，但还是安排不出来。

林樱桃一听"SCI"，憧憬赞叹道："哇！"

耿晓青不好意思道："不是一区二区的啦，普通期刊而已……"

她在电话中说，本科阶段刚来美国的时候，每天都很不适应，很低落，但现在好多了，生活很充实。她也很幸运，跟了一位好的老师，有了一个好方向。

"樱桃。"

"嗯？"

耿晓青试探着问："余樵，找女朋友了吗？"

林樱桃一愣。

"我也不知道，"她坦白说，"我好久没见到他了。"

虽然时不时在微信群里聊天，可余樵很少谈到他的个人生活，连蔡方元和杜尚对他这方面都不大了解。

但他怎么都二十五岁了。

"应该……找了吧？"林樱桃猜测。

耿晓青说："这些年，我偶尔会想起我们中学时候的事，想我到底为什么会喜欢他。从初一到高三，说白了，我那会儿根本就不认识他，也不了解他，连一句话都没有说过。后来和他接触上，面对面，其实立刻就感觉他和我想的一点儿也不一样。"

"后来我明白了，樱桃，"耿晓青说，"其实我喜欢的，是你最早和我聊天的时候，讲到的那个'余燨'，我喜欢的是你心中、你口中的那个人。"

林樱桃握着手机，张了张嘴。

"对不起，晓青……"她不自觉就说。

"你对不起什么啊？"耿晓青一愣。

林樱桃懊恼起来："都是我讲得太不真实了！真实的那个人令你失望了！！"

耿晓青忍俊不禁："就是啊！虚假广告你！"

"我有时候想，如果时光能够倒流就好了，"耿晓青顿了一会儿，"我就能回到初中，告诉那时候的耿晓青，余燨根本就不是你喜欢的那个样子！"她说到这儿，又想了想，"但那时候，生活在群山，那么小的地方，每天都那么无趣，那样的一个我，肯定也不信，肯定会觉得，我不管，余燨一定就是我的'三井'，一定是我的白马王子！"

教师节当天，林樱桃收到了班上小朋友亲手给她叠的一罐小星星，叠得歪歪扭扭的。

她在微信上祝几位老师节日快乐。上个月刚遇见过的高中班主任陈老师立刻回复了，与林樱桃互道节日好。

"林其乐，你和蒋峤西什么时候有空回实验高中看看？"陈老师说，"我这届学生刚上高三，你们也给学弟学妹分享分享你们的那个学习经验，当帮老师一个忙。"

从毕业以后，蒋峤西再没回过实验高中了。陈老师现在还带本校（18）班，蒋峤西把车停在本校停车场，进门时看了一眼班牌，他对学校总是没什么归属感，还是因为樱桃转来本校，他待在班里的时间才更加长了。

陈老师在讲台上，简单介绍了蒋峤西和林其乐，他有意省略了两人之间的关系，只说是二〇〇八届两位非常优秀的毕业生。"一位是天赋型学长，一位是努力型学姐。"陈老师对学生们说，"机会难得，全都好好听一听啊！"

台下的女生们盯着台上的蒋峤西，捂着嘴交头接耳，有几个学奥赛的男生已经鼓起掌来了——毕业七年，小白楼里仍流传着关于学神蒋峤西的种种传说。

蒋峤西站到讲台上，他望着台下，顿了顿，突然说："我没参加过咱们内地的高考，你们有什么想问的，关于竞赛，或是托福、SAT，可以问我。"

蒋峤西本来就不是特别爱讲话的人，从小到大，无论在哪儿，总是别人提问，他回答的较多一些。

学弟举手问："学长，平时太努力准备了，对考试结果是不是适得其反？"

蒋峤西看到讲桌上有根断了的黄色粉笔，他把粉笔拿起来，放回笔盒里。

"有多努力？"他抬头看去。

那学弟一愣，周围的同学顿时偷笑起来。

蒋峤西没等到他顺畅的回答。

"你目前高三，"蒋峤西皱眉道，"唯一能做的就是努力，别找借口。"

那学弟挠了挠鬓角，坐下了。

绝大多数学生面对像蒋峤西这样的人，都有些不敢讲话。他们或是趴在课桌上，看谁有那个胆子问学神问题，或是嘴里快速默念着什么，把一个问题咬在嘴里，来来回回润色和修改。

林樱桃站在讲台下面，看这些学弟学妹们，突然想起最早在群山，她也是这么被蒋峤西动不动驳上一句。但她很想告诉学弟学妹，蒋学长其实并不凶，他说的是真心话。

托福提前多久准备，SAT 要不要专门停课去学，高三参加竞赛与高考复习之间有冲突要如何权衡……这些问题，蒋峤西听在耳朵里，也感觉到这些学生的迷茫。

大多数人，总是在迷迷茫茫中错过了也许最珍贵的岁月，而只有少部分人，从一开始就清楚自己要的是什么，并为之付出了应有的努力。

"还是根据自己的能力，做出适合你的选择，"蒋峤西说，"你们自己，还有你们的师长，都比我更了解你们现在的水平。学会自己总结，你是谁，你处在什么位置，而你要到哪里去，这些问题你应该自己去判断，而不是希望一个陌生人给你答案。"

也有一看就是搞数学竞赛的学生，站起来，问题极有针对性。

"蒋学长，您当初学了那么久的数学竞赛，成绩一直非常好，我小学也是实验小学的，初中也在附中，我经常听竞赛老师提到您……就是，您为什么在进入国家集训队的时候放弃了？是不是数学竞赛有什么和您想象中不一样的东西？令您很失望？"

蒋峤西说："你为什么问这样的问题？"

那学生说："我……我担心我会和您一样，从小努力学了这么久的数学，真走到那个时候，也会发现什么之前没发现的事情，让我失望，或是什么别的，那我的时间和精力可能就白费了——"

林樱桃借着身后的阳光，望向了如今的蒋峤西。

"并没有什么可失望的。"蒋峤西想了想，说，"数学竞赛，本身有它的意义，选拔过程会给你一个方向，也可以锻炼你的技巧。退赛是我个人的原因，和学科还有竞赛本身并没有关系。"

学生问："那您为什么没有再学数学了？"

蒋峤西看他。

那学生红透了脸："我、我们助教是和您一届的，他特别特别崇拜您，说，觉得蒋峤西学长是他见过最有天赋的人，应该去参加那一年的国际赛，您肯定能进国家队，拿金牌！然后去美国进修，成为真正杰出的数学家！而不是……"

他没说下去。

蒋峤西面对台下五十多双清澈眼眸的注视，这些孩子，他们都还很年轻。

他穿着商务衬衫，他在投行、基金公司待了三年，在香港生活了七年，成年人的圆滑，有时会被孩子的天真不经意戳破一个孔。

"你最开始的问题是想问，"蒋峤西想了想，说，"你担心，时间和精力被浪费了。"

"对。"那学生点头。

"无论发生什么，"蒋峤西远远地望他，"无论是，出成绩也好，没出成绩也罢，或是像我，退赛了——我也从没有觉得，我的精力和时间被浪费了。事实上，如果你有这方面的天赋，竞赛会帮助你，鞭策你突破自己的边界；如果没有天赋，它也是一种经历，可以更深地接触这门学科。"

忽然有别的学生插话道："那、那蒋学长，万一竞赛没搞好，还把高考耽误了怎么办啊——"

蒋峤西听着，眨了眨眼。

"竞赛完不还有半年吗？"他的手揣进裤兜里。

所有人面面相觑，这些孩子很快就明白了：实验高中传说中的学神学长，老校长引以为傲的天才，他的经验心得对普通学生来讲真的很难实现。

还是那位看起来和蔼、可爱的林其乐学姐站到台上，讲的内容更平易近人些。

"其实很多时候，包括我自己上学的时候，也常会觉得，学这些东西有什么用啊，物理、数学、几何、函数……我以后能用到吗？"林其乐看看台下这些孩子，她说，"暂且先不论它以后能不能用到，哪怕它没有用，但在高中时期，这些学科是唯一能证明我们自己的方法，它们是一种工具，一种渠道，借助它们，我们可以证明我们究竟能达到哪一种智力层次，以及我们能拥有怎样的自控水平。"

台下的学生们认真地听着。他们中有些人望着林其乐，脸上浮现出似乎明白了，又仿有困惑的神情。

"明明我们头脑很聪明，我们有能力去控制自己，却没做到，"林其乐严肃起来，"明明可以有那么高的水平，却没达到，那么不是好的大学不要我们，是我们不要它。那份更好的未来，是我们自己选择放弃的。

"只要我们努力过了，它一定会在接下来的某个时刻反哺我们自身……只要证明了我们的能力，就可以去到更好的大学，学习更多的知识，站在更高的平台上，去追寻更好的人生。从小到大，成长，就是一次又一次证明自己，证明我可以上好大学，值得一份好工作。"林其乐不笑的时候，她的大眼睛便有一种威慑力，叫人不自觉听她说的话，"甚至在将来，等你们长大了，这种能力还能够替你证明，你可以拥有好的伴侣，可以组建好的家庭。"

学生们偷笑起来，他们听到"伴侣"这个词，难免想入非非。

陈老师双手抱在胸前，他点了点头，示意林其乐继续往下说。

"林学姐，"有学生说，"那万一我就是笨，我就是学不会怎么办啊——"

"对啊，"后排有学生问，"知道要努力，但是临考试发挥不好，那我也没辙啊。"

"我们每个人的天赋都不一样，有的同学可能就是不太适合走大多数人走的路，有一些别的才能，但这并不是逃避高考的理由。"林其乐说，"因为高考绝不会是我们人生的最后一场考试，大学也好，走入职场也好，就算当演员，做生意，你能想到的任何一条道路上，都永远会有更多更复杂的考核在等着你们，可能现在是一个月一考，以后会变成每一天都在经历考验——"

"啊？"学生们发出惨叫。

他们身在校园，对成人世界尚不了解。

"所以要尽量转换一种心态。"林其乐说，"考试并不是筛选我们的过程，你要想，它是一个督促我们的，让我们证明自己的过程。在一次次考试里，我们始终是进步的，它是对我们有帮助的。"

孩子们沉默了，只有几个明显是优等生的学生在下面点头，表示赞同。

林其乐说："如果总是担心会被从独木桥上挤下去，会被甩下车轮，被碾压在轮下，时时刻刻对考试、对未来怀抱着这份恐惧——"

蒋峤西在窗边注视着她的脸。

"那么不仅是高考最后这一年，以后无论遇到了什么事，你都会很辛苦。"林其乐认真对学生们说，也望向那位最一开始向蒋峤西提问的胆小紧张的学生，"它会反过来影响你的状态，干扰你的临场发挥。所以学会调适自己，这也是我们个人能力极其重要的一环。"

"而且这不是生活能力，"林其乐讲，"这是生存能力。"

她讲到这里，学生们笑了。

他们年纪太小，觉得她在说笑。

"学习很重要，每一个过来人都会这么对你说，像我，小时候学习很差，成绩总是排在班里倒数，"林其乐看到台下惊异的眼神，"所以我后来很庆幸，我有及时努力，改变自己的想法，好好学习，才有今天站在这里和大家交流的机会。当你在学校里，无论遇到什么难关，经历什么不快乐的事，学业和成绩都是你的依靠。以后走上职场也是一样，让事业、工作能力支撑住你，就不用再惧怕人生任何的风雨。"

实验高中刚入校的高一新生，已经是"00后"了。

林樱桃挽着蒋峤西的手臂，一同在实验高中校园里走。蒋峤西刚刚去了一趟校长室，和一直看重他的老校长"汇报"这些年来的工作情况。

他在小树林的长椅上坐下，拉着樱桃坐在他身边。

"'00后'不应该在上幼儿园吗？"蒋峤西问。

林樱桃看他："我们幼儿园的小朋友都是'10后'了！还'00后'。"

蒋峤西摇头，把手放在樱桃的膝盖上。

临近放学时间，校园里满是学生。林樱桃靠在蒋峤西身边，看着这些十来岁的孩子们三五成群从他们身边走过，当她望向他们，他们也不自觉扭头看她和蒋峤西。隔着很远，能听到篮球场上砰砰的，有人在打篮球的声音。女生们出了操场，拿着网球拍，拐向另一条长廊，那是通往网球馆的方向。

林樱桃抬起头，望着头顶傍晚时分风吹的树叶。

她说："总觉得还在上高中似的。"

蒋峤西道："高中你可没在小树林和我这么坐过。"

林樱桃笑着问："你嫉妒啊？"蒋峤西好像不高兴，又表现得很无所谓。

朋友圈时下正流行的文章是：

《第一批 90 后已经开始秃头了》

《第一批 90 后已经准备出家了》

《第一批 90 后的你，该学会养生了》

……

蒋峤西搂着林樱桃，在小白楼正门前拍了一张合影。帮他们拍照的学生走过来，还蒋峤西的手机，然后试探着问："请问您是……蒋峤西学长吗？"

林樱桃站在台阶下面，仔仔细细举起学生的手机，帮眼前半个班的竞赛生和蒋峤西合影。蒋峤西个子高，只能站在后排中央，他微笑着望向她的镜头。

那棵遮天的大银杏树，树冠至今还盖在小白楼的上空。

蒋峤西抬起眼，望这栋熟悉的、曾对他来说像家一般的建筑。

蒋峤西之前并不知道，小白楼里还挂有他的照片，那是当年省队在福州留下的一张合影。除此之外，在小白楼壁报栏里，还有去冬令营之前，他在这里上自习时被拍到的一张照片。蒋峤西自己是一点印象都没有了，林樱桃凑到他身边，睁大眼睛瞧那照片。自习室那么多学生都在抬眼看镜头，只有蒋峤西坐在角落里，他正低头拿着支笔专注地算什么，他沉浸在其中，全世界，万事万物，都与他无关。

林樱桃从照片上挪开眼，悄悄看向身边的蒋峤西，发现蒋峤西看着这张照片，仿佛在出神。

"这里！"

林樱桃推开自己小卧室的门，拉着蒋峤西的手快步进来。她蹲到床头橱前，低头把里面一摞书卷拿出来。

蒋峤西站在林樱桃身后，当他看清楚这些书卷是什么，他拉了一下西裤，在床边地板上盘腿坐下来。林樱桃也一屁股坐在地上，她从橱子里又翻出一个小小的牛仔布笔袋，在蒋峤西面前拉开，里面躺着几支黑色水笔，虽然都不能用了，大概早就没水了。

"这都什么时候的书了。"蒋峤西拿过一本讲义，在手里翻了翻。

纸页的空白处密密麻麻都是数字，是青涩又过于熟练的字迹。

林樱桃低头也看那讲义。她对他讲起，蒋峤西去香港以后，她听说他还有书留在小白楼的自习室，差点被人收走了："我过去看了看，就都拿回来了，一直放在这里。"

蒋峤西放下手里的讲义，又拿过一本习题册，翻了翻。

"这些我都做过了。"蒋峤西抬眼看她的圆脸蛋。

言下之意，拿这些回来干什么。

林樱桃也望着他。

林妈妈从外头敲门，给女儿女婿端进来一盘切好的蜜瓜。她吓了一跳，看到峤西穿着西裤坐在床边的地板上，正拿一支笔在一本旧书上写字，好像小时候在他们家做作业似的。

林樱桃靠在他身边，专心看着他算。见妈妈进来，林樱桃抬头说："妈，我们想今天留下吃饭。"

"哦，"林妈妈反应过来，忙说，"好啊！"

蒋峤西算完了一道题，填上答案，林樱桃伸手掀过这一页，一指角落里："还有这道题也忘了做。"

习题册里时不时就会夹一张小纸条，上面潦草地写着一些字母公式，还有看不清的数字。纸条太小，不像草稿纸，蒋峤西拿起几张来看，在眼前仔细分辨。

樱桃在他怀里问："这是什么？"

他回想起这是他那时候琢磨的数学问题，他喜欢这么记突然萌生的想法，想法是很珍贵的，可有时候不小心就弄丢了。

林电工在门外接到老伙计余班长的电话。余班长闲极无聊，约林工收拾钓具，吃完晚饭出门夜钓。

"蒋峤西。"

"嗯？"

樱桃从他怀里抬起头，近近地问："你还想继续读书吗？"

蒋峤西没说话。

林樱桃说："什么时候不想上班了，我们就去读书啊。"

蒋峤西说："读什么啊。"

"数学啊，"林樱桃说，"你不是最喜欢数学吗？"

她又说："你以前还想去伯克利学统计，统计也行。"

"学数学可没钱，"蒋峤西忽然说，他想了想，"再说，我万一也学不出什么东西来……"

林樱桃盯着他的脸。

这是她第一次听到他在学业上讲这么不自信的话。

"你这么聪明，"林樱桃说，"就试一试不好吗？"

蒋峤西低着头，他笑了，眉头却蹙着。

林樱桃看他。

"我可以赚钱。"她说，"我们不需要很有钱。"

窗外暮色渐浓，门外能听到妈妈做饭的声音，铲子在锅子上划动。

"我好想回群山看看啊……"林樱桃靠在他怀里，忽然说。

身边地板上放满了习题册，波比小精灵和芭比娃娃都在林樱桃的书桌上坐着。

蒋峤西搂着她，轻声说："等办完婚礼就去。"

"真的？"林樱桃小声说。

"群山就在那儿，又丢不了。"蒋峤西说。

§

上完了音乐课，林樱桃站在班门口，和助教讨论论文的事。"林老师……"助教轻声说，碰了碰她的胳膊。

林樱桃顺着助教的目光看过去，自由活动时间，班里小朋友都在玩闹聊天，只有一位小朋友不玩耍。她还不到六岁，就戴上了眼镜，也不碰班里的玩具，闷头坐在小凳子上，正握着一支铅笔头在算术本上写来写去。

从她这学期转学过来，林樱桃已经观察她快半个月了，包括上一节音乐课，这位小朋友也很不合群，不愿融入大家，对音乐节拍也没有反应。

蒋峤西过来接老婆下班的时候，看到林樱桃蹲在班里，正凑在一个小女孩身边不知道在说什么。那小女孩也不理她，很内向的样子，揪着手里的算术本，并不听老师讲话。

林樱桃一转头，看到蒋峤西站在门外。

平时除了教英语歌谣的外教，很少有男性出现在孩子们能接触到的环境里。林樱桃牵起小女孩的手，带她走出了教室，坐在门口的台阶上。林樱桃指着蹲在她们面前的蒋峤西说："这个叔叔，他的数学特别特别好，你这个问题不会，可以问他。"

那个戴眼镜的小女孩愣了愣，她抬头，看见蒋峤西。

蒋峤西那长长的睫毛，看上去不仅仅吸引过林樱桃这么一个幼龄小女孩。

"叔叔，"小女孩怯怯问，"你是数学家吗？"

蒋峤西还没开口，林樱桃说："对啊！"

蒋峤西坐在了她们身边的台阶上，接过她手中的算术本和笔。那是道简单的几何分割题，有点脑筋急转弯性质，怪不得樱桃一时半会儿看不出答案。蒋峤西把涂画得脏兮兮的本子掀了一页，在下一页抬手画了个圆。

"这……"

他话音未落，忽然那戴眼镜的小女孩"哇"了一声，双手掩住了嘴。

她一下子恢复了孩子秉性，双眼亮晶晶崇拜地望着蒋峤西。

越来越多的孩子从身后朝他们围过来了，蒋峤西低头坐着，感觉肩头手边围的全是各种小朋友，全是樱桃照顾的这些鲜活的小生命。他们像这个世界的善意，将蒋峤西软软地包绕起来。

林樱桃曾对他说，被一个孩子依赖，再硬的心也会变得柔软，蒋峤西当时并不明白。

"叔叔，"小女孩摇晃他的袖子，小声恳求，"你再画一次，你再画一次……"

蒋峤西有些无奈，他捏着笔，奉命在本子上又画了个圆，还是一样的标准完美，这不是普通人能做到的事。这位看起来像上班族的叔叔，仿佛会变魔法。小朋友们见到了，激动得都捂着嘴，在他身边欢呼。有些甚至高兴地蹦跳起来，好像看到了什么特异功能。

临分别，蒋峤西把那道题给小朋友一步步讲完了。

"数学家叔叔再见！"戴眼镜的小女孩背着书包，算术本被接她回家的妈妈放进了书包里，她一只手握住妈妈，另一只手朝蒋峤西努力挥了挥。

蒋峤西突然笑了，冲她招手。

樱桃挽住了他的手臂，说："走吧，我们也回家？"

§

九月中旬，婚礼的第一批客人抵达了省城国际机场。

林其乐站在机场大厅，远远看着堂嫂推着轮椅上的堂哥，从出口朝他们走来。堂嫂手里还牵着一位小朋友，是蒋峤西的小侄子，今年七岁，已经在香港读二年级。

"峤西叔叔！"小侄子背着书包，松开了妈妈的手，一路张开胳膊像小鸟似的跑过来。然后被蒋峤西一把抱了起来。

林其乐帮堂嫂提行李，一起折叠好堂哥的轮椅，放进后备厢。堂哥的头发距离上次在香港见面时又浓密了许多，变黑了，整个人瞧着也精神，穿着合体的衬衫。他现在会用一把小手杖，没事的时候走一走路。

蒋峤西开车带一家人回家，吃顿家宴。堂嫂坐在后座，好奇地望窗外，这还是她第一次来省城。她问林其乐，婚礼准备得怎么样了。

林其乐拿车里的乐高玩具给小侄子玩。"今天刚挑好喜糖盒。"她对堂嫂说。

蒋峤西把堂哥推出了电梯，小心推进樱桃拉开的家门。小侄子跑进家里，朝四下看了看，奶声奶气道："峤西叔叔的家好大啊！"

"大吧，"堂哥扶着扶手，他看了看弟弟的新房，挽住儿子的手，"以后要不要到内地来啊？"

林其乐进厨房去，把烤箱里的菜端出来，摆上桌。堂嫂进来，挽起袖子帮她。堂嫂惊讶道："这么多菜，你自己做的？"

林其乐朝外面看了一眼，她凑到堂嫂耳边小声说了句话。

"哦……"堂嫂也回头看蒋峤西,"还是要和他说一下吧?"

"我去和他说。"林其乐点头道。

蒋峤西又拿出一盒新的乐高玩具,拆开来,在外面哄小侄子一起玩。林其乐走过来,小声说:"你去准备酒和饮料,蒋叔叔到楼下了,我要下去接他。"

蒋峤西抬眼看她。

堂哥坐在对面,正翻看蒋峤西公司的一本基金募集说明书。

林其乐抿了抿嘴,和蒋峤西商量:"堂哥他们都在这儿,我们就别都下楼了,我自己去。"

她换了鞋子,拿了钥匙和业主卡飞快下楼。到了一楼访客大厅,林其乐推开门,远远看到一个头发苍白,年纪已有六十出头的男人,身穿藏蓝色工作服,坐在长椅上。

他手扶着膝盖,身边放着一只旅行箱。

"蒋叔叔!"林其乐喊道,跑了过去。

蒋政抬起头,看见一抹红色朝他过来,顿时他那张布满皱纹的脸就笑了。他站起来,伸手轻轻揽过樱桃的肩膀。

林其乐眼圈有些红了,抬头看他。

蒋政感慨道:"好久不见了,樱桃。"

进电梯的时候,林其乐把钥匙套在手腕上,说:"我帮你拿箱子。"

蒋政站在旁边,看着她拿。那箱子并不重,只带了一些随身衣物和资料,还有给他们小两口捎的土产。

电梯数字往上跳,蒋政说:"还叫蒋叔叔啊?"

林其乐偏头看他,她抿着嘴。

"爸爸。"她轻声说。

蒋政点点头,叹了口气,笑道:"好,好啊。"

"好久没听过一声'爸'了。"他说。

蒋峤西正忙着分餐具、擦酒杯,做樱桃交给他的工作。听到开门的声音,他抬起头,看到樱桃进了玄关,手里提着一只小箱子。

"蒋峤西,"林其乐抬起头,对他说,"爸爸来了!"

"阿叔!"堂哥忽然在客厅里叫道,"好久不见!"

蒋政哈哈笑了起来,他在国企集团当了一辈子大领导,笑声厚重、含蓄。

"若诚,"蒋政说,"劫后余生啊,孩子!"

蒋峤西把手里的酒杯放下,他被樱桃挽住胳膊,拉出了厨房,去到蒋政面前。

蒋政看着他。

"你长大了。"蒋政说,好像从没有和蒋峤西这个小儿子分开过似的。

蒋峤西抬起眼,并不是隔着电脑屏幕,而是这么面对面地看他。蒋政面上皱纹横生,让蒋峤西感觉很是陌生。

樱桃轻轻揪他的袖子。蒋峤西"嗯"了一声,一家人都在,他朝蒋政点了点头。

十几二十岁时,蒋峤西可以在任何场合给任何人脸色。对他不欢迎的人,他懒得伪装。

如今,他二十五岁,有了自己的家庭了。就看樱桃的眼神,他自己心里也明白,最起码在表面上,他应当做个"像样"的大人了。

蒋政是在场所有人的长辈,是受尊重的。餐桌边,堂哥陪着叔父聊天,时不时地樱桃也插句话。如果忽略掉蒋峤西在一旁不言语的态度,这看着也是其乐融融的一家了。

"我们家孩子太小,我身体也还不好,过来一趟不容易。"堂哥笑道,"如果不是峤西结婚,真不知道什么时候才会再来。"

"你上次来都是什么时候了?"堂嫂笑问。

"上次?"堂哥回忆了一下,转头看阴着一张脸的弟弟,他笑了,"好像就是峤西出生的时候……不对,是他两三岁的时候!"

林其乐掰开一个枣面馒头,分了一半给公公,看蒋峤西还不开心,她自己咬了一口。"你要不要吃啊?"她凑过去小声问。

蒋峤西抬眼看她,于是林其乐把剩下这块又掰成两半,给了他一半。

堂哥正回忆,那是个冬天,他和同学一起到电影院去看周星驰新上映的电影,是《武状元苏乞儿》。

等出了电影院,天已黑了,他们同学本打算去兰桂坊玩,听说铜锣湾有家百货公司发生了火灾。堂哥找了个电话亭给家里打电话,他想问妈妈和表姐有没有从崇光百货回来,结果爸爸说:"你什么时候回家呀?"

"怎么?"堂哥问。

"你阿叔他们夫妻又吵架,要离婚,你跟我回一趟内地。"

"干吗,去劝架啊?"

"把你那个小堂弟接过来啊!"

那个年代,赴港手续复杂难办,但蒋峤西还是在懵懂无知中被伯父抱着,坐上了飞往香港的班机。

林樱桃站起来,给长辈添红酒。堂哥讲到"阿叔夫妻又吵架"的时候,林樱桃走到蒋政身边,听到蒋政笑叹一声。

她坐回去，蒋峤西接过她手里的酒瓶，给她倒了小半杯。

林樱桃吃着饭，听长辈在那边聊天。她小声问蒋峤西："你爸妈当时怎么舍得放你去香港的？"

蒋峤西的手扶在她的椅背上。

"当时……"蒋峤西想了想，"他们并不知道我也，有一些天分。"

天分？林樱桃听他说出"也"这个字，语气稀松平常。

长辈们并没有注意到他们小夫妻之间的低语。

"我在香港读小学一年级，"蒋峤西看着她，"大伯后来告诉我，他那时撞见我在帮司机的孩子写数学作业，他以为我被人欺负了。"

林樱桃不禁笑了。她听到蒋峤西轻声笑道："其实只是那个孩子把他的数学书借给我看，而我看得很入迷，不知不觉写出了答案……"

"然后我就被蒋政他们接回来了。"蒋峤西告诉她。

往后发生的事，林樱桃已经知道了：六岁，蒋峤西在省里举办的小学奥林匹克数学大赛上获得了金奖，他被从小冷落他的母亲激动地搂在怀里，而他一度以为父母要开始爱他了。数学神童，横空出世。从那往后的十年，蒋峤西再也没离开过奥数。

"我第一次听你说这件事。"林樱桃说。

"我以前和你讲过。"蒋峤西说。

"但没有这么细。"林樱桃说。

蒋峤西抬起头，借着餐桌上方朦胧的光线，看着堂哥和蒋政交谈的面孔。

"其实我有时候也忘了。"他说。

小小儿童，为了讨好父母，为了得到家人给予的"爱"，不是没努力过。他也曾天真地以为，只要下次分数再考高一点，只要认认真真学习数学，爸爸妈妈就会爱他了，而不再总是提起那个哥哥，不再总是反复无常，丢给他一两句敷衍了事的表扬，就将他推回房间。

蒋峤西的小侄子坐在妈妈和蒋政爷爷中间，正用勺子吃爷爷夹给他的咕噜肉。蒋政摸了摸孩子柔软的头发，抬头说："樱桃这个做饭的手艺，深得娟子的真传。"他对蒋峤西道，"你小子，有福气啊！"

堂嫂说，要不是樱桃这几年放假都去香港，不知道峤西那日子要过成什么样。

林樱桃的手垂在身边，被蒋峤西在桌子底下握住了，十指相扣。

饭吃到八点多，在座的除了蒋峤西，多多少少都喝了点酒，难免动情，语调绵软，带着些醉意。

"阿叔啊，樱桃，"堂哥坐在对面，他眼眸湿亮，"其实我一直想找个机会，对你们说一声，抱歉。"

他扶着轮椅扶手，身体向前倾，似乎想站起来。

蒋政按住他，让他坐回去。

"说什么啊。"蒋政皱眉道。

林樱桃看着他们，又看身旁的蒋峤西。

"有一段时间，我很清醒的。"堂哥摇头道，"我可以看，可以听，但动不了，也不能说话。我好像只剩下意识了，被困在我这个几乎死亡的身体里，我也不知道哪天，自己的意识也会跟着消失。"

蒋峤西望着他。

"我自己的家庭被拖累了，"堂哥说，"已经在所难免。但峤西，他不应该受我的牵连……从他很小的时候我就期望，他能够成为一个数学家也好，任何他想从事的职业，只要他觉得好，觉得快乐，峤西很聪明的……而不是，天天打工，为一个没有下半生的人，跑去当什么家教，耗在医院做护工，这太不值得了……"

"若诚。"蒋政在旁边叹息一声，攥他的手。

"你这不是又有下半生了吗？"蒋峤西在对面说。

蒋若诚也抬眼看他。

"要是再没有，"他说，又看身边的太太，"我还要把你们拖累到什么时候？"

蒋峤西忽然冷笑了一声。

"那时候樱桃都去找我了，"他故作冷酷无情道，"你想拖也拖累不了我太久。"

堂嫂说，若诚刚出事那段时间，全家人都在忙，没顾及峤西的事，当时只觉得峤西再过几个月就到伯克利念书了。当时堂嫂还庆幸，起码还有个堂弟关心若诚，能帮上几个月的忙。谁知道峤西不声不响就此留在了香港，七年都没走。

蒋若诚吃完了饭，自己从轮椅上站起来。他握住手杖，来来回回走了几圈。蒋峤西站在门边瞧着，检查似的。

"我走得怎么样？"蒋若诚回头问。

"我的家怎么样？"蒋峤西看他，也问。

蒋若诚点头，又仔细看了看这家里的布置、陈设，看在厨房里笑着和公公说话的樱桃，欣慰道："这像是你的家！"

蒋峤西站在原地，他脖子垂下去了。

蒋若诚拄着手杖到他面前，握起拳头来，轻轻敲了一下蒋峤西的肩膀。蒋峤西向后倚了一下，还深低着头。

过了会儿，蒋峤西抬起眼来，他深吸鼻子。

他忽然紧紧抱住了堂哥。

林樱桃小声问："你怎么啦？"

蒋政和堂哥一家人正在客厅里热热闹闹聊天。林樱桃在厨房洗完了擦碗布，感觉蒋峤西在背后抱着她，把脸靠在她头发上，一声不吭的。

林樱桃说："你把堂哥一家人送到酒店回来，再把爸爸送到总部公寓去吧。"

蒋峤西的手搂着她，半天说了一句："什么爸……"

林樱桃转过头，抬眼看他。

"他是你亲生父亲，我总要叫爸爸的。"她说。

蒋峤西低着头，闷闷地看林樱桃。

她伸手也抱住他的腰，轻声说："我自己愿意叫的，你要是还不愿意，那我以后替你叫，好不好？"

蒋峤西忽然觉得，老婆学这个学前教育，好像是专门为了来教育他的。

蒋政说："对了，樱桃！我带来了你要的照片。"

"什么照片？"堂嫂问。

蒋政站起来，亲自拉过了随身的箱子，弯腰打开，从几本书中间拿出一个信封："蒋峤西的照片，从小到大的，虽然不太多——"

林樱桃走出厨房，她从公公手里接过那个信封。

她看到了许多不同年纪的蒋峤西，虽然旧相片里的他看上去总是不大高兴。

蒋峤西当初离开家，只带了贴身的证件，别的可以说什么都没顾上。

他站在厨房门边，看蒋政翻出那些他的照片。这是从哪儿拿过来的，苏丹吗？

樱桃进书房去，把家里几本厚相册全抱出来了。

林樱桃从小爱拍照，身边的叔叔阿姨也喜欢给她拍，家里数她的照片最多。

在那么多的合影里，偶尔会有几张出现过去的蒋峤西的影子。

堂哥拾起一张群山工地宿舍的照片，笑道："这就是你们当年住的小房子？怪不得蒋峤西刚搬过去的时候那么不高兴。"

旁人都笑。蒋峤西也走过去，他扶着轮椅，看堂哥手中的照片。

群山工地宿舍的小路上，周围站的全是穿蓝色工作服的电建工人，余班长头上的安

512

全帽还没摘掉，在旁边大笑。一只大公鸡，脚上系着一条红白相间的麻绳，被拴在了树根上，昂首挺胸地扬着鸡冠子。林樱桃扎着两根马尾辫，小小一个，被她爸爸抱了起来，正捂着手指头号啕大哭。看上去她刚刚偷摸了大公鸡，结果被人家给啄了手。

蒋峤西情不自禁地笑了。

同样是那个年代的胶卷，蒋峤西在照片里就面目模糊，没有生气，就是杜尚、余樵、蔡方元他们，偶尔也有迷茫的时候，只有林樱桃，她的一颦一笑、一举一动，无论谁来拍，无论什么角度，只是镜头前吃着甜梨的一个回首，或是吹肥皂水泡泡时的抬头，都让人感到她是如此鲜活，富有生命力。

千禧年前的旧照片，缺少滤镜，没有美颜相机。二〇一五年的一切都是那么新，过去反而因为旧，充满了真挚的魔力。

"珍惜生活，珍惜彼此在一起的时间，"堂哥走之前，对樱桃和蒋峤西说，他的眼睛弯了下去，"更要珍惜健康，也珍惜自己的家人……"堂哥有意无意看了蒋政叔父一眼，他对蒋峤西说，"有些事，不要等到像我一样走进鬼门关，才后悔会留下遗憾……"

他又和蒋峤西拥抱，拍彼此的后背。

堂嫂这时提过来一个纸袋，笑着说："樱桃，这是我和若诚送给你们的。"

"什么？"林樱桃问。

纸袋里装着一个梨花木盒子，雕饰精美。蒋峤西把这个盒子拿在手里，不知怎的，他忽然有种很不好的预感。

果然，盒盖一开——

金光闪闪的一串金猪牌躺在里面。

蒋峤西崩溃道："我说过不要这个猪了！"

堂嫂被他的反应逗乐了，对一头雾水的林樱桃说，在香港结婚，新娘子都要戴金猪牌的："连生贵子，多子多福！谁家都要戴的！"

放金猪牌的盒子里还压着一封信，蒋峤西拿起来，看到是堂哥的字迹。信封上写着，小林妹妹收。

蒋峤西抬眼看堂哥，他只得把礼物收下。

他开车送堂哥一家三口去酒店。剩林樱桃在家，她给蒋政倒了杯茶，两个人一块儿继续翻看那些老照片。

蒋政问了问她工作上的事，问候了林海风夫妇的身体。

林樱桃问："爸，你最近联系上梁阿姨了吗？"

蒋政看她。

"她，想来吗？"林樱桃忐忑地问。

"樱桃，"蒋政问，"你不恨你梁阿姨吧？"

林樱桃手里抱着相册，她小声说："我和梁阿姨其实不是很熟。"

蒋政点了点头。

"你梁阿姨这个人，为人啊……"蒋政说到这里，顿了顿，似乎他找不到一个简单的词，来概括前妻给他留下的印象，"会让人压力比较大。"

林樱桃看着他。

"她有的时候做事比较极端，"蒋政说，"但她，其实也不是坏人。"

林樱桃似懂非懂的，只好这么听着。

"其实我心里很清楚，蒋峤西未必想见到他妈妈，特别是在婚礼这种场合，"蒋政对儿媳妇说，"就连我，他应该也不太欢迎。"

"爸……"林樱桃轻声说。

蒋政望着她。

有时候，他也不能想象，如果他们父子没有遇到过眼前这个小女孩，还会发生一些什么。

"蒋峤西，心事很重。"蒋政说，"想当年，无论是你梁阿姨也好，还是电力系统里的老同事、老邻居，大家都觉得他这个孩子很自私，很不孝。"蒋政说着，他搓了搓手指，把双手抱在了胸前，"但是这几年，我慢慢也想通了。你看他堂哥，从小带他一起玩，经常给他打个电话，给他寄一些书、一些学习材料，你要说多大的恩，其实也没有，多深的感情，就更不至于了。若诚那小子，是他们小辈儿里的老大，他弟弟妹妹很多。他在香港那边，生活比这边富裕，所以他经常帮帮这个，帮帮那个的，他对蒋峤西其实并没有很特别……"

"但就是这么一个并不特别的弟弟，在若诚出事的时候，最后留在了他的身边，"蒋政望着林樱桃，"我觉得，这个孩子他还是很重感情。"

林樱桃听到这里，忽然明白，蒋政是说给她听的。

"樱桃，你也是做教育行业的，"蒋政苦笑起来，"你肯定明白，对像蒋峤西这样的孩子好，甚至都不用太好，他也会，心甘情愿地回报你。"

"爸……"林樱桃不知该怎么讲。

蒋政又搓了搓手指，他好像特别想抽烟，但儿媳妇在这里，他又只好忍着。

"看你们两个现在过得挺好，挺幸福，我也就放心了。"蒋政笑了，他拉了一下膝盖的裤腿，端过茶杯来，看着儿媳妇给他添茶水，"等参加完你们的婚礼，我就接着回去上班了。"

蒋峤西送完堂哥，回来了。他站在门边，看蒋政还在和樱桃喝着茶说话。

蒋峤西也没换鞋，他走进来，等待了一会儿才说："挺晚了。"

蒋政转头看见他，忙站起来。

林樱桃也起身，她看着蒋峤西伸手拉过爸爸放在沙发后面的箱子，说："走。"

夜路上，车往总部小区一直开，窗外霓虹不断。

"峤西啊。"蒋政坐在后座，车窗开着，他手里夹着吸了一半的烟，雾气擦过脸颊，他主动打破了沉默。

蒋峤西在前头开车，他好像心情烦闷，衬衫领口解开了，他也把窗户打开了。

"爸爸以前，对不住你。"

车里安静极了。蒋峤西原本要转向了，看见绿灯忽然变了黄灯，猛地踩下刹车。

他一声不吭地坐在驾驶座上，左手手肘撑在窗边。蒋峤西抬起他模糊的眼望着前方，无意识地咬着他的拇指。

§

"小时候，他告诉我，他群山家的隔壁，住着一个小女孩，每天缠着他，和他一起玩，当时我就觉得很有趣，因为峤西很少和我说这样的事……"

堂哥在给林樱桃的信中写道。

"后来到香港过暑假，他破天荒地问我女友，女孩子都想要什么样的时髦礼物。那时他只有十岁，他买了一支口红，他从小就过于成熟了，但其实还是个小孩。

"以前他在阿叔家，不怎么笑，和我讲电话也大都是我在讲，他在听。去了群山，他的话开始变多了，他说你送给他一块进口手表……

"如果我第一个堂弟还活着，到今年，也应该三十九岁了。他去世了，阿叔一家确实很难过，但对峤西来说，这很不公平。

"他在很小的时候常会问我，他为什么会来到这个世上。后来遇到了你，他不再这么问了。"

§

林樱桃很少参加蒋峤西的工作饭局，那天是因为堂哥和堂嫂都在，据说饭桌上有位从北京来的老板，是堂哥的"恩人"，前年在香港帮过他一把。

饭局上只有堂嫂一位女士，林樱桃去是为了陪她。

那位北京来的老板非常健谈，长了一张可爱的圆脸，有着一头自然的卷发，很有亲和力。林樱桃吃着饭，时不时抬头看他。那老板姓艾，正与堂哥大侃特侃，说到高兴处，飙起一口带点儿北京风味的广东话，让蒋峤西也不禁笑了。

"布加迪比较少见，"堂哥擦了擦手，说，"中环那边的车，近两年要问问峤西，以前我好像见到帕加尼比较多。"

蒋峤西告诉艾老板，香港街上多见到帕加尼、平治、阿尔法。

他们在聊跑车的事，林樱桃凑到蒋峤西耳边，说她要去洗手间。

蒋峤西点头："快吃完了，快点回来。"

林樱桃出了包厢，沿走廊向外走。再过几天就是婚礼了，她做什么事都容易走神，总担心婚礼过程中发生什么意外。

饭也不太愿意多吃，怕穿婚纱不好看。

走廊两侧，一间间包厢门里，传出人们推杯换盏、劝酒劝酒的吆喝声。

楼下更是喧闹。

酒店大厅的付款吧台前面，一台电视机开着，许多客人和服务员站在那里正看时事新闻。

"……根据中国地震台网测定，今日傍晚19点08分，群山市丰昌区发生5.8级地震，震源深度11km，群山地区各县市震感强烈……"

林樱桃站在楼梯上，蒙了一阵子。等再度确认是"群山"两个字，是"地震"，她转过身上楼了。她穿过走廊，推开包厢门，里头堂哥和几位北京来的投资人还在笑着说话，她拉过蒋峤西的袖子，蒋峤西抬头看她，她只轻轻拽他："出来。"

蒋峤西一头雾水，他起身，跟着她出了门。

楼下新闻还在继续播报。

"……截至目前，群山震中地区仍余震不断，山中已有部分路段发生山体滑坡，群山市政府正组织救援队伍，赶赴震中受灾地区展开救援行动，转移受灾群众……"

蒋峤西听了一遍那新闻，他后知后觉地摸出手机。刚刚陪人吃饭，他把手机静音了，才看到蔡方元已经给他打了好几个电话了。

林樱桃站在楼梯的台阶上，远远盯着那电视机里的画面，呆住了。

蒋峤西按着手机，忙安慰她："我给冯乐天打个电话。"

电视新闻里，记者正采访群山市丰昌区一位基层街道干部，他正在协助检查附近街道房屋的受损情况，以及安抚正在街上游荡的不敢回家的市民。

林樱桃张了张嘴，她伸手拉蒋峤西，指向了电视机里。

"那个人，是冯乐天？"她问。

电视机里的冯乐天没有戴眼镜，眼睛有些微凸，他看起来和高中时候一点儿没变，蓄着短胡须，皮肤黝黑，有一点驼背。

"还没有、没有具体的伤亡数字。"他累得嗓子干哑，语速飞快，本地新闻记者一直追问，他只得回答，"群山市在防震抗震方面，已经有二十多年的经验，对于这个山体滑坡的防治工程也已经延续了十多年，大家不要惊慌，要相信政府。"

饭店老板走过来了，瞧着林樱桃那魂不守舍的神情，问："小姑娘老家群山的啊？"

林樱桃抬起头，她不知道要怎么回答。

"有亲戚在群山？"老板又问。

林樱桃摇了摇头。

事实上，林樱桃身边根本没有一个亲人、长辈、朋友还在群山。所以她离开了这么多年，一直没找到那个机会、那个借口回去。

总好像群山就在那儿，永远可以回去。

林樱桃说："我是在群山长大的……"

蒋峤西还听着手机，可那边都是忙音。

冯乐天直到快凌晨了才给蒋峤西回了个电话。

"城区里现在没什么大事，房子都挺好的，主要就是山里的村户，"冯乐天疲惫道，"对，以前群山不是发生过大地震吗，防震抗震现在做得挺好的了，就是仍然存在这个山体滑坡的风险——"

"不用不用，你们暂时别过来，"冯乐天说，"一直都有余震，部队都过来帮忙了，还是挺危险的。"

林樱桃第二天上午上着班，望着窗外出神。外教来教小朋友们演唱英文歌谣，林樱桃站在旁边，她正在参与这些小朋友的童年，而她的童年早已过去很久了。林樱桃掏出手机，低头看"群山小饭桌群"。

杜尚说："工地宿舍那片都拆了，中能电厂还在吗？"

余樵说："电厂肯定在，费那么大劲盖的，运行年限怎么都要五六十年吧？"

蔡方元说："估计早都变样了，认不出来了。"

杜尚懊恼道："你说以前有寒暑假的时候，咱们怎么就没想起一块儿回去看看？"

林樱桃这时插话进来："你们要回去吗，我也想回去看看！"
没想到余樵立刻说："回什么啊，不上班了？"
林樱桃说："请假啊！"
杜尚说："樱桃，假哪儿那么好请啊。"
蔡方元说："@林樱桃，你还有不到十天就办婚礼了，这时候跑过去干吗？"
余樵说："有余震，在家老老实实待着吧。"

这是九月下旬的事。林樱桃给爸爸打电话，他们也看到了群山发生地震的新闻。爸爸说："情况不太严重，樱桃，你在担心什么？"

地震过去六天了，群山市发布政府公告称，已转移山中受灾村民两万余人，全市地区共有二十九人受伤，均无生命危险。也有地震局专家表示，发生更大地震的可能性很小，群山不会再出现二十年前那样的大灾难了。

林樱桃通过微博转发的捐款渠道，给群山村民捐了些钱。她擦着刚洗完的湿头发，点开本地媒体在群山市采访拍摄的新闻短片，名字叫作《群山九二一地震24小时纪实——群山红色生命之桥》。

蒋峤西在客厅叫她："樱桃，来帮我个忙。"

"啊？"林樱桃放下擦头发的毛巾，跑了出去，"什么事？"

短片还在林樱桃的电脑屏幕上播放着。画面里，解放军部队正在余震不断的大山中协助村民拖家带口，渡过一座横跨山崖的红色吊桥。有记者在桥前说："也许是冥冥中自有天意，今年七月份，我们眼前这座美丽的红色吊桥才刚刚落成……"

林樱桃半夜三更睁开了眼，听着蒋峤西在身旁均匀的呼吸声，她望向了窗外。

距离她的婚礼只有五天了。

可她一直睡不着，睡不安稳。林樱桃翻了个身，面朝蒋峤西，她知道她要结婚了，她不应该想太多。

"怎么还没睡啊？"一个带着睡意的声音低低问。

林樱桃抬起眼，她发现蒋峤西也没睡着，正看她呢。

她搂住蒋峤西的腰，紧靠在他怀里。

隔天是周一，快放假了，每天下班都早。林樱桃下午五点多回了家，心事重重地把饭煲上，然后坐在餐桌边，无意识地继续刷新有关群山地震的大小新闻。这时蒋峤西回家了，林樱桃看了他一眼，看到蒋峤西进门就往卧室里走，她以为他先去洗澡了。

没过几分钟，蒋峤西出来了，他连外套都没脱，手里拿着折叠好的毛巾和旅行牙刷盒。

林樱桃问："你要出差？"

蒋峤西在门外看着她："走吧，今天回群山去看一眼，明天就回来。"

小时候，林樱桃独自从群山市乘坐长途大巴，七个小时，才坐到省城来。现在，她坐在丈夫蒋峤西开的汽车里，走新的省级高速公路。导航软件显示，只要四个小时便能到群山。

夜里八点多，他们的车停进了中途服务区。

蒋峤西先给车加满了油。他和樱桃一块儿下车，牵住了手，往服务区餐厅走。

距离群山越近，高速公路两侧的山景也越复杂了，一棵棵大树茂密参天，树冠在夜里连绵着，抬起头，也能在天上看到更多的星星。

蒋峤西在这时接到了堂哥的电话。

"我们……在高速服务区……对啊，回群山去看看……"蒋峤西小声道，他无奈地笑了，"不提前去一趟，偷偷看一眼，我看新娘是觉都睡不着了。"

林樱桃握着他的手，低头翻微信。她发现群里今天一直安安静静的，没一个人说话。

她暗暗打算，等一会儿到了群山收费站，就拍一张照片发到群里，一定吓他们一大跳！

蒋峤西讲完电话，和她一起走进服务区餐厅。林樱桃到超市去买水，蒋峤西站在点餐台前，打算随便点点儿什么，吃顿便饭。

菜单第一道就是牛肉面。蒋峤西看见了，皱了皱眉，这勾起他一些不怎么好的回忆。

林樱桃在超市货架之间看来看去。

夜晚八点钟，高速服务区里到处是拉货的司机在休息，在吵吵闹闹着侃天侃地。林樱桃拿了两瓶水，又拿了两听冰镇可乐，她发现她长大了还是爱喝碳酸甜饮料——

"我明天下午回基地。"

可乐货架后面，林樱桃忽然听见有个熟悉得很奇怪的声音在讲电话。

"现在？现在在高速服务区啊，就快到群山了——"他一转过身来，看见林樱桃。

"啊！"他忽然大叫了一声，后退一步，明显被吓到了。

林樱桃仰望着他，眉毛耷拉下来，她张开嘴，大喘气似的。

"余樵！！"她原地蹦了起来，不敢置信地握着可乐大喊道。

蒋峤西忽然听见超市里樱桃的声音，不知发生了什么，就在这时候，身后餐厅那片塑料门帘被人从外头掀开了。

"余樵儿！"只见杜尚背着个大旅行包，口干舌燥地走进来，杜尚吃力地伸手拽了一下包带，"你怎么买那么长时间啊？"

他迎面看见了蒋峤西，两个人一下子都呆住了，面面相觑。

蔡方元从他"五万平方米"的大床上醒来，左手拿着手机贴在耳边，右手捂了一下睡得睁不开的眼睛："什么情况？"他下床去穿拖鞋，赶紧换衣服，"你们两拨人谁都不叫我啊？"

秦野云正在美容院里躺着，陪客户一起做脸。小妹提醒她，说秦总您手机一直响。秦野云在客户的八卦声中拿起手机，看到了林樱桃发来的微信。

她忽然笑了一声，控制不住似的。还是客户在旁边提醒她，说秦总，您刚说了不能笑的。

服务区餐厅里，一张桌子，四个人分两边儿坐，面前摆着刚端上来热气腾腾的两碗馄饨，两碗拉面。

余樵的手指节一敲桌面，问林樱桃："不好好结婚来干吗啊？"

林樱桃也手指节一敲桌面，问余樵和杜尚两个："不好好上班来干吗呀！"

杜尚在旁边吸溜吸溜吃面，他问蒋峤西："你要醋吗？不要我再来点儿。"

§

在林樱桃心里，儿时的群山百货大楼就像东方明珠塔一样。

"好像没有我想象中那么大……"林樱桃趴在了酒店窗边，朝街对面的群百大楼看，她手托着下巴，小声嘟囔，"也好旧啊……"

身后，电视机开着，余樵、杜尚、蒋峤西三个人正围着一张桌子说话，余樵叫来了几瓶啤酒、三两夜宵，他们正在看群山本地新闻。

新闻上说，群山市二十年防震抗震工程经受住了考验云云。

"蔡方元说他几点到？"杜尚问，他站起来，也走到林樱桃身边，朝窗外的群山市中心商业街看。

蒋峤西刚给冯乐天打完电话，说："估计半夜才到。"

"冯乐天什么时候跑群山来了？"余樵问。

蒋峤西卷起衬衫袖子，接过了余樵递给他的啤酒。他时不时抬头看一眼趴在窗边的林樱桃,好像怕她激动过头,从窗边翻出去似的。"毕业就过来了,"蒋峤西说,"在这边儿做公务员。"

蔡方元正在路上加急往这儿赶。余樵问蒋峤西:"你怎么还和冯乐天有联系?"

"怎么了?"蒋峤西说。

余樵说:"看你不像和他很熟啊。"

蒋峤西笑了,没接话。

酒店服务员敲门进来了,对几位外地来的客人说,今晚如果感觉到有余震,不用惊慌:"今天一天都没震了,我们群山这边的建筑都很可靠的!"

"好的好的。"杜尚伸出脖子,朝门外点头道。

那服务员听出了杜尚故意摆出的口音,说:"哎呀,你也是群山的呀?"

杜尚和余樵几人都笑。林樱桃回过头。"我们以前是的!"她高兴道。

蔡方元深夜到了酒店,随身还带了一个司机,阔气得很。林樱桃平时上班,早睡早起惯了,本来就很少熬夜,再加上前几天又没好好休息。她和几个朋友约好第二天早起的时间,便关上门,自己先去睡了。

蒋峤西提着啤酒,和几位老朋友去了隔壁的房间。蔡方元一出电梯,远远地在走廊里叫他们。蔡方元指着杜尚鼻子:"你来的时候不叫我!"杜尚冤枉道:"你爹不是把你叫回家查体了吗!我、我本来也没想好要来啊……"

司机从楼下提上来两盒夜宵,一盒炒花蛤,一盒麻辣小龙虾。

蔡方元坐下了,拆着包装盒说:"我还想等你们两口子结完婚再来呢。"

蒋峤西坐在旁边,笑着叹了口气。

"是不是她非逼你来的?"蔡方元掰开了筷子,递给蒋峤西,"兄弟,咱不能什么都让林樱桃说了算啊!她想起一出是一出啊!"

杜尚感慨道:"群百大楼这附近变化真挺大的……"

蔡方元给每个人发好餐具,自己开始吃花蛤。"那你们俩呢,"他问,"你们俩怎么也和林樱桃犯一样毛病?"

杜尚也剥花蛤,忙不迭说:"那什么,余樵他吧——"

余樵拿着啤酒,不客气道:"自己想来,还磨磨叽叽!"

吃过的花蛤壳子掉在垫纸上,"啪嗒"一声脆响。小龙虾拿出来,扯掉了头,露出嫩生生的虾肉,鲜辣发烫的红油顺着手指头往下淌。几人安静吃了几分钟,谁都没说话,看起来服务区那顿饭确实不大好吃。

蔡方元说:"这小龙虾确实不错!"

杜尚说起："你们还记不记得以前工地附近有个大叔推三轮儿的，卖南京板鸭，那个板鸭是真好吃——"

蒋峤西擦了擦手，站起来，他看上去要走了。

蔡方元回头问："你不吃啦？"

"我去问问她要不要吃。"蒋峤西说。

蔡方元说："她不都睡了吗！你吵醒她她不生气啊？"

杜尚说："我们自己在这儿吃，樱桃明天知道了肯定更生气。"他赶紧加快了吃的速度。

§

林樱桃坐在副驾驶里，看窗外的老城隍庙门。国庆节还没到，许多商家已经把小国旗插起来了，也许是为了感谢这几天解放军部队进山救灾。

他们停了车，走进了群山百货大楼。地震发生刚过一周，出来逛街的人居然很多，街上热热闹闹的，人们脸上也没有什么惊惧、恐慌，一切如常。美食广场挤满了排队买熟食的人，林樱桃被蒋峤西握着手，她挨个窗口踮起脚看，发现里面在卖北京烤鸭、南京板鸭、德州扒鸡，还有炸萝卜丸子。

以前这一层的手表柜台、化妆品柜台，还有楼上的游戏机厅，全不见了。

"好像变成生活超市了……"她对他嘟囔。

一位群山本地大叔对杜尚他们说，现在要买好衣服好手表什么的，都得去几条路外的万达。"群百大楼这多少年的老国营单位了，现在都不卖那些东西了，老楼了。"

要说和记忆里相似的部分，也还是有的。林樱桃站在商场西北角那家老肯德基门口，隔着玻璃门上贴的代言人广告照片，往里面望去。

其实原先的肯德基是什么样子，林樱桃也已经忘记了。

所以变没变，她也很难说清。

杜尚在外面绕了一大圈，也找不着他小时候常逛的那家卖音乐磁带的音像店了。他纳闷地看着路边一溜三星、OPPO、VIVO、华为、小米……各式各样的手机专卖店。杜尚哭笑不得："怎么全都一样了。"

在如今的群山，没有了爸爸妈妈，没有叔叔阿姨，没有老朋友、老同学……那还有什么呢？

循着手机导航，蒋峤西把车停在群山市第一中学校门外。

余樵的车停在另一侧。他们一行人全下来，走到了校门口。

校门上贴了张通知，说是九二一地震对学校教学设施没有任何影响，从即日起恢复上课。

正逢群山一中的学生们来到操场做操,他们穿红白相间的校服。林樱桃手握着栏杆,远远看他们。

杜尚说:"以前我还特想上群山一中呢。"

余樵问林樱桃:"电厂小学,就咱们那个班,当年几个考上一中的?"

林樱桃在太阳光下眯起眼睛,略一回想,对他说:"好像五个吧,我忘了……加上我可能有五个。"

蔡方元笑道:"连林樱桃小学那分都能考上,一中也不是多难考啊!"

林樱桃从旁边抬起腿踢了他一脚。

§

冯乐天这一上午都在忙,连个电话都顾不上接。当蒋峤西一行人出现在他们街道九二一地震临时办公室门外的时候,冯乐天放下手头的工作,立刻赶了过去。

"欢迎,欢迎欢迎啊!"他热情道,迎接他们进门。

余樵在门外说:"这人家上班的地方,我们来不好吧。"

林樱桃已经走进去了,她看了一眼办公室里面,小声感慨:"好大啊!"冯乐天与她握手,很有些基层干部的派头,林樱桃严肃地板起脸,与他双手交握。

蔡方元悄悄问林樱桃:"咱们来这儿干吗啊?"

临时办公室的门外,有一条走廊,放了些刚印刷好的宣传易拉宝,多是为了应付前来采访的媒体,上面介绍的也都是小城群山这些年来在防震抗震方面的努力,各项防治工程,等等。

林樱桃吃着冯乐天给她的棒棒糖,挨张易拉宝看过来,看到了最后一张。

她再次看到了那座桥——通体朱砂红色,纤细的,连接在两条山崖小径之间。郁郁葱葱的群山,天堑般的山崖,被这座小红桥连接起来。

林樱桃说:"我们来看冯乐天啊。"

蔡方元皱眉道:"这不都看完了吗,还在人家单位耗着干吗?"

林樱桃嘟囔:"不知道……你问问蒋峤西他们?他们去哪儿了?"

易拉宝上写着,这座吊桥是二〇一三年一位神秘捐赠者赠送给群山市的礼物,历经数月的现场实地勘探,专家反复论证,设计和施工,终于于今年七月份正式落成。

在九月份的地震中,小桥意外发挥了奇迹般的作用,近万名山民在救援部队的帮助下，借这座桥离开了余震不断的大山，它也由此被当地媒体封为"生命之桥"。

蔡方元在办公室里里外外找人，他看到杜尚坐在柜台后面，正帮一位来办事的大妈检查地震那天磕在后脑勺上的瘀伤。

余樵则坐在门外台阶上，和几位省城来的记者有一搭没一搭地聊天。

"我们都打听呢，"其中一位记者皱眉道，抬头往办公室里看了一眼，"他们都不说，都说不知道，我们这报道怎么写啊？"

临时办公室后门外，有块两米见方的简陋小花园，属于后面的制药厂养老院。因为缺人照料，常年荒芜，没人过来。

冯乐天站在墙根下，继续对老同学蒋峤西小声说："他们一直问我是谁捐的，你……你就算现在瞒着，等到了你们婚礼那天，你不是要送林同学结婚礼物吗，现场照片一放出来，不还是都知道了，记者不还照样去采访你吗？"

蒋峤西听他说着，皱了皱眉。

冯乐天说："要不然，你再好好想想？正好今天你们都在群山，来了几个记者就在外面，宾馆还有一批——"

"算了吧，"蒋峤西立刻说，"你就当什么都不知道。"

冯乐天一愣："你这……什么意思，什么叫'都不知道'？"

蔡方元正找蒋峤西的人，推开后门，正好听见蒋峤西说了一句："有机会我私下再和樱桃讲吧。"

冯乐天着急道："那你不就白准备了吗？提前那么长时间，找了那么多人，花了那么多钱——"

林樱桃还在看易拉宝上的照片。她拿出手机，想把照片拍下来。蒋峤西心事重重地走出门，来到她身后。林樱桃笑着给他指："你看，小红桥！"

蒋峤西无可奈何地"嗯"了一声，声音有点儿闷。他抱住她，下巴搭在她头顶，听她叽叽咕咕道："这个小桥好好看啊……小桥，小桥……"樱桃仰起头看他，"小峤！"

纵使蒋峤西再怎么不高兴，这会儿也笑了。

"一会儿去看看小桥？"他轻声提议。

林樱桃说："好啊！"

冯乐天原本还想对蔡方元隐瞒，好遵守他对蒋峤西的承诺，结果蔡方元这人忒邪门，三两句就把他的话给套出来了。

"蒋峤西这人吧，"蔡方元想了想，说，"他喜欢偷摸儿谈恋爱，你知道吧。他以前和我说，觉得他和林樱桃的事，外面人谁都不理解，所以他不喜欢搞得特……"

冯乐天遗憾道："可这是好事啊，做好事就应该得到表彰，应该收到所有人的感谢啊！"

蔡方元指了指窗外的蒋峤西："你越这么说，他越犯怵。你再告诉他，把他的脸印门口易拉宝上，他这就得走人了。"

"你是……林其乐？"

门外，林樱桃正和余樵、杜尚商量待会儿一起去看小红桥的事。

听见有人叫她，她回头。

走廊下面站着一个女孩，看上去与林樱桃一般年纪。她脸颊有雀斑，头发黑而多，扎起来也显得蓬乱。

她正对林樱桃笑，林樱桃盯着她，从记忆深处回想起一个名字来。

"……戴丽欣？"她问。

"真是你啊，林其乐！"戴丽欣高兴地快步过来，"我刚才走进来看到你的侧脸，我心想，她眼睛这么大，好像我一个初中同学啊……你还记得我！"

冯乐天出来送他们，他抱歉道："我接着还要值班，你们如果晚上不走，我请你们在附近酒店吃顿饭？"

蔡方元连忙推辞："算了算了，我们下午回以前住的地方看看就走！"

蒋峤西发现冯乐天身上的衬衫像好几天没洗没换了。"你辛苦，"他说，"早点回去休息休息。"

林樱桃反而被冯乐天拉到一边儿去了，要问她悄悄话。

林樱桃正在手机上加老同学的微信号。

冯乐天皱起眉问："林同学，你……认识隔壁街道办的小戴？"

林樱桃反应了两秒："你说戴丽欣？"

冯乐天那张晒得黝黑的脸有点黑里透红的，他点点头。

林樱桃说："她是我初中同学！"

林樱桃小声告诉冯乐天，她不知道戴丽欣有没有谈过恋爱："但她上学那会儿是有喜欢的男生。"

"谁啊？"冯乐天问。

"道明寺。"林樱桃说。

"道明寺？"冯乐天疑惑不解，"谁是道明寺？"

林樱桃皱起眉。

"是一个……"林樱桃回忆了一会儿，认真道，"一个特别让她有安全感的人。"

§

老电影中经常出现一些画面，主人公历尽沧桑，回到了童年开始的地方。

可林樱桃的家乡，她曾生活过的这片土地，这个国家，在过去二十余年里发展得实在太快，太多童年的痕迹随时间抹去，再也找寻不到。

如果不是还有这片大山……

林樱桃下了车，发现他们来得并不是时候。上山的人非常多，小时候堵在山脚的那道红砖矮墙早已被拆除了，林间砌了登山的石阶，政府还为行人专门安置了登山引路牌。

林樱桃他们随着人流上山去。同行的不少是群山本地居民，大概也是看到了新闻，想上山去找小红桥合影留念。

人流之中，避让出了一条下山的专用道。林樱桃听到有像是救援部队的人在苦口婆心地劝说："大爷，现在确实不震了！但您的老房子也不能住了，您先下山去住上几天，政府管您吃管您住，什么都不用操心！您看行吗？"

林樱桃回头小声问："怎么还没转移完？"

余樵悠悠道："谁愿意离开家。"

挤在台阶上走实在是慢，林樱桃踩着旁边堆满落叶的草地，穿过树林，往山顶快步走去。没有人比她更熟悉这条上山的路。

男孩子们见状，相互看了看，全跟了上去。

直到置身于这片森林里，脚下踩着厚厚的落叶，抬头望见茂密的树冠，被一道道穿过绿叶缝隙的阳光照在了眼里，林樱桃才隐约觉得，她回到群山来了。

余樵双手揣在裤兜里，他和杜尚在后面聊天，回忆当年他们几个人顽皮得要命，明明是条封死的路，也一遍遍地要来探险。

杜尚痛心道："被校长叫了多少回家长吧！"

余樵说："你倒是没事，每回都叫我爸。"

杜尚笑得很是缺德。

就在这时候，他们听到前面有人远远地喊道："哎让让，麻烦前头让一让啊！"

蒋峤西的手机突然响了，是冯乐天打来的电话。他避开其他人去接。

林樱桃则呆呆愣在原地，朝远处望去，不知道望见了什么。

"让我们的农户先过去啊，"救援部队的人喊，"脚下都是财产，大家小心别踩了——"

只见一个雪白的圆滚滚的影子从人们脚边钻出来了，两只红掌飞拨，箭似的往前奔，接着第二个、第三、第四个……有人在前面惊呼，有人避让，有人在掏出手机拍照。

杜尚惊呆了："我的天……"

蔡方元往前走了几步，瞪大了眼睛去看。

远方长长的朱红色吊桥上，雪白的大鹅们正伸着脖子，橘黄色脚掌叭叭地踩着桥面，成群蜂拥地被养殖户赶过来——

林樱桃站在原地，伸出两只手，捂在嘴边。她的眼睛亮晶晶的。

杜尚惊道："大白鹅！！"

余樵在后头笑得肩膀直抖，眼前的场面实在荒诞。

蒋峤西还在讲电话，冯乐天向他提议，说小红桥的设计单位可以提供一个微缩模型，能放在家里收藏。"不然真不知道如何表达我们的感谢。"

蔡方元在前头叫道："蒋峤西，你看林樱桃！林樱桃疯了！"

蒋峤西转过头，眯了眯眼。

他忽然笑了。

林樱桃早就跑到了桥头，激动地看着身边无数的大白鹅将她包围。林樱桃高兴得说不出话来了，只一直"哇""哇"个不停，仿佛看到了旷世奇景。

负责救援的同志还在高声劝告："大鹅危险，乡亲们不要挑逗啊！"

林樱桃抱起一只可爱的小鹅，差点被小鹅啄了头发，她和那位农民养殖户伯伯在小红桥边激动合影。

农民伯伯感到一头雾水，蔡方元在旁边解释："她，这个女的！她从小的梦想，就是从这边儿去您那儿，看您养的大白鹅！"

直到太阳快落山了，最后一批山里的村民才转移完毕。许多人都在小红桥附近合影留念。蒋峤西也是第一次亲手触摸到这座桥。他站在桥头，看着樱桃一个人快走在前面。浓绿的山，朱红的桥，林樱桃一路跑到了对面，她举起手朝着蒋峤西和余樵他们远远喊道："我飞过来啦——！！"

蒋峤西回想起他的小时候，孤僻、易怒，性格实在坏得很。如果不是来过了群山，他甚至想象不到他后来会成为一个怎样的人。

那段时光，无疑是他们生命里最难忘的岁月。

"就是有三座晾水塔……"林樱桃皱眉说。

"四座好吧！"余樵下了车，不容争辩。

林樱桃站在两辆车边，抬起头数数。

"一、二、三、四……"她把手举到天上，数那些晾水塔，"五、六……"

杜尚在旁边皱起眉："怎么这么多啊？"

一行五个人，沿曾经放学回家的路往前走。

余樵低头用手机搜索新闻："哦，二〇〇六年，中能电厂三期扩建，又多盖了两座。"

杜尚问："咱们走了以后，新盖的啊？"

群山一样在长大。

当年的群山工地，从保安室、大门到喷泉、职工俱乐部，全都已经消失了，一砖一瓦一草一木都不见了踪影。余樵他们站在眼前的高档小区门口。

天色暗下来了。

只有小区远处，天际线上几座高大的晾水塔，在暮色中隐约发着光，还有些童年时的影子。

§

二〇一五年十月三日，这天一早，省城一家酒店门厅外立起了纯白的花篮。

花艺设计师们还在会场内外忙碌，为这场提前准备了太久的婚礼。十月份，全国花材紧俏，他们把今天刚从昆明空运来的鲜花布置在会场里，做成一树树展品。

入口花篮旁，立着一张大幅婚纱照，写了今天这对新人的名字：蒋峤西、林其乐。

到了下午，越来越多客人抵达酒店。新郎的父亲，蒋政，正在铺了红毯的走廊里与老下属们聊天。他早已年过半百，可染了一头黑发，穿上合体的西装，站在人群中，仍颇引人注目。这身板风度，年轻时候多半是个俊朗帅哥。

蒋政把新郎父亲的胸花攥在手里，离开人群，到窗边打了一通电话。

"梁虹飞，"他问，"你怎么现在还没到？"

女人安静了片刻，回道："我说过我不去了。"

蒋政皱眉道:"峤西结婚,你一个当妈的不到现场,老同事都在,你让别人怎么看峤西?"

梁虹飞说:"我是不受欢迎的人。"

蒋政问:"那你以为我受欢迎吗?"

"梁虹飞,"蒋政说,"人活大半辈子,你说为了什么?"

"蒋政,"女人在电话里说,"我已经和你离婚了。当初说好了的,以后梦初归我,峤西归你,你我各不相干。"

蒋政站在窗边,金色的余晖在身后笼罩着他,他却面朝黑暗。

"梁虹飞,不会再有这样的机会了。梦初已经走了,"蒋政轻声恳切道,"峤西还在,他结婚了。你以后就真不顾孩子了?"

梁虹飞沉默了片刻。

"梁虹飞——"

"蒋政,你别说了。"

电话里传出吸鼻子的声音。

"你以后把我,把梦初忘了……你和峤西,你们父子俩好好过。"

她把电话挂了。

会场门内,电力系统的同僚们正与新娘的父亲,林海风林电工寒暄。

"这女婿可是林工从小看到大的!"老同事说,"层层把关,闺女嫁起来多放心啊!"

周围人都笑,林海风紧张地抿了抿嘴,直点头笑道:"是,是……"

他还在低头看待会儿婚礼上台发言要用的稿子,太紧张了,看了太多遍,纸都摸薄了。眼见来的客人越来越多,林电工把稿子叠起来,塞进他穿的唐装的口袋里。老同事们还在聊峤西小时候在群山的事,林海风点头道:"峤西一直是好孩子,优秀、善良、孝顺……"

"知道您老泰山多满意这女婿了!"

蔡岳蔡经理站在门口,一样和一帮老伙计聊天。他最近住上了亲儿子买的大别墅,看着神清气爽,一点儿没受心脏支架手术的影响。

"蔡经理,林樱桃结婚,你给封了多少红包啊?"昔日同僚笑问,"'泰山旅游'当年赚那么多钱,你可不能少包啊!"

蔡经理一听,把嘴一撇:"怎么可能少?我半个月前就包好了,你们呢,包多少?拿出来看看!"

蒋政笑着进来了，与过去的下属蔡岳握了握手，接着他走进去。"亲家！"蒋政大声笑道，伸出手和笑容满面的林工一握。

孩子领证了，父母早成了一家人，可直等到这次回国才真正见上面。

蒋政一眼看见林电工兜里放的演讲稿。

"蒋经理，"旁人笑着起哄，"一会儿也上台发表发表讲话啊！"

蒋政摆手道："可饶了我吧，去了海外好不容易不用讲话了，看见稿子我就头疼。"

伴娘秦野云正在酒店前厅，陪李艾娟阿姨一起迎接客人。娟子阿姨今天穿了件唐装，她平日里素面朝天惯了，用阿姨自己的话说："哪像年轻的时候，那么爱打扮，没事还画个口红。"

林樱桃的大姑也穿得喜庆、富态，活似自己嫁女儿一样。"小姑娘，"她望着秦野云，"你好漂亮啊，你是明星啊？"

秦野云光笑，她从小身边就没有什么女性长辈，这会儿一手挽住娟子阿姨，一手挽住了林樱桃的大姑。她探头朝门外看，还没看见蒋峤西的车过来。

"峤西几点来啊？"娟子阿姨轻声问她，倒不像着急的样子。

酒店门口，一辆奔驰车开过来了。

蒋峤西下了车，他刚在公司处理完临时的工作，新郎的西服还穿在身上。他关了车门，正要走进婚礼会场。

伴娘秦野云冲他喊道："蒋峤西，你怎么才来啊！快进来！"

蒋峤西的脚步却停下了。他停在车边，回过头，隔着一条马路，隔着远方的车流，看见了一个许多年没见过的人站在街对面。

梁虹飞站在一个邮局门口，穿了一身深红色，深得发黑的套装，盘着头发，还是过去那个一丝不苟的模样。她手里提了一个黑色的行李包，一看就知道是要去做什么的。梁虹飞也望着他，车来车往，她甚至没有对他招手。她将这个孩子带到这个世界上来，然后孩子挣开了她。

车驶过去，邮局下面没有人影了。蒋峤西望向附近的马路，缓缓理了理衬衫袖口，转身进了酒店。

秦野云跑向了后面的准备室，一推门进去，就听见林樱桃紧张地对化妆师诉苦："我中午就吃了几块饼干，好饿啊——"

秦野云提起自己的伴娘服裙摆走进去，从后面捏她的肩膀："你老公来啦！"

林樱桃刚抬起头,又被化妆师扶着头发摁下去。"哦!"她小声说。

堂嫂牵着小侄子,坐在一旁的沙发上玩。小侄子双手拿起木盒里的一只龙凤镯,奶声奶气地说:"好沉呀!"

堂嫂忙把龙凤镯拿回去,扣好盒子:"不要动,待会儿樱桃阿姨回来换喜服的时候要戴的。"

"喜服是什么啊?"小侄子问。

"喜服就是新娘子穿的衣服。"

林樱桃听了化妆师的话,乖乖闭上眼睛。她说:"等你以后结婚,这对镯子就送给你的新娘子,好不好呀!"

小侄子用手掩自己的嘴,新奇道:"我的新娘子?我的新娘子?"

林樱桃化完妆,头发造型也做好了。她睁开眼,看着镜子里,秦野云在旁边轻声说:"美女你是谁啊?"林樱桃紧张地缩了缩肩膀,她站起来,穿着拖鞋进到更衣室里。她要脱掉浴袍,在造型师的帮助下穿婚纱。

小侄子等在门口,林樱桃一推门出来,他就捧着脸:"哇,樱桃阿姨!"他的小手去摸她婚纱上的羽毛,很轻很轻地捋,"你变成仙女了!"

林樱桃戴了头纱,头发里别了橙花花冠。造型师又把新娘自备的首饰拿出来,给她戴那一条樱桃项链,还有耳环。

秦野云站在后面,手里握着那双菲拉格慕的小红鞋,正望着她。

婚礼会场响起了音乐,是爵士乐队在演奏慢板的流行歌曲,多是千禧年左右的老歌,是新郎提供的歌单。

场内大屏幕开始放映新人的电子相册,第一张是三岁时的林樱桃,她梳了两根牛角辫,被爸爸抱在怀里哄着吃饭。九十年代初,沙发靠背上还搭着白色发黄的蕾丝布,林樱桃睁着她那一双大眼,嘴里含着勺子,直勾勾盯向镜头。

会场里已经有许多宾客入座了,一桌桌的,人们都在笑:"林工,这是住哪一排的时候啊?"

接着屏幕上亮起了下一张,那是蒋峤西幼儿园时期在香港,他被大人打扮成哪吒,穿荷花和绿叶织成的衣裳,脑门点了小红点,参加小朋友集体演出时的照片。

本场婚礼的司仪,杜尚,他穿着件衬衫,套一件收身的马甲,头发抹得锃亮。他正窝在角落里,背诵待会儿要讲的开场白。听到台下爆发出哄笑声,他抬起头,乍然看见蒋峤西小时候那张糗照。

杜尚急忙从兜里摸出手机,对准屏幕偷拍。

大屏幕上浮现一行字。

"一九九九年,我们相遇了!"

蒋峤西被化妆师稍一收拾,戴上了袖扣、手表,走进会场来了。

"峤西来啦!"坐在门口的是总部小区几位叔叔阿姨,"恭喜,恭喜啊!"

屏幕上出现一张照片:群山工地昔日红砖砌成的老宿舍门口,林樱桃梳着两根长马尾,穿着草莓印花小裙子,高高兴兴地站在转学生蒋峤西旁边,和新邻居一起合影。

余振峰余班长坐在家属那几桌里,双手盘在胸前,忽然感慨:"你说说老蔡,当时怎么就想着给蒋经理安排到老林隔壁去了呢?"

再下一张照片,是二〇〇一年,蒋峤西过十一岁生日,他请几个小朋友一起去群百大楼的游戏厅玩。他们一人手里端着一杯果汁,林樱桃和杜尚明显在跳舞机上玩得太嗨,头发乱得像鸟窝,喘得脸颊通红,望着镜头。

蒋峤西在客人的笑声中依次与他们问好。他本该早做这件事,是来得太晚了。

余振峰邹敏夫妇、余锦,还有余奶奶、张奶奶坐在一桌。前任群山工地幼儿园园长张奶奶问余奶奶:"樱桃她真当幼儿园老师啦?"

余奶奶摆手,努力说:"我听不见!"她接着笑了,因为蒋峤西弯下腰来与她问好,感谢她老人家过来。"好,好!"她高兴地看着蒋峤西,点头道。

杜尚的妈妈朱晓霜和蔡方元的妈妈范乐珍也坐在这一桌,因为儿子大学时期同在上海,两位母亲关系亲近了不少。范乐珍问:"杜尚打算什么时候结婚?"

朱晓霜说:"不知道,忙得啊。"

范乐珍说:"这要是结婚,不得在上海买房啊?"

朱晓霜为难道:"看他怎么想吧,这方面,我们也帮不了多少忙……"

范乐珍剥着瓜子,拍拍好朋友的手背:"别操心。杜尚这么肯干肯拼的,从小,每回遇着事都能化险为夷,肯定没问题!"

秦野云的父亲坐在隔壁一桌,和邵司机、谢会计一家三口挨着,另一边是早些年在群山工地干过一段时间,后来下海经商的汪道临汪老板。汪老板一见他,主动寒暄起来:"老秦,我听林哥说,你闺女现在开了个网店,生意很了不得了啊?"

秦叔叔打扮得体体面面,西装革履,手腕上戴了块劳力士,露出半个表盘。他拘谨地笑道:"嗨,都是孩子能干,我……我跟着沾光啊!"

邵司机抬起头,看到屏幕里,林樱桃上初三了。群山人印象里一直调皮捣蛋不爱学习的小丫头,在群山市第一中学拿到了三好学生奖状。

邵司机拉过刚上小学的儿子的手,低下头,指向屏幕:"你看哥哥姐姐,多好,你要好好学习,知道吗?"

余樵没跟他家人坐在一起,坐到了同学那一桌。他也穿了衬衫、西裤。他是今天婚礼的"领航员",上午接亲闹洞房时帮老朋友开婚车,到婚礼终于没他什么事儿了。

林樱桃的高中同桌,黄占杰,坐在他身边。余樵问他:"就你还写都市爱情小说?"

黄占杰脸颊绯红,支支吾吾:"编辑缺稿子,我……尝试一下嘛!"

杜尚的女朋友过来了,坐在余樵另一边儿。这一张桌子空了一半座位。秦野云和蔡方元去当伴娘伴郎了,杜尚要做司仪,都没过来。他女朋友和余樵、黄占杰聊了两句,又望向另一边的辛婷婷,还有辛婷婷的男朋友老郑。

"你们两位也是实验的?"她问。

辛婷婷说:"我们是南校的!"

旁边还坐着林樱桃他们班的班长冯乐天,以及林樱桃的初中同学戴丽欣。两个人在一个城市工作,是一起来的。戴丽欣很紧张,一直四处看,耿晓青没来,除了林其乐,她只有冯乐天一个熟人。

余樵回过味儿来,这在座的,貌似只有他一个人单身。连黄占杰都在搞网恋。

辛婷婷悄悄指了指余樵,对杜尚女朋友耳语:"他是我们那一届实验高中校队的,喜欢他的女生当年可多了!"

杜尚女朋友又看了看余樵,笑了:"我知道,杜尚和我说过好多他的事!"

余樵听见了,好奇道:"说我什么啊?"

杜尚女朋友忍俊不禁:"他怀疑你喜欢男的!"

老郑嘴里含着一口茶,差点喷出来。

大屏幕闪过蒋峤西成为二〇〇五年中考状元的新闻图片,下面客人开始鼓掌了,紧接着又是蒋峤西高二考进奥数省队,和省队同学在福州的合影。

再下一张,是在班里偷偷拍摄的照片。蒋峤西课间站在了黄占杰的课桌边,他穿着蓝白色高中校服,对镜头笑了;黄占杰很尴尬地夹在中间,另一边,林樱桃坐在课桌里,也从书后面探出头来,对镜头笑。

下面一行小字:感谢蔡方元同学友情提供。

实验高中班主任陈老师笑道:"这是什么啊,早恋现场!"

蒋峤西站在旁边,手扶在陈老师肩上笑。

这桌还坐着蒋峤西当年小学、中学时带过他的几位数学老师,还有省队的领队,以及领队的儿子,齐乐。

"蒋学长，恭喜你！"齐乐专门站起来，对蒋峤西热切说道。他正在北京读博，读的就是数学。

蒋峤西握了握他的肩膀，让他坐下。

大屏幕出现了高二那年暑假，林樱桃和蒋峤西在北京王府井大街上拍的大头贴照片。

照片里的林樱桃总是兴奋的，开心的，而蒋峤西则垂下脖子来，他太高了，要很配合林樱桃才行。

蒋政站在门边，沉默不语。等婚礼开始时，他要到新郎父亲的位置上就座，但现在，他就这么站在人群之外，远远看着。

他有种感觉，他从没有见过峤西的这一面，对儿子的人生，他并不了解。

接着出现的照片，是二〇〇八年，林樱桃身着舞蹈服，束起头发，她和她的同学一同在北师大学校礼堂排练中国舞节目。与此同时，蒋峤西在两千多公里外的香港大学入学了。他站在一间教室门口，和来自清华的助教拍了张合影。蒋峤西看起来有些疲惫，他胡茬忘记刮了，头发也略长。

很快，到了二〇一〇年秋天，林樱桃坐在港大美心餐厅吃铁板烧，她对着镜头笑，明显那就是蒋峤西的手机镜头。

来自港大的几位教授、助教，还有蒋峤西在摩根士丹利的上司和几位同事坐在同一桌，旁边还有蒋峤西的堂哥，以及私募公司的老板。蒋峤西走过去，与他们握手，一一致谢，感谢他们在繁忙的日程中抽出时间，远道而来。

旁边那桌坐着樱桃在北师大的几位学姐、老师，以及单位的主任和同事。学姐孟莉君悄悄回头，往港大那一桌看了一眼。她掩住嘴，对曾经的室友讲："那群人，好精英范儿啊！"

待她再回头的时候，发现那一桌有一位港大的年轻助教，戴着副眼镜，颇斯文，正好也抬起眼偷偷瞥她。

二〇一一年初，蒋峤西和林樱桃去爬太平山。从照片上看，明显两人已经陷入热恋。他们在香港一起过年、逛街，到亲人家吃团圆饭，还去维多利亚港看了烟火。

再下一张，就是在民政局拍摄的结婚证件照了。

蒋峤西站到了会场那条主长廊的尽头，把他的手机交给助理，然后听婚礼设计师对他和司仪杜尚交代最后的细节。

听到会场里掌声响起的那一刻，蒋峤西抬起眼，原来屏幕上出现了最后一张照片，那是前段时间他和樱桃一起拍摄的婚纱照。

蒋峤西也仰起头。在布满了鲜花、彩球和笑声、感慨声的会场里，在洒到他脸上的柔和光芒里，他也觉得奇怪，那个刚刚还在群山工地哭鼻子的小女孩，怎么就穿着婚纱，成了他的新娘了。

小侄子穿着白色小西装，戴着格纹小领结，一路帮樱桃阿姨提着漂亮的婚纱裙摆。林樱桃手握捧花，由妈妈和秦野云陪着往前走。妈妈搂着她："别紧张，啊？"

林樱桃鼻子泛酸，莫名想哭，她忐忑不安地走到了会场大门后面。婚礼负责人说，一会儿推开门，新郎就站在红毯对面："新娘要走过去，你不要怕，什么都别想，沿着这条路，挽着你父亲的手，走向你的如意郎君。"

"樱桃！"
走廊另一端，林电工加快了脚步，跑过来。
"爸爸……"林樱桃远远看见他，轻声喊，肩膀一颤。
秦野云在旁边小声劝她："别哭呀！"
林电工来到了女儿面前。他一笑，仔细理了理林樱桃头发上垂的雪白头纱："哎呀，樱桃，好漂亮……"

杜尚在门里拿起话筒，开始讲话了。他起初语速太快，引得所有人都在笑，都在欢呼。
林樱桃含着眼泪，对妈妈，对秦野云和堂嫂笑了一下。她握住手里的捧花，挽住了爸爸的手臂。门一打开，她往前走，忽然有花瓣落在她的肩头。
蒋峤西在长廊另一端回过头，看她。
爸爸的手握住了樱桃，像小时候带着她一步步往前走："你看，峤西在那儿。"

2020
结局篇

孩子奔向了孩子

小女孩扎着两根马尾辫，穿鹅黄色的小裙子，坐在礼物堆里，正认真又笨拙地拆包装盒。

"妈妈！"她抬起头，一边喊，一边举起手里的艾莎小裙子，"你看蔡叔叔送给我的礼物！"

林其乐坐在衣柜旁边，原本正一件件收拾女儿去夏令营要穿的小衣裳，结果不小心从衣柜抽屉的夹层里找到了五年前婚礼时拍的厚厚一摞照片。

她把照片拿出来，低头一张张看，看照片上每位客人举杯时的笑脸。余叔叔在喜宴上喝多了，穿着西装，扣子全解开了，和爸爸、蔡叔叔，还有邵司机他们抱头痛哭起来，也不知道是在哭什么。

照片外的林其乐低着头，手指摸了摸长辈们的面孔。

"妈妈！"小女孩在身后叫她。
林其乐回神，放下照片，看见了那条泛蓝的公主裙，笑了："你又有小裙子穿了！"
林其乐拉开床头的抽屉，把照片放进去锁好，又继续回头收拾女儿的行装。
孩子想带的衣裳太多，书包太小。
"书包装不下，少带几件好不好啊？"她和她商量。
小女孩对妈妈嘟嘴，又撒娇："不好……"
她期待这次夏令营很久了。特别是夏天一来，终于可以穿她最喜欢的小裙子，她想要每一条都穿。

在一些无伤大雅的地方，林其乐很少伤女儿的心。她拉开柜门，想找找有没有别的包能装多一点衣服，而女儿又能背得动的。

"到了夏令营，不要乱跑，要听老师的话，知道吗？"她说。
小女孩立刻抱住了林其乐的腿，乖乖点头。

刚结婚买房子的时候，林其乐没想到会那么快搬家。像小时候，家一搬，很多东西就不知去向了，又会无端冒出一些不知什么时候买过的"新"东西。林其乐蹲在大衣柜门里，伸手拽里面积压的包。她记得她有个小书包，粉蓝色的，是在香港买的。

可伸手拽出来一个，就是丈夫蒋峤西出差带的电脑包，又拽一个，还是蒋峤西的包，连颜色纹路看着都没区别。

林其乐皱起眉。

"怎么给他买了这么多啊……"

她又从衣柜底部摸到了一个包，抓住那两根包带的时候，她以为她终于找到了。

一只黑色的方形皮质书包出现在她眼前。

林其乐愣了愣。

她的手在包带上摸了摸，包带粗糙，磨损得厉害，连接处的线也断了几根，叫人想象不到这只书包装过多重的书，背了多久。

"妈妈，"小女孩发现林其乐对着一只黑色旧书包出神，她说，"这是谁的书包？"

"这是爸爸的书包。"林其乐说。

小女孩一愣，她那双大眼睛眨了眨："爸爸也要去夏令营？"

"他不去，他送你去。"

"那爸爸为什么要背小书包？"小女孩抓自己的裙摆。

"每个人都有小时候，"林其乐说，"这是爸爸小时候背的书包。"她把眼前的旧书包打开了，说，"以前爸爸的小秘密还藏在这个书包里。"

小女儿问："是什么小秘密？"

林其乐笑了："是一张……一张去美国的机票……"她回忆着，把手伸到书包内侧，摸到一个十厘米见方的内袋。

按说这么多年，书包里应当什么都没有了。

小女孩眼看着妈妈脸上的笑容尽失。

一根细细的红绳从林其乐手中落下来，下面坠着一颗晶莹剔透的樱桃琥珀。

那天是个星期五，城隍庙里人头攒动。一大早，群山人都去赶庙会。林其乐踮起脚，站在每个店铺跟前瞧，蒋峤西马上就要走了，她要给蒋峤西买些纪念品，好让他不要忘记他们。

"林樱桃，"余樵在身后问，"你的琥珀呢？"

"妈妈，这是什么？"小女孩问。

林其乐眉头皱着，难以置信。她反反复复看，这好像真就是她小时候戴过的那颗琥珀。怎么会在蒋峤西以前的旧书包里？

林其乐转过头，看女儿的脸。

她和她爸爸长得好像，只有一双大眼睛随林其乐，好像有灵气，又有点傻气。

林其乐解开手里的细红绳，把它绕到女儿脖子后面，小心翼翼系起来。这颗小小的红色琥珀坠在女儿胸前。

"这是什么？"女儿好奇地问。

"是樱桃琥珀。"林其乐说。

"琥珀是什么？"女儿问。

林其乐扶着她的小肩膀："是一种几千几万年都不会变的东西。"

小女孩好高兴，背起了妈妈给她的小书包，头上戴了小黄帽，绕过摆放了吊桥模型的柜子，欢呼着跑出家门。

林其乐走在后面，她停在了家门口，朝外望。

蒋峤西今天请假了。他卷起衬衫袖口，刚刚擦完了家里的车。女儿伸着手臂朝他跑过来，他弯下腰，笑着一把将女儿抱起来。

蒋峤西先抬头，看到了站在门边的妻子，他又转过头，听到女儿对他炫耀："爸爸，你看妈妈给我的樱桃琥珀！"

……

他坐在汽车后座，时不时转头向后看。有那么几秒钟，他在想林其乐会不会出现——他就这么走了，他再也不会回群山了，她一定会哭的。

车里没别人，只有蒋政的司机在前头开车。群山是个穷地方，路面坑坑洼洼，全是三轮车、自行车，这天又是早市，处处挤满了人，车堵在路上，走不动。

司机的余光瞥见了车内后视镜。

"峤西啊？"他回头问。

蒋峤西正抬着胳膊，擦他眼里冒出的眼泪。

司机也感到很意外：他载蒋经理家这位小公子上学放学这些年，还是头一次见他哭。

"叔叔，"蒋峤西强忍着，说，"开回群山工地好吗？"

司机想起，早晨走的时候蒋峤西就十分不情愿。司机问："你是想……和你的那些小朋友道别？"

车行到路中央，掉转方向十分困难。司机刚刚把车倒进一个空隙里，就听蒋峤西在后座说："等一下，打开车门！"

司机不知道发生了什么，蒋峤西在后头一阵乱拍，突然打开门锁，推开车门就跑下去了。

城隍庙里人挤人，小孩子淹没在里面，别说找人了，是吵得连一句话都听不清。蒋峤西背着他的书包，在里面挤来挤去，被推推搡搡。他四处去看，疯狂地找，都没看到林其乐和余樵、杜尚他们的影子。

刚才明明看到了，蒋峤西想，他看到他们四个人的背影，消失在涌入城隍庙的人群中。

难道看错了？

一直到庙会快散了，蒋政的司机吓得脸色苍白，他在一家正准备收摊的纽扣铺面后头找着了蒋峤西。蒋峤西背着书包，手里攥着一颗他不知道什么时候捡到的，被人踩得沾满了灰的红色琥珀。

"我要回群山工地。"蒋峤西抬头对他说。

司机今天原本有事，可他差点把领导的儿子弄丢了，出了这样的岔子，他只好答应峤西的要求。他把车往回开。司机打开了车内的收音机，今天是二〇〇一年七月十三日，再过几个小时，就要宣布二〇〇八年北京申奥的结果了。

二〇〇八年，似乎很遥远。

司机听着新闻，发现蒋峤西坐在后头，望着窗外，不知在想些什么。

群山工地宿舍区的门卫穿着军绿色制服，远远就看见了他们的车。大铁门推开，门卫意外道："怎么又回来啦？"

快到傍晚，已经有工人下班了，骑着自行车驶过他们车边，把车铃拨得丁零零直响。

俱乐部里亮着灯，有职工家属在练合唱。小朋友被爷爷奶奶牵着，坐在喷泉池边玩水。杜尚穿着背心、拖鞋，站在十一排他们家的单身宿舍门口，对门里的妈妈说："樱桃哭了，我讲小品逗她呢！"

工地小卖部也开着门。秦野云头发上绑着塑料发卷，穿着裙子，踩着拖鞋，垂下肩膀，闷闷不乐地拿着饭票，去食堂打父女两人的晚饭。

司机把车绕过了工人俱乐部，绕过冒出饭香味的职工食堂，绕过一排排的安全生产口号，最终停在二十四排宿舍的路头。

蒋峤西推开车门，下了车。

群山工地正放暑假，每个家庭的孩子都在玩耍。余樵在家翻着英语书，看中央六台放映的美国电影《空军一号》。蔡方元则吹着空调，躺在凉席上，吃着薯片看喜欢的漫画。

林其乐却不玩。她一个人坐在自家门口的台阶上。

她好像很难过，难过得把脸埋进胳膊里，还时不时用手背擦泪。

蒋峤西站在路口。

忽然间，他不想把这个琥珀还给她了。蒋峤西低头攥着手里的东西，他知道他很自私，他自私透了。

他就快要走了，林樱桃还有群山，而他什么都没有。

他很可能再也不会见到她了。

他将来还要去美国，他要远走高飞，离这一切越远越好……

"樱桃！"蒋峤西忽然远远喊道。

她还坐在台阶上抹眼泪。

"蒋峤西……"她看见他。

小红鞋摩擦在砖红色的小路上。孩子奔向了孩子。

樱桃琥珀
全文终

1997

番外·一

"樱桃",这是最亲的人,是家人才会叫的名字

林樱桃站在讲台上自我介绍:"我的名字叫作林樱桃!"

她念"桃",是个很认真的二声,努力地扬上去。

余樵和几个男生在下面笑。

语文老师又在旁边纠正了,她有点无奈,纠正多少遍这小姑娘都记不住:"樱——桃,'樱'要重读,'桃'是轻声,来念一遍,樱——桃。"

林樱桃看着老师,大眼眨巴了几下。

"樱,桃!"她张开嘴读,仍然是很努力扬起来的二声。

林樱桃根本不在意同学在下面笑,她就要用她喜欢的读音念自己的名字。

所以当爸爸妈妈问她,以后樱桃大名叫"林其乐"好不好,"林樱桃"就当作小名儿。

林樱桃的手背在身后,站在纱门边,爸爸妈妈都蹲在她面前,她却有点向后倚,她的视线在他们脸上来回转。

林电工把七岁大的小闺女抱过来,他听到她哽咽着问:"是因为我念不对……"

妈妈笑着说:"樱桃七岁了,应该有个大名了!"

夜色深了,林樱桃穿上拖鞋,啪嗒啪嗒地走进工地宿舍狭窄的卫生间,坐在妈妈兑好了温水的大红盆里。妈妈用水泼她,她高兴地直笑,头发湿湿地贴在脸颊上。她说:"妈妈,我为什么要有大名?"

妈妈挽起袖子,忍着在工地开龙门吊的腰疼,蹲下了。工地条件艰苦,给闺女洗澡还不敢直接把热水凉水往大盆里倒,要先拿个小盆子兑好了才行。"大名,"她抬起手,揉搓着女儿头顶的泡沫,"就是樱桃以后在外面用的名字,最亲的人,自家人,当然还叫小名了,还是叫樱桃!"

"樱桃",这是最亲的人,是家人才会叫的名字。

林樱桃没有对蒋峤西说过妈妈讲的这句话,但她觉得蒋峤西应该明白的。蒋峤西和群山工地所有同龄小孩都不一样,他总是看起来很稳重,又成熟。蒋峤西从来不乱讲话,不乱说答案，他告诉她的黑板答案总是对的。

蒋峤西也把这个称呼，当作了一种特权一般，心照不宣地。

§

但并不是每个叫她"林樱桃"的人，都像爸爸妈妈一样对她好，很多时候，他们甚至比那些叫她"林其乐"的人更让人生气。

从幼儿园时候起，余樵似乎就是那个所有人里最了解林樱桃脾气的人。他深谙使她生气的一切法门。上二年级时，林樱桃被班主任"诱骗"去广播站朗读香港回归的历史小故事。班主任选她去的原因是她吐字清晰，外加"林其乐同学念什么都很认真"。

她拿着小手册下楼，听见余樵在楼下正和几个男生嘻嘻哈哈地说话。

笑的就是"念什么都很认真"这一句。

有男生说，余樵，你又惹不起林其乐，你惹完了你还得哄。

"我什么时候哄她了吧。"余樵烦道，嫌弃得不行。

又有一次课间时候，林樱桃在用水彩笔涂水兵月的填色卡，她涂得太专注了，各种颜色的水彩笔丢得满桌都是。

"脑子有点问题……"有个声音忽然从背后说。

林樱桃转头去看，发现是新来的转学生蔡方元，大概是被她揍得怀恨在心。

余樵坐在蔡方元旁边，低头看着报纸，这会儿也抬头看了林樱桃一眼。余樵笑着转头和蔡方元说："你才知道。"

余樵似乎信奉一个原则：他不是没哄过林樱桃，只是林樱桃太难哄，有时候哄大半个月也没用，越哄越白搭，哄她还让自己生气，那还不如就看她生气，看着也挺好玩。

升到三年级，林樱桃有半个学期和余樵分到同桌。一共就八个星期，拌嘴打架打了三个星期，绝交绝了三个星期，只有其中两个星期是很友好的。因为林樱桃当选了轮值班长，地位今非昔比，连余樵也"不得不"对她礼让三分，整整两星期，打不还手，骂不还口。

蔡方元坐在后排，把这一切看在眼里。

§

蔡方元的父亲，蔡岳，初来群山工地担任项目部经理，就和工地上的小领导余班长、老好人林电工，走得很近。

他送给余班长的儿子一台文曲星，在一九九七年，这东西非常高级，价值四百块。

余樵并不太会用这个东西，毕竟问谁谁都不会，连蔡经理都不大懂。蔡方元星期天去他家玩，他们俩坐沙发上看中央六台的电影，那是一部美国电影，讲飞行员与机上恐怖分子做斗争的故事。余樵还在摆弄手里的文曲星，蔡方元捧着邹阿姨给的一盘子炸酥肉可劲儿吃。旁边卧室里，余樵的小表弟余锦，正鼻涕邋遢地在床上爬来爬去。

有人从外头敲门，余樵抬起头，站起来开门，他往外瞥了一眼，回来坐下了。

是秦野云，工地小卖部秦叔叔的闺女。

电影里，美国飞行员忘了带舱门钥匙，他迅速对女朋友说："输入密码，门会弹开的。"

"什么密码？"女朋友不解地问。

飞行员柔情道："亲爱的，是你的生日。"

秦野云高傲地进来了。她一头卷发卷得很不规则，见余樵懒得理会她，她也不理会余樵，更不搭理蔡方元。她自顾自走进卧室，去和余奶奶打招呼。

秦野云把床上爬来爬去的余锦吃力地抱起来。她坐在床边，强行让余锦乖乖待在她怀里别动。余锦鼻子下面有鼻涕，秦野云看似与他亲热，实则嫌弃，她的目光往外偷偷望。

余锦睁着亮晶晶的大眼，很懵懂地坐着。

蔡方元正吃着手里的炸酥肉，继续看电影，他听见余樵嘴里忽然轻骂了一声。

蔡方元看他。

余樵和没事一样，继续玩文曲星。

直等到电影都演完了，杜尚都过来蹭晚饭了，蔡方元发现余樵还皱着眉头，乱按文曲星，仿佛面对了什么宇宙难题。

他很烦似的一直按键："不会只能改一次吧？"

蔡方元把盘子一放，凑过去看。

蔡方元压低了声音说："哥们儿，你先把密码输上，把它打开，我帮你改。"

余樵垂下眼帘，看向了他，那个眼神忽然让蔡方元感觉，他们这就将是一辈子的交情了。

余樵随手按得飞快，打开了，把机器递给他。

蔡方元眼神更快，他脑子里琢磨：040990，这什么意思？

他低头重设密码，蔡方元这时忽然抬起头说："余樵儿！！"

杜尚坐在电视机跟前看着《天龙八部》，忽然回头看他们俩。

只见余樵把那个破烂文曲星扣上了，往沙发垫子边上一塞。

突然余樵他们家大门从外面被推开了，林樱桃手里提着一个对她来说有点儿太大的竹筐子，像土匪进城一样进来了。"阿姨！"林樱桃直接走进厨房里，"我来还你的筐子！"

余妈妈在厨房里说："来来樱桃，再给你装上一点儿，你拿回家吃吧！"

上到四年级，蔡方元坐在余樵前排，他回过头看低头翻报纸的余樵，又看余樵旁边，坐在靠窗位置，低头对着英文奥数教材学数学的蒋峤西。

一下数学课，林樱桃几乎是一瞬间就蹿过来了，及时在新同学面前占据了有利地形。

蔡方元低头摸大大卷来吃，还问蒋峤西吃不吃。

初次见面，他们每个人都对蒋峤西做自我介绍。

林樱桃一字一顿告诉蒋峤西："我叫林其乐，'其乐融融'的其乐——"

余樵在旁边打断了她，对蒋峤西笑道："她原先叫林樱桃，你知道为什么吗？"

2005
番外·二

越狱者

蒋峤西是个很自我的人，几乎每个见过他、接触他的人都这样讲。

他眼里放不下人的影子，无论是至亲父母，还是从小一起长大的好朋友，都只能看到他的冷脸。

他每天早出晚归，坐在父亲的专车里，由司机接送。他和司机一句话也不讲。他上课下课，岑小蔓和费林格陪在身边，他也很少理会他们的寒暄。他要么在看数学，研究新的题目，要么就是抬起头，望窗外树梢上短暂停留的飞鸟，发一会儿呆。

他从小就是这样，他身边的人大都习惯了。在实验高中本校，挤满了竞赛生的小白楼里，偶有学生学累了，在走廊里讨论起最近看的电影，争辩设定，互不相让；有时一群人围在黑板上"赛题"，他们相互出题，一人一个新思路，辩得不可开交，吵得所有人都围过去看。

蒋峤西独自坐在角落里，仿佛与世隔绝，连头也不抬。他学习的时候，就是天塌了他可能也听不到。

所以每次，当有岑小蔓的朋友问她："小蔓，蒋峤西怎么也不理人，我看他连你也不理。"

岑小蔓总会替他解释："蒋峤西学习起来很专注的，天才都是这样。"

蒋峤西的作息非常规律，可以说是十五年如一日。他每天早早来到学校，卡点进了小白楼自习室，坐下学习、刷题、看书，窗外的天逐渐亮了，蒋峤西浑然未觉。负责他的教授给他开了张课表，需要的时候他就回班里去上课，上完课再回小白楼自习。中午他在这里吃饭，然后趴在自习课桌上睡午觉，没有任何人打扰。

他没什么特别的娱乐，不玩游戏，很少看闲书，什么综艺、动漫、球赛……普通高一学生爱看的这些，他都很少接触，费林格和岑小蔓也都不主动和他提起。偶尔在小白楼自习室里见不到他，那多半他就去楼顶天台了。

过上十分钟，他带着校服上淡淡的烟味回来了，又坐下继续开始学习。

很难讲蒋峤西是真的那么热爱数学，心无旁骛，还是他在数学竞赛上押了太大的赌注——他不仅要赢，他还要拿到那个"第一"，他要证明"蒋峤西"的独一无二，是亲哥哥也无法与他相提并论的。

费林格总觉得，蒋峤西不用这么学也可以赛出成绩的。因为蒋峤西实在是聪明得不讲道理。他分明一天到晚在学数学，偏科偏得致命，却能靠回班里上课那点儿工夫补上其他科目的进度。高一期中考试，全年级榜单下来了，蒋峤西又是年级第一。

蒋峤西也不关心年级排名，只看一眼自己的卷面分数，就又回小白楼上自习了。快到放学的时候，费林格愤愤不平，坐在自习教室对旁人说："我考那么好，居然被个乡下土包子压在头上！"

"什么乡下土包子啊，费林格你说谁啊？"

"林其乐，就那个年级三十六名。"费林格嘴里骂骂咧咧的，他本以为他能够考进年级前三十名，这样爸妈寒假就会带他去夏威夷玩儿了。费林格没好气地按着圆珠笔，摊开书，回头看了一眼蒋峤西的座位，发现蒋峤西没被打扰到。费林格小声说："要不要脸啊，居然来实验上高中，橡皮糖一样黏着，没完没了地硌硬人。"

岑小蔓放学时来小白楼，找蒋峤西和费林格一同放学。蒋峤西坐在座位上收拾书包。他背一个黑色的方形皮书包，拿了几张卷子，晚上上课的讲义，还有几支笔。

"你有这次考试的排名表吗？"

今天来接他们三个去吃饭、上夜课的是费林格父亲的车。费父正在前头开着车，宽慰自己的宝贝儿子。他拍着费林格的脑袋瓜，说三十七名也挺好，夏威夷，去就去喽。

蒋峤西坐在车后座里，忽然轻声问岑小蔓。

岑小蔓看了他一眼，大约没料到他会主动问她，从书包里拿出排名表："你又考了年级第一。"

天色暗了，蒋峤西展开手里列满密密麻麻小字的排名表，坐在车窗边，借着夕阳余晖，看清楚了纸上"林其乐"这三个小字，就在"蒋峤西"下面十几厘米的位置。

车往前开，连带着"林其乐"三个字也在他眼中晃来晃去。

§

蒋峤西站在小白楼的楼顶天台边缘，往下望。秋天了，楼上风大，他身上的校服被吹得裹住了他的腰和肩膀。

蒋峤西有时觉得，这是他真正的"母亲"的手在拥抱他了。

可什么是真正的"母亲"，属于他的"母亲"又在哪里呢？

是裹住他抱住了他的风，是笼罩在他头上，时聚时散的云，还是大地、山川，是虚无缥缈的空气——人死后，总要化入土中的，所有人享有共同的生命家园。

从这个层面来看，他和别人也是平等的。

蒋峤西有时候想不通：明明死了的人，却一直活着。

而有的人活着，还不如死了。

蒋峤西坐在梁虹飞后面的汽车座椅里。蒋政换了新车，车里有股甲醛味。蒋峤西把窗子打开一点。他手里拿着笔，为了不听梁虹飞说话，他总是装作在看书学习。

南校在哪儿？

蒋峤西抬起头，朝车窗外张望。

岑小蔓在课间时离开了她的女性朋友们，来到蒋峤西桌边。周围人都朝他们看来。

明明只是男生和女生在一起说话，但一牵扯上蒋峤西，似乎就有"早恋"的嫌疑。

岑小蔓也有点脸红，问蒋峤西："你还记不记得初中给你写信的那个乡下女生？"

蒋峤西说："谁啊？"

岑小蔓回头朝她的朋友们望了一眼，摇头说："你肯定想不起来了，算了，没事。"

无论和岑小蔓或是费林格说点什么，都会很快流传到各种人的耳朵里。

也许人人都以为蒋峤西专注于学习，所以什么都不知道。关于年级第一学神"蒋峤西"的传说在学校许多角落的悄悄话中演变。

岑小蔓要蒋峤西推荐给她一本科普书看，蒋峤西把书桌上别人送的他还没翻过的《从一到无穷大》借给她了。

到下个星期，蒋峤西去化学实验室上课。他排队站在走廊上，看到面前从实验室里出来的隔壁班女生，许多人手里都拿着这本书，封面露出来，她们望着他。

场面实在古怪。蒋峤西发现她们在看他，移开眼去。

因为学奥数，蒋峤西很少参加班里的活动。他缺课也不需要填请假条。他待在小白楼，天还未亮时，这里最安静。他喜欢一个人的课桌，一个人的自习室，耳边没有任何吵闹和争执让他心烦。

他塞着耳机听托福听力，有时候觉得累了，按着iPod按键，也切歌曲来听。
是那个二〇〇〇年出道的新人女歌手的歌。

"蒋峤西……"
她仿佛凭空出现在他身后，出现在蒋峤西日复一日重复麻木的生活中。她看起来比以前瘦了，圆圆的小脸蛋，一个小下巴，两只眼睛望着他，看起来更大了。她背着书包，穿红白色的校服，校服合身地贴着手腕脚腕，看起来可爱极了。
可她脸上没有笑容。她用一种迷茫的、害怕不安的眼神看着他。她的眼神飘忽不定，所有人都是不友好的。蒋峤西身边的这座监狱，把她吓跑了。
蒋峤西站在岑小蔓和费林格中间，眼睁睁看着余樵和杜尚追了上去，好像有什么东西被从他心里面撕了下来，而他只能站在原地不动。
岑小蔓说："我们快走吧，梁阿姨在那边看我们……"

有的时候，蒋峤西会在实验高中的走廊里遇到蔡方元和余樵、杜尚几个人。他与他们不在同一个班，就算目光接触到，他也不与他们交谈。
蔡方元偶尔会给他发发短信，还算保持着来往。杜尚不喜欢他，余樵，就更谈不上有什么交集了。

梁虹飞有时也会问："群山那几个小孩还来找你吗？"
蒋政纠正道："都是总部的孩子，什么群山群山的。"
梁虹飞话里有话，她问蒋峤西："还想吗？"
梁虹飞像忌惮病菌，忌惮着与群山有关的一切。她优秀的儿子，她的"梦初"，绝不可以碰任何会走上歪路的东西，譬如"早恋"。蒋峤西曾经表现出的任何叛逆不配合，在梁虹飞眼里都是属于"群山"和那个叫"林其乐"的小姑娘的罪恶。

蒋峤西后来收到林其乐的第二封信。
她在信上说，她没有给他写情书。
"我不是他们说的那样的人，我不喜欢你，蒋莼鲈和你也没有什么关系，我只是画给你看一看而已。
"我去省城不是找你，是正好碰到你了。我以后也不给你写信不给你打电话了……"
蒋峤西在费林格的注视中看完了这封信。他把信团起来，团在手心，像攥住一团无所谓的废纸，像马上就要丢掉了。
他一点儿力气也没有，就那么坐着。

堂哥定时打电话来，像害怕他不定时打，就会再也打不通蒋峤西这个小堂弟的电话一样。

"小林妹妹是不是为你来的呀？"堂哥开玩笑说。

蒋峤西却笑不出来。

"应该不是吧。"他说。

堂哥沉默了一会儿："还有机会在一个学校上学，还可以做好朋友。"

什么好朋友。

蒋峤西想。

如果说那一次有什么是好的，那就是林其乐没有真正出现在梁虹飞眼前。

"峤西，"堂哥说，"你的心思太深了，你在想什么，和我也不能说吗？"

蒋峤西蹲在小白楼的天台上，望着头顶变近了的天空，他想现在就走出校门，打车去南校看看，他想去见林其乐。

推开天台的门，蒋峤西看到岑小蔓正站在门后，和做小生意的高三学长讲话。

岑小蔓回头，笑道："你又在给香港那边打电话呀。"

她只是个无知的、自以为关心他的小姑娘。

蒋峤西经过了她，下楼去。

学校广播站有时也会放孙燕姿的歌。蒋峤西学着习，会抬起头，听上一会儿。

他踩着楼梯下楼，听到楼下有人说，蒋峤西喜欢短头发的女孩："像孙燕姿的那种。"

根本没有人理解。没有。

蒋峤西生活在一个充满了误解的、自以为是的世界里，每个人都在自作主张地解释一切。

竞赛班的同学问，蒋峤西，你究竟是怎么做到每天学习，拿做题当消遣的？

蒋峤西想，可能因为他很难感受到快乐。

费林格立刻帮他回答了："对蒋峤西来说，解题比干别的爽多了！"他回头笑着问，"是不是？"

蒋峤西也没否认。

但他并不认为，解出一道数学题来，就是他蒋峤西人生里最快乐的事了。

临近期末，实验高中表彰栏里贴出消息。

本校百余名同学通过省内选拔，正式进入数学竞赛复赛。其中，高一21班学生蒋峤西等十一人获得省一等奖，获特别表彰。

蒋峤西和获得省一表彰的几位学长学姐站在一起，戳在校长办公桌前。他听见校长在和南校区校长打电话，分享喜讯。校长在电话里说："好，好，我看到高二申请转学过来的学生名单了。"

蒋峤西没有抱任何指望。

期末考试那天，蒋峤西拿着他的准考证，走进被打乱了次序的考场。

他坐下，放下笔，想趁开考前再睡上一会儿。

有人从后排发出气声，叫他。

"蒋峤西！"是蔡方元。

蒋峤西回过头去，整间考场里都是陌生人，他听见蔡方元说："林樱桃要转来本校了！

"考完一块儿吃饭，你来不来？"

蒋峤西像往常一样，坐进了梁虹飞的车里，去上辅导班。夜深了，千家万户都聚在饭桌前享用晚餐。蒋峤西坐在岑小蔓身边，一分钟课也听不进去，但他装作若无其事。虽然还没见到她的面，他已经能想象她的样子了。

他是一个越狱者，他不知道回来时又要面对什么。

2010

番外·三

什么都不能做，他却仍觉得快乐极了

蒋峤西有时做梦，还会梦到高中的天气。

那时他头顶的天空总泛着一层死寂的灰。有云时，暮气四沉，无云便空荡荡的，没有一丝波澜。后来，林其乐转学过来了，蒋峤西忽然发觉，秋天的实验高中，枫是红的，雨后他抬起头，发现天上干干净净，天光下，有展翅滑过的鸟，有长长的云迹，那是飞机飞过去了。

那时林其乐总躲着他，她不看他，想方设法绕着他走。

就好像他们从没认识过。

梁虹飞对林其乐转学进了（18）班，和蒋峤西同班的事情大发雷霆，可蒋峤西如愿考进了省队，并考了209分，全省第一。

到十一月，他就要奔赴冬令营，参加全国决赛了。

在这个关键时刻，连梁虹飞也顾虑重重，不敢太影响他的状态。头一次，蒋峤西居然制衡住了她。

蒋峤西不再那么喜欢在小白楼独处了，一有时间他就回到（18）班教室，哪怕只是坐在最后一排睡觉。

他睡醒了，睁开眼，翘着头发抬起头，看见林樱桃就坐在距离他三四米远的前方。

虽然从这个角度，只能看见她手中不断摇动的圆珠笔杆，看见校服衣领里纤细的脖子，能看到她的一点儿脸颊，让教室窗外的阳光一照，浮现出淡淡的金色弧度。

和小学时候比，林樱桃变得太爱学习了。她上课不再嬉闹，也不讲话，不玩耍，不走神。她一丝不苟地记笔记，认真睁大眼睛看黑板，被老师叫起来说答案也很少有犹豫答错的时候。

连下课，别的学生都在休息，在玩，她也坐在座位里补记笔记。她这么安静用功，在蒋峤西眼里，实在陌生。

只有某些不经意的时刻，容易被忽略的瞬间，林樱桃看起来又像那个群山的小姑娘了。

她回过头，和坐在后排的余樵说话，常常蔡方元也坐过来，他们围在一起，不知说起了什么。林樱桃的大眼睛弯弯的，她在笑，她望着余樵和蔡方元，望着她从小一起长大的好朋友，神采飞扬的，她隐藏起来的"林樱桃"流露了出来。

可当余光瞥见蒋峤西，林樱桃脸上的笑容便消失了。

她拘谨地回过头去，像缩回树洞里的松鼠，又开始认真学习。她的世界，好像就是这么不欢迎他。蒋峤西只是看她一眼，就好像会抢走她的松果。

老师在黑板上讲着课，蒋峤西坐在最后一排。他低着头，垂下睫毛，不耐烦地攥着手中的钢笔。

有风吹进来，扰动教室沉闷的空气，蒋峤西又冷不丁抬起眼，朝前面望她。

"你想吃糖吗？"

曾经，群山工地矮旧的宿舍里，那个梳着一对马尾辫的小姑娘在他背后一次次地企图"引诱"他。

"你听磁带吗？"她怯怯地问，又鼓起勇气来，"你看《米老鼠》吗？"

"你想摸小兔子吗？"

无论是下课出门接水，还是课间操，或是去实验室，上体育课……人群中，林樱桃总对他敬而远之。

蒋峤西有时候也想不通，为什么会这样。

就算身在小白楼上自习，夜里坐在竞赛班听课，他还是时不时想起林樱桃来。想知道她在干什么，想知道她在不理会他的时候，都在对谁笑，与谁挨在一块儿傻兮兮地说话，她中午在哪儿吃饭，和谁一起吃，她还爱吃那些小零食吗，揣在口袋里，一变就是一个，午后她是跟余樵在楼下打闹，还是和杜尚溜达着，一起听MP3，又或是坐在蔡方元旁边看他玩游戏，还是待在秦野云班里，翻那些无聊的杂志。

蒋峤西总觉得，有一只贼手，把他的东西都拿走了。

是他每天去林家的小饭桌上吃饭，吃林家所有人夹给他的菜，是他每天被林樱桃黏着一起上学放学，拉扯着到处走来走去，是他在那个大衣柜后面，在那面小蚊帐里，听林樱桃抱着小精灵，或笑着，或哽咽地，对他说那些仿佛永远说不完的悄悄话。

课间操时间，人和人像棋子，依次罗列在每个人该站的位置上。蒋峤西个子高，他总站在最后一个，他向前望，远远俯视林樱桃的后脑勺。

那么多人都朝蒋峤西看过来，他总是引人注意的。可她并不在意他。

§

蒋峤西好像做噩梦了。

林樱桃睁开了眼，她在他身边偷偷瞧了他一会儿，瞧他在梦里蹙起的眉头，他好像很不高兴，正在梦里委屈。平时很少见到蒋峤西这个样子。床好窄啊，林樱桃侧躺着想，出租屋的墙壁冰凉，蹭一下背，让人发抖。林樱桃穿着睡裙，靠过去，轻轻亲了一下蒋峤西的脸。

蒋峤西的睫毛好长，遮下一片阴影来，给他的脸增添了几分孩子气。他起初躺在那里，麻木，不动。

然后他睁开眼，目光在林樱桃脸颊上停留了好一会儿。

蒋峤西被拿走的东西实在太多了。他时常担心，然后把这种担心深深压进心里。

上天并不对每个孩子公平。同样都是降生，有的人生来为了得到，有的人则要花一辈子的时间来弥补，来挽留，来疗愈。蒋峤西并不是一个幸福的人，他这些年在香港的坚持，无非是想挽留住堂哥。谁会为了痛苦去坚持呢？

蒋峤西再看林樱桃的脸颊，她到底是怎么出现的？

难道是天也怕他撑不下去了？

林樱桃坐在垫子上，使劲儿拧蒋峤西那个黑色的、印着艾森豪威尔语录的旧水杯。杯子特别难拧开，她每次都要弯腰抱住了，使超大劲儿才能拧动。

"你这个杯子怎么每次都这么紧呀……"她抱怨，倒热水出来喝。

蒋峤西坐在床边，慢悠悠拿过一件新T恤，把手伸进去，领口套过了头顶。他望着她，高中时候，林樱桃每次都抱一堆人的水杯去接水，蒋峤西不喜欢那样。

别人的水杯都好打开，唯独蒋峤西的杯子异常不友好，林樱桃每次不得不把手里别的东西全放下了，才能专心来对付他的。

当然，也要她愿意这么做才行。

他们两人坐上巴士，一同去医院，再去看堂哥。蒋峤西坐在外面，他的手臂搭在前座的椅背上，这么半趴着回过头，看坐在里面的林樱桃。

她抿着嘴笑，专心瞧窗外，过了会儿又回过头来，她在蒋峤西的目光里红着耳根，垂下眼帘。

高中时候，只有很少的几次，他们一起坐巴士放学。余樵、杜尚他们都坐在前面，蒋峤西和她坐在后面。

车上许多学生，都穿着实验高中的校服。蒋峤西也这么在众目睽睽下看她，林樱桃好几次坐在里面害羞得把头深深低下去了，她害怕被别的同学看见。

可明明没做什么。蒋峤西那时曾想。什么都不能做，他却仍觉得快乐极了。

2016

番外・四

第一站

林樱桃长到二十五岁，仍然不习惯穿比基尼。她越长大，变得越容易害羞，她在车里脱了外套，跟在蒋峤西身边下车。
　　炙热的阳光忽然照到皮肤表面，轻微发烫。蒋峤西握住了她的手，带她踩进沙滩，林樱桃走在他后面，她的手拉扯了一下泳衣。

　　不过，很快她就放开了，开始拥抱这里的一切。她在海边奔跑，踩进浅海里游泳，海滩上有同样来这边过年的中国人。林樱桃半站在海浪里，和人家聊天。她伸手挡住眼睛，连她的头发都在脑后滴水，紧贴脖颈的线条。
　　她的皮肤在阳光下一沾水，因为反光而变得刺眼。蒋峤西从背后看着她，林樱桃转过身来。她并不像那些比基尼广告上的杂志模特一样精瘦，她有一副柔软的轮廓，只是暂时被肩带这样的东西束缚住了。

　　蒋峤西把她的手攥在手里揉，一起在海滩的树荫下走。她伸手抱住他的腰，脚心沾了沙，站到他的脚面上。蒋峤西笑了，搂着她："拖鞋丢在哪儿了？"
　　林樱桃说她在刚才玩的地方找了半天，都没找到。她伸手捋掉嘴角的头发，松开了蒋峤西，走在他身边，脚趾蜷起来，小心躲避沙里的贝壳和小蟹。
　　树枝的倒影，映在她的脊背上，随风上下轻轻舞动。蒋峤西赤脚走在后面，看着樱桃踩着他的大拖鞋，啪嗒啪嗒在前面走。

　　当初把蜜月旅行定在过年期间，纯粹是觉得假期长一些，能多去几个国家转转。在一起这么久了，蒋峤西也从没带樱桃去香港以外的地方逛过。他过去太忙，没什么时间，而樱桃也没对他抱怨过这一点。

　　"我刚才听海滩上那个人说，明天这里可能会有暴风雨。"樱桃对他讲。
　　蒋峤西双手揣在沙滩裤兜里，听了这话，他抬起头，望了一眼海面上的艳阳。
　　"不会吧，"他轻声说，又看她，"不至于这么倒霉。"

林樱桃冲他噘嘴："我也不知道……"

过年期间的度假胜地，总是挤满了拖家带口出游的人，要么就是成双成对的情侣。蒋峤西坐在露天的矮餐桌旁，等待上菜的过程中，朝身后看了一眼。

有一家人在他身后争吵起来了。那是一对中年夫妻，听口音像是澳洲人，他们互不相让，争吵得面红耳赤。旁边三个孩子战战兢兢地站在一起，忍受着这场突如其来的暴风雨，还有周围游人投来的让他们无地自容的目光。

樱桃回来了，穿回了比基尼外面的外套，走到蒋峤西身边给他看她脚上新买的浅紫色拖鞋。乍一听到身后的争吵，她抬起头，脸上的笑容逐渐消失了。

"那边怎么了？"樱桃轻轻坐下，小声问他。

蒋峤西看到菜上来了，给老婆递餐具，对她摇了摇头。

有关婚姻的箴言，蒋峤西早就耳闻过许多次了。"婚姻是一场漫长的战役。"对于这种关系的毁灭性，他从小就深有体会。

人们总是说，男人和女人来自不同的星球。如果长时间生活在一起，只会在你来我往中萌生出更多的矛盾、嫌隙，对彼此无尽的失望，再多的爱与激情，也会在这个过程中消磨殆尽。

樱桃很同情那三个孩子，却不能做什么。她时不时朝他们看去，怕发生更严重的事。她拉近了椅子，坐在蒋峤西手边，膝盖在桌面下轻轻碰触他的。很快，那对夫妻中的母亲揽过孩子来，抹掉他们脸上的泪，哽咽道："我们今晚就买机票，马上回去！"

那位父亲站在原地，双手叉腰，眼看着孩子们抱起游泳圈，无助地跟随母亲一起走了出去。餐馆很快恢复了往日那种喧闹，那父亲伸手摸了一下脑门，他在吧台边坐下了，安静地留在了人群中。

蒋峤西牵着樱桃走出餐馆的时候，他想他和她在一起这十数年，有过多少失望、寂寞，多少等待。

起码现在，他心里的激情还远远没有退却。

午后，日头最晒的时候，酒店房间里熄着灯，窗帘拉了半扇。林樱桃睡了好久都没醒，蒋峤西靠在旁边，拿手机看 Science Daily News。他朝窗外望去，望远处海滩上一粒一粒的人影。

人在香港住久了，很容易对海的陪伴习以为常。而人们又经常忘记那种陪伴。在高层大楼里挑灯工作的时候；提起行李紧赶慢赶航班的时候；深夜回家，脱了鞋子，带着疲惫的精神孤独地沉入梦乡的时候，人要如何去感受海的宽广与温存？

反倒是回了省城，回到家乡，时隔半年后又再一次闻到海水的咸腥——蒋峤西此刻好像忽然理解了，为什么说海会使人联想起生命之本源。

林樱桃到沙滩上玩，跟随他们旅拍的摄影师拍完了几组照片，也放下器械去和新娘一组，一起打沙滩排球。

蒋峤西这个新郎后退了几步，从兜里掏出手机，对准樱桃的背影拍了几张照片。

林樱桃回头看他，抱着球笑问："你不玩吗？"

蒋峤西拿着手机笑了："我看你玩啊。"

他走到沙滩外缘，在一棵巨大的酸枣树下找了个位置坐。外面那片天望过去，一片碧蓝，怎么会有暴风雨？蒋峤西看了一会儿樱桃打球，再度掏出手机，手肘撑在膝盖上，继续看中午没看完的那篇数学报道。

"你好，不好意思，请问……"

蒋峤西抬起眼，没注意到身边何时坐了人。

那是个陌生的中年男人，天气炎热，穿一件黑色长袖外套，长裤。他有着黄皮肤，黑色的笑眼，是个中国人。

蒋峤西一皱眉，以为他要问路。

"请问你是研究数学的吗？"中年男人微笑着问。

"什么？"蒋峤西说。

"我刚才过来，"男人笑笑，他紧张地攥了攥手里的记事本，"看到你好像在看数学文章。"

蒋峤西低头看了一眼手机："哦。"他把屏幕按灭了。

过年期间在异国遇到中国人不是多新鲜的事，天气这么热，遇到穿得这么厚实的人，也不是不可能，也许对方在生病。

稀奇的是，遇上了一个坐在度假海滩边，低头解数学题的人，还来找蒋峤西问问题。

蒋峤西心有点虚，看对方三十多岁，也许是位数学专业的正统研究者。他接过了那男人递来的笔记本，就在翻开的那一页，被人一笔一画，认认真真抄写了一道题，是一道复变函数证明题。

蒋峤西抿了抿嘴，他又把题目看了一遍。

他抬起头，那男人正期待地望着他。

原来是位业余的数学爱好者。

蒋峤西拿起笔，在题目下面的空白处，粗略写了解题思路。他把纸笔递回去。

那男人低下头，认认真真看了蒋峤西写的答案。他先是笑了，大概没想到运气这么好，研究许久都不会做的题目，真就遇到了会的人。

"我……有一个请求，"这男人望着蒋峤西，"你现在忙吗？"

蒋峤西说："怎么？"

男人面露愧色，不好意思道："可以把解题过程写得更详细一点吗？"

蒋峤西看了眼远处的樱桃，樱桃又遇到了上午那几个中国游客，俨然已经是熟悉的朋友了。她们拼凑成新的队伍，打球打得正开心。

林樱桃时不时回头，发现蒋峤西还坐在那棵酸枣树下，低头不知道在忙什么。林樱桃正纳闷着，忽然从身后丢过来一颗排球，正好砸中她的脑袋。

"哎哟！"

林樱桃使劲儿捂头。新认识的队友走过来，好奇地问她："那就是你老公？他在干什么啊，你叫他来一起玩啊！"

吃晚饭的时候，林樱桃还在揉自己的脑袋。蒋峤西坐在旁边，伸手给她撩开了头发，仔仔细细检查了一番，确定没有肿包什么的。

"你下午在干什么？"林樱桃问他。

蒋峤西吃着海鲜炒饭，说："帮人算一道题。"

"算题？"林樱桃意外地问道，"帮谁啊？"

蒋峤西摇头："不认识。"

夜里，他们一同沿酒店外的小道，手拉着手，去参观一座寺庙。新认识的朋友曾担忧地对林樱桃讲："你老公连蜜月都不过来陪你玩排球，以后要怎么办啊？"

林樱桃却不这么想。

在这个夜晚，他们正相互陪伴。

"今天摄影师和我说，如果明天真有暴风雨，"林樱桃沿着林中石阶往下走，"有可能我们之后都不能拍了，也不能出门。"

蒋峤西能嗅到一股潮湿气，在海边大多是这样。

"他确定吗？"蒋峤西问，四面宁静，只偶尔有轻灵的鸟啼声，"会有暴风雨？"

"都这么说，"林樱桃讲，"他们说这里天气变化很快。"

这次出门之前，蒋峤西并没有在行李里放什么"必需品"。他回到酒店，从背后抱住了樱桃，樱桃总是笑。她的身体是薄的，曾经历了青春期的发育，为蒋峤西所熟悉，就是不知能不能承受更多更多的变化。

光暗下来了，樱桃的面庞隐藏在夜色里。她望着他，望向了自己的爱人、丈夫。"我不知道要去看什么。"她笑着说。

隔天，岛屿上空的天果然阴沉下来。

游人仍然不少，因为并没有刮起太过恐怖的大风，只是天空灰蒙蒙的，时不时有雨滴落下，打湿了车前窗。

蒋峤西上午陪樱桃出门，他租了辆车，去到二十公里外一座活火山景区。樱桃想了半天，说想去看，蒋峤西也想赶在天气更坏之前，陪她去转转。等到下午回来，樱桃不肯再出门了，她脚酸得走不动，坐到酒店一楼，与昨天刚认识的几个中国朋友聊天。

朋友们问："你们打算怎么办，在这里等暴风雨过去，还是订了机票就走？"

林樱桃回头看蒋峤西，和朋友们说："还没想好呢。"

"哎呀，快想啊，还有你们这样度蜜月的，等真下起大雨就晚了。"

蒋峤西拿了车钥匙，把车开回租车行。车经过酒店外那片白色沙滩时，蒋峤西余光里出现了一道黑色的影子，与那棵大酸枣树一起，从窗外一晃而过。

将车退租，蒋峤西步行二十分钟回酒店。他在路上给家里打了个电话。岳父得知今天天气有变，嘱咐两个孩子注意安全。"再看看吧，"蒋峤西对岳父说，"实在不行，我带樱桃就近去泰国转转。"

他停在了弯道边，隔着脚下前往海滩的长长台阶，看到昨天见过的那个穿黑色外套的男人，还坐在那酸枣树下，正对着小本子埋头算题。

天上落下的雨滴越来越多了，看上去，随时会迎来一场降雨。海滩上游人也越发稀少，云被染上一层黑影，压在海面上，有种不祥的感觉。蒋峤西把手机揣进裤袋，沿台阶走下去，走到那棵酸枣树下时，他也不明白他为什么要管别人的闲事。

那男人看上去比蒋峤西大十岁还多，神态却像个孩子。他转头看见是蒋峤西，惊喜地站了起来。

"是你啊。"

"快下雨了，"蒋峤西皱眉说，"你感觉不到吗？"

那男人抬头，往天上看了看。他笑着说："树很大，没感觉到雨。"

林樱桃和新认识的朋友们张罗着玩桌游。她们说："一会儿等你老公来了，叫他一起来玩儿啊！"

林樱桃笑道："你真要带他啊？连我同学玩桌游都不带他的。"

"为什么啊?"新朋友不解道,"他不会吗,看着挺聪明的啊。"

蒋峤西仰头看这棵酸枣树,树冠密密实实,真将雨遮得干干净净。
他看到男人递给他的笔记本,上面写了一道解到一半的测度论问题。
那男人问:"你是数学家吗?"
"不是。"蒋峤西说。
"那你是?"
"一个业余的……"蒋峤西坐下了,呼出一口气,"数学爱好者。"
他接过笔,不知是出于一种同情,还是别的什么,帮这个人写起了解答。
"你很聪明。"那男人情不自禁地说,"我不会解的题目对你来说都很简单,你应该去学数学。"
蒋峤西没说话。
"如果我有你这么聪明就好了……"男人轻声道。
蒋峤西低头写着答案,不讲话,那男人坐在旁边,也陷入沉默。
"你自己来的?"蒋峤西忽然问。这么半天了,这个人一直自己坐在这里学数学。
"嗯。"男人点头,对蒋峤西笑道,"你是,和你的家人——"
"和我太太。"蒋峤西说。
"哦……"男人点了点头,由衷道,"你很幸福。"
蒋峤西继续看题目。他忽然想,如果当初没有樱桃,他会不会也像这个男人一样,也许随身带着几张证件,带着纸笔,就这么出门了。
"以前我经常和爸爸妈妈一起出门。"那中年男人突然说,他用一种与外表不符的天真口吻,自言自语,"他们对我很好,很少让我自己出远门……"
蒋峤西说:"你也很幸福。"
男人笑了笑:"我很惭愧,我……很对不起他们。"
"为什么?"
"让他们失望,"男人说,"他们很爱我,我却做不到最好。"
蒋峤西说:"很少有人能做到最好。"
"也很少有父母,像我的父母那样爱我。"男人说。
蒋峤西没体会过这种事,也无从感同身受,他看了那男人一眼。
男人说:"你小时候学过奥数吗?"
"嗯。"
"去过奥数夏令营吗?"
蒋峤西摇头。

"我以前在夏令营，要很努力才能考到第二名。"那男人对蒋峤西说，"那时候，我就知道我已经开始掉队了，我其实远没有他们以为的那么聪明——"

蒋峤西一皱眉，很没有耐心去安慰别人："第二名也不错。"

"我曾经以为我再努力一些，就可以回到第一位了，"男人回忆道，"但接下去我又考了第二名，我感觉特别愧对爸爸妈妈。"

"然后呢？"蒋峤西问。

"然后……"他笑了笑，"我忘了……我只记得那天下雨，然后我离开了营地。"

林樱桃手握着桌游牌，听酒店经理故作神秘地对她们说，如果在暴风雨来临之夜留在这里，说不定能够遇到他们当地的古老传说。

"传说？"林樱桃问。

店员帮她们端来果汁，经理望向窗外阴郁的天，还有不远处那片海滩，抿了抿嘴唇。

等他一字一句慢慢讲完了，经理还补充了一句："这是我外婆告诉我的。"

朋友笑道："骗我们的吧，就为了哄我们不要退房走人！"

这时候，吧台旁边一位正在喝啤酒的壮硕男士回头说："女士们，不要相信这个骗子！"

旁边的店员都笑了。

"嘿！你说我是骗子？"

"我每年过来他都要讲上无数次！"

天上开始下起大雨，雨水击打在酸枣树叶上，叶尖翻飞。

蒋峤西手里还拿着笔，他盯着眼前这个男人的脸。

这是个相貌很普通的人，声音很轻，很容易笑，穿一件黑色的长袖外套，喜欢研究数学。

"你真的比我聪明多了。"这男人接过了蒋峤西递回给他的笔记本，可惜道，"为什么不学数学？"

蒋峤西问："你从哪儿看到的这些题？"

男人说："以前记的。"又不好意思地补充了一句，"以前就不会做。"

他又把笔记本翻了一页，下页还有一道题。

"这就是我考第二名时最后做错的那道题。"他轻声道。

海面上已经完全黑了，反倒是蒋峤西身后海滩上的路灯亮了起来。远处传来樱桃的声音："蒋峤西！"

蒋峤西回头看了一眼。

林樱桃在风里打着伞，可遮不住多少雨，雨滴斜斜淋在她的裙子上。她站在路口，看着蒋峤西大步走上来。蒋峤西的衬衫也淋湿了，手里攥着一张撕下来的纸。他到了伞下，把纸展开看了一眼，确定没有淋湿，然后揣进口袋。他握住她手里险些在风中挣脱的伞。

林樱桃被他搂着，他们朝酒店的方向走。

林樱桃问："那张纸是什么？"

蒋峤西说："一道数学题。"

林樱桃皱起眉，不解道："天这么黑，从哪儿找来的数学题？"

蒋峤西到吃晚饭的时候还有些恍惚。他望向窗外的天空，下午在海边写题目的时候，他没发觉天黑成了这样。

外面的风越刮越大，不时有服务员过来，几个人一起固定窗子，连天花板的灯也时亮时灭。酒店经理找人去启动备用发电机。林樱桃吃着饭，看到旅拍的摄影团队下楼来。摄影师蹲到他们俩身边，说他已经联系过了当地做导游的朋友，明天这边有个团要撤离，天气好转一点就走："要不要跟着一起？"

林樱桃愣了愣，问："那要是天气好转，是不是就不用走了？"

那摄影师苦笑起来，酒店吊顶的灯还在晃："到了明天，外面只有一片狼藉，路上都是吹断的树，什么都看不了了，还会下很长时间的雨。"

林樱桃回到酒店房间，有点惋惜，真就要这么走了。她低头打开箱子，收拾行李。她要蒋峤西把身上淋湿过的衬衫脱下来。蒋峤西有点走神，她问他怎么了。

"樱桃，"蒋峤西低头解衬衫扣子，他说，"我今天碰到一个……一个很奇怪的人。"

"我看出来啦，"樱桃帮他解纽扣，"不然你怎么老在做数学题。"

临睡，蒋峤西问她，愿不愿意接下来去泰国待几天。林樱桃陷在被窝里，伸手搂他的腰，说都行。她抬起头："今天这酒店的经理和我们说，他们这里有一个传说。"

蒋峤西关掉了灯："什么传说？"

他躺在林樱桃身边，听到她轻声讲："暴风雨来临之前，如果去了外面那一片海滩，就有可能遇到已经逝去的亲人。"

林樱桃又搂了搂蒋峤西的腰，玩笑似的说："他要是早告诉我就好了，那我就去看看，会不会遇到我的大爷爷……"

蒋峤西沉默了，过会儿他说："等雨停了再去看看？"

林樱桃一本正经道:"他说要暴风雨来之前才有的。"
窗子还在被急速的雨点击打,风声呼啸。
林樱桃说:"不过我去接你的时候,还朝那海滩上看了一眼,也没有看到我爷爷……也许爷爷他很幸福,所以他也不会很牵挂我了……"

半夜,林樱桃醒了,一半是因为风雨声,一半是因为蒋峤西坐在她身边。他握着酒店的钢笔,正在衣物干洗单的背面快速演算,笔尖摩擦纸面,沙沙地响。
床头灯拧开了一点,蒋峤西好像根本没睡。他太专注了,以至于没发现妻子醒了。
林樱桃在旁边注视他的脸,很快,她合上眼,在他身边睡去。

天还未亮,酒店外面风小了不少。许多计划离开的旅客都坐在一楼餐厅等待,蒋峤西把他和樱桃的箱子提下了楼。林樱桃去前台办理手续,蒋峤西走到窗边,他望向了那片海滩。
"樱桃,"他回头说,"我出去一趟,很快就回来。"
林樱桃还和前台说着话,她回过头,发现蒋峤西已经出门去了,闯进外面的雨里。

马路上横亘着吹断的树枝,还有不知从哪家旅店吹翻过来的躺椅、遮阳伞,泡在雨水中,倒在路边。蒋峤西在雨中往前走,他从口袋里掏出那一张写满了答案的衣物干洗单。
"这道题可能很难,但是拜托了,"那个人昨天临分别时,这么感激地对他说,"我想你这么聪明,一定知道怎么解,明天我在这里等你。"
海滩上早已空无一人,过去一夜的狂风骤雨,令石缝里布满淤泥。
蒋峤西站在那棵酸枣树下,感觉到雨水敲打他的肩膀,沿着头皮顺着后颈流进衬衫领口里。
树冠被风吹折了大半,沉沉落在他脚边。

"蒋峤西!"
是樱桃,她从酒店里跑出来,在雨中努力撑起伞,虽然那伞很快就被风卷了起来。
旅行团的大巴车已经停在了酒店门口,许多游客正在装行李上车。樱桃跑下了台阶,来到了蒋峤西身边。
蒋峤西手里还捏着那张纸,他皱起眉,又转身朝四周看了看,哪有什么穿黑色外套的人。
"车来了,我们走吧!"樱桃对他说。
忽然一阵风吹来了,蒋峤西手没攥紧,那张纸被高高卷起,卷上海面,像只雪白的海鸟，很快消失在黑沉沉坠下雨滴的天空之中。

　　旅行团的大巴车在风雨中驶出了这座岛屿。进入隧道的时候，乘客们已经睡倒了一大片，昨天的风雨，让许多人一夜无眠。

　　蒋峤西却望着窗外，窗上映出了他的面孔，还有樱桃靠在他身上的样子。

　　"让你失望吗，樱桃，天气这么不好。"

　　"没关系。"林樱桃握他的手，"这只是第一站。"

2016

番外·五

林樱桃，蒋莼鲈

林樱桃从小身体就很少出问题，所以当她感到一阵恶心，莫名的，像晕船般的难受时，她离开办公室，到外面街上的药店里买了一支验孕棒。

办公室旁的教师卫生间分了三个小隔间，林樱桃坐在里面给丈夫打电话。

"好像是真的……"她把嘴捂着，小声说。

下午五点，蒋峤西急忙停好车，跑过了人行道。幼儿园的保安都认识他，直接放他进去。

几位老师见他来了，和他开玩笑："这么早就来接林老师啊？"

蒋峤西经过了白马班门口，小朋友们正在里头学英文歌谣。有来实习的保育员看见他了，忙说："林老师刚才回办公室了！"

一推开办公室的门，里面没有其他人。蒋峤西把门从身后关上，把老婆抱过来。

"真的？"他低声问，然后看到樱桃手里拿着的东西。

那两道短短的红色标记，是"蒋莼鲈"出现在这个世界上的第一个信号。

§

林樱桃心里明显是茫然和忐忑更多。虽然早就料到这件事快要发生了，是迟早要发生的，但忽然就这么来了，她还没做好心理准备。

每次一个人待着，她就容易胡思乱想。她觉得失落，还觉得自己是小孩，她就要做妈妈了。

只有蒋峤西陪着的时候，她才会发觉，她和这个小 baby，很可能就是蒋峤西今生最重要的人了。她的丈夫是这样期盼一位骨肉至亲的到来，渴望多一位家人的陪伴。

"总不能真叫'蒋莼鲈'吧？"林樱桃在夜里想了半天，说。

蒋峤西在她身边侧着身睡，他也不敢再随随便便搂老婆了，只攥着她的手。"那你说叫什么？"他看似随意地问。

林樱桃有事没事就开始翻字典，无论在哪里看着小说、杂志，只要有人名的地方她总要留意一番。在幼儿园工作的时候，也低头瞧入园名单，有种偷看其他考生答卷的感觉。

林电工吃着饭，对小两口建议道："取一个，叫起来顺口些的名字，对孩子将来上学工作结交朋友很重要。"他皱眉道，"蒋莼鲈？太拗口了，这个名字好奇怪啊！"

蒋峤西低头吃着饭，忍不住笑了。林樱桃在旁边端着饭碗，扭头看他，蒋峤西夹菜吃饭，也不抬头。

杜尚在群山小饭桌群里问："樱桃，预产期什么时候？"
林樱桃答："十月底。"
杜尚说："哎，说不定和我一个星座！"
蔡方元提出建议："你看看你怀孕时候爱吃点什么。"
林樱桃说："我现在什么都不想吃了，早上就喝了一碗豆腐脑。"
蔡方元说："可以叫叫什么蒋虾片啊、蒋豆腐脑啊、蒋油条啊。"
余樵冒出来了："十月出生啊，叫蒋建国啊。"
杜尚附议："蒋爱华。"
余樵说："男的蒋建国，女的蒋爱华，妥了。"
秦野云："……"
林樱桃已退出群聊。
蔡方元邀请林樱桃加入了群聊。
蔡方元说："大家注意啊，孕妇情绪容易产生波动，照顾一下。"
林樱桃说："都什么干爹干妈！一点儿建设性意见都没有！"
杜尚叹道："我才二十六岁，就已经要当干爹了。"
余樵说："我还是个宝宝，就已经要当干爹了。"
秦野云："@林樱桃，还有好几个月呢你急什么，蒋峤西不是学神吗，你让他去想啊！@蒋峤西，你也想想啊！"

蒋峤西下班回来，手里除了带回家看的文书资料，还有几页香港发来的传真。他卷起衬衫袖口，坐在餐桌边，把老婆拉过来。

传真前几页是给 Lisa 办理签证的事项，Lisa 照顾母亲和宝宝都专业，蒋峤西也放心一点，最后一张是手写繁体字，写了十几个姓名。

蒋峤西低头看着，眼尾微微垂下来："这是我大伯、伯母他们取的。"

林樱桃也把她的小本本拿过来了。她已经想了几个姓名，只是还没确定，最喜欢的名字在最上面，是女孩的名字，"蒋青怡"。

"你不觉得很可爱吗？"她仰起脸，问蒋峤西，"咦？是蒋青怡？"

一个很认真挑上去的二声，叫人听着心情就很好。

蒋峤西看老婆的脸，忍不住伸手捏她。他低头看大伯他们取的名字，说："他们取的最后一个字也大都是二声的，也有一声，念着顺口吧。"

林电工很喜欢蒋峤西大伯取的一个名字，叫"蒋幼慈"。

"这个名字很好啊，"林海风轻声对女儿说，"含义也好，是个好名字。"

林樱桃略挑起眉，很是怀疑。妈妈在旁边笑着对爸爸感慨："'幼慈'，比你取的'其乐'有文化多了。"

蒋峤西也喜欢这个名字。林樱桃却说不清楚她到底哪里不满意。

"我觉得它像我祖宗的名字。"她在副驾驶座上转过身来说。

蒋峤西刚喝了口水，还没发动车子。他艰难地咽下去，把水杯拧好。

林樱桃把手摊开在面前，对蒋峤西比画："就新华书店里那种，摆满一书架的，《蒋幼慈文集》！你说像不像！"

蒋纯鲈从脚踩筋斗云，手握小魔杖，有七彩长发的小仙女，摇身一变成了让林樱桃惴惴不安的小祖宗。

在她心里，可能只有 90 后学神蒋峤西能够镇压住 15 后文豪蒋幼慈了。

二〇一六年三月五日，林樱桃在家陪老公过生日，只有他们两人。生日蛋糕只有六寸大小，因为林樱桃怀孕了，哪怕很馋甜食，她也只敢吃一人份。她并没有特别大的害喜反应，从确定怀孕到现在，也没觉得很难受，这可能和她从小爱动，又或者运气很好有关系。

蒋峤西站在水龙头边，卷起袖子来洗盘子。他开始习惯做更多的家务。林樱桃放下蛋糕勺子，从背后过去，抱住了蒋峤西的腰。

蒋峤西把盘子放到一边，擦了擦手。他的手很凉，握住了林樱桃抱他的手背。他又转过身，搂着老婆在厨房里站着。他们像刚刚跳完了一支舞，长时间地搂在一起休息。

"生日快乐。"樱桃抬起脸，望着他。

"蒋莼鲈"出现在这世上的第三个月。

对蒋峤西来说，不会有更好的"生日礼物"了。

§

林樱桃从小就明白。

女孩子这一生，就是要面对越来越多的疼痛。

进入孕晚期，她走路觉得脚疼，腰也不舒服。她的身体在供养另一个微小的生命，小生命越大，越是压迫着她，她越觉出吃力。她不想表现得太明显了，因为蒋峤西容易更紧张。夜里，她和丈夫靠在床上，一对新人父母，一起听关于胎儿的音频课程。

到了半夜，林樱桃还是腰疼，被疼醒了。她一身汗，去抓老公的睡衣袖子。"蒋峤西……"她叫他。

蒋峤西迷迷糊糊醒了，按亮了灯，顶着一头乱发。

"我想去医院……"她小声说。

蒋峤西套上外套，过去把她搂起来，近近地看她的脸。和平社会，很少有这样的时刻，两个人好像生死相依。

林樱桃披着外套，里面还穿着睡裙。产科大夫说，可以先回家去。她被蒋峤西搂着，抓着他的外套。深夜，他们坐在车里休息。

"吓到你啦。"她脸上浮肿，回过头，对他露出一个微笑来。

蒋峤西喝了口水，问她喝不喝。他一脸难过，伸手顺了一下樱桃凌乱的长发，凑过来吻她的额头。

那一天忽然就来了。林樱桃躺在床上，裙子下面湿漉漉的，心里怕得很。床沿着走廊向前推，妈妈在旁边陪着她，努力想笑起来安慰她，又心疼闺女，替闺女害怕。蒋峤西在和麻醉医生匆忙谈话，边说边转过头来，朝她的方向紧张地张望。

林樱桃能很清楚地听到自己的呼吸声。她想，无论有什么难关，她也可以闯过去的。

她长头发散开了，出多了汗，在枕头上湿乎乎的。麻醉医生和产科护士时不时过来查看，蒋峤西低头问她："疼不疼？"

林樱桃愣愣的，摇头。

"没觉得疼了。"她哽咽道，被他亲了脸。

省城的天黑下来，已经是初秋，天气凉了。林电工担心得一口饭都吃不进去，在走廊里来来回回绕。这时他的老伙计，余班长赶来了。余班长远远问："樱桃生了吗？"

小婴儿的第一声啼哭，伴随着护士的一句："哎呀，大双眼皮儿！"

林电工手机没电了，他借了女婿峤西的手机，蹲在医院没什么人的楼梯台阶上。电话一接通，他刚说了两句话，就伸手抹了一下脸，哽咽着笑了。

姐姐在电话里笑着恭喜他："行啦，樱桃平安就好，海风，操了二十多年的心……你当外公了你！"

"总觉得才刚接到电话，你和我说，娟子生了，是个女儿。"姐姐说，沉默了一会儿，"那都是，一九九〇年的事了。"

番外・六

小小莼鲈之思

1

蒋幼慈窝在爸爸的办公室里写作业,举起笔抗议道:"为什么我的名字有这么多笔画!爸爸你和姥爷取的是什么名字啊!"

蒋峤西坐在办公桌后面看数据,秘书过来了,把咖啡端给他。

蒋峤西连头也没抬:"你妈以前给你取名叫蒋蓥鲈。"

"蒋……什么?"蒋幼慈问。

蒋峤西随手把那三个字写在一张纸的背面,让她过来看。

蒋幼慈只看了一眼就愤愤转身回去,低头继续委屈地写小学作业。

2

蒋幼慈站在浴室门外,可怜兮兮地问:"妈妈我可不可以玩手机……"

林樱桃刚洗完澡,穿着睡衣,正在护肤。她对门缝外眼巴巴看她的小女孩说:"我还要玩呢。"

蒋幼慈不吵也不闹,跑出去了,到主卧把爸爸妈妈的被子拉开,铺好。她踮起脚在柜子上摸那瓶妈妈偶尔吃的褪黑素,努力拧开了,倒了几粒出来,跑回浴室门口:"妈妈!你快去睡觉了!玩手机不好!"

林樱桃关掉吹风机,说:"我现在不想睡,你先去睡,把褪黑素放回去!"

蒋幼慈噘起嘴,转身又跑开了,没一会儿,把她老爸拉进来了。

蒋峤西一头雾水:"怎么了?"

林樱桃哭笑不得,又不知该说什么。她对蒋峤西说:"她想要玩我的手机……"

3

夏天，去姥爷家过周末。蒋幼慈被姥爷和余爷爷抱着，一起去钓鱼。她在鱼塘边玩，被叮了好几个包，被晒得两条手臂通红。到了傍晚，她围着姥姥跑来跑去，最后拿了一张小板凳乖乖坐下，帮姥姥缠毛线团。姥姥说，给她，给妈妈，给爸爸，织几双毛线手套，拿回去冬天戴。

周末下午，爸爸来接她的时候，姥姥还没洗完蒋幼慈的衣服。蒋峤西卷起袖子，帮岳母拧干，把女儿还湿的小衣服装进袋子里，带回家去晾。

回家的路上，蒋幼慈坐在儿童座椅里，依依不舍道："姥姥家真好玩……"
蒋峤西在前头开车，忽然感慨："以前你姥姥也给我洗过衣服。"
女儿皱眉："为什么要我姥姥给你洗？"
蒋峤西说："因为不是每个人都像你这么幸福。"

4

很多时候，林樱桃和女儿的关系相当好。

一大早，林樱桃在客厅里收拾沙发，一拿起沙发垫子就看到一卷领带掉在里面。她数落起来："蒋峤西，你又乱扔领带！一条，两条，三条——"
蒋幼慈从主卧室里跑出来，手里举着一团袜子："妈妈你看爸爸乱扔袜子！"
蒋峤西从卧室里喊："蒋莼鲈，把袜子给我！"
林樱桃笑着对女儿说："是领带。"
蒋幼慈又跑回去了。林樱桃走到卧室门口，看到蒋幼慈拽着她爸脖子上的领带就要扯下来上交国家，结果被她爸爸抱起来了。

5

也有时候，母女关系剑拔弩张。

蒋幼慈仰着头说："我去告诉你妈妈！"

林樱桃说："你告诉啊！"

蒋幼慈悲愤道："我去告诉你老公！"

于是蒋峤西在出差地点的酒店里听着电话。他一边喝咖啡，一边听女儿哇哇哭着控诉妈妈欺负人。

同事佩服道："蒋经理真是能受得了小孩的哭声啊。"

蒋峤西抬了抬眉，叹道："从小听习惯了。"

6

一年四季，总是爸爸出差比较多，妈妈很少离开女儿身边。

但这一次，园里推荐林樱桃赴美国交流，参加蒙台梭利教育大会，是难得的机会。

蒋幼慈想起妈妈走之前说，要照顾好爸爸，多陪陪爸爸。她半夜起床尿尿，惦记着这件事。她走进爸爸房间里，去给爸爸掖被角，拍拍爸爸的头。爸爸果然没睡沉，被她一弄就醒了，把床头灯拧开。

"你不要哭，不要觉得孤单哦。"蒋幼慈认真对爸爸说，"妈妈再过几天就回来……"

蒋幼慈靠坐在爸爸怀里，他们父女俩一起看手机上的动画片。蒋幼慈捧着爸爸的手机，在手机相册里看到一张小女孩的照片。

小女孩梳着两根马尾，穿小学校服，手里拿着奖牌，正站在运动会的领奖台上大笑。

"这是谁？"蒋幼慈好奇地问。

"这是妈妈。"

孩子睁大了眼，看向岁月流逝之前，另一个孩子的照片。

她依偎在爸爸身边。

后记

  在许多读者心里，《樱桃琥珀》是关于幸福的故事。这次为了修稿而温读，我感受到的更多却是"失去""告别"，是无从控制，只能够面对的一段生命历程。也许幸福本身就被这样的苦涩酸辛包裹着，不是那么简单可以尝到。我很为我的主人公们，为樱桃、峤西，为余樵、杜尚、方元、野云，为那些在20世纪劳累奔波的长辈们感到庆幸：从很多意义上讲，这三十年来之不易。

  最开始，只是为追忆自己的童年而写的小故事，后来这些主人公，似乎真就成了我的同龄人。读者也告诉我，在一些难熬的夜晚，想起樱桃与峤西，给了她们一些力量，想要试试更努力地生活。

  努力究竟能不能换来好结果？勇气能不能得到回报呢？是啊，并不总是能的。总是有许许多多无助时刻，通往幸福的那条河总是那么漫长。

  在这个故事的成文修改过程中，许多朋友、网友在生活细节及行业层面给了我很多帮助，他们是：LQX、Bunny、Morris、桃花、長歌、包子树。还有许多读者，私信向我谈及她们所知道的时代细节。《樱桃琥珀》是一个虚构故事，却因追忆的情节，因这一份份的回忆，而愈加贴近了现实的边框。

  《樱桃琥珀》第一章发布于2018年4月10日，那天是LQX，也即我的朋友清宝的生日。没有朋友的陪伴，我很难将这个最初读者寥寥的故事写完。如今《樱桃琥珀》即将出版，她要像个孩子似的离开我，带着许多我珍藏的回忆，带着我也有过的遗憾、企盼，以及更多更多的祝愿。

2020年5月28日夜